御剑天下

辰阳 ◎ 著

中国华侨出版社

图书在版编目(CIP)数据

御剑天下 / 辰阳著. —北京：中国华侨出版社，2014.3
ISBN 978-7-5113-4511-0

Ⅰ.①御… Ⅱ.①辰… Ⅲ.①长篇小说—中国—当代 Ⅳ.①I247.5

中国版本图书馆 CIP 数据核字(2014)第 052067 号

● 御剑天下

著　　者	辰　阳
策　　划	周耿茜
责任编辑	月　阳
责任校对	孙　丽
装帧设计	顽瞳书衣
经　　销	新华书店
开　　本	710 毫米×1000 毫米　1/16　印张/21　字数/420 千字
印　　刷	固安县保利达印务有限公司
版　　次	2014 年 6 月第 1 版　2014 年 6 月第 1 次印刷
书　　号	ISBN 978-7-5113-4511-0
定　　价	38.00 元

中国华侨出版社　北京市朝阳区静安里 26 号通成达大厦 3 层　邮编：100028
法律顾问：陈鹰律师事务所
编辑部：(010)64443056　64443979
发行部：(010)64443051　传真：(010)64439708
网　　址：www.oveaschin.com
E-mail：oveaschin@sina.com

目录 御剑天下

第一章　林中斗剑 / 001
第二章　暗藏杀机 / 009
第三章　灵空之变 / 014
第四章　退隐剑都 / 017
第五章　身世之谜 / 023
第六章　四大族派 / 028
第七章　寻赤仙草 / 033
第八章　灵虚剑法 / 038
第九章　炼体修炼 / 042
第十章　初为剑士 / 046
第十一章　灵虚山庄 / 051
第十二章　处处刁难 / 057
第十三章　造谣生事 / 062
第十四章　栽赃陷害 / 067
第十五章　远离纷争 / 070
第十六章　灵天山庄 / 075
第十七章　顶尖决斗 / 080
第十八章　兄弟相认 / 085
第十九章　召开族会 / 090
第二十章　灵天剑法 / 095
第二十一章　英雄联盟 / 102
第二十二章　发现密室 / 107

第二十三章　秦朗落难 / 112

第二十四章　杀人狂魔 / 117

第二十五章　玄武真元 / 122

第二十六章　危机四伏 / 127

第二十七章　拯救行动 / 132

第二十八章　执行任务 / 137

第二十九章　逃离追杀 / 142

第三十章　　寻寻觅觅 / 147

第三十一章　诛杀剑士 / 152

第三十二章　九阳之气 / 159

第三十三章　一心苦修 / 163

第三十四章　勇闯洞府 / 167

第三十五章　四大晶石 / 171

第三十六章　偷盗晶石 / 175

第三十七章　群雄并起 / 182

第三十八章　剑道初成 / 189

第三十九章　死亡之战 / 196

第四十章　　一念幻变 / 202

第四十一章　玄冰门主 / 208

第四十二章　级别突破 / 214

第四十三章　风云四起 / 220

第四十四章　天山之行 / 226

第四十五章　升为剑宗 / 232

第四十六章　现出真凶 / 238

第四十七章　复仇之路 / 244

第四十八章　致命一击 / 250

第四十九章　功力尽失 / 256

第五十章　生死决战 / 262

第五十一章　局面混乱 / 268

第五十二章　报仇雪恨 / 274

第五十三章　重归山庄 / 280

第五十四章　摧毁剑谱 / 286

第五十五章　幻界求生 / 292

第五十六章　灭不死身 / 298

第五十七章　成神口诀 / 304

第五十八章　化解禁术 / 310

第五十九章　邪念丛生 / 318

第六十章　剑指天下(结局篇) / 323

第一章　林中斗剑

苍茫大地，谁主沉浮，剑者，因剑而生，因剑而死。在一剑灵仙都，隐藏着多少剑者，他们生于剑都，成为剑神是他们生命的全部。凡剑者又有级别之分：剑客、剑者、剑侠，乃为初级；剑尊、剑师、剑宗，方为中级；剑仙、剑圣、剑神，乃为大成者。云淡风轻，巍峨的高峰一峰高过一峰，在一最高峰一座山庄巍然屹立着，此为灵空族派，乃是四大族派之一，灵空一族掌管着修炼剑士的重要秘诀——灵空剑谱。"哈、嘿……"一阵响亮的习武之声传来，循声望去，习武台上站满了人群，他们一身青衣，手上的动作十分连贯，气势异常磅礴。在他们中间走动的倒不是灵空族派的族长，且见他装束：一身青褐色的布衫，一双布鞋，发丝盘成一髻，一张严肃的脸，看上去大抵二十出头。以他这种资历该是灵空族派的首席大弟子。"一、二、三、四……"抑扬顿挫的节奏声经他口中传出，那些弟子练习得也更加认真，更加有力。

纵观灵空山庄，除了那些弟子认真习武之外，灵空山庄的山后也有着可观的一面。山庄后，葱茏的大树小树坚拔地挺立着，清新的空气顺着风四处飘散。

"出招吧！"一道声音不知从哪儿发出，顺着声音望去，山后不远之处站着两个人，从他们的体形来看，年岁已然不小。左边的一位留有修长的胡子，魁梧的身躯，浓密的眉毛展现了他的风采；与他相对的那位，体格亦是不凡，他眉宇紧蹙，双拳紧握，拳头之间散发出一道强劲的气息，不为一般的剑士所拥有，本身级别已为剑圣。以两人的装扮，在剑灵仙都的地位绝不低于常人。左边的那位正是灵空族派的族长——凌啸天，另一位则是灵虚族派的族长——金武。不知是什么原因使得两人怒目相向，莫不是为了那本《灵空剑谱》？

只见两人略静默了一下，随着紧贴在地面的脚提起，双方向对方发出了进攻。当金武的拳头向凌啸天挥来，凌啸天轻轻一抓，那只强劲的手凌空于半空。顺势，凌啸天隔空一掌而去，一道强劲的气息向金武席卷而来，金武用力一蹬地面，整个身体向上一抽，那一掌确是落空了。

腾入半空的金武面朝地下张开了手掌，凌啸天赶紧地用双掌去迎接，四只手掌粘合在一起，再看两人的身上，两股元力由体内产生，强大的元力相互抵制着，凌啸天的双脚慢慢地下陷，足见其元力的威力。

凌啸天向上一顶，摆脱了金武的压制，向后侧翻的金武，平安地落在了地上。

两人相对着，只见金武双手平放于胸前，凌啸天也重复着他的动作，那动作像是在凝气。

缓缓地，一柄透明状的剑由金武的体内生出，在到他面前，逐渐显现了出来。他的剑，通体散发出浅蓝色的光，这种光非常特殊，修炼之时称之为剑气，集金元、水元、火元于一身，方能修炼所得。

"灵虚剑！"金武一手接过剑，声势浩大地喝了一声。

与此同时，凌啸天也迫出了体内之剑，他的剑所呈现的是红光，所属剑气比金武多一木元。虽是多一元，却是输赢未定，四大族派的剑式剑招同为一体，但又可以化为异体，故此，衍生出四大族派。谁能灵活运用，谁能巧妙结合，谁就更胜一筹。

"千刀斩！"手握灵空剑的凌啸天，手之间同样有元气散出，要使出这套千刀斩，必须得拥有元力，元力的强弱，决定了千刀斩的威力。

随着凌啸天的追击，那把灵空剑瞬间变得庞大，而那变大的剑与主剑有所不同，它以透明状呈现，给人一种似有似无的感觉。当剑向金武压来，金武使出一招"万剑归踪"，顾名思义，所谓的"万剑归踪"就是把幻化出来的剑合为一体，此招式可以用来破解对方使出的千刀斩，也可以自由使出。

忽地一光迸出，凌啸天使出的"千刀斩"被破了。要破这招，倒是耗费了金武不少的元力，但金武的斗志丝毫不减。他坚挺地站在那儿，目视着凌啸天。

双眼微微一闭，金武的双指滑过灵虚剑，嘴唇微微一动："凝元式！"那一举动，确是给灵虚剑注入了人之气，人之气即是：真气、元气、怒气。为的是增强剑的威力。

招式一出，金武紧握长剑，急速地旋转着身体，剑端直指向凌啸天，速度之快，周身伴有强大的力量衍生。

望着剑朝自己刺来，凌啸天倒是不慌不忙。"御剑式。"从容不迫的他，使出这般招式，只见得那把灵空剑自发地朝金武飞去，再加上凌啸天用元力控制。两把剑纠缠在一起。

"哗哗哗……"细微的声音发出，树叶轻飘飘地落下。两名剑圣级的剑士斗剑，散发出的元力，震落了树上的叶子。

如此地斗了上百招，双方始终不分胜负，亦可谓势均力敌。地面亦是狼藉一片，到处都是掉落的树叶，而他们静止于地面，双方毫无动作，就那么僵硬地站着，手上提着的剑斜在地上，不谙实情的人会以为他们因斗剑而死。殊不知，他们由斗剑转化为斗气，这种状况表明他们使用了"定心式"。定心式封住人的心脉，用意志相斗。

"哈哈哈……"几分钟后，空中传出了两声爽朗的笑声，那两声笑声是凌啸天和金武发出来的。

"收。"慢慢地，那把灵空剑逐步地转为透明，几秒后，确是消失不见了，这就是剑的独特之处，可由人体自由召唤，自然，能召唤剑的人，自身得拥有不凡的元力。

把剑一收,金武往凌啸天身边走来,脸上挂着满足的笑容,从他们这般举动中,倒看不出他们有着很深的仇怨,反而显得很亲近,像兄弟那层关系。

"啸天兄,你的功力增长了不少啊!"微笑的他走过来,对凌啸天是一阵恭维。

谦虚的凌啸天捋了捋胡子,嘴唇微微一张,道:"哪里,哪里,你的功力也不凡啊!今日斗剑,真是大快人心。"

确实,两个剑圣级的人物斗剑,彼此切磋,能使自己得到提高,然而金武刚才还一脸的笑容,片刻就阴沉了下来,他感慨道:"唉,这么多年过去了,你我还停留在剑圣级别,实在有点遗憾。"

听得金武的一阵叹惜,凌啸天也摇晃着头,似有几分不畅:"是啊!要达到剑神这一级别必须炼齐五元,还得练成长生诀。可惜,《灵空剑谱》有残缺,至今我也悟不出当中玄机。"

太阳当空照,猛烈的阳光照射在大地各个角落,金武抬头看了看天,然后说道:"不说扫兴的话了,今天能和你斗剑,我甚是痛快。"

两人并步走着,他们的关系甚是交好,在四大族派中,凌啸天只有和灵虚族派的关系友好。两人时常聚在一起,大多以斗剑为主!

灵空山庄内堂处,一个女人躺卧在床上,干瘦的脸庞,憔悴的眼神目视着前方,从她的神情来看,像是分娩不久。床旁边坐着另一个女人,她双手捧着婴儿,头低垂着,脸上洋洋洒洒地露着笑容。

"风儿,叫干娘。"女人逗弄着婴儿道。

"他还没满月呢,看把你给急的。"看着女人兴高采烈的模样,床上的女人戏谑道。

女人憨憨地笑了笑,抬起头用一种羡慕的眼神看着床上的女人:"湘湘,你可有福了,云儿出生还没一年,你又生了风儿,我真羡慕你。"萧湘,凌啸天的妻子,在剑灵仙都也是一个不小的人物,精通琴棋书画,武艺不凡,才貌出众。

"那你也赶紧生一个呀,好让他们两兄弟有个伴!"萧湘玩笑道。

只见那女人的脸上微微泛红,目光斜向一边。她故意转移话题,用责备的语气道:"这金武和凌大哥去哪儿了,都晌午了,还没回来。"

"他们在一起还能干吗?无非是斗斗剑,谈谈族派的事,我估摸着他们这是斗剑忘记时间了。""夫人,夫人,我们回来了……"还未见其人,一道声音从门外传了进来,金武和凌啸天走了进来。

金武进房后,望着女人手上抱着的婴儿,开玩笑道:"啸天兄,你的儿子,一个叫凌风,一个叫凌云,我看你想让他们长大后风云四大族派呀。"

"那是当然了。"在金武的说导下,凌啸天倒是毫不谦恭,一边说着,一边昂着头。

突然,一名弟子由门外跑了进来,听他那急促的脚步声,好像十分急躁。

"庞龙，什么事那么急？"见弟子那般急躁，凌啸天忙问道。

被称为庞龙的灵空山庄的弟子，从身上拿出了一封信，递交给了凌啸天。凌啸天接过信，单看信封，便让他愕然了，那是一封挑战书，是怎样的挑战书让凌啸天愕然？又是谁有那么大的胆量向剑圣级别的凌啸天发出挑战书？

轻轻地拿过那封挑战书，凌啸天一脸的严峻，不用看信，凌啸天也能猜得出是谁向自己发出了挑战书。带着那份自信，凌啸天打开那封信。"嘶"的一声，那封信在凌啸天的撕裂下渐渐地裂出了一道口，凌啸天轻轻地将其取出，打开一看，上面写着：素闻凌族长武功超群，在下不才，欲向您讨教几招，三日后，紫云巅见。林震东敬上。

看完信，凌啸天目视着前方，瞳孔中放射出惆怅的眼神。多年来，凌啸天接到不少这样的挑战书，当中，以林震东为最多，他的剑术也最好。凌啸天愕然的是他再次向自己发出了挑战，而他早已厌倦了，如果可能，他才不会去紫云巅。

一旁的金武见凌啸天像怀心事般，便问道："啸天兄，怎么了？看你心事重重的。"经金武一问，凌啸天缓过神来，他侧过头，把手上的信给了金武，落寞地道："你看看吧！"

名为挑战，实为借挑战之名查探凌啸天的剑术，更是为了得到《灵空剑谱》。以林震东的造诣，虽未达到剑神这一级别，自身却也是剑仙级别。凌啸天曾与他过招，要打败他，双方的功力在伯仲之间。

"啸天，林震东是不是又来挑衅了？"床上的萧湘用担忧的语气说道，虽未看信，却也猜得七八分。

转过身，凌啸天勉强地笑着，安抚道："夫人，你不用担心，我不会有事的。"

金武看罢信，脸色沉重了下来，极为凌啸天的处境担忧，他能明白凌啸天的心情，作为剑神，自身又拥有《灵空剑谱》，凡为剑士，要想练成长生诀，必须得有《灵空剑谱》，因为长生诀记录于《灵空剑谱》上，然而他们并不知《灵空剑谱》早在很久以前就残缺了。

"啸天兄，一切小心，如果要帮忙的话，尽管找我。"金武拍了拍凌啸天的肩膀，鼓励着他。

看着他们那么紧张，凌啸天笑了笑，道："放心，林震东还不是我的对手。"

有凌啸天这句话，金武放心多了，他放下了右手，说道："那就好，时间不早了，我和雪儿这就回去了。"

见他们要走，凌啸天赶紧挽留道："都晌午了，要不吃完饭再走吧！"

床旁的杨雪将婴儿还给了萧湘，然后站了起来，转过身，走到了凌啸天的身边，一脸愧疚道："凌大哥，庄上有事要处理，你看我们……"

"那行，我就不留你们了，以后常来，我们两族派向来同气连枝，我送送你们。"

金武张开手掌,制止道:"留步,你还是留下来照顾嫂子吧!我们先告辞了。"双拳一抱,金武带着他的妻子(杨雪)走出了房间。

在剑灵仙都的北方,一座都城坐落于山下,这座都城是一座小城,城内多是剑士,并无平民。这座都城,名为灵天城,亦是灵天族派的掌控范围。

"族长,城外灵剑族派的族长来访。"大堂处,一名身穿白色布衫的男子向坐在大堂上座的灵天族长禀报着。

闻见灵剑族派的族长来了,灵天族长满脸的笑容,他乐呵着道:"快请,快请。"

一间书房,满是书籍,所收藏的多是关于武学方面的书籍,灵天族长在书房里接见了灵剑族长,这是他们一贯的见面方式。多年来,灵空与灵虚交好,灵天与灵剑交好,他们虽为四派,但各有各的想法,灵天和灵剑一直想练得《灵空剑谱》上的武功,曾多次向凌啸天借书,却一一被凌啸天以剑谱有残缺的理由给回绝了。

"莫兄光临灵天城,真是使灵天城蓬荜生辉呀!"还未等莫寒走进来,灵天族长恭敬地走过来,客套地说道。

一身轻装步履,矫健的身躯,浓密的眉毛下是一双大眼睛。他就是灵剑山庄的庄主——莫寒,待走进书房,他脸庞微微抽动,回敬道:"秦川兄就会拿小弟开玩笑,怎么着,长生诀参悟得怎么样了?"

说到长生诀,秦川直摇晃着头,失落道:"没有剑谱,拿什么参悟啊!"

走近秦川,莫寒兴奋地道:"今儿个我来呢,是有好消息告诉秦川兄的。"

一闻见有好消息,秦川便来了兴头,他专注地望着莫寒,好奇地问道:"你不会是得到剑谱了吧?!"

莫寒摇了摇头,刚才还很有兴致的秦川看到莫寒的那一摇头,脸色立马阴沉了下来。

紧接着,莫寒说道:"我虽然没得到剑谱,但我已经派林震东向凌啸天发出了挑战书。"

对于莫寒的那番话,秦川并没有感到有什么激动,反而更加失落,他淡淡地道:"又是这一套,林震东打不过凌啸天,派他向凌啸天挑战,无疑是以卵击石。"

"这你就错了,我派他去一是查探凌啸天的武功,如果凌啸天练成了长生诀,我们也好早做打算,二来,我已经传授他灵剑族最上乘的剑法和元力,打败凌啸天应该成为可能,凌啸天一败,我们就可以顺理成章地把他从灵空族派的族长之位上拉下来,迫使他交出《灵空剑谱》。"要想成为灵空族派的族长,唯一的条件就是打败凌啸天,而林震东是莫寒秘密收的弟子,但凡剑灵仙都无人知道这个秘密,他不仅习得灵剑剑法和灵天剑法,就连灵空剑法和灵虚剑法也稍有火候,故此,凌啸天也不知道他的身份、师承何处。

在莫寒的说明下,秦川立马精神了,一脸激动地看着莫寒,还伸出了大拇

指，道："高，你这招实在是高，要是林震东能打败凌啸天，那我们离剑圣的巅峰就不远了。"

"哈哈哈，他凌啸天以为不把剑谱借给我们，我们就没有办法了吗？秦川兄，我们就拭目以待，等着这一天的到来。"莫寒大声笑道。他的笑声里带有一丝邪恶。

能得到剑谱，是他们一直所期望的，在这个多事之秋，除了灵天和灵剑，还有更多的剑士欲夺得剑谱，凌啸天的处境可谓是日渐处忧，自打成为族长以来，他身上肩负着比其他族派更为艰难的使命。

书房里，秦川和莫寒沉濎一气，正筹划着夺剑谱的计谋，林震东打败凌啸天，是他们唯一夺得剑谱的途径。

"莫兄，为了提前庆祝我们拿到剑谱，我们喝几杯去。"一时高兴的秦川开怀道。

"走！"激动的莫寒张开手掌，作出"请"的姿态。

说到林震东，他用了一年多的时间参悟四大族派的武学，本身级别早已由剑仙迈到了剑圣，只是这一点，就连剑灵仙都的所有剑士都不知道，莫寒这样做的目的是隐藏林震东的实力，好一举打败凌啸天。这次的对决，凌啸天能不能打败林震东？一旦他输给了林震东，那就意味着他将会在剑灵仙都埋没。

几颗星星点缀着夜空，月色比往常还要黯淡，趁着萧湘睡熟，凌啸天偷偷地走出了房间。三天期限将至，凌啸天有着自己的想法。

缓步走到平常训练弟子的"龙虎台"，凌啸天抬头看了看星空，今晚的夜色让他的情绪有点低落。虽说自己是剑圣，但面对挑战者，凌啸天没有轻敌。他深知林震东此番发起挑战的用意，所以他才这般忧心。

"明天就是紫云巅决战，我不能输给林震东。"如此想的凌啸天，从体内迫出了灵空剑，借着夜色开始练习了起来，明天一战，势必关乎凌啸天在剑灵仙都的地位，所以他不敢懈怠。

"咚！"蹬脚一起，剑指前方，然后当空一剑，一道剑光发出，"呲、呲……"伴随着几声剑声，威武的身躯把灵空剑法使得是淋漓尽致，一招一式近乎完美。

不知不觉，萧湘出现在凌啸天的身后，她注视着凌啸天练剑，眼神中尽是担忧。一个凌空转身，凌啸天看见了萧湘，他停止了手上的动作，凝气、收剑，急急几步走到萧湘的面前，道："夫人，你怎么出来了？"

"我出来看看你，你明天就要决战了，我担心你。"萧湘柔和地说道。

有萧湘的关怀，他的心里暖暖的，同时，他又轻松一语，安慰道："放心，我不会有事的，你不用担心！"

轻微的风声吹起，萧湘微微地颤动了一下。"外面怪冷的，我们回房吧！"凌啸天一手揽过萧湘，怜惜地扶着她回房了。

一线暖阳铺满地，一座挺拔的山峰立于大地，此山名为紫云巅，地势险要，山峰十分高。在那最高的山顶之上，隐隐地能看见两人站在那儿，一位是凌啸天，另一位便是林震东，他双脚严实地踩在地上，从他的体型来看，远没有凌啸天魁梧，一脸扎髯须，双眼放射出令人害怕的冷光，目光中充满了对凌啸天的不屑。

　　"凌族长，今日之战，我们来点新鲜的吧！光决战没多大意思，你说呢？"

　　既然来了，凌啸天也不会在意林震东接下来想要干什么。他轻蔑地看着林震东，冷笑道："你想怎么斗就怎么斗吧！我既然应战了，一切随你。"

　　凌啸天那一副不惧的眼神让林震东有些愤怒，他强忍着心里的怒火，虚伪地露出一丝笑容，道："爽快，不愧是一代剑圣，果然豪迈。我是这么想的，今日之战，如果你输了的话，交出《灵空剑谱》，让出灵空族派族长之位。"

　　"一切依你，倘若你输了呢？"自信的凌啸天反问了一句。

　　"如果我输了，从此退出剑灵仙都，隐居山林。"林震东能说出这样的话，即说明他一心要打败凌啸天。如果林震东得到了剑谱，他会把剑谱交给莫寒吗？作为剑士，谁人不想独步武林，称霸天下。这也是林震东提出这种要求的原因，他想独吞剑谱。

　　"出招吧！要想拿到剑谱，先赢了我再说。"一阵冷光发出，凌啸天狠狠地盯着林震东。

　　一道元力从林震东的手心衍生，"呼"的一声，蕴藏在体内的剑出现在林震东的手上，他那剑呈银白色，象征着他还只是一名初级的剑圣。

　　"短短一年，你的修为提高了不少，只是走错了路，可惜了。"一眼看出了林震东修为的程度，不免唏嘘了一声。单从林震东身上散发的元力，凌啸天就能看得出林震东修炼的境界，他纳闷的是谁在背后指导他，让他这般的突飞猛进，想当初自己由剑仙上升到剑圣级别，修炼的时间有两年之余。

　　"接招。"提剑而来的林震东怒喝一声，直往凌啸天冲来。

　　剑指所向，凌啸天疾步跑去，边跑着，体内的灵空剑应心而出。两人交战，虽说林震东刚成为剑圣不久，但他也能和凌啸天对上几战。过去，凌啸天不能轻易打败他，是因为他出的招式不可捉摸，时而以灵虚剑法破自己的剑招，时而以灵天剑法出击……

　　激战拉开，林震东一剑直逼着凌啸天。凌啸天毫不退却，两把剑呈一条直线冲击着双方。中间一道气力产生，相互抵制着对方。略停顿了数秒，凌啸天把剑错开，林震东也错开了剑，两人擦肩而去，双方的目光直刺着对方，这场决战，谁都不会留有一招，不以全力相搏，只有输的结局。

　　在两人向前冲去之际，林震东突然反转一剑，呼啸的剑声震动着。凌啸天的耳朵动了动已有察觉。当下，动用了元力，当林震动的剑朝他刺来，凌啸天的周身形成了一道屏障，任凭林震东的剑再怎么锋利，也刺不穿那道屏障。

　　只见林震东左手紧握，无形的元力运行到剑上，使得剑的威力更加强大。

那道屏障已支撑不了多长时间。

"御剑式。"无奈，凌啸天使出了御剑式，那把灵空剑飞了出去，抵制着林震东的剑。

"你以为就你会御剑式吗？看我的御剑式。"说罢，林震东手上的剑脱离了他的手，两把剑纠缠在一起，而他们则用元力控制着。

双方交战，悬殊难分，各自使出浑身解数，力敌于对方。

在这个剑的天下，除了秦川和莫寒想要得到剑谱外，还有更多的剑士垂涎于剑谱。一间黑暗的石室里，隐隐约约地听见有人谈话的声音，循着这声音，有两个人分别坐在里面，石室黑暗，看不清他们的脸，只听得见他们说话的声音。

"我说，老四，如今凌啸天的族派不断壮大，远远超过了其他三派，再这样下去，我们恐怕很难在这大陆上立足。"

这样的态势，让另外的人很不安，他紧张地站了起来，话道："是啊！想当年，我们同时达到了剑圣这一级别，从那以后，功力便没有再提升过，那该死的凌啸天，抱着剑谱不放，还说什么剑谱有破损，不能修炼。"

"我看，他就是留着自己慢慢修炼，等他达到剑神，还不得原形毕露？"有些愤慨的神秘者，看上去异常愤怒。

"这么说，凌啸天想一统大陆，成为大陆的主宰者。"另一人极度烦躁。那人说道："这哪说得准，像我们这类修炼者，无非就是想在大陆上做最强大的一者。"

"不行！我们不能眼睁睁地看着他凌驾于我们之上，好说歹说，我们和他也是同一级别。"

"那又能怎么样呢？剑谱不在我们的手上，由不得我们。"那人无可奈何地说。

这样的形势之下，另外一人眉心蹙成一条线，好像在想什么。稍时，他双手一拍，兴奋道："这还不简单，我们可以把剑谱夺过来啊！"

"说得轻巧，剑谱藏在藏书阁里，又有人严密看守，怎么夺？"

欣喜的那个人，转过身，在他的耳边细细地说了一遍，两人兴奋地笑了。

"好，好，就这么办。"两名神秘者在密谋着很大的阴谋，那会是一个怎样的阴谋？

第二章　暗藏杀机

紫云巅上，决战还未结束，林震东和凌啸天愈战愈激烈，扬起的风沙纷纷扬扬，布满在他们的四周。林震东出剑之快，让人好生难以防备。凌啸天却几次破了他的剑招。当两把剑再次纠缠在一起时，林震东左手张开，凝聚元力，顺势一掌打了出去。由于顾着破剑招，凌啸天来不及躲闪，那一掌重重地落在了他的身上。

负伤的凌啸天收回了剑，疼痛的他用左手捂着胸口，脸上一股气团在窜动，他一脸痛苦的表情，那是林震动打在凌啸天身上的元力，此刻正折磨着他。

得意的林震东鄙夷地看着凌啸天，狂妄地说道："凌啸天，你不是我的对手，赶紧认输吧！"

虽被击了一掌，凭借着几十年来的修炼，凌啸天双掌一合，运行元力，稍加修复，那道元力被他迫了出来。

"想打败我，岂是那么容易！"

见凌啸天驱除了身上的元力，林震东傻愣愣的，他有些后悔，后悔没能抓住机会。错过了时机，再要挫伤凌啸天，便困难了。愤怒的他，剑一指，再次发起了攻击。

当那把剑刺来，凌啸天在头脑里稍微想了想：你以四大族派剑法应对我，倘若我不用灵空剑法，你又怎可破我剑法？

四大族派剑法有相似之处，彼此可以互通，也可以破解。想到应对的凌啸天，用飞快的速度朝林震东攻去，一招无形胜有形，逼得林震东是连连败退。

再仔细观察林震东应对，只看得见他挥剑抵挡，速度极快的凌啸天认准了他的一举一动，以凌啸天的步法，旁人是看不出来的，只看得一道人影缠绕在林震东的周身。凌啸天不仅步法快，就连所使出的剑招也相当的快，快得让人眼花缭乱，快得让林震东无法接招。要不是林震东身手不凡，恐怕早已死于凌啸天的剑下。

"咚"的一声，林震东重重地落在了地上，他是被凌啸天一掌击倒在地的。打倒了林震东，凌啸天快速地走到他的面前，剑一横指，那把灵空剑直指着林震东的要害。躺在地上的林震东，身负重伤，再也没有能力反击，他低下头，脸色僵硬道："我输了。"

从紫云巅回来的凌啸天，脚步凝重，那道元力虽被他迫了出来，但残余的元力依然遗留在身体内。

"啸天，你回来了。"一见凌啸天回来了，一直在山庄外等候的萧湘，看到凌啸天后，她那颗心终于落下了。

当她注意到凌啸天的异样，神情又转变了，紧蹙着眉头，一步上前扶住了他："啸天，你受伤了。"

"没事，我调息一下就好了。"凌啸天摆了摆手，无碍地答道。萧湘扶着他，向灵空山庄走去了。

天渐渐地暗了下来，一轮圆月升入了天边，璀璨的星群相互围绕着，夺目的光辉照在偌大的藏书阁，门两旁分别站着五六名守卫，他们的职责是守护藏书阁里面的剑谱，他们虽未达到剑神，但级别也在剑宗之间，从他们身上所散发出的元力即能看出。

他们平视着前方，端正地站着，纹丝不动，就好像是站立的树木，尽职地守护着。

"嗖"的一声，六只暗器从他们的后面飞来，六人丝毫未动，暗器却在眨眼间化为了青烟。可见，六人元力极其雄厚。

知有情况，当中一人大声喊道："什么人，敢夜闯藏书阁，有胆现身一见。"

周围一点动静也没有，站在侧边的一人，朝着上面空阁楼的瓦砾击了一掌，"嘭"的爆裂声传开，几片瓦片落下来，却不见任何人影。

六人恢复了原来的站姿，继续看守着，不为刚才发生的事情而有所变动。

藏书阁楼上，一面蒙着黑纱的男子出现在那儿，他自言自语道："这调虎离山之计竟然引诱不了他们，看来只有偷偷地溜进藏书阁了。"

轻轻地，他揭开了覆盖在阁楼上的瓦片，身体垂直而下，便潜进了藏书阁里面，刚一落地，不知从哪儿飞出了数百支箭。神秘者迫出了元力，数百支箭顷刻之间成了粉末。

得意扬扬的他，嘴角扬起了一丝笑意："就这点小伎俩还想难住我，你凌啸天也太小看我了。"

慢慢地，他挪动着脚步，悄悄地往一铁箱迈去，就在他轻率之际，脚下的木块瞬间移动，留下了空洞，稍不留意，便会掉下去。机智的神秘者借助墙壁的力量轻轻地弹跳了起来，伏在一墙角之边，咂口道："好险，好险，差点小命都丢了，看来，凌啸天的防备挺森严的，我得小心点，不然，非得葬身在藏书阁里。"

眼见着移动的木块渐渐地停了下来，倚靠在墙角的神秘者重新站在了地面上，他微微闭上了双眼，散发出元力，搁在书架旁的铁箱被升了起来，慢慢地向他的身边移来，高兴的他自是十分得意，铁箱在他的面前停下了。神秘者左拳充满了力量，一拳下去，"嘣"铁箱立刻分化成几块碎块，掉落在地上，一本《灵空剑谱》闪亮地出现在他的面前。"哈哈哈"一阵得意的笑声，从这儿散出。

阁楼远处，一名男子威风凛凛地走来，他正是凌啸天，花费了数个时辰才把体内的元力清除了，像往常一样，他每晚都会来藏书阁查看，今晚亦是一样。

走了几步，他来到了守卫者的身边。

六名守卫者同声喊道："族长。"

凌啸天查看了四周，周围十分寂静，凌啸天问道："很好，今天没发生什么动静吧？"

"族长，刚才似乎有一神秘者前来盗剑谱，我们怀疑他们欲用调虎离山之计引开我们，我们怕上当，所以没有追击。"其中一人说道。

至此，凌啸天担忧了起来："不行！我得亲自去看看，绝不能有所差池。"

说着，他快步向藏书阁走去，心是悬着的，剑谱一旦被盗，恐会引起一段纷争。那些剑士一定会为了抢剑谱，而掀起一番血雨腥风，天下从此不会平静，剑灵仙都将会陷入纷乱之中。

他轻轻地、轻轻地走到藏书阁门前，门周身有一气团覆盖着，凌啸天随手一挥，"吱呀"一声，被镀有一层金黄色的镶边的门敞开了。

里面已是凌乱不堪，凌啸天迅速走进去，他弯下身，捡起地面上的碎片，抬起头望见屋顶上的瓦片被揭开了，空洞洞地留下了一个大窟窿。

凌啸天的耳朵动了动，仿佛察觉到了什么。他微口一启："出来吧，我知道你还在这儿。"

"不愧是灵空族派的族长，看来，我今晚是逃不了咯。"那名神秘者，从一书架后走了出来，目光直盯着凌啸天。

"想偷走《灵空剑谱》，岂有那么容易？我奉劝你一句，赶紧把《灵空剑谱》交出来，否则，你休想活着走出去。"凌啸天恐吓道。眼前的神秘者来路不正，以他的身手还不是凌啸天的对手。

神秘者仰天一笑，道："哈哈哈，你太风趣了，哪有到嘴的肥肉，往外吐的？"

双拳已是紧紧握紧，凌啸天的元力漫布全身，他扫视着神秘者，眼睛中放射出可怖的目光，威严道："既然如此，我们手底下分高低。"

"灵空剑！"急唤一声，凌啸天从体内迫出了灵空剑，右手一握，做出了一招出战的姿势。神秘者见状，临危不惧，他右手从空中划过，一把剑出现在他的手上。

从他的体型以及元力来看，似乎达到了剑仙这一级别，他的眼睛里掠过一丝杀气，双眼合成了一条线，喝声道："来吧，让我会会你，看看你有何能耐担当族长之位。"

两双眼睛各自望向对方，那眼神里充满了杀机，重重叠影，直穿过对方。

手持灵空剑，一步疾速，剑指而去，"哐"压在了神秘者的身上。神秘者受着如此大的压力，身体不住地往后退，凌厉的目光扫在他的身上，右脚往后扬起，贴在了墙壁之上，借助墙壁的力量，他向上一翻，由空中一旋转，翻到了凌啸天的身后。

利落的他返身朝身后刺了一剑，快速的剑法急急而来，刺在了凌啸天的剑上，他双手握剑，运足了元力融汇于剑上，神秘者的剑变得更加强化了。受着如此大的冲击，凌啸天取剑一横，身体微倾，半跪于地下，这一招泄去了神秘者的所有元力。"噜、噜、噜"，灵空剑在他的脚下斩杀，神秘者只有往后退，被逼于墙角，"当"地一跃起，全身凌于半空，身体自上而下地刺来一剑。

剑指上空，两把剑相互交错地挥打着，一阵混战，双方敌对着，剑垂于地下，步步紧逼的凌啸天丝毫不给神秘者喘息，他当即驱动元力，一股强大的力量飞窜出去，神秘者的黑纱被揭开了。生怕身份被识破的神秘者，本能地别过头去，背对着凌啸天。"这家伙，如此神秘，想必害怕被我识破身份，那么我……"顺着这个想法，凌啸天冲着他说："我已经知道你是谁了，赶紧留下《灵空剑谱》，方可捡回一条命。"

已经到手的剑谱，又岂会轻易还回？神秘者扬言道："要我留下剑谱，根本是无望之谈。"

"咚"双脚一蹬，全身跃起，向屋顶飞去，凌啸天当机立断，在他的背后击了一掌，神秘者受了一掌，背负着重伤，兀自逃去了。

"哎，还是让他逃走了。"凌啸天阴下脸，叹气道，但仔细一想起刚才的画面，他似乎有所感悟。

"那个人看上去怎么那么熟悉，只可惜没有看清他的样貌，现在剑谱被盗，天下必定混乱，不行，我得赶紧追回剑谱。"凌啸天叹息了一声，剑谱被盗，恐怕纷争就此引发。

次日，灵空山庄大堂，凌啸天威严地坐在族长之位上，堂下站着不少剑士，他们都是灵空山庄的弟子，修炼的程度多在剑尊到剑仙之间。

在他们最前面的乃是灵空山庄的大弟子——洛辰阳，他恭敬地站着，礼貌地向凌啸天行着礼："族长好！"

凌啸天从座位上站起，他忧心地说道："昨晚有人夜闯藏书阁，《灵空剑谱》已被盗，今天把你们召集，是要你们找回剑谱的，辰阳，找回剑谱的任务就交给你了。"

"是，族长，弟子定当不负族长期望，一定会找回剑谱的。"洛辰阳用洪亮的声音说道。在灵空山庄，他和其他弟子的关系颇为交好，所有弟子除了听从凌啸天的号令，对洛辰阳也是极为拥护。

忧心忡忡的凌啸天，挥了挥手："去吧！"

"灵空山庄上下所有弟子，跟我走。"在洛辰阳的呼声下，那些弟子跟着他走出了大堂。

注视着他们离去，凌啸天望着他们的背影，道："希望你们能找回剑谱，避免一场浩劫。"从凌啸天的口气上来看，谁拥有《灵空剑谱》，便能成为天下的主宰。可历年来，剑谱在他的身上，也不见他风云剑都啊！照此来看，剑谱真的有残缺。

他担心的是天下剑士为了抢夺剑谱，造成不必要的伤亡，找回剑谱，为的只是避免纷争，并不是怕别人借助剑谱修炼，成为天下至尊。

负伤而归的神秘者，回到了那石室中，在那里，早已有两个人在等着他，那些人见他回来了。"剑谱可否拿到？"一人急切地问道。神秘者从身上拿出了剑谱："给，这是你们要的东西。"

另一人兴奋地抢过剑谱，高兴地笑道："太好了！有了这剑谱，我们便可以成为剑圣了。""哗，哗，哗"他不断地翻阅着剑谱，脸上露出欣慰的笑容。"你是怎么取得剑谱的，没露什么破绽吧！"

"我和凌啸天交过手，黑纱巾被他揭开过，我想很快他就会知道我的身份，这对于我们来说非常不利，还有，你们可是答应过我，只要我拿到剑谱，就会给我想要的。你们不会拿到剑谱，想把我灭口吧！"神秘者惊恐地说道，如今剑谱交给了他们，神秘者开始讨要自己的好处，心中也在害怕，这无疑是与虎谋皮。

"不会的。"两人同时说道。

"你们也别想杀了我，此事一旦传开，你们怕是也没好日子过。"神秘者带有一种威胁的语气说道。

"看你说的，怎么会呢？凌啸天和你交战过，很快就会知道你的身份，我看这么着，只要把他给杀了，才能明哲保身。再说剑谱在我们的手上，留着他始终是个祸患。"一人奸笑着语道。

"杀了他？他已是剑圣级别，一般的刺客不是他的对手。"深知这一点的神秘者，认为他们的想法实行不了。一人招了招手，示意他们靠近，"你们过来，听我说……"三个人围在一起，小声地商量着什么，整个密室里暗藏着杀机。

第二章 暗藏杀机

第三章　灵空之变

　　夜色一片寂静，灵空山庄书房内，凌啸天手捧着一本书，在房间里踱来踱去，虽贵为剑圣，但丝毫不见他放松，所读之书多是武学之书。

　　"气者，从心而发，贯于周身之气……"一句句调理心力的口诀经他口中朗诵出来。

　　门外，屋顶上一道人影飞快地狂奔着，那人全身着一黑衣，面蒙黑纱，来意不能明确。当他跃身至凌啸天的书房后，脚步放慢了下来。轻轻地，他贴身于门口，鬼鬼祟祟的。他若是偷盗之辈，又哪是凌啸天的对手？

　　蒙面人见凌啸天在书房内诵读着书，眼睛转了转，然后凝聚元力，冲房外击了一掌。"咚"的一声，正在阅书的凌啸天听见了声音，立马把眼神从书上转移了，直视着房外，嘴上喊道："谁？"

　　屋外的蒙面人知凌啸天发现了自己，赶紧逃离了，难道他是盗剑谱的神秘者，这次又想用调虎离山之计，支开凌啸天，进而偷盗书房里的武学书籍。

　　"好大的胆子，上次偷了剑谱，还敢来，这次我一定活捉了你。"言罢，凌啸天放下了手上的书，冲动地追了出去。

　　夜深了，萧湘已然熟睡，在她身旁有两个婴儿，一个是凌风，另一个则是凌云，他们睡得正香。

　　"呼呼……"外面不断地发出狂风号叫声，那风声让人听着有些害怕。

　　"嗒嗒……"又一声音发出，这道声音很是响亮，不像是风声。响亮的声音惊醒了萧湘，她睁开了眼睛，从床上起来，拿起衣服披在了身上。

　　"快下雨了。"起床后的萧湘望着窗外哑口道。她走到窗户边，准备关窗户，忽眼睛一扫，一道人影进入了萧湘的视线，那人影奔跑的速度很快，没多长时间就消失不见了。

　　"谁？"萧湘喊了一声，然后跳出窗户，追击蒙面人去了。

　　待萧湘出了房间，又一蒙面人出现，"吱呀"一声，他轻轻地推开了门，慢慢地向床边走去。蒙面人的出现，对凌风、凌云来说，是一种威胁。

　　毫无顾忌的蒙面人走到了床边，他抱起了凌云，然后得意地跳窗而出，好像这一切都是有预谋、有计划一般。由此可见，这三个蒙面人就是密室里的那三个神秘者。

　　引诱凌啸天的蒙面人在龙虎台停了下来，凌啸天看着他的背影，气冲冲道：

"赶紧交出剑谱，别逼我出手。"

蒙面人转过身，平静地说："别急，我把你引出来，是让你看出好戏的。"

没一会儿，第二个蒙面人来到了这儿，他与第一个蒙面人会合了，这一切都是有计划的。

"湘湘，你怎么也出来了？"当凌啸天看见萧湘时，疑惑地问道，眼神里尽带不解。

"我看见了蒙面人，心里不放心，就追了出来。"见凌啸天也在这儿，萧湘有点不知所云。

第三个蒙面人从后方走了出来，他手中抱着凌云，傲慢地说道："都到齐了，很好，很好。"

萧湘看到自己的孩子被蒙面人抱去了，心里着急着，她激动地说道："我的孩子，把我的孩子还给我。"

至此，凌啸天也迷茫了，他张口道："你们想干什么？"

"哼，想干什么？我们想杀了你。"一蒙面人眼睛里放射出杀气，他们这般做法，无非是拖住凌啸天的后腿，好奸杀凌啸天。

自己的孩子被人掳去了，萧湘的心又岂能平静？一道元力从她的身上散发，那是一股怒气。再见得萧湘的手上握有一把剑，愤慨的萧湘口中喊道："把我的孩子还给我。"

一旁的凌啸天也没歇着，元力早已迫了出来，蒙面人见势，却没有唤剑，倒好像有所保留。

灵空剑在手，愤怒的凌啸天一招千刀斩，直逼而去。蒙面人用元力抵挡着，纵使元力再浑厚，若没有武器加以抵挡，恐怕也是坚持不了多长时间的。

抱着凌云的蒙面人，单手应对着萧湘的攻击，好在他的身法不错，不然早已被萧湘击毙。顾忌的蒙面人只有防守，没有反击。

"哗、哗、哗……"地面上的砖瓦被凌啸天的剑法激了起来，那些瓦片全都向蒙面人飞去。两名蒙面人相互望了对方一眼，同时击出一掌，那些瓦片在掌力的重力下，全部落在了地上，碎成了瓦砾。单那么赤手空拳地接凌啸天的招式，他们坚持不了多久，这一点第三个蒙面人深知。

"停！"抱着凌云的蒙面人大喝了一声。

所有人在他的喝令下都停止了动作，凌啸天那把劈向蒙面人的剑，停在了半空，没有回落。

"凌啸天，要是你想救你的儿子，那就吃下我给你准备的千筋散吧！"蒙面人说道。

千筋散是一种毒药，乃为罕有，服食者会在十二个时辰内元力散尽，筋脉尽断而死。

"千筋散，你们怎么会有千筋散？"凌啸天震惊道。早在十年前，制作千筋散的人遭仇家追杀，从此在剑都除名。

第三章 灵空之变

"哈哈哈……"当中一名蒙面人放声大笑道,"没想到吧！千筋散是专门为你备着的。"那名蒙面人慢慢地走近凌啸天,右手打开,一枚黄色的药丸出现在他的手心里。

如今这地步,凌啸天没有选择的余地,为了救下凌云,他从蒙面人的手上接过了千筋散,毫不迟疑地将其吞食。

"你以为吃下千筋散我就会把孩子还给你们吗？别妄想了,你贵为剑圣,只要用元力抵制住千筋散,使其不发作,哪怕十年二十年你也会相安无事,不过我有办法让你体内的千筋散发作。"蒙面人狂妄道。

随即,他把凌云往上空一抛,望眼欲穿的萧湘纵身一跃,欲将凌云救下。哪知蒙面人也飞将起来,将半空中的萧湘击落了。凌云平安地被他抱在了怀里。

被蒙面人击了一掌的萧湘,重重地落在了地上,鲜血从嘴角渗出。那一掌不轻,击碎了萧湘的筋脉,元力在体内流窜,随时有性命之忧。

"我们走。"蒙面人吆喝一声,三个人噔地跃走了。

服下千筋散的凌啸天,见自己的妻子有危险,赶紧跑了过去,将她扶起,进而用自己的元力为萧湘疗伤,意图挽救她的性命。蒙面人的真正意图就是使得凌啸天动用元力,一旦元力从体内传送出来,便激发了千筋散的毒性,此刻,凌啸天的性命危在旦夕。

第四章 退隐剑都

"哗啦啦……"一滴一滴的雨从天上落了下来,滴落在地上,发出响亮的声音。龙虎台上,凌啸天还在为萧湘输送着元力,身受重伤的萧湘并没有多大起色,她眼睛依然紧闭着,气息变得十分微弱。

"扑嗤"一声,强行把元力输送给萧湘的凌啸天,最终因元力不足,受了内伤。一口鲜血吐在湿漉漉的地面,加上雨水的扩散,地面上一片殷红。受了内伤的凌啸天倒在了地上,萧湘体内没迫出的元力折磨着她,她脸上一副痛苦的表情,就好像有一种东西在吞噬她的心脏,痛苦万分。加上浑身被雨水打湿了,身体极度虚弱,生还的机会十分渺茫。

整整一个晚上过去了,雨后的清晨,空气格外清新,在剑都的另一角落,存在着一族派,它便是灵虚族派。灵虚族派位于东方,坐落于一大门户,没有灵天城的威严。普普通通的庭院,倒是宽大。虽是平凡,却统领着附近一带平民。

阁楼处,金武站在那儿,双眼望向远方,像是在欣赏什么。楼下,弟子习武的声音十分响亮。

"族长,族长……"一名弟子匆忙地从楼下走上来。

被惊扰的金武回过身,问道:"何事如此慌张?"

那名弟子双手拿着一封信呈在金武的面前:"族长,您的急信。"

急信?常年来和金武有着书信来往的也只有凌啸天。带着一种疑惑的表情,金武从弟子的手上拿过信,拆开来看,一看完,整个人呆住了,脸色也沉重了下来。信上写着:金武兄,今我遭到毒手,身中千筋散,命在旦夕,速来灵空山庄。凌啸天亲笔。

读罢信,金武慌了,他紧张道:"备马。"

房间内,凌啸天守护在妻子的身边,虚弱的萧湘醒了过来:"啸天。"

"湘湘,你醒了?"见萧湘醒来,凌啸天一脸的开心,原本沧桑的脸也变得红润了,连说话的声音都很有气力。

"啸天,我快不行了,我走之后好好照顾风儿,一定要找回云儿。"脸色煞白的萧湘,哀伤地看着凌啸天。

紧张的凌啸天紧紧地抓住了萧湘的手,强忍着悲痛,道:"湘湘,你不会有

事的。"

"答应我,好吗?"萧湘用恳求的眼神看着凌啸天。

知道自己时间不多,他痛苦地点着头,两眼之间似乎有泪光,默默地,他低下了头,点头道:"我答应你,我答应你。"

就在凌啸天答应了她的要求后,萧湘缓缓地闭上了眼睛,从此不再醒来。

"湘湘……"房间里传出凌啸天凄惨的声音。

"啸天,啸天。"赶来的金武,用最短的时间来到了灵空山庄,当他推开门喊着凌啸天的瞬间,他被眼前的场景吓着了。

"金武兄,你来了。"凌啸天一脸惨白,嘴唇泛紫,千筋散正慢慢地吞噬着他的身体。

看着凌啸天成了这个样子,金武好是心寒,前几天还和他斗剑,时隔几日,却成了这般模样,能不让他心寒吗?"啸天,是谁给你下了千筋散?这千筋散能否医治?"

凌啸天摇了摇头,千筋散的解药早已随着炼制的人而消失殆尽,即使有解药,时间上也容不了金武找寻。凌啸天在乎的不是自己的生死,他最放心不下的是他的儿子,侧过脸,看着床上的凌风,想着自己的孩子被人掳走了,他好是惆怅,眼神闪动着泪花:"金武,替我好好抚养风儿,云儿被人给抢走了,你一定要找到云儿。"

金武满脸悲伤,不忍地点着头:"我会好好抚养风儿的,也一定会找回云儿的。"

"那就好,你附耳过来,我有话要和你说。"

金武凑了过去,凌啸天在他的耳旁言语了一番,最后了无遗憾地走了,一代剑圣就此销迹于剑都。

3天后,狼藉的灵空山庄俨然成了死气沉沉般,凌氏夫妇的灵柩停放在正堂里,山庄上下的人全都佩戴上了白布,前来送别的人脸带悲伤。身为入室大弟子的洛辰阳跪在灵前,向前来送别的人回礼。金武和他的夫人分别站在两边。门外,两名身份特殊的人走了进来,其中一位是灵天族派的族长,跟在他旁边的那人,是灵剑族长——莫寒,但凡剑士所炼之剑,需由他掌管的山庄所提供,灵剑山庄以炼剑而闻名于天下,所炼之剑,无坚不摧。

他们走到灵前,接过香火,跪在灵前,同口而言:"凌族长,凌夫人,一路走好。"

待他们把香安插了下去,秦川转身面对着众人说:"各位,今天是凌族长出棺之日,有些话,我本不应该说,但为了灵空山庄好,却不得不说,国不可一日无君,族不可一日无长,趁着今天其余三大族派的族长都在,我想定下灵空族的族长,你们觉得怎么样?"

灵空族的门徒,群龙无首,自然是闷闷不作声。"这不太好吧,凌族长刚去世,我们就定族长,未免有点仓促吧。"在这个关口,身为灵虚山庄族长的金武站出来道。

"话不能那么说，当初我们父辈创下这四大门派，是想互相依存的，如今凌族长不在，早日定下族长还是好的。"一旁的莫寒附和道。

"我们拥护大师兄为族长，大师兄德高望重，是不二人选。"人群中，有人呼唤道。

随着众人的拥戴，洛辰阳成为了灵空一族的新任族长。

虽被大家推上了族长的位置，但洛辰阳也不能喜怒于色，他脸无表情道："谢谢大家的爱戴，我一定会做好灵空族长的，另外，我向大家承诺，一定会找回《灵空剑谱》的，毕竟此剑谱是灵空家族的镇族之宝。我也不会让凶手逍遥法外的。"

"好，好，好……"大家齐声呼应。洛辰阳当上了灵空山庄的族长，秦川和莫寒偷偷地露出一丝诡秘的笑容。

在一个茂密的森林，树木参立，那儿有一座坟墓，却葬着两个人，有两人站在坟前，从他们的背影上看，像是金氏夫妇，杨雪的怀里抱着凌啸天的儿子凌风。"凌兄，现在你的继承人是你的大弟子，你也不要担心，我会把凌风抚养长大的，只可惜，凌云不见了，我会把他找回来的。"遗憾的金武自责道。

妻子杨雪侧头望着金武，眼神中似有一种难以言明的目光，她安慰道："金武，你也不要太难过了，看着凌风刚出世，父母就不在了，要不，我们把凌风认为干儿子吧！"

她的想法并没有让金武认同，他摇了摇头："不，我要把他当作亲生儿子，从现在起，我的身份就是凌啸天，我要让风儿知道，他是有父亲的，他的父亲叫凌啸天。"

杨雪不解，她疑惑地问道："这，你怎么会这样想？"

"凌兄一死，天下的剑士必定会找寻剑谱，我与凌兄形同兄弟，自然会找到我的身上，所以我想隐居山林，避开人们的追踪。"

确实，且不说自己没有剑谱，单凭他是凌啸天的挚友，天下剑士也会找到他的身上。听了这一席话的杨雪点了点头，再看她脸上的表情，显得有所顾虑："你这样想好是好，难道你能放下你父亲创下的灵虚族派？"

权衡之下，为了完成凌啸天的遗愿，金武咬了咬嘴唇，断然道："有些事该放下的必须放下，不然会被它所羁绊，为了风儿的安全，我必须放下。"默默地在坟前许下承诺，金武为了凌啸天的遗愿，竟然舍下了自己的山庄。祭拜了凌啸天，刚回山庄的金武听得弟子汇报洛辰阳带着灵空山庄的弟子来到了灵虚山庄。

金武在大堂接见了他。一见到他，金武极不友善，语气中透露着对他的不屑。"洛族长，今日来此，有何贵干？"

"据本族长调查，你涉嫌偷盗剑谱。"洛辰阳回道，能来灵虚山庄拿人，洛辰阳肯定受到了别人的蛊惑。

"好啊，你若怀疑我偷了剑谱，那就进去搜吧！"

"得罪了，你们，进去给我搜。"洛辰阳下令道，所有的人涌向后堂。

"族长，这……"作为灵虚弟子的人眼见着他们冲进后堂，慌乱道。

坦荡的金武，无妨道："让他们搜吧！"

片刻后，有人喊道："找到了，找到了。"洛辰阳冷冷地看着金武，有所得意，金武愣了，自己并没有偷剑谱，如今在自己的山庄搜出了剑谱，怕是他很难脱身了。

所有人的眼神全都投到了那本书上。"族长，这就是《灵空剑谱》。"那人把剑谱交给了洛辰阳。

洛辰阳接过剑谱，细细地看了一眼，义正词严道："金族长，你现在有什么话好说？"

一定是有人在陷害我，看来背后的人想把偷盗剑谱的元凶归咎到自己的身上，金武这样想着。"我无话可说，既然你们认为是我偷了剑谱，我说什么你们都不会相信的。"金武傲慢地言道，他丝毫没有给自己辩解，事情到了这个地步，他说什么都没用。

"好，既然你都承认了，来人，把他带回灵空山庄，等候发落。"洛辰阳下令道。

抱着孩子的杨雪，眼神中露出了几分担忧。金武只笑着看了她一眼，便被灵空山庄的人给带走了。

当晚，金武被绑在一个石柱上，正准备着被处理，台下站满了人，三位族长坐在最上方。"依照族规，凡是不利于族内安定的人，必须受到惩罚，族长也不例外。金族长，现我们三大族长审定你泄漏族派机密，意图独吞剑谱，你认不认罪？"最中间的秦川一脸庄重道。

"我知道就算我再说什么，也证实不了自己的清白，那我还能说什么？"

秦川问道："照你这样说来，我们在冤枉你咯。"

"陷害我的不是你们，是真正偷剑谱的人。也罢，事情到了这儿，我说什么都没用，多说无义，你们想怎么办就怎么办吧！"金武脸上一片失望，现在对于他来说，一切都已经不重要，抚养凌风长大，才是他唯一想做的。

坐在旁边的灵剑族长，振振有词道："好，既然你已经承认，根据第十五条族规，凡是不利于族内稳定的人，被视为叛徒，依照规定，要被散去全部功力，逐出门派。"

此时，金武微微闭起双眼，坚强地说道："来吧，这也是我所想要的。"至少功力散尽，天下剑士就不会怀疑他偷了剑谱，更利于他隐退仙都。

三位族长各自望了一下，点了点头，他们同时伸出了掌心，掌力相向，一股强大的元力冲向金武，此掌被称为散功掌，能散去剑士的全部元力。散功掌落在金武的身上，一股强大的气团围绕在他的身上，上蹿下跳，金武面部露出痛苦的表情，受此散功掌会有后遗症，即使是功力再强悍，元力再浑厚，没有赤仙草，功力也很难恢复。

被散去功力的金武，从此再也不能像以前那样威猛，现在的他只是普普通通的一个人，没有任何元力，蕴藏在体内的灵虚剑再也召唤不了了。金武并没有愤慨，他早就下定决心离开剑都，所以他表现得非常从容。

回到山庄，金武召集了所有弟子，大堂处烛光闪烁，上百名弟子整齐划一地站立着。最前方站着的是灵虚山庄的大弟子——苏慕，他一身锦衣着身，怀着崇敬的目光望着金武。

面对着所有弟子，金武宣布道："今晚把你们召集，只有一件事，即日起我便不是灵虚山庄的族长。"

这话一出，马上引来弟子们的疑问，堂下"嘶嘶切切"声起，众弟子均不明所因。"族长，发生什么事了？谁敢对我们族长不利，我杀了他。"人群中，有人情绪高涨地大声说道。

"是啊！是啊！"

金武举起了双手，示意他们安静，"我的元力被散去了，没有能力统领灵虚山庄，我退位后，由你们的大师兄担任灵虚山庄的族长，今后你们听从他的号令。"

一旁的苏慕疑虑道："族长，这，这……"

"就这么定了，大家都回去睡吧！"金武说完，摆过脸往内堂去了，那些弟子怅然若失，一个个垂头丧气地往大堂外走。

房间里：杨雪正哄着凌风入睡，安排好了族长之位的金武回到了房间。

"金武，都安排妥当了吗？"待金武走进来，杨雪抬头向他问道。

"都安排好了，明天就要离开山庄了，还真有点舍不得。"金武感叹道，统管灵虚山庄数十年，一夕之间就要离开，多少让他有点难舍难分。

见金武不舍，杨雪说道："你要是舍不得，就留下来吧！剑谱又不在你身上，天下剑士也不会为难你的。"

天下之险，如果真像杨雪说的那样，金武又怎么会弃山庄而去呢？"做出的决定，岂能反悔？时候不早了，明天还得整理行囊，赶紧睡吧！"

"追，金武就在前面，剑谱在他身上，得剑谱，成剑神。"天刚露出光亮，一群剑士朝着金武离开灵虚山庄的方向追去，他们以为剑谱在金武的身上，所以一路追寻至此。那些剑士倒不是同一路人，好像是为夺剑谱不谋而合的。

不远处，金武扶着自己的妻子跑着，要不是他的功力散尽，又何须如此狼狈！

那些剑士离金武越来越近了，当中一人向他喊道："金武，你逃不了的，赶紧交出剑谱，不然让你命丧于此。"

知自己没有了退路，金武停了下来，他转过身面对着那群剑士，杨雪手上抱着的凌风正"哇哇"大哭。"风儿乖，不哭，不哭。"杨雪逗弄着孩子。

想到自己是剑圣级别，对他们多少有点震慑，金武佯装着不惧道："你们就

不怕我杀了你们?"

"为了剑谱,死又何惧,大伙儿,上。"当中一人怂恿道,那些剑士向金武发起了进攻。

没有功力的金武害怕了,惊慌的他赶紧对杨雪说道:"雪儿,你带着风儿快走。"

在这种情况下,杨雪又怎会弃金武的生死于不顾,她拼命地摇着头,坚定地说道:"不,我不会丢下你的。"

眼见着那些剑士越来越靠近,金武推了一把杨雪,大声呵斥道:"快走。"

尽管金武再怎么呵斥,杨雪也无动于衷,丝毫没有离去之意。那些剑士冲了上来,金武的性命受到了威胁。他冷静地站在那儿,眼睛微微地合上了,做好了死亡的准备,只是有一件事让他死不瞑目,那便是凌啸天交托的遗言。

"啸天兄,我对不起你,保护不了风儿,容我在九泉之下向你请罪。"金武遗憾道。

第五章　身世之谜

就在那些剑士朝金武冲来，在金武准备受死的那一瞬间，一道元力不知从哪儿飞窜出来，"啪啪嗒嗒"那些剑士手上的剑，莫名地掉在了地上。

闻见声音的金武，缓缓地睁开了双眼，当他看见前方的人后，眼睛里迸发出欣喜的目光。

原来是苏慕带着灵虚山庄的弟子来为金武送行了，苏慕走近那些剑士，目光中尽是不屑："你们这些剑士，不按部就班地修炼，想夺得剑谱从此傲视群雄，不觉得有失剑士的身份吗？"

苏慕的到来，使那些剑士不敢动手，因为他们不是苏慕的对手，更何况苏慕身边有那么多弟子。

"走，走，走……"那些剑士不敢轻举妄动，只得怯生生地离去。

待那些剑士离去，苏慕连同所有弟子向金武走来，恭敬地弯下了身体，拜别道："弟子率领灵虚山庄弟子前来为族长送行。"

差点命丧于此的金武，见到苏慕，心中自是兴奋，眼睛中闪现出欣喜的目光，他抓住苏慕的手，嘱咐道："好，好，好，我有你们这些好弟子，很欣慰，苏慕，我不在山庄，好好打理山庄，壮大灵虚族派门户。"

"弟子定不负族长所望。"苏慕严肃道。

简单地道别了一番，金武带着杨雪离开了这儿。

"弟子恭送族长。"就在他们离去之际，一道整齐而又洪亮的声音传进了他们的耳中。灵虚山庄的所有弟子均跪在地上，目送着金武离去。

感动的金武并没有回头，但看得出他心中很受打动，他放心地带着杨雪离开了剑都，剑的天下从此没有了金武这个人，一代剑圣就此隐匿。

十八年后，一片幽深的树林里，一男一女，一前一后地走着。

"凌风哥，凌风哥，等等我。"一名小女孩在后面喊道，那清脆的声音，很有穿透力，她消瘦的身材，穿着一身白色的素装，黝黑的头发盘成一髻。明亮的双眸那么清澈，衣裙随风飘扬，小脚连连几步，紧跟在后面跑着。

"你快点，我们得赶在秦川之前找到赤仙草。"前方的少年急切地回道，被称为凌风的少年，是凌啸天的子嗣，年仅十八，一副瘦弱的身体，仿佛一阵风就能把他吹倒，脸上那种焦急的神情显得很局促不安，从小因为体质的原因，炼体只能在第二炼体徘徊。这次上山采摘赤仙草是为了给多年身体不适的父亲（即金武）治病。充满生机的森林，充斥着另一种气息。赤仙草有增加强健体格之功效，是修炼之士不可或缺的一味良药。

两人在森林里找寻着。"凌风，凌紫衣，你们两兄妹在这儿找什么呢？"突然从他们的身后传来一声。

听着这声音，凌风便知道来的是什么人了。秦朗是灵天族派族长之子，肥胖的身体，一副大少爷的模样，凭借着自己是第五炼体，一直打压凌风，因此凌风受过他不少欺负。"秦朗，是你，你找我有什么事吗？"秦朗的出现，凌风并没感到意外，只是内心有点害怕，就连说话的声音都有点微颤。

站在秦朗身后的一随从，气势嚣张地说："见了我们家秦少爷，还敢直呼其名，你不要命了。"

"唉，休和他一般见识，我是来找紫衣姑娘去玩的。"说着，他的眼睛一直在凌紫衣的身上飘来飘去。凌厉的眼神刺得凌紫衣好不舒服，她把身体缩到了凌风的身后。

"我不会和你去玩的，你走吧！"怯弱的紫衣，小声地吐出了几个字。

"听见了没有，紫儿说不喜欢和你在一起。"虽然自己的炼体没有秦朗高，但凌风为了唬住秦朗还是壮大了勇气。

嘴唇微微一咧，秦朗极度张狂道："你小子，敢这样大声和我说话，看来好长时间没教训你，你的骨头又硬了。紫衣，只要你和我去玩，我就不打你的凌风哥。"

这么多年以来，看着自己的哥哥不少受他的欺负，这次，凌紫衣为了不让自己的哥哥遭他欺负，竟答应了，"好，我跟你去玩。"

渐渐地，凌紫衣从凌风的身后走出来，凌风一把抓住了她，喝声道："紫儿，别去。"

依仗着自己的炼体高于凌风，秦朗嚣张道："凌风，我给你个选择，一是紫衣和我走，二是你和我比试，怎么样，这个选择不为难吧！"

凌风清楚，秦朗是在给自己下套子，他那样说，无非是想羞辱自己，但为了自己的妹妹，凌风豁出去了，他爽快地答应道："行，我和你比试，但你得答应我不再为难我妹妹。"

"凌风哥，你这是在干吗？你打不过他的。"凌紫衣担心道。

"放心，我不会有事的，你站在那儿等我，我们很快就可以回去了。"说着，凌风推搡着凌紫衣。"凌风哥，那你小心点。"望着凌风，凌紫衣不安道。

面对着前面站着的秦朗，再看看自己瘦弱的身体，以他的修为，根本就不是秦朗的对手。即便如此，凌风也装作坚强的模样，虽然功力上不及秦朗，可他的气场绝不低于秦朗。

一场争斗即将拉开，凌风的手掌紧紧地凝聚成拳头。他放声道："来吧！"

看着凌风紧张的表情，秦朗笑了笑："你真的决定和我对招？要知道，你不是我的对手的。"

"出招吧！哪那么多的废话。"凌风大气地说道，像是在给自己提劲，想到过去遭受秦朗的欺负，凌风的牙齿咬得"咯咯"作响，他多想为自己雪耻，无奈自己的炼体不够成熟。

另一旁的凌紫衣，朝凌风喊道："哥，你加油啊。"

凌风回头冲她笑了笑，转而又面对着秦朗，秦朗眼神中根本就看不起凌风，他奚落道："我让你先出招，免得说我欺负你。"

这话一出，着实激怒了凌风，他勇猛地朝秦朗冲去，充满力量的拳头向秦朗挥去。

怒火中烧的凌风冲了过来，拳风猛烈。面对他的攻势，秦朗无动于衷，他站在原地，只稍稍一伸手，宽大的手掌，挡住了凌风的拳头。凌风扬腿一劈，打在秦朗的身上，根本就造成不了任何伤害。"怎么，你就这么点能耐吗？我还没出招呢。"狂妄的他异常乖张。

站在一旁的凌紫衣，央求道："凌风哥，别打了。"

"第二炼体。"凌风使出了全身的力道，拳头已凝聚了全部力量，奋力出拳，秦朗不以为然，反倒嘲笑道："第二炼体，你可真失败，这么多年，你的功力见长，看我的第五炼体。"

贯穿炼体之能的秦朗，隔空一劈掌，强劲的掌力打在凌风身上，本来就瘦弱的他，经此一击，连连后退几步。紧接着，秦朗扬起他那笨重的腿，压在了凌风的身上，旋即双腿。凌风被打倒在地。

紧张的凌紫衣冲了过来，双手张开，挡在他们的中间，阻拦道："别打了，别打了……"扶起打倒在地的凌风，他脸上已是青一块紫一块的。

"算了，看你这没出息的样，和你待在一起简直跌我的份，走了。"秦朗一别过脸，孤傲地走开了。

"凌风哥，凌风哥，你没事吧！"看着被打得不成样的凌风，凌紫衣慌乱地问道。

"只要你没事就好，走吧！我们回去。"凌紫衣搀扶着凌风，往家中走去。一个小小幕府坐落在寂静的小道旁，屋里的夫妇正在商量着什么。

"雪儿，你说我要不要把那件事告诉风儿？"讲话的男子，便是金武，他一脸胡须，岁月在他的脸上添上了沧桑。自十八年前散尽了元力，功力一直无法提升，而且病情也是逐年增加；曾是灵虚族派的顶尖人物的他，遭人陷害后，被迫退出了灵虚族派。

杨雪言道："我看还是不要告诉凌风的好，现在他这样，如果知道了整件事的真相，只会令他更痛苦。"

门外，紫衣扶着凌风回来了，金武见状，便知发生了什么事。于是，他责问道："风儿，你是不是又和别人打架了？你这孩子，炼体还没练到火候，就和别人发生冲突。"

第五章 身世之谜

为凌风打抱不平的凌紫衣，噘起了嘴，嘟囔着说："爹，凌风哥是为了保护我才和别人打架的，您什么都不问，就责骂凌风哥。"

　　杨雪走了过来，插话道："好了，风儿你跟娘来，娘给你上药。"凌紫衣扶着凌风随着杨雪去了房间。

　　坐在屋外的金武思来想去的，看上去仿佛有什么心事。"啸天兄，你的儿子都这么大了，有些事是不是应该让他知道？看他整天混沌无事的，丝毫没有尽心去练炼体，这对于一个族派之子是非常悲哀的。"

　　"啊，疼，疼……"被上药的凌风忍不住地喊了出来，脸上一脸痛苦。

　　"再忍忍，等一下就好了。"

　　约几分钟后，杨雪给他上好了药。"紫儿，你今天和风儿去哪儿了，怎么又和别人交涉上了？"萧湘回过头，向凌紫衣问道。

　　"娘，凌风哥见爹这几天的病情加重，本想去林中找赤仙草，没想到遇见了那该死的秦朗，后来就交涉上了。"紫衣愤愤地说道。

　　看着凌风受了这么重的伤，杨雪嘱咐道："风儿，以后小心点他，尽量避开他。"

　　输给了秦朗，凌风难于咽气，他气急败坏，愤怒道："总有一天，我会打败他的，一定会的。"说这话的他，已是咬牙切齿。

　　晚上，独自把自己关在房间里的凌风，想起白天所遭受的屈辱，心里十分地不是滋味。"秦朗，你给我等着，我一定会如数把你对我的侮辱尽数还给你的。"

　　"咚、咚、咚"门外一阵猛烈的敲门声响起。

　　"吱呀"一声，凌风把门打开了，"爹，请进。"

　　金武从门外走进来，注视着凌风脸上的伤，关怀道："风儿，你的伤不打紧吧！"

　　"我没事，只是……爹，我是不是很没用，三年了，炼体还是停留在第二炼体。"

　　见他如此自卑，凌啸天心中也不是滋味，他安慰道："不要着急，慢慢来，总有一天会提升的。"

　　"可这修炼的进度太慢了，在别人眼里，我永远都是最下层的修炼者。"

　　"风儿，你真的想出人头地？"金武质疑地看着凌风。

　　凌风点了点头："嗯，我不想让别人看不起我，也不想受人打压。"

　　听他这么说，金武自然是非常高兴的，说道："你能有这个心，为父替你很高兴，你知道吗，为父希望你能成为灵空族派的统治者。"

　　诧异的凌风，疑惑地问道："灵空族派的统治者？爹，什么是灵空族派？"

　　顿了顿，思来想去后，金武决定还是把当年的那个秘密说出来。他望着前方，感慨道："风儿，一直以来我对你都寄托了很大的希望，并不是因为我想望子成龙，其实，是想让你夺回属于你的一切。"

至此，凌风更加茫然了，他张大着眼睛，问道："我的一切？这到底是怎么回事？爹，怎么我什么都听不懂？"

"风儿，其实，其实我不是你的父亲。"金武最终忍不住地说了出来。

"你不是我的父亲？这怎么可能！"凌风如同脱缰的马，完全不能自控。确实，一个被认作是亲生父亲的人，在一瞬间说出不是自己的父亲，心里的落差感很大。换作是任何人，也很难接受的。

看着凌风那痴痴呆呆的眼神，金武能理解他的感受："我知道，你一时之间很难接受，但事实如此，你爹和我相交甚好，他的离去令我痛心疾首，这么多年了，我也没有找到你哥，我对不起你的父亲。"

"我哥？我还有一个哥哥，究竟是怎么一回事？我爹我娘是怎么死的？还有，紫衣是我的妹妹吗？"一连串的问题在凌风的头脑里翻涌，他的心彻底地凌乱了。

金武先是摇了摇头，继而说道："不是，她是我的亲生女儿，我们为了躲避天下剑士的扰乱，用你爹的名字隐居于此。好吧！让我告诉你所发生的一切吧！事情是这样的……"

第六章　四大族派

那件隐藏了十八年的事，经金武的口中说了出来。听得父母惨死的凌风，内心一阵凄凉。他的目光中充满了对仇人的憎恨，无奈，他连仇人是谁都不知道，要说为父母报仇，根本是无望之谈。

"风儿，爹对不起你，没能找出杀害你父母的凶手，没能找到你的亲哥哥。"内疚的金武，惭愧地看着凌风。

现在的凌风什么都不想，一心只想为父母报仇："爹，这事你不要过意不去，你已经尽力了。"

虽凌风能体谅他，然而金武心中有愧，他惭愧道："以后你就叫我金武叔叔吧！"

"一日为师终身为父，就算你不是我的亲生父亲，在我心里你和娘是我的再生父母。"

听到这句话的金武，欣慰地笑了，他拍了拍凌风的肩膀："好孩子！时候不早了，早点休息吧！"稍有失落的金武，带着愧疚离开了。

"凌风哥，凌风哥……"一大早地，金紫衣匆匆忙忙地跑到了凌风的房间。

房间里空荡荡的，凌风早就出去了，金紫衣眉头微微蹙着，眼神很是迷茫："奇怪，凌风哥这么早去哪儿了？"

"嘶嘶……"后院处，凌风握着剑正练习着，这么多年来，他很少像今天这么努力地练剑，可能是因为知道父母的死因吧！

顺势望去，凌风出剑快，却没有威力，招式虽精练，但不够力道，整套剑法破绽百出。多年来，苦于修炼的他，一直停留在第二炼体，并不是他不够勤奋，他的造化和他自身的身体素质有关。他体质薄弱，纵使他再怎么练，功力也不会增长。

"哗哗"持剑的凌风朝着后院角落处的一棵小树胡乱地砍杀着，嘴上喊道："为什么？为什么？我是不是很笨，连一套简单的剑法都不能练好。"

"沙沙"一道脚步声发出，金武站在凌风的身后。

"风儿，练剑之人切不可急于求成，那样对身体有害的。"金武说道。

凌风收起了剑，转身走到金武的身边，脸上布满了委屈，道："这么多年了，我的炼体毫无增长，我很恨自己。"

其实，金武知道凌风炼体无法长进的原因，只是他没有告诉凌风，因为他知道如果告诉了凌风，只会令凌风烦恼，他叹息道："只可惜我没有功力，如果我有功力，我便可以帮助你。"这么多年来，金武只有指导凌风修炼，却不能亲手教授，这也是他的遗憾，他遗憾自己的剑法无法传授给凌风。

"凌风哥，爹，你们在这儿呢？"走过来的金紫衣，会心一语。

"你们聊，爹回房去了。"转身，金武往自己的卧房走去了。

金武的神情，引起了金紫衣的注意，她疑惑道："凌风哥，爹这是怎么了？好像一副心事重重的样子。"

"没事，你找我有事吗？"凌风反问道。

再看凌风一派落寞的表情，金紫衣好奇心愈深，她追问道："没事，看你满心忧愁的，肯定有事瞒着我，爹和你说什么了？"

"你还是问你爹吧！"

"我爹？"凌风的话让金紫衣更加疑惑了，她感觉凌风变了，变得郁郁寡欢，变得不再像以前那样开朗了。

回到房间的金武，忧伤地坐在房间内，梳妆台前的杨雪正插着珠花，黝黑的头发盘在一起，待梳好妆，杨雪起身，当她看见金武忧愁地坐在那儿，便知发生了什么。

"金武，你已经告诉风儿了？"

金武点了点头，没有回话，一副落寞的样子。杨雪晃了晃他，叹息道："风儿这孩子，以后的路该怎么走啊！"

在一片树林里，一座坟墓孤零零地建立在那儿，坟墓看上去很古老，岁月给它留下了象征性的印迹。

墓碑上刻着：凌啸天、萧湘之墓，墓碑前摆放着祭祀品，像是刚摆上的，会祭拜凌啸天夫妇的除了金武外，恐怕没有别的人了。再看祭拜者的身影，他一身清秀，瘦小的身体跪在墓前。从他的体型上看，倒不是金武，难道是天下剑士佩服凌啸天的为人，对他十分敬仰，前来祭拜？

少年挥洒着冥纸，从他的侧脸来看十分忧伤。

"爹，娘，孩儿来看你们了，你们在那儿还好吗？"

祭拜者正是凌风，通过金武他知道了父母安葬的地方后，来到了这儿。坟前的他，默数着自己的伤悲，脸色苍然的他看着坟墓，心中早已生出了仇怨："爹，娘，我一定会找出凶手，为你们报仇的，以告慰你们的在天之灵。"

要为自己的父母报仇，对凌风来说十分艰难，且不说他没有深厚的武功，目前他连凶手的模样都不知道，又怎么能报得了仇？除了报仇，凌风心中也装着另一件事，那件事也是凌啸天临终前最关心的，当初凌啸天为救凌云而舍弃自己的性命，可见，他在乎的不是自己的生死，而是凌云的生命。

注视着坟头，凌风暗自说道："我会找到哥的，不管有多难，不管有多艰辛，我也会把哥找回来的。"内心里，凌风发出这般感慨，也许，在他的生命里，只有这两件事对他来说是最重要的。

轻轻地弯下身体，凌风向着父母的坟头磕着头。少时，凌风站了起来，默默地凝视了一会儿，最后带着他的仇怨离开了。

究竟是谁杀害了他的父母？那3个神秘者又是谁？真正的灵空剑谱在谁的手中？这些问题深深地埋在凌风的心中，就像一个个谜团，要想从里面找出线索，恐怕十分困难。这就是一件无头案，根本无从下手，即使查出来了，以凌风的资历根本杀不了元凶。

庭院处，金紫衣向父亲打听到了凌风的身世，她大为震惊，打心底没有想到凌风会有这么凄凉的身世，她有点埋怨："我姓金，凌风哥的爹娘遭人迫害了，爹，您干吗把它说出来？现在凌风哥一定很伤心、很伤心。"

金武何曾不想不让凌风知道这件事，可有些事情是不得不说出来的："爹不想再瞒着风儿了，他这么大了，我也不能老那么瞒着他。"这是金武把他父母的死告诉凌风的真实原因，有些事埋在心中是痛苦的，而金武亦是如此。

知道真相的金紫衣，想到凌风现在的状况，担心地说："不行，凌风哥现在一定很难过，我应该安慰安慰他。"说罢，金紫衣一个转身，找寻凌风去了。

眼见着金紫衣离去，金武希冀道："有紫衣在你身边，希望你能早日从痛苦中走出来。"

18年后的灵空山庄，依然像当年一样，屹立在高峰上。灵空山庄龙虎台处，众弟子正习着武，洛辰阳在他们中间走来走去，指导着他们的招式。

这里还像当年一样，不同的是，它不再属于凌啸天了，灵空山庄本在整个剑都有着很高的声望，但随着凌啸天的消失，名气越来不如以前了。

走动的洛辰阳，腮帮长出了胡须，18年来，他苦心钻研武学，自身级别达到了剑圣，建立的威望可以与秦川、莫寒相提并论。

"心气正，力从心生……"一字一顿地，灵空剑法的口诀经他口中说了出来。

龙虎台下，一名弟子匆匆地赶来，教学的洛辰阳看着那名弟子跑过来，心中满是疑惑，"何事如此慌措？"待弟子跑过来，洛辰阳问道。

"灵天族派和灵剑族派的族长前来拜会。"那名弟子半跪在地上，向洛辰阳汇报着。

"他们来此做甚，你把他们领去大堂吧！我一会儿就到。"不解的洛辰阳满脑疑虑。

那名弟子紧抱着双拳，领命道："是，族长。"

对于秦川和莫寒的到来，洛辰阳已猜得出七八分，他淡淡地笑了笑，为他们的到来而发笑。

大堂处，秦川和莫寒坐在那儿，洛辰阳一进来，他们站了起来，恭敬地说："洛族长。"

"灵天和灵剑的两位族长来了，真是使蔽舍蓬荜生辉，请坐。"洛辰阳摆开手臂，示意他们入座。

那两人在洛辰阳上堂落座后，才入了座，他们此番举动，以表示对洛辰阳的尊重。

"今日两位族长光临灵空山庄，不知有何指教？"谦卑的洛辰阳言道。

他们来灵空山庄，除了剑谱外，恐怕没有别的目的，只见得莫寒嬉笑着，一脸虚伪道："指教谈不上，素闻灵空剑法独步天下，今日来此是想借用《灵空剑谱》，看看灵空剑法有何独到之处。"

自《灵空剑谱》经灵虚山庄传出后，天下多少剑士想占为己有，秦川和莫寒的动力也不单纯，他们来此，是想证实洛辰阳手上的剑谱的真假，因为他们知道早在18年前，《灵空剑谱》遭人盗取了，盗取剑谱的人就像一个隐者，没人知道他的去处。

刚才洛辰阳在龙虎台发笑的主要原因在此，他早已料到秦川和莫寒来山庄的目的。"两位真是好兴致，你们也知道，真正的剑谱早已遗失，我要是有剑谱的话，早就修炼成剑神了。"可秦川和莫寒不那么认为，《灵空剑谱》记载的招式，何等高深，他们认为洛辰阳的资质不够，这才修炼不成剑神。

秦川双眼注视着洛辰阳，目光中满是质疑："是吗？难道你靠自己的修为达到了剑神？"

见他们质疑，洛辰阳从上堂走了下来，郑重道："好吧！为了证明我的剑谱不是真的，我只好把剑谱献给你们了。"

洛辰阳从上堂的案桌上拿出了一本书，书上面写着：灵空剑谱。

他拿着剑谱，走近了秦川，并把剑谱呈给了秦川："这就是当年在灵虚山庄搜出的剑谱，你们要是对它有兴趣，那就把它拿去吧！"

从洛辰阳手上拿过剑谱，"哗哗哗"秦川一页页地翻阅着，凑在秦川身边的莫寒，瞄了一眼剑谱，大为失望道："怎么可能，这剑谱怎么是白的！"

那一页页的白纸，看得秦川心中是一股火。"啪！"他将剑谱甩在了桌上，恼怒道："这就是当年在灵虚山庄搜出的剑谱？"

"我们误会金族长了，他和我们的族长志同道合，又怎么会做出有悖信义之事？为此，这么多年来，我深深感到自责。"洛辰阳自责地低下了头，难怪，他当时不知受了谁的指使，去灵虚山庄搜找剑谱。

真假已知，秦川和莫寒再留下来，也没多大意义。秦川站了起来，言道："既然你的剑谱是假的，我们也没有顾虑了，今天我们来主要是证实剑谱真假，有不敬之处，还望见谅。"

"客气了，四大族派本来就是相互依立的。"

"洛族长仁义，那没别的事，我们就告辞了。"莫寒起身道。

祭拜了父母的凌风刚回来，在他正往房间走去时，身后传来一声："凌风哥，凌风哥……"

闻见声音的凌风，回过头，见金紫衣那么急切，于是问道："紫衣，你有事吗？"

想到知晓了一切，金紫衣有种难以启齿的感觉，含含糊糊地，她说道："凌风哥，有些事过去了就过去了，不要太难过，你还有我们陪着你呢。我永远是你的妹妹，永远陪伴着你。"

"你都知道了？"凌风反问了一声。

金紫衣点了点头："我爹都告诉我了。"

凌风冲着她笑了笑，那笑容很是勉强："放心，我不会有事的。"

金紫衣握紧了拳头，将其举在头前："我相信你，你可以的。"凌风要从悲伤中走出来，似乎不会那么容易，因为他承担的太多太多了。

"没别的事，我就回房了。"淡淡地，他说了一句，然后往房间里去了。

目视着凌风的离去，金紫衣心酸酸的，她能感受到凌风内心的忧伤，那种忧伤很凝重很凝重。金紫衣好想为他分担一些，看着从小一起长大的哥哥，一下子变得让她几乎不认识，她能不心酸吗？

第七章　寻赤仙草

一日，凌风途经庭院，"咳咳咳"，他听得几声咳嗽声。驻足看去，金武正撑在柱子上咳嗽着，没有了元力的他，加上病体缠身，显得憔悴了许多。

"爹，你的病又复发了。"凌风走过来，体贴地问道。

金武停止咳嗽，那只撑着柱子的手收了回来，然后佯装作没事，随和地道："没事，老毛病了，休息一会儿就好了。"

多年来，凌风看到这样的场景已不是偶尔性的。散尽功力的金武，体质薄弱，不仅不能传授武学于凌风，连自身的身体状况都无法调节。

面对着凌风，金武有数不尽的愧疚，如果他还有元力的话，一定可以帮助凌风摆脱炼体无法修炼的局面，只是这些只能停留在想象之中。望着凌风，金武言道："风儿，要不是我功力废除了，你的炼体肯定练至十二重的。"

"唉。"说着，金武叹息了一声，低下了头。

"爹，你的病会好起来的。"说这话的凌风好像心里有了想法，倒不像是安慰金武来着。

听作是安慰的金武，抬头笑了笑："但愿吧！"随即，他拖着病怏怏的身体回房去了。

站在庭院的凌风，回想起往事。记得有一次，凌风在金武的书房里翻找着武学书籍，无意中，找到了一本药书，上面记载的多是草本植物，这些草本植物多是有助于修炼之士调节心脉的。

而凌风看的那一页正是关于赤仙草的，书上面画着赤仙草的图案，图案旁边有文字说明：赤仙草呈三叶状，散发着奇特的幽香，自身散发着淡淡的光泽……

回想起这些，凌风暗暗地说着："我一定会找到赤仙草的，一定会治好爹的病的。"由于赤仙草的罕见，历年来，很少有人找到赤仙草，赤仙草是一味名药，不仅有助于元力的提高，对于那些失去功力的剑士，也是大有裨益。

从家中出来，凌风绕着树林找寻着，他奔往的树林离家有千里之远，其因是家附近的树林均被他涉足了。

树林里的他眼睛紧贴着地面，一阵阵地扫视，心中的期待尤为深沉。

"嗷嗷！！！"

树林里的奇珍异禽被凌风惊飞了："赤仙草在哪儿呢？"寻觅多时的凌风，

嘴唇干裂得很，表情有点丧气。

但凡有可能生长赤仙草的山峰，凌风都会去跋涉。站在山顶的凌风望着山下，忧从中来，找不到赤仙草，凌风的心情十分糟糕。

"啊！"不知从哪儿发出惨叫声，再看凌风，他无故消失了。

一间密室，一张桌子，里面十分黑暗，那间密室的布局和十八年前的一模一样，密室里站着三个人，其中两个便是十八年前的神秘者，另一个则是蒙面人。他们三个人聚在一起，其目的显而易见。

中间的神秘者看上去很烦躁，他诉说道："十八年了，我们得到《灵空剑谱》，已经整整十八年了，却还是无法修炼成剑神。"

另一人摇晃着头，那样子很遗憾："难道《灵空剑谱》真的有残缺？"

"可否把剑谱给我看看？"站在一边的蒙面人言道。

当中一神秘者从身上拿出了剑谱，递给了那个蒙面人。蒙面人接过剑谱，"哗哗哗"地翻阅着，那本剑谱记载的全是关于灵空剑法的，除了一些修炼之道，并没有特别之处。

看罢剑谱，蒙面人昂着头，猜测道："会不会凌啸天把灵空剑法的要诀记载在这本书上，造了一本假的剑谱，迷惑我们？"

经此一说的神秘者，慌张地从蒙面人的手上抢过剑谱，稍稍地看了看，然后懊恼地说："这凌啸天，竟然把我们给玩了。"

现在想来，神秘者手上的剑谱是假的可能性极大，回头想想，当初蒙面人偷盗剑谱是何等地轻易！要这么想的话，于理不合，当初凌啸天在剑谱被盗之后，派出了山庄上下弟子找寻，要是假的，他又何须兴师动众？

"可是，这剑谱要是假的，凌啸天为何要派弟子找寻？"另一神秘者疑问道。

蒙面人眉头皱了皱，稍一设想，便有了想法，他惊叹道："莫非，莫非……"

"莫非什么？"两名神秘者同时追问道。

"莫非凌啸天为了让天下剑士以为我们偷去了剑谱？"即使蒙面人的设想是对的，凌啸天那样做，又出于何因？

"可是凌啸天为什么那么做？他在掩饰什么？"

神秘者的猜想迎合了蒙面人的想法。蒙面人言道："对，他那么做是为了掩饰，他一定把剑谱交给了金武，为了掩饰，向我们布了一个局。"

如此设想的话，便完全符合了，神秘者把剑谱一摔，愤慨地说："这凌啸天，明知自己死期将至，设下圈套玩弄我们，他以为我们得不到剑谱。"

要再想得到剑谱，恐怕没那么容易，现今金武隐居山林，谁也不知道他的影踪，岂止是凌啸天玩弄了他们，金武也和他们兜了一圈儿，只是他们不知情。

"对了，他的儿子一定会出现在剑都，只要我们找到他，还怕找不到金武吗？"神秘者露出一丝狡黠的笑容。

"哈哈哈……"密室里传出他们得意的笑声。

那座山顶上，凌风消失的地方有一个洞口，难道凌风不小心跌进了山洞？从洞口往下看，幽深的洞底躺着一个人，那人即是凌风，纷飞的叶子落在他的身上，从那么高的地方掉下来，凌风昏迷了好一段时间。

只见得他的眼睛松动，模模糊糊地，他仿佛看见了什么。

"那是？"他用朦胧的目光看着墙壁，他看见了什么，让他连说话的语气都那么激动？

待看清楚了地面上生长的植物，凌风的眼睛里散发出异样的光芒。激动的他从地上爬了起来，一脚一步地走到那儿。他弯下身子，凑在那植物上认真地闻了起来，一阵阵幽香窜进他的鼻孔，凌风闭上了眼睛。

"好香，好香。"他连连发出赞叹的声音，再看那株植物，它浑身散发着淡淡的光泽，三片叶子朝不同的方向张开着。

有光泽、散发幽香、三叶状，这些特点完全符合赤仙草，只见得凌风睁开了眼，他脸上洋溢着满足的笑容，道："赤仙草，这就是赤仙草，我终于找到赤仙草了。"

他慢慢地伸出手，轻轻地将其拔出来。找到赤仙草的他，心情格外开心，他舒畅地站了起来，就在他兴奋的同时，他又有些沮丧，抬头看着洞口，从那么高的地方掉下来容易，可要想爬上去，有点困难。尽管如此，凌风也要尝试着爬上去。他把赤仙草放进袖口，双眼观察着墙壁，找寻最好的攀爬点。

天慢慢黑了下来，久没见到凌风的金紫衣，跑进了父母的房间。

"爹，娘，你们看见凌风哥了吗？"还没走进房间，金紫衣大声嚷嚷地说道。

金武见其如此，疑问道："你没和风儿在一起吗？我和你娘一整天没见着风儿了，我们还以为你和风儿在一起呢。"

一旁的杨雪点了点头，听得父母没说见过凌风的金紫衣慌了，她满脸的不安，嘴上嘀咕着："我们都没见过凌风哥，他会去哪儿呢？难道……莫非……"金紫衣带着一种猜测看着父母。

不敢往下想的金武，慌张道："不行，我们得去找风儿，风儿千万不能出什么事。"

三人恐慌地从房间跑出，生怕凌风会做出傻事，他们的担心是对的，凌风父母的死对凌风来说是一种的打击。

夜色沉沉，皎洁的月亮悬挂在夜空，众星拱月。金武一家从厢房跑了出来，焦急的金武吩咐道："紫衣，你去那儿找找，我和你娘去那边找。"

就在三人决定找寻凌风的时候，"爹，娘，紫衣……"一个熟悉的声音从他们的前方传了过来。

回到家的凌风灰头垢脸，全身都是尘土，头发凌乱，衣服多处被扎破。见到凌风，金武讶异得紧："风儿，你去哪儿？怎么弄成这样了。"

虽一身灰尘，凌风却乐在其中，他乐呵着说："你们知道我找着什么了吗？"

"你找什么去了？也不和我们说一声，害得我和爹娘为你担心。"金紫衣责

第七章　寻赤仙草

备道。

"嘻嘻！！！"凌风先是嬉笑了一声，然后从衣袖里拿出了赤仙草，他激动地说道："我找着赤仙草了，爹，有了赤仙草，你的病就会好的，功力也会恢复的。"

看着凌风手上拿着的赤仙草，金武欣慰地笑了，他开怀的不是自己的功力得以恢复，而是凌风的那份孝心，在凌风知道自己不是他的亲生父亲的情况下，凌风还能为自己找寻赤仙草。单凭这点，金武就很欣慰。

他微笑着说："风儿长大了，懂得孝顺爹了，爹心里很高兴。"

"娘，你把这株赤仙草熬成药吧！我脏成这样了，回房换一身干净衣服。"说着，凌风把那株赤仙草交给了杨雪，然后回房去了。

晚饭后，金武坐在床铺上，门外，杨雪端着熬好的赤仙草走来，被熬成药的赤仙草泛着青绿色，这也是它的独到之处。

"金武，把这药给喝了吧！"走近床头，杨雪把药递到了金武的面前。

接过汤药，金武感慨道："风儿这孩子，有心了，可惜他的炼体不够，如果他达到了第十二重炼体，喝下这株赤仙草，日后的元力会高出剑灵仙都的任何一名剑士。"说这话的金武又有点为凌风遗憾。赤仙草虽然能提高元力，但也有先决条件的，必须得炼体炼至最后一重，方能饮用，否则气血攻心，控制不了药力，贻害终生。轻者无法修炼，重者就此暴毙。

"是呀，天下多少剑士意图借助赤仙草修炼元力，可又有谁找到过赤仙草？风儿是个孝顺的孩子呀！"杨雪夸赞道。

待药微凉，金武端起，将其饮用，"咕咚、咕咚"金武一口喝光了药，杨雪拿过他手中的碗走了出去。

庭院处，凌风正坐在台阶处欣赏着夜色，金紫衣紧靠着他坐着："凌风哥，你今天去找赤仙草，怎么不叫上我？"金紫衣嘟囔着嘴说，那表情有点生气。

"我怕你跟着我会有危险，所以没叫上你。"凌风是担心中途碰见了秦朗，万一碰见他，自己又不是他的对手，恐遭打击。

听得凌风那么说，金紫衣的心暖暖的，她双手挽着凌风，娇气地道："有你这个哥哥真好！"

凌风侧过头，冲她笑了笑，目光中尽是怜爱："傻妹妹。"

喝下赤仙草的金武，一脸的痛楚，那表情十分恐怖。好像受着很大的折磨，口中不断地喊着："热、热……"

一开始，他先是在床上滚动着，再后来，他紧缩着，额头上不断渗出汗珠。赶来的杨雪见状，慌张地跑到床前，无措地喊道："金武，金武，你怎么了？"

"别靠近我，赤仙草的药性很大，我怕我控制不住，会伤了你。"痛苦中的金武说道。

杨雪后退了几步，双眼遍布着惊恐。床榻上的金武，身体上萌发了一种气息，那像是元力。在赤仙草的作用下，金武重新得到了元力，接下来，他得控制住药性，稍有不慎，后果很难想象。

　　看到金武受着折磨，杨雪内心一阵钻心的痛。金武喝下赤仙草后，便知会出现此种状况，床上的他竭力控制药性，药性稍有下降趋势时，金武强忍着卧直身体，双腿盘膝，两只手掌搭在腿间，手心里衍生着元力，双眼紧闭着，从他表情上来看，他正在克制着，能否克制得住得靠他的能力。

第八章　灵虚剑法

　　闻声赶来的凌风、金紫衣跑了进来。金紫衣焦急地呼喊道："爹，爹，你怎么了？"紧张的金紫衣欲想跑过去，不承想被杨雪拦住了。
　　"不要过去，你爹正处在控制药性期间，不可打扰。"
　　再见金武，他额头上一滴滴汗珠滚落了下来："啊！"随着一声吼叫，金武身上有三道元力散发出来，那便是当年秦川、莫寒、洛辰阳打在他身上的元力。那三道元力并不强大，旨在封住金武的元力。如若金武执意催动元力，便有生命危险，如今有赤仙草抵制，即使催动了元力，也能化险为夷。散功掌虽能散去部分元力，但沉浸在丹田的元力是无法散除的，唯有尘封。这也是多年来金武使用不了元力的根源。
　　封住元力的枷锁被金武打开了，赤仙草产生了它具备的作用，以其药力护住心脉，金武再加以调节，如此便能相安无事。
　　"扑嗤"一声，一口黑色的液体从金武的口中吐了出来，再看他的脸色，一片红润，中气十足，这时的他俨然回到了十八年前。
　　他缓缓地睁开眼，杨雪、凌风、金紫衣走了过去："爹，你还好吗？"担心的金紫衣问道。
　　元力重生的金武，会心一笑："我的元力恢复了。风儿，谢谢你。"元力虽已恢复，但尘封多时，要想恢复到和从前一样，还需时日。
　　"爹，跟我这么客气干吗？你没事就好。"其实，在凌风的心里，除了为金武治病外，还有自己的想法，只是他的想法隐藏得很深，不易被觉察。
　　次日清晨，"咚咚"几声，门外有人敲门，凌风穿上衣服，"吱呀"一声，打开了门。
　　"爹。"愕然的凌风看着金武。
　　"风儿，爹带你去一个地方，你跟我来。"若有心事的金武紧蹙着眉。
　　疑惑的凌风跟着金武走着，心里七上八下的，很是紧张。
　　一间小书房，里面摆放着武学典籍，书架上，一柄青铜色的佩剑，从它的成色来看，已有历史。阳光照射在书房内，使其增色不少。这间书房，金武很少来，即使来此，也只是整理书籍。
　　"哐当"门被打开了，金武和凌风走了进来。
　　"爹，你带我来这儿做什么？"好奇的凌风问道。

轻轻地，金武走到书架旁，从中找出了一本书。那是一本关于经路的书籍。

"风儿，三年来，你的炼体得不到提高乃因为你自小体格薄弱，也因为你身体上的经络没有打通，由于我的元力重生，力道不纯，无法帮你完全打通，剩下的经络得靠你打通，你且坐下，我为你打通部分经络。"

愣愣的凌风盘坐在地上。金武催动元力，单手一指，凝聚的力道打在凌风的身上，他的七经八脉被金武打通了，凌风顿觉醍醐灌顶，身体轻松不少。

片刻后，凌风从地上站起，畅快道："原来我的经络没有打通，怪不得我怎么修炼也只是第二重炼体。"

另，金武拿过书架上的剑，递在凌风的面前，道："以后你走的路还很长，要想成为剑士，一把剑很重要，目前你还炼不了剑，就拿着这把剑保护自己吧！"

金武把剑和书交给了凌风，凌风接过剑和书，决心道："爹，我会好好修炼的。"

听得凌风如此说，金武十分欣慰，凌风的经络虽已打通，但要想顺畅地修炼，还需要磨炼，至少得有强魄的体格，于是他对凌风说："风儿，剩下的靠你了，要突破第二重炼体，化体很重要。"

提到化体，凌风愣了，他从未听说过化体，也不知道化体是怎么一回事。

"爹，什么是化体？"

"打通经络是化体的其中一个步骤，除此之外，你还得修炼自身的体能，至于如何修炼，待你打通了经络后我便告知你，你自小体质弱，要想炼体，先化体。"

经金武这么一说，凌风茅塞顿开："我知道了，爹，那我去练功了。"

"去吧！"

待到凌风走出去，金武长吁短叹了一声，如果凌风修炼成剑圣，金武自然高兴，可他心中也有疑虑，他怕凌风日后会像凌啸天那样，死于非命。既是如此，他为何又为凌风打通经络，这里面的原委，恐怕只有金武自己知道。

书房里的金武，叹了一声："啸天，我会保管好剑谱的，不会让剑谱落到歪门邪道的人的手上。"

看来，《灵空剑谱》确实在金武的手中，当年凌啸天临终前，曾神秘地把一本书交给了金武，那本书便是《灵空剑谱》。后来在灵虚山庄，找出的那本剑谱，是金武特意安排的。难怪他当时没有为自己争辩，原来他是想借此事逃离垂涎剑谱的人的视线，没有人知道他的去处，自然也找不到《灵空剑谱》。

"秦川、莫寒，你们这两个小人，想从我的手中夺得剑谱，要不是当年我舍下山庄，我也活不到今天。"金武为自己的英明而沾沾自喜，可蒙面人是谁，始终是他心中的一个结。如今的他，元力虽已恢复，但他是不会离开这儿的，因为没有地方比这儿更安全。他没完成凌啸天的遗愿，只得把那些未竟之事寄托在凌风的身上，这才是他为何要教授凌风修炼的原因。

房门紧闭，凌风盘坐在床上，一本敞开的书立在他的面前，凌风借助着书上的口诀，试着打通自身的经脉。双眼微闭，一道气在他的身上窜来窜去，那是凌风迫出的炼体，还未成为剑士的他，只得运用炼体来打通经络。他能不能打通经络，得看他的参悟。

多日后，凉风习习，金武的元力也恢复得差不多了。这一日，他在庭院里习武着，风采不减当年。手上那把灵虚剑，在他的舞动下，可谓是游刃有余，那套灵虚剑法耍得也是淋漓尽致。

身后，杨雪驻足观看，再见金武的元力恢复，她甚是感到欣慰。她欣慰的是金武不再被病痛折磨。

习完剑法，金武朝杨雪走了过来，杨雪称赞道："你的武功还和以前一样精练，为妻替你高兴。"

金武叹气道："人老了，动作没从前那么灵活了。"

见金武满头大汗，杨雪拿出手帕为他擦拭着。

"爹，娘，不好了，不好了。"庭院外，金紫衣急急忙忙地跑过来。

"怎么了？"金武见状，询问道。

焦急的金紫衣一时口吃，吞吞吐吐道："凌风哥，凌风哥，你们快去看看。"

不明状况的金武迅速朝凌风的房间跑去，金紫衣和杨雪尾随其后。

房间内，凌风晕倒在床上，整个人不省人事，身上的炼体还在窜动着。跑过来的金武，赶紧扶起凌风，用元力打出了他体内的炼体。

稍时，凌风醒来，待他看见金武和杨雪，慌措道："爹，娘。"

"风儿，你怎么连你的炼体都控制不了？"金武生疑道。

这几天，凌风参照书上的口诀打通经络，就剩最后一道经络（天灵穴）时，凌风欲用炼体冲破，不料，体内的炼体起了反噬作用，险些要了凌风的命，还好金武及时赶来。

弄清楚原因的金武，嘱咐道："你还是最下层的修炼者，切不可急于求成，得循序渐进，一旦乱了章法，性命堪忧。"

有了这次血淋淋的教训，凌风哪敢急于求成啊！他连连点头道："以后我会注意的。"

"你好好休息吧！我和你娘先出去了。"

看到凌风出了状况，杨雪提心吊胆的，一走出来，杨雪说道："金武，你还是不要帮助风儿修炼，万一他有什么好歹，我们怎么面对风儿死去的父母？"

作为一名剑士，在修炼时难免会出差错，作为剑圣的金武深有体会："风儿只是急躁了一点，不会有事的。如果风儿没有那个根底修炼，我也不会让他修炼。仅仅这几天，风儿的炼体已达到第七重，这更加说明他的造诣高。细数当今剑士，有谁能在短短几天内有这么大的成就？"的确，这和凌风的领悟力有很大的关联。听得金武那样说的杨雪，什么也没说，轻轻地走了。

黄昏的天边一片姹紫嫣红，落日山头，两道剑影交相缠绕。一山顶之处，金武正教授凌风剑法。两人过招，实力悬殊。金武处处留招让凌风攻破，拥有七重炼体的凌风虽不是金武的对手，但所出招式力道充足。

待得金武收剑，两人面对着面："风儿，你的参悟力超乎常人，成为剑圣指日可待，由于你的炼体还只是七重，一些剑法无法学，现我先把灵虚剑法耍给你看，待日后你的炼体提升至十二重，方能习得。"

说罢，金武提起灵虚剑，舞起了灵虚剑法，他一边演练着，一边说着："心从力，力由气，虚其招，攻其穴，反身绝，归其位。"

那六句口诀便是灵虚剑法的要诀。演示了一遍灵虚剑法的金武，回到了凌风的身边。

"风儿，灵虚剑法可悉数记得？"金武问道。

那套剑法看得凌风是眼花缭乱，他弄不清楚的是那六句口诀："爹，你念的口诀是？"

"是灵虚剑法的口诀，六句口诀说的是一切的力道，都是由心发出来的，那些力道又需气合成，所谓的虚其招，就是虚幻的招式。"

"虚幻的招式，无招胜有招？"凌风猜测道。

金武点头道："对，以无形的招式，以不变应万变，出其不意地攻击对方的死穴，最后回归本体。"

有所领悟的凌风点着头，经金武那么一解释，凌风的思路清晰了很多。

"记住，灵虚剑法须炼体达到十二重才能习得，不具备这个条件即使去练，也练不会，反倒会伤了自己的身体。"金武嘱咐道。

单看了一遍灵虚剑法的凌风，多想学得灵虚剑法，可他还未达到十二重炼体，想学也学不了，这令他很是纠结。

"我再给你演示一遍，你可得记住了，日后慢慢练习。"

旋转身体，金武挑剑一起，一股力量由心而发，那道力又覆盖着元力，虚幻的招式若隐若现，所出之招无法琢磨，让人疏于防备。最后以一招反身剑，剑体归位。

"记住了吗？"金武问道。

凌风点了点头，那些剑法全部被他记在了心里，虽目睹了灵虚剑法的威力，但他好奇于父亲的剑圣。于是，他说道："我爹位居剑圣，他的剑法一定很精深吧？！"

"当初四大族派建立，彼此生生相息。你爹的剑法与灵虚剑法异曲同工，所有的招式分：破、裂、收、定、禁、封、散、凝、御、幻，加以变通便可以生出另一套剑法。你爹在此基础上，学会了御剑式。这些招式须得拥有元力以及剑之气才能修炼，目前对于你来说，可望不可及，你还是好好修炼好炼体吧！习武之大忌，切不可急于求成，你可要记在心里。"

有了上次的教训，凌风已然觉醒，他答道："我会一步一步修炼的。"

"好，时候不早了，我们回去吧！"两人朝山下走着，在晚霞的迎送下回去了。

第九章　炼体修炼

旭日东升，灵天城内，众弟子站在习武台上，他们端正地注视着前方。在他们的面前，站立的便是灵天族派的族长——秦川。秦川目视着他们，一脸严肃，从这局势来看，该是在授以他们武学。与之对面的是秦朗，别看他肥硕的身体，所习炼体已跃至第八重。

"今天讲授的是炼体，你们从进入灵天城开始，每日练炼体，有谁知道什么是炼体吗？"秦川问道。

那些弟子无一人作答，他们虽知道如何修炼炼体，却无人知道修炼炼体的深意在哪儿？若无人告知，凡修炼之士，岂知当中含义？

台下寂寂一片，秦川接着说："所谓炼体，就是修炼自己的凡体，使其具有超强的防御力。作为一个修炼之士，当炼体达到第二重，须得打通身上的穴道，这些你们都知道，而炼体则是隐藏这些穴道。"

台下有弟子不解，他们骚动起来，有人问道："穴道既已打通，为何隐藏？"

"穴道打通后，一旦与敌人对抗，你身上的死穴被对方知道，你岂有活命之理。隐藏穴道，使对方找不到穴道，你由防御转为攻击，这就是炼体的独特之处。"一句一句，秦川把炼体的重要性尽数告诉了他们，当炼体达到十二重，身上的穴道全部隐藏了，对方找不到死穴，只得用元力攻击。炼体除了隐藏穴道外，还可以增加剑的威力，这和元力的强弱有着相通之处。

解释了炼体的作用，秦川欲为他们演示一番，且听得他言道："下面我为大家演示一遍。秦朗，你出来。"

握着剑的秦朗从队列中走了出来，两父子面对着，"出剑。"秦川喝令道。

稍作准备，秦朗握着剑朝秦川袭来，那柄长剑先是绕着秦川的脖子刺着。灵活的秦川扭动着脖子，躲避了那几剑，秦朗一收剑，将剑向秦川的胸口上刺去。秦川站在那儿，那柄剑却怎么也刺不下去，再细看秦川的胸口，一道气息在窜动，那就是炼体，它抵抗住了剑力，使其刺不下去。

再见秦朗，提起剑向秦川的各个穴道刺去，秦川只需站在那儿，不出一招一式，便能安然无恙。

待得秦朗击了秦川所有的穴道，他已劳累不堪，再也没有力气攻击了。

"你们都看见了吧！这就是炼体，秦朗你下去吧！"秦川说道。

学习炼体，并不像学习剑法那般，只要参悟了心诀，炼体就可以突破，炼体有十二重，相对的，心诀便有十二句。

　　回到庄内，秦川坐在上堂。历年来，身处以剑圣的他，踌躇满志，一心想成为剑神。无奈，《灵空剑谱》至今没有下落，近年来，多少剑士由初级剑士修炼成高级剑士。这是他所担忧的地方，他怕自己的族长之位，坐不长久。

　　门外，秦朗走了进来："爹，姐去哪儿了？我一整天都没见着她。"

　　"你姐去祭拜你娘去了。"秦川回道。秦朗的姐姐——秦玉儿，她母亲生下她后，便溘然长逝了。

　　忧心的秦川心中不仅仅有那么一件心事，再过几个月就是族会了，秦川担忧的是秦朗的炼体。如果秦朗的炼体在族会召开之前还没有达到十二重，那他就危险了。

　　剑士修炼的过程，凡剑士须得通过修炼炼体，待炼体达到十二重，方能修炼出元力。

　　"这就是炼体。"凌风听得金武说出炼体的作用，疑惑地看着他。

　　金武点头道："习得炼体并不难，可要想达到十二重，还是有点难度的，不过，有一个地方，我相信你去了，对你修炼炼体有一定的好处。"

　　知道对炼体有裨益，凌风一下子来了兴趣，他紧问道："什么地方？"

　　"碧心湖！"

　　提到碧心湖，碧心湖有什么，这让凌风很质疑："碧心湖在哪儿？它对修炼炼体有什么帮助？"一串串的问题，经凌风的口中说了出来。

　　碧心湖位于剑灵仙都的碧云山，山上有一湖，其湖水具有能量，吸收其湖水，对于修炼炼体有着很大的帮助，也是炼体达到十二重的关键所在，不吸收湖水，靠自身的能力突破，恐怕要半年之久。

　　"碧心湖的湖水有这么大的作用，我一定得去。"凌风意气风发道。

　　见他那么积极，金武欣慰地笑了。

　　"爹，凌风哥，你们在说什么呢？"庭院外，金紫衣走了过来。虽说金紫衣是女孩，炼体却已有六重，但凡剑都，无一人不通炼体，这也是剑都存在的意义。

　　金武见她，也无所隐瞒："紫衣，你来得正好，明天你和你哥去碧心湖吧！"

　　"碧心湖？去那儿做甚？"金紫衣问道。

　　"风儿，你把当中来由告诉紫衣吧！我累了，回房休息一会儿。"言罢，金武从他俩身边走过，回房去了。

　　待金武走后，金紫衣亲昵地拉着凌风的手："凌风哥，我们去碧心湖干什么？"

　　"你想知道吗？"凌风侧过头问道，眼神中尽是迷离，仿佛打着什么坏主意。

　　娇弱的金紫衣，认真地点着头："快告诉我吧，别吊我胃口了。"

　　"想知道呀，我不告诉你。"调皮的凌风故意惹得金紫衣生气。

　　"我的好哥哥，你就告诉我吧！"金紫衣一边说着一边摇晃着凌风的手臂，

第九章　炼体修炼

再用那娇滴滴的眼神楚楚可怜地看着凌风。

得意的凌风笑着说:"好了,我告诉你就是了,碧心湖……"

碧心湖的湖水对炼体有那么大的作用,必定有很多剑士前往,凌风此去碧心湖,又能否吸收到碧心湖的湖水?

水波荡漾水未兴,人自去留人未至。碧云山顶,一泓清泉沿崖壁倾泻而下,清澈的泉水汇成一小湖,湖水粼粼,可见一斑。

在碧心湖的附近,一间木制的房屋坐落在那儿,如此偏僻的地方,竟有人居住。居住在此的人,乃是剑都独特的人物。其名号众所周知,乃是"怪医"。碧心湖湖水具备的能量也是他发现的,多少年来,不少剑士来此,没得到他允许,是吸收不了碧心湖湖水的。他是剑圣,是剑都上的一个人物。

山下,许多剑士来此,他们急匆匆地往山顶走来,其气势异常乖张。另一座山头,凌风和金紫衣正往山顶攀爬,娇小的金紫衣喘着气说:"凌风哥,你等等我。"

前方走着的凌风,脚步慢了下来,催促道:"你快点。"

崎岖的山路着实不好走,凌风伸出了手,拉过金紫衣,两人艰难地走着。

"碧心湖,这就是碧心湖。"第一个来到碧云山的秦朗站在岸边说着。

仔细看碧心湖,整座湖呈圆形,湖的两边有两座山夹着,山清水秀,白云倒影湖底。清幽幽的小溪水欢畅地流着,随着微风一起,水面上泛起涟漪。

在他的身后,又一伙剑士来到了这儿。他们看见秦朗后,眼神里似有一些敌意。"何人敢上碧云山,吸收碧心湖水?"一名老者悠悠地走来,他一边走着,一边捋着胡须。那些剑士闻声,皆回头看向那名老者。

"想必前辈就是名震剑都的怪医剑士霍松霍老前辈!"秦朗见到老者,向他走来,亲切地问候道。

退出剑都的霍松,听得剑都有人还记得他,心里非常欣慰:"老夫退出剑都数十年,没想到还有人记得我。"

"家父时常向晚辈提起前辈,前辈一身绝技,救助了天下多少仁义之士,晚辈以前辈为傲啊!"

身后的那些剑士,不想听得他们絮叨,因为他们对于怪医的名号未曾听说过,他们只知道碧云山有碧心湖,碧心湖的湖水可以辅助炼体修炼。

"找到了碧心湖,我们的炼体便可以达到十二重了,兄弟们,赶紧吸收能量吧!"三四个剑士中,当中有人说道。

"原来你是秦川的儿子,我和你爹也有交情,今有剑士欲要吸收碧心湖的能量,秦贤侄,你看。"霍松望了望那些剑士,好像在示意什么。

秦朗手中的剑动了动:"柯前辈,那些人交给我吧!我替您把他们处理了。"

就在那些剑士欲吸收碧心湖水时,秦朗冲着他们说:"好大的胆子,未征得柯老前辈的同意,想吸碧心湖湖水,你们的胆子不小啊!"

"敢和我们叫嚣，你胆子也不小嘛！"四名剑士转过身，怒视着秦朗。

"咻"的一声，四把剑同时出鞘，向秦朗攻来。

秦朗也不迟疑，当即拔出了剑，与四名剑士激战在一起。本身的炼体虽与那四名剑士相差不大，秦朗依然奋力应敌。那四把剑从不同的方向向秦朗刺来，秦朗一躬身，穿越到了四人的身后。机灵的剑士，反身一剑，追击秦朗。应变的秦朗一剑刺了过去，两把剑相互指着。另外三名剑士趁机出剑，单枪匹马的秦朗不是四人的对手。当其余三把剑朝自己刺来，秦朗蹬地一起，腾入空中。

腾入空中的秦朗，单剑直下，挥着剑，击打着那些剑士。

少时，凌风和金紫衣来到了这儿，金紫衣指着前方说："哥，你看那儿！"

顺着金紫衣指去的方向，凌风说道："是他。"

"年轻人，那些剑士以多欺少，你不打算帮帮他？"霍松走近凌风，对他说道。

目睹着秦朗被人围困，凌风无动于衷，想起过去秦朗对自己的屈辱，凌风心中一股火升起。要他帮助秦朗，似乎不大可能。

渐渐地，秦朗不敌，四把剑架在他的剑上，任凭秦朗力道再怎么大，也不可能晃开四人的压制。

"咚"的一声，秦朗受了一脚，倒在了地上。当他们的剑刺向秦朗时，看不下去的凌风，拔出了剑冲了过去。

就在剑快要刺入秦朗的咽喉，凌风出剑抵挡住了。秦朗这才有机会从地上站起，两人合力应敌。霍松见此，直点头："难得，难得，真乃习武天才也。"

在两人的合力下，四名剑士处以劣势，两人出招十分默契，使对方的招式无以攻击。

片刻后，那几名剑士败于两人手下，受伤的他们怯弱弱地道："走，我们走。"

那些人逃走后，凌风望向一边，目光中尽是不情愿，秦朗明白凌风此举的做法，于是，道歉道："凌风，多谢你救我一命，过去的事还望你既往不咎。"

霍松看得出他们之间有摩擦，轻轻地，他走了过来："你们俩认识啊！冤家宜解不易结，听我一句话，有什么恩怨还是化干戈为玉帛吧！"

有霍松做中间人，凌风也没有斤斤计较，顺势就坡下驴："老前辈都这样说了，过去的事就过去了。"

"凌风哥，那就是碧心湖吗？"一旁的金紫衣说道。

"你们都是来吸收碧心湖湖水能量的，看在你们帮了我的分上，我送你们一个顺水人情。"说罢，霍松掌心凝聚元力，隔空一出掌，三人被震落入碧心湖。

"前辈，您这是？"湖中的秦朗不解地问道。

"你们且把眼睛合上，我教授你们如何吸收能量。"

待三人合上眼，霍松运用元力，帮助他们把能量灌输入他们的体内。再看他们的身上，一层层气团凝聚于他们的身上，那便是碧心湖水的能量，得到能量的他们，炼体是否能突飞猛进，能否用最短的时间将炼体炼至十二重？

第十章　初为剑士

　　层层气团围绕周身，碧心湖白茫茫一片，三人双眼紧闭，提掌至胸前，加快能量的吸收。

　　片刻后，霍松收起元力，湖面上的气团慢慢消散，三人缓缓张开双眼。吸收了能量，三人感到身心轻松了不少。待得从湖底出来，三人弯下身体，恭敬地道："多谢前辈。"

　　霍松笑了笑，要不是看在他们是可造之材，他又怎会帮助他们吸收能量呢？他欣慰道："你们的炼体现已修炼至第十重，不妨运功试试。"

　　听得自己的炼体跳跃至第十重，他们内心十分欢畅，只见得三人同时运功，周身之上，炼体散发，气团凝聚，浑身有一股强劲的力道。

　　"炼体达到十重，往后要突破得靠你们的能力，我看好你们。"

　　转身，霍松念道："天灵浮沉自天命，尘封不平终生遗。"悠悠地，霍松念着这句心诀，慢慢地离去了。这句心诀乃是炼体最后一重的心诀，此句心诀听上去十分平淡，可要想参透绝非朝夕之事。

　　三人面面相觑，秦朗道："凌风，过去我那么对你，你还能出手相助，你的为人我十分钦佩，不知我们能否做个朋友？"

　　性情豁达的凌风伸出了右手，那举动表明他接纳了秦朗："不打不相识，没有你的打压，我也很难成就，虽然我想一雪前耻，在这纷乱的天下，多一个朋友总比多一个敌人强，我认了你这个朋友。"

　　"啪"秦朗握着凌风的手，"哈哈哈"两人畅快地笑了起来，他们的这般相识，还真有点相见恨晚的意味。

　　小小茶楼，在喧闹的街市做起了营生，过往匆匆行客的脚步声，商贩的叫卖声，人们的谈话声，各种声音交织着。

　　茶楼内，一名女子端正地坐在那儿品茶歇足着。桌旁一柄长剑竖立在那儿，她一袭长发飘逸地落在两肩，一枚发簪穿过乌黑的发丝，紫色的彩带缠在她的发间。

　　她略端起茶杯，那种阴柔之美极为动人。她矜持地品着茶。

　　"紫衣，我们去里面休息一会儿吧！"从碧云山下来的凌风，来到了这儿，走了好几个小时的他们，决定歇歇脚。

　　由外面进来，凌风带着金紫衣朝那名女子的对面走去了，勤快的小二走过来说道："客官，请问你们是打尖还是住店？"

"我们在此歇歇脚。"凌风温和地说道。

小二为他们添上了茶水，便退了下去。

稍时，四五名壮丁走了进来，他们全都手握着剑，一副气势汹汹的模样。那几个人好像是冲着那名女子来的，只见他们慢慢地靠近那名女子。

"总算给我们找着了，老实跟我们走，别逼我们动手。"

女子放下茶杯，她一脸清秀，容光焕发，倒像是出自名门："我是不会和你们走的。"女子幽幽地说道，脸上没有表情。

"你们几个，把她给我抓回去。"在男子的命令下，那些人举剑指向女子。

"咚咚！"那些人手上的剑莫名地掉落在地上。

"谁？暗地里使招算什么英雄，有胆现身一见。"为首的男子四处张望着。

凌风浅浅地喝了一口茶，淡淡地道："几个大男人欺负一个女子，难道不怕传出去遭人耻笑吗？"

"多管闲事。"愤慨的男子举剑向凌风冲来，男子功力并不强大，炼体远远不及凌风。

处变不惊的凌风安然地坐在那儿，当那把剑朝他刺来，他轻轻一弹，那把剑便被凌风使出的炼体给震断了。

其余几名男子见状，拾起了地上的剑，奔凌风而来。凌风只消驱动炼体，浑身上下炼体凝聚，那几把剑刺向凌风的要害。十重炼体的凌风倒不惧怕，他驱动炼体，炼体凝聚，遍布全身。当那把剑刺向凌风的要害，却怎么也刺不下去，那些死穴有炼体抵挡着，任凭使出多大的力气，也刺不下去。

"哧哧"几声崩裂声，那几把剑神奇般地断裂了。

"你给我等着。"不是凌风对手的男子甩下这句话，便灰溜溜地带着手下走了。

女子拿起剑，缓缓地走过来："多谢侠士救命之恩。"

"客气，客气，路见不平，拔刀相助，姑娘不必拘礼。"凌风坦然道。

微风吹拂，杨雪站在家门口，朝着远方张望着，那眼神似是在等人。

"雪儿，外面风大，小心着凉了。"金武由家中走出来，细心说道。

忧心的杨雪望眼欲穿，"风儿和衣衣怎么还没回来，不会出什么事了吧？"

"瞧你说的，他们只是去碧心湖吸收能量去了，又不是和别人决战，你就别担心了。"金武安慰道。

所谓儿行千里母担忧，杨雪的那种情怀，金武又怎么会理解呢？慢慢地，杨雪回过头："我们回去吧！"转过身，两人往家中走去。

"爹，娘，我们回来了。"一声稚嫩的声音老远传了过来，金紫衣和凌风回来了。

闻见声音的杨雪和金武止住了脚，杨雪那颗担忧的心落实了。金武看见他们回来了，用一副打量的眼神看着他们。

第十章 初为剑士

"你们回来了，从你们走的步伐来看，炼体达到十重了吧！"金武一边说着，一边为他们感到欣慰。

"碧心湖水的能量对炼体修炼还真的大有裨益。"凌风满足地道。

"走了一路，累着了吧！快回房休息休息。"杨雪说道。于是，一家人笑笑呵呵地回去了。

自从碧心湖一行，炼体修炼至十重的凌风更加勤奋地修炼炼体。房间内，他盘膝而坐，双眼微闭，用心参悟着炼体，意图找到突破口。可不管他怎么努力地去修炼，也难有所得。

气息凝聚，周身尽是炼体，"扑嗤"一声，凌风感觉到液体从他的口中渗了出来，轻轻一擦拭，那股液体呈红色。无疑，渗出的是他的血。

"怎么这样，为什么第十一重炼体这么难突破？以前修炼炼体，也没这么困难。"不解的凌风心中一阵狐疑。

近年来，他所习的都是炼体，除了上次金武演示给他看的灵虚剑法，其他剑术却没习得一招半式，心法、内功更是少有涉足。"难道十一重炼体和内功心法有关？"凌风设想着。

晚上，金武的房间烛光跳跃着，坐在房间里的他和杨雪谈论着："雪儿，云儿至今没有下落，真是有愧啸天兄。"

"金武，这么多年，你也不容易，既不能让剑谱流落剑都，还要寻找云儿的下落，一旦暴露行踪，天下剑士又岂能放过你？到时我们又得过那种刀口上舔血的日子。"这是杨雪的顾虑，也是金武的顾虑。历年来，他很少在剑都露面，其原因也多在此。

不过，今天金武旧事重提，不仅仅是感慨，倒像是有着自己的见地："如果让风儿去找云儿，你觉得可行吗？"

"这，恐怕……"纠结的杨雪眉头紧皱着，她接着说道，"风儿年纪轻轻，功力也没学到家，如果让他步入剑都，怕是会吃苦头。"

关于这点，金武比杨雪还清楚，既然他能说出来，必然有所主意："你看如果我让风儿……"

一心苦练的凌风从床上走了下来，他嘀咕道："爹一定知道十一重炼体修炼的诀窍，我问问爹不就知道如何修炼第十一重炼体了吗？"

抱着这样的想法，凌风打开了房门，打算向金武讨教十一重炼体修炼的要诀。

"吱呀"一声，门被打开了。

门外站着一人，其人即是金武，于是凌风喊道："爹！您来了，快请进。"

"我就不进去了，爹来是有事和你说的。"

疑问的凌风望着金武，并从里面走了出来，两人站在走廊处说着什么。

不远处，金紫衣由自己的房间来到了这儿："爹和凌风哥说什么了？神神秘秘的，我且听听。"好奇的金紫衣偷偷地在他们的背后偷听着。

"风儿，除了习武，你还有一个重要的使命。"

闻此言，凌风清楚金武想说什么。还未等到金武说出口，凌风言道："爹，我本想待我炼体达到十二重便去寻我哥哥，这么多年，您肯定十分想知道我哥的下落。"

"是啊！你孤身一人寻觅你哥，必有风险，但我想过了，你以武学者的身份介入剑都，拜入灵虚族派。一边习武，一边找寻你哥，忘了告诉你，你哥的手臂有三颗痣，你可按照这个胎记去寻找。"金武说道。

背后偷听的金紫衣蹿了出来："爹，我也要去灵虚族派。"

金紫衣的这一请求立马被金武否决了，他阴沉着脸说："你去干什么？世道如此险恶，你还是老实待在家吧！"

娇气的金紫衣使劲地摇晃着头："我才不呢！世界这么大，我才不要做井底之蛙。"说罢，她挽着金武的手，"爹，您就让我去吧！凌风哥孤身一人，您也不放心，我去了还能照顾凌风哥，您看好不好？"

"爹，你就让紫衣妹妹去吧！她这个小机灵鬼，一个人待在家，非得把她憋出病来不可。"凌风帮着说辞道。

"是啊！是啊！"金紫衣极力地为自己争取着机会。

略思索了一下，金武说道："好吧！把你留在家里够难为你的。"

见父亲答应了，金紫衣高兴了起来，她偎依着父亲的臂膀，甜甜地道："还是我爹好。"

自碧心湖回来，秦朗专注于炼体，书房内，他翻阅着名学典籍，虽得到碧心湖的能量，却也止步于第十重炼体。

"哗哗哗"他不断地翻阅着，却也找不到自己想要的。

"吱呀"秦川推开了门，走了进来，专注的秦朗并没有发现父亲进来了。

"朗朗，你在找什么呢？"待走到秦朗身边，秦川问道。

秦朗放下了手上的书籍，转过身，他满脸的焦虑，该是炼体给闹的："爹，第十一重炼体如何修炼啊？"

问及十一重炼体，秦川悠悠地说道："要练好十一重炼体，必须参悟十一重心诀，作为一个武学者，切不可急于求成，得慢慢来。"

秦川说的那些，秦朗早就领会，要突破十一重炼体，怕不是那么简单的，要不然以凌风的资质一定参透得了。

有了父亲的开导，秦朗的心也平和了一点。"朗朗，碧心湖一行，还顺利吗？"秦川关切道。

想到碧心湖，秦朗想起了那场对决，他摇了摇头："虽然有些凶险，好在有人出手相助，不然爹恐怕是见不着我了。"

"哦，谁呀？"关心的秦川赶紧问道，脸上一副疑问。

"他叫凌风，我还和他成了朋友。"为此，秦朗内心十分高兴，为能有凌风

那样的朋友深感欣慰。

从秦朗口中听到了凌风的名字,秦川不自然地笑了笑,那笑容里好像隐藏着什么,让人摸不清,猜不透。

"他家在哪儿?"秦川问道。

秦朗摇晃着头,虽然他和凌风遇见过几次,却也不知道凌风家在何方,亏得秦朗不知,要是秦川从他的口中知道了金武的下落,恐怕金武又得面临剑谱抢夺的纷争了。

第十一章 灵虚山庄

次日，凌风收拾好了行囊，整装待发，家门口外，凌风和金紫衣木然地站在那儿。金武和杨雪出门送行，四人面对着，杨雪目光中尽是依依不舍。

"衣衣，风儿，出门在外好好照顾自己，凡事多忍让。"杨雪嘱咐道。

自小没出过远门的凌风，这次要步入剑都，他心中有好奇，也有紧张，对于剑都的凶险，他仅仅听金武说过，至于剑都是怎样的，他很模糊。

凌风冷峻的脸庞对未来充满憧憬："爹，娘，你们放心吧！我会好好照顾紫衣的。"

金武说道："时候不早了，你们赶紧上路吧！"

一番辞别后，凌风和金紫衣背着行囊转身往灵虚山庄走去了。金武和杨雪站在他们的身后注视着他们的离开，待到他们消失在视线范围之内，金武和杨雪回屋了。

"嗬嗬！"灵虚山庄，众弟子正在习武，苏慕在他们的面前走动着，指导着他们。十八年后的他，腮帮长满了胡须，为人越显得稳重，灵虚山庄在他的管理下，在剑都很有名气。

"停……"苏慕举起了右手，众弟子立马停止了下来。

"今天的教学就到这儿，大家都散了吧！"严谨的苏慕脸上没有一丝表情。

所有的弟子渐渐散去，苏慕走到一弟子的身边："苏宁，你等一下。"

那名弟子转过身，他年纪尚轻，却习得一身本领，自身达到剑尊级别，乃是灵虚山庄的大弟子。"族长，有什么事吗？"苏宁恭敬地道。

"今日我要出去一趟，山庄上下事务你替我打理一下。"苏慕嘱咐道。

"是，族长。"

一道城墙笔直延伸，城门口，一把巨大的剑斜斜地竖立在那儿，用铁链牵引着。从这儿经过的人群，每人佩戴着长剑，他们满脸都是剑气，整座城都以剑为主。这便是灵剑族派。灵剑族派以铸剑闻名，所铸之剑，锋利无比，能得到灵剑山庄的剑，在剑都行走多少有点能耐。

灵剑山庄内堂里，秦川不知道什么时候来到了这儿。他端着茶杯先是品了品茶，然后才对上堂的莫寒说道："莫族长，你我都想得到剑谱，眼下我们离得到剑谱的日子不远了。"

上堂的莫寒被秦川说得一愣一愣的，他满怀着好奇问道："何出此言，是不

是找到金武的下落了？"

自知道剑谱在金武的手上，秦川和莫寒派出山庄的弟子找寻金武的下落，这么多天过去了，金武就像在这个世界消失了一般，任凭谁也找不到。秦川摇了摇头，继而说道："我虽没金武的下落，但我知道凌风的下落。"

"凌风，知道他的下落又能怎么样？还不是找不到金武。"原以为秦川有金武的信息，当秦川提及凌风，莫寒不由得失望，脸上尽是失落。

"你想啊！只要找到凌风，还怕找不到金武吗？"秦川反问了一句。

认真思索了一下秦川的话，莫寒立马来了兴趣，他欢快道："对，我怎么没想到这点，只要找到凌风，剑谱就有下落了。"

"哈哈！哈哈！"两人不约而同地笑着，时下，他们一定会派人找寻凌风的行踪。一旦找到了凌风，金武的性命将受到威胁。

另外，那间密室里，三名神秘者相聚在那儿，他们的身份透露着神秘，行事也很诡秘。

"凌风已经出现在剑都，只要找到凌风，就能找到剑谱，我想天下的剑士不久后就会得到这个消息，我们得赶在他们的前面找到凌风。"当中一名神秘者说道。

蒙面人思量着神秘者的话："对，我们得赶紧找到凌风。"

密室里，三人秘密地筹划着，如今的形势，对凌风来说很不利，他出现在剑都，天下剑士都会想方设法地找到他。

赶赴灵虚山庄的凌风和金紫衣，经过多时的行走，已然来到了灵虚山庄的门口。

远处，凌风和金紫衣来到了这儿，他们驻足于门外，仰望着整个山庄，门口上一块巨大的牌匾立放在那儿，上面用金色的漆漆着：灵虚山庄。

"终于来到了灵虚山庄了。"凌风轻松地说道。

"这就是我爹管辖的山庄，够气派吧？"金紫衣称赞道。

两人瞻仰了一下，然后走到门口。

"咚咚咚"凌风使劲地敲着门。

"吱呀"一声，门被打开了，一名弟子注视着他们，问道："你找谁？"

"我找灵虚族长，前来拜师学艺。"凌风回道。

那人稍微想了想，便把凌风和金紫衣引进了山庄。

进入灵虚山庄，凌风和金紫衣一边走一边观看着，偌大的灵虚山庄充斥着习武的氛围。

习武台处，苏宁和山庄的弟子正在谈论灵虚剑法。"灵虚剑法贵在一个'虚'字，要练灵虚剑法，必须突破十二重炼体……"

"师兄，外面有人找我们族长。"那名弟子通报着。

"哦，又来了一个拜师的，你让他进来吧！"苏宁的表情看上去有点令人匪夷所思，他何以说又来一个拜师的？

那些弟子围将上来："师兄，族长不在山庄，有人来拜师，我们怎么办？"

苏宁蹙着眉想了想，道："我们没什么玩的，正好来了解闷。"

多年来，苏慕收下的弟子多是经过严格考验的，故此，来灵虚山庄拜师的人必须通过考验，也正是这个原因，来灵虚山庄拜师的多是有能力的人。

凌风和金紫衣被领进了习武台，凌风客气地说："请问灵虚族长在哪儿？"

苏宁从众弟子的身边走了出来，在凌风的面前走动着，用疑问的眼神看着他："我是灵虚山庄的族长，你来这儿是拜师的？"

"您就是灵虚族长？我一心想投入灵虚山庄门下，希望族长成全。"看着眼前年纪轻轻的他，凌风有所疑问，却又不敢说出来。

"想入我山庄，必须通过我设置的考验，看你这体质，炼体也就修炼到第十重，我从他们中选出一名和你炼体相等的人，如若你打败了他，你便是灵虚山庄的弟子，你可接受这道考验？"苏宁把目光移向那些弟子。

为了进入灵虚山庄，凌风没有选择的余地，再说对手的炼体和自己相等，稍微地想了想，他回道："我接受这道考验。"

金紫衣担心地拉着凌风的手，紧张地看着他："凌风哥，不要。"

凌风从身上取下行囊，安抚道："我会没事的，你到一旁等着，看你哥怎么通过这道考验。"

从包裹里拿出剑，凌风把行囊交给了金紫衣，忧心的金紫衣退到一旁。

"好，有胆魄，程如风，你出来和远道而来的客人会会。"

人群中，被称为程如风的弟子，提着剑走了出来。

习武台上，两人对阵，"咻"的一声，凌风拔出了剑。

"我先让你出招，省得他们说我欺负你。"程如风很不客气地说。

被惹怒的凌风拿起剑，直奔程如风而来。

凌风的炼体贯通全身上下，他直冲程如风而去，单手提剑，横空劈将下去。程如风稳稳地站在那儿，他握着的剑并没有出鞘。

他稍稍把剑扬起，"噌"的一声，凌风的剑落在程如风的剑上。凌风运足全身的力量压制对方的剑，却也丝毫没有作用。程如风把剑一抽，凌风身体向前一倾，以凌乱的剑法与程如风对战，面对那很有气势的攻击，程如风始终没有拔剑。他只退去凌风的招式。如此局势之下，倒激怒了凌风，他把身体内的炼体转换至剑上，不多时，凌风手上的剑泛着淡淡的光。手握利剑的他，再次地向程如风发起了攻击。

程如风见势，若剑再不出鞘，恐怕会败于凌风之手。"咻"的一声，程如风当机立断地拔出了剑。

急急而来的凌风，弹身一跳，用力一挥，一道强劲的光从他的剑上散发出去。程如风体内的炼体已由手心灌输至剑体。他挥剑一斩，那道炼体在他的斩击下，"轰"的一声，破解了。两人快速地向对方跑去，当两把剑交织在一起时，双方各自用冷冽的目光看着对方，暴露着狰狞的眼神。

　　双方用力一震，然后再一次地提剑攻击对方。凌风反转一剑，程如风扬剑一挡。他挡去了凌风那一剑，受到剑力冲击的凌风后退了几步，但马上又向程如风发起了攻击。凌风手中的剑再次地被他灌输了炼体，而这次灌输的炼体并非低层次的炼体。只见他口中说道："第十重炼体。"

　　灌输了十重炼体的剑，比刚才更有威力，散发出一股强大的炼体。程如风见状，毫不迟疑地说："我倒是看看是你的第十重炼体厉害，还是我的第十重炼体厉害。"他双眼微闭，左手团着一股力。

　　在他睁开眼之后，程如风以疾速的步伐向凌风冲去，这次，他倒是没有让步，所出之剑非常之快。尽管凌风能挡住几剑，长此下去，凌风必定会败于程如风之手。

　　在程如风强有力的打击之下，凌风应对得也越为维艰。程如风所使出的剑法乃是灵虚山庄的精妙武学，他所出之剑未达到登峰造极的地步，要不然，以凌风目前的能力，根本抵挡不了。这套武学命名为"乱剑法"，以快为要诀，攻其不备，使对方无力出招，直至对方力道耗尽为止。

　　渐渐地，凌风有所不敌，疲于接招的凌风，力道有些不济。

　　"咚"的一声，凌风中了程如风一掌，倒在了地上。

　　一旁的金紫衣见状，连忙跑过来扶起了地上的凌风："哥，你没事吧！"凌风坚强地站直了身体，道："我没事。"

　　这时，苏宁走到了凌风的身边，不屑地看着凌风，用极其可恶的口气说道："想入我灵虚山庄，再修炼个三年五载吧！"

　　"紫衣，我们走吧！"惨败的凌风，失落地说道。

　　金紫衣扶着凌风走出了灵虚山庄，苏宁看着他们离去，嘴角露出了得意的笑容。

　　黄昏将至，杨雪站在家门口外，遥望着凌风和金紫衣出行的方向："整整一天了，不知道风儿和衣衣有没有找到灵虚山庄？"

　　"笃笃"几声脚步声，金武走到了杨雪的身后，对其说道："雪儿，你在这儿呀！"

　　听着金武的声音，杨雪把心中的忧愁尽数说于金武，她转过身，望着金武，一脸的灰色，怅惘道："金武，风儿和衣衣都走了一天了，不知道他们怎么样了？"

　　金武抱着杨雪的双肩，安慰道："风儿是个很谨慎的孩子，他们一定不会有事的。"

　　想到凌风，杨雪想起了十几年前凌风父母的惨死，他的父母因剑谱而死，如今剑谱在自己丈夫的手中，难免的，她会有所担心："金武，如今剑都如此复杂，我怕天下剑士会顺着风儿这条路找出路，到那时，你的处境就危险了。"

　　"对呀！我怎么没有想到这点，不行，我得赶紧给苏慕写一封信。"说罢，金武松开了杨雪，转身回去了。

日落西头，出门办事的苏慕回来了。苏慕一回来，苏宁便去了苏慕的房间。每每苏慕出行，山庄事务交给苏宁打理，待他回来，苏宁必须要向苏慕汇报山庄发生的事。

"族长。"走进房间，苏宁礼貌地称呼道。

苏慕望着他，问道："我不在山庄，庄内可有大事发生？"

"大事倒是没有，不过有一个后生小辈，欲拜入我们山庄，我按照族长以前的做法，设下考验，打发他回去了。"苏宁应道。

门外，一名弟子急急地走进来，他手上拿着一封信件，呈递给苏慕："族长，您的信。"

苏慕接过了信件，"哗啦"一下，将信拆开，认真地看着。

片刻后，苏慕向苏宁问道："苏宁，你可知来山庄的人去了哪儿？"

苏宁摇了摇头："弟子不知。"苏慕挥了挥手："这儿没别的事了，你下去吧！"

"弟子告退。"

从灵虚山庄出来，凌风和金紫衣沿着小路走着，因为凌风中了一掌，金紫衣很是忧心，她眉头紧皱着，关怀道："凌风哥，那一掌不轻，要不我们去看看大夫，开副药吧！"

"呵呵……"听得金紫衣这么一说的凌风，不由地笑了笑："傻妹妹，哥没那么脆弱，再说，我还要去灵虚山庄呢。"突然，凌风停了下来。

疑惑的金紫衣看着凌风，满脑的疑问："你还去呀！你都被打了出来，再去……"

"当然要去啊！除非族长不收我为徒。"

凌风的话让金紫衣越听越糊涂了，她困惑道："那个族长不是摆明了不收你吗？"

满是想法的凌风先是摇了摇头，继而说道："你错了，那个人不是族长，你想想，一代族长多少有点威望，你再想想那人有威望吗？"

经凌风这么一说，金紫衣觉得凌风说得在理，她点了点头，可内心还存着疑问："就算像你说的那样，也不能证明什么。"

"那你好好想想，那个自称是族长的人年纪轻轻的，又如何管理整个族派？"

在凌风的点醒下，金紫衣恍然大悟了："对，对，对，你不说，我差点被他给骗了。"

"所以说，我才不会就这样地走了，更何况我这次出来是有事要做的。"提到那件事，凌风不禁唏嘘了一声，他多想尽快地找到自己的哥哥，以告慰父母的在天之灵。

"天干物燥，小心火烛。"街道上，更夫打着更。

已是三更天，灵虚山庄的所有弟子都回房休息去了。书房内，烛光跳动，苏慕还在看书，那道人影在房间里走来走去，那么轻松，那么悠然。

第十一章　灵虚山庄

山庄外，两个鬼鬼祟祟的人悄悄地来到围墙外，从他们的身影来看，确是凌风和金紫衣。

"凌风哥，这大门关着了，我们怎么进去啊？"看着那严实关着的门，金紫衣忧心道。

围着门口走了走，凌风有了主意，他说道："看我的。"说罢，凌风借助墙壁，一个疾步，翻身一跃，成功地进入了山庄。

两人进入山庄后，小心翼翼地走着，脚步也相当地轻，生怕被人发现了一般。"谁？"忽然，从凌风的背后传来一声。

正抬脚的凌风停住了，一只脚半悬在空中。"糟糕，被发现了。紫衣，我们逃吧！"

"来人啊，抓小偷，抓小偷……"那人大声地喊道，山庄所有的弟子在他的叫声下全部汇聚了，正逃跑的凌风和金紫衣被一群人给挡住了。

他们站住了脚，目视着那些人。

"我当是谁呢，原来是白天拜师的臭小子，怎么拜师不成，成盗贼了？还是本身是盗贼，想混入山庄偷盗武学来了？"苏宁毫不客气地说道。

"士可杀，不可辱，既然我落在你们的手中，随你们处置，但我有一个要求，我要见族长。"凌风无畏地道。

"想见族长，门儿都没有。来呀，给我好好教训教训他，教教他怎么做人。"苏宁吩咐道。

一些弟子走上前，欲向凌风展开武力，娇小的金紫衣挡在凌风的前面："你们不准伤害我的凌风哥。"

第十二章　处处刁难

　　书房内，苏慕正捧着一本书籍翻阅着，外面熙熙攘攘的声音倒是引起了他的注意，只见得他的耳朵动了动，随即放下了书籍，自言自语道："外面怎么那么吵，发生什么事了？"被惊扰了的苏慕，移开脚步，走出了书房。

　　被灵虚山庄上下弟子围住的凌风和金紫衣，没有了退路。金紫衣挡在凌风的前面，满脸的紧张，害怕那些人伤害凌风。

　　"紫衣，你让开，他们不会把我怎么样的。"凌风安慰道，他又怎么会束手就擒呢？在他心里，早已生出反抗的意识。他正思忖着如何逃出去，如今局势，要找到突破口，恐非易事。

　　"动手。"苏宁一声令下，一些弟子走上去，欲要对凌风下手。

　　远处，苏慕来到了这儿，他对苏宁问道："这么晚了，你们在这儿干吗？"

　　"族长，此人白天拜师，晚上偷偷溜进山庄，我怕他对山庄不利，正吩咐弟子教训教训他。"

　　听得拜师之人，苏慕把目光转移到了凌风的身上，凌风得知眼前的男子是灵虚山庄的族长，兴奋道："族长，我是诚心诚意想拜入灵虚山庄的，还望族长收纳。"

　　"族长，不可，此人目的不纯，留在山庄恐有后患，望族长斟酌。"苏宁极力说道。

　　慢慢地，苏慕走到了凌风的身边，问声道："你叫凌风，对吗？"

　　默默地，凌风点了点头。

　　"即日起，你们就是灵虚山庄的正式弟子了。苏宁，你帮他们安排住处，这件事就到这儿，都回去休息吧！"说罢，苏慕挽起手，从人群中走开。

　　"唉！"苏宁低下头，凌风和金紫衣拜入灵虚山庄，让他的心情极为不畅。

　　拜入灵虚山庄的第一天，凌风和金紫衣穿上了和灵虚山庄众弟子一样的衣服，像往常一样，灵虚山庄的弟子都会去习武台接受训练。这会儿，厢房内的弟子们急急忙忙地正往习武台跑去。

　　习武台上，整齐划一的队列却有两个空缺，苏慕望着那两道空缺，皱了皱眉，按照他设下的规定，训练期间迟到者是要受惩罚的，而今，凌风和金紫衣未到，这让他有点忧心，如果不惩罚他们，恐怕众弟子难以信服，便起不到上行下效的效果。

台下，凌风和金紫衣匆忙地来到了这儿，当他们看见整齐的队列，心里一阵战栗，那种庄严，让他们的内心有点惶恐。

"凌风，紫衣，你们先入列吧！"苏慕说道。

"是，族长。"不安的凌风和金紫衣回到了队列中。

待到他们两人入列，站在前面的苏宁道："族长，按照规定，凡是迟到者，是要被惩罚的，凌风和金紫衣虽然刚入山庄，如若不惩戒他们，恐怕以后弟子们习武会懈怠。"摆明了，苏宁的这番话是针对凌风的，自凌风进入山庄后，苏宁不怎么看好他，两人的关系甚是僵硬。

"是有这样的规定，念及凌风和金紫衣初犯，凌风，紫衣，待会儿训练结束后，你们留在这儿，扎马步一个时辰。"为了建立威望，苏慕不得不这么做。

"下面开始今天教授的招式，苏宁，你为大家演示一遍乱剑法。"苏慕吩咐道。

听到乱剑法，凌风的心紧了起来，这让他想起了刚来山庄时，败于使用乱剑法的程如风。想起这些，他心中有点不甘。今日教授乱剑法，这让他来了兴头，他多想习得这套剑法。

走出来的苏宁，握着剑，开始演示那套剑法，只见他剑走偏锋，所出之剑那么的快，快得让人无法看清他所出的招式。这便是乱剑法的独特之处，炼体越高的剑士，出的剑招也就越快，威力便越大。

"乱剑法贵在乱字，每出一招，不要想着下一招，这就是乱剑法的精髓。苏宁，你再把乱剑法的招式放慢，让弟子熟悉完整的乱剑法。"

随着苏慕的吩咐，苏宁再次演示了乱剑法，而这次，他出的第一招不同于先前所出的招式，这就是所谓的乱剑法。

队列中，凌风双眼直视着前方，目光如炬，暗暗地，他把那些招式深深地记在了心中，这是他步入剑都所习的第一套剑招，所以他得认真，得用心去学。

待到苏宁演示了一遍乱剑法，苏慕说道："凌风，刚才苏宁演示了乱剑法，你可领会？"

"乱剑法一共十二招，每一招可作为第一招，要练好乱剑法，就得看修炼者如何把十二招剑招融合在一起，组成上百种不同的乱剑法。"人群中，凌风说道。

凌风的见解让苏慕很欣慰，他不断地点着头："不错，乱剑法的要诀正如凌风所说的，没想到你刚来山庄，对乱剑法便有如此之深的参悟，真是个可造之材，可造之材啊！"苏慕连连称赞道。

这让苏宁听来，一番醋意升起，他的眼神里尽是不满，凌风的出现，让他深有危机感。

"乱剑法与灵虚剑法息息相关，练好了乱剑法，对以后练习灵虚剑法将起到很大的好处。好了，接下来我来分解乱剑法的招式，大家看好了……"苏慕说罢，一把剑从他的体内迫了出来，上下弟子无不羡慕，要在体内炼出一把剑，不是朝夕之事，那些弟子也只能把炼剑埋在心里。

午时，苏宁和山庄弟子聚在一起就餐，苏宁目光呆滞，吃饭也是动一筷吃一口。心思完全不在，想起苏慕对凌风的重视，苏宁咬得牙直痒痒的。

一旁的弟子见他那样，说道："师兄，你在想什么呢？"

忘神的苏宁经此点醒，回道："没想到凌风那小子刚来山庄一天就那么受族长的重视，想想都不甘心。"如此格局，对苏宁来说是一种威胁，要不然他不会说出那样的话。

"师兄，族长那么看中凌风，怕是你以后在山庄的地位会被他吞噬啊！"坐在他对面的弟子危言耸听道。

这下，苏宁更担心了，师弟的话一针见血，这让他忧心了起来："不行，我不能让他替代了我的地位，再这么发展下去，将来族长退位，必定会把族长之位传给凌风。"此刻起，苏宁的头脑里开始想着如何把凌风赶出山庄。

"苏师兄，你们在聊什么呢？"接受惩戒后的凌风和金紫衣从门外进来。

苏宁半遮半掩道："没什么，我们在等你们吃饭呢。"

"嚯嚯……"庭院深深，近已黄昏，霞光光辉相映，剑锋所指，单身直入。凌风正在练习乱剑法，从他出剑的力道看，已经能够耍出一套完整的乱剑法。

"啪啪啪"接连几声掌声响起，凌风停了下来，他放下剑，走到那人的身边，恭敬道："族长。"

"凌风，你习武很有造诣，将来一定会有一番成就的。"苏慕称赞道，自见到凌风起，他就对凌风极为赞赏，这也是因为凌风强大的悟性。

"族长过奖了，不知族长找我有何事？"凌风问道。

苏慕侧过身，想到凌风的身世，苏慕极为同情："凌风，从你进入剑都起，就意味着把生命交给了剑都，关于你的一切，我尽数知道，现在剑都上的剑士都想找到你，你现在的处境很危险。"

至此，凌风不解了，自己只是一个小人物，天下剑士何以找自己？迷茫的他双眉紧皱着，眼神中尽是困惑："他们为什么找我？我不曾得罪他们。"

"世道本就邪恶，你想，你爹临终前把剑谱交给了金族长，金族长与你有很大的渊源，他们想通过你找到金族长。"

经苏慕一说，凌风紧张了起来，但他又很快安定了，刚才的不安在瞬间舒展了："我不会让他们找到我干爹的，他日我若落在他们的手上，宁愿一死，也决不妥协。"

那种宁死不屈的精神让苏慕欣慰，只见他的嘴角露出了一丝淡淡的笑容："凌风，那是你最后的退路，要想在剑都生存下去，只有隐藏你的姓名，我都替你想好了，以后你就叫林凡。"

不料，苏慕的建议没有得到凌风的同意，凌风坚持道："不，身体发肤受之父母，大丈夫行不改名，坐不改姓，我是不会那么做的。"

凌风的话大大地出乎了苏慕的意外，为了金武的安全，他劝道："就算是为

了金族长,你也要那么做,难道你想让紫衣的父母也像当面你爹娘那样惨遭不幸?"

"别说了,我的名字是我爹娘给的,说什么我都不会同意的。"凌风激动地说。要让他忘记自己的名字,忘记自己的仇恨,似乎不大可能,自从凌风知道父母是被人害死的,凌风的心一天没有安定过,他多想为父母报仇,但他知道自己的能力有限,所以他要强大自己,努力学好一招一式。

强烈的反对,让苏慕不再规劝,他感叹道:"我能理解你的感受,我尊重你的想法,凡事小心点。"怅然若失的苏慕不再说什么,他知道即使自己怎么说也无法改变凌风的决心。

晚霞将歇,落日尽头,是一派夕阳之景,北斗转移,星分翼轸,月上高空,岑岑如静,群星璀璨,茫茫大地尽夜色。晓风吹拂,满是落叶堆积。

月色之下,一男子双手捧着一封信件认真看着,那封信出自凌风之笔,上面写着:爹,娘,我和紫衣已经拜入灵虚山庄,虽然拜师过程有些坎坷,但还是顺利地进入了山庄。我和紫衣一切很好……凌风笔。

"金武,是风儿来的信吗?"后方,杨雪走过来,靠在金武的身边问道。

看罢信,金武把信给了杨雪:"是风儿来的信,信上说他们很好,只是他没有换名,风儿的心情我能理解,看来,我得早做准备。"从金武的表情来看,似乎有什么重大的事要做。

"金武,接下来你打算怎么办?"看完信,杨雪问了一声。

"剑谱的事我会处理好,但是风儿,他在剑都行走,又得多几分凶险,我只希望他能平平安安的。"金武叹息了一声,凌风在剑都势必困难重重。

"噌噌"几声剑声发出,小庭院里,凌风正和金紫衣相互习武着,那套乱剑法在两人的使用之下近乎完美,来山庄已有多天,能习得乱剑法,是凌风最得意的一件事。他之所以那么努力地习武,是不想受到山庄上的弟子的讥讽。

两人交剑互相切磋,金紫衣所出之剑柔和,步伐亦是轻盈。

稚嫩的剑法让凌风有机可乘,"哗啦"一下,金紫衣手上的剑被凌风挑落了,金紫衣倒退了几步,灰心地说道:"我真笨,这套剑法怎么都练不好。"

凌风收起剑,捡起了地上的剑,走到金紫衣的身边:"紫衣,乱剑法在于乱,在于快,你刚才出剑,明显地有很多破绽,力道也不足,你试试把炼体灌输到你的手上,再使出乱剑法。"凌风指导着。

"好,我们再练一遍。"金紫衣说道。

凌风把手上的剑还给了金紫衣,两人站在两边,金紫衣柔情地看着凌风。正当两人即将切磋的时候,一封信不知道从哪儿飞了出来。凌风凭空摘取,凌空反转,双脚坚实地落在了地上。

待他把信封拆开,上面写着:凌风,你入山庄已有多天,乱剑法习得也很成熟,我欲与你比试一番,三日后,山庄外紫竹林见。段鹏飞笔。

看罢信,凌风深知那是一封挑战书,他万没有想到,初来山庄会引来此等纠缠，这让他的内心很是纠结。

"哥，谁的信？"金紫衣关心地问道，她观察到凌风异样的眼神，便知那封信暗藏着什么，就连她所说的话都那么忧心。

"山庄有人约我比试乱剑法。"凌风弱弱地道。

"那你会去吗？"

"我不知道。"不知道怎么办的凌风拿着那封信，回房去了。

第十二章　处处刁难

第十三章　造谣生事

回到房间后，凌风把那封信放在了桌上，关于段鹏飞，他一无所知，也不知道他的炼体达到几重，功力有多深。这也是他纠结到底该不该应战的原因。除此之外，他也有些怀揣不安，想想自己和段鹏飞远日无冤、近日无仇的，怎么会招来他的挑战呢？越想越觉得不对劲。

"难道是，难道是他，可他为什么要针对我？"猜想到是谁对自己不利的凌风，还是想不出真实的原因。

"咚咚"门外有人敲门，正陷入纠结的凌风，忙打开了门。

"族长。"

苏慕迈步走了进来，目光注视着凌风："凌风，在山庄还住得惯吗？"苏慕问候道。

"有劳族长操心，我在山庄很好，师兄们都很照顾我。"凌风应道。

"那就好。"

苏慕一步步地往凌风的床头走去。凌风注意到了那封信，心想着：那封信不能让族长看见。

于是，他快步走到了苏慕的面前："族长，弟子有几招招式没有参悟，还请族长指教。"

"哪儿的话？有不懂的尽管说出来，不要跟我那么客气，走，我们出去，让我看看你的乱剑法练到了怎样的地步。"苏慕道。

看见苏慕往外面走，凌风刚才悬着的心松弛了下来，安心的他跟着苏慕走了出去。

"后天就是比试的日子了，能否把凌风赶出灵虚山庄，就看你的了。"苏宁房间内，苏宁正对着一个人下达着命令。

站在他身边的那人便是段鹏飞，他手持着剑，体格强壮，从他的身形来看，功力不会低，原来他是受苏宁的指使对凌风下了挑战书，可见苏宁为了稳固自己在灵虚山庄的地位，使用的手段是那么的拙劣。

"大师兄放心，凌风那小子练习乱剑法才没几天，不会是我的对手的。"段鹏飞回应道。

"你有那份自信就好，回去好好准备吧！别让我失望。"

"我定不负大师兄所望。"段鹏飞双手抱拳，恭敬地点头道。

"乱剑法虽贵在于乱，要想真正地练好此剑法还得做到乱而不乱，让对方捉摸不透你使用的招式……"庭院里，苏慕正对着练习乱剑法的凌风指导着。

离此处不远的一棵树后面，苏宁鬼祟地站在那儿，目视着苏慕教授凌风乱剑法，内心尽是不甘。

"苏师兄站在那儿干吗？"在苏宁的背后，金紫衣观望着他，好奇的她向他身边走来。

一心沉浸于自己想法的苏宁自言自语道："就算有族长指导，我看你到底有何能耐打败段鹏飞，我就不信你的武学造诣那么高。"

"苏师兄，你在这儿干什么呢？"金紫衣轻轻地拍了拍苏宁的后肩，问道。

被她那么一拍，苏宁紧张地跳了一下："你神不知鬼不觉的，差点吓死我了，我正看你哥练武呢，好好的雅兴被你破坏了，真是晦气。"苏宁丢了一个坏眼色，然后走开了。

看着他的背影，金紫衣不解了："苏师兄那么关注凌风哥，他要干什么？"想不出答案的金紫衣摇晃着头，往凌风和苏慕那儿走去了。

三天后，凌风提着剑出了山庄，按照约定，他往紫竹林的方向走去。隐隐约约地，凌风总感觉有人跟着他。谨慎的他回头一转，跟踪他的人找了一个地方隐蔽了起来。

凌风头脑一转，加快了脚步，一扭身不见了。躲避在树后面的金紫衣走了出来，当她再次观察凌风的去向时，凌风已不见踪影。

"凌风哥往哪儿走了？奇怪，刚刚明明还在这儿。"金紫衣四处张望着。

就在她纳闷的时候，一只手从她的背后伸了出来，轻轻地拍了拍她，出于本能反应的她，拔出了剑，凌风抓住了她的手："紫衣，是我，你跟着我干什么？"

金紫衣收起了剑，吞吞吐吐道："我，我，我担心你，你是不是去决斗啊？！"

"什么决斗，就比试武艺，看你那么上心，那你就跟着我去吧！"

欣喜的金紫衣欢快道："早知道我就不用鬼鬼祟祟地跟着你了。"

"哪儿都少不了你，走了。"凌风催促道。此趟去紫竹林，凌风也提心吊胆着，以自己的功力又怎么能够打败段鹏飞？但他还是选择接受挑战。

紫竹林深处，段鹏飞手握着剑站在那儿，等待着凌风的到来，他冷冽的目光直视着前方，充满着敌意。

"沙沙"两道脚步声从远处传来，凌风和金紫衣踩踏着芬芳的泥土朝段鹏飞走来。

"你来了，我还以为你不会来了呢。"段鹏飞用不屑的目光望着凌风。

"段师兄相约，我又怎好不来呢？那岂不是不给师兄面子？"凌风无所畏惧道。今天他能来，表示着他对自己充满信心，虽然练乱剑法没几天，但他想通过这次决斗，试试自己所习乱剑法到了何种地步。

第十三章 造谣生事

"你能来我很高兴,我来灵虚山庄虽有一年之久,可练习乱剑法也不过几十天,你是习武之人,也知道乱剑法必须具备第十重炼体,也就是说我和你的炼体相等,这样不存在欺负你的嫌隙。"段鹏飞说明道。

知道对方炼体的程度,凌风紧张的心舒解了,至少不用怕炼体不及而惨败。"你找我决斗,不仅仅是决斗这么简单吧!说吧,是不是我输了就得离开灵虚山庄?"

"你挺聪明的,我先让你出招,省得有人说我以大欺小。"段鹏飞望向金紫衣,显然,他的那句话是说给金紫衣听的。

长剑一出鞘,凌风剑指段鹏飞,双眼直看着他,拉开了阵势。一旁的金紫衣看着,紧紧地为凌风捏了一把汗,她在担心凌风,像这样的场景,金紫衣经历了很多次。

对面的段鹏飞不急不躁,那把剑依然提在手上,准备着迎接凌风那一剑的到来。

灵虚山庄内,一名弟子急急忙忙地跑进了大堂。苏慕见状,以为发生了什么大事,他问道:"何事如此慌张?"

那名弟子稍作停顿,继而郑重其事地说道:"族长,大事不好了,段师兄和凌师弟相约紫竹林决斗。"

苏慕一听,心中一惊:"什么?他们俩决斗,凌风这是做什么?刚来山庄没几天,便生是非,你带我去看看。"

"是,族长。"那名弟子应道,苏慕跟着他出了大堂,前往紫竹林去了。

紫竹林里,强大的阵势拉开,凌风手中握着的那把剑一反转,用力一冲,整个人直向前而去,一招乱剑法击得段鹏飞直往后退。

迫于形势,段鹏飞拔出了剑,并言道:"这才没几天,你的乱剑法就已经练到这种地步,不容易啊!"

"师兄过奖了,接招。"趁着自己有利的形势,凌风再次使用乱剑法攻击段鹏飞。

他把所有的炼体灌输于剑上,然后快步斩杀,一旁观看的金紫衣只看见两道人影摆动,因为他们的脚步转动得太快,剑招更换的频率太大了,以至于金紫衣看不出他们哪一个才是凌风。

"乱剑法太厉害了,凌风哥这么短的时间里就把乱剑法练到无可比拟的地步,难能可贵啊!"金紫衣用崇敬的目光看着两人决斗。

再看那两道人影,只能模糊地看见凌风的剑架在段鹏飞的剑上,而段鹏飞则用他的剑抵挡着。稍一将剑收回,段鹏飞变换出剑的招式,他先是一剑刺向凌风,然后化进攻为防守,时而防守时而进攻的招式,令凌风猝不及防。好在凌风能够随机应变,当段鹏飞的剑向他进攻时,凌风瞬间移动至段鹏飞的身后,然后化被动为主动,化解了段鹏飞的乱剑法。一道剑影从空中划过,段鹏飞差点被凌风刺中。

"嘶"的一声，段鹏飞身上的衣服撕出了一道口子，如果凌风的剑再深一点，恐怕这会儿段鹏飞已经倒在了地上。

收腹侧身往后退的段鹏飞，看似在躲避凌风的剑，待他摆脱了险境之后，立即作出反攻。他以快速的脚步向前冲去，手中的剑不断地晃动，使得凌风不知道往哪儿退去。

就在凌风疏于应对之时，段鹏飞以一招飞快的剑招刺去。慌张的凌风侧身一退，那把剑落空了，一缕发丝从空中飘落了下来，虽然段鹏飞没能刺中凌风，多少对凌风起到了威慑作用。

两人分站两地，凌风看着自己在段鹏飞身上留下的那道口子，段鹏飞目视着凌风发梢上削落的头发。这场对决十分激烈，让本以为能打败凌风的段鹏飞失去了底气。

"凌师弟，你的乱剑法练得不错嘛！才没几天，就有这样的水准，是个习武的人才。"段鹏飞夸赞道。

"你也不错啊！要不是你手下留情，恐怕我早已败在你的手上。"凌风谦虚道。

段鹏飞的心里憋着一股气，要是打败不了凌风，今后他怎么在灵虚山庄待下去？他说道："我们的决斗还没有结束，今天不分出个胜负，我是不会罢休的。"

说着，段鹏飞紧握着手中的剑向凌风发起了攻击。段鹏飞放下了那样的狠话，凌风只有全力以对，不然，吃亏的会是自己。

两把剑再次交织在一起，段鹏飞怒视着凌风，凌风温和地看着他。

"住手。"就在两人拉开阵势，准备向对方发起进攻之时，一道声音从远处飘来。

站在一旁的金紫衣闻见声音，顺势望去，苏慕和那名弟子正从远处走来。

两人收起了剑，笔直地站在一侧，苏慕的到来让他们很无措，只见两人的脸色一片煞白，内心惶恐不安。

待苏慕和那名弟子走到身旁后，段鹏飞和凌风小声道："族长。"

"你们眼里还有我这个族长吗？私自决斗，段鹏飞，你是凌风的师兄，你说，这场决斗是谁掀起的？"苏慕严声问道。

"族长，这场决斗是我发起的，我愿意接受处罚。"段鹏飞很直接地道，他不能把苏宁抖落出来，为了保全苏宁，他独自承担了这件事。

"好，好一个敢作敢当。按照山庄的规定，故意挑起事端者，面壁三天。凌风，你擅自接受挑战，系属从者，我罚你清扫书房。"

"弟子愿意接受处罚。"两人低下头，默默地回道。

受到处罚的凌风在书房里整理着书籍，他拿起一本书，想到因决斗而被处罚，他心有点不平，暗暗地，他想："是谁把段鹏飞和我决斗的事告诉了族长？"困惑的他，一直想不出这一切的根源。紫竹林那场决斗，如果再争斗下去，凌风一定会打败段鹏飞，因为留有后手，他才在段鹏飞的身上划下了一道口子。要不是考虑到段鹏飞以后在山庄的地位，那一剑凌风本可以对他造成伤害。

"呼……"凌风吹去了书籍上面覆盖的尘土，当他看清那书上面写着的"心诀"二字时，立马来了兴趣。

"哗哗哗"他翻开了页面，看着上面的心诀，凌风会心地笑了，书上所记载的心诀，除了炼体心诀外，更多是剑法心诀。

欣然的他开始记下那些心诀。

门外，有人依靠在墙壁，一双眼睛透过门缝直射入书房内，那人一脸阴险地看着，哑口道："凌风，很快你就要离开山庄了，你也不要怪我，我也是为了稳固在山庄的地位。"

那人转过身，可以清楚地看见，这个人即是苏宁。在他转身之后，他又回过头去，斜斜地看了一眼书房里的凌风，然后带着复杂的眼神离开了。

书房内，凌风正忘神于熟记心诀，他不会知道山庄里接下来会发生什么。这一切全都是苏宁一手谋划的，只要能够把凌风从山庄里驱逐出去，他什么事都做得出来。那一丝诡异的眼神到底隐藏着什么，也许只有他自己知道！

第十四章 栽赃陷害

傍晚时分，在书房内整理书籍的凌风把整个书房弄得一团糟，摆放整齐的书籍掉落一地。那些书籍全都被凌风翻阅过，可见凌风习武的兴趣十分强烈。

放下了手上的书本，凌风伸了一个懒腰："好累呀，这里的书包含了天下武学，如果能习得这里面的剑法，那该有多好。"凌风感慨了一声，然后开始整理那些被他弄得凌乱不堪的书籍。

"嘭！"大约一个时辰后，整理好书籍的凌风，关上了门，离开了这儿。

屋外一阵漆黑，夜色茫茫，就在凌风离开此处不久后，一道"沙沙"的脚步声由远而近地传来，待看得那人面庞时，原来他是灵虚山庄的弟子。

那名弟子来到了书房外，"吱呀"一声他推开门走进了书房，不多一会儿，他手中夹带着几本书籍，然后朝着另一个方向走了。

凌风刚回到房间，"咚咚咚"门外传来敲门声，凌风纳闷得很，寻常是不会有人来他这儿的，这使他想起了金紫衣，也只有金紫衣会来这儿。

"哐当"一声，凌风打开了门，还未见来人，他便欢快地喊道："紫衣。"待看清来者的面容，凌风有些意外，站在他面前的那个人，便是刚才偷取书籍的灵虚山庄弟子。

"凌师弟，是我。"那人说道。

"原来是萧师兄啊！快请进。"凌风礼貌地说道。

萧逸从门外走了进来，慢慢地走近了凌风的床边。热情的凌风在桌上沏着茶，萧逸趁其不注意，悄悄地把刚才所盗取的书籍塞在了枕头下。

沏好茶的凌风端着茶杯走近萧逸："萧师兄，请喝茶。"

偷偷地把书籍放在凌风床上的萧逸，脸色有些大险初定的症状，他慌乱道："谢谢。"

随即，他端起那杯茶，浅浅地品尝了一下，然后对凌风说："我来这儿是想看看你需要什么。灵虚山庄的弟子都很友爱，凌师弟如果有什么需要尽管说出来。"

那句话听得凌风的内心有些感动，自来到山庄，从未有人如此关怀他，这让他有欢喜，可他浑然不知在这之后所隐藏的凶险。"萧师兄有心了，我在山庄很好。"

"一切安好就好，那没别的事，我就回去了。"萧逸转过身，把那杯茶放在

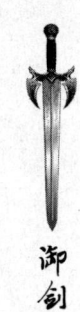

了桌上。

"师兄慢走！"凌风客气了一句。

在他离开之前，他冲着凌风笑了笑，然后安心地走出了房间。

次日，苏慕和五六名弟子来到了凌风的房间，其中包括苏宁和萧逸。他们来此的意图十分明显，昨晚萧逸在把书籍转嫁给凌风后，去了苏慕的房间，把自己如何如何看到凌风盗取武学书籍的事说给了苏慕听。苏慕虽不相信，但迫于萧逸的说辞，倘若不加以搜查，恐怕难以消除萧逸的戒心，会让他以为自己有意袒护凌风。这不，一大清早的，苏慕带领着弟子和苏宁来到了这儿。

至门口，苏宁主动上前敲门。当凌风打开门后，看见眼前一帮人，整个人愣住了。他慌张道："族长，这是？"

"凌师弟，有人看见你盗取了书房内的绝学，我们要对你进行搜查。"苏宁言道。

乍一听，凌风差点要笑出来，他收敛了一下自己，努力不让自己发笑："我盗取武学，你们可有凭据？"

"凌师弟，昨晚我来找过你，很不凑巧，我发现了你枕头下面的几本书，又听得有弟子汇报，说书房内遗失了几本重要的武功绝学，我这就联想起到你枕头下面的书，所以就请来族长查看，要真是你偷了，你还是拿出来吧！我相信族长也会原谅你的。"萧逸声称道。

面对那莫须有的事情，凌风矢口否认道："我没有偷书籍，你们要是不信的话，可以搜查。"

"凌风，我相信你，可为了证明你的清白，除了搜查你的房间，没有其他的办法。"苏慕无奈地说道。

"族长不必为难，为了证明我的清白，你们尽情地搜查。"凌风无惧地说。

苏宁向身边的两名弟子下令："你们两个仔细搜搜。"

"是，师兄。"那两名弟子领命道。

离凌风房间不远处的一间厢房，金紫衣刚从房间里走出来，当她看见凌风房门口站着几名弟子时，心中纳闷：这么早，那些弟子站在凌风哥的门口做甚？不会是凌风哥出什么事了吧！金紫衣猜想着，内心里忐忑不安，她怀着紧张的心情，一步一步地朝凌风的房间那儿走去，心中满是不安。

那两人向凌风的床边走去，凌风傲慢地看着那两人，心中很是镇定，他不知道自己的处境很危险，正如他不知道苏宁串通萧逸陷害自己，在那几本书籍没被搜出来之前，凌风显得很从容。

一名弟子把枕头移开了，几本武学书籍躺在那儿，当凌风看见那几本书时，整个人震惊了。那份从容变成了不安，刚才的理直气壮全然消失了。转而，他想起了昨天晚上萧逸异样的举动，马上醒悟了。他这才明白，是萧逸把那几本书放在了自己的枕头下，是萧逸受苏宁的指使陷害自己。那一刻，他完全慌了，不知道接下来会面临些什么。

当中一名弟子拾起了那几本书，然后交给了苏慕："族长，这是在他枕头下找到的。"

　　苏慕伸出手，他多么不想承认那几本书是凌风盗取的，可如今证据在手，让他不得不承认。这一次，凌风恐怕真的危险了。虽然苏慕是族长，可他也保不了凌风。

　　门外，金紫衣走了出来，当她看见凌风惨淡的脸色，便猜到了事态的严重，她走到凌风的身边，问道："哥，发生什么事了？"

　　"你哥盗取武学书籍，按照山庄的规定，是要被逐出山庄的。"苏宁解释道。

　　金紫衣把眼神转移到苏慕手上拿着的那几本书："族长，那几本书是我偷的，要逐出山庄的那个人是我。"金紫衣坦荡地道。

　　刹那间，所有人的目光全都注视着金紫衣。

第十五章　远离纷争

"你说是你偷了绝学，可那几本绝学书籍怎么在凌风的房间？"苏宁反问道。

"我知道我哥热衷于武学，所以偷偷地把那几本书放在了他的枕头下面。"金紫衣说道。她这么做是不想凌风因别人陷害而被逐出山庄，她情愿被逐出的那个人是自己。

这一点，凌风能够明白，于是，他说道："书是我拿的，和我妹妹没有关系。"

"族长，不管书是他们谁偷的，我认为应把他们俩逐出山庄。"萧逸煽风点火道。

如果没有金紫衣的大包大揽，苏慕真不知道怎么办。"好了，到底是谁偷的，查查就知道了，这事你们就不要插手了，我会派人查清楚。"苏慕悠悠地说完这句话，阔步离去了。

苏宁斜斜地看了一眼凌风，眼神中尽是遗憾，带着那份遗憾，他也走了。

房间里，只剩下凌风和金紫衣，金紫衣看着凌风，心底一阵灰暗："哥，到底发生了什么？他们怎么在你的房间里找出了绝学书籍？"

"是苏宁，他为了把我赶出山庄，连同萧逸陷害我，如果刚才没有你，恐怕这会儿我得收拾行囊了。"凌风感慨道，这次虽躲过了一劫，但他知道，自己在灵虚山庄的日子不会长久，暗暗地，他做好了随时离开山庄的准备。

从凌风那儿出来，萧逸跟着苏宁来到了他的房间，这次没能把凌风赶出山庄，苏宁十分气恼："凌风这小子凭什么得到族长的重视？"想起刚才苏慕因为凌风的事而作出的决断，苏宁更不是滋味。

"师兄，不用着急，凌风在山庄的日子不会长的。"萧逸安抚道。

静下心来，苏宁细细地想着："该不会他的身份特殊吧！"

这么一想的苏宁，马上对萧逸下令道："你赶紧查查他的身世，万一他真的和族长有关联，我们所做的就等于自掘坟墓。"

"好的，我这就着手去查。"萧逸回应了一声，马上按照苏宁所说的去做了。

灵天城内，秦川坐在大堂内，堂下众多弟子站在两侧，秦川站起，对着那些弟子说道："我派你们追查凌风的行踪，这么长时间过去了，你们连一点线索都没有，真让我失望。"

连日来，秦川一心想找到凌风，那种心情十分迫切，因为他要赶在天下剑士之前找到凌风。无奈，自从凌风进入了灵虚山庄，苏慕派人封锁了凌风的行踪，正是这个原因，秦川派出的弟子查不出凌风的行踪。

堂下的弟子个个低着头，接受着秦川的说导。忽而，大堂外，一名弟子急急忙忙地从外面跑进来。

他半跪在地上，喘着一阵一阵的粗气："参见族长。"

秦川见其，手掌一挥："起来说话。"

那名弟子站了起来，稍加以平定，然后说道："族长，你要找的那个人在灵虚山庄。"

秦川一听，心中暗喜，经过这段时间的查找，总算有点眉目了，他有些欣喜："哦，是真的吗？你是怎么找到的？"不大相信自己听到的秦川反问道。

那名弟子回道："千真万确，这道消息是灵虚山庄的首席大弟子散布的。"

"他？他为什么要把这道消息告诉我们？"秦川百思不得其解。其实，其原因很简单。苏宁派萧逸调查凌风的身份，当他得知凌风的身世后，为了迫使凌风彻底地离开山庄，他把这个消息散布出去，通过天下剑士之手，达到"借刀杀人"的目的。

闻言，秦川豁然开朗，其弟子问道："族长，要不要派人去灵虚山庄把凌风给抓来？"

秦川扬起了手："不急，对付凌风不能来硬的，得软硬兼施，你们先下去吧！关于下一步怎么做，由我执行。"

"是，族长。"在秦川的说导下，那些弟子退了出去。

大堂只剩下他一人，秦川开怀地笑着："凌风，我总算找到你了，很快，剑谱就会落到我的手中。"想到这些，秦川满心欢快。

凌风被栽赃盗取书籍一事，一直是苏慕心中挂怀之事。夜已近黑，蓝色的月光射在苏慕的房间里，极为柔和，"咚咚咚"门外响起了敲门声。

待将门打开，苏慕意外得紧："紫衣，是你啊！请进，请进。"

苏慕把金紫衣让进了房，金紫衣暗自神伤道："族长，我哥是被人嫁祸的，您一定要为我哥做主。"

"嫁祸的，怎么回事？"苏慕问道。

"事情是这样的……"至此，金紫衣把苏宁如何迫使凌风离开山庄的事说给了苏慕听。

近来发生的一切，让凌风生出了离开山庄之意。厢房内，凌风正在收拾着什么。从他的行为上来看，该是要离开山庄，难道他是因为害怕苏宁以后找他的麻烦而萌生逃离的想法，还是因为别的原因？

"爹娘，虽然我的功力在剑都不是数一数二的，但也不会吃亏，我决定明天离开山庄，去找寻哥哥，这么多年过去了，我不知道他是否还在剑都，不管怎样，我都会用尽全力去找寻的。"凌风暗自说道。在灵虚山庄这段时间，他的炼

第十五章 远离纷争

体虽未达到十二重,却已修炼至十一重了,加上苏慕的亲身教授,所习剑法尤为精道。

收拾好行囊,凌风望着门外,眼神中满是希冀,他多想找到自己的哥哥,凌云是他唯一的亲人。

"这苏宁,真没看出他是这样的人,回头我得好好惩戒他。紫衣,你放心,我一定不会让他们的阴谋得逞的。"听完金紫衣的述说,苏慕心中十分恼火,得知自己的大弟子那么阴险,他多少有点羞愧,有点自责。

"有族长这句话,我也就放心了,那没别的事,我就先回去了。"金紫衣言道。

"慢走,我就不送了。"苏慕客套了一句。金紫衣笑了笑,随即走出了房间,为了凌风不被逐出山庄,金紫衣只得这样做,她能做到的只有这些。望着远去的金紫衣,苏慕一派苍然的脸色,那种表情包含着深深的自责。

一大早,凌风来到了金紫衣的房间,"咚咚咚"金紫衣被门外的敲门声给惊醒了,迷糊的金紫衣惺忪地睁开了眼,披上衣服打开了门。

待见到是凌风,她软软地说道:"哥,你起这么早做什么呀?"

"你赶紧收拾一下行囊吧!今天我们就离开山庄。"门口的凌风说道。

还未完全醒过神来的金紫衣听得凌风这么说,一下子清醒过来:"离开山庄?怎么这么突然?"

"我来山庄为的是习得剑法,如今剑法已然习得,再留在此地已无多大意义,再说我步入剑都为的是找寻我哥的下落,你赶紧收拾好,我们及早离开。"

尽管金紫衣对凌风的做法有些不解,但她还是听从地点着头:"好,我这就收拾。"扭转过头,金紫衣回房去了。

"师兄,听说凌风要离开山庄。"苏宁房间内,萧逸说道。

内堂里的苏宁一听,双眉紧蹙着,看上去有些怀疑:"他要离开山庄,你是怎么知道的?"

"我刚才看见他和那个金紫衣背着行囊去了族长那儿。"萧逸说明道。

待确定了凌风离去的真实信息后,苏宁的表情看上去有些忧心,仿佛凌风的离去让他感到失去了什么。"他怎么这么快就离开山庄?"

萧逸听此,倒有些费解了,按说凌风的离开是苏宁求之不得的,而这会儿,苏宁的表现着实让萧逸不解。困惑的他走近苏宁,疑惑地问道:"凌风离开山庄,不正是你所希望的吗?你怎么看上去不大开心啊!"

轻轻地,苏宁转过身,面对着萧逸,满脸惆怅道:"他就这样走了,我想要做的就做不了啦!"

"哦"萧逸先是以一种邪恶的笑容看着苏宁,进而说道:"你要想惩戒那小子,我有一个办法。"

一时兴起的苏宁,直看着萧逸:"你有什么办法?"

"我们可以这样……"房间内,萧逸偷偷地对苏宁说着什么,目的很不单纯。

收拾好行囊的凌风和金紫衣来到了苏慕的房间,房间内的苏慕看见凌风两人的那副装扮,迷茫地问道:"凌风,紫衣,你们这是?"

"族长,谢谢这些时间你对我们的照顾,请原谅我的离开,因为还有一件重要的事等着我去做。"凌风回道。

不用凌风加以说明,苏慕也能知道凌风所要做的事是什么。"你真的要走吗?以你现在的功力只能勉勉强强在剑都行走,一旦碰见高于你级别的剑士,恐怕会吃大亏。"苏慕言道。

诚然,凌风知道自己的修为,可即便如此,他也要离开,且不说因为寻找自己的亲哥哥而离开,就算再留在山庄,恐怕还会遭到苏宁的打击。正是想到这一点,凌风才决定离开山庄。

"我意已决,一日不找到我哥,我父母一日不会瞑目,我的心一天也不会安宁。"凌风执拗地说道。

见凌风执意要走,苏慕也不好阻拦,他叹息道:"好吧!以后的修为得靠你自己进升,既然你要走,我也不好阻拦。"默然地,苏慕的眼睛眨动了一下,显然,那是对凌风的离开感到惋惜。

"族长,谢谢你的照顾,我们走了。"金紫衣说道。

苏慕低着头,摆了摆手。尽管有很多不舍,凌风和金紫衣还是离开了,他们出了房间,就此离开了这儿。

莽莽林海,微风吹拂,树叶发出"沙沙"的声音,偶尔几片残叶飘零而下。遥望远处,两道人影向这儿走来,随着那两道人影的靠近,可以清晰地看出那两人即是凌风和金紫衣。

"凌风哥,接下来你要去哪儿啊?"从灵虚山庄出来的金紫衣一路跟着凌风走着,不知道凌风将要去哪儿的她问道。

"先找个地方落脚再说吧!"凌风淡淡地回了一句,执意离开山庄的他也不知道该往哪儿去。他之所以决定离开,多是苏宁的原因。

就在他们俩往前走时,一道声音从他们的背后传来:"凌风,金紫衣,你们这是去哪儿啊?"

那道声音在凌风听来很熟悉,很熟悉,听到声音的他并没有回头,只是诺诺地说道:"苏大师兄,没想到你来送我,真是难得呀!"说这话的凌风语气明显有点冲,他深知,苏宁此番出现,必有别的目的。

在他转身之后,令他意外的是,他面对的不止苏宁一个人,还有另一个人,那人即是段鹏飞。

"凌师弟,怎么这么快就离开山庄了?我记得你当时进入山庄很不容易啊!就这样离开了,不觉得可惜吗?"段鹏飞鄙夷地看着凌风,满口尽是挑衅。

"是啊,山庄无我容身之处,我怕我逗留得太久,有人不知道会怎么对付我,所以我才急着离开的。"凌风见对方有意挑衅,他也不客气了起来。

第十五章 远离纷争

"见外了，上次我们的决斗还没结束呢，要不我们今天完成那天没有结束的决斗，免得我此生遗憾。"段鹏飞说道。

如今形势，凌风没有了退路，他应道："好啊！"

"哗哗哗"一旁的苏宁轻轻地拍着手掌，满脸的畅快："凌师弟很是豪爽。那好吧！我腾出空间，见识一下凌师弟的风采。"说罢，苏宁向一旁退去。

凌风对金紫衣说道："紫衣，你到一旁休息一下。"

担心的金紫衣满脸怜惜地望着凌风："哥，你小心点。"

凌风点了点头，望着金紫衣向一边退去。

风强劲地吹着，凌风面对着段鹏飞，时隔多天，两人的炼体均已修炼至十一重，再分出个高低，恐怕不会那么容易。坦然的凌风看着段鹏飞，勇猛地说道："出招吧！让我们消除彼此间的遗憾。"

"嘶"的一声，听着凌风的叫嚣，段鹏飞拔出了剑。

第十六章　灵天山庄

　　灵天城内，一名弟子急急地跑进大堂，大堂上的秦川见来者如此慌张，赶紧问道："发生什么事了，何事如此张皇？"
　　那人在秦川的身前站定，稍加平息后，回道："族长，凌风离开了灵虚山庄，需要我派人把他带进灵天城吗？"
　　秦川一听，先是顿了一下，然后举起了右手："不用，他离开了山庄，现下无处可去，我想我有办法把他带进灵天城，你只管把他的去向告诉我便好。"
　　"他现在在……"那名弟子细细地向秦川说道。
　　那片树林里，拔剑的段鹏飞向凌风冲来，凌风手握着长剑应对着段鹏飞的进犯。
　　"噌"长剑一挥，那柄出鞘的剑压在了凌风的剑上。凌风用力抵挡着，段鹏飞横扫一脚，凌风凌空一起，避开了那强劲的脚力，地上留下了一道很深的痕迹。
　　"嘶——"凌风拔出了剑，他不能再轻率了，刚才段鹏飞所出的招式凶猛无比，招招透露着凶险。剑一出鞘，凌风灌输了炼体至剑体，浑身的炼体漫布。
　　在凌风下坠的那一刹那，段鹏飞提剑直向半空刺去。浑厚的炼体伴随着他那一刺，直腾入空中。
　　面对着那一剑的到来，凌风凭空翻转了一下，平安地落在了地上。段鹏飞的每一招皆用尽了全力，显然，他想一招打败凌风。
　　光顾着防守的凌风，这会儿开始进攻了，只见他稍作稳定，随即一道人影快速地向段鹏飞冲去，那便是乱剑法，此剑法在他多日练习之下，已达到炉火纯青的地步。
　　段鹏飞也不懈怠，他迎接着凌风的到来，凌风的快速斩打发出了"噌噌噌"的声音。
　　如此相斗，一道道剑影从他们的身边散发，强大的炼体震落了树上的叶子，树叶纷飞，纷纷扬扬地落在了地上。
　　地面上，只能看见一道身影围绕着段鹏飞，而段鹏飞随意地转动着身体，分化着凌风的招式。
　　几个回合下来，凌风还未打败段鹏飞，看来，近来时间，段鹏飞的修为也提高了不少，以至于凌风如此费力。双方的乱剑法不分上下，凌风歇将下来，

他直视着段鹏飞,头脑中在想着如何打败对方。

稍时,凌风旋转着身体,向段鹏飞冲去,段鹏飞见状,惊呼道:"旋风剑法。"

且见凌风的身体呈一股风向段鹏飞而去,此剑法正如它的名字一样,如旋风一样,让人捉摸不透招式。此剑法结合了乱剑法,在此基础上加以提升,在灵虚山庄如果等级未达到剑尊是习不了这套剑法的,因为要练成这套剑法,单凭自身是无法参透的。如今凌风使出了这套剑法,便说明他得到了苏慕的指点。

眼看着凌风的身体越来越靠近,段鹏飞没有了应对的招式,他傻愣愣地站在那儿,等待着凌风那一剑的到来。

"呼"一道人影极速而来,再看凌风的前方,苏宁没有了踪影。追击而来的苏宁,一掌打在了凌风的身上。

"咚"的一声,凌风倒在了地上。

"扑哧"一声,一道鲜红的液体从凌风的口中吐了出来,凌风的嘴角残留着血迹。

紧张的金紫衣跑到了凌风的身边,满脸遍布着不安:"凌风哥,凌风哥……"

略一拭去了嘴角上的血迹,凌风坚强地从地上站了起来。他并没有恼怒地去攻打苏宁,因为他知道自己不是苏宁的对手。"哈哈哈……"他大笑了起来,"苏大师兄功力雄厚啊!一掌便打得我口吐鲜血,这要是让天下剑士知道了,一定会大放溢美之词的。"凌风不屑地看着苏宁,满口尽是损语。

"对付你这种偷学武学之人,不需要遵循剑都规矩,你偷盗灵虚山庄的武学,今天我就要废除你所有的功力,替灵虚山庄清理门户。"苏宁的话很明了,他一开始想羞辱凌风一番,见得凌风使出了旋风剑法,便决定废除他的功力。

"我落在你的手上无话可说,令我没有想到的是,堂堂灵虚山庄的大弟子,要对付我一个级别低微的下手,苏师兄,好生厉害呀。"深知自己会有危险,凌风仍从容地说道。

那句话委实激怒了苏宁:"不管天下剑士怎么看我,我也要废了你的功力,为山庄免除后患。"

奋力一冲,苏宁击出了一掌,欲废掉凌风的功力。

凌风闭上了双眼,等待着那一掌的到来。

"呼"的一声,还没等到苏宁击出那一掌,一道无形的掌力打在了苏宁的身上。

"扑哧"一声,苏宁受了内伤,一道鲜血从他的口中吐了出来。段鹏飞循着掌力散发的方向望去。远处,秦川站立在那儿,右手悄然地隐去了。

良久不见那一掌打出,凌风睁开了双眼,他看见远处的陌生的长者,心中一片茫然。

"堂堂灵虚山庄的大弟子,对付连剑客级别都不够格的剑士,难道不怕传出去遭天下剑士耻笑吗？"秦川向这儿走来，讥讽地说道。

受伤后的苏宁反身看了看秦川，然后怯怯地说道："段鹏飞，我们走。"

待他们两人走后，凌风恭敬地抱起了拳头，礼貌道："多谢前辈出手相助。"

秦川看着他们的行头，故意问道："两位这是要去哪儿？"

"我和我哥去找他的亲哥哥。"金紫衣插话道。

在此期间，凌风碰了碰金紫衣，示意她不要说将出来，奈何金紫衣没有会意，一不留神，说了出来。

"哦。"秦川先是装作很平定，继而说道："你们找谁？我是灵天山庄的族长，兴许我能帮上你们。"

知道了对方的身份，凌风有点憎恨他，因为秦川曾对自己父亲的剑谱虎视眈眈过，如果让他知道自己的身份，怕是会引来麻烦。但转念一想，数年前，剑谱被神秘者盗取了，他也无所提防了。

"可是，可是……"尽管心底不再提防，凌风还是有点纠结。

看着凌风那般表情，秦川多少能猜得出他的顾忌，于是，他说道："你想找到你哥哥，如果不介意的话，我可以帮你，以我在剑都的地位要想找一个人，恐怕不是一件多大的事。"

转念一想，如今也无去处，如果秦川能帮助自己找到哥哥，也了了他的心愿，去灵天城对自己没什么坏处，不仅能见识到灵天城的辉煌，还说不定能有哥哥的下落。仔细想来，倒是一件幸事。于是凌风欣然答道："既然秦族长盛情相邀，晚辈只好却之不恭了。"

秦川微微一笑，酣畅道："那我们走。"

三人向灵天城进发，把凌风引进灵天城，秦川自是得意，一路之上，他非常高兴。

"笃，笃"先是听得一阵马蹄声远处飘来，"驾"再是女子策马扬鞭的声音，城外，女子骑着马从远处而来。她穿着一身的白衣，十分清秀的脸庞隐藏着柔美。消瘦的身体，给人以清新柔弱之感。清澈的双眼望着前方，微风轻轻吹拂，衣袖飘飘，玉手策马，满带少女风采。

看见如此形势的百姓，纷纷向一边退去，女子策马而过，进了灵天城。

灵天山庄里，灵天山庄弟子分站成两排，威严的阵势，仿佛发生了什么重大的事。在最上方，秦川坐在那儿，他严肃地看着下方。右下侧站着的是秦朗，左下侧站着的是凌风和金紫衣。

"灵天山庄众弟子听着，即日起你们有一项重大的任务。"上方的秦川声势浩大地道。

那些弟子听此，皆以一种迷惑的眼神看着秦川，眼神中尽是期待。

"这项重大的任务即是找寻当年凌啸天凌族长之子凌云。"秦川下令道。

众弟子紧紧抱起双拳，应答道："弟子谨听族长圣令。"

凌风看到这个场面，内心十分畅快，如此一来，找到哥哥的机会便很大，

第十六章 灵天山庄

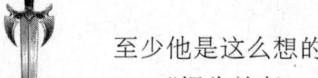

至少他是这么想的。

"报告族长,小姐回来了。"台下,一名弟子礼貌地向秦川汇报着。

"你们都退下吧!"秦玉儿的回来,并没有使得秦川喜形于色,大概他是为了在那些弟子的面前树立威信吧!

众弟子有序地离去,显然看得出灵天山庄的庄严。

待那些弟子离去后,秦川从上方走下来,凌风恭敬道:"多谢族长相助。"

秦川拍了拍他的肩膀,客气道:"应该的,走,跟我去山庄内堂去看看。"在秦川的号召下,他们往内堂去了。

内堂处,一名女子背对着站着,从她的身影来看,倒有些熟悉,可又有点陌生。

"玉儿,你回来了。"刚一走进内堂,秦川喊道。

听见父亲的声音,被称之为秦玉儿的女子转过身来,认真一看,她竟是那个策马进城的女子。转过身的她,冲着父亲甜甜地喊道:"爹。"

当她看见凌风和金紫衣后,眼神中尽是疑惑:"爹,他们?"

"姐,他们是山庄的客人,那一位是凌风,站在他旁边的是他的妹妹——金紫衣。"秦朗说明道。

凌风向前一步,礼貌道:"我叫凌风,今后有唐突之处还望指教。"

秦玉儿一听,差点要笑将出来,她强忍着笑容,和气道:"凌风侠士客气了。"

"玉儿也回来了,灵天山庄添了两位客人,今天我得尽地主之谊,好好款待凌风小兄弟和紫衣姑娘。朗儿,吩咐厨房做几道好菜,为凌风兄弟和紫衣姑娘接风洗尘。"

"好的,爹。"秦朗应道。

夜已渐黑,灵天城的月空挂满了繁星,群星荟萃,月如钩,给寂静的夜添上了几分神秘,几分光泽。

庭院深深,小亭屹立于中央,一名女子倚靠着栏杆仰望着星空,她的眼神中流露出怀念之情,近身一看,原是金紫衣。

离家已有数月,游人多少会有思念之时,金紫衣亦同样。遥望璀璨的星空,那副惹人怜爱的脸庞尽是感伤。

"沙沙"一阵脚步声传出,一道人影由远及近地走来,离得金紫衣越来越近,孤芳自赏的金紫衣没有回头,也许此刻的她正沉浸于自己的内心世界里。

看着金紫衣用手撑着下巴,凌风悄悄然地说道:"紫衣,你在想什么呢?"

闻见凌风的声音,金紫衣反转着身体,侧身看着他:"没,没什么。"

认真观察着金紫衣,凌风用邪恶的眼神看着她,然后用极其冷冽的语气说道:"你一定是想家了吧!"

被说穿的金紫衣不好意思起来,她羞羞答答地回道:"没有啦!我只是在这儿赏月呢!"

"怎么我就不相信呢?"

"凌风哥,我们离开家有一段时间了,什么时候回去呀?"金紫衣问道。

抬头看了看夜空,隐隐约约地感觉到了些什么。凌风宽慰道:"快了,等我找到我哥,我们就可以回去了,要是你想家的话,你就先回去吧!"说这话的凌风,脸庞微微地绽放出一丝微光。

一听到凌风这样说,金紫衣不高兴了,她阴沉着脸,怏怏不乐道:"我才不回去呢!剑都多好玩呀,我还没玩够呢!"

"傻妹妹!"凌风伸出手轻轻地从金紫衣的鼻子上划过,一副怜爱的语气。

开心的金紫衣冲着凌风露出灿烂的微笑。灵天城的夜晚格外地暗黑,似乎有一股黑暗的力量抵触着,夜空上的星星散散落落,风一起,什么都变得迷离。凌风进入灵天城后,秦川必定想方设法地从他的身上找到金武的下落,到那时,金武的处境必定变得凶险。

第十七章　顶尖决斗

翌日，天晴气爽，灵天城的街道上，一大群人气势汹汹地走着，为首的三四个人，已有年岁，最前方的那人满脸胡须，修长的胡须微微扬着。从他身上散发的气息来看，应是剑仙级的人物。紧跟在他身边的剑士，级别大抵也在剑仙之间。而他们身后的那些剑士，级别大多都是剑尊。如此形式，倒像是兴师问罪一般。

"大家赶紧走，我们要从秦川的手上拿到剑谱。"前方的一名侠士大声喊道。从他的语气来看，这些人倒不像是同一族派的（除四大族派外，剑都生存着许多大大小小的族派，他们以四大族派为最）。

习武台上，秦川正教授着弟子习武，忽而，一名弟子从台下跑了过来，急急忙忙地在秦川的面前站定，汇报道："族长，山庄外来了一群人，他们声称要族长交出凌风。"

"哦，竟有这事，还有人跑到我的地方撒野，众弟子，随我出山庄看个究竟。"秦川说道。

人群中的凌风纳闷着，自从自己的身份暴露在剑都后，便引来了天下剑士，如若自己没有在灵天城，恐怕处境会危险几十倍。

"凌风哥，你怎么了？"见凌风失神，一旁的金紫衣问道。

"没什么，我们也去看看吧！"凌风淡淡地回了一句，然后就跟着山庄的弟子走了。

山庄外，几十名灵天山庄弟子提着剑守在门口，那些剑士并没有贸然闯进去，而是在外面等待着秦川的出现。

不久，秦川带领着山庄众弟子来到了庄外，他看见那些剑士，客气地说道："今天不知是什么好日子，竟有这么多的剑士来我山庄做客，来者都是客，既然来了，就进我山庄休憩一会儿。"

"少在这儿装君子，赶紧把凌风交出来。"那些剑士中倒是有人敢和秦川叫嚣。那名满脸胡须的剑士也不和善，他狰狞着脸色："秦族长，你还是把凌风交出来吧！天下剑士知道你把凌风藏了起来，往后来你山庄索要凌风的可不止这些人。"

"你们这些剑士，为什么偏偏执迷于《灵空剑谱》呢？"秦川较为坦荡道。

"少来，你还不是一样，谁都知道得《灵空剑谱》，终成剑神，你秦族长纵使没修成剑圣，也是剑都的大人物，我们可不一样，无剑谱，无法立足于剑都。"那人说道。

"要想得到剑谱，那就看你们的本事。"秦川毫不客气地说道。

"今我天苍派周易，一定要在灵天山庄找到凌风。秦族长，你若真有剑士风范，就应了我们这些剑士的挑战。"进犯者乃是天苍派门下的首徒，一直以来，天苍派在剑都也是个名门正派。

面对那些剑士，秦川毫不畏惧。"哈哈……"他冷笑了几声，那笑声好像是在笑周易的不自量力。

"看来，我不把你们一一击败，你们是不会离去的，既然如此，我应下便是。"秦川果敢地答应了周易的挑战。

身旁的秦玉儿不安了起来，她满脸紧张地看着父亲："爹……"声音是那么的凄凉。

秦川拍了拍她的肩头，安抚道："放心，爹不会有事的。"

身后的凌风直看着秦川向他们走去，当初他进入灵天城是因为整个剑都对他而言都是危险的，还有另一个原因，即是依附秦川的力量找到自己的哥哥。

慢慢地，秦川走到了那些人的面前，周易身边那几名剑士连同周易紧紧地把秦川围了起来。周易略一驱动元力，一把剑神奇般地出现在他的手上。

秦川倒不慌乱，他并没有迫出体内的剑，他那双手轻轻地握了起来，把全部的元力凝聚于腹部。

阵势拉开，那些剑士提剑直向秦川冲去。锋芒的剑急急而来，当他们的剑想要落在秦川的身上，却怎么也落不下去，仿佛有一种力道压制住了。

"混元体。"天空中发出了一声雄浑的声音。再看秦川，那浑身凝聚的元力在他的叫声下散发开来，向那些剑士冲击而去。混元体集心、力、气、神、元于一体，故此称之为"混元体"。此为秦川的成名绝技，好比金武的乱剑法。

混元体一出，那些剑士被强大的气力弹开了，他们后退了几步，身体已然受了些损伤，握剑的手有些颤抖，混元体的威力可见一斑。方才秦川所出之混元体只是其初层，若使出最高层，恐怕那些剑士不可能稳当地站在地上。

周易望了望其余剑士，其余之人似是会意，他们再度发起进攻，元力充沛于全身，四剑合为一击，形成一股很强大的元力，直逼向秦川。

他们的行为迫使秦川使用了混元体的最高层，只见他单手提掌，将其功力运于全身，手掌间衍生出气团，略一催动功力，那股气团飞快地向前方飞去。两股强大的元力交织在一起，秦川的那道元力慢慢地侵蚀着对方的元力。

于此时，秦川一步上前，将一招混元体打在了四人的身上。由于秦川移动的速度过快，四人还未来得及做出反应，就因受重击倒在了地上。

"众剑士，给我上。"受伤倒地的周易号令着身后的剑士。

那些剑士在他的号令下纷纷把秦川包围了起来，面对几十位剑士的包围，秦川冷哼了一声："你们太不把我放在眼里了，竟敢来灵天山庄放肆，今天我就

把你们教训一番。"

当那些剑士发起进攻时，秦川再次使用了混元体，数道气力从他身上散出，再以精深的功力向他们加以反击。

威力非同一般的混元体，看得凌风耳目一新，曾一度以为乱剑法是最精深的武功的他，今天算是开眼界了。

那些剑士被秦川升入了空中，秦川一收起功力，那些剑士全部从半空中落了下来，空气中传来他们的哀号声。

惨败的周易坚强地从地面站起来，怯怯地走了，那些剑士也跟着走了，灵天城恢复了平静。

在那个山峰，还是那个地方，那个曾经属于凌啸天的族派。而今非昔比，当代族长之位归属于洛辰阳之手。

这天，洛辰阳把自己关在书房里，认真研究着武学，没有《灵空剑谱》，他的功力永远停留在剑圣级别。多年来，功力硬是没有增长，也正是这个原因，不久之前他有了抢夺剑谱的想法。

"咚咚咚"门外有人敲着门，洛辰阳的目光并没有从书本上移开，只回道："进来。"

"吱呀"轻轻地一扣，门被推开了，来者是灵空山庄的弟子，他走到了洛辰阳的面前。

洛辰阳放下了书籍，目光转移到了那人的身上，问道："周易得手了吗?"

那人摇了摇头："我们被秦川打得惨败，秦川根本就不会把凌风交出来。"

至于这个结果，洛辰阳早就猜到了，眼前的这个人是洛辰阳安排在周易身边的，周易会去灵天城，也是洛辰阳一手鼓捣的，他这样做的目的是引起天下剑士对秦川的压迫，好趁机得到剑谱。

"我知道了，你下去吧!"洛辰阳挥了挥手。

"是，族长。"那人应道。

再看书房的陈设，和十八年前的一般无二，在这儿，依稀能找到凌啸天的影子，只是物是人非，这儿不再属于凌啸天的了。

表面上看，洛辰阳和秦川、莫寒同在一条路上，然则洛辰阳是迫不得已，因为他的功力在他们之下，为了坐稳族长之位，他只得屈服于他们。

"秦川，你想私吞《灵空剑谱》，恐怕不会那么容易，我不会让你凌驾在我之上，永远生存在你们的压制之下。"洛辰阳怅惘地说道。

暗暗地，洛辰阳在心中埋下了这个想法，从他的语气来看，似乎还隐藏着另一件极其神秘的事情。

庭院处，凌风站在那儿，他的头脑里回想着秦川那天使出的混元体，他多想习得混元体，可似乎不大可能。混元体不是普通的剑士能修炼的，必须达到剑仙这一级别，也只有这个阶段的剑士，才有此资格。

在凌风的身后，秦朗注视着他，缓缓地，他向凌风走近："凌风兄，你在这儿想什么呢？"

听见秦朗的声音，凌风扭转过头，面带微笑道："秦朗。"

一眼看得出凌风有心事的秦朗，问声道："你看起来有心事，不妨说给我听听，看我能不能帮上你？"

在秦朗的一再询问下，凌风终于说出了自己的心事："秦朗，你会混元体吗？"

提及混元体，秦朗直摇头，以他现在的资质，又怎么会混元体呢？也难怪，目前凌风还不知道当中的缘由。"我怎么会混元体呢？要修炼混元体，自身得达到剑仙级别。"

凌风一听，脸色顿时昏暗了下来，要修炼至剑仙级别，对他来说简直是天方夜谭，因为他的炼体目前还只是十一重。

"是这样啊！看来，要炼混元体不是朝夕之事呀。"凌风感叹道。

看他那么丧气，秦朗伸出手在他的肩上拍了拍："别急，慢慢来，终有一天我们会有机会修炼的，许久不见，不知你的炼体有没有增长，要不我们切磋切磋？"

一经秦朗提起，凌风来了兴头："好啊！让我见识一下灵天金武学的精髓。"

两人分站两地，双方手握着锋利的剑，再看凌风，他把全身的炼体运输至剑上，剑倾斜着一挥，一条完美的弧线从空中划过。

"噌"的一声，两把剑交织在一起，凌风所学的招式并不高，这次他又使出了乱剑法，凌乱的脚步，先是看得秦朗眼花缭乱，而后凌风再以凌乱的剑法向秦朗发起了进攻。

"乱剑法！"接招后的秦朗醒悟了过来，惊呼了一声。

听得秦朗的惊呼，凌风停了下来，他问道："你知道乱剑法？"

"当然知道，乱剑法以乱出招，虽乱而快，让人琢磨不出下一招是什么。"虽然秦朗不会乱剑法，但他自一出生，在剑都也混迹了几年，对于一些门派的剑式，自然知晓，更何况是灵虚族派的成名绝技？

稍作停顿，秦朗说道："来吧！让我见识一下你的乱剑法与其他剑士的不同之处。"

当下，凌风发起了第二次进攻，他现在的乱剑法使得是炉火纯青，秦朗吃力地应对着凌风的招式，那么快那么乱，根本容不得他做出反应。

如此对战之下，秦朗处于劣势之中，他出剑的速度远远没有凌风出剑的速度快，也无法判断凌风的下一招式。

"嘶"的一声，秦朗右手上的衣服被凌风刺破了，那臂膀上隐约有三颗痣，那三颗痣呈三角之状。

在那一声衣服破裂声后，凌风停止了动作，当他看见秦朗手臂上的那三颗痣后，他完全怔住了。手上的剑缓缓地掉落了下来。

"叮当"一声，地面上发出了清脆的剑声。

当秦朗看见凌风专注于自己的手臂时，秦朗显得有点不自然，他向凌风走近，问道："怎么了？"

失神中的凌风在秦朗的问声下清醒了过来，他指着秦朗手臂上的三颗痣，问道："你这三颗痣？"

"哦，你说我的三星痣呀，从我一出生它就存在，怎么，你不会和我说，你也有吧？"

还未加以说明，凌风猛地冲了过去，一把把秦朗紧紧地抱住了，激动的他喊道："哥……"

被凌风这么一喊的秦朗，顿时愣住了："凌风兄，虽然我把你当朋友看待，可你如此称呼我，我不敢当啊！要是你把我当兄弟，我们可以正式拜为兄弟。"

对于凌风的举动，秦朗只能如此解释，也只有这样才说得过去，也难怪，他并不知道发生了什么，也不知道凌风的表现的深意。

"哥，你是我的亲哥哥，我终于找到你了。爹，娘，你们可以安息了。"见到自己亲哥哥的那种激动，那种兴奋，让凌风不能自已，他紧紧地抱住秦朗，生怕他会从自己的身边离开。

第十八章　兄弟相认

待那份激情冷却了，秦朗傻傻地站在那儿，现在的他满脑的疑问，凌风的那一声称呼，彻底地颠覆了他的人生，秦朗感到前所未有的迷茫。

"哥，也许你不相信我说的，如果你知道事情的整个过程，我想你不会像现在如此迟疑的……"为此，凌风把父母的死，灵空山庄的变故说给了秦朗听。

"难道我真的叫凌云？"回房后的秦朗把自己关在房间里，现在他的心十分地凌乱，他从来没有怀疑过自己的身世，直到凌风一语道破，他才有所摇摆不定。

回想起凌风对他所说的一切，凌云有点无可适从，倘若真的如凌风所说，他又该怎么面对自己，也许这一切只有一个人能给他答案。

"吱呀"一声，秦朗打开了房门，急匆匆地朝一个地方走去了，为了尽快弄清自己的身世，他的脚步加快了许多。

秦朗找到了父亲，他要向秦川问出自己身世，似乎难以开口，支支吾吾地，他说道："爹……"

秦川望着他，问道："你有事吗？"

缓缓地走到秦川的身边，秦朗难以启齿道："爹，我是不是不属于灵天城的人。"

秦朗的这一疑问，让秦川无所应对，他含糊道："你，你问这个干什么？"

"我娘是怎么死的，我不是你的亲生儿子，对吗？"秦朗鼓起勇气，终于把内心的想法说了出来。

在秦朗的一再追问下，秦川无法再隐瞒了，他叹息道："你娘生下你姐后，难产而死，而你是上天赐给我的，在你娘去世后的第二年的一个晴天，你被人遗弃在山庄外，是我收留了你，并命名为秦朗。"显然，当年把凌云扔在山庄外的那个人定是盗取剑谱的神秘者。

在确定了身世后，秦朗重新回味凌风所说的话，他才相信自己是凌云。

"朗朗，原谅爹这么多年瞒着你，爹是为了你好。"

"爹，我理解，我不怪你。"

听到秦朗依然认自己为父亲，秦川甚是欣慰，脸上浮现着丝丝笑容："真好，你还认我这个爹！"

"一日为师终身为父，更别说你养育了我十九年。"秦朗回道。

"好，好，好！"秦川一连说了三声，可见他心中的那份激动。

找到亲哥哥的凌风，满怀着兴奋的心跑到了金紫衣的房间，一进去，他欢喜地说道："紫衣，紫衣……"

在他的呼声下，金紫衣扭过身体，以为发生了什么的她问道："凌风哥，怎么了？"

闯进房门的凌风拿起桌上的茶杯，沏了一杯茶，猛然喝下去。金紫衣见此，好奇地问道："发生什么大事了，让你这样上心？"

凌风轻轻地把酒杯放下，异常激动地说："我，我，我找到我哥了。"

金紫衣一听，很是为凌风高兴，她袒露着笑颜说："你这么快就找到你哥了，他在哪儿啊？"

"就在灵天城，你要是知道他是谁，你肯定不会相信的。"稍平息了一下激动的心，凌风悠悠地说道。

"他是谁呀？"金紫衣问道。

故作神秘的凌风，迟疑了片刻才回道："他，他就是，他就是秦朗。"

凌风的话委实惊住了金紫衣，只见她张大着嘴，表情不可名状："是他，你的亲哥哥是秦朗？"那份不相信，那份吃惊，全从那一副震惊的表情显露了出来。

"我说过你不会相信的，起初我也不信，可那三星痣告诉我，秦朗就是我哥。"

看着凌风找到亲哥哥，金紫衣也替他开心："功夫不负有心人，凌风哥，恭喜你。"

另一间厢房内，一名女子坐在梳妆台前，明晃晃的镜面折射出她清晰的脸庞，秦玉儿一手抚弄着她那头乌黑的发丝，脸上时不时地露出了迷人的笑容，在她的头脑里一直停留着一个画面，即是她与凌风第一次相见。只要想到这儿，她都会绽放出笑容，也许，凌风在她的心里已经留下了很深的印象，也许她……

晚霞照耀整个灵天城，金黄的颜色把灵天城映射得非常美丽，门前，一道人影立在那儿，一只手轻轻地扬了起来，在门上留下了一道长长的影子。那只扬着的手时而放下时而扬起，近前一看，门前站着的人即是秦朗。他满脸的纠结，脑海不知在想些什么。

当他的手再次扬起的时候，门"吱呀"一声敞开了，秦朗见到凌风后，"弟……"含蓄的他别扭地喊道。

凌风听到他的这声称呼，心情十分畅快，他欣喜道："哥，你终于肯认我这个弟弟了。"

"十八年了，我们分开整整十八年了，要不是你找寻我，我还不知道自己的身世，只可惜爹娘都不在了。"秦朗叹息道。

"哥，我想好了，明天我们就离开这儿，离开这险恶的剑都。"

秦朗并没有认可凌风的提议，他摇了摇头，说道："不，我要找出杀害爹娘的凶手，告慰爹娘的在天之灵。"这是凌云唯一想做的事情，也是凌风想做的。

"嗯，我们不能让爹娘死得不明不白，哥，我们一定可以的。"

秦朗伸出手，"啪"的一声，两只厚实的手掌粘在一起。

夕阳日渐西头，耀眼的霞光照在两人的身上，那种兄弟之情牢牢地把他们拉在了一起。

在他们的身后，静静地站着一个人，她远远地望着这儿，双眼满是对他们那种情谊的庆幸。虽然时隔十八年，可在凌风和秦朗看来，依然那么亲切，依然那么骨肉相连。那是兄弟之情，血浓于水的亲情。

"凌风哥，你找到了你的哥哥，真好！"金紫衣感慨道，谁也想不到凌风的哥哥会是从小打压他的秦朗，仿佛老天在和他开了一个天大的玩笑。

金紫衣脸上轻轻地绽出微笑，那种自然，那种超凡脱俗的美在金紫衣的笑容里展现了出来。

"噌噌"地面上一把剑划过，清脆的剑声划地而起，秦朗飞舞着身体，操练着剑招。且见他出剑稳重，剑道流畅，好比行云流水。他使用的剑招乃是灵天剑法。灵天剑法有它独到的一面，正如灵虚剑法，各成一体。四大族派能叱咤于剑都，正是因为他们有属于自己的剑法。微步灵动，旋转着身体，剑体的气道也十分雄厚，或许是他的炼体还未达到十二重吧！秦朗所出之剑夹杂着个人的情感，也许是他知道自己的身世而愤懑不平吧！

剑反转一指，当秦朗发现身后站着的秦川时，赶紧收剑，无奈，在冲击之下，那把剑向秦川刺去。

眼见着那把剑向自己刺来，秦川没做任何举动，直直地站在那儿。那把剑很快要穿秦川的咽喉而过。出奇的是，秦朗的剑在那一厘之间停在了半空中。

"爹……"刚才的险境，让秦朗都不好意思面对他的父亲，连称呼都那么的纠结。

"一年一度的族会要开展了，你得加紧练习呀，要为灵天城争光啊！"秦川说道。

族会对于秦朗并不陌生，提起族会，让秦朗想起了去年的惨败，他咬紧牙关，要强地说："爹，今年我一定会进入新生榜的。"

新生榜就是剑士迈入低级修炼阶段，进入了新生榜，才称得上真正的剑士。"要想进入新生榜，必须突破炼体十二重，刚才我所使的便是炼体十二重，炼体十二重区别于之前的十一重，它不仅能提升自身的炼体，还能隐藏身体上所有的死穴，时间不多了，好好参悟吧！"

炼体十二重的精深，并非短时间内参悟得出来，秦朗深有体会。早就修炼至十一重炼体的他，研究炼体十二重已有数月，却依然如故，毫无所获。

"爹，炼体十二重究竟如何修炼？"多时未能修炼成十二重的秦朗，这会儿有点不耐烦了，竟向秦川讨教诀窍。

　　"天灵浮沉任天命，尘封不平终生遗。"房间里，凌风盘坐在床上，念叨着炼体十二重的口诀。

　　他双眼紧闭，两手平放在双腿之间，从他此般模样来看，定是在修炼炼体十二重。

　　"天灵浮沉，难道是封存天灵穴？如果封存失败，那一生都不能修炼。"凌风如此想着。顺着那样的想法，凌风单手提掌，运行气息于脉络中，一股强大的气息在他体中窜动，凌风双眉紧蹙着，满脸放射出痛苦的表情，要练成炼体十二重，必定要下一番苦功。

　　庭院处，秦川说道："要练成十二重炼体，必须封存天灵穴，天灵穴是所有穴道中最重要的穴道，俗称不死穴，一旦封存了，就能像我刚才那样，只须运其功，化其险境。"

　　听罢秦川的话，秦朗内心的困惑一下开解了，他点头道："哦，原来要练成十二重，要诀在此啊！"

　　"切不可以为如此简单，要想封存天灵穴，须得以体内之血封存。"秦川嘱告道。

　　好几个小时过去了，试图突破炼体十二重的凌风，满头大汗，他双手错开合击，两掌之间衍生出一股力，那即是炼体，他加以调息，体内强大的力倒腾着，若不极力稳定，后果不堪设想。

　　"扑嗤"一声，凌风的嘴角渗出了一股殷红的血液。凌风丝毫没有停止，依然修炼。

　　忘情于修炼的凌风，挥动着手臂，在那血液渗出后，凌风感到全身放松，仿佛那紊乱的气息得以调和了，变得非常平整。

　　他伸出两指，按压在左手上，手上的炼体随着他的按压传输进了他的体内。要想把身上的炼体转换进体内，还得费些功夫。

　　只见得凌风加速了修炼的速度，双手的舞动，配合聚精会神，凌风阴差阳错地用体内的血封住了天灵穴，天灵穴封存后，接下来的任务便是在体内炼出炼体，刚才凌风的行为，便是试着找寻修炼炼体的门路。

　　那种炼体传输进他的身体后，凌风运用自身的能力，开始在心里造出炼体，血液已被改造，体内的体槃上升了一个层次。

　　少时，凌风的体内生出了一股气力，那种力道与先前的力截然不同，它运动得极其缓慢，游窜于体内。再看凌风的手上，充满了浑厚的力量。

　　不断游离的力道就是凌风修炼出来的，经过长时间的修炼，凌风终于突破了，现在的他，体内拥有炼体十二重。想想他也不容易，为了找到炼体十二重的突破口，他苦苦钻研了几个月，也尝试了不下几千次。今天，他终于如愿以偿了。修炼成炼体十二重，对于他来说是最为兴奋的，因为他可以练习灵虚剑法了。

　　缓缓地张开双眼，凌风脸带微笑，他欢畅地说道："我终于突破了。"

族会在即，剑都上的剑士纷纷聚集，喧闹的街市，佩带利剑的剑士走着。茶楼酒肆，一大群剑士端坐在那儿，他们的级别并不高，都在炼体十二重之间，要想在新生榜上留下名字，凭借的是自己的功力和高超的剑术。

　　"三天后便是族会，这次我一定要进入新生榜。"一名剑士自信地说道，新生榜便是新生，是由炼体十二重向剑客的过渡，只有进入了新生榜，才是真正的剑士。

　　"想进入新生榜，我怕你连那个机会都没有。"对方的一名剑士说道。那人摆着一张冷峻的脸，一手端着一酒杯浅尝着。

　　其实，在族会开展之前还会有一场动乱，就是族会参与者会打败前去参与族会的对手，也就是所谓的角逐，最后能够进入族会的必是实力相当的人物。

　　这场斗争由那名剑士发起，酒楼中"砰砰""嘶嘶"的声音发出，有桌子破裂的声音，有瓷器掉落的声音。两者相斗，所出的剑招充沛着强大的炼体。像这样的斗争在混乱的剑都里不知会发生多少次，那些惨败的剑士带着遗憾而去。

　　两股炼体交织在一起，双方使出精深的剑招力敌于对方。都在为进入族会做出努力，谁能胜出，谁就有资格步入族会，这即是剑都的险恶。

第十八章　兄弟相认

第十九章　召开族会

　　三天后，在剑都的中心，擂台已经搭好，布幔缠绕，随风飘扬，鲜红的"族会"二字横立在擂台上方。

　　台下，众多剑士站在那儿，等待着族会的召开。他们手持的武器多为剑，因为这是剑都，他们一生所追逐的是炼剑。来这儿的剑士并非全是为了进入新生榜，当然也有观战的。

　　在人群中，隐约能看见凌风、凌云、金紫衣、秦玉儿，他们站在那儿，双眼直望向台上。

　　顺着他们的视线望去，台上端庄地坐着四个人，他们分别是：庞龙、秦川、莫寒、苏慕。历年来，族会的召开都是他们主持的。

　　秦川抬头看了看天空，烈日当头，差不多已到规定的时辰，秦川站了起来，向台下的剑士说道："今天乃是一年一度的族会，规则相信各位都知道，胜出者将进入新生榜。"

　　简单地说明了一番，秦川宣布道："族会正式开始，有请天下剑士上台接受挑战。"

　　"砰"的一声，随着大锣一敲，族会开始了。

　　下面的剑士相互看着别人，谁也不想做第一个被剑士挑战的人。

　　"我来！"人群中，一名少年中气十足地说道。"哗"的一声，他飞上台去。

　　待双脚站定，他对着下面的剑士说："在下不才，想跻身于新生榜，我谨代表个人接受你们的挑战。"

　　此话一经说开，立刻引来台下剑士的回应："让我来会会你。"

　　又是"哗"的一声，那人飞上台来，想做擂主，进入新生榜。

　　双方拔剑指着对方，第一个上台的剑士身穿着白色的衣裳，从他的年龄来看，也就十八岁左右，而另一名剑士身穿青褐色衣裳。他的年龄也在十八岁之间，这次的族会，大多以年轻小辈为主，这也是证明他们炼体高低的地方。

　　略停顿了一会儿，"噌"的一声，双方拔剑指向对方，那强劲的炼体从体内灌输于剑上，锋利的剑在阳光的照耀之下，变得更加锋芒。

　　青衣男子提剑一起，以一招凶猛的气势冲击而去。

　　白衣男子侧身一摆，轻易地逃避了那一剑，青衣男子迅速做出反应，当空划下一道剑影。

充满威力的剑气向白衣男子追击而去，白衣男子当机立断，一剑毁灭了那道剑气。所幸那名剑士的剑气并不强大，若是以剑尊级别的剑士使出，必定会形成强大的冲击力，给对方造成一定程度上的损伤。白衣男子毁灭了那道剑气后，发起了进攻。只见他双手紧握着剑，以飞快的速度朝青衣男子飞奔而来。

那一剑没有乱剑法那么快，青衣男子勉强应对着，白衣男子出剑越来越威猛，青衣男子显得有点难以招架。为了从劣势中走出来，青衣男子将身一低，悄然地潜到了对方的后方，然后趁机攻击。

白衣男子并未转身，利落的他背对着应付青衣男子的招式，不看对方出招，却能安然地应对，可见白衣男子的剑法有一定的深度。如若是凌风对战他，谁输谁赢还有待考验。

如此激战之下，台下的剑士看在眼里，有些剑士惭愧地低着头，他们低头是因为自身的功力达不到台上剑士的深度。

对战还在继续，白衣男子几番背对着对方出招，从这种形势来看，显然，青衣男子不是白衣男子的对手。

"噌噌噌"激烈的剑声不断地交响，白衣男子扫腿一脚，青衣男子身体往下倾倒，眼见着要接触到地面，"哐"的一下，青衣男子用剑刺在了地面上，身体才停止倾倒。

就在此时，白衣男子散发出一掌，把青衣男子升入于半空，随即一脚压在了青衣男子的身上。"咚"的一声，青衣男子狠狠地落在了地上。

"咻……"白衣男子把手中的剑甩了出去，那把利剑直插在青衣男子的身边。

得意的白衣男子对着台下的人说："还有谁上台吗？"

几番争斗，一轮轮的剑士上台，为的是进入新生榜。擂台愈激愈烈，最后留在台上的是一名袒露着上身的男子，他肱肌突出，手上的剑也很独特，他的剑形如三角，中间被掏空，一条弯月形状。状如戟却非戟，剑形尤为独特。

他向前迈脚几步，对着台下的人说道："还有谁上台挑战我吗？"男子一副凶恶的面孔，连说话的语气都那么盛气凌人。

台下没有声音，因为那名男子十连胜，与他对战的对手都落败，败得十分凄惨。不是残手断股，就是伤及内脏。其人出招非常霸气，招式残忍，极具杀伤力。

"我来！"台下一声熟悉的声音发出，循着那道声音望去，凌风飞上了擂台。

"凌风哥，小心。"担忧的金紫衣弱弱地对着台上的凌风说。

凌风微微地点了点头，男子喝道："出招吧！"

"噌"凌风拔剑一出，挥剑而去，面对那么强劲的对手，凌风要打败他则有点困难。

"呼哧"一声，男子的剑拖在地上，发出刺耳的声音。

男子一剑斩在凌风的身上，娇弱的凌风艰难地抵挡着，那种毁灭性的剑招，

一剑一剑地击在凌风的身上。

"不行，用寻常的剑招肯定不是他的对手，看来得使用乱剑法才能镇住他。"心里想着的凌风，反身脱了男子的压制，随即以超快的速度向男子发起了攻击。

已修炼了炼体十二重的凌风，所出的乱剑法比以前更加精练，更加无法捉摸。

"乱剑法！"男子先是"吱"了一声，明显地，从他的口中听出了那种奚落。

"呼！"男子一剑挥去，尽管他不知道凌风下一个招式，可他那么的挥舞，即便凌风使用的招式高超，也难以抵挡他的冲击。

"哐当"一道金属交碰的声音发出，男子的剑斩在凌风的剑上，再加上男子把炼体注入剑中，一股无形的力道顺着剑窜入凌风的身体里，刚才还快得看不清踪影的凌风，一下子展现在擂台上，他手握着剑，直望着对方，却没再动辄任何招式……

那股力道窜入凌风身体后，凌风先是感到身体一股钻心的疼，继而脸上表现出痛苦的表情。如此看来，凌风该是受了内伤。

男子丝毫没有罢手的意思，反而更加强势，只见得他向前跑了几步，紧接着凌空一脚，凌风受了重重的一脚。强大的重击，使得凌风后退了几步。凌风强忍着身体上的伤，勉强地站定。

坚强的他艰难地挥起剑，向男子冲去。受到重创的凌风再次出击，力道已不如先前了，当男子的剑架在他的剑上时，凌风没有过多的反抗，只是勉为其难地应对着。

胜负已见分晓，男子优势明显，他不屑地看了凌风一眼，随即错开凌风的阻挡，一掌打在了凌风的身上。本就受伤的凌风，再受到这强劲的重击，他再也坚持不下去了。

手上握着的利剑"哗啦"一下掉落在地上，"扑嗤"鲜红的血从凌风的口中吐出。

即便如此，男子也没有停手，紧接着，他冲上去，再次凌空一脚，强大的力道打在凌风的身上。

原本重伤的凌风，再承受这一脚，伤及内脏的他，身体瘫软地倒在了地上，丧失了战斗力。他无法站起来，男子对他造成的伤害非常之深。

"哥！"

"凌风！"台下，金紫衣和秦玉儿同时呼喊着，那种表情，是对凌风的关心。

担忧的他们跑上台去，把凌风扶下了台。

得意的男子面向台下的所有人，大声疾呼道："还有谁上台领教我的厉害？"

台下的秦朗，右手已然紧握，就算不是为了进入新生榜，他也得上台去。男子对凌风造成的伤害，让秦朗的心好不舒服，毕竟男子伤害的是他的亲弟弟。

"哗"秦朗朝台上飞去，口中喊道："让我挫挫你的锐气。"

两人分站两地，秦朗手中的剑已出鞘，他憎恶地看着男子。男子打量着秦朗，眼神中满是鄙夷，就连说话的口气也不客气，他放纵道："就你这样的，还敢说挫我的锐气？我让你看看你是怎么败在我的手上的！"

"废话少说，看招。"秦朗长剑当空一举，笔直的身体无一丝倾斜。

"灵天剑法！"男子淡淡地说了一句，可见他对灵天剑法有所了解，不然又怎么会知道秦朗使的是灵天剑法？

灵天剑法贵在借助对方的力量反击，招式有快有慢，看似漏洞百出，实则无懈可击，这便是灵天剑法的精妙所在。

一招贯长虹，满怀怒气的秦朗，挥舞着剑向男子铺天盖地地攻击而去。从男子的表情来看，似乎对灵天剑法有所畏惧，要是以炼体十一重来使灵天剑法，或许男子能够应付。自打秦朗炼成炼体十二重后，加上对灵天剑法更高层次地练习，如今剑法纯熟得连男子都有些畏惧。

那雄厚的炼体在秦朗的运用下散布出来，他整个身体有炼体覆盖着。男子勇猛的剑招对秦朗无所作用，那把剑被秦朗的炼体围住了，根本无法靠近秦朗。

男子妄想用强劲的剑招击败秦朗似乎不大可能了，他开始动用身体内的炼体，手掌之间，一股气团生出，随着他慢慢地反转，一掌打在秦朗散发出的炼体上。"嘭"的一声，两道炼体在相互挤压下，消失了。

秦朗往后退了一步，男子也无奈地后退了一步，显然，两人是在炼体的冲击下而后退。

长剑一滑落，在地面上发出"呲呲"的声音，秦朗进一步加以攻击，灵天剑法在他身上得以重现。稍站定的男子，看着秦朗席卷而来，他左手合拳，快速地向秦朗冲去。秦朗蹬地一起，腾入空中，然后在空中划出一道道的剑影。

空中几道白光闪耀，直往下方飞去，那几道白光皆是灵天剑招，每一招都覆盖着炼体，加以炼体的涵盖，所出的剑招威力增长数倍。

"哗哗哗"那是男子用剑抵挡所发出的声音。

"嘶嘶"地面上出现了一道一道的痕迹，那是秦朗所使出的剑招造成的。

男子机敏地闪躲，却很难躲避秦朗那强大的招式，半空中的秦朗不断地挥舞着剑招，男子疲于躲避，其中一剑影严严实实地落在了男子的身上。

"呼呼"男子手中的剑不断地在晃动，男子驾驭不住了，秦朗当机立断，从半空击出一掌，充满炼体的掌力，朝男子飞来。

"咚"男子受了一掌，怨恨的秦朗岂会如此放过男子？他快步奔来，一剑挑落了男子手中的剑，再加以一掌，男子落得溃败，身体猛地往后退去。

击败了男子，秦朗心中的怒气方才作休，他收起了剑。

就在此时，躺在地上的男子拾起地上的剑，偷偷地袭击秦朗。敏锐的秦朗意识到男子的动机，当下反转身体，一脚踢飞了男子手中的剑，然后补上几脚。重伤的男子倒在了地上，再也站不起来了。

几番激战下来，秦朗力战群英，始终立于不败之地。经过几番角逐，进入新生榜的剑士逐渐地确立了。

"还有谁上台切磋吗？"面对着众剑士，秦朗毫无表情地说道。凌风受了重伤，即便是进入了新生榜，也难以让秦朗高兴起来。所以，他的表情是冷冷的。

台下无一人敢上台，随着"咚"的一声，大锣响起了深沉的声音。

庞龙走上台来，举起了秦朗的手："我宣布，进入新生榜的剑士是灵天山庄的秦朗。"

这一呼声，宣告了族会的结束。当台下的凌风听到这一消息后，即使是受了重伤，他也艰难地笑了，那一声笑，是对秦朗的祝贺，他以秦朗进入新生榜为荣，能够进入新生榜，表示着秦朗从此在剑都是一号人物。

台下的剑士投去敬仰的目光，秦朗却并不感到高兴，进入新生榜也是为了替灵天城增光。

慢慢地，那些剑士渐渐地散开，一年一度的族会就此结束，秦朗进入了新生榜，他的人生发生了华丽的转变。

第二十章　灵天剑法

　　族会结束后，金紫衣和秦玉儿扶着凌风回到了他的房间，受了重伤的凌风被安放在床上。
　　"哥，你还好吗？"金紫衣关怀地问道。
　　凌风勉强地笑了笑："傻妹妹，我没事的，只要休息一下就会没事的。"
　　"不行，我得找郎中给你看看。"急躁的秦玉儿说着，然后反身跑出了房间。
　　金紫衣坐在床旁悉心照料着，凌风受了这么重的伤，她很难过，也很担心，那种发自内心的情感，凌风能够感受得到："紫衣，不要难过，我会没事的。"
　　愈加以劝慰，金紫衣愈感到难过，眼角湿润润的，一颗颗晶莹的泪珠从她的脸庞滑过，悲悯的金紫衣感伤道："你都伤成这样了，还说没事。"
　　见她那么伤心，凌风艰难地抬起手，擦拭着金紫衣脸庞上的泪水。金紫衣一把握住他的手，怜爱地放在自己的脸上。
　　当秦玉儿跑出房正想去找郎中时，被一人拦住了去路，那人故作严肃道："去哪儿啊？"
　　秦玉儿抬头看了看，用极其悲伤的语调说："爹，凌风受伤了，我去找郎中。"
　　"别去了，凌风受的是内伤，一般的郎中是治不好的。"秦川以过来人的角度说。
　　一经听此，秦玉儿的心顿时凌乱了，那颗心紧紧地缩在了一起："那怎么办？"
　　"看你急成这个样，我来是帮凌风疗伤的。"
　　慌措的秦玉儿笑了笑："我真傻，没想到爹能治疗凌风身上的伤。"
　　秦川微微一笑："快走吧！去晚了，我可保不齐能够帮凌风驱散体内的炼体。"
　　"快走，快走！"秦玉儿赶紧说道。
　　房间内，床上躺着的凌风脸色有所改变，他的面部肌肉抽搐着，显得很痛苦，那是体内紊乱的炼体在捣腾。此刻，在凌风身体内有两道炼体，一道是他自己的，另一道则是那名男子使用炼体残留在他身上的。两道炼体相互排斥，如不驱散异类炼体，恐怕凌风会因炼体的紊乱而出现生命危险。
　　如今凌风所出现的症状，正是那异类炼体导致的，两道炼体在凌风的体内

乱窜,如果凌风自身的炼体能够吞噬另一道炼体,凌风也能够脱离危险,可是这种情况似乎很难。两道炼体同属十二重,要想吞噬,太困难了。

"凌风哥,凌风哥……"看着凌风那样痛苦,金紫衣紧张地喊道,她很无助,心中殷切地盼望秦玉儿早点找来郎中。

时不时地,金紫衣望着门外,那种望眼欲穿的眼神,看上去让人那么揪心。

"吱呀"门被推开了,秦玉儿和秦川走了进来,秦川一见凌风就知道他被身体里的炼体折磨。"把他扶起来。"秦川忙说道。

待将凌风扶直,秦川紧靠着他盘膝而坐,手稍稍挥动着,然后贴在凌风的背上。从他的这般举动来看,该是为凌风驱散体内的异类炼体。

金紫衣和秦玉儿看见凌风有挽救的机会,压在心里头的石头也就落了下来。门外,刚回来的秦朗注视着凌风的房间,他知道凌风有秦川迫出炼体,心里固然心安,然则让他难过的是,凌风受伤了,自己没能好好地保护他,凌风是他唯一的亲人,如果凌风有个好歹,这让他情何以堪?

房间里,秦川还在极力地为凌风驱除异类炼体,凌风额头上汗涔涔的,那异类炼体受到压迫正从凌风身上散发,凌风的脸色逐渐恢复红润。

收掌平息,最后以一掌充沛的元力打入凌风的身上,"扑噬"一声,一摊暗黑的血从凌风的口中吐了出来,凌风晕厥了过去。

迫出凌风体内的异类炼体后,秦川收起掌,轻松道:"他已经没事了,紫衣,你好好照顾他,玉儿,我们出去吧!"

在秦川的说导下,秦玉儿依依不舍地随着他走了出去。

门外,秦朗见秦川出来了,问道:"爹,凌风没事吧?"

"炼体已经迫出,你去看看吧!"秦川回道。

自责的秦朗来到了凌风的床旁,金紫衣正用毛巾擦着凌风的脸,动作非常轻,可见她是多么的细心。

当金紫衣发现了秦朗后,她站起身体,称呼道:"秦大哥,不,凌大哥……"秦朗的双重身份,让金紫衣不知道怎么称呼他好。

"凌风有你照顾,我就放心了,都是我不好,我没有及时出手,如果我及时出手,凌风也就不会受伤了。"看着床上的凌风,秦朗自责得很,在他看来,是自己造成凌风受伤的。

"凌大哥,这事不怪你,双方交锋,谁又能料定对手出手那么狠毒呢?"为此,金紫衣怨恨那名男子。擂台比武,讲究的是武德,那名男子武德败坏,出招狠毒,想起都会令人生恨。

灵天城外,族会结束后不久,灵剑山庄和灵空山庄的族长来到了灵天城,他们此番前来,目的难以臆想。

山庄内堂,秦川坐在上堂,问道:"今日不知莫族长和洛族长前来有何赐教?"

"你我之间就不用这么客套了,我们主要是有一个问题问你。"

"哦，什么事让你们这么上心啊？"秦川紧问道。

"听说你找到了凌啸天的儿子凌风，而且他就在你的山庄，既然找到了他的儿子，为什么不利用他找到金武的下落？"莫寒问道。

原来，他们是为剑谱而来，但也在情理之中，秦川有了凌风这颗棋子，谁不想利用他找到金武的下落？

秦川笑了笑："你们都别急，真要那么做的话，我怕会狗急跳墙，到时要想从凌风的身上得到金武的线索会很艰难的。"

秦川的话令他们不解了，洛辰阳问道："有什么可顾忌的，只要抓住凌风，以他做诱饵，还怕金武不重现剑都吗？"

"话虽是那么说，可你们想想，我们真的那么做，凌风又怎么会屈从，万一有个好歹，我们什么都得不到的。"秦川进一步说明道。

他的顾虑也是应当的，凌风早就下定决心，要是别人拿他引诱金武出来，他宁愿一死，也不会令金武陷入剑都的纷争的。

然而，莫寒还是心有疑惑："可是，他明知道你曾抢夺过他父亲的剑谱，又怎么会停留在你的山庄呢？"

提到这儿，秦川先是淡淡地笑了笑，然后说道："这和他找寻他哥哥有关，我应允他帮他找寻他的哥哥。我也想好了，先稳住他，消除我和他之间的摩擦，然后……"话未说完，只见秦川忍不住地笑了。

"哈哈哈！"其他的人也跟着笑了起来，仿佛他们之间有一种不谋而合的感觉。

多日以后，凌风身上的伤差不多痊愈了。房间里，他下了床，拿起了放在床边的剑。

"吱呀"金紫衣推开门走了进来，她看见凌风手中握着剑，紧张地跑到他的面前，问道："哥，你这是要去哪儿啊？"

"好久都没练剑了，再不练习练习，恐怕所学的招式该遗忘了。"痊愈后的凌风，第一件想做的事就是舒展下筋骨。

没承想金紫衣抢过了他手上的剑，说道："你的伤才刚好，等过几天吧！"

"我的伤早好了，乖，把剑给我。"凌风直望着他说。

金紫衣往后退了退，固执地说："我不给。"

假装生气了的凌风喝道："给我！"

怯弱的金紫衣慢慢地把藏在身后的剑拿了出来，然后用无辜的表情看着凌风，娇滴滴地说："给你就是！那么凶干吗？"

凌风接过剑，然后用手勾了勾金紫衣的鼻梁："吓着你玩！瞧你那紧张样。"

感到被戏弄的金紫衣，傻愣愣地看着凌风离去的背影笑着，那一抹姹紫嫣红的笑容，映在她的脸上。

从房间出来的凌风，站立在庭院里，想起在族会上的惨败，凌风有点不甘心，试想自己的功力造诣不低，乱剑法也是习得炉火纯青，就那么败了，心底

第二十章 灵天剑法

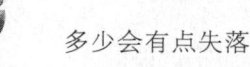

多少会有点失落。

"咻"他提起了剑,认真地观察着剑端,这样的一个动作让他想起了一个人,想起他还未进入剑都的那个时候。

让他想起了金武教授他灵虚剑法的场景,"心从力,力由气,虚其招,攻其穴,反身绝,归其位。"凌风咀嚼着这句口诀。

"要练成灵虚剑法必须得拥有十二重炼体,如今我已提升为炼体十二重,如果我学会了灵虚剑法,上次族会也就不会败得那么惨。"凌风说道。

顺着这样的想法,再联想起金武过去为他演示的灵虚剑法,顺着那个套路,凌风尝试着练习灵虚剑法。

随着他的回忆,凌风终于明白了当初金武所说的要练灵虚剑法必须达到炼体十二重的真正含义了。

只有达到炼体十二重,体内才会拥有那股剑气,虽说那股剑气并不强烈,可没有那股气,又怎能使力道往气道这边走呢?

再看凌风所出的灵虚剑法,和金武使的灵虚剑法相比,无所差别。唯一不同的是,凌风的剑法有点稚嫩,不太熟练,所出的力道不够。这在情理之中,想想凌风才刚开始练习灵虚剑法,所有的招式也是遵循金武的演练。招式能够连贯起来,已经是难能可贵了。这得亏于凌风的记忆力强,领悟力高,这也是金武当初演示灵虚剑法给凌风看的真正原因。

一套完整的灵虚剑法被凌风使了出来,虽说相比于金武的程度有段距离,但凌风能够参悟至如此地步,已经不错了。

"好,好,好……"在凌风的背后,传来了一声叫好声。

凌风收起了剑,走到了那人的身边,说道:"族长。"

"凌风,你练习灵虚剑法多久了?"秦川问道。

秦川的这番相问,让凌风有点不知道怎么回答,他知道秦川想从自己的口中获取金武的下落。如果让秦川知道了,将会造成不必要的影响。于是,凌风迟钝了片刻,才回道:"这套剑法是在灵虚山庄习得的,已有数月了。"

这一说辞,在秦川看来有所破绽,为了消除凌风对自己的嫌隙,秦川言道:"看你那么热衷武学,今我把灵天剑法教给你,你可得好好看。"

秦川从凌风的手上拿过剑,一个迈步,开始使起了灵天剑法,步法轻盈,剑法精练。

"心相剑,力相息,心力归一。反身剑,化其功……"秦川的口中念叨着灵天剑法的口诀。

精妙的剑法看得凌风目瞪口呆,灵天剑法有其独特的招式,与灵虚剑法相比,各有各的特点。

灵虚剑法注重的是快、乱、虚,最高层的乃是以无招胜有招;灵天剑法注重的是力、气、息,以借力打力为最。再见秦川所使的灵天剑法,招招精华,足见其精粹所在。

待得秦川演示了一遍灵天剑法，他收起剑，回到了凌风的身边："都记住了吗？"

凌风点了点头："记是记住了，可灵天剑法太深奥了，我怕是领悟不了。"

"你且耍上看看，不通的地方我再加以指导。"秦川把剑横放在凌风的眼前。在秦川的鼓舞下，凌风接过了剑，试着演练灵天剑法。

虽是看了一遍灵天剑法，却是过目不忘，凌风耍起了灵天剑法，动作缓慢。

"吱……啊……疼……"凌风痛苦地喊出。是什么让凌风如此痛苦，难道是他在练灵天剑法的时候出了差错，还是他习不得灵天剑法？

听见凌风痛苦的声音，秦川快步向前，运行内功稳定凌风。在秦川的平定下，暴动的凌风安定了下来。

"族长，刚才我怎么控制不住自己？"对刚才举动不解的凌风向秦川问道。

"可能是你大伤初愈，无法控制体内的炼体，体内的炼体四处攒动所致。"秦川回道。

这样，凌风才明白了过来，他收起了剑，这让他懂得了受伤后不宜修炼。

"以后注意点就是了，灵天剑法我已传授给你了，能不能领会，就看你的领悟力了。"

"多谢族长授剑！"凌风感怀道。

当秦朗和秦玉儿得知凌风的伤好了后，他们来到了凌风的房间，冲进凌风房间后，秦朗看凌风的眼神分外亢奋。

他跑上去，一把抱住了凌风，激动地说道："弟，你的伤痊愈了吗？"

秦朗的举动让凌风有点无所适从，他拍着秦朗的后背，说道："哥，我的伤已经好了，你不用担心我。"

一旁的秦玉儿听得眼睛都直了，她走上前去，问道："秦朗，你刚才喊他什么？"

松开凌风，秦朗解释道："忘了和你说，凌风是我的亲弟弟。"

秦朗的这番话，让本来困惑的秦玉儿更加不解了："你的亲弟弟？这！这！这是怎么回事？"

"事情是这样的……"凌风向她解释道。

听完凌风的说道，秦玉儿立马醒悟过来了，她埋怨道："秦朗，你真是的，这么大的事，都不告诉我！"

这一点，秦朗是有所顾忌的，他之所以隐瞒，是不想让更多的人知道，因为他想借助秦朗这个身份暗中调查当年设计杀害自己父母的凶手。虽然他不知道能用秦朗的身份在灵天山庄隐蔽多久，但他想能隐蔽多久就隐蔽多久，只有这样他才能悄悄地追查。

"我，我，我，我忘记了。"秦朗含糊地说道。

暗黑的夜沉浸在柔和的月光中，繁星点点，北斗星移，黑茫茫的夜给人一种惊悚的感觉。幽黑的森林时不时传出"嗷"的一声，狼叫声，乌鸦啼叫声，

第二十章 灵天剑法

给本来恐怖的森林添上了恐惧色彩。

忽而,一道人影飘过,那人落在了地上,从他的背影来看是那么的熟悉。

"今晚我一定要找到他们的聚集地。"听他的声音也是那么的熟悉,从他的正面看去,确确实实是秦朗,这么晚了,他来到树林里,让人猜不透。

他此番前来,并非捕风捉影,在灵天山庄暗中调查的他掌握了一些线索,要不然他又怎么会出现在这儿呢?

近期来,秦朗每晚都会来到这儿,为的是跟踪一个人,那个人蒙着脸,如果猜测得对的话,那个人该是十八年前偷盗剑谱的那个蒙面人。

回想起上一次的那个夜晚,秦朗在山庄阁楼顶处观赏月色时,无意中发现了那名蒙面人,他有追逐过,却还是跟丢了。后来听到凌风说过父母死于蒙面人之手,这让秦朗把父母的死联系到了那个蒙面人的身上。

"呼呼"伴随着轻微的风声,秦朗的耳朵动了动,好像是有所发觉,他的脸上露出一丝得意的笑容。

"来了!"喊口一出,未见其人,只闻其声的秦朗以飞快的速度追了上去。

远处,正如秦朗所料想,那个人蒙着脸,鬼鬼祟祟地微步前行着。蒙面人功力深厚,体型庞大,绝对是个顶尖高手,至少秦朗不是他的对手。他们两人的级别可谓是一个天一个地,要想跟踪蒙面人,秦朗似乎还得花上大功夫。

蒙面人一路前行,也许他未察觉有人跟踪了他,因为秦朗和他保持的距离非常远。在秦朗看来,距离蒙面人越近,暴露自己身份的概率越大。所以,秦朗选择了远距离跟踪。也许是蒙面人谨慎,他时不时地回过头观察身后,生怕有人跟踪他。好在秦朗离他有段距离,他才没被暴露出来。

如此地跟踪之下,蒙面人一直没有脱离秦朗的视线。

灵天城外,蒙面人站在那儿,他环顾四周,确定周围没有人后,他偷偷地按动了墙上的一块石头。

随着机关一开,墙面上露出了一个入口,蒙面人跳了进去。制造机关的人可谓是用心良苦,把入口设在灵天城外,就算是在这儿密谋重大的事情,东窗事发后,也能转移到秦川的身上。

悄悄地,蒙面人进入了入口,消失在灵天城外。

待蒙面人不见后,秦朗才走到那儿,"哐"的一下,秦朗循着蒙面人方向,紧跟着他。

原来那间密室处于灵天城外,而那三个蒙面人必定常在此碰面,今晚亦是一样。

密室内,三个蒙面人碰面了,他们三人的着装十分特殊,好像是有意隐蔽自己的身份。他们这样也在情理之中,如果让人知道了他们的身份,他们在剑都的处境将会很危险。

"老三,凌云有下落了吗?"当中一人问道。

他们寻找凌云的下落不为别的,是想通过凌云把凌风引出来,进而实行他们的计划。

"还没有。"那名蒙面人回道。

密室外，秦朗整个身体贴在墙壁，偷听着里面人的谈话。

"他们是谁？这间密室又通向哪儿？"一连串的问题凝聚于秦朗的心中。

"咔啦"一声，秦朗不小心碰落了密室墙壁的小石块，就是那轻微的声音，引起了密室里的人的注意。

"谁？"当中一人本能地说道，然后快速地跑了出来。

当蒙面人出来后，秦朗已经逃走了，蒙面人只能看见秦朗逃走时留下的身影。

"从他的背影上来看，难道他是……"蒙面人猜测着，难道他认出了秦朗？但这似乎不大可能，秦朗和蒙面人从未接触过，蒙面人又怎能认出来呢？

第二十章 灵天剑法

第二十一章　英雄联盟

茶楼小座，芬芳的茶香四处飘溢。此处正聚集着许多剑灵仙都的剑士，整间茶楼剑气冲天，在茶楼之间，几名剑士围在一起，似是在讨论着什么。"你们知道吗，凌风就在灵天城内。"

另一人用疑惑的眼神望着那个人，"切"了一声："这有什么好奇怪的，秦川收留凌风，只不过是为了提高自己的声望。"

那人摇晃着头，奚落道："这你就不懂了，凌风乃是凌啸天的儿子，秦川收留凌风，怕是想从凌风的手上找到剑谱，倘若他找到了剑谱，必定会私吞剑谱，可怜的是莫族长被他玩弄了。"

他们的谈话被坐在茶楼旁边的一个剑士听见了，他放下了茶杯，拿起桌上的剑，走出了茶楼，从他的动作来看，十分地急切。

灵剑山庄里，莫寒正在书房内研读着武学书籍，"咚咚咚"门外有人敲着门。

被打扰的莫寒朝门口喝了一声："进来！"

推开门，走进来的正是刚才在茶楼里偷听别人谈话的人，原来他是灵剑山庄的弟子。

那名弟子一见莫寒，屈身一跪，恭敬道："族长，弟子在回庄的路上听到一个谣言，不知道当讲不当讲。"

是什么样的一件事，让他的弟子难以启口？莫寒满是疑问，他命令道："讲！"

"弟子在回来的路上，听见有剑士谈论，他们说秦族长收留凌风，为的是私吞剑谱，还说族长被秦族长给玩弄了。"

一听这话的莫寒，气得脸红脖子粗，他愤怒道："大胆，那些无耻小辈，竟敢如此诋毁我，真是目无尊长。好了，你下去吧！"

"是，族长！"弟子起身，一扭转身体，走出了书房。

然而，那弟子的一番话让莫寒忧心了起来，若是秦川真的私吞剑谱，他可就什么都得不到了，可能在剑都的地位随之降低。想到这些，莫寒不安了起来，他自言自语道："不行，我要把这件事弄清楚，不能稀里糊涂地被秦川卖了。"带着这样的一种想法，一个快步，莫寒离开了书房，焦急地寻其原因而去。

灵天城内，听得莫寒前来拜访的秦川，在大堂接见了莫寒。这莫寒肯定是来兴师问罪来了,他要想弄清楚当中的事由,也只有找秦川问个明白。

大堂中,秦川感受到莫寒的气势,他平淡地道:"莫兄,今日何以气急败坏地来灵天城啊?何人得罪了你,你只管说出来,只要是灵天城的弟子,小弟一定重重处罚。"

望着秦川的嘴脸,莫寒极其地厌恶,虽说还没有掌握足够的证据证明他私吞剑谱,但从他的话语中,莫寒总觉得心中有一股怪怪的味道。

"秦族长,我听说你收留凌风,是想私吞剑谱,可有这回事?"说话的莫寒,就连语气都变得生硬了,一双凌厉的眼神直盯在秦川的身上。

被那眼神震慑的秦川,嬉皮笑脸道:"莫兄这是怎么了,我的为人莫兄还不知道吗?我哪敢私吞剑谱呢?"

"那好,你把凌风交给我,找出剑谱的事由我来办!"

感觉为难的秦川,扭曲着脸庞:"这不太好吧!我好不容易取得凌风的信任,若是把他交给你,岂不是前功尽弃?"

"我就知道你不肯把凌风交给我,说白了,你就是想私吞剑谱,这下我完完全全是看清楚你了。"莫寒恶狠地扫视着秦川。

顿时不知道如何解释的秦川,烦躁道:"你要相信我,我秦川不是那样的人。"

"少废话,你到底交不交出凌风?"莫寒不由分说地问道。

秦川低下了头,默默不语,他不知道怎样才能说服莫寒,才能证明自己,心中的无措,让他很是纠结。

莫寒望了秦川一眼,"啪"的一声,他使劲地拍了一下案桌,气愤地站了起来,斩钉截铁道:"你不交是吧!那好,从现在起,我们断绝关系,以后灵剑山庄和灵天城再无瓜葛,告辞。"愤慨的莫寒,转身走出了大堂。

望着莫寒离去,无奈的秦川在后面喊道:"莫兄,莫兄……"不再理会的莫寒,愤然离去。

门外,往大堂走来的秦朗看见离去的莫寒,心中满是狐疑,因为他从莫寒的背影中看出了愤怒。走进大堂,再见秦川低垂着头,秦朗已然明白了一些。走近秦川,秦朗好奇地问道:"爹,你是不是和莫叔叔吵架了?"

处于无奈之中的秦川,抬起了头,若无其事道:"没,没有。"

越是这样,秦朗便越觉得奇怪,是怎样的一件事会使得他们吵了起来?这在秦朗的心中就好像是一个谜。这个谜团在他的心中,解不开,让他焦躁难耐。同时,他心中又十分纠结,他不知道该不该把昨天晚上所看到的告诉秦川。

"对了,你找爹有什么事吗?"见秦朗迟疑,秦川问道。

"嗯,没事!"想了想,秦朗最终还是没有说出口,他在想,如果秦川知道了此事,必定会派人去查探,如此一来,便打草惊蛇了,要想再深入追查已是不可能了。

回到山庄后,莫寒的心中是一团怒火,房间里的他不断地踱着步,口中还

第二十一章 英雄联盟

不停地说道："该死的秦川，竟然把我给玩弄了，你想私吞剑谱，我是不会让你得逞的，来人，来人啊！"

马上，一名弟子从房外走了进来，他跪在地上，问道："族长有什么吩咐？"

莫寒招了招手，示意他靠过来。弟子站起了身，走了过去。莫寒在他的耳旁细细地说着什么。

"听明白了没有？"

"弟子听明白了，我现在就去办。"

莫寒挥了挥手，继而，他脸上挂着一丝丝得意："秦川，你想阴我，现在我就让你的称霸仙都的美梦破灭，我得不到剑谱，你也休想得到剑谱。"望向窗外，莫寒一阵阴笑。就此，灵天城和灵剑山庄的关系彻底决裂了。

很快，秦川收留凌风意图私吞剑谱的事情传开了，剑灵仙都大小门派聚集在了一起。就在真元派的教堂内，各大门派人士凝聚在一起，除了四大族派，当数真元派最大。这场联盟，也是真元派的人挑起的。

最上方，一名老者坐在上面，一副老态龙钟的模样，发丝须白，有模有样地道："各位，今天把大家召集，是有重要的事商量的，你们也知道凌啸天的儿子身在灵天城，灵天城的族长想从凌风的手上夺得剑谱，倘若剑谱落在他的手上，像我们这些处以低层次的修炼者，如何立足于仙都？"

众人纷纷点头，各自讨论着，当中一人义愤填膺地道："我绝不能容忍秦川号召我们，我建议大家一同随我赶往灵天城，向秦川要个说法。"

所谓的说法，就是要秦川交出凌风，若凌风落到他们的手上，他就更加危险了。在那人的怂恿之下，一些愚昧的剑士附和道："好，好，好……"

"既然大家都有这个心，那大伙儿回去好好准备准备，今天我们就逼迫秦川把凌风交出来。"一见大家的情绪那么高涨，真元派的长老呼应道。

另外，灵剑山庄内，当莫寒得知了剑灵仙都各大门派汇集起来向秦川索要凌风时，莫寒那是一个畅快，他大笑了起来："好，好，好，做得好，我看秦川他还怎么从凌风的手上得到剑谱。"

看来，各大门派会聚集起来，这跟莫寒有着直接的联系，是莫寒吩咐弟子到处散播秦川私吞剑谱的谣言，那些剑士联盟起来，也是莫寒在背地里搞的鬼，这更加说明莫寒对秦川得有多大的怨恨啊！

这天，秦川正教授着弟子们练剑，忽然，一名弟子慌乱地跑了过来。待至秦川身边，他跪地而言："禀告族长，山下有一大批人正向灵天城而来。"

会是什么重大的事让所有的剑士齐聚灵天城，秦川稍微在头脑中想了一下，马上意识到什么。他快步走向凌风，紧张道："凌风，你和紫衣先去我的密室躲避一下，那些剑士很有可能是冲你们来的。"

继而，他又对秦朗说道："朗儿，你快带他们过去，我在这儿稳住他们。"

闻言，秦朗立即引导着凌风和金紫衣："凌风，紫衣，你们跟我来。"

不多时，那些剑士全都涌向了灵天城，训练台上的秦川，领着弟子等候着。

剑士来到了训练台上，两方的势力拉开。带头闹事的真元派长老，凶煞地道："秦族长，我们此行的目的很简单，只要你交出凌风，什么话都好说。"

要秦川交出凌风，秦川怎么可能会答应？虽是众多剑士围城，可秦川却是不畏惧，一副不屑的眼神，就连说话都那么中气十足："凌风乃是凌族长的子嗣，凌族长当年被人杀害，作为四大族派之一的我，过去对凌族长有所不敬，照顾他的儿子，算是我对凌族长的一种悔悟吧！"

当中剑士可有人沉不住气了，那名剑士剑一横指，似乎和秦川有着莫大的仇恨一般，说话的口气也是飞扬跋扈："别给我说那么冠冕堂皇的理由，你收留凌风，无非是想通过他找到金武，找到剑谱，进而私吞剑谱。"

"我想各位定是听信了别人的逸言，我堂堂灵天城的族长，怎么会私吞剑谱呢？这不是和天下剑士过不去吗？"秦川佯作清高道。

可那些剑士又岂会听秦川的一面之词？他们的心中只有剑谱，有些剑士开始发出动乱了："交出凌风，交出凌风！"他们挥动着手上的剑，口上喊道。

形势越来越难以控制了，秦川不知道怎样才能消除这种压力，迫于形势，他高举双手，郑重道："各位，纵然是有了《灵空剑谱》，你们当中谁又能修炼成剑神？你们想想，凌族长掌管《灵空剑谱》数十年，最后不还是死于非命？倘若剑谱上真的有修炼成剑神的秘诀，难道他凌啸天会傻到不去修炼，而遭人杀害吗？"

渐渐地，那些剑士没有了声音，秦川说的也在情理之中，这才让剑士没有了声音，可有些剑士还是没有放弃，他们反驳道："那是凌啸天没有参透剑谱！"

"即使像你说的那样，作为剑圣阶段都没能修成长生诀，难道你就可以吗？"

那些人沉默了，秦川的那些话，说得他们无话可说。慢慢地，有些剑士转过了身，已有打算离去的念头。

密室内，躲避纷争的凌风兄弟及其金紫衣，身处其中，这间密室并没有什么神秘的地方，只是秦川用来修炼的一间暗室而已。跳动的烛光照亮着整间密室，密室里除了一些书籍和一些武器之外，便什么都没有了。

"哥，我们还是离开这儿吧！这里实在很危险。"不自然地，凌风不安了起来，脸上挂着请求的表情，他现在只有秦朗这么一个亲人，若是秦朗出了什么事，他便什么都没有了。

凌云一手按在凌风的肩上，认真地道："凌风，我不能让爹和娘死得不明不白，我一定要找出杀害爹娘的凶手，否则我一天都不会原谅我自己。"

身旁的金紫衣能够理解秦朗的心情，可她明白，即使找出了凶手，又能怎么样呢？以凌风和秦朗的功力还不是凶手的对手，想要报仇亦不是朝夕之事。

"云大哥，你就听凌大哥的吧！君子报仇十年不晚。"金紫衣劝慰道。

真相已经慢慢地浮出水面，要秦朗现在离开灵天城，他又岂会甘心？他话道："我已经有了一些线索，相信不久之后便能找出凶手，我不能错过这次机会。"

第二十一章 英雄联盟

　　一听说秦朗有了线索，凌风立即问道："哥，你查到什么了？"
　　回想起那晚，凌云惋惜地摇晃着头，他不想让凌风牵涉进来，对于找出凶手，秦朗只想一人承担，毕竟此事十分凶险，想到自己差点暴露了身份，秦朗至今心有余悸。

第二十二章 发现密室

　　风波平静后，凌风等人从密室中出来了。他们去了正堂，秦川为他们解除了麻烦，即使凌风对秦川有所不满，但身处于仙都，应该懂得知恩图报。今天若不是有秦川出马，凌风必定会遭到剑士的逼迫。
　　双拳一抱，凌风向其行起了大礼："多谢秦族长出手相助，凌风不胜感激。"
　　堂上的秦川一副平常的心态，温和道："贤侄不必客气，想来我和凌兄有所交情，这些是我应该做的。"转而，秦川的脸色大变，他心中一直有个问题萦绕着，若说那么多剑士组织在一起，必定是受了蛊惑。
　　一眼看透秦川心思的秦朗，借问道："爹，你为何一脸愁眉不展，庄上出什么事了吗？"
　　舒展开紧锁的眉头，秦川忙道："朗儿，你速去查探一下，是谁发动了仙都的剑士围攻灵天城。我想此事蹊跷，不找出根源，怕是很难消除困境。"
　　秦朗回道："是，爹！"
　　英雄联盟解散后，莫寒得到了消息。山庄内，他正懊恼地坐在上堂，头脑里还在想着如何对付秦川，还在想着如何得到剑谱。
　　突然，一名弟子跑了进来，向他汇报道："启禀族长，灵空山庄的洛族长前来拜会。"
　　"请他进来！"处在愤怒中的莫寒，正色道。
　　一迈进正堂，洛辰阳彬彬有礼道："晚辈拜见莫族长。"
　　莫寒招了招手："请坐！"
　　刚入座，莫寒便埋怨了起来："洛族长，你说秦川私吞剑谱，我们该怎样破灭他的痴心妄想？若是一旦他得到了剑谱，我们在仙都哪还有地位啊！"
　　其实，洛辰阳之所以来灵剑山庄，为的就是秦川私吞剑谱的事。再见莫寒那么着急上心，洛辰阳说道："莫族长其实你不必担心，你想，他秦川若是敢私吞剑谱，必然会遭到天下剑士的追杀。而唯一有资格修炼长生诀的就是四大族派，四大族派应该共为一体，而不是自相残斗。"
　　四大族派能够久存仙都，凭的就是同为一体，倘若这股力量分散了，四大族派在仙都的地位随之减弱。在洛辰阳的说导下，莫寒有所悔悟了，如今的四大族派只有三派连为一体，而自己的做法无疑是在分散族派。
　　"你说得对，都怪我太冲动了，我不应该怀疑秦族长的。"说着，莫寒惭愧地低下了头。

"现在弥补还来得及，事情还没有到一发不可收拾的地步，只要你向秦族长道个歉，缓和一下彼此间的关系，我想我们三派的力量还是可以恢复的。"洛辰阳说道。

身为一方族派族长的莫寒，若不是为了剑谱，他才不会向秦川低头，咬了咬牙齿，莫寒一脸的为难："好吧！事情因我而起，理应由我结束。"

经过彻底查寻，秦朗已经查明了指使剑士来灵天城闹事的幕后人。厅堂处，秦朗向秦川说道："爹，我已经找出主使人了。"

闻见秦朗已找出了主使人，秦川十分高兴，他激动地向其问道："哦，赶紧说说，是谁主使的？"

"是莫叔叔！"秦朗回道。

当知道了幕后主使人后，秦川并不感到意外，之前他已经隐隐猜测到了，只是他不敢相信真正的主使者会是莫寒。想起过去和莫寒的关系，秦川有些可惜，他本不想和莫寒起冲突的。奈何，莫寒听信了别人的话。

怅然若失的秦川脸色忽然转变了，他不能接受这个事实，以至于说话都那么毫无气力。"是他，还真的是他，灵天和灵剑一向无往不利，走到了今天这个地步，实为名利所害。"

充满好奇心的秦朗问道："爹，莫叔叔为什么那样做？我们家一直和莫叔叔不是十分交好吗？"

到了这个局面，秦川也就无所保留了，他把凌风的身世，凌啸天的死因全都告诉了秦朗。他不知道秦朗已经知道了这些事，也不知道凌云借用秦朗的身份隐藏在灵天城，更不知道灵天城外有着不为人知的密室。

"爹，那你知道那些神秘者在哪儿吗？"意图从秦川身上得到一些线索的秦朗，急切地问道。

近年来，神秘者好像在剑灵仙都消失了，没有人见过他们的真实面貌，也无人知道他们的所在。秦川摇晃着头，答道："神秘者自从杀死凌啸天后，便没有了影踪，谁也没有见过他们，更别说知道他们所在的位置了。"

在两人交谈之际，灵天城的弟子急匆匆地跑进厅堂，向秦川汇报道："族长，灵剑山庄的莫族长前来拜会。"

一闻见是莫寒的名号，秦川有点无措，他害怕莫寒又来挑事来了。"朗儿，你先下去吧！我和莫族长有要事要谈。"

支开了秦朗，秦川会见了莫寒。刚走进厅堂的莫寒，脸上挂着愧疚，他以真诚的态度向秦川道歉道："秦兄，恕小弟愚昧，对你说出那样的话，还教唆剑士来府上闹事，为此，我深感自责，还请秦兄原谅。"

本来以为莫寒来挑事的秦川，听得莫寒那一席话，身上紧绷的神经松弛了下来，他微微一笑，装作毫不在意地说道："只要你相信我，就够了。我们都是好兄弟，犯不着为了一本剑谱搞成这样，你说是吧？"

这话说得莫寒尽是惭愧，他不好意思地低下了头，为以前所做的傻事感到羞愧。

"是，是，是，四大族派能维系到现在，靠的是团结，灵虚族派已经和我们隔空了，我们三大派不能再孤立起来。我们应该把所有的力量凝聚起来，这样才能久存于剑都。"莫寒豪气地道，脸上却是虚伪得很。

灵虚族派之所以会和其余三派隔空，是因为他们对金武的迫害，苏慕乃是金武一手培养的，试想苏慕又怎么会和迫害他师父的人蛇鼠一窝？

又是一个黑暗的夜晚，灵天城外的小树林里，一道黑影呼啸而过，黑衣人十分地小心，生怕被人跟踪了。毫无疑问，这个黑衣人就是神秘者当中的一个，估计这会儿他是要去密室密谋重大事情去了。

密室里，早已有两人等候着，当第三个神秘者来了之后，当中一个神秘者责怪道："你怎么现在才来啊！害得我们等了这么长时间。"

他们冒着危险在这里相会，是有心机的。"老二，你说我们被人发现了？"

上次的秦朗尾随着他们来到这里，神秘者是有察觉的。在被发现的情况下，他们还秘密相会，可见他们的目的很不纯。"这次把大家叫过来，是要除去发现我们的人。"

简单来说，他们就是用自己做诱饵，把秦朗引出来，然后加以歼杀，彻底地消除这个后患，秦朗对他们来说，是一种威胁。

"必须得除了他，万一我们的身份被人识破了，我们的处境会很危险的，更别说夺得剑谱了。"一人忧心道。

"那他会来吗？"

一神秘者发出邪恶的笑声，仿佛对秦朗的到来拿捏得很准："他一定会来的，一定会的。"

就在城外，秦朗悄悄地来到这充满诡异的地下密室，在他面前的是一道机关，只要轻轻地触碰那道机关，他就可以进入密室。在决定步入密室之前，秦朗还是有点紧张的。他知道，这很有可能是一条引蛇出洞之计。如果自己进去可能会有生命危险，可若是自己不进去的话，那么就很难查出真正杀害父母的仇人。

在百般纠结之下，秦朗按动了墙壁上的机关。"哐啷"一声，随着地面上露出的一道洞口，通往密室的入口打开了。

尽管秦朗有些顾虑，可为了查出杀害父母的凶手，他豁了出去。当下一跳，他跳下了洞口。

顺着通道走着，秦朗很小心，生怕被神秘者察觉了。他缓慢地，迈出轻轻的脚步，两眼直直地看着前方。眼神中充满了复杂的神情，内心里也是不平静。

密室十分地安静，静得只能听见秦朗的心跳声，正是这种静，让秦朗很紧张，他尽量压低了脚步声，呼吸也变得缓慢，压抑着整个身体，向前迈动着。

离密室越来越近了，在秦朗前方是一道石门，只要打开那道石门，便可以

第二十二章 发现密室

清楚地看清神秘者的面目。石门里面，一神秘者说道："来了。"那神秘者的双手紧握着。

另一人劝解道："等等，先别动，等他再靠近一点再动手。"

因为秦朗离密室有一段距离，倘若他们现在冲出去，以秦朗的功力还是能够逃走的。

忽然，那双迈动的脚步停止了，秦朗很清楚，倘若自己再迈一步，就会陷入危险之中。果断地，他停住了脚步。前方就是神秘者聚集的地方，只要打开那道石门，秦朗就可以知道到底谁是凶手。

双拳紧紧握紧，处以低层阶段的秦朗，自身还不具备元力，可身体内的炼体还是具有杀伤力的。看来，他想借用炼体的力量打开那道石门。

一股气息凝聚于拳头之间，浑厚的炼体由身体里流向手掌之间，越积越厚，越积越厚。"哈"秦朗大叫了一声，一双手掌向前推去，庞大的炼体如同波浪般袭去。

"啪"被击中的石门倾然间化为尘埃。

石门后的神秘者已经是清晰可见了，当秦朗看见那三人时，整个人愣住了，他失口道："是你们？没想到是你们杀了我爹和我娘。"秦朗不敢相信也不想接受所看见的一切。

"你爹，你娘？你是谁？难道你就是凌啸天的长子，凌云？"神秘者疑惑地问道。

"没错，我就是凌云，我真没想到我的仇人竟是我熟悉的人，而我还一无所知，真是可笑，可笑。"不自然地，秦朗苦笑着。

所有的真相呈现在秦朗的面前，神秘者又怎么会放过他："既然你什么都知道了，那你就休想活在剑都。"

眼见着神秘者要追杀自己，秦朗可不会白白地把自己的生命葬送在此，一个疾步，秦朗逃窜而去，神秘者大声疾呼道："哪里跑，给我站住。"说罢，三名剑圣级的人物追击着一个连初级还未达到的秦朗。

夜已很深了，躺在床上的凌风辗转反侧，未曾睡着，这段时间以来，凌风暂时放下了心中的仇恨，他多想手刃仇人，可他知道凭自己现在的成就，根本杀不了仇人。他想的是带着凌云离开这儿，然后好好修炼，为了以后截杀仇人。

翻来覆去的他，最终起身，打开了房门。望着夜空繁星，凌风满腹心事。唯一让他欣慰的就是找到了凌云，这样也完成了父亲生前的遗愿。

一路逃跑，神秘者却是一路追击。眼见着自己将要落到神秘者的手中，秦朗绝望了。如果被他们抓住，就只有死路一条了。秦朗在乎的不是生死，而是没能把杀害父母的元凶告知凌风。

茂密的森林，到处都是鬼哭狼嚎声，一路奔跑的秦朗突然停住了脚，因为在他的前面是一陡崖，若是坠入陡崖，怕是要粉身碎骨。试探性地看了看石崖，秦朗有些后怕。前有石崖阻路，后有神秘者追击，秦朗完全没有了退路。

步步紧逼的神秘者，孤傲地道："跑啊！怎么不跑了？"

"你们，你们，你们会得到报应的！"秦朗用仇恨般的眼光扫视他们，又很无助。亦可谓上天无路，入地无门。

一步一步，神秘者越来越靠近了，秦朗被逼得缓慢地后退，再退一步他就要落入山崖了。一块块石头被秦朗踢下山崖，硬是没有一点儿回音，可见山崖之深。

"别过来，别过来，你们再过来我就跳下去！"秦朗无助地看着他们。

可他们又怎会理会，他们要的就是秦朗死。"跳啊！你倒是跳啊！"一个神秘者威逼着，眼神中满是邪恶。若不是这道陡崖，也许秦朗还能逃脱，如今什么退路都没有了，留给秦朗的只有死路一条！

第二十三章　秦朗落难

望着那深不见底的山崖，回头看了看那步步紧逼的神秘者，秦朗紧闭了双眼，绝望道："爹，娘，我对不我你们，没能帮你们报仇。凌风，只怪哥太大意了，你要好好照顾自己，哥先走一步了。"

纵身一跃，秦朗跳下了万丈高崖。看见秦朗跳下的神秘者激动地跑了上去，他们往山崖下望去，山崖之下除了一层层薄雾，什么都看不见。

"好了，对我们构成威胁的人给除了，以后谁也不会知道这个秘密了。"一个神秘者畅快道。秦朗一死，所有的线索就此断了，要想再寻得一些蛛丝马迹，恐怕难上加难。

天亮了，明媚的阳光照在灵天城内，照在秦朗的房间，然而房间里没有了主人。房外不远处，秦玉儿穿着一袭白衣，飘逸地走了过来，好像有急事要找秦朗一般。待至房门外，秦玉儿扬起玉手，在房门上轻轻地叩着，柔和地喊着："弟，弟……"

半晌，房间里一点声音也没有，秦玉儿推开了房门，走了进去，映入她眼帘是空荡荡的房间。

半咧着嘴，秦玉儿嗔怪道："这秦朗，这么早去哪儿了？"

"吱呀"一声，刚睡醒的凌风打开了门，走出了房间，伸了伸懒腰，享受着阳光的普照。

与此同时，金紫衣悄无声息地来到了他的身边，俏皮的她用双手捂住了凌风的眼睛。像这种举动，凌风早就熟悉了。"紫衣，别闹了。"

轻轻地移开双手，金紫衣噘着嘴，埋汰道："不好玩，不好玩。"

说话间，凌风注视着前方，当他看见秦玉儿迎面走来，心中满是疑惑。秦玉儿走近了他们，问声道："凌风，紫衣，你们看见秦朗了吗？"

凌风摇了摇头，"这就奇怪了，这么早秦朗会去哪儿呢？"

经秦玉儿那么一说，凌风顿时慌乱了，他心中在害怕，因为他知道秦朗失踪的原因。推开秦玉儿，凌风狂跑而去，不解的秦玉儿拉住金紫衣问道："紫衣，凌风是怎么了？他那么着急去干什么啊！"

"云大哥可能是去找仇人去了，现不见踪影，恐是凶多吉少。"一说完，金紫衣追了上去。

望着他们离去的背影，秦玉儿慌乱了，她加快了脚步，朝着一间房间走去，表情十分急躁。

庭院处，秦川正练习着功法，手握灵天剑的他，剑步飘逸，身法如影随形。极具柔软性。此为灵天剑法，虽没有灵虚剑法威猛，却也是复杂多变，平稳中有强，表面看上去杀伤力不大，其实那是迷惑对方眼睛的，等到对方疏于防备，灵天剑法的威力才真正地显现出来，让对方难以招架。

一个凌空，剑在半空中划出一道优美的弧线，地面上留下了一道很深的印迹。这还只是没有动用元力的招式，倘若加上元力辅助，杀伤力必定增加几倍。

着急的秦玉儿来到了这儿，她紧张道："爹，弟弟不见了。"

秦川将剑隐去，急忙问道："到底怎么了？"

"我也不知道，今天早上我去他的房间找他，他就不见了。"

慌乱的秦川，立马说道："快，组织所有人手去找。"

街道上，离开灵天城的凌风到处寻找着，到处打听着。"你有没有看见一个人，他大约这么高……"凌风比画着四处向人打听，然而被问的人不是说没看见，就是说不知道。

灵天城这么大，要找到一个人也不容易，更何况秦朗根本就不在灵天城。寻找多时，把整个灵天城寻遍，确是无果，凌风和金紫衣出了城门，沿路找着。

"哥，哥……"

"云大哥，云大哥……"两人如此找寻着，茫茫人海路，再不见秦朗究竟去了何处，直叫凌风愁绪满天飞。

"凌风哥，你不用担心，云大哥不会有事的。"金紫衣安慰道。

凌风只有凌云这么一个亲人，怎叫他能安心得下来？苦苦找寻，终于寻得的亲哥哥，在一瞬间消失不见，凌风的内心深受打击。他多想秦朗能像金紫衣说的那样平安无事，可他很明白，若是秦朗被仇人追杀，后果只有一个。

"他不会有事的，我得找到他。"念叨的凌风跑开了，金紫衣尾随其后，跟着继续找寻。秦朗掉落于山崖，他岂有活路？

幽静的小屋，一名女子正向床上的男子喂着药，她细心温柔，双眸清澈可见，秀丽的发丝垂于两肩之间。"咳"男子咳嗽了一声，那汤药吐了出来，女子取出手帕，轻轻地拭去男子嘴角汤药。

渐渐地，男子的眼角动了一下，慢慢地，他睁开了双眼，等他看清眼前的景物时，疑惑道："这是哪儿？我怎么会在这儿？"

女子温和地道："公子难道忘了昨天发生了什么吗？"

细细回想着，床上的秦朗想起了自己从山顶跳了下来，在自己的身体急速下降的同时，好像有一股力量托住了他，而他整个人晕了过去。救他的正是那名女子，山崖却是很高，要不是山崖上的树木减少了秦朗下降的速度，加上碰上采药的女子，他也不可能活下来。

"多谢姑娘救命之恩！"

第二十三章　秦朗落难

见秦朗那般客气，女子笑了："你要谢的话，应该谢我的爷爷。"

秦朗愕然了，他疑惑地看着女子。正在此时，一名老者走了进来，他一见到床上的秦朗醒了过来，连声道："公子醒来了。"

女子和她的爷爷相依为命，从小生活在这个远离剑都纷扰的小树林里。老人的医术也是十分高超，若不是老人救治，受了重伤的秦朗哪能活得过来？

秦朗坚强地卧直了身体，回敬道："多谢前辈救命之恩！"

老者微笑着，和蔼道："公子客气了，区区小事不必挂怀。"秦朗虽是活下来了，可他的头脑里尽是复仇，他要把杀害父母的元凶告知凌风，不然他之前所做的努力便全白费了，而且他得带凌风离开灵天城，留在灵天城一天，危险便时刻隐藏着。

秦朗挣扎着身体，欲要起来，女子忙扶住了他，说道："公子不可乱动，你身上的伤还没有完全好，需静养几天。"

"是啊，你伤得这么重，最好不要乱动，否则伤势加重，谁也救不了你。"老人附和道。

秦朗没有办法，只得乖乖地躺下，有些事他得暂时放下来，再着急也没用。

天色黯淡了下来，寻找了一天的凌风和金紫衣也累了。他们回到了灵天城，秦川派出了所有的弟子出外寻找，也是毫无结果。

失落的凌风和金紫衣来到了正堂，凌风一脸伤心，他找到秦川，对其说道："秦族长，我和紫衣决定明天离开灵天城，这几日承蒙秦族长的照顾，感激不尽。"

闻见凌风要走，秦川岂会轻易放他们走？他托词道："是不是我哪里照顾得不周，让贤侄受委屈了？"

"不，不，秦族长误会了，在府上叨扰这么长时间，还麻烦族长替我找寻我哥，找我哥是我自己的事，我想还是我自己找吧！"凌风一直隐瞒，是不想秦川要挟自己。如今秦朗不见了，他更要离开这个凶险的灵天城。

即便是凌风走了，秦川也会想尽办法找到金武的，于是，他平和道："好吧！既然贤侄要走，做叔父的也不好强行将你留下。"

在剑都的另一个角落，存在着另一个都城，此都城名为天清宫，是一方邪恶力量，所习得的功法也很诡异，向来与四大族派做对，也是唯一能和四大族派抗衡的一方霸主。多年来，四大族派想消灭这股邪恶力量，却是未能如愿，早在凌啸天在世时，更是猖獗，近几年倒是安静了许多。天清宫的存在很简单，就是想吞灭四大族派，掌控整个剑都。

宫殿里，三名护法身穿着风袍站立在殿下，殿上坐着的乃是天清宫的宫主——萧天郎，此人一脸凶煞，一身黑衣着身，浑身透露着邪恶的力量，给人一种胆寒的感觉。

"本尊的噬心丹已经炼成，尚缺一名试验者，你们几个于三天里觅得一名炼体十二重的剑士，本尊要用他来试药。"萧天郎说道。

三名护法抱拳回应道："是，宫主。"

三天之后，山崖之底，秦朗的伤也好得差不多了。竹屋之外，女子和老人面对着秦朗。

"若兰，前辈，谢谢你们这段时间对我的照顾，他日若是有缘我定报答两位的知遇之恩。"秦朗满心感激道。

郭若兰柔和地眨了眨眼睛，轻声细语道："秦大哥，相逢即是有缘，希望以后我们还会再见！"

秦朗笑了笑："后会有期！"他恭敬地抱拳，向两人拜别。秦朗转过身，轻轻地迈动脚步，踏上了路途。望着秦朗渐行渐远的身影，郭若兰朝他的背后喊道："秦大哥，一路保重。"一边呼喊的郭若兰一边挥动着手。

秦朗回过头，回应道："我会的，你们多多保重。"

老人在郭若兰的面前晃动着手："别看了，他已经走了。"

羞涩的郭若兰回过神，害羞道："爷爷，你说什么呢？"

一路往西走的秦朗朝着灵天城的方向走去，这次死里逃生，让他更加珍惜自己的生命，接下来他要做的就是把凌风带离灵天城，可是他不知道凌风早已经离开了灵天城，他这番前往，恐怕是白走一趟。

途经一家小酒楼，秦朗身心疲惫了，走进酒楼，将身一摆，坐在一张空位上："小二，上壶好酒。"

"好嘞！"店小二欢快地应道。

就在此时，三名来历不明的剑士从酒楼外走了进来，他们正是那三名护法。酒楼中的宾客一看见护法，一个个苍然失色地走了。

对此，秦朗感到很是不解，也感受到一股不和气的气息。"哒"的一声，三名护法放下了手中的剑，打量着坐在对面的秦朗。

护法那可怖的眼神并没有引起秦朗的注意，秦朗也不会知道自己会是他们眼中的试药者。秦朗拿起桌上的酒，斟了一杯，饮了起来。

"咻"的一声，一护法拿起桌上的筷子猛地甩了出去。秦朗侧摆着头，躲避了那根筷子。那根筷子直直插在秦朗身后的柱子上，可见护法的力道精深。

"想必前面的仁兄是天清宫的三大护法吧！今日有缘相识，不妨坐下来好好认识认识。"秦朗虽没去过天清宫，但自小在灵天城成长，多少对一些剑都上的强势力有所了解。能看出那三名护法是天清宫的人，秦朗借助的是他们衣衫上绣着的一轮残月。

"公子好眼力，既然你了解天清宫，想必你也知道我们的意图，识相的和我们回天清宫。"

"要我跟你们走，那就看你们有没有那个能力了。"秦朗挑衅道。

当下，三大护法联手将那张桌子推向秦朗，镇定的秦朗将炼体凝聚，在那张桌子靠近他的时候，"哗啦"一声把桌子震碎了。

第二十三章　秦朗落难

　　紧接着那三名护法提起剑，朝秦朗袭击而来，面对着三人的威逼，秦朗轻轻跃身，赤手空拳地接受着护法的攻击。秦朗依靠手掌的摆动，炼体的散发，三把剑却是近不了他身。

　　那几名护法的功力也不弱，一层层的元力从他们的身体流向剑端，随之一挥斩，向着秦朗而来，秦朗敏捷地避开了。

　　知晓了对方的实力，秦朗害怕了，以自己的身手断然不是三名护法的对手。想到这儿，秦朗张望了一下，发现了身旁的窗口，他侧过身，打算逃去。护法注意到了这一点，猛地击出了一掌，那一掌落在了秦朗的身上，仅为十二炼体的秦朗，哪能经受得住这一掌？

　　那些护法瞬间移动到秦朗的身边，一剑横在秦朗的脖子上，将其束缚。落在护法手中的秦朗，怕是难以脱身，萧天郎的噬心丹又会给秦朗带来什么样的迫害？

第二十四章　杀人狂魔

秦朗被抓到了天清宫，三大护法押着他来到了殿堂内，堂上的萧天郎一见到秦朗，脸上的亢奋倒是毫不掩盖，他激动地从堂上走了下来，用一副打量的眼神审视着秦朗。

"不错，不错，你们干得不错，这么快就为本尊找到了试药者，本尊很高兴，待会儿找炼药师拿取你们的丹药。"

护法领命道："是，宫主！"

相反，被抓的秦朗迷茫地看着他们，问道："你们，你们想做什么？"

萧天郎从身上掏拿着什么，一枚金色的噬心丹呈现在他的手上。所谓的噬心丹就是控制人的心灵，迷失人的心智，服食者往往丧失记忆，听从施药者的号令。萧天郎想通过这样的手段征服剑都，而噬心丹目前只能控制一至十二重炼体的剑士，才有了他下令抓十二重炼体的动向，奈何秦朗成为了试药的对象。拿着噬心丹，萧天郎在秦朗的面前晃了晃，狡诈地看着他，恐吓道："吃下它，你就不再是你了，你将成为我的第四个护法—紫煞护法。"

若是吃下了那颗噬心丹，秦朗将会成为萧天郎的傀儡，于是，秦朗紧闭牙口，死活不肯沦为所谓的紫煞护法。邪恶的萧天郎，提起左手，强迫性地试着打开秦朗的嘴："张开，张开……"

竭力控制的秦朗，狠命地咬着嘴唇。萧天郎一发狠，运行元力，在秦朗的腹部上击了一掌。那一掌虽要不了秦朗的命，却也使得秦朗痛苦难忍。"啊！"秦朗痛苦地叫唤了一声，趁此时，萧天郎反手把噬心丹喂进了秦朗的腹中。

吞食了噬心丹的秦朗，恼恨地看着萧天朗，眼睛里迸发出火一般的目光，恨不得把萧天郎撕得粉碎，气恼的秦朗怒道："你，你，你……"

得意的萧天郎，向两旁的护法使了使眼色。立马，护法松开了秦朗。重新获得自由的秦朗，双拳紧紧握着，一股愤怒的炼体自上而下地凝聚在他的拳头上，狰狞的脸庞充满爆发力，他一步向前，嘴上喊道："我杀了你！"当秦朗的拳头向萧天郎挥来，萧天郎不但丝毫未动，反而很镇定地看着秦朗。

距离萧天郎越来越近，秦朗的拳头却在半空停住了。忽然，秦朗倒在了地上，疼痛折磨着他，在地上滚动的他不断地发出呻吟声，应该是噬心丹在他的身上产生了作用，才令他这般痛苦。看着在地上滚动的秦朗，萧天郎满心畅快："想和我斗，老实成为我的杀人武器吧！"

半晌，秦朗停止了滚动，他从地上站了起来，再仔细观察他，俨然变成了另一个人。整个人无一丝表情，目光呆滞，从这般看来，他是完全被萧天郎控制了。

"属下参见宫主！"秦朗说道。

萧天郎微微一笑，畅快道："好，好，好，你现在就是本尊的第四大护法，你的职责便是杀尽天下剑士。"

将拳一抱，秦朗恭敬地领命道："属下领命！"

"去吧！"萧天郎挥了挥手。

一转身，秦朗离开了殿堂，执行着萧天郎的命令而去。

时隔多日，凌风一直寻找着秦朗的足迹，这么多天来却是毫无所获。行走于街道之上，凌风向路边的行人打听着。

忽然，一名剑士惊恐地从人群中跑过，那人口中喊道："杀人狂魔来了，大家快逃啊！"

在那人的叫喊下，街道上的平民四散逃开，凌风拉住了一个人，询问道："发生什么事了？"

那人一脸慌张，张措道："你不知道吗？最近出现了一名杀人狂魔，专门诛杀剑士，我劝你还是赶紧逃吧！"

杀人狂魔！！！

这个被象征为杀人狂魔会是谁？满脑疑问的凌风呆呆地站在原地，目视着逃离的人群，凌风好生疑惑。身旁的金紫衣听得杀人狂魔这个名号，内心里有些害怕，她摇晃着凌风的手，说道："哥，我们还是走吧！"

就在此时，一名披散着头发、手持着利剑的剑士出现在凌风的面前，他便是秦朗。"滴答"剑上淋淋的鲜血滴落在地上。

"救命！救命！救命！"那时秦朗正追杀着一名剑士，恐慌的剑士拼命地呼喊着逃跑。

看着前方那熟悉的人，等到确定那人便是自己的哥哥凌云时，凌风一下子愣住了，他怎么也不会想到自己的哥哥会变成这样，变成人们口中的杀人狂魔。至此，凌风一脸痛苦地看着秦朗，悲伤地喊道："哥！"

成为紫煞护法的秦朗，心智全无的秦朗，又怎么会认得眼前的凌风？

挥动着长剑，秦朗向凌风袭来，还没有反应过来的凌风险些被秦朗刺中，好在他灵机一动，避开了那一剑。

再见已是形如仇人，这让凌风好是难过，他大声喊道："哥，是我啊！我是凌风。"

尽管凌风说明自己的身份，秦朗仍然斩杀着凌风，在他的生命里，只有一件事，那就是杀尽天下剑士。面对自己的亲哥哥向自己发出攻击，凌风无以应对，只得闪躲。再这般下去，凌风必定会惨死在秦朗的手中。

无奈，凌风拉起金紫衣，逃跑而去，而秦朗却是丝毫不放过，紧紧追逐着，在他的眼中，只有"杀"这个血腥的字眼，就连他自己也不会知道自己在做什么。

逃离了秦朗的追杀，凌风和金紫衣站在天桥上，如今秦朗变成了这样，凌风十分地伤心。金紫衣在一旁安慰道："哥，你也不要太难过了，云大哥可能是受到了什么刺激才变成了这样，只要我们找到原因，我想云大哥会好的。"

虽是一语关心，可凌风还是深深担忧，秦朗变成了令人害怕的杀人狂魔，他在害怕，害怕秦朗会遭到天下剑士的追杀。

"情况也不算糟，至少我们已经找到我哥了。"凌风自我安慰道。

"你能这样想就好，天快黑了，我们先找个客栈住下吧！"金紫衣说道。说罢，两人向前方走去，消失在这座天桥上。

很快，剑灵仙都流传着秦朗残害天下剑士的事情，消息传到了四大族派，四大族派的族长汇聚在一起。灵空山庄，洛辰阳当着其余三大族派的面说着："秦族长，莫族长，苏族长，近来剑都盛传着关于杀人狂魔的事迹，据我掌握的消息，杀人狂魔系属灵天城的秦朗，也就是秦族长的养子。"

说到这儿，洛辰阳停顿了下来，考虑到秦川的感受，他才有所顾忌。身为灵天城族长的秦川，在这个时候表现得极其平定："洛族长的顾虑我知道，秦朗受天清宫萧天郎的控制，我虽是他的养父，可为了天下剑士着想，我不会有不同的意见的。"

有了秦川这句话，洛辰阳也就无所顾忌了，他肆无忌惮地道："如今剑都人心惶惶，罪魁祸首乃是秦朗，我认为应当除掉秦朗，还剑灵仙都一个平静。"

表面上是为了剑灵仙都的平静，实则借此削弱天清宫的势力，以防天清宫吞并四大族派。坐在左边的苏慕开口道："秦朗之所以会杀人，是受到了萧天郎的控制，我认为应该除掉萧天郎，才能一劳永逸，各位觉得呢？"

莫寒点了点头："若能除掉萧天郎，不仅能消除对四大族派的威胁，还能成就四大族派在剑灵仙都的霸主地位。"

对于苏慕的观点，莫寒极为推崇。"那好，那我们就结合四大族派的力量消灭天清宫。"秦川赞同道。客栈里的凌风和金紫衣这几日通过一些剑士的口中，也知道了一些关于秦朗沦为杀人狂魔的原因。房间里，凌风愣愣地望着窗外，他在想着秦朗是怎么落到萧天郎的手中的，有什么办法可以破解秦朗身上噬心丹的药性。这些都萦绕在凌风的心中，令其烦躁不安。

"咚咚"门外有人敲门，敲门声打断了凌风飘飞的思绪，他转过身，怅然若失地走到门边，轻轻地将门打开。眼前的金紫衣一身行头，像是精心地打扮了一番。近来凌风的心情不大好，她的心情也沉重着："凌风哥，我已经收拾好了，我们走吧！"

淡漠的凌风走出了房间，毫无疑问，凌风这是要去天清宫找寻秦朗，以消除秦朗身上的噬心丹。

天清宫里，萧天郎安然地坐在上堂，堂下站着的乃是秦朗，再观察秦朗，

第二十四章 杀人狂魔

他印堂泛起一层层黑气，嘴角发黑，浑身散发着一股股杀气。连日来，秦朗杀害的剑士不计其数。杀的剑士越多，秦朗身上的杀气就越重，那股黑气也更加浓重。

"用不了多久，整个剑都将是本尊的了，有了这枚棋子，何惧天下剑士！"萧天郎狂妄地大笑了起来。

这跟秦朗有直接的关系，秦朗杀的人越多，所具备的力量越大，以现在秦朗的功力，在剑都怕是少有敌手，这些都是噬心丹起的作用，服食了噬心丹，神智迷失，每杀一个人，便会吸取被杀者的功力，进而强化自己。萧天郎不怕秦朗反身对付自己，原因在于秦朗的唯命是从，只听从他一个人的号令。

一教徒匆匆忙忙地从宫外跑进来，他跪在地上，向萧天郎汇报道："宫主，四大族派的族长领着族下所有的弟子把天清宫给围住了。"

听到这个消息，萧天郎不但不感到害怕，反而很从容："本尊不去找他们，他们反倒送上门来了，也好，省得本尊辛苦走一趟。"言罢，萧天郎站了起来，朝着宫外走去。

宫外，一大群剑士将天清宫围得严严实实，莫寒、秦川、洛辰阳、苏慕等人站在最前方，面对着那么多剑士，萧天郎竟然还能安之若素地开着玩笑："哟，今天是什么日子啊！四大族派的族长都来了，还带了这么多人来，我一座小小的天清宫，怕是容纳不了这么多的能人异士啊！"

"萧天郎，你休得张狂，今天我们四大族派聚集，势必要铲除你这股恶势力。"站在最中间的秦川一腔正义道。

"哼！"萧天郎冷哼了一声，继而说道，"恶势力？难道你们就是正义之士吗？不知道是谁为了得到《灵空剑谱》，陷害了金族长，不知道是谁为了修炼成剑神，意图从凌啸天的儿子的身上找到金武的下落。你们一个个满嘴仁义道德，其实比我还要更加邪恶。"

那一句句针锋相对的语调，激得秦川内心大怒，身体里的灵天剑逐渐地显现在他的手上，握起灵天剑，秦川快步向前，口中喊道："休得在这儿妖言惑众，让我来教训你。"

望着疾步而来的秦川，萧天郎猛地从身体里迫出了剑。他的剑体一身黑气，施行的元力与正道之士修炼的不同，这是因为萧天郎在修炼的过程中倒行逆施，强行把一些具有毁灭性的功法融入了其中。他的修炼之法注重的是力，而一般的剑士遵从的是气。两种不同的修炼之法，形成的元力自是不同。因此，萧天郎想把这种修炼之法延伸到各个领域，从而成就他的剑神之梦。当然，目前的萧天郎还只是剑圣，要突破成神，岂是朝夕之事？

"天龙剑！"萧天郎大喊一声，他手上的那把天龙剑，其剑身有一条龙盘绕着，剑柄也是十分别致。

应势而来的秦川，凝聚浑身元力，一招斩杀。萧天郎格剑一空，天龙剑从灵空剑划过，两把神剑交碰，相互排斥着。剑士的级别越高并不代表剑士功力的强大，而取决于炼剑的程度，也就是说剑的级别的高低象征着剑士强大。剑圣级的剑士，只能说明剑士的元力达到了剑圣级，真正的剑圣是要元力和剑都达到剑圣级的，显然，秦川和萧天郎已经具备了这种条件，能够从体内迫出剑就是最好的证明。

两人分站两边，萧天郎举起手中的剑，喝道："龙啸九天！"这是萧天郎的成名绝技，使用此绝技后，先是有龙啸声传出，继而那剑上的龙腾入空中。如此大的阵势，秦川倒是鲜有见闻，就连萧天郎使用的这招"龙啸九天"，秦川也只是从别人的口中获知，今天亲眼看见萧天郎使用此招，让秦川不得不小心应对。

那条龙在空中翻腾着，急转而下，朝着秦川凶猛地飞来。秦川运行体内之元力，犀利的眼神望向其余三大族派的族长，那三大族派族长会意，纷纷出手相助。

第二十五章 玄武真元

"浑元体！"秦川怒喝了一声，凝聚的元力散发出一道光芒，起先这道光芒并不强大。领会到秦川的用意的其他三大族派的族长纷纷把自己体内的元力注入那道浑元体内，使之变得越来越强大。微弱的光芒瞬间变得强大，那道强大的浑元体铺天盖地地朝那条龙飞去。

只听得"砰"的一声，那条龙消失不见了，秦川他们成功地化掉了这一狠招。萧天郎见此，好是生气，历年来，在整个剑都少有人能破得了他这一招，今日被秦川破解了，能不让他生气吗？

"萧天郎，我劝你还是防守吧！以你一个人的力量，怎么可能打得赢我们？"说这话的秦川，内心里是有些害怕的，若是四大族派的顶尖高手输在萧天郎的手里，传出去的名声也不好听，况且也会对他们的名望值大打折扣。

对于秦川的那番话，萧天郎不屑一顾，反而挑衅道："怎么！你怕了，现在认输也不迟。"

秦川眼眸中露出一丝冷冽的目光，道："我会怕？开什么玩笑！"

至此，两人的身体一动不动，形如死尸，具有声层元力的三大族派知道他们现在斗的是意念战，很多年前在凌啸天和金武斗剑的时候也出现过这一幕。所谓的意念战就是定心式，施用定心式后，施用者的身体各个部位被定格了，在他们的身上还会形成一道保护层，若是有人想趁机对他们下杀手，便会被那道保护层所杀，这也是定心式的独到之处。

人群中，有两道身影攒动，从他们的身影看去正是凌风和金紫衣，两人好奇地望向前方，当他们发现四大族派的族长和萧天郎后，便明白了整件事情。

望着那一动不动的秦川和萧天郎，凌风有些不惑。他现在还处于十二重炼体，自然对于这样的场面会有些不解，茫然的他向身旁的剑士问道："这位大哥，他们在干什么啊？"

剑士望了凌风一眼，回道："他们在斗意志，能有这样的境界，自身得修炼成定心式。"

定心式在凌风听来却是一个新鲜词，以他现在的修为不知道定心式也不足为怪。

动用定心式的秦川和萧天郎二人，进入了另一个空间。空间里的秦川在摸索着萧天郎的方位。猛然，在他的上方一只脚威猛地朝他踢来。秦川拱起双手，当下一顶，萧天郎整个身体在空中翻转了一圈，然后平稳落地。

进入定心式的萧天郎，再次启动元力，提掌而来。秦川也不懈怠，一次次地接过掌，一次次地化解了危险。

充满元力的手掌朝萧天郎的胸膛击来，萧天郎打开手掌，硬生生地接住了那一掌。能够接住秦川这一掌，须得有上乘的元力才行。萧天郎能够接得住，就已经说明他的元力也达到了一定的层次。

"轰然"一声，秦川收起了掌力，由于元力的反噬作用，双方的身体迅速往后退。

在虚拟的空间里，双方都召唤不了体中的剑，只能斗元力，元力的强大，才是胜负的关键。

现实中，三大族长相互传了一个眼色，瞬间，那三人的身体僵持在那儿，很显然，他们也动用了定心式。

"秦族长，我们来助你一臂之力！"进入虚拟空间的莫寒，率性而言。

四人联手，着实让萧天郎有些禁不住，但他又是那样地高傲。"你们以为你们联合起来，本尊就会害怕？真是可笑。"

见萧天郎那般目中无人，气恼的莫寒挥动着手掌，一层层的元力凝聚在掌心，那团元力散发出一阵阵的寒气。此为寒冰掌，中掌者往往会被冻化成寒冰。

"寒冰掌！"莫寒大喝一声，一股寒气直逼萧天郎而去，萧天郎倒不慌措。

他双手错开，无形中一丹元从他的体内飞了出来。但凡剑圣，身体都会修炼五元，这五元分别是：金元、木元、水元、火元、土元。萧天郎迫出的正是火元。火元貌似一团熊熊燃烧的火，凡修炼者都会冠于其名称。莫寒使出的寒冰掌，正是运用了水元这一特性，将其炼化成冰，提高攻击力。

"烈焰珠！！！"

当寒冰掌朝他击来之时，萧天郎驱动烈焰珠，烈焰珠与寒冰掌一交集，两道强大的元力相互排斥。"哗"的一声，烈焰珠崩然破裂，寒冰掌也化为冰块，掉落在地上。

能破掉寒冰掌，足见萧天郎的修为不凡。其余族长看到这儿，已是看不下去了。"一起上！"秦川喝令了一声。

于是，四人合击，四只手掌推动着元力，攻击萧天郎。萧天郎张开手掌，勉强地接着他们的招式，奈何，以一个人的元力对付四个人，确实是难以应付。

"啊！"萧天郎大喊了一声，把身体内的元力全部灌输于掌心，用力一推，试图化除四道元力。

四大族派的族长狠狠地蹬着地面，另一只手正在汇聚丹田处的元力。"嗬"等到把元力转换到手掌后，四人奋力一顶。受不了如此浑厚元力的萧天郎，身体猛然后退。

趁势，四人极速奔去，欲除掉萧天郎。吃了亏的萧天郎明白，若是再斗下去，自己讨不到好处，反倒会送命。就在四人出掌时，萧天郎悄然间不见了。

收起手掌，洛辰阳遗憾道："可惜，让他给跑了。"

然而，秦川并不认为以四人之力能够胜得了萧天郎，这次相斗，只是元力上占了便宜，可真要比起来，萧天郎并不逊色于他们之中任何一个人，若是单打独斗，四人无一人是萧天郎的对手。

回到了现实中，萧天郎的脸色明显没有刚才好，动用了那么多的元力，身体自然会有所亏损。

四大族派族长回到了原体中，苏慕说道："萧天郎，你今天逃不了的，还是伏法吧！"

"你们喜欢以多胜少，本尊就陪你们好好玩一玩，四大护法何在？"吃了亏的萧天郎岂会轻易认输，他大声一召唤，想用四大护法克制四大族派。

猛然，四大护法突然出现在众人的面前，谁也不会知道他们是从哪里出来的。这四大护法有：

断臂护法拥一身浑力，出招诡异，虽功法及不上剑圣，却也能与剑圣级的剑士有得一搏，尤其是萧天郎给他喂食的丹药，更是能增强元力，抗攻击性，防御能力极强。断臂护法只有一条右臂，但要论及他的功力，还须得他出招才能知晓。

站在他身旁的护法，冷冽的眼神，除了一张令人害怕的脸，却是什么表情也没有。萧天郎称他为冷面护法，冷面护法使出的剑法相当精练，快、准、狠，是他的特色。

中间一位乃是鬼见愁护法，时常以诡异的面容出现，若是与之争斗，想要辨认他的方位很难，出手毒辣，死者往往死得很难看。

人群中的凌风看见秦朗时，整个人激动了，金紫衣拦住了他："凌风哥，你不要着急，云大哥不会有事的。"

再见到秦朗，凌风再一次心伤了，看见自己的亲哥哥成了这般模样，凌风的心能不凌乱吗？

看着那四大护法，秦川的目光直停留在秦朗的身上，虽说秦朗不是自己的亲生儿子，却也是养育了十八年，心里多少有点痛。萧天郎挥了挥手，下令道："四大护法听令，给我杀了他们。"

此令一下，秦朗首当其冲，提剑直逼秦川。秦川怎么也想不到一手养大的秦朗，到现在却与自己为敌，心里的落差感很大。目视着秦朗朝自己而来，秦川五指张开，指尖的元力四散窜动，稍一弹指，那道元力飞了出去，直接打在了秦朗的身上，这要换在以前，秦朗早就被元力所杀。然现在不同，吃了噬心丹的秦朗，那道元力不但对他产生不了伤害，反而会激起他的怒气。

另外，其余三大护法朝那三大族长攻去，断臂护法出动元力攻击着莫寒，莫寒应对他，断臂护法出招的诡异，令莫寒好生防备。

冷面护法出剑相当厉害，这让习得乱剑法的苏慕碰到了劲敌，乱剑法讲究的是快、乱。这种以快打快的打斗场面，让凌风一饱眼福，凌风也曾学过乱剑法，在苏慕的身上，凌风能看到乱剑法的魅力所在，进而他也能强化自己的乱剑法。

洛辰阳对战鬼见愁，鬼见愁如鬼魅一般，时而现身，时而隐身不见。好在洛辰阳机警，不然早被鬼见愁所杀。

整个场面混乱了，那些四大族派旗下的弟子也没闲着，他们与天清宫的教徒混战在一起。

秦川与秦朗战得火热，秦川处处留有后手，生怕伤害了秦朗，可秦朗一点都不领情，几次险些将秦川打伤。三大护法本不是三名族长的对手，卑鄙的萧天郎竟然从背后出招，他汇聚着元力，一驱动，那道元力向前方窜去，莫寒和其余的族长已有察觉，他们回过头，欲要消除那道威胁。

怎奈，那些护法同时动用元力，前后夹击，他们疏于防备，两道元力打在他们的身上。受了重伤的他们，强忍着，莫寒骂道："卑鄙！"

"天清宫向来不择手段，本尊多谢莫族长抬举。"

四大族长退在了一起，秦川问道："你们还好吗？"

两道元力要不了他们的命，洛辰阳怒视着萧天郎，显然要实行反击。四大护法更是步步紧逼，他们朝四大族长迈进。四大族长动用了剑都最强大的功法——玄武真元。

"玄武真元！！！"

四人同时喊出，一道无形的真气渐渐地张大，这招玄武真元只有结合四大族长自身具备的真元才能使出，使出这招，自身的真气会受到损害，至少得要三天才能完全恢复。

惊恐的萧天郎万万没有想到四大族长会使出玄武真元，要知道此招乃是修炼者的大忌，即使真元能够恢复，元力也随之会减弱。

"快，快，阻止他们！"恐慌的萧天郎连忙喊道。

在那招玄武真元使出之后，四大护法拥了上去，庞大的真元从他们的身体穿过。"扑嗤"一声，四大护法皆已受伤，萧天郎也没能幸免，穿体而过的玄武真元，不减威力向前猛冲出十多丈之远！惊得萧天郎连连后退，虽未亲眼看见过玄武真元的威力，但多少也有耳闻。

迎面覆盖而来的玄武真元容不得萧天郎闪躲，"忽"的一声，玄武真元击中了萧天郎，元气大伤的他猛地吐出一口鲜血。很快，副作用发作，原本从容镇定站着的四大族长，"噗"的一声，体内因元力耗损，殷红的血液从他们的口中喷了出来，四人捂住胸口，强忍着痛楚。

"撤！撤！撤！"秦川下令道，在这个时刻选择撤退，秦川深知其中利害。虽四大族派结合在一起，但像这种自相残杀的结果，是四大族长不想看到的，所以他们选择了撤退。

看着眼前到处是一片废墟，凌风满怀感慨，这让他看清楚了什么是剑都，也让他明白了剑都的险恶！金紫衣看得出凌风的心思，她柔情地望着他："凌风

哥，我们会想到办法救出云大哥的，你也不要太着急了。"

回过身，凌风将目光转移到了金紫衣的身上，也只有金紫衣才能给他那份宁静，凌风微微一笑，轻轻地点了点头："嗯，我会想出办法来的。"

这次来天清宫的目的主要是摸清萧天郎的实力，刚才那触目惊心的一战，让凌风感到惊心动魄。回过身，凌风和金紫衣朝着山下走去。下山的凌风脑海中想的是如何救出秦朗。要在萧天郎的手里救出秦朗，似乎很难，这一点凌风还是知道的，自从目睹了他与四大族长相斗的全过程，凌风便有自知之明。这场争斗随着四大族长和萧天郎身负重伤而结束！

第二十六章　危机四伏

秦川回到山庄，强撑着受伤的身体往房间里走去。秦玉儿一听秦川回来了，着急地跑来。当他看见秦川受了重伤后，神情不由得一震，跑上前去。秦玉儿扶着秦川，关心道："爹，你没事吧？"

秦川祥和地望着秦玉儿，欣慰道："没事，我只是伤了元力，稍加修复就可以了。"

"爹，弟弟可好？"秦玉儿不由得问了起来。

说到秦朗，秦川摇晃着头，表情异常无奈："朗朗，朗朗他已经变成一个杀人狂魔了，他没有思想，对萧天郎唯命是从。"提及秦朗，秦川失望地低下了头。

得知秦朗成了那般模样，秦玉儿的心头一紧，好像有了什么想法一样，她匆匆而语："爹，那我就不打扰你修复元力了。"

转过身，秦玉儿径直走出了房间，从她的步伐来看，是何等的急躁。秦川盘起腿，安坐在床上，双目紧闭，两手搭在双腿之间。随之起手浮动，调息着体内之元力。动用了玄武真元，此刻，紊乱的元力正折磨着他，秦川试着调整过来。急促跳动的元力在他的身体内上蹿下跳，作为修炼之人，像这样的情况时有发生，想当初凌风急于求成，也遇到过这样的状况，那时的凌风不具备自我修复的能力，还好有金武在，适才化险为夷。

反观秦川，他的额头上不断地渗出汗来，那是受元力折磨所致。提起手掌，秦川猛地在手上击了一掌，那一掌是为了控制体内窜动的元力，要想彻底修复，不花上几个小时怕是很难康复。

灵空山庄、灵虚山庄、灵剑山庄，三大族长也在自我修复着，这次确实是元力大伤。如果那一战对付的仅是萧天郎，他们也不会动用最强大的功法。当时四大护法压迫，还有萧天郎背后出阴招，这才不得不迫使四大族派动用了玄武真元。

三大族长同样也在修复着。使用玄武真元后，他们的面容憔悴了很多，大抵是体内的元力导致的吧！

天清宫，一处水潭，萧天郎盘坐于水中央，他表情僵硬，身上也是多处内伤，那招玄武真元对他造成的创伤很大。"秦川、莫寒、洛辰阳、苏慕，你们这几个小人竟然以多欺少，还动用玄武真元，终有一天本尊会让你们为自己的行

为付出代价的。"

"哎！"萧天郎的脸色一变，表情变得更加痛苦了，该是身体紊乱的元力所致。他舞动起双手，开始修复。

天上群星璀璨，待在房间里的秦玉儿拿起了挂在床边的剑。想到秦朗被人利用，秦玉儿的心十分牵挂，她担忧秦朗，虽然秦朗不是自己的亲生弟弟，可这十多年的相处，十多年的情感，不会因为关系而发生改变的。

隔窗望着星空，秦玉儿想起了儿时与秦朗嬉戏的场景。想到这儿，秦玉儿露出忧伤的表情，那些美好的回忆已经回不去了，那份天真已随着岁月渐行渐远。

"朗朗，我一定会把你救出来的，你等着，我这就来了。"秦玉儿热血高涨，提起剑，走出了房间。

回到客栈的凌风，独自把自己关在了房间里，对着烛光，凌风低着头，好像在思考什么。能让他担心的也就只有秦朗了。他埋头苦想，思考着如何救出秦朗。要想从天清宫救出一个人，岂会那么容易，没有一个周全的计划，只会陷入困境。

一轮皓月挂在夜空上，凛冽的寒风吹拂着，摇曳的星光点缀星空。天清宫外，几十名教徒守卫着。

在天清宫的不远处，秦玉儿隐蔽地藏匿在那儿，她在想着怎样才能潜入天清宫。

"啪啦！"

一声巨响，那些守卫的目光全部看向前方，就在他们的前方有一道人影匆匆跑过。警觉的教徒喝令道："谁？给我追！"

所有的教徒全部追了过去，等到他们离开了看守的岗位后，秦玉儿出现在天清宫门口。望着那些追逐而去的教徒，秦玉儿笑了笑，转身，她混进了天清宫。

刚进天清宫，秦玉儿险些被一教徒发现，好在她精灵，绕过了教徒的视线。偌大的天清宫，要想找到秦朗，不费上一些工夫怕是连秦朗的面都见不到，更别说救出秦朗了。清澈的眸子一转，秦玉儿似乎想到了什么。

"嘶嘶！"手上的剑在抽动，作为秦川的长女，秦玉儿的武功也不低，对付那名教徒，她还是有点手段的。一个疾步，秦玉儿出现在教徒的面前，长剑早已横放在教徒的脖子上。

"说，你们的紫煞护法在哪儿？"秦玉儿逼问道。

被挟持的教徒，害怕地回道："他，他关在密牢里。"

纵然知道了秦朗的方位，对天清宫不熟悉的秦玉儿也很难找得到密牢，于是，她再度问道："密牢在哪里？"

"从这里一直走，然后向右转，左走，他就关在那儿。"

"嗖"的一下，秦玉儿结果了那名教徒的性命，然后按照那名教徒所说的，寻找密牢而去。

　　密牢里，秦朗被关在那里，丧失心智的他好像蛮喜欢这里。这间密牢与天牢不同，并没有用什么东西给禁锢，密牢里除了昏暗一些，倒也十分整洁。牢外有几名教徒看守着。萧天郎把秦朗关在这里，也和噬心丹有关，噬心丹的作用须得利用黑暗才能持久，若是长时间处于光线之中，噬心丹的药性会越来越减弱。

　　悄悄走来的秦玉儿发现地面上露出一大道缺口，"难道那就是密牢的入口？"她心想，目光尽是疑惑。

　　她把脚步放慢了下来，越靠近密牢，危险便越大。秦玉儿轻轻地挪动着脚步，当她的目光看到里面的教徒时，身体不由得一惊，随即立刻隐蔽了起来，心里想道："我要怎样才能进去？"

　　同时，她又不那么害怕，因为她知道里面的守卫不多，以自己的身手足够对付他们，想到这儿，秦玉儿果断地迈出了脚步，勇敢地向前走着。

　　一路向前走着，秦玉儿一脸的淡定，毫不把那些守卫放在眼里。守卫一见有人闯了进来，四五人把秦玉儿围了起来。当中一人问道："你是谁？来这儿干什么？"

　　秦玉儿莞尔一笑："来这儿还能干什么？当然是救人啦！"

　　手握长剑的那几名守卫猛然拔出了剑，秦玉儿目视着他们，当守卫奋力冲来，只听得"嘶嘶"几声，那几名守卫便倒在了地上，可见秦玉儿的剑法之快，身手敏捷。收起剑，秦玉儿快步走到秦朗的面前，呼唤道："弟，弟……"此时的秦朗还在熟睡之中，若等他醒过来，秦玉儿的处境恐怕很危险。

　　被糊弄的那些守卫返了回来，他们发现了被秦玉儿杀死的守卫，有人色变道："不好，有人闯进来了，你们几个，把宫门守好，我去禀告宫主。"

　　天清宫清水潭中，萧天郎挥动着手，稍加平息气息，经过长时间的修复，他体内的那道真元被清除得差不多了。适时，守卫跑了进来，他弯着腰，汇报道："启禀宫主，有人闯了进来，请宫主定夺。"

　　萧天郎稍想了想："能闯天清宫的人，必定是冲着本尊的紫煞护法而来的。走，随我去密牢看看。"

　　"弟，弟……"密牢中，秦玉儿不断地呼唤着秦朗，秦朗最终醒了过来，他看见眼前的秦玉儿，依然是面无表情。相反，秦玉儿看见醒来的秦朗，欣喜若狂："你醒了，太好了，我带你离开这儿。"

　　秦朗的手五指张开，凶恶地看着秦玉儿，抬起手，秦朗一手掐住了秦玉儿的脖子，还露出一脸狰狞的表情。

　　被掐得几乎要窒息的秦玉儿，吃力地喊着："弟，弟，是我，我是你姐姐。"

　　丧失心智的秦朗哪会听得到秦玉儿的呼喊，在他的心中只有"使命"二字，眼见着秦玉儿的脸色越来越苍白，秦朗的手依然死死地掐着秦玉儿，丝毫没有松懈的意思。

第二十六章　危机四伏

"住手,放开她。"赶来的萧天郎命令着秦朗。

渐渐地,秦朗松开了手,秦玉儿大口呼吸着空气,要不是萧天郎及时赶到,秦玉儿恐怕要亡命于秦朗的手中。可萧天郎为什么要救下秦玉儿?这有点费解。

奸诈的萧天郎走到了秦玉儿的身边,鄙夷地道:"我当是谁呢,原来是灵天城的千金来了,真是幸会,幸会啊!"

看着萧天郎那一副可恶的嘴脸,秦玉儿真想杀了他,可她知道自己的功力不够,若动起手来,吃亏的还是自己。可即便如此,现落在萧天郎的手中,怕是很难脱身。手中的剑紧紧握着,秦玉儿咬紧薄薄的嘴唇,愤怒地看着萧天郎,一剑直刺了过去,口中喊道:"我杀了你。"

望着那剑朝自己刺过来,萧天郎倒是丝毫未动,凭秦玉儿的功力,对他根本就造成不了伤害。锋利的剑猛冲而来,可就在刺向萧天郎胸口的时候,那把剑却是怎么也刺不下去。秦玉儿几次尝试,却还是没能成功。一般的剑士达到剑圣这个级别是可以控制低层剑士发出的攻击,在他们的身上会有一道抗力产生,普通的剑士根本就伤害不了他们。萧天郎正是运用了抗力,才使得秦玉儿的剑刺不进去。

轻轻地一弹指,"哗啦"一声,秦玉儿手中的剑掉落在地上,身体也动不了,看来她是被萧天郎给点住了穴道。

"来人,把她给抓起来!"萧天郎侧头向身后的守卫下令道。

两名守卫走了上去,封住了穴道的秦玉儿根本就没有还击之力,她拼命地喊道:"你们干什么?放开我,放开我。"

邪恶的萧天郎带着一丝诡异的微笑:"灵天城的千金在本尊的手上,接下来就有一场好戏看喽。传令下去,把这个消息散播出去,秦川知道这个消息后一定会来的,到时本尊就可以杀了他,以泄我心头之恨。"

秦玉儿硬生生地被带了下去,她不敢想象后面会发生什么样的事情,也许会很糟糕,她后悔来救秦朗,若不是为了救出秦朗,她也不会落到萧天郎的手中,然而,说这些已经晚了,她在心中默默地祈祷着,祈祷着秦川不要来。

消息很快传开了,凌风住的客栈里不断有人议论着此事。当时,凌风和金紫衣正坐在客栈的一边享用着饭菜。那些人的谈论,凌风可是听得一清二楚。

"昨晚秦族长的女儿夜闯天清宫,被萧天郎给活捉了,看来她是凶多吉少了。"

另一人附和道:"该不会萧天郎利用秦玉儿引诱秦川吧!"

听着他们的谈论,凌风心中有点发虚,他担心的倒不是秦川的安危,而是秦玉儿的处境。迟钝的凌风一粒粒地吃着饭,心思完全不在其中,金紫衣一眼看破,询问道:"凌风哥,你是不是想去救秦姑娘啊?"

如今秦朗和秦玉儿身处逆境,救秦朗的同时,也是救秦玉儿。细细一想,凌风回味着刚才那些人的谈话,灵机一动,眉头缓缓舒解,似乎想到了什么。他眉飞色舞道:"有了,我有办法混进天清宫了。"

130

迷惑的金紫衣愣愣地望着凌风，迫切地问道："你想到什么了？"
　激动的凌风拿起了桌上的剑："跟我走！"
　茫然的金紫衣起了身，跟着凌风走出了客栈，向着天清宫的方向走去了。
　灵天城内，晨起的秦川正在庭院练习着剑术，一人急匆匆地跑了过来，一到秦川的身边，他便慌乱地向秦川汇报道："族长，小姐昨晚夜闯天清宫，被萧天郎给抓了。"
　听到这一消息的秦川，整个人如同被雷劈了一般，他先是身体一震，然后从恍惚中回过神来。秦玉儿被抓，对他造成的影响得有多大啊！纵使天清宫十分凶险，可为了救出秦玉儿，秦川也会不顾一切。他大步一迈，急切地走出了庭院。

第二十六章　危机四伏

第二十七章 拯救行动

　　正赶往天清宫的凌风和金紫衣，快速地行走着，一直不解的金紫衣开口问道："凌风哥，天清宫那么多的人，我们进得去吗？"

　　混入天清宫确实是一个问题，可对于凌风来说，却不是一个问题，因为他已经想好了对策。如若不然，他又怎么会冲动地去天清宫呢？"你去了就知道了。"神秘的凌风一直不肯透露自己的想法，这让金紫衣越发地感到迷惑，甚至于嘟囔着嘴，似有些责怪凌风。

　　"呼呼！"猛烈的一阵风吹来，这道风四处窜动，常年听金武说到元力的凌风，倒能分辨出这道风的性质。于是，他快步行进的脚步停了下来。好奇的金紫衣也顿住脚，转向问道："怎么了？"

　　紧张的凌风反问道："你刚才有没有感受到一阵风？"

　　经此一问，金紫衣微笑道："看你一惊一乍的，不就是一道风嘛！"

　　凌风摇晃着头，在他看来，那绝不是一道风那么简单。要不然他也不会那么呆滞："那不是一道风，那是一名顶尖级的剑士所发出来的元力。"

　　"我看你是想多了，我们快走吧！你不是要去救云大哥吗？"金紫衣拉起凌风的手，催促道。

　　就在此时，一道人影从树干上越过，虽然那道人影飞跃的速度极快，但凌风凭借着锐利的眼神还是能够辨认出来的。只见他大声喊道："秦族长。"

　　飞跃的人影停了下来，他从树上跳下，快步地走到了凌风的面前，见到凌风和金紫衣，他满是疑惑，道："凌风，紫衣，你们这是……这是要去哪儿？"

　　"秦姑娘和秦公子被抓，秦族长一定很着急，我和紫衣是要去救他们的。"

　　当凌风说出这句话，秦川不由得冷笑了一声，继而用狐疑的眼神打量着凌风和金紫衣："并不是我看不起你们，只是你们的功力实在太低了，怎么救出他们？"

　　秦川的意外，凌风能够理解，但他又是那样执着，他说服道："有时救人是不需要功力的，秦族长功力不凡，若是果真去了天清宫，萧天郎一定会借秦姑娘之手，束缚于你，到那时恐怕秦族长很难脱身，甚至会惨遭萧天郎的黑手。"

　　这一番话听得秦川是耳目一新，倘若自己真的去了天清宫，后果实在是不敢想象，有了凌风的点醒，刚才的那股劲儿瞬间消失了。同时，他又有所怀疑，凌风真的能够救出秦玉儿吗？他能这样想，是因为凌风现在的级别还很低。看着秦川那疑惑的眼神，凌风坚定地道："秦族长，你尽管放心，我会把他们救出来的。"

事情演变到这种地步，秦川只得相信凌风了，他拍了拍凌风的肩膀，安慰道："那我就拜托你了。"

"族长客气了，凌风全力以赴。"

望着凌风和金紫衣离去的背影，秦川把所有的希望寄托在他们的身上，秦玉儿能不能救出来，就要看凌风的。

"禀告宫主，宫门外有两人要见宫主。"天清宫宫殿里，一名教徒向萧天郎汇报着。

坐在殿上的萧天郎异常好奇，像自己这般无恶不作，天下剑士眼中的恶魔，竟还会有人来见他。"让他们进来。"萧天郎答道。

不一会儿，教徒把凌风和金紫衣领进了宫殿，萧天郎观察着凌风，疑问道："你们是什么人？为何来天清宫？"

凌风一脸悲伤，表情极度痛苦："我的父母被仇家所杀，素闻天清宫的宫主功法高超，所以我和我的妹妹欲拜入天清宫，他日习得功法，为父母报仇。"

"啪啪啪！"萧天郎鼓起了掌声，说道："好，看你骨骼精奇，本尊就收下你们，不过，要想加入天清宫，须得服下本尊的秘药。"

"哗"的一声，萧天郎扬手一挥，两枚丹药飞将出去。

"你们把这两枚丹药服下，就是本尊的人了。"

迅速一出手，凌风接过了那两枚丹药，凌风清楚，若是服下那枚丹药，此后就为萧天郎所掌控。可为了救出秦朗和秦玉儿，凌风不得不服下那枚丹药。轻轻地将手张开，凌风把丹药递在了金紫衣的面前。金紫衣接过了丹药。两人同时张口，把丹药吞服了下去。

眼看着凌风和金紫衣服下了丹药，萧天郎甚是欣喜，狂喜的他从座位上站了起来，连声道："从现在开始，你们就是本尊的教徒了。来人啊！把他们带下去，带他们熟悉熟悉天清宫。"

于是，凌风和金紫衣被带了下去，临走的时候，凌风微微地笑了一下，那种笑带有几分费解。再仔细观察凌风的手，他的手紧紧握着，好像握着什么东西，他看起来是那么地神秘。

凌风一边走着一边回忆着，透过他的回忆，可以清楚地知道，就在凌风和金紫衣告别了秦川之后，凌风嘱告着金紫衣："紫衣，要想救出我哥和秦玉儿，只有潜入天清宫，要想留在天清宫，萧天郎一定会让我们服下丹药的，要是他让我们服食丹药，我们就假装服下。"

"嗯，我记下了，我才不会服下他的丹药的。"金紫衣柔和地回答道。

原来他们就是这样迷惑了萧天郎的眼睛，若是真的服下了那丹药，凌风和金紫衣怕是要成为萧天郎的傀儡了，凌风又怎么会顺从呢？

第二十七章　拯救行动

　　回过神，凌风望着金紫衣笑着，乖巧的金紫衣和他相视一笑，那笑容十分灿烂。然而凌风不会知道，即使他们逃过了这一劫，要想长时间留在天清宫也是不可能的，萧天郎给他们服食的丹药是有复发期的，倒时无任何复发的迹象，同样也会露出破绽，一旦被萧天郎发现，凌风和金紫衣的处境可想而知。

　　他们跟着教徒走出了殿堂，一心想救出秦朗和秦玉儿的凌风，急切地走着，只要确定秦玉儿和秦朗的位置，那么，离救出他们的目标就越来越近了。

　　秦玉儿被关在另一间密牢里，这间密牢十分的潮湿，十分的阴暗。被关在这样的环境之下，有着娇贵之躯的秦玉儿如今也是身陷囹圄。被绑在木柱上的秦玉儿低着头，纷乱的头发披散着，整个人昏昏沉沉的，与以前的她有着天壤之别。

　　"喂，醒醒！"教徒朝密牢里的秦玉儿大声嚷嚷着，教徒身旁的凌风和金紫衣看见如今的秦玉儿，心里有种说不出的酸楚。

　　昏迷中的秦玉儿渐渐地把头抬了起来，当她看见凌风和金紫衣的时候，眼睛里迸射出激动的光芒。看到凌风，她就看见了希望，她相信凌风一定会救她出去的。

　　"她就是秦川的千金，这里关押的都是天清宫叛徒的地方，凡为叛徒者，必会遭到生不如死的刑罚。"教徒介绍着。

　　凌风把目光转移到其他囚牢，囚牢中的叛徒被折磨得死去活来，他们浑身血淋淋，除了皮肉之痛还有精神之痛。那是萧天郎在他们入天清宫之时在他们身上种下了丹药，没有定期服下解药，一旦复发，必将是疼痛难耐，那种痛远比身上的痛还要来得激烈。这就是萧天郎控制他们的方法，这样他才能令那些教徒绝对服从。

　　秦玉儿被抓的消息已经散布了出去，萧天郎却没有得到自己想要的结果，秦川没有来天清宫，这让萧天郎很意外。为了吸引秦川来天清宫，萧天郎可是费尽了心思。他召来了教徒，对其言道："你速去灵天城，就说本尊三天之后会杀了秦玉儿，这次本尊一定要把秦川引来，进而杀之。"

　　半跪在地上的教徒领命道："是，宫主。"

　　那是一个昏暗的夜晚，秦川正在书房内研读着剑谱。书房外却是另一道风景，屋顶之上，一名诡异人半蹲着，他就是萧天郎派来的教徒。那名教徒揭开了屋顶上的瓦，屋内的秦川已有察觉，他暗自出了一掌，掌力直冲上屋顶。

　　机敏的教徒立即逃开，只听得"轰"的一声，那一掌击碎了屋上的瓦片，房间里的秦川跃上屋顶，追击教徒而去。

　　顺着教徒逃去的方向，秦川拼了命地追逐，教徒好像故意放慢了速度，秦川离他越来越近了。就在秦川要追上教徒之时，教徒回头一甩，一枚飞镖飞将了出去。秦川接住了飞镖，当他注意到飞镖上的字条时，他将那张字条取了下来，将其打开，上面写着：秦族长，你的女儿关在天清宫，三天后，宫主会杀了她，我希望你能抓紧时间，不然你将见不到你的女儿。

拿着那张字条，秦川一下子愣住了，他明白萧天郎这是在引诱他，如若自己不去救秦玉儿，秦玉儿必定会遭到黑手。可若是自己去了，无疑是狼送虎口。在这种情况之下，秦川不知道怎么办才好。虽然凌风已经混进了天清宫，可他能在三天之内救出秦玉儿吗？这一点秦川不敢相信。

夜色寂静，一潭碧水荡漾，明亮如月，泛起层层银光。天清宫庭院中，凌风和金紫衣来到了这儿，摸清了秦玉儿的位置，下一步就是要实施营救了。可怎么营救，必须得有一套可行的计划。他们来此，大抵是密谋如何进行计划的吧！"紫衣，待会儿你就这样……"凌风凑在金紫衣的耳边，轻轻地说着。听着凌风说的计划，金紫衣极力地赞同，一边听着，一边浅浅地笑着。

"好，我们按计划行事！"昏暗的夜晚，金紫衣跟着凌风悄悄地来到了密牢外，表情自然的凌风向前走着，而金紫衣则怯弱弱地跟在他的身后。

来到守卫的面前，凌风开口道："兄弟，该换岗了，你们可以回去了。"

看守的教徒松弛了一下筋骨，轻快道："终于换岗了，好累呀，这下可以好好休息了。"两三名教徒拖着疲惫的身体走开了，教徒一走，这里就是凌风和金紫衣的天下了。

支开了那些守卫，凌风对金紫衣说道："紫衣，你在这儿看着，我去救秦姑娘。"

金紫衣点了点头，回道："你快去吧！"凌风快步向密牢中走去，没有了教徒的看守，凌风肆无忌惮，只是他得抓紧时间，若是被发现了，别说救秦玉儿，他们自身的处境也会变得凶险。

密牢中，秦玉儿还在昏迷之中，被困在这种暗无天日的地方，秦玉儿的身体能量耗损很大。"哗啦"一下，凌风打开了牢门，走到了秦玉儿的身边，他摇晃着秦玉儿，一边喊着："秦姑娘，秦姑娘……"在凌风的摇晃之下，秦玉儿渐渐地醒了过来。

当她看见凌风时，就好像找到了救命稻草，憔悴的她微弱地说着："凌风，凌风……"

"你先别说话，我这就救你出去。"凌风急忙地解开了秦玉儿身上的绳索，长期关在阴暗潮湿的地方，手脚麻痹的秦玉儿险些摔倒在地上，好在凌风扶住了她。背起秦玉儿，凌风快步走着，他得赶在没被发现之前离开这儿，要不然一经发现，那就前功尽弃了。守在密牢外的金紫衣目不转睛地看着前方，她在害怕，她在恐惧，心底却是在默默祈祷。

少时，凌风背着秦玉儿出现在金紫衣的面前，虽将秦玉儿救了出来，但凌风的心还是沉重的，因为他知道如果救出了秦玉儿就不可能救出秦朗了。

见到凌风救出了秦玉儿，金紫衣兴奋地走了过去，并言道："我们走吧！"就这样，凌风把秦玉儿从天清宫里救了出来，忍不住地，凌风眼神迷离地看着前方，他知道，如果离开了天清宫，就很难回来了，费尽千辛万苦混进天清宫，最终将以救出秦玉儿而终结，虽是平安无险，但他心中还有遗憾，他遗憾没能

第二十七章 拯救行动

救出自己的哥哥。

　　凌风默默地走了，带着一丝丝遗憾走了，同时他又很欣慰，能够救出秦玉儿，是一件值得高兴的事，至少这次潜入天清宫没有白费。

第二十八章　执行任务

东方露出五彩的云霞，火红的太阳从山的那头钻了出来，散发出迷人的光彩。凌风、金紫衣和秦玉儿回到了客栈，经过梳洗的秦玉儿恢复了以前的容貌，只是和以前相比，身体稍微憔悴一些。

"咚咚咚！"一双玉手轻轻地在门上敲着，凌风打开了门。

"秦姑娘，你醒了？"

听着那疏离的称呼，秦玉儿的心里有点不悦，她把那种不悦转换成和颜一笑。"多谢凌大哥不顾危险地救我，以后凌大哥唤我玉儿就好，那样亲切一些。"

一时换了称呼，凌风有点适应不过来，他支支吾吾地吞吐道："玉……玉儿，外面风挺大的，快进来。"

羞羞答答的秦玉儿点了点头，向来大大咧咧的她，在凌风的面前显得很矜持。她走进凌风的房间。她被救出了魔掌，但她深有愧疚："凌大哥，你为了救我，错过了救秦朗的机会，我，我……"

"你不要愧疚，能够把你救出来已经很幸运了，至于我哥，我会想办法救他出来的。"凌风大度道。

猛然间，凌风好像想到了什么："玉儿，你的身体恢复得差不多了，我看你是不是该回去了？"

说到这儿，秦玉儿的脸色一下子变了，她很不高兴地道："你这赶我回去啊！"

见秦玉儿误会了，凌风急忙解释道："不，不是的，你被抓的事情你爹已经知道了，萧天郎想借助你把你爹吸引到天清宫，加以迫害，我怕你爹沉不住气，上了萧天郎的当。"

"不行，我得赶紧回去，可是……"急切的秦玉儿站了起来，言语中又有几分害怕，身体虽已恢复，可功力有所耗损，若是路上碰上歹人，秦玉儿也不好应对。

洞悉了秦玉儿的担忧，凌风开口道："待会儿我和紫衣送你回去。"

有了凌风的陪伴，秦玉儿自是十分的欣喜，那双清澈的眸子散发出惹人怜爱的目光，小唇微微一启，温柔地说道："那就麻烦凌大哥了。"

天清宫内，一名教徒惊慌失色地跑来，他跪在地上，浑身颤抖着，一定是秦玉儿逃跑的事情被发现了。教徒害怕受罚，才那样惊恐，他颤语道："启禀宫主，关在密牢的女人被人救走了。"

听到这一消息的萧天郎勃然大怒，气恼道："什么？本尊的棋子不见了，谁这么大胆子，敢从本尊的手上把人救走？"

殿下的教徒直摇晃着头，他也不知道是谁救走了秦玉儿，因为他也是早上换巡逻的时候才发现的。恼怒的萧天郎当下击了一掌，掌力飞了出去，打在了教徒的身上。教徒受此重击，整个人受了内伤，勉强地坚持着站在地上。

"你去，把救走秦玉儿的人查出来，本尊要杀了他。"

教徒从地上站起，忍着伤痛回答道："是，宫主。"

已经过去了两天，离萧天郎下手杀害秦玉儿的时间不多了。还不知道实情的秦川独自站在训练台上，秦玉儿是他唯一的血脉，要他眼睁睁地看着秦玉儿被萧天郎所杀害，他岂能忍心？一直等待凌风救出秦玉儿的他，最终等不下去了。浮躁的他迈开脚步，言道："不行，我等不下去了，再这样下去，玉儿一定会有危险的。"

"爹，爹……"没走出几步，秦川听到那甜美的声音，他亢奋地望着前方，待真真切切看见秦玉儿往这边走来，秦川情难自禁，脸上满载着兴奋的笑容。

飘然走来的秦玉儿来到了秦川的身边，秦川抚摸着她嫩滑的脸，激动道："玉儿，你回来了？"

与秦玉儿一道来的还有凌风、金紫衣，见到他们父女其乐融融的，凌风想到了自己的父母。每每想到这儿，凌风便会伤感起来，那种痛是抹杀不掉的。再者，想到秦朗被萧天郎控制了，那种仇恨不言于表。

"秦族长，我已经把玉儿带回来了，没别的事，我和紫衣就回去了。"

随即，秦川快步走到凌风的面前，挽留道："贤侄，你救下玉儿，叔父感激不尽，要不留下来，好让叔父报答你的恩德。"

一旁的秦玉儿附和道："是啊，凌大哥，你就留下来嘛！我欠你那么大的恩情，总得让我报答你。"

"谢谢你们的好意，我还有重要的事情要做，留在灵天城，多有不便。"

凌风口中的事情，秦玉儿能够领会，同样，她也不会把这事告诉她的父亲。倘若秦川知道秦朗就是凌啸天的长子，那么少不了一番争夺。

失落的秦玉儿咬着嘴唇，蛮失望地道："那好吧！我送送你。"

"贤侄，以后有空常来看望叔父，灵天城的大门随时为你打开。"秦川豁达道。

凌风淡淡地一笑，随后转过身，往灵天城下走去。

"宫主，属下已查明救走秦玉儿的人是谁。"宫殿内，教徒向萧天郎禀明道。

急切的萧天郎连忙问道："本尊倒看看会是谁。说，是谁救走了她？"

"是，是凌风和金紫衣。"教徒回应道。

当萧天郎听到是这两人时，整个人愣住了，这让他回想起当时凌风和金紫衣服食丹药的场景。顿时，他明白了过来："原来他们给本尊下套了，竟然给本尊玩这出，你去把紫煞护法叫来，本尊有重要任务交给他办。"

少时，秦朗被带进了宫殿。殿上的萧天郎走了下来，他走近秦朗，随手一挥，一幅画面出现在秦朗的面前，画面就是凌风和金紫衣来天清宫的场景。"好好看清楚了，接下来你的任务就是除掉这两个人。"

转过身，恶煞的秦朗执行任务去了。他不知道自己要杀的是自己的亲弟弟，若他清醒后，知道了这个残酷的事实，肯定会疯狂的。

望着秦朗离去的背影，萧天郎露出诡异的笑容："敢跟本尊斗，本尊就让你们知道和本尊斗的下场。"想到从自己的手上救走了秦玉儿，萧天郎便满肚子的愤恨，要是这事传了出去，还不得成为笑柄？

从天清宫出来的秦朗，沿着街道走着，所到之处，原本熙攘的街市，瞬间成了一条空街。关于秦朗杀人的事件已是传遍了剑都每个角落，那些碰见秦朗的剑士都四处逃散，避之而恐不及。

走动的秦朗眼睛放射出可怖的目光，他在找寻，找寻凌风和金紫衣的影踪。他生命里除了服从命令之外，恐怕什么都没有了。所到之处，人影全无，丧失心智的秦朗，没有思想，更不会言语。就这样地在人群中搜寻着，按他这样的方式搜下去，要找到凌风和金紫衣得费上很大的工夫。

从灵天城回来的凌风和金紫衣，栖身于客栈。房间里的凌风，一心只想着要救出秦朗，他知道即使碰见了秦朗，以他的身手根本不是秦朗的对手。所以，最要紧的就是要找出医治秦朗身体里噬心毒的方法。

"吱呀。"凌风打开了房门，朝楼下走去。

客栈里坐满了人，以剑士为主，这些剑士多是为提升自己的修为而疲于奔命。凡为剑士者，欲要提升自身的级别，都有限制的，只要打破了限制，才有可能提升。这段时间凌风急于找秦朗，没有好好修炼，功力丝毫未增长，凭他的禀赋，只要好好修炼，假以时日，必有一番成就。

从楼上走下来，凌风来到了柜台上，他向掌柜打听道："掌柜，你知道在这个剑都谁的医术最高嘛！"

掌柜抬起了头，放下了手上的活计，回道："在这个剑都，要说谁的医术高，那要算神医大夫郭超了，当年他凭借封针术得到天下第一名医的称号。"

打听到这个消息，凌风心中暗喜，他心想秦朗身上的毒有解了，于是，他问道："那你知道他住在哪里吗？"

掌柜摇着头，继续拨弄着他的算盘，就是他的那一摇头，让凌风的心凉了半截。低头的掌柜继续说道："郭大夫因名声在外，引来同行之争，为了躲避纷争，最后他隐退剑都，从此再也没有人知道他的下落。"

听完掌柜的讲述，凌风的心彻底地凉了，原本充满希望的他，瞬间阴沉着脸，仿佛丢了魂一般。

"小伙子，要想找到郭大夫，不是没有希望，心诚则灵嘛！"

"多谢掌柜。"凌风恭敬道，然后反转过身体，他知道掌柜那是在安慰他，他同样也知道要找到郭超岂有那么简单？但他没有放弃，因为只有这一个途径才能帮助秦朗解除身上的噬心毒，无论多么艰难，他都会尝试。

走上楼阁，凌风来到了金紫衣的房间，一进来，凌风就说道："紫衣，我知道怎样才能解除我哥身上的噬心毒了。"

"真的吗？那太好了。"

就在两人谈论着如何找寻名医大夫郭超的时候，客栈里一下子变得十分安静，静得让人有点害怕。再看楼下，本来一群吃喝的剑士已经消失得无影无踪。

觉察到有异样的凌风慌张地跑了下去，寂静的客栈只能听见凌风呼吸的声音，刚才还人声鼎沸的客栈，瞬间鸦雀无声，众人都被这样的变化吓到了。

跟来的金紫衣环视四周，困惑地问道："凌风哥，发生什么事了？"

突如其来的变化让凌风有点无所适从，他竖起食指，示意金紫衣安静。仿佛觉察到什么的凌风扫视着四周，金紫衣压低着自己的呼吸，一切变得那么神秘。空气也凝固了，整个客栈静悄悄的，谁也不知道发生了什么事。在凌风和金紫衣的身后，秦朗诡异般地站着，手上的剑悄悄抽出。那把剑悄然地向凌风刺来，敏捷的凌风感觉到那股剑气，利落地避开了那一剑。

回首一视，凌风看见眼前站着的秦朗时，双目张大，眼光中有喜有忧："哥……"望眼欲穿的凌风大声喊道。

失去了心智的秦朗，哪会在意凌风的呼唤。他再次扬起手中的剑，挥杀而去。面对秦朗这一剑，凌风勉强地接着，他知道以自己的身手坚持不了多久。秦朗收起了剑，出剑向旁边的金紫衣砍杀，惊愕的金紫衣愣愣地看着那把剑朝自己斩来。"嘶！"凌风抽出了手中的剑，兄弟对战，是凌风不想看见的，可为了保护金紫衣，他不得不出剑。疾速向前一步，挑剑格挡，秦朗手中的剑落在凌风的剑上。凶神恶煞的秦朗开始动用身体里的元力，他身上的元力并非修炼所得，而是噬心丹起的作用，没有元力做屏障，秦朗早被剑灵仙都的剑士给杀了。秦朗身上的元力灌输到了剑上，他扬起手中的剑，再次击打。本身只具有炼体的凌风，在秦朗的击打之下，已经撑不住了。

不是秦朗对手的凌风只得闪躲，可越是如此，秦朗出的招式越为狠毒。剑之所指，不是击碎凳椅，就是墙壁被凿了一个窟窿。几次躲避了惊险的凌风，却在出剑应对的时候没来得及躲避。当时两人的剑缠在一起，凌风万万没想到秦朗会反出一脚，跃起的秦朗一脚踩在了凌风的身上。遭到重击的凌风，身体直往后退，一个倾斜，凌风重重地倒在了地上。

见此，金紫衣忙跑上前去，失色道："凌风哥，凌风哥……"剑斜在地上，提剑而来的秦朗跃身一跳，充满元力的剑直刺过来。凌风推开了金紫衣，然后在地上一滚，安全地避开了致命的一剑。

长剑在地上留下了一道深深的印痕，秦朗回头怒视着他们，插在地上的剑被他拔了出来。再这样下去，凌风和金紫衣必然会被秦朗所杀。灵机一动，凌风的头脑里闪现出逃跑的念头。随手拉起金紫衣，凌风拼命地向门外跑去。眼见着他们要逃跑，秦朗追击了出去。看来，他不把他们杀掉是不会罢休的。秦朗的终极目标是追杀凌风和金紫衣，逃跑的凌风和金紫衣能否躲过这一劫？

第二十八章 执行任务

第二十九章　逃离追杀

　　从客栈逃出来的凌风带着金紫衣拼命地跑着，秦朗紧紧地在身后追着。街道上无一人，可能是他们看见了秦朗后，四散逃走了。

　　一路逃跑的凌风，一路追击的秦朗。凌风眼见秦朗离自己越来越近了，他的眼睛四处扫视着周围，最后目光锁定在一间药铺，药铺虽然关闭了，可除了药铺他找不到暂时躲避的地方。

　　大着胆子，凌风使劲地敲着门，"咚咚咚"的声音让人听着有些发慌，凌风只希望药铺里面有人。

　　几秒钟后，"吱呀"一声，药铺的门打开了，老板看见远处的秦朗后，害怕得连忙关门，凌风一手撑着门，拉着金紫衣进了药铺，然后反身将门一关，将秦朗隔离在门外。

　　门外的秦朗提着剑朝药铺靠近，他知道凌风和金紫衣躲在里面，于是，他奋力一冲，用庞大的身体撞击着门。从门缝里依稀地看见凌风和金紫衣用身体抵在门上，药铺老板则在药柜里翻找着什么。

　　"快点，快点，我们快撑不住了。"凌风喊道。

　　秦朗撞击的力道越来越猛，门有点变形了，再这样下去，那道门必定会被秦朗撞开的。

　　老板找了很久，最后手上拿着一瓶白色的药，脸上挂着微笑，发出爽朗的声音："找到了，找到了。"是什么东西让他这么欣喜若狂？老板拿着白色的药瓶，向凌风走来。凌风接过老板手上的药瓶，刚才的那股害怕感消失了。

　　"紫衣，你让开。"凌风说道。他这是干什么？没有抵挡住大门，一旦秦朗冲了进来，他们都会被秦朗所杀。

　　几次没有撞开大门的秦朗，手操着长剑，扬起来对着大门一劈，"哗啦"一声，大门轰然而倒，层层灰尘扬起。秦朗握着剑一步一步地往里面走，当他看见凌风和金紫衣时，手上的剑举了起来，只要一落下，他就可以杀掉凌风和金紫衣。

　　秦朗一挥动，当他把剑砍向他们时，却发生了不可扭转的变化。"当啷"一声，秦朗手中的剑掉落在地上。

　　反观药铺老板，惊魂甫定的他连忙向凌风致谢道："多谢侠士出手相救，要不是你我这药铺保不住了。"药铺老板大概是吓坏了，忘了是自己救了凌风他们，没有这间药铺，凌风他们肯定会被秦朗给杀了。

"老板客气了，是您救了我们，要说感谢的话是我要感谢您才对。"恢复平静后的凌风望着地上躺着的白色药瓶，冲它笑了笑。那是怎样的一个药瓶？难道是它救了凌风他们？

事情是这样的：凌风和金紫衣闯进药铺后，凌风即刻向老板说道："老板，你这儿有镇定药吗？迷药也行，只要能使人昏迷的药都可以。"

慌神的药铺老板回道："肯定有的，我找找。"可能是药铺老板受到了惊吓，所以对那种药存放的位置失去了记忆，这才有了后面他使劲地找寻。凌风催促老板，不是要他帮忙顶住门，而是要他快点找到药。

找到药后老板把药拿给凌风，在那白色药瓶的背面，分明写着：软筋散。

老板注意到了凌风的表情，解释道："这种药的药性很大，它虽是一味毒药，但不会害人性命，中毒者四肢无力，处于昏迷状态，须得三天后药性耗尽才能醒来。"

"谢谢，我知道该怎么做了。"只要控制住秦朗，一切就好办了，秦朗昏迷了，他就有时间找寻郭超，可要在三天里找到传说中的郭超显得有点困难。

兴奋的凌风走到秦朗的身边，扶起了秦朗，凌风和金紫衣走出了药铺，他们回客栈去了。

回到客栈，凌风把秦朗安置在床上，并细心地照料着，看着以前风度翩翩的秦朗，如今成了这副模样，凌风有些心痛。

安置好秦朗，凌风从床头上站了起来，转过身，他对身后的金紫衣说道："紫衣，这世上只有郭超郭大夫能救我哥了，虽然我不知道他在哪里，可为了医治好我哥，我决定去找他，接下来的三天我不在你的身边，你要好好照顾自己，照顾好我哥。"

孤身留在客栈，金紫衣有点害怕，可凌风要去找郭超，她也不好阻拦："凌风哥，要不我和云大哥随你一起去吧！"

把金紫衣一个人留在客栈，凌风也有点不放心，可没有办法，山路崎岖，若带上她和秦朗，大大增加了寻找的时间。凌风怜惜地看着金紫衣，纠结道："我也想带你们一起去，但是……"

"跟你开玩笑的了，你放心去吧！好歹我也有点武功，不会遭人欺负的，打不赢我就跑嘛！"说着，金紫衣举起她那小小的拳头。

抬起手，凌风笑着摸了摸她的小脑袋，说道："那我走了。"

转过身，凌风背对着金紫衣往外走，金紫衣注视着凌风的离开，在他距离自己越来越远的时候，金紫衣呼唤了一声："凌风哥……"

凌风回过身，微笑地看着金紫衣，金紫衣说道："一路小心。"

"等我回来。"凌风微微地点了点头，再次转过身，这次转身，就再也没有回头。金紫衣不依不舍地望着凌风离去的背影，那表情似在守望，守望凌风的归来。

第二十九章 逃离追杀

这天，秦玉儿从灵天城出来了，像她一向自由的品性，灵天城哪能关得住她？城门外，她手持着一把剑，她并不是四处游荡，而是要去一个地方，从她步行的路线来看，像是在找人，是谁能令她亲自找寻？

眺望远方的秦玉儿，嘴上念念有词道："凌大哥，我来找你们了。"

沿着凌风以前出现过的地方，秦玉儿迈开脚步，她也许是想念凌风才离开了灵天城，也许是为了见识一下所谓的剑都才出了灵天城，也许是因为无聊才走出灵天城，各种原因，只有她自己知晓。

自萧天郎派秦朗杀害凌风他们已有几天了，在秦朗离开天清宫的时候，萧天郎派人跟踪他，以图随时掌握秦朗的行迹。这天，天清宫的教徒跑来向他汇报着秦朗的动向："禀告宫主，属下按照您的吩咐，一路跟踪紫煞护法，后来发现紫煞护法被凌风束缚了。"

刚一听到这个消息，萧天郎异常震惊，凭凌风的功力是不可能战胜秦朗的，现在秦朗被擒，让他好生疑惑："怎么会这样？凌风是怎么打败紫煞护法的？""以他的功力怎么可能胜得了紫煞护法？他是用软筋散使得紫煞护法昏迷的。"

萧天郎冷哼了一声，凶残的表情不减分毫："他以为这样就可以逃过一难吗？你去带几个人把他们杀了。"起初，那教徒支支吾吾的，继而说道："宫主，凌风不在客栈，只有他的妹妹还在客栈。""那就派人去找他，本尊可不能让他毁灭了紫煞护法。"教徒一起身，回道："是，宫主。"若有所思的萧天郎叫住了他："慢着，你带上几个人，把他的妹妹给杀了。"

唯命是从的教徒复命道："属下一定不负宫主所托。"转过身，他便走出了宫殿，下一步，他将率人追杀金紫衣。

"笃笃笃"客栈外，秦玉儿来到了这儿，盈步走进客栈，她看见众多的剑士在这儿高谈阔论着。在这些人中，有那么两三个人形色诡异，他们说着笑着，好像议论着什么。

"听说这儿住着一位美人儿，哥几个，放着这么好的美人胚子不好好享受享受，岂不浪费了？"其中一人色眯眯地说道。

"那赶紧走着，这样的好机会可不能错过。"转而，那几个人站了起来，朝二楼走去。

秦玉儿稍在客栈里停留了一会儿，便迈步往楼上走去。

房间里，金紫衣坐在秦朗的床旁，细心地照料着，看着秦朗变成了这样，她也深有感触。在她心里，只期许凌风能找到郭超。

门外，那几名恶徒悄然地来到了房门口，他们围在门口，一人用手比画着，示意他们当中的人敲门。

一名恶徒大胆直起了身体，他扬起手，在门上使劲地敲着。房间里的金紫衣听见敲门声，站了起来，向房门口走去："谁啊！"她警惕地问道。

"我是小二，送饭来了。"听是店小二，金紫衣放松了警惕，她打开了门。

瞬间，门外的三名恶徒闯了进来。一见到这种状况，金紫衣顿时慌了。

"你们是什么人？想干什么？"

色胆包天的恶徒直盯着金紫衣："小妹妹，你长得挺漂亮的嘛！让大爷好好照顾照顾你。"醒悟过来的金紫衣立即抱起了拳头，恐吓道："你们别过来，我有武功的。"

恶徒笑了笑："哟，你还有武功啊！那大爷我领教领教。""不要过来，不要过来……"害怕的金紫衣步步后退，大声叫道。

正当恶徒对金紫衣企图不轨的时候，一把剑"咻"的一声从外面飞了出来。恶徒一见是剑，再看到门外的秦玉儿，还自命不凡道："又来了一个，弟兄们，看来我们好福气啊！她是你们的了，你们还愣着干吗？上呀。"

在恶徒的怂恿下，另两名恶徒奋起，向秦玉儿发起了攻击，像他们这等连最下等剑士都不如，只会三脚猫功夫的人，秦玉儿自是不放在眼里。

手牢牢握紧，跨步一脚，凌空一起，劈拳下来。充满力量的拳头打向那两名恶徒，恶徒的腹部一紧缩。秦玉儿那一拳的力道不轻，打在恶徒的身上，足以导致他们负内伤。中招的恶徒倒在地上呻吟着。秦玉儿甩过头，眼睛里闪烁着愤怒的目光。

"给我滚！"她强制而带有威胁地喝道。

失色的恶徒怔怔地看着秦玉儿，一脸的害怕，他颤抖着双腿走着，生怕秦玉儿对他出手。"走，走，走。"恶徒走到其余两人的身边，慌神地说道。

待那些恶徒离开之后，秦玉儿拔出了插在墙壁上的剑，惊恐的金紫衣从惊吓中缓了过来。收起剑，秦玉儿关怀道："紫衣，你没事吧？"

"没事，没事！"大险初定的金紫衣神色有点苍白。

环视着四周，秦玉儿始终没有看见凌风，心中十分好奇，一般凌风是和金紫衣在一起的，于是她问道："紫衣，凌大哥呢？"

金紫衣望了望床上的秦朗，说道："凌风哥为了解除云大哥身体内的噬心毒，寻找名医郭大夫去了。"

对于金紫衣口中的郭大夫，秦玉儿有所耳闻，大概是从小在灵天城长大的缘故。"郭大夫？莫非是郭超郭大夫？"秦玉儿不大确定地说道。

"你知道郭大夫在哪儿？"听秦玉儿这样一说，金紫衣以为她知道郭超的下落，兴奋的她急切地问道。

秦玉儿摇着头："我听我爹提起过，郭大夫是剑都的名医，他的医术声名远播。"

正当秦玉儿说着关于郭超的事迹的时候，她突然停顿了下来。不知发生了什么事的金紫衣忙问道："怎么了？"

伸出食指，紧凑在嘴唇旁，秦玉儿很神秘的样子。紧接着，她弯下身，将耳朵紧贴地面，好像在听什么。

楼下，几名教徒已经来到了这儿，客栈里的剑士用异样的眼神看着他们，

第二十九章 逃离追杀

毕竟这些教徒的功力不高，仅在于第十二重炼体，最多是会一些邪门歪道的剑招。所以那些剑士才不会惧怕，真正要动手，那些教徒必定会吃亏。以他们的修为对付凌风也许足矣，可他们面对的是在灵天城长大的秦玉儿，有着秦川指导修炼至高级十二重炼体的秦玉儿，他们会是一个怎样的下场？

"不好，天清宫的人来了。"光从他们走动的脚步声便判断出是天清宫的人的秦玉儿，从地上站了起来，惊诧道。秦玉儿有些惊慌，因为她不知道那些教徒的功力，所以心生恐惧。

第三十章　寻寻觅觅

　　阶梯之处，教徒急匆匆地冲了上来，形势异常危急，秦玉儿若不是他们的对手，那只有被杀的命运。处于这样的境地，秦玉儿也是恐慌，她忙拉起金紫衣的手："快走，再不走就来不及了。"

　　金紫衣望着躺在床上的秦朗，说道："云大哥怎么办？"

　　"他们对付的是你，秦朗受萧天郎控制，萧天郎暂时不会对秦朗怎么样，我们先避一避吧！"着急的秦玉儿，一步迈到房门口。

　　当那扇门打开之后，映在秦玉儿眼前的是教徒的身影。一教徒说道："去哪儿啊？"

　　秦玉儿手中的剑已是紧紧握紧，到了这种地步，唯有奋力一搏了。"你们想干什么？"她把剑提至胸口，威严道。

　　几名教徒相互对望了一眼，随即拔出手中的剑，向秦玉儿发起了攻击。"咻"的一下，秦玉儿拔出了剑。当四把剑同时向秦玉儿挥杀而来，秦玉儿挑剑一起，健步如飞。一跃至四名教徒的身边，迅速出剑，击打着四名教徒。那几名教徒反应过来，四把剑同时砍向秦玉儿，秦玉儿一横剑，四把剑落在了她的剑上。教徒不断地施用内力，眼见得秦玉儿支持不住。

　　秦玉儿将剑一抽，随地一滚动，摆脱了他们的压制，整个人退至一边。教徒回转过身，剑一扭转，四人分站开来，摆出威严的阵势。秦玉儿运行体内之炼体，将身体里的力量全部转换到了剑上。一甩剑，瞋视着他们，看来她是要使用灵天剑法了。剑招极其慢，她这一举动是要把心力汇聚于剑上，就是灵天剑法口诀中的"心相剑，力相息，心力归一"。

　　达到了人与剑交合后，一招快剑直刺而去。教徒举起剑，把充满炼体的剑砍下，剑还没有落下来，不知哪来的一道力震得他们脚步蹒跚。能做到这一点，是因为秦玉儿发挥了灵天剑法以力打力的特点。

　　稍站稳，教徒再次发起了攻击，眼见教徒持剑而来，秦玉儿却是异常镇定，她把手上的剑反转，指向上空，左手悄然生出气力，这一招运用的乃是反身剑，化其功的心法口诀。

　　庞大的身躯向秦玉儿压来，秦玉儿双手握剑，剑上一道气息覆盖，那便是十二重炼体，只可惜秦玉儿身体内最高的炼体只有十二重，若是元力，必定叫那些教徒化为乌有。

尖锐的剑发出可怕的呼啸声,秦玉儿举起剑一挥舞,强大的气息踊出,把教徒使出的功力化解了。威猛的余力荡漾在空气中,"嗒嗒嗒!"教徒手上的剑落在了地上,无形的剑气在教徒的脸上划出了几道剑痕。鲜红的血液由那道剑横溢了出来,滴在地上,发出清脆的声音。

被这强大剑招吓蒙的教徒顿觉脸上生疼,随即双手捂住脸。若不是秦玉儿使出灵天剑法,那些教徒也不会败得这么惨,灵天剑法的威力在秦玉儿的身上真正地体现了出来。倘若由一名具备元力的剑士使用这一招,其威力相当可观。

"你们这些劣等剑士,还不给我滚。"占据优势的秦玉儿呵斥道。

茫然失色的教徒捡起了地上的剑,狼狈地逃走了。

一旁直看得傻眼的金紫衣,还没有从刚才的阵势中走出来。秦玉儿收起了剑,缓步至她的身边,轻轻地拍着金紫衣的肩膀:"紫衣,不用怕,他们都已经走了。"

在她的拍击下,金紫衣缓过了神,亲见得秦玉儿耍出的灵天剑法,金紫衣不由得赞叹道:"好剑法,好剑法。"

低调的秦玉儿微微一笑,含蓄道:"哪里,哪里,过奖了。"

处境稍有缓和,身心刚刚放松,但不知是什么让秦玉儿的脸色哗然大变,神情变得慌张。她小口一启,担忧道:"不好,他们是萧天郎派来杀你的人,这次没能成功,定会派人再次追杀,这里不安全,我们得赶快离开这儿。"

萧天郎已经知道了金紫衣的下落,就像秦玉儿说的,他还会派人追杀的。可是,金紫衣还有疑虑,如果他们一走,凌风不知道她的去向,万一真的找到了名医,也错过了医治的时间啊!认真一想,金紫衣似有主意,她说道:"我们带上云大哥,一起离开这儿。"

巍峨的大山矗立在眼前,从山脚下往山头上望,云遮雾涌,神秘莫测,渐渐地雾越变越浓,上面似乎是皑皑白雪。在半山腰往下看一眼望不到谷底,往山顶看真是雾锁山头山锁雾,山套山,雾涌雾。由于那里树木茂盛,所以就像走进大森林般的感觉。站在山顶往下望,只见浩瀚的林海。

"沙沙!"轻轻的脚步声传来,抬眼望去,少年一袭青衣,腰束白色腰带,背上负着一把长剑,从他的背影来看,是那么熟悉。再观察少年的动作,他双眼望向前方,眼睛里充满着期待,好像在找寻什么。

"郭大夫会在哪儿呢?"寻觅多时的凌风自言自语道。

在他的身后,有几双眼睛放射着冷冷的目光。他们就是萧天郎派来找寻凌风下落的教徒,凌风被他们给盯上了,少不了一场恶战。

"他就是凌风。"一教徒说道,随后他们尾随前进,动作异常地小心,生怕被凌风发现。

只顾找寻的凌风并没有觉察到他们,可危险已经悄悄来临。那些教徒抽出了手中的剑,距离他越来越近,凌风随时都有生命危险。

行走的凌风感受到一种不祥的气息,低头一看,他看见了地上有几道人影,即刻明白了自己的处境。可即便是凌风察觉了,他会是那些教徒的对手吗?恐怕不然。慢慢地,凌风停止了行进,他的双手捏合在一起,做好了随时应对身后的人对他的袭击。那些教徒握紧了手中的剑,锋利的剑高高举着,他们相互对望了一眼,这动作好像是在会意。稍一转动手中之剑,五把剑同时落了下来,向凌风刺去。

背手一取剑,凌风拔出了负在背上的剑,他灵敏地转过了身,在五把剑下落之时,剑一横空,五把剑压在了他的剑上,待看清对方的脸孔及其穿着,凌风恍然间明白了。他没想到萧天郎会派人追杀他,更没有想到那些教徒那么快就找到了自己。

五名教徒紧压着剑,重力之下,凌风难以抵抗,手上的剑更是握不住。教徒将剑一折,剑向凌风的手滑去。不得已,凌风只得抽回剑。抽剑的刹那,教徒却是不松懈,五把剑先后挥杀而来。

身体一扭转,利落地躲开了那五把剑,与之相比,双方的功力悬殊。凌风要打败那些教徒根本是不可能,如果这些教徒功力那么低下,萧天郎也不可能派他们来追杀凌风。

面临着险境,凌风想起了乱剑法,他想用乱剑法打败这些教徒。于是,他提起剑,步法凌乱,以只见其人不见其招的形态攻击着教徒。若是这些教徒的级别在剑客之下,也许凌风的乱剑法对他们还有震慑作用,然这些教徒的级别个个达到了剑侠,再加上凌风的气道不足,这一招乱剑法根本对他们造成不了丝毫伤害。

面对着凌风的攻击,那些教徒倒显得十分心定气静。他们站在原地不动,身体内释放出抗体。他们身上的抗体无非是封锁所有穴道,这些穴道一封锁,凌风的剑是刺不进去的。毕竟他们还只是剑侠,修炼的抗体也不强大,若是凌风拥有元力,能找到他们的死穴,凌风足可以杀了他们,可惜凌风这两点都不具备。

折腾了半晌,凌风非但杀不了他们,反倒耗损了体内不少的炼体。逐渐地,他停了下来,剑直刺向教徒,不知哪儿来的一股力量,在凌风刺出那一剑后,突然被反弹了一下,凌风整个人失去了平衡,身体向后倾倒,倒在了地上。

这时,教徒逐步向他靠近,手中的剑在阳光下发出闪闪夺目的光芒。地上的凌风看着他们向自己靠近,心里一阵恐慌。同时,他在心里默念道:"大仇未报,我不能死,我还要找到郭大夫,解除哥哥身上的噬心毒。"

有此念想的凌风,面对着教徒的靠近,又有何生存的能力呢?教徒手上的剑扬了起来,凌风的眉头紧锁着。那是对死亡的恐惧,还是对生存的渴望?

"嘶"当教徒手上的剑发出尖锐的响声时,急中生智的凌风抓起地上的泥土,随手一挥,飞扬的风沙将他们团团覆盖。教徒本能地拂起衣袖遮盖着飞扬的尘土,待到风沙沉落,凌风已不见了踪影。

放下衣袖，教徒望向前方，前方空空如也。他们对视了一眼，说道："追！"

从客栈出来，秦玉儿和金紫衣扶着秦朗前行着，她们的步伐艰难，两名弱小的女孩扶着强大的秦朗，自然有点吃力。秦玉儿抬头看向前方，感叹道："我们快到了！"要不是萧天郎派人追杀，她们何须如此狼狈？

前方之处，高山群起，树木参立，鸟禽乱飞。山林之间隐隐约约有一处小庙，放眼望去，这间小庙已经荒废了多时，庙院之外到处是纷飞的落叶以及残垣断壁，一副破败的景象。她们之所以会到这儿来，是无路可走，也是因为凌风的缘故吧！

逃脱的凌风最终回到了客栈，萧天郎会派人追杀他，必定也会派人追杀金紫衣，想到这点的凌风才返了回来。一进客栈，匆忙的他跑进了曾租住的房间。

推门一看，房间里面空空的，一种不祥的预感立即在凌风的脑海中生出，当他发现桌面上的一纸书信时，那份不安才稍微平定，同时他内心也在害怕，他怕金紫衣被天清宫的人抓走了，而那份书信就是引自己去天清宫的。

凌风走到桌前，随手拾起桌面上的书信，怀揣着几丝不安，审读着信上的内容：凌大哥，我险遭杀害，好在玉儿姑娘及时出现，才幸免于难，为避风险，我们在城西的一间小庙……紫衣笔！

看着那份信，凌风的心情顿时舒畅多了，紧绷的神经立马松弛下来。一个快步，凌风奔出了房间，按照信上指示的方向找寻她们而去。

天空黑压压一片，沉闷的空气让人透不过气来，眼见就要下雨了。山林之间升起一层层的雾气。偶尔一两道闪电从空中划过，仿佛刺穿了整个大地。"隆隆"的雷声响彻天地，把本来平静的山林变得异常的恐怖。

茫茫白雾天，在一山崖上，隐隐地看见一女子背着药筐，在山崖上找寻药草，她一袭白衣，黑幽幽的头发垂成一线。左手牢牢地抓住山崖上的顽石，右手吃力地向前伸着。

崖壁上一株绿色的草本植物，叶片十分薄，叶瓣之间散发着特殊的香味。更特别的是，这株药草有三种颜色。分别是：绿、红、紫。正是有着这样的特性，它有着美丽的名字：三色草。

在山的那一边，从客栈里出来的凌风一路狂奔着，此刻，他的心里只有一个念头，就是赶去那间小庙。

崖壁上的女子费力地移动着手，用力一伸，她的右手触碰到那株药草，轻轻一拔，女子拔出了那株草。她的脸上荡漾着兴奋的表情。握着药草，女子叹道："我终于找到你了，听爷爷说这株药草十分罕有，百年难得一见，可医百病。"

奔跑中的凌风，脚步逐渐地慢了下来，他目视着前方，好像被什么东西给吸引了。循着他的视线望去，他的目光停留在崖壁上女子的身上。

女子得到药草之后，顺手把它丢进了药筐，正打算下崖。她双脚踩在石块上，"吱呀！"脚下的石头一松动，失去平衡的女子身体往后倾倒，整个人飘然而下。

"啊!"尖锐的声音在山崖间回荡。

见势不妙的凌风,箭步一起,双脚一蹬,飞身而去。

接过女子,凌风平稳地落在了地上。女子的身体柔柔地躺在凌风的两臂间,静静地看着凌风。

第三十章 寻寻觅觅

第三十一章 诛杀剑士

黑云把整个天空吞没了，电闪雷鸣声不断。

"呼！"伴随着一阵风起，豆大的水珠滴落在女子的脸上。女子适才反应过来，矜持的她脱离了凌风的臂膀，害羞地站在一边。

"姑娘，快下雨了，前面有一间小庙，要不和我去那儿避避雨吧！"凌风说道。

女子点了点头，表现得很羞涩，然后随凌风向小庙宇奔去。

庙中，金紫衣看着外面风云突变，不禁担心起来，一双水汪汪的眼睛直勾勾地看着外面。昏迷中的秦朗静静地躺在地上，已经第二天了，若是还没有找到郭超，以他们的功力恐怕束缚不了秦朗，到那时，处境将会变得异常严峻。

风不断地吹着，雨不断地下着，卷起的落叶沿着大地四散飞舞，滂沱的大雨滴落在瓦砾上，响起清脆的声音。雨中，两道模糊的身影向前奔跑着，凌风用身体护着女子前行，大雨把他整个人浇湿了。

奔进庙宇中，守望的金紫衣和秦玉儿站起了身，待看得凌风和那女子亲密地站在自己的面前，秦玉儿的脸"刷"地一下阴沉了。刚才还满心欢悦的金紫衣，瞬间呆了，在原地一动不动。

从凌风腋下出来的女子，目光一下子被眼前的一幕给惊住了，脑海里闪过一道画面，然后开口道："他，他，他不是秦公子吗？"

女子的表情让凌风很意外，想来才与她萍水相逢，她怎么会识得秦朗？这让他联想起秦朗失踪的那段时间。"姑娘可认识我哥？"

再仔细察看她的容貌，她便是若兰，那日在山崖下救得秦朗性命的女子。女子不由得回想起当时的情节，她不禁感慨万千："也不知道是谁要置秦公子于死地，逼得秦大哥跳崖。"当中的情由，郭若兰也是听秦朗说的。

"那我哥有没有说是谁要杀他？"至此，凌风明白了，他知道秦朗定是知道了杀害父母的仇人，反遭追杀的，意图从郭若兰身上找到真相的凌风问道。

郭若兰摇晃着头，表示一无所知。

昏迷的秦朗脸色苍白，好奇的郭若兰向他走去，疑惑道："秦公子怎么了？"

"我哥中毒了，神志不清。"

郭若兰弯下身，探出玉手，尝试着为其解毒。片刻，她直起身体，失望中带有一丝欣慰。

"秦公子中的是噬心毒,你们用软筋散暂时封住了他的血脉,如果你们明天还没有找到能医治他的人,到时他毒性一发,后果不可想象。"

说到这儿,凌风的心紧成一团,别说是找到郭超了,就是郭超身在何方,凌风也不知晓。怅然若失的他低下了头,一时没有了主意。

同时,秦玉儿和金紫衣也在担忧着,她们不敢想象接下来会发生什么,更无法设想秦朗毒发后的情景。望着失落的他们,郭若兰淡淡地笑了笑,随后言道:"你们很幸运碰上了我,虽然我解不了秦公子身上的毒,可我爷爷是曾经名震剑都的平医大夫——郭超。"

听此,凌风猛地抬起了头,他激动地握着郭若兰的肩头,兴奋地道:"你爷爷就是郭大夫?太好了,我哥身上的毒能够解除了。"除了秦朗身上的毒能被解除使得凌风兴奋以外,他还能够知道杀害父母的凶手。

凌风的表现让郭若兰始料未及,她呆呆地看着他,顿时觉悟的凌风松开了手,脸上徜徉着异样的表情。

雨后的天空格外澄清,蓝蓝的白云在空中悠闲地漂移着,尽享那份恬静。暖暖的阳光洒在地上,小草悠悠,生机蓬勃。竹叶青青,小舍初立,舍间一老者凝神远望,口中呢喃着:"小兰怎么还没有回来,整整一天了,不会出事了吧!"

焦躁不安的老者踱着脚步,从他的背影上来看,可以确定他是剑圣级的剑士,若不是达到这一级别,恐怕早就被剑都的剑士给杀害了。从他的年龄来看,他应该见证了剑都的大起大落,所习得的功法必然很多。"不行,我不能这样等下去。"不安的郭超迈起脚步,欲寻找郭若兰。

就在此时,一声甜美的声音传进了郭超的耳朵里:"爷爷!"回来的郭若兰粲然笑着。

抬头望去,郭超看见了凌风他们,整个人慌神了,他知道,凌风的出现会打破他平静的生活。

凌风走近郭超,双拳合抱,恭敬道:"晚辈凌风拜见前辈。"

细细端详凌风,郭超总有种熟悉的感觉,随即询问道:"你父亲是谁?"

突然被这样一问的凌风,略迟钝了一下,答道:"我爹是凌啸天。"

"怪不得,怪不得,怪不得!!!"郭超连道三声,表情也是很异样。

"爷爷,怎么了?"

郭超晃动着眼神,失措道:"没什么,没什么。"视线转移,郭超注意到了秦朗,凭借精湛的医术,郭超一眼看出了秦朗身中噬心毒。

"没想到萧天郎变成这样了,整个剑都被他弄得乌烟瘴气。"郭超感慨道。

回望几十年前,剑灵仙都一派祥和,族派之间十分和睦,前族长更是守望相助,岁月变迁,人心转换,秦川、莫寒为夺得剑谱,四族只顾个人利益,自此人心不齐。天清宫的出现,剑都变得更加的险恶。论辈分,郭超算得上是剑都的元老,经历了剑都的演变,虽隐居山林,然而剑都发生的一切他悉数尽知。

一心想着解除秦朗身上噬心毒的凌风,说道:"前辈,我哥身中噬心毒,还望前辈为我哥解除体内之毒,在此感激不尽。"

淡然的郭超挥手道:"把他扶进去吧!"

"晚辈谢过前辈!"扶着秦朗,凌风吃力地走着,时至于此,压在凌风身上的那块石头终于落了下来,秦朗的毒一解,一切真相将会浮现在面前,是谁杀害了凌风的父母?这些只待秦朗恢复,才能尽知。

幽暗密室,透着几分神秘,三名神秘者再度重现。密室里跳动的烛光看不清他们的面容,可他们的身上却充满了杀机。

右上方一名身穿黑袍、留有长须的神秘者说道:"真是可气,上次他跳下山崖竟没有死。"

"秦朗一日不死,我们的险境一天不除,好在他落崖后被萧天郎给控制了,要是我们联手杀害凌啸天一事泄露了出去,剑都之人一定会怀疑我们夺了剑谱,到那时我们必定会遭到天下剑士的封杀。"站在正上方的神秘者忧心道。

另一神秘者苦想了一会儿,道:"欲除后患,必先杀之,只要把他杀了,我们才能一劳永逸。"

提到诛杀,其余二人表情漠然,如今连秦朗在哪儿都不知道,更别说杀了他。"杀了他?我们连他在哪儿都不知道,怎么杀?"一人甚是苦恼,就连语气都那么愤慨。

"我们可以动用手上的所有人,剑都就这么大,还怕找不到他?"

"对,我们可以派出杀手,只要他一出现,立马诛杀。"另一人赞同道。

这场诛杀,不仅仅由三名神秘者组成。在他们的背后肯定还隐藏着重大的力量,三名神秘者的身份在整个剑都必然是强大的,不然他们又怎么可能号令杀手,发动手下的人?除了四大族派之外,还有谁能有这样的能力呢?这股隐藏的力量,着实令人费解,难以捉摸。

一神秘者双手一合,邪恶地笑着:"好,就这么办!"

灵天城内,站在正堂的秦川焦急地走来走去,秦玉儿离家出走已有数日,想必他是为秦玉儿的事而烦心呢!虽说秦玉儿自由放纵,可以前她也就是在灵天城晃荡,不曾数日不归。今秦玉儿数日不归,不曾留下一纸书信。前段时间遭萧天郎挟制,这次不归,心生再次被抓的恐惧之感的秦川,有了自己的打算。

正堂外,一名弟子匆匆地跑了进来,从他的修为来看,在灵天城应该享有一定的地位。他走近秦川,温和道:"族长,你找我?"

慌乱的秦川止住了晃动的脚步,言道:"如今剑都十分险恶,玉儿离家出走又有数日,我怕她会惹出事端来。你带上山庄的弟子,把她带回山庄。"

"族长放心,我会把师姐带回来的。"

"去吧!"秦川挥了挥手,那名弟子退了下去。

小舍间，秦朗赤裸着身子浸在药水中，温和的眼光照耀在他的身上。郭超凝神运力，一团团气附在秦朗的身上，顺着秦朗周身四处跳动。凌风他们站在一旁，注视着郭超清除秦朗体内的毒气。

稍有片刻，郭超撤掉功力，将身体退到了凌风的身边。他眉头一舒，畅快道："好了，通过两天的疗养，秦朗身上的毒气基本清除了。"耗时两天之久，才把秦朗体内的毒气彻底清除，可见噬心毒的危害之深。

"多谢前辈！"凌风弯着身子，致谢道。

大度的郭超扬了扬手："你们去看看他吧！"郭超大汗淋漓的，看得出来他为了解除秦朗身上的毒，耗费了不少的元力。

快步走去，药缸中的秦朗还没有醒来。凌风急切地呼喊着："哥，哥，哥……"

渐渐地，在凌风的呼喊下，秦朗逐渐地睁开了眼睛，当他看见眼前的凌风时，他喊道："弟弟。"

听见秦朗的声音，凌风十分激动，他难以克制自己的心情，眼睛红了一圈，似要哭将出来。激动之余，凌风问道："哥，你知道谁要追杀你吗？"

认真思考了一会儿，头脑一片空白的秦朗，晃动着头："追杀我？没有啊！谁要追杀我？"

"你再好好想想，你那天发生什么了？你又是怎么落入山崖的？"

秦朗试图回想起那天发生的事情，可越想他的头越疼得厉害。只见他双手抱住头，拼命地晃动着，疼痛难忍的他痛苦地喊着："痛，痛，痛，头好痛啊！"

一个箭步，郭超移动到秦朗的身边，两指一点，暴动的秦朗才恢复了平静。这让凌风好是费解，按说毒气散去了，整个人也就恢复正常了，然而秦朗刚才的举动，让凌风迷茫。

"前辈，我哥身上的毒气不是已经解除了吗？怎么……"

在凌风感到迷茫的时候，郭超向他讲解道："你哥精神上可能受到了冲击，他把非常重要的事深深地记在脑海，而噬心丹对他的记忆又有干扰作用，越为重大的事，越会遗忘，甚至丧失记忆，从秦朗的行为来看，他脑海中最为深厚的记忆已经丧失了。"

知道了这个原因，凌风有点失望，本以为秦朗的毒性一除，他就能知道真正的仇人，而今看来却是不可能了。失落的凌风问道："那我哥的记忆能恢复吗？"

"有可能会恢复，也有可能一辈子都不会恢复，这就要看他的造化了。"郭超回道。

金紫衣挪动着脚步，紧靠着凌风，安慰道："凌风哥，云大哥的毒性解除了是好事，至于丧失的那部分记忆，我们还是随遇而安吧！"

凌风侧过头，专注地看着金紫衣，秦朗能够回到从前的那个秦朗，这对于凌风来说已经足够了。至于仇人，他可以再度查探。

"你说得对，有些事不能强求，我哥丧失了记忆，这对他也是一种好事。"说这话的凌风，心底里好像有了想法。他在想着：哥，报仇的事就交给我吧！你的人生该是没有仇恨的，如今你没了记忆，也就没有了痛苦。

竹舍间的郭若兰直愣愣地看着秦朗，自打知道了发生在秦朗身上的事后，她的心中生起同情之心。

数日之后，待秦朗的身体尽得恢复，凌风一行人已有离去之意。竹舍外，金紫衣、秦玉儿、凌风以及秦朗站成一线。郭超和郭若兰面对着他们，知凌风他们要走，郭若兰的心里一阵失落，她多么希望他们能够留下来，她更知道凌风有重要的事情要做，所以她不曾挽留，只有眼睁睁地看着他们从眼前消失。

"郭前辈，近日承蒙前辈照顾，晚辈感激不尽。"临走之前，凌风向郭超致谢道。要不是郭超，秦朗身上的毒气何以解除？要不是郭超，恐怕他们早就被复苏的秦朗所杀。

郭超含蓄地晃动着头："哪里的话，从医者，理应以天下疾苦为主。"其实，郭超多想行走于剑都，用自己的医术医治万民，可他不能，他不想卷入混乱的剑都，与此相比，他更喜欢安静平稳的生活。

双拳一抱，凌风辞别道："郭前辈，您多保重，告辞。"

"凌公子，紫衣姑娘，玉儿姑娘，秦大哥，你们多保重，一路小心！"见他们要走，郭若兰难舍难分地送行着。

"保重！"

眼见着他们离开，郭若兰的视线一直没有转移，她直愣愣地看着他们离去的背影，落寞感油然而生。

一眼望穿的郭超，微笑着道："他们都走了，回屋吧！"别看郭超表情安详，其实他也有着另一种情怀，那种感觉似乎是丢失了什么。

近来，剑都上出现了很多剑士，亦包含所谓的诛杀者。城中，每个人的形色都暴露在脸上，他们看似是毫无组织，各行其是。其实他们都是神秘者派出来找寻秦朗下落的。

人群中，一名黑衣人，头上顶着一顶斗笠，眼睛里放射出丝丝冷光，他一步一顿地向前走着，脸拉得很长，使人不敢靠近。

山林之中，凌风一行人出了竹舍小屋，向前行进着，心中迷茫的金紫衣问道："凌风哥，接下来我们去哪儿啊？"

被问的凌风止住了脚步，从一开始他就有着自己的打算，转过身，凌风对金紫衣说道："紫衣，剑都之险，我不想你有什么闪失，待会儿你带着我哥回去吧！"

"那你怎么办？"

"我还有事要做，等我办完了事，我就会回去。"凌风要求金紫衣带秦朗回去，一是不想秦朗陷入恩怨之中，也想为凌家保得血脉。

要金紫衣舍下凌风，她又怎会同意？她一脸委屈道："可是……"

凌风抚着金紫衣的肩头，说道："你在剑都这么长时间了，爹娘肯定很想念你的，听话，回去吧！"

"好吧！"不想回去的金紫衣最后答应了。

"啊呀！"秦朗捂住肚子，表情痛苦。

紧张的凌风忙问道："哥，你怎么了？"

脸色苍白的秦朗直起了身体："我肚子不舒服，你们在这儿等我一下，我马上就回来。"说罢，秦朗快步朝密林深处走去。

跑进深林中，秦朗仿佛来到了另一个地方，这里除了雄伟的大山之外，还有一条小河。"哗哗……"湍急的水流流向远处。

密林间恍若一道人影出没，若隐若现，极其诡异。正当秦朗准备返回去的时候，那道人影悄然出现在秦朗的面前。

"你是谁？"秦朗问道。

其人正是那个头戴斗笠，全身漫布着杀气，追杀秦朗的人。此人极有可能是神秘者派出的诛杀者。

"呼！"他摘下头上的斗笠，向空中一抛，口中说道："杀你的人。"

见势不妙，秦朗果断地拔出了剑，诛杀者意念一动，一把无形的剑从他的身体内迫了出来。单凭他能够召唤剑，便能说明他的级别在剑尊之上，也只有剑尊级别的剑士才拥有召唤剑的能力。

凶煞的诛杀者目光凛冽地看着秦朗，对于他来说，眼前的秦朗就好比一只蚂蚁，他要杀掉秦朗是何等的容易。

长剑一挥，秦朗主动地发起了攻势，凝聚十二重炼体的剑招打在诛杀者的身上，如同小草那般软弱无力。诛杀者稳稳地站在那儿，那一剑对他造成不了任何的伤害。

见此，秦朗发狠了，他的脚步在地上不断盘旋着，那动作好像是在使用灵天剑法。就是这样的一个动作，秦朗想起了当日在族会上的场景。

剑在挥动，身体里的炼体不断地灌输。秦朗轻身一跃，剑走偏锋，直刺诛杀者而去。毫不把秦朗放在眼里的诛杀者咧了咧嘴唇，右手翻转，运用元力将剑打出，承载着元力的剑攻向秦朗。即使秦朗的灵天剑法再纯熟，也不是诛杀者的对手。

"嗒啦"一声，秦朗手中的剑掉落在地上，秦朗试图拾起剑。哪知诛杀者以飞快的速度跃至秦朗身边，脚一弹起，狠命地踢在了秦朗的身上。

受此一脚的秦朗，身体飞出好远，整个人重重地落在地上，偏偏头撞击在一块巨石上。顿时殷红的血液从头部渗出。一心要置秦朗于死地的诛杀者，手握着长剑朝秦朗走来。

失去了战斗力的秦朗无助地看着他走来，瞳孔中放射出绝望的目光。也许是遭到了重击，也许是头部受了创伤，一道道画面从秦朗的脑海里闪过，画面中有自己被神秘者追杀，有他沦为杀人狂魔的场景。

他想起来了，他完全想起来了，眼前的这个人正是神秘者派来的。同时，他又很遗憾，遗憾没有机会把真相告诉凌风。

"哈哈哈！"那一刻，他笑了，他的笑是痛苦的，是对生命即将终结的一种无助的呐喊。

渐渐地，诛杀者走近了秦朗，手中的剑举了起来。剑一刺，锋利的剑深深地刺进了秦朗的胸口。绝望的秦朗最终闭上了眼睛，最后他还是难逃一死，唯一让他遗憾的是自己用生命查出的真相，却只能随着他的死而化为乌有。

第三十二章　九阳之气

"嘶！"诛杀者抽出了剑，剑上满是鲜血，望着地上死去的秦朗，诛杀者得意地笑了。

"凌风，下一个就是你了，你们谁也逃不了的，就等着被宰杀吧！"诛杀者收起了剑，找寻凌风的影踪去了，若是凌风他们被诛杀者找到了，只有被杀的命运。

树林中，凌风他们等了很长时间，还是不见秦朗回来。"都这么长时间了，云大哥怎么还没有回来？"耐不住性情的金紫衣嘀咕道。

"我们去看看吧！"急躁的凌风迈开脚步，顺着秦朗离开的方向走去，其余之人跟在他的身后，他们向密林深处迈进，等待他们的将是秦朗被杀的结果。

溪水叮咚作响，寂静的山林死气沉沉，仿若哀悼秦朗的死去。秦朗的鲜血流了一地，把整片泥土给染红了。死去的秦朗静静地躺在地上，没有了声息。

"看，那是不是云大哥？"第一眼看见秦朗躺在地上的金紫衣，右手指上前方。

闻声的凌风顺着金紫衣指的方向望去，目光停留的那一刻，凌风整个人傻掉了。尽管相距甚远，但他隐隐地感觉到不祥的气息。

不安的凌风快速地向前跑去，当真实地看见秦朗已经死去，他悲从中来。尽管极力地压制着泪水，可那种丧亲之痛使他双眼通红，泪水在眼眶中打转。

"哥，哥……"他大声呼喊着，眼前的这一幕令他不能自控，他双拳紧紧地握着，一股冲动从他的心中迸发出来。

"啊！"不能自控的他昂起头大声叫着，强大的怒气从他的体内爆发出来，他的那一声狂叫，似乎冲破了体内的封锁。只见数道气息四处乱窜，先是在他的体内游动，之后冲破他的身体，直飞了出去。

"朗朗，朗朗……"秦玉儿弯着身子，使劲地摇晃着秦朗的身体，她不能接受这个事实，刚才还生龙活虎的秦朗，现在却遭人杀害，这叫秦玉儿怎么能接受？一滴滴的泪珠滴落在地上，她的心有多伤！

一旁的金紫衣也是泪水涟涟，三人沉浸在悲伤之中。

"哥，你不会丢下我的，不会的。"难于接受秦朗死去的凌风克制不了自己，他扶起秦朗，运行体内之气，意图救活秦朗。

层层气息顺着凌风的手臂传送进秦朗的体内，也许是凌风的执着，也许是秦朗残存一丝气息，缓慢地，秦朗睁开了眼睛。感受到秦朗醒来的凌风，收掉了炼体。虚弱的秦朗躺在凌风的怀里，吃力地说着："弟，杀害爹和娘的是……"

试图把真相告诉凌风的秦朗，大概是气息不够，就连说话的声音都极其微弱。"哥，你想说什么？"

秦朗僵硬地抬起了手，先是用手指了指天空，然后又指着正前方的大山，最后指向流水潺潺的溪水。口中不停地在说着，凌风附耳侧听。

"真正的……凶手……是……"竭力想说出凶手名字的秦朗，最终还是没能说出来，右手一垂落，双眼一闭，彻底与这个剑都隔绝了，可叹他最后还是带着遗憾走了。

抱起秦朗，凌风失声道："你不会死的，郭大夫是名医，他一定有办法救活你的，哥，你再坚持一下，我带你去找郭前辈。"怀着一丝希望的凌风抱着秦朗返了回去，也许是接受不了这个残酷的事实，凌风才会有着此种念头，秦朗已经没有了呼吸，郭超能否救活他？

天清宫，派出去追杀凌风和金紫衣的教徒回来了，他们低着头，因为他们追杀失败了，准备接受萧天郎的责罚。萧天郎在他们的面前走动着，脸拉得很长，扪心自问，自己派出的教徒对付凌风他们是轻而易举的，现在听得他们说失败了，萧天郎自然很气愤。

"你们这些人，连两个功力低下的人都杀不了，本尊留着你们还有什么用？"

那些教徒一听，慌神地跪在了地上："宫主饶命，宫主饶命……"

正当萧天郎打算要杀了他们的时候，一教徒急匆匆地从宫殿外走了进来。

"宫主，属下已查知紫煞护法被人给杀了。"

闻言，萧天郎勃然大怒，亲手培养出来的杀手，就这样没了，他甚是心痛。右手五指张开，浑厚的元力萦绕在手掌上。愤怒的他将元力打在了教徒的身上，懊恼道："本尊一手创造的紫煞护法就这样没了，实在是可气，可气。"

元力打在那些教徒的身上，那些教徒本身功力低下，那一掌足以要了他们的命。他们全身受着元力的折磨，稍有片刻，便是全部躺在了地上，没有了声息。

竹舍间，被安置在床上的秦朗，整张脸失去了血色。郭超尽力相救，却是未能把秦朗救活过来。郭超将手收回，晃着头："他已经没有了呼吸，就算再神通广大，也难以起死回生。"

忧伤的凌风知道这个结果后，跑出了舍间，他对着天空喊着："为什么？为什么？"

他的这一声大喊，身体立马产生了异变，像之前那样，数道气息团在他的身上。凌风自小父母双亡，现在就连亲哥哥也惨遭杀害，他的情绪波动很大。此刻他满脑的仇恨，全身充满了力量，他运行体内的炼体，一掌打在树上，强劲的掌力使得树木"哗啦"一下拦腰而倒了，足见其破坏力十分强大。

随之赶出来的郭超等人，看着凌风颓废的样子，他们十分地同情。注视着凌风的举动，郭超的眼睛中闪动着惊喜的目光，暗自叹道："九阳之气！难道这就是传闻中的九阳之气？"

从郭超的表情来看，九阳之气应该十分特殊，要不然他的反应也不会这么大。金紫衣她们只关注着凌风，对于郭超口中所说的话并没有在意，她们深深地感受到凌风心底的痛，情难自禁，金紫衣的泪水再次流了出来。

数日后，山林间多出了一座坟墓，惨然的凌风站在坟墓前，眼睛直直地注视着墓碑上刻着的名字。"哥，我一定会找到仇人，为你们报仇的。"牙齿切切，凌风动情地说道。对于一个身处于十二重炼体的凌风来说，要手刃仇人，谈何容易？

虽然他不知道杀害父母的仇人是谁，但秦朗的死让他联系到了萧天郎。近段时间，萧天郎派人追杀他们，这不得不让凌风怀疑秦朗的死和他有关。

"萧天郎，不管有多么难，我都要杀了你，为我哥报仇。"

身后，郭超远远地观望着他，神情布满了忧伤，似乎他也有着一件难以放下的事情。悄然地，他走近凌风，安抚着凌风浮躁的心情："凌风，死者已逝，不要太伤心了。"

听着郭超的声音，凌风仿佛想到了什么，他转过身，"扑通"一声，跪在了地上，恳求道："晚辈想拜前辈为师，望前辈收我为徒。"

凌风的这一举动惊住了郭超，想来自己隐居山林数十年，一身武艺随着岁月葬送，郭超有点不甘心。同时，他又有点为难，以前他收过一名徒弟，然而该弟子学成之后，无恶不作，令郭超悔不当初。

"前辈，晚辈一心求学，望前辈成全我。"跪在地上的凌风诚恳地说道，并行着跪拜之礼。

面对眼前的凌风，郭超有点动心了，其因是凌风的身体具有九阳之气，在整个剑都拥有九阳之气的剑士，少之又少。所谓的九阳之气，是在九阳之星运行到一个轨道，所有的阳气凝集在一起，而在那时诞生的婴儿才具备九阳之气。九阳之气沉淀在人的身体里面，由封印封存着，若不冲破封印，即便身具九阳之气也不会被发现。

秦朗的死深深地打击了凌风，使得凌风全身怒气大升，怒气冲天，冲破了九阳之气的封印，才有数道气息窜入空中的场面。

"你有慧根，是个习武奇才，又有九阳之气附身，是个难得的人才，我又怎么会错过你？"

九阳之气？迷惑的凌风不明白郭超话中的含义。郭超道："拥有九阳之气，修炼一切功法都会得心应手，也就是说别人用几年甚至几十年练成的功法，你只需要两三天，至多一个月就可练成。九阳之气是一种力量，它区别于元力，也就是说它比元力还要强大。不过它又有个缺点，九阳之气必须在晚上才能使用，等到修炼者达到一定的境界，九阳之气才能随时使用。元力虽不及九阳

气,但它作为体内的能量,自身必须得拥有。"

听着郭超说了这么多,凌风在意的是能修成强大的剑士,好为父母报仇。

"你真的想拜我为师?"郭超反问了一句。

知道自己体内有九阳之气的凌风,心中更是一阵澎湃:"晚辈一片赤子之心愿拜前辈为师。"

自郭超隐居山林后,其心中还有未竟之事。今有凌风在,郭超说将开来:"我决定收你为徒,不过在你学成之后,你要帮我杀一个人。"

"只要能够练成精深的功法,哪怕再艰巨的事情,凌风也会竭力办到。不知前辈要杀的人是谁?"

"萧天郎!"郭超严肃道,他为何要杀萧天郎,难道萧天郎与他有着莫大的仇怨?

早在郭超行走剑都之时,曾收得一名弟子,而这名弟子便是萧天郎。从萧天郎能够炼出噬心丹来看,便能说明他曾是郭超的入门弟子。年轻的萧天郎参悟能力强,郭超也甚是看重他,授予他不少的功法,久而久之,萧天郎尽得郭超的真传。为此,他做起了称霸剑都的痴梦,在盗得郭超用毕生心血写成的功法秘籍后,便失去了影踪。

随着时间的逝去,郭超隐退山林,萧天郎在剑都崛起,凭着自身修炼的功法,他在剑都立足,并创下了天清宫,从此与四大族派抗衡。

即便是郭超不杀萧天郎,凌风学成之后,也定会取其头颅。他怀疑是萧天郎杀了自己的亲哥哥是有依据的。在秦朗死之前,秦朗曾抬手指着天空。虽听不清楚秦朗口中说的话,可凌风知道当中隐藏的含义,故而,他断定是萧天郎杀了自己的哥哥。

"前辈放心,我一定会为您清理门户的。"凌风咬口道。

看着血性的凌风,郭超微微笑道:"还称我前辈,是不是该改口了?"

经此一说的凌风,猛地磕着头,行起了拜师之礼:"弟子拜见师父。"

安详的郭超双手托起凌风的手臂,道:"起来吧!今晚子时你来这儿,师父为你开启灵脉。"

"谢师父!"虽然不知道何为开启灵脉,为何要开启灵脉,但只要能习得功法,凌风定然全力而学。郭超选择在晚上帮凌风开启灵脉,也是因为九阳之气的原因,只要在凌风体内能量充沛的情况下,郭超才能为凌风开启灵脉。否则,一旦身体受到外来元力的注入,自身不能抵抗,后果将是终身不得习武。

明月皎洁,星辰斗移,暗黑的森林,乌鸦乱飞,虫鸣四起,偶尔一两声狼嚎声。明亮的月亮发出柔柔的月光,月光照耀在每一寸土地上,生起光辉。

山林间,凌风站在那儿等候着郭超的到来,满怀着期待的心,一心欲习得上乘功法的他,将从今晚开始苦练。

每想起父母和秦朗的惨死,凌风都极其痛苦,这种恨从他出生之后就已经种下,他何曾忘记过?为此,他将会用尽一生的力量报仇,拿回灵空山庄。

第三十三章　一心苦修

薄薄的云层围绕着月亮转着，黑漆漆的山林透露着几分神秘的色彩。不一会儿，郭超出现在凌风的视线之内。凝望着郭超朝自己走来，凌风的心开始激动，他的出现意味着凌风将会成为一名真正的剑士。

郭超轻轻地走到凌风的面前，开口道："凌风，今晚为师将开启你的灵脉，灵脉一开启，将有助于你炼元力，凡初级剑士分为剑客、剑者、剑侠，此三级剑士须得强化体内的能量，也就是说要更进一级必须合成心、气、神、力、炼体。"

心，即是把自己的死穴隐藏起来，双方对战，才能不被所杀。这一点早在凌风步入剑都之前就已经做到了，当时的他只是将身上的各个穴道给隐藏了，至于死穴，他暂时还没有办法封存。要做到这一点，必须达到剑客这一级别。

气，就是能把体内的元力迫出的一种力量。身体内光具备元力是不够的，还得运行。这一步与迫出体内的炼体如出一辙，只要稍加强化，便可做到。

神，乃元神也。作为一名剑士，元神乃是根本。当日萧天郎与四大族派的族长对战，其意念战就是动用了元神，故此，元神集意念、功力于一体。练出了元神，即说明练成了催动意念的能力。

力，灵虚剑法有这么一句口诀"心从力，力由气，虚其招，攻其穴，反身绝，归其位"。这句口诀充分地说明了力是由心间发出的，可心里的力又是什么？自然，存在身体里面的不外乎两种力：一种是炼体，另一种则是元力，而这里的力指的就是元力。

炼体，下层修炼者身体里具备的力。此力与元力相比，威力自不在一个程度，要想成为剑客，必须由炼体过渡，否则成不了初级剑士。

目前凌风还只是一个最下层的剑士，他要想从剑客修炼至剑侠，得要一定的时间。倘若他体内没有九阳之气，或是体内的灵脉没有开启，要想靠自身达到剑侠的话，没有一两个月的时间是不可能的。现在不同，这两种特殊的力量他都具备，只需开启灵脉，灵脉一开启，能修炼成什么样的程度，完全取决于凌风的悟性。

从十二重炼体转变成剑客，只需"炼体"和炼化了的"心"。要想提升一级就要练成"元力"以及"气"了。剑者与剑侠之间只有一步之遥，炼得元神，方为剑侠。自然，初级阶段的剑士，无论是元力、元神，一切气功远不及上层剑士。

"凌风你准备好了吗？"郭超问道。

凌风盘膝而坐，双目紧闭，点了点头，郭超开始为他开启灵脉了。双手合掌，团团元力覆盖于掌心之间。月光照耀在凌风的身上，凌风的身体再次发生了变化，数道气息在他的身体里面四处窜动，也许那就是郭超口中说的九阳之气吧！

数秒后，那几道气息却不见了。运行元力的郭超移动着手掌，轻轻地按压在凌风的头顶上。瞬间，强大的元力开始往他的体内注入，凌风先是眉头紧锁，一脸痛苦的表情，等到元力完全注入，凌风舒展了眉头。紧接着，郭超施行着针法，随手一甩，几十根针扎在凌风的身上，而且每一根都精确地扎在穴道上。

见得凌风全身白气腾起，他感觉自己整个人被换了一道血脉一样，一身轻松。平时体内胡乱窜动的气息也变得平稳了。凌风会有这样的感觉，全因为灵脉开启了，九阳之气才真正地在他的体内运行。不过，就像郭超所说的那样，九阳之气只能在晚上才能运行，要想永久运行，必须不断努力地提升等级。

灵脉存在于九阳之气，只要开启了灵脉，九阳之气才得以运行。即是灵脉与九阳之气生生相息，两者相互协调，才不会对身体产生危害。将手一挥，郭超收掉了凌风身上的针，舒畅道："好了，你的灵脉已经开启了。"

凌风从地上站起，感觉整个人轻飘飘的，有了灵脉，体内的炼体自然已经不存在了。没有了炼体，凌风必须要炼成元力，否则他所有的功法只能在晚上使用。

"师父，灵脉一启，我感觉脱胎换骨了。"

"你先别高兴，你体内缺乏元力，今晚的主要任务就是要炼出元力，另外，我还会教你一道功法，这套功法名为反噬，专门破解萧天郎的独特功法。接下来我教你如何炼出元力，你看好了。"说罢，郭超盘坐在地上，双手在挥动，嘴唇嚅动，好像在念着心法口诀。

要炼出元力，对于一个普通剑士来说，会很难，因为在炼元力的过程中要不断地调节自己的身体，还要控制修炼过程中因口诀的领悟错误，带来对自身的伤害。凌风拥有九阳之气，又要灵脉护身，在修炼过程中他可以不用介怀这些。

"你都记下了吗？"演示了一遍的郭超，起身言道。

把口诀深深地记在了心中，凌风点头应道："我已经记住了。"

接下来，他按照郭超指导的方法开始修炼了起来。抬手间，力量漫开。"要炼出元力，首先得让身体充满力量，这一点你已经做到了，更重要的是要把那股力量衍生，试图让它存在于你的身体里面。"观望着凌风修炼的郭超，在一旁指导着。

由郭超亲自教授，再加上凌风的聪慧，相信他能在短时间内炼出元力。凉风习习，凉爽的风吹向凌风，凌风丝毫不为所动，现在的他一心想着炼元力，到了这等关键时期,他不能分心,否则伤及元气,势必引来险境。

一心修炼的凌风,双目紧闭,光洁的脸庞无一丝表情,手在不停地挥动,体内也发生着巨大的变化。

多日以后,在那片树林里,凌风还在那儿拼命修炼着。通过多日的修炼,他不但炼成了元力,就连郭超教授给他的反噬法也练得炉火纯青。郭超之所以会教授他反噬法,意在希望凌风能用反噬法除掉萧天郎。这套反噬法是郭超研究出来的,为的就是他日能用此法牵制住萧天郎。自然,萧天郎不知道这套功法的存在,更不会知道郭超为了清理门户,而独创此法。

所谓的反噬法就是吞噬对方的元力以及功法,然这套功法仅仅对萧天郎起作用,为反噬他的那套"龙啸九天"而精心创立的。

山林间,凌风双手团起一道元力,加以巧妙的运用,一掌击出,顿时树叶哗然而落。单从凌风使出的元力来看,可以知道他的元力并不强大。凌风修炼的时间并不多,能炼成元力就十分可贵了。若是加以九阳之气,相信他的元力与剑圣级的剑士相比有过之而无不及。

身后站着的郭超凝神观望着,看着功力日渐纯熟的凌风,他甚是满意,一脸的畅快。双手轻轻握紧,元力覆盖于双手间,对着凌风是一道掌力飞去。机敏的凌风感应到元力的气息,他转过身,单手向前推去。"呼"的一声,体内蹿出了一道力,那道力快速地飞去,把郭超的元力给覆盖了,稍有片刻,却是把那道元力给吞噬了。

能够吞噬掉郭超的元力,实为不易啊!由此可见,反噬法的威力十分强大。刚才凌风使的只是反噬法的第一层,若是把反噬法的精髓发挥出来,想必会有不同的效果。

收势,郭超朝凌风走近,欣然道:"不错,不错,短短几日你就掌握了反噬法的全部要领,可谓是剑灵仙都的奇才呀!"

连日来,凌风不断地修炼,不断地提高自身的能力。如今的凌风已经不同往日了。再细观他,他全身透露着一种力,这种力即是元力。有郭超指导,凌风的功力突飞猛进。短短几日,已跃居于剑侠级别。这换作其他任何一名剑士都是做不到的,也是不可能的。普通的剑士无法与自己高一级的剑士相斗,而凌风却不然,就算是级别为剑者,也可与萧天郎讨上个几招。

"师父过奖了,若不是有师父倾囊相授,凌风也难有成就,凌风在此谢过师父。"

郭超笑了笑,凌风能达到此种境地,他为他高兴。自己研究的反噬法也有传承了,他了无遗憾了:"徒儿,师父已将反噬法尽然交给了你,接下来你要为为师清理门户,为剑都除去祸害。"郭超让凌风去杀萧天郎,显然凌风已经具备了那个能力。

凌风合拳一抱,回道:"徒儿这就去杀了萧天郎,为我哥报仇,为师父清除不孝之徒。"

"好，为师等着你的好消息。"

侧过身，凌风拔出插在地上的剑，走下山去。

又是一个寂静的夜，沉浸在黑夜中的天清宫，有着几分邪恶之气。天清宫正如夜一样的神秘，正是有天清宫的存在，整个剑都变得那么的黑暗。而萧天郎是这个罪恶的源头。

身负长剑，凌风于星夜时分来到了天清宫。宫门口，有教徒看守着。无所不惧的凌风径直往前走着，现在谁也拦不住他，谁也阻止不了他那颗报仇的心。他知道之前的猜想也许是错的，可单从萧天郎对秦朗造成的伤害，凌风也绝不会放过萧天郎。再则，萧天郎危害着剑都，人人除之而后快，奈何无人能敌。今他习得反噬法，该是萧天郎沉没的时候了。

"什么人？站住！"教徒朝走过来的凌风喊道。

满身仇怨的凌风，二话不说，"咻"的一声，背上的剑一拔出，那几名教徒瞬间暴毙。

其余教徒惶恐地望着凌风，却是不敢靠近。凌风手上握着剑，慢慢地翻转，凌风愤怒地望着他们，凶残的目光刺得那些教徒不由得向后退去。一心复仇的凌风再次挥动着剑，还没等凌风使出剑法，那些教徒就害怕地逃开了。

要是以往，凌风哪有这么大的能耐？而今的他俨然成了一个复仇者，为报仇而生，所使剑法也是招招致命，毫不花哨。沾满鲜血的剑映衬着洁白的月光，那么的耀眼。手握长剑，凌风往天清宫迈进，为索取萧天郎的性命而来。

宫殿内，萧天郎得到消息后，他即下令道："三大护法，你们去会会凌风，本尊倒看看他的功法修炼到何种地步了。"

"是，宫主！"三大护法抱拳道，随后走出了宫殿。

宫殿之外，赫然而立的凌风目视着前方，口中喊道："萧天郎，速速出来受死，我要为我哥报仇。"

"吱呀！"沉重的宫门打开了，三大护法领着一些教徒出现在凌风的面前。

"你好大的胆子，竟然敢闯天清宫，真是不要命了。"中间的一名护法言道。

凌风哈哈一笑："命？只要报得了仇，就算是豁出我这条命，何足道哉。"

谈话间，凌风体内的元力附在了剑上，正是月圆时分，凌风身上的九阳之气得以运用。附有九阳之气的元力甚是强大，仅从凌风手上的剑即能看出。

"好，你既然想死，我们就成全你。"

三大护法从身体里迫出了剑，能从体内迫出剑，说明这三大护法的级别远远高于凌风，即使在这样的情况下，凌风一点都不害怕。相反，他主动出击，高举着剑，轻快的脚步疾速跑去，双眼锁定在三名护法的身上。

第三十四章　勇闯洞府

　　长剑发出寒光，奋力出击的凌风挥剑相向，从他的剑法来看，凌风使用的是乱剑法。以前没有元力，乱剑法的威力也没有发挥出来，他自从炼成元力后，再使用剑法也就灵活了许多。

　　三大护法眼见着凌风朝自己冲来，他们纷纷出剑。一招诡异的剑招划过，三大护法却是没能识别出来，待到凌风跃身至他们的身后，他们才有所发觉。当下出剑抵挡，充满元力的剑散发出阵阵气息。凌风想，三大护法的级别好歹比自己的高，要想挫败他们，光凭乱剑法还是远远不够的。

　　想到这一点，凌风联想起了灵天剑法。曾经目睹过秦川演示的剑法，出于自身没有元力，凌风也没过多地去练习。想到这儿，凌风变换了招式，他先把九阳之气注入剑体，紧接着挥剑而下。

　　一层层的力朝三大护法飞去，三大护法挥剑一走，意图驱散那道力。那道力不像是元力，反倒是气，该是凌风身体中的九阳之气。

　　疏忽的三大护法不但没有驱除那道气，反倒被那道气包围了。被包围的三大护法却是不能动弹，好像是被什么给定住了一般。其实，凌风使的这一招是定心式。早在凌啸天和金武斗剑之时，他们就运用过这一招。定心式就是定住人的心，功力一般的人短时间破不了此招，自然任由他人摆布。定心式的特性和元力一般无二，它们的强弱都是取决于剑士修炼的境界而分高低。

　　被定住了的三大护法没有能力破解，就在此时，凌风左手掌凝聚元力，隔空一掌。"扑哧"一声，三大护法皆已受伤。

　　时逢此时，萧天郎从宫殿里走了出来，他一边走着还一边鼓着掌："好，好，好，没想到在短短的时间内你就修炼到这种地步了，真是可喜可贺呀。"

　　看着萧天郎那张虚伪的脸，凌风恨不得马上杀了他。一心只为复仇的凌风怒视着他："萧天郎，你杀了我哥，今天我就要为我哥报仇，灭了你。"言语中带有一丝冷光，表情极度仇视。

　　"本尊杀的人多了去了，你认为你哥是本尊杀的，也罢，本尊也不在乎手上多一条人命，你不是要报仇吗？那就尽管动手吧！让本尊看看你的功力修炼至何种境界了。"萧天郎毫不客气道。

　　被激怒的凌风再也忍受不了，他开始动用反噬法。萧天郎不屑地看了凌风一眼，随后手指张开，透明的圆珠呈现在他的面前。那便是烈焰珠，全体如火

一般通红。萧天郎能够将元力炼化成烈焰珠,要破此招,对于凌风来说不是那么容易。

凌风身体内的九阳之气由体内转换至手上。见凌风催动了九阳之气,萧天郎傻眼了,他惊呼道:"九阳之气!"能看得出凌风体内蕴藏的是九阳之气,足见萧天郎是有见识的。

想不到凌风身上会具有九阳之气的萧天郎问道:"是谁帮你开启灵脉的?"

"能知道我的身体里有九阳之气,也算你有见识,让我来告诉你,我的师父是郭超。"

郭超,这个熟悉的名字从萧天郎的脑海闪过,这让他瞬间想起了过往,也让他内心生起了阵阵恐慌。既然郭超能开启凌风身上的灵脉,那就说明郭超已经教授了凌风克制自己的剑招。

望着萧天郎苍白的脸色,凌风笑道:"怎么着?怕了吧!今天我就是来取你的性命的。"

回过神来,萧天郎略镇定了一下,脸上佯装着从容的表情:"笑话,本尊岂会怕你?就凭你一个区区的剑侠,还想杀我?当日四大族派联手都没讨到什么好处,本尊看你是自取灭亡。"

不愠不怒的凌风,手掌间气力不断游动,道:"那就让你见识见识我的厉害。"

狡诈的萧天郎用力飞出烈焰珠,火一般的烈焰珠朝凌风飞来。凌风瞳孔放大,当即将九阳之气打出。飞来的烈焰珠在九阳之气的撞击下,"嘭"的一声碎裂了。

见此,萧天郎再也不敢小觑凌风了。在整个剑都,能破掉他的烈焰珠的,除了郭超和四大族长之外,没有多少人。形势一拉紧,萧天郎从体内迫出了天龙剑,看着他迫出天龙剑,凌风料想他会使出"龙啸九天",不过从他的脸色来看,倒是那样的从容镇定。

郭超教授凌风的反噬法,乃是将对方的力量吞噬,用对方的元力反噬其使出的功法。要炼成这一招,凌风可花费了不少的时间。正是不断地修炼,他才终于炼成。如今见得萧天郎使用龙啸九天,凌风才表现得极其淡然。

"龙啸九天!!!"萧天郎大喊一声。

顿时,天空中传来了龙啸声,一条龙在空中盘旋了一会儿,随即直冲而下,朝凌风飞来。诚然,那条龙是萧天郎用元力炼化出来的,要破此招,便要断其元力。

微微一笑的凌风,手臂张开,在空中划出了一道圆形,他把灵脉和九阳之气结合在一起,前方一道气团漂浮,仿佛密不可分,那即是反噬法。

当那条龙飞向凌风,凝聚九阳之气和灵脉的反噬法抵制着。龙汲取了那道反噬力,反噬之力立即在龙的身上起了作用,它正吞噬着元力合成的龙。

态势急转而下,萧天郎意识到危险,正当反噬力吞噬那条龙的时候,奸诈的萧天郎打出了一掌，那一掌凝聚了萧天郎全身的元力。凌风一时大意，中了那一掌，整个人往后退了几步。

"卑鄙，竟然出黑手，我定不饶你。"挨了一掌的凌风气呼呼道。稍平定了一下紊乱的心脉，凌风疾速飞跑而去，这一次，他带着他的恨，带着他的怒气直冲向萧天郎，心里想着要怎样才能把他锉骨扬灰。

距离越来越近，手上的剑呼啸而来，带着心底的怒火，凌风全身的力量凝聚在一起。这一次，他发狠了，拼了命地向萧天郎狂奔而去。

怔怔地看着凌风凶猛地奔来，萧天郎紧紧捏着手中的剑。两个有着很大距离的剑士战在一块儿，凌风能讨到什么好处吗？他会是萧天郎的对手吗？这些问题凌风根本就没有考虑过，他唯一想过的是如何杀死萧天郎。

手紧握天龙剑的萧天郎先是没来由地笑了笑，继而迎了上去，接着凌风的招式。长剑由空中落下，"噌噌噌"两把剑纠缠在一起。萧天郎抵剑相挡，凌风用力相刺。勇猛的凌风一次次地使用了精髓的剑法，萧天郎一次次地破掉了他的剑招。

"轰！"萧天郎提力挥剑，一道剑气从他的周身散发，直逼向凌风。

当萧天郎用剑气压制凌风的时候，凌风的眼睛里透过一丝丝的害怕。剑气集金元、木元、水元、火元、土元、真气、怒气、元气、灵气于一身，从萧天郎所出的剑气来看，他尚缺一剑气。剑气同元力不一样，剑气的强弱关乎于自身拥有剑气的多少，与等级毫无关联。

强大的剑气铺天盖地地朝凌风飞来，凌风的头脑顿时一片空白，要破掉他的剑气必须具备剑气，怎奈他一个剑侠级的人物，哪来的剑气？

眼看着剑气越来越逼近，凌风启用身体内的九阳之气以及灵脉，意图承受住剑气。浑厚的剑气击中了凌风，凌风周身形成的屏障根本就抵挡不了剑气的攻势。剑气所向，一切力量都会被消磨。

"扑哧！"身中剑气的凌风受了内伤，一股红色的液体从他的口中喷了出来，他右手捂住胸口，脸上呈痛苦的表情。

狂妄的萧天郎鄙夷地看着凌风，笑道："怎么，郭老头没教你炼剑气吗？可惜，可惜，真是可惜呀，要是你炼成了剑气，或许还能和本尊有得一拼，再看看你现在的狼狈样，你觉得你能杀得了本尊吗？"

或许是郭超没有料想到萧天郎会用剑气，可即使他料想到这一层，以凌风的基础根本就炼不成剑气。受伤的凌风压制住自己的怒火，他头脑里想起了郭超曾说过的一句话：反噬法的奥妙在于以元力抗衡一切剑法剑招，剑气乃剑的元神，倘若对方使出剑气，你尽可能地避开。

回想起这句话，凌风豁然开朗，他稍修复了一下身上的痛，准备进行反击。萧天郎见状，道："你的命还挺硬的，看来本尊不给你来点厉害的，你是不会知道本尊的厉害。"

于是，萧天郎再次使用了剑气，强大的剑气再次向凌风卷来，这次凌风变

第三十四章　勇闯洞府

得小心了。当剑气向自己飞来之时，他瞬间移动，避开了剑气卷盖的范围。

他的身体如游龙一般，快得几乎都看不见他的身影，但在萧天郎看来，这一点倒是难不住他。鬼魅的身影最终出现在萧天郎的身边，虽然看不见凌风的身影，但萧天郎还是真实地感受到凌风的存在。

神秘的凌风在空中出了一掌，萧天郎应手一击，破解了那一掌。他暗自笑道："你想和本尊斗元神，那本尊就好好地和你斗一斗。"

哗然一声，萧天郎的身体消失了，他诡秘地消失，实则是在和凌风进行意志战，这场意志战与往昔的战斗不可同日而语。像这等斗法，斗的是元神，区别于真正的意志战，至少在现实中不存在肉体。

那仿佛是另一个世界，那个世界是白茫茫的，没有一丝人间景象。两道元神相对，在这个世界里，斗的只是元神，一切剑法剑招皆不得使用，这也是凌风的计策，他把萧天郎引进意志战中，无疑对他是最有利的。萧天郎单手出掌，击战凌风。

凌风挥动手臂，周身各种力量衍生，九阳之气、灵脉、元力。同时拥有这三重力量的凌风，迎战萧天郎。

三道功法糅合在一起，贯于反噬法，猛地一出手，一个是元力充沛，一个是三道力皆不成熟，双方激战，亦可谓十分精彩。四道力撞击在一起，双方均奋力压制着。若是单单比拼剑气，凌风绝不是萧天郎的对手。启用反噬法的凌风，反噬的力量逐渐地吞噬着萧天郎的元力。见势不妙，萧天郎赶紧收手。

趁其收起元力之时，凌风加大了力量，四道力合成了一道力，击向了萧天郎。还没来得及应对的萧天郎，中了反噬法，元神受到了损伤，兀自离开了意志战。

现实中，凌风身心也受到了重创，他言道："萧天郎，今天我姑且饶你一命，他日再见你定取你性命。"

不是凌风有意要放过萧天郎，他深知自己的处境，若再斗下去，固然吃亏。身中剑气，每一次运行体内之力，元神必定会受到损伤，刚才的激战，凌风的元神已受到很大的损伤，倘若再动用元力，定然会元神所破，终生不得修炼。

同样，中了反噬法的萧天郎元神大伤，体内的反噬力还残留在他的身体里，今晚一战，对他造成致命的打击，反噬力不清除的话，他将无法动用元力，体内之剑也将召唤不出来。

"快，他元神大伤，快把他给杀了。"萧天郎下令道。

"你们的宫主身受重伤，元力不得用，你们要想脱离他的掌控，尽可威逼他拿出解药，恢复自由身。"凌风笑了笑道。

如果可以，他多想亲手杀了萧天郎，可恨自己元神大伤，一切功法不得用，他只能挑起他们的不和，好得以逃脱。

长时间被压迫的教徒盯着萧天郎，就好像几十头狼盯住了一只猎物一般。萧天郎说道："你们想干什么？我可是你们的宫主……"

第三十五章 四大晶石

竹林小舍里,轻曼的身影,白色的彩裙,迷人的双眸,望向前方,那是金紫衣在此凝望。凌风已经一晚未归,她担忧着。要是凌风有个好歹,她一定会很伤心。身后一个人影悄然出现,她盈步走来,内心有着和金紫衣同样的情怀。

来人轻轻地拍打着金紫衣的后背,小口微启,说道:"紫衣妹妹,你在想你的凌风哥吧!"

金紫衣柔弱地转过身,一脸的忧伤,水汪汪的眼睛折射出动人的目光:"凌风哥已经一晚上没回来了,不知道他怎么样了。"

听得金紫衣这么一说道,秦玉儿的表情也暗了下来,自凌风去了天清宫,她便时刻担忧着,要不是凌风悄悄地去了天清宫,她定会跟随而去。"是啊!不知道凌大哥怎么样了,郭大夫也是的,凌大哥毕竟还只是剑侠,他怎么能让凌大哥去杀萧天郎。"说到这儿,秦玉儿不禁幽怨了起来,还埋怨郭超。

负伤的凌风拖着沉重的脚步回来了,竹林间,他一手拿着剑,一手撑在树上,艰难地走着。当金紫衣和秦玉儿看见凌风时,她们赶紧跑了过去。

"凌风哥,你受伤了?"一见凌风表情痛苦,金紫衣不安道。

凌风放松紧绷的表情,强言道:"我没事,只是受了一点小伤。"

还没说几句话,因体内的元神伤及五脏六腑,加上长时间的奔波,凌风昏了过去。"凌大哥,凌大哥……"秦玉儿急切地呼唤道。

此时,走出竹舍的郭超看见了凌风,他忙跑了过来。审视了一眼凌风,郭超脸色黯然,慌张道:"凌风的元神大伤,得赶紧为他疗伤。"

闻声的金紫衣和秦玉儿散开了,郭超马上为凌风疗伤。厚实的手掌打在凌风的身上,元力不断地灌输进凌风的体内。要把凌风身上的剑气给驱散,只有一个办法,那就是得将强大的元力注入他的体内。凌风自身的元力和注入的元力相抗衡,把剑气压迫出来。而注入的元力必须比凌风身上的元力强大,不然根本就压迫不出来。

强劲的元力不断地注入凌风的体内,凌风身上也发生着很大的变化。他的体内有两道力翻腾,不断输送元力的郭超额头上渗出汗珠。要把剑气从凌风体内驱除绝不简单,纵使驱除了剑气,还得把注入凌风体内的元力给释放出来,不然两道元力存在,凌风会承受不住,而终日生活在痛苦中,若不是郭超是名医,他也不会这样冒险。郭超既然有办法往凌风体内注入元力,自然有办法把

它从中释放出来。

自凌风勇闯天清宫后,萧天郎的恶名在剑都慢慢地销匿了。为此,秦川、洛辰阳、莫寒聚在了一起。山庄内,他们谈论着近来剑都发生的事情。凌风功力突飞猛进,让他们有所质疑。一向想要抢夺剑谱的莫寒,开口道:"萧天郎这等剑圣级的人物都惨败在凌风的手上,这凌风何以变得如此厉害?"

"是呀,前几日他挫败了萧天郎,自此萧天郎在剑都消失,一夜之间,他创建的天清宫被烧得荡然无存,他手下的人也没有了影踪。"从洛辰阳的口中可以知道,萧天郎中了反噬法后,因大伤,教徒为得解药致使内部不和,甚至有些教徒放火烧掉了天清宫。

这样浩大的一件事震惊了整个剑都,有人猜想凌风得到了《灵空剑谱》才有此转变,能解释得过去的也只有这个理由。自此,莫寒也一度怀疑凌风得到了《灵空剑谱》。"要我说,他肯定是练了《灵空剑谱》。"

《灵空剑谱》不仅记载了最上乘的功法,练此剑谱者,功力可在短时间内速成,所以一直以来天下剑士想得到剑谱,意图跃居人上人,这便是莫寒猜测凌风练了《灵空剑谱》的最根本原因。

说到这儿,秦川满脑遗憾。早在凌风当初离开灵天城的时候,秦川就派人跟踪了凌风,最后还是跟丢了。后来,他又假称寻找秦玉儿,为的还是找寻凌风,只不过最后还是没能找到。

"要我说,凌风还没有得到剑谱,你想就他一个剑侠级的剑士,若是得到了剑谱,又怎会轻易现身剑都,那不是给自己找麻烦吗?诚然,天下剑士若知道他得到剑谱,必定会抢夺,那时他只会陷入险境。"

思来想去,莫寒疑惑了:"那他怎么会在短时间内有此修为?"

一切的猜想都是不真实的,秦川清楚秦玉儿定是和凌风在一起了,有秦玉儿在他们身边,秦川就不怕找不到凌风了。"有朝一日他会现身剑都的,到那时我们不就知道了吗?"表现很淡定的秦川,说道。

在没有凌风的线索之前,他们也只得如此了。要不是凌风打败萧天郎,他们也不会知道凌风的实力有多大。

脸色黯淡的莫寒,低下了头,无奈地说:"也只有这样了。"

连日来,郭超每天为凌风疗伤,可见凌风的元神大受损伤。收起功力,郭超起身从床上走了下来。一旁的金紫衣急切地问道:"郭大夫,我哥怎么样了?"

郭超舒了一口气,道:"你哥身上的元神基本修复了,身体已无大碍。"

渐渐地,昏迷的凌风睁开了双眼,他看见金紫衣、秦玉儿、郭超、郭若兰都在这里,也许是长时间的昏迷,以至于他弄不清现状:"你们……我这是?"

"凌风哥,你受了重伤,已经昏迷好几天了。"

在金紫衣的点醒下,凌风想起了发生的一切,想到自己输在了剑气上,他心有不甘。他撑起身体,下了床,向郭超问道:"师父,怎样才能炼成剑气?"

在凌风的心中,除了不断地提升自己的等级,别无其他了,一心报仇的他,正在不断地强化自己。

背转过身，郭超意味深长地道："要炼剑气，必须要炼剑，要炼出剑，必须要找到四大晶石，只有获得四大晶石，才能炼剑。"

听得有点糊涂的凌风，满脸疑惑，他问道："什么是四大晶石，四大晶石又在哪儿？"

"剑士的核心是元力，而四大晶石则是剑的灵魂，拥有灵魂的剑才是一把好剑。四大晶石分别是：玄灵晶石、天元晶石、紫晶石、水晶石，他们由四大族派掌管，如今的灵虚山庄新任族长苏慕掌管着玄灵晶石，秦川掌管着紫晶石，洛辰阳掌管水晶石，最后一枚天元晶石在莫寒的手里。"郭超说道。

明确了四大晶石的下落，凌风的心蠢蠢欲动，他开始谋划着怎样才能得到四大晶石。四大晶石是修炼成第二重剑士的根本，没有四大晶石，便不能从初级剑士进展为中级剑士，也就是说四大晶石是作为初级剑士成为中级剑士的必需物。

凌风的心情，郭超能够理解，为了让他顺利得到这四大晶石，郭超透露了一个秘密："四大晶石由四大族长分别掌管，每年都会有不少剑士进山庄夺剑谱，而往往这个时候守卫晶石的弟子会接受剑士的挑战，只要打败了守卫晶石的弟子，才能拿到晶石。"能守卫晶石的弟子功力自是不凡，历年来也有不少的剑士聚齐过四大晶石，不然这个剑都就不会存在中级剑士。也就是说，要想得到晶石，必须通过他们设下的考验，只有通过者才能拿到晶石。

一旁的秦玉儿细细地听着，暗记于心，好像有了想法一般。这么长时间来，她也成为了初级剑者，虽然还只是一名剑客，但要炼剑也不是不可能。炼剑是没有限制的，只有体内存在一种力，不管这种力是元力也好，炼体也罢，只要心中有力，谁都可以炼剑。难道秦玉儿也想炼剑？

"好，明天我就去聚齐四大晶石，早日炼出剑。"凌风豪言道。

金紫衣见凌风又要离开，她言道："凌风哥，明天我和你一起去。"

哪知凌风感到为难，他劝解道："紫衣，剑都十分的险恶，你还是留在这儿吧！"

不悦的金紫衣嘟囔着嘴，极为不快，喃喃道："我可是你的妹妹，难道你就忍心丢下我吗？"不悦的金紫衣表情无辜地盯着凌风，眼睛里带有哀求。

秦朗的死在凌风的心里还是一个结，若是金紫衣再发生什么事，他还能承受下去吗？又怎么向她的父母交代？那日本来想让金紫衣带着秦朗躲避起来，却不料事情没有他想得那么完美。

"紫衣，我真的不能带你去，要是你有什么三长两短，我会很自责的。"

见凌风那么为难，金紫衣也不再为难他了，她心里虽是不快，脸上却挂着笑容："好吧！看在你那么关心我，处处为我着想的分上，我就不去了。"

傍晚时分，美丽的晚霞映在天边。坐落于西方的灵虚山庄，在晚霞的映照下，红成一片。

第三十五章　四大晶石

山庄剑房之处，有守卫弟子在看守，苏慕走了进来。在剑房的最中央，一枚红色的珠子立放在那儿，这就是玄灵晶石，它通体晶莹剔透，周身泛起淡淡的红光，就是这样一枚晶石，有多少剑士对他虎视眈眈啊！垂涎玄灵晶石的多是初级剑士，玄灵晶石是他们炼剑的必需之物，他们必然对其珍如宝物。

靠近晶石，苏慕伸手将其拿起，叹道："玄灵晶石，为何天下剑士非你不可，为何你是炼剑的关键？"

苏慕发出这等感慨，并不是出于玄灵晶石的威力，而是天下剑士为得到玄灵晶石不断厮杀。玄灵晶石又不是宝物，他们为何要因此厮杀？有的剑士得到了三元，缺乏玄灵晶石，那么这些剑士定会杀害得到玄灵晶石的剑士，好凑齐四大晶石，这便是剑都的邪恶。玄灵晶石本来有助剑士的提高的，却不想成了剑士互相残杀的凶手。

"这个充满杀气的剑都，什么时候才能归于平静？"轻轻地，苏慕放下了手中的玄灵晶石，表情落寞地看着它。因为玄灵晶石带来的危害，每当有剑士上灵虚山庄求晶石，他都会根据这名剑士的品性以及修炼的程度来判断应不应该给他晶石。正是出于这样一个原因，玄灵晶石落入剑都的数目不多，倘若凌风来灵虚山庄取晶石，他能不能过得了苏慕这一关？

深夜，凌风一人站在树林里，他的脸上依然没有表情。这么晚了，树林里的他没有练武，倒好像是赴会来了。

稍时，秦玉儿从他的背后走来，看着凌风悲伤的背影，秦玉儿的内心一阵悲凉。凌风的心情不好，她的心情又怎么会好呢？

悄然地，她拍了拍凌风的后背，凌风转过了身，面对着她，严肃的表情依然不减，给人以阴暗的感觉。

"凌大哥，我明天就要回去了。"秦玉儿突然要回去，这中间有点匪夷所思，看来她真的是因为紫晶石要离开了。

凌风对秦玉儿的突然离去没有表态，只说道："保重！"

冷冷的语气寒了秦玉儿的心，她能理解凌风的心情，所以她没有怪他，反而劝慰道："人一生不仅仅只有仇恨的，你有没有想过，你报仇之后，又该以怎样的姿态生活在剑都呢？"

"我的父母，我的亲哥哥被人残害了，我什么都没有了，此生我只为复仇而活。"秦玉儿的话刺痛了凌风的心，他语调激动，情绪波动很大，就连说话的语气都充满了哀伤。他再一次地坚定了复仇的心，从始至终，他都没有遗忘过。他曾对秦朗许诺，为父母报仇，为秦朗报仇。

第三十六章　偷盗晶石

"不，你还有我，还有紫衣妹妹，你的人生不应该只活在仇恨当中。"秦玉儿说道。

她并没有说通凌风。短时间内，凌风身体内的那道伤也不可能消散，更不可能轻易忘记仇恨，唯一能让他放下的，那便是大仇得报。"你别说了，我知道你关心我，可我的心结不是轻易就能打开的，我谢谢你。"

那份伤痛，秦玉儿完全能够明白，她希望凌风早日从痛苦中走出来。这次回去，她也许再也见不到凌风了，心里无端增添了些许伤感。望着明月，她满腹愁绪，却一心想着：凌风，望你早日报得大仇，早日从仇恨中走出来，我们若能再见多好，但怕是再也不见了。

"凌风，天色不早了，早点回去休息吧！"

"你先回去吧！"

明天就要回去了，以后再见已是遥遥无期，望着凌风的背影，秦玉儿不舍地走了。

独留一人暗伤魂，回首间，人去了无影。更何恋晓风残月，青枝高头，抵不过一生愁。

俯首仰望天地星斗，皓月如天。寂静的夜，失魂的凌风在此驻足观看，他看到的是仇，看到的是黑暗，看到的是天下剑士为图私利自相残杀。由此，他心底里生出别样情怀："我要重整剑都，还剑都一片太平。"

这也只是一时的豪情壮志，一时的正义之心，凭他一个人的力量，又怎么能扭转当前的形势？

又是艳阳天，灵虚山庄的弟子们在习武，训练台上，苏慕正指导着。偶尔一弟子稳步走来，他向苏慕汇报道："族长，山庄外有人自称凌风，想要拜见族长。"

闻见是凌风，苏慕有些欢喜，这个曾经在灵虚山庄逗留过一阵的少年，这个被苏慕一直看好的剑士，再者听闻他力战萧天郎，将其打败，打心底更加想见到他。

"快把他带进正堂！"苏慕激动地说道。

"是，族长！"弟子回应道。

台上，听闻凌风回来了的苏宁疑惑得很："凌风，他回来干吗？莫非是为

了……"

在他猜想之际，苏慕走近了他，对他说道："苏宁，你指导师弟们练剑。"

山庄外，凌风在那儿静静地等候着，来到了这儿，让他想起了当时拜师学艺的画面，那时苏宁有意为难他，还设计陷害他，正是这样他才被迫离开了山庄。

一弟子从山庄内走了出来，他礼貌地说道："凌公子，我们族长有请。"

略一迈步，凌风走进了这个阔别多时的灵虚山庄，他不知道这个山庄是不是还像当时那样危机四伏，因为他此行的目的是为了得到玄灵晶石。

另外，秦川得知秦玉儿回来的消息，整个人如沐春风，大堂上，他急切地迈着脚步，欲去见秦玉儿。

还未等他跨出大堂，秦玉儿便出现在他的面前。"爹，爹……"秦玉儿娇弱弱地喊道。

刚才还高兴的秦川，脸色一下子暗了下来，他责备道："你还知道回来啊？爹还以为你不要这个家了呢！"

娇气的秦玉儿依偎在秦川的怀里，一边摇晃着他的手臂说："爹，看你话说的，女儿只是出去散散心，哦，我知道了，爹肯定是想女儿了，所以才……"

"既然你回来了，爹当高兴才对，饿了吧？我们吃饭去。"

松开秦川，秦玉儿跟在他的身后，头脑中却是这样想的：凌大哥，我一定会帮你拿到紫晶石的。原来她回来的目的是为了拿到紫晶石，可紫晶石在她父亲的手上，她又如何拿得到呢？

正堂处，苏慕端坐在上堂，凌风由一名弟子引了过来。一进正堂，他便客客气气地行礼："凌风拜见族长。"

再见凌风，苏慕有一种说不出的感觉，他能真实地感受到蕴藏在凌风身体内强大的力量。"不错，不错，短短的时间你就达到剑侠级别，可真是后生可畏啊！"苏慕一边看着凌风，一边称赞道。

"族长过奖了。"凌风含蓄道。

和善的苏慕挥动着手臂："来到灵虚山庄，不用那么客气，快请坐。"

苏慕视自己这般亲切，这让凌风有点意外，他不自然地坐在了下堂之处，心中之事，却是难以开口。

"凌风，这么长时间都没来山庄了，这次肯定是有特别的事，有什么事尽管说出来，只要我能帮得上你的，我定帮你。"

苏慕越是这般亲和，凌风越是难以启口，但为了集齐四大晶石，凌风还是为难地开了口："其实，我是为玄灵晶石而来的。"

从凌风一进正堂，苏慕隐隐地能感觉到凌风的心思，只是苏慕向来没有把玄灵晶石给过别人，凌风的话多少让他为难起来。

"我知道我说这话让族长有点为难，可为了炼剑，我不得不向族长讨要玄灵晶石，还望族长恕我无礼。"

思索再三，苏慕站了起来："晶石就是用来炼剑的，你造诣高，品性好，玄灵晶石交给你，我也放心，你随我来。"说罢，苏慕豪迈地往正堂外走去。

堂外，一道人影飞速地闪过，看来，苏慕和凌风的谈话，那人是尽数知晓了。那人躲在一石柱后，目视着凌风和苏慕往剑阁走去。他愤愤不平，心底一股无名火升起。"好你个凌风，你就这样轻易得到了玄灵晶石，不过你也别太高兴，就算你得到了玄灵晶石，你也无福消受，等着吧！看我怎么从你的手里抢走玄灵晶石。"暗生歹意的苏宁望着他们离去。

作为灵虚山庄的大弟子，连本门的玄灵晶石都得不到，还眼睁睁地看着凌风轻易地拿走玄灵晶石，这让他情何以堪？如此一来，这势必会引起苏宁的不满。苏宁怒视了一眼，匆忙地离开了。

剑阁内，当凌风看见玄灵晶石的那一刹那，他的双眼迸发出欣喜的光芒。多日以来，也就有这么一件事能让他高兴起来。玄灵晶石是他炼剑必备的，他没想到这么轻松就获得了玄灵晶石。苏慕是看在他的资质深，品性好，再则凌风和自己也有着一日之师之名。所以，他才放心把玄灵晶石交给凌风。

缓步来到晶石的旁边，凌风的心动了，看着这么一颗极具诱惑力的晶石，换作任何人都会心动的。注意到凌风的表情，苏慕笑了笑，说道："它是你的了。"

凌风根本就不大相信这是真的，他用疑惑的眼神看着苏慕。苏慕点了点头，眉宇飞舞。在苏慕的示意下，凌风的手不由自主地伸向晶石，靠近，靠近，再靠近！凌风不断地在心里暗示自己，也许太过于激动，使得他的动作有些迟缓。

凌风轻轻地拿起了晶石，用如获至宝的眼神观察着晶石。细观玄灵晶石，它不像一般的珠宝玉器那般光滑，反倒条棱错乱，乱中又不缺乏美感。捧着玄灵晶石，那种细腻的感觉顺着凌风的掌心延至内心。

"凌风，如今玄灵晶石在你的手上，你可得好好运用啊！"苏慕嘱咐道。

收起晶石，凌风回道："族长，我一定会好好运用晶石的，多谢族长赐石之恩。"

"哪里！哪里！其他三块晶石能不能得到就看你的造化了。"虽得到一块晶石，但要得到其余三块，可谓是难上加难呀！深知这一点的苏慕，感慨道。

同样，凌风也深有同感，其余三块晶石在三大族长的手上，要想从他们的手上得到晶石，又岂会像得到玄灵晶石这般容易？

偷听到苏慕与凌风谈话的苏宁急匆匆地朝一间房间跑去，他脸色慌张，好像怕被人发现了一般。

"吱呀！"他推开了门，谨小慎微地进了房间。

这是萧逸的房间，他跑到萧逸的房间有何意图？房间内，萧逸一见苏宁，便称道："大师兄，你有什么事吗？"

"真没想到,那个凌风来山庄是讨要玄灵晶石的,更想不到的是,族长竟轻易地把玄灵晶石给了他。"苏宁愤慨地说道。

萧逸一听,本来平静的心,一下子变得暴躁了:"什么?族长怎么可以轻易把玄灵晶石给凌风?"

"是呀,他凌风有什么资格得到玄灵晶石,我堂堂灵虚山庄的大弟子连玄灵晶石见都没见过,眼睁睁地看着它落在别人的手上,我好不甘心。"苏宁摆着一张无奈的脸,内心好不痛快。

他来找萧逸,绝不是单纯地倾诉内心的不快,定是带着他的目的来了。"师弟,你能眼睁睁地看着晶石落到凌风的手上吗?"

愤慨的萧逸摇晃着头:"玄灵晶石不能就这样便宜了凌风那小子,大师兄,趁凌风还没有走远,我们从他的手上把玄灵晶石给抢回来。"

苏宁等的就是这句话,他欢快道:"对,我们不能让玄灵晶石落在凌风的手上,走,我们把他给截下来。"说罢,两人兴冲冲地走出了房间。

树林里,凌风快步走着,已获取一块晶石的他,正打算去找下一块晶石。还没走几步,他好像感觉到了什么,轻快的脚步慢了下来。

"出来吧!"顿住脚步的凌风向后面说道。

躲避在树后面的苏宁以及萧逸走了出来,他们手中握着长剑,一派威严的模样。他们知道如今的凌风功力大增,以自身的功力很有可能不是凌风的对手,可为了玄灵晶石,他们愿意一试究竟。

往前迈了几步,苏宁夸赞道:"凌风,你好耳力呀,我们的步法那么轻,还是没有逃过你的耳朵。"

再见到苏宁和萧逸,回想起以前的屈辱,凌风心中怒气一起,道:"怎么?你们又想刁难于我,是不是看我好欺负?"

"我也不和你啰唆,赶紧把玄灵晶石留下来,不然要了你的命。"

乍一听,凌风明白过来了,但他似乎又不曾理会,凌风奚落道:"你们也想要玄灵晶石,别妄想了,晶石我拿走了,告辞。"背对着他们,凌风一迈步,准备离去。

"不把晶石留下来,休想走。"

苏宁和萧逸纷纷拔出剑,意图把凌风拦截下来。往前走的凌风脚步停了下来,他们的等级也是剑侠,真动起手来,还真分不出高低来。上次凌风之所以能打败萧天郎,靠的是九阳之气以及反噬法。九阳之气只有在夜晚才能发挥得出来,反噬法也只是针对萧天郎。没有这两重功法,一旦对战起来,确实高低难分。

当两把剑朝他刺来,稳步的凌风快速出剑,随手一挥,"噌噌噌"几道剑声发出,凌风只一剑就把他们的剑退了。强大的防御力让他们的身体猛地往后退,握剑的手也在颤抖。

"你们不是我的对手,回去再练上几年吧!"虽然没有九阳之气和灵脉,但从凌风出剑的速度以及剑力的程度来看，苏宁和萧逸不会是他的对手。

凌风的话倒是激怒了萧逸，萧逸紧咬牙关，愤怒道："小子，你别张狂，看剑。"

双手一扭转，萧逸挥舞着剑，数道剑风呼啸而来。凌风回转身体，目视着飞来的剑风，他单手提剑，迎击而上，口中喊道："看来我不给你们点颜色看看，你们是不知道我的厉害了，正好，让我报了当日的屈辱之仇。"

苏宁见凌风出剑准备击打萧逸，他怎会袖手旁观？他当下提起剑，与萧逸站在同一战线上。三人拉开了阵势，一场大战在凌风的出击下一触即发。三人对战，势单力薄的凌风最终能否战胜？

闪着银光的剑再次交织在一起，凌风使用着灵虚剑法击战着对方。苏宁和萧逸所使剑法也是灵虚剑法。虽然他们的剑法练得很纯熟，但与凌风相比还是有差距的，且不说他们的元力不及凌风，剑法的变换也远及不上凌风的灵活多变。

反出一剑，剑如游龙般向他们刺去，柔韧中带有刚强。出剑防守的苏宁及其萧逸勉强应对着，剑的快，剑的狠，剑的准，近乎完美，让对方无懈可击。

疲于应对，苏宁他们却是奈何不了凌风，同样的灵虚剑法，在凌风使来游刃有余，而他们连破绽都找不到。只能说明凌风的资质高。

三把剑不断地交碰，不断地发出刺耳的剑声。剑一翻转，凌风手中的剑向两人的手掌刺去。不得已，两人分将开来，左右两边夹击着凌风。凌风轻弹一脚，"呼"的一声，萧逸手中的剑被他踢飞了。紧接着反手一剑，剑顺着苏宁的手滑去，锐利的剑锋迫使苏宁松开了手。

"哗啦"一声，苏宁手中的剑掉落在地上。

苏宁猛地在地上滚动着，意图拾起那把剑，就在此时，凌风起了一脚，重力所压，苏宁整个人腾于半空。单手一屈，他充满力量的肘压在了苏宁的身上。苏宁遭此一压，身体重重地落在了地上。元气一伤，他微屈着身子，忍受着痛苦。

此时，萧逸觉醒，他会聚元力，拳头紧握，大步流星般地从凌风的背后发起攻击。

两耳微动，洞察到萧逸的动机后，凌风微微扭动脚步，五指并拢，掌心气息浮动。萧逸的拳头打来，凌风快速一掌，掌与拳贴合在一起。当两道力发生碰撞时，这就要看谁的力量强大了。

拳风和掌风一碰撞，双方越发地用力。"沙"的一声，好像有一个人弹了出去，这是两道力碰撞的结果，力量薄弱的一方自然会被弹出去。

"咚"的一下，弹出去的那个人身体撞在了树上，树叶哗哗而下，可见反弹之力甚是强大。

中间稳稳地站着的那个人却是凌风，他以一种蔑视的目光看着地上躺着的苏宁和萧逸。他说道："就你们这点功力，还想抢夺晶石，还是好好练吧！"说

罢,凌风得意地走开了。

躺在地上的苏宁怒视着凌风的背影,从他的目光中可以看出他很不服气。眼睁睁地看着凌风带着晶石走了,他心中是又恨又恼又无奈。可又有什么办法?他不是凌风的对手,只有在心底里仇恨凌风罢了。

回来已有数日的秦玉儿,这天,她来到了秦川的房间。秦川见她满腹心事,问道:"玉儿,你怎么了?有事吗?"

"爹,你是不是掌管着紫晶石?"秦玉儿严谨地说道。

秦玉儿的这一问,让秦川有点摸不着头脑。他用迷离的眼神直盯着秦玉儿,不解地道:"是啊!怎么了?"

待确定父亲的手上真的有紫晶石,秦玉儿的心头先是一阵高兴,头脑里却想着如何从父亲的手上骗走紫晶石。小眼珠一转,她笑盈盈地说道:"爹,我已经是剑者了,有能力炼剑了,所以我想凑齐四大晶石,好早些炼出剑。"

"炼剑是一件非常复杂的过程,你的元力还不深,等你达到剑侠,爹自然会把紫晶石给你。"

秦玉儿马上沉下脸来,可怜楚楚地望着秦川,娇气道:"爹,你不疼我,女儿就是想早点炼出剑嘛,这样你也就不用担心女儿被别人欺负了啊!爹,你就把紫晶石给我吧!"

一向对秦玉儿宠爱有加的秦川,听着秦玉儿那娇滴滴的声音,顿时拿她没有办法。"好,好,好,我就这么一个宝贝女儿,当然不能让你受欺负了,你跟爹来,爹带你去练功房取紫晶石。"

"还是爹爹疼爱我。"说着,她宠溺般地挽着秦川的手臂走着,心里却想着:太好了,凌大哥的紫晶石有着落了。

明月高照,夜色寂寂,趁着风清月明,凌风来到了灵空山庄。灵空山庄到处有人把守,要想从灵空山庄里拿到水晶石,比什么都难。

屋顶之上,凌风藏匿在一夹角之处,他看着灵空山庄走动的弟子,显得无奈,要想摸到晶石存放的地方,很难。很快,凌风又有了主意,只见他从屋顶跳下,然后以飞快的速度穿行于弟子中间,那速度堪比一阵风,功力不深的人根本就看不出。他能有此技能,乃是学习乱剑法所成。昔日金武教授他的乱剑法只适用于双方交战,现在从凌风的这般表现看来,他不仅仅练成了乱剑法,还加以扩展,形成了另一种技能。

"什么东西?"一道人影飘过,感觉稍敏感一点的弟子喊道。

另一弟子四处望了望,说道:"哪有什么人啊?你眼花了吧!"

"可能最近没睡好,幻觉,幻觉。"那弟子言道。

绕过了守卫,凌风来到了藏书阁,只因藏书阁外有众多弟子把守,凌风选择了一个地方藏匿了起来。

这座藏书阁和十八年前一样,当年的藏书阁藏的是一本假的《灵空剑谱》,现在的藏书阁藏的是一块具有灵性的晶石。看着这藏书阁,会让人想起十八年前神秘者盗剑谱的画面，而凌啸天早已不复存在了。

眼巴巴地看着藏书阁，凌风的头脑里在想着：我该怎样才能潜进去？

快步行进已经是不可能了，守卫紫晶石的剑士级别多在剑尊至剑宗之间，想用刚才的办法潜进去，根本是班门弄斧，不但混不进去，反倒会送了性命。看破这一点的凌风，找了一个地方隐藏了起来，伺机而动。

第三十六章　偷盗晶石

第三十七章　群雄并起

藏书阁布防严密，要想靠近藏书阁根本不可能。藏匿在夹角的凌风抬头看了看夜空，细细地想了一下，马上就有了主意："有了。"自信的他跃上屋顶，踩踏着瓦片向藏书阁靠近。

轻轻地揭开藏书阁上的瓦片，凌风清楚地看见水晶石就在藏书阁里面。水晶石通体透明，淡淡的白光从晶石里面散出来，格外地耀眼，它就像一颗夜明珠，那么的晶莹透亮。

屋顶已经被凌风揭开了一个大口子，大得足以容纳凌风的整个身体。凌风将剑插在背后，然后轻轻一跳，由屋顶潜进了藏书阁。

藏书阁不远之处，几名弟子打着灯笼往这边走来，最前方的乃是洛辰阳，每天晚上这个时候，他都会来藏书阁查看一遍，生怕别人盗取水晶石。要混进灵空山庄，恐怕除了凌风，别人都没有那么大的能耐，剑术稍长者也不会偷盗，因为他们自身已经炼出了剑，盗取了水晶石，也无多大用处。

一只厚实的手掌向前伸去，凌风用欣赏的目光看着水晶石，眼前的水晶石十分的明亮，它与玄灵晶石相比，两者形状不一，颜色也不相同。

凌风轻轻地拿起水晶石，把它揣进怀里，正当他打算离去的时候，他听到外面洛辰阳向两旁的守卫问道："今晚一切可正常？"瞬间他整个人蒙了，要是被洛辰阳发现了，少不了一场争斗。郭超教授给他的多是破解萧天郎剑式剑招的破解之法，倘若与洛辰阳交锋，岂不落得惨败？

阁楼外的洛辰阳向身后的一名弟子示意，"吱呀"一声，那名弟子打开了门。

正当洛辰阳走进来，"呼"的一下，好像有什么东西从他的面前飞了出去。

"什么人？"洛辰阳大喊了一声，随后击了一掌。

"轰"的一声，原本完好无缺的凳子，在他的一掌之下，轰然间碎了一地。再观藏书阁，哪里还有凌风的影子？原来凌风先用凳子转移洛辰阳的注意力，好为自己争取逃脱的时间。

方知中计的洛辰阳抬头看着屋顶，连声道："糟了，有人盗取了水晶石，给我追。"

闻言的几名弟子随同守卫的弟子纷纷追击，凌风早已经逃之夭夭了，他们的这般追逐，又岂能追到凌风？

书阁里,洛辰阳望着那揭开的瓦片,气恼道:"凌风,你好大的胆子,竟然盗取水晶石,虽说你爹是我的师父,可你这样的行径令人作呕,我定除了你不可。"洛辰阳满嘴的仁义道德,还不是为杀凌风找一个借口?他杀凌风的理由很简单,就是怕凌风以后取代他的位置,所以这才起了杀心。

灵天城外,秦玉儿骑着一匹马出了山庄,她看上去好像很着急。她成功诱骗紫晶石,就是想着把紫晶石交给凌风。如果让她的父亲知道她是为了凌风而骗取紫晶石的,下场很难想象。

"驾!驾!驾!!!"

她扬起马鞭,一阵阵地抽在马的身上。

山庄内,前来汇报的弟子弯曲着身体,向秦川禀报道:"报告族长,小姐已经出了城。"

得知秦玉儿出城的秦川并不感到意外,反而很悠闲地说:"我就知道玉儿心里有鬼,她竟然为了凌风而骗取紫晶石,真是伤了我的心,好了,我知道了,你下去吧!"

打一开始秦川就知道秦玉儿的目的,在洞悉秦玉儿的心思后,他还把紫晶石给了秦玉儿,看来他的心机也不单纯啊!难道他想借由此事杀害凌风?

"凌啸天,你的儿子很优秀,他日定会成为剑都的主宰,为了我,为了其余族派能够主宰剑都,我只有在你儿子还没有成气候的时候,将其扼杀,一绝永患,哈哈哈。"奸诈的秦川大笑了起来。如此看来,秦川的目的真的是要杀掉凌风。

从藏书阁逃脱的凌风一路走着,已经得到了两大晶石,下一步他打算混进灵天城,取得紫晶石。他深知要得到紫晶石不容易。这一次,他想用正规的手段拿到紫晶石。所谓的正规手段,就是通过打败守卫晶石的方法,得到晶石,但这看上去似乎不是那么容易的。

一手握着长剑,凌风向灵天城迈进。就在这个时候,从灵天城出来的秦玉儿从这儿经过。

"吁!"勒紧缰绳,秦玉儿从马上跳了下来。

一见凌风,她脸上挂着笑容,轻松地说道:"凌大哥,我刚想去找你,没承想在半路遇上了你。"

忧伤的凌风,依然还是一脸的痛苦,他说道:"你找我有什么事吗?"

"我知道你要找晶石,所以我给你带来了一个好东西。"

不明情况的凌风愣愣地看着秦玉儿。秦玉儿见他这般迷茫,先是笑了笑,继而从衣袖里掏拿着什么。

秦玉儿把手一张开,说道:"你看,我帮你拿到紫晶石了。"

根本不相信自己所看到的凌风,认真地看着紫晶石,紫晶石闪耀着紫色的光芒,浑身都是由紫色构造的。

"这,这,这就是紫晶石?"凌风不可置信地问道。

秦玉儿点着头："傻眼了吧！为了得到它，我可是骗了我爹，长这么大，我都没有骗过我爹，这次为了你，我什么都不顾了，你可得要好好地谢谢我。"

为了帮助自己凑齐四大晶石，秦玉儿骗取了她爹对她的信任，这的确让凌风深受感动。凌风感激地说道："谢谢，谢谢你！"

秦玉儿感到很温暖，为了凌风，她可以什么都不要，可见她是有多喜欢凌风啊！

在两人说话的时候，凌风看见他正前方站着一个人，那人诡异地看着凌风，令凌风感到浑身不舒服，眼神中尽是害怕。他是谁？凌风会惧怕于他？

轻轻地推开了秦玉儿，凌风一脸的局促不安。秦玉儿见此，不由得问道："凌大哥，怎么了？"

凌风并没有说话，只是直直地看着前方，秦玉儿顺势望去。当她的眼睛看见了站在不远处的人后，也是感到惊讶，心早已如小兔般跳动了，那不是激动，而是害怕。稍平定了一下起伏的心，秦玉儿迈着小步，朝那人走了过去。嘴上还甜甜地喊道："爹！"

秦川的脸色丝毫没有改变，仍然死死地看着凌风，那眼神似要把凌风生吞活剥了一样，令人寒毛竖起。

"偷盗紫晶石，按灵天山庄的规矩，处以死刑。"严肃的秦川，冷淡道。

见父亲那么严肃，秦玉儿赶紧为凌风说情道："爹，凌大哥不是山庄的人，你这样说未免太霸道了吧！"

秦川侧过头，狠狠地看着秦玉儿，怒道："你还说，你勾结外人，诱骗紫晶石，这件事，我回头再处理你。"

"你不讲理，紫晶石是你给我的，我想给谁就给谁，有我在，你休想伤害凌大哥。"

说罢，秦玉儿张开手臂挡住了秦川。哪知执意要杀凌风的秦川一手推倒了秦玉儿，还振振有词道："今天谁也阻止不了我。凌风，你偷了水晶石，还想偷紫晶石，识相的把晶石拿出来，我会让你死得好看一点。"

凌风看得分明，秦川这是借由想杀了自己，可他不明白秦川为何要杀自己，一个剑圣级的族长要对付一个初级剑士杀手，传出去也不好听呀。现在不同，秦川以凌风偷盗晶石为借口，便名正言顺了。

"族长，看来今天我是要死在你的手上了。"

灵空剑已迫出，秦川怒视着凌风："少说废话，你偷盗晶石，本就该死。"

地上的秦玉儿见秦川要向凌风下杀手，马上抱住了秦川的脚，哭喊道："爹，不要，不要，凌大哥，你快走。"

显然，秦川不为所动，他提起脚，稍用力一踢，秦玉儿弹出一丈之远，身体重重地砸在了地上。即便如此，她还竭力地喊道："凌大哥，你快走，我爹会杀了你的。"

以自己的实力还真不是秦川的对手，深知这一点的凌风，背转过身去，打算离去。一心想杀掉凌风的秦川，又岂会让他离开？他说道："想走，我看你往哪儿走！"

走动的凌风感觉到一股力朝自己压来，没等他转过身，灵空剑已刺了过来。机敏的凌风快速抽出剑，灵空剑落在他的剑体上。秦川动用了灵空剑法，要杀掉凌风，对他来说还不是一件再简单不过的事情？他没有使出浑元体，考虑到日后天下剑士的议论，他所出之招，也是有规避的。

处以险境的凌风，贯元力于一身，他轻身一跳，一道强有力的剑风飞了出去。身后的秦川稳步不动，剑一挥动，那道剑风被他的这一剑给抵触了。

左手提掌，充沛的元力凝聚掌心，若是这一掌打出去，凌风还不得身受其伤？眼看着秦川要击出那一掌，秦玉儿从地上站了起来，她那是要替凌风接那一掌吗？

"呼"的一声，强劲的掌力飞了出去，与此同时，秦玉儿将身一飞，整个人挡在了凌风的身上。

"扑哧！"那一掌确实不轻，鲜红的血液从秦玉儿的口中流了出来，秦玉儿再一次重重地落在了地上。

慌张的凌风跑了过去，将其扶了起来，责怪道："你为什么这么傻，为我挡这一掌？"

受伤的秦玉儿竟微微地笑了一下，她眼望着凌风，虚弱道："只要你能好好的，我做什么都值了。"她缓缓地张开那只紧握的手，说道，"凌大哥，这是紫晶石，你收好，快走。"

从秦玉儿的手上拿过紫晶石，凌风一脸痛苦。秦玉儿用力地推开了他，"你快走。"生怕父亲再一次迫害凌风的秦玉儿大声喊道。

秦川哪会轻易放过凌风？更何况凌风拿走了紫晶石。"凌风，你休想走。"

正当秦川再次想对凌风不利的时候，负伤的秦玉儿紧紧地抱住了秦川的脚，哭着道："爹，不要，不要。"

如果再对秦玉儿施以重手的话，秦玉儿很有可能会死。明了这一点的秦川只能眼睁睁地看着凌风走了。

"哎，玉儿，你这是干什么？"

直到凌风走远了，秦玉儿才松了一口气，重伤的她笑着说："只要他能好好的，就算是死我也值得。"

无奈，自己的女儿喜欢凌风，他又能怎么办呢？"你们是不可能在一起的！"尽管秦玉儿阻止了自己，可毕竟她是自己的女儿，秦川又怎会弃她于不顾？

将身低下，秦川为她疗着伤。

辽阔的草地，小草青青，脱险的凌风向前走着，手上拿着的紫晶石对他来说是多么的沉重，那是秦玉儿冒着生命危险得到的。行走的他，回想起刚才发生的那一幕，他才知道原来秦玉儿为他做了那么多，心不由得抽痛了一下。

"杀啊！杀啊！……"不远处，几十名剑士正追着一名剑士。

第三十七章　群雄并起

逃跑的剑士满身血迹，好像是受了伤。在这个险恶的剑都，会出现这样的场景，再正常不过了。剑都的恩恩怨怨，儿女情仇，在凌风眼里屡见不鲜，因为在他的身上就已经有过这样的经历。

身受重伤的剑士拼命地跑着，他们正朝向凌风这边跑来，眼看着他们以多欺少，凌风会袖手旁观吗？

很快，那些剑士追上了逃跑的剑士，负伤的剑士站在原地不动，害怕地看着他们："你们真的要杀了我？"

"废话，把东西交出来，否则要了你的小命！"数十名剑士中，有人说道。

执拗的剑士，就算是死也不肯把东西交出来，他瞪着他们："你们休想从我的手上得到它，像你们这些品性败坏的人，根本就不配得到它。"

是什么样的一件东西让那名剑士竟连命都不顾，也不交出去？"好，看来只有杀了你才能拿到它，兄弟们，动手。"

几名剑士围了上去，欲要杀害那名剑士。"嗖"的一声，凌风快步向前，出现在他们的面前。喝道："你们这些人，还有没有一点羞耻心？这么多人对付一个受伤的人，难道不怕天下剑士耻笑吗？"

当中一名相貌丑陋的剑士，狂妄道："你哪儿来的东西，敢在这儿充好汉，真是不要命了。"

凌风拍了拍负伤的剑士，说道："别怕，有我在，你不会有事的。"

"看来你是想找死了，给我上。"

几十名剑士冲了上来，凌风拔出了剑，剑一扭转，一道无形的力散开，那些围将上来的剑士全部被弹了出去，全部倒在了地上。

那些剑士很快又从地上站了起来，再次地攻向凌风，他们的那一点点功力，凌风毫不放在眼里。他拿起剑，对抗着这几十名剑士。一旁的剑士观看着，凌风使出的剑法让他很是惊叹。

因为凌风的剑法不仅快还变化多端，短短的剑招里糅合了灵虚剑法、灵天剑法以及乱剑法。能同时使出三大剑法，也只有凌风能想得到，也只有他能够做得到。

随时变换的剑招，使对方不知道凌风使剑的出路。"噌噌噌！"他们还没来得及反应，手上的剑全部被凌风挑落。凌风提脚，疾速提起的脚压在他们的身上。随着这用力的一压，他们全部倒在了地上。

"你们还不走，是不是还想再吃我几脚？"

"走，走，走！"惨败的他们，拾起地上的剑，灰溜溜地逃走了。

这里恢复了平静，受伤的剑士走了过来，他低下身，道谢道："多谢公子出手相救，敢问公子尊姓大名。"

"我叫凌风，路见不平拔刀相助，大侠不必相谢，我还有事，就此别过。"急于寻找天元晶石的凌风欲要离去。

身后的剑士喊道："凌少侠，等一等！"

凌风的脚步停了下来，剑士走上前来，说道："初见凌少侠，深深被凌少侠的正义之气所感染，像我这等剑士，纵使是得到了四大晶石，也难有成就，今承蒙凌少侠相救，我决定把我所得之物送给凌少侠，以报救命之恩。"

茫然的凌风看着他，不知道那剑士要做什么。

剑士从身上取出了一件东西，他手紧握，表情神秘。待他将手轻轻地松开，一块晶石躺立在他的手心里。他手上的晶石就是天元晶石，天元晶石泛着红色，貌似一块红宝玉。托着晶石，剑士说道："这块天元晶石我已获得多时，剑都上的人知道我得到了天元晶石后，追杀我，想从我的手上抢走天元晶石，今天我把它送给你，希望你能炼成剑。"

看着天元晶石，凌风很是兴奋。但他又是一个耿直的人，于是说道："天元晶石对每一个剑士来说是很重要的，这块晶石我不能要，它是你用生命换来的。"

"好的东西只有给合适的人，才能发挥它的特性，自从有了这块晶石，我每天被剑士追杀，与其如此，倒不如赠给你，解脱了我的痛苦，也成全了你。凌少侠收下吧！"说着，剑士强行把天元晶石塞在了凌风的手里。

"这，这，这……"为难的凌风纠结了起来。

"这是我的一番心意，少侠不必过谦，剑都之险，凌少侠多加小心，告辞了。"剑士双拳一抱，便匆匆地走了。

望着剑士离去，突然得到天元晶石的凌风还停留在吃惊中。现在四大晶石凑齐了，凌风就可以炼剑了，这对于凌风来说是最高兴的一件事了。

手拿着晶石，凌风痴痴地端详着，自言自语道："晶石已集齐，炼剑之期已经不远。"

身上有四块晶石也不是一件好事，剑都上的剑士很有可能来抢夺。这一点凌风是知道的，他把天元晶石放进衣袖中，言道："我得赶紧回去，万一晶石被人抢夺了去，这么长时间的努力就白费了。"惶恐的他，转过身，踏上了返回的征途。

这天晚上，三名神秘者再次地聚在了一起，密室内，他们又在密谋着。就是他们派人杀死了秦朗，他们到底是谁？可惜秦朗临死前也没能把三名神秘者的身份说出来。

"秦朗一死，我们的身份得以保全，这都是你的功劳啊！要不是你派人查出他们的下落，要不是你派人杀死了秦朗，我们的身份恐怕早就暴露了。"一名神秘者对着上方站着的一神秘者说道。

"我们是一条船上的人，你说那样的话就客气了，今天把你们叫过来，其实还有一件更为重要的事，这一次，我们一定可以得到《灵空剑谱》。"那人说道。

闻见可以得到《灵空剑谱》，第三名神秘者来了兴趣，他忙问道："你何以如此肯定？"

第三十七章　群雄并起

"我们寻找金武这么多年了,一直都没有消息,近来,我派出的人得知,在祁连山藏着一个名叫凌啸天的人。当时我也好奇,但我可以肯定金武一定是借用了凌啸天的名字,藏了起来。"那人十分断定道。

他这么一说,立即引来了另一神秘者附会:"我说呢,原来他以凌啸天的身份隐藏了起来,怪不得我们这么多年都找不到他。"

"只要找到金武,就找到了灵空剑谱,得到了剑谱,我们就可以成神了,哈哈哈!!!"

三人高兴地笑了起来。金武被查了出来,他的处境变得十分地危险。

第三十八章　剑道初成

　　星夜时分，金紫衣站在竹舍外守望着，凌风离开竹舍已有好长一段时间，每天晚上，金紫衣都会站在竹舍外等候。
　　这天晚上，凌风回来了，金紫衣一见到从夜色中走来的凌风，便欢快地迎了过去："凌大哥，你回来了。"
　　凌风冲紫衣一笑，而后朝竹舍走去。"师父，师父……"还没进去，凌风在竹舍外面喊道。
　　听见凌风声音的郭超从竹舍里走了出来，当他看见凌风的那一刹那，目光中尽是欣慰，因为他知道凌风已经集齐了四大晶石。"凌风，你跟我来。"只一句，郭超就向黑暗的山林走去。
　　困惑的郭若兰望着凌风随着她的爷爷进了山林，金紫衣也呆呆地看着。
　　山林间，郭超站在那儿，背对着凌风，说道："徒儿，你现在已经集齐了四大晶石，当务之急，要把你得到的四大晶石注入你的体内，你才能炼剑。"
　　疑惑的凌风从身上取出了四大晶石，问道："师父，怎样才能把四大晶石注入到体内？"
　　回转过身，郭超说道："你且坐下，我来帮你把四大晶石注入体内。"
　　双腿一屈，凌风盘坐在地上，他双手打开，四大晶石握在手心上。郭超催动元力，凌风手上的晶石飞了起来，却没有掉下。四大晶石悬浮在半空，郭超捻动着手指，嘴上念着口诀。
　　如果靠自己把晶石注入体内需要几天时间，晶石相当于炼剑的铁。普通的剑是用铁铸成的，而体内的剑则是用晶石合成的。注入晶石的过程相当于锤炼，而真正要炼出剑，还得靠自己。
　　四大晶石在凌风的面前浮动，不同颜色的光芒映照在凌风的眼前，凌风双眼微微闭合。四大晶石开始绕着他的身体转动，郭超用元力控制着，催力一打，四大晶石打入了凌风的体内。
　　郭超站起身来，说道："四大晶石已经注入了你的体内，你要想炼出剑，必须让四大晶石融入你的身体，接下来你必须靠自己修炼，修炼剑的关键看你如何用你的怒气、元气、真气炼化四大晶石了，剑炼出之后，如果没有剑气的话与普通剑没什么区别，剑气是由五元构成的，如何才能得到五元，那就要去问金武了。你好好炼剑吧！"说完，郭超返身回去了。

盘坐在地上的凌风舞动着手臂,他试着炼剑,试着按照郭超说的那样,用身体里的四大之气炼化剑。从他那般认真的模样来看,不炼出剑他是不会停止的。一旦炼出剑后,他就要回去了,因为对于修炼五元,金武是最清楚的了。

月亮高高地挂着,小小庭院,秦玉儿抬头观赏着星空,嘴上念叨着:"不知道凌大哥怎么样了?"她甚是想念,可她又走不出灵天城,秦川已经吩咐了灵天城上下的弟子,不准放她走。她要是想逃出去谁又能够拦得住她?只是她怕她一走,秦川又会杀害凌风,所以,她选择了留在灵天城。

一道长影落在地上,秦川出现在她的背后,他注视着秦玉儿,看她满腹愁绪,心情也低落了许多。"玉儿,你又在想凌风吧?他有什么好,为了炼剑,做出苟且之事,他不值得你这样。"

"爹,你错怪凌大哥了,他父母走得早,他的哥哥前段时间又被人杀害了,他承受了太多太多。"

一听说凌风的哥哥,秦川问道:"他哥哥,你说的可是凌云,凌风什么时候找到了凌云?"

事情到了这儿,秦玉儿也没有必要隐瞒了,她回道:"其实,他的哥哥就是秦朗。"

听到这个结果,秦川一点都不感到意外,好像他早就知道秦朗就是凌风的哥哥一样。"这样啊!上天还真会捉弄人,兜了这么一个大圈子,原来他的哥哥就在山庄,而我还派人四处查找。"

"谁说不是呢?爹,你看凌风的身世这么的凄惨,紫晶石的事情你就别再为难他了,算女儿求你了。"秦玉儿为凌风求情道。

即便秦川不杀凌风,他得到了四大晶石,天下剑士定然会找他的麻烦。向来初级剑士都是受尽了磨难才向更高级迈进的。

稍微地想了想,秦川回道:"好吧!我就不追究他了,但是你不能再见他,不然的话……"

为了凌风,连生命都不顾的秦玉儿,还会在意见与不见?只要凌风平平安安的,她比什么都开心。秦玉儿拉起秦川的手臂,不假思索地答道:"好,好,好,不见就不见。"

"这是你亲口答应的,我可没有逼你。"秦川一本正经道。

小鸟依人的秦玉儿偎依在秦川的怀中:"只要你不伤害凌大哥,我什么都听你的。"

整整一个晚上,凌风都在炼剑,从未停歇过。身体内的四大晶石早已炼化了,一把银白色的剑在他的体内转动着,通过不断地炼化,他终于炼出剑了。

"赤天剑!!!"

凌风张开双眼,疾呼一声,体内的剑慢慢地由身体里面幻化出来。和中级以上的剑士一样,那把剑先是一层透明状,继而慢慢地显现了出来。

手握着赤天剑，凌风开怀地笑了，这是他这段时间以来唯一一次的笑容。"我炼出剑了！我炼出剑了！"高兴得他猛地站了起来，舞动着赤天剑。

赤天剑并没有特别之处，和普通的剑相比唯一不同的是它能够自由召唤。可能是没有剑气，可能是凌风的等级不够高，赤天剑看上去才那么平平常常。

此刻，凌风的等级已是剑尊了，有了赤天剑，接下来就是给赤天剑注入剑气了，剑气乃是五元所会聚，自然他得炼齐五元，要炼齐五元，只有金武才知其中奥妙，那么，凌风只有踏上归途，寻求金武的指导了。

晨阳高照，天空一片湛蓝，轻柔的白云飘浮着。深秋时节，落叶满地，光秃秃的枝干只有几片残叶随风飘扬。

竹舍间，金紫衣和凌风站在竹梯下，郭超、郭若兰面对着他们，一副难舍难分的表情。由这般情景看来，凌风和金紫衣这是要踏上归途了。

"师父，徒儿要走了，您多保重。"凌风拜别道。

郭超看着凌风，他知道这一天终会来临，但他必须要面对。在有生之年能教出这么一名出色的徒弟，郭超的心愿也了了。至少一生的修炼找到传承之人了，也不会遗憾终老了。

"徒儿，见到你的义父，代我向他问好。"郭超言道。

即将要离去，在竹舍待了这么长时间，自然有点不舍。这段时间，金紫衣从郭若兰的身上学到了不少的医术。离别前，她动情地看着郭若兰："若兰姐姐，我们要走了，你好好照顾自己。"

看着金紫衣可爱的脸蛋，郭若兰笑了笑，随后从身上拿出了几颗药丸，交给了金紫衣："紫衣妹妹，这几颗药丸都是用名贵的药材提炼而成的，虽说不能起死回生，但要用作疗伤，还是很有效果的。"

从郭若兰的手中取过了丹药，金紫衣道谢着："谢谢若兰姐姐。"

凌风和金紫衣拜别了郭超、郭若兰，随后踏上了回归的征途。

目送着他们离去，郭超心中不舍，这段时间看着凌风由低级剑士跻身于中级剑士，他甚是欣慰。目睹了分分合合，他心中也有别样的情怀。剑都是怎样的，他看得十分透彻，心里为险恶的剑都而萌发出悲凉之心。

灵空山庄水晶石被盗一事，让洛辰阳甚是恼火。连日来，他派了很多门徒搜寻凌风的下落，均无果。

大堂上，几十名弟子分站两边，洛辰阳威严地坐在上面。"你们是怎么办事的？这么多天了，连凌风的影子都找不到！"

一弟子惴惴不安道："弟子有错，请族长惩罚。"

洛辰阳摆了摆手，说："算了，剑都就这么大，我就不信找不到凌风！你们向剑都发出追杀令，凡是能杀了凌风的人，我有重赏。"

那弟子领命道："是，族长，弟子现在就去办。"

刚才还晴空万里，一下子变得阴暗了起来。祁连山顶上，一团黑云笼罩着天空，好像在预示着什么。

偶尔,两三道黑影从中飘过,他们极其神秘。这三名黑衣人即是杀害凌风父母的人,他们此番前来,是为了抢夺金武手中的《灵空剑谱》。

山中,一座小木屋坐落于此,房门紧闭,很是安静。悄悄地,三名黑衣人出现在房门口。

"咚"的一声,三人撞开了门,映入他们眼帘的是空荡荡的房间。

"难道金武知道我们要来,逃走了?"一人猜测道。

另一人否定道:"不可能,我们的行踪十分隐蔽,他怎么可能知道我们要来?可能他们外出了。"

"那我们就等他们回来,这次说什么也不能让他给逃了。"第三人声明道。看来,他们是不得到《灵空剑谱》誓不罢休。

僻静的小树林里,一座坟墓静静地屹立在那儿。坟墓看上去已有多年,墓碑明显有些破损。再看墓碑上刻着墓主人的名字,原来,这是凌啸天夫妇的坟墓。

"啸天兄,今天我和雪儿来看你了。"墓碑前,金武和他的妻子杨雪站立在那儿。

他们一脸的悲伤,作为凌啸天的好朋友,他每年都会来祭拜。杨雪俯下身,打开了带来的祭品,逐一地摆放在坟前,口中说道:"湘湘,风儿已经长大成人了,你可以放心了。"

说起凌风,金武的心中生起了愧疚感。多年以来,他隐居山林,未曾找过凌云,这是他唯一对不起凌啸天的地方。金武低着头,语带自责道:"啸天兄,我对不起你,凌云至今还没有下落,也不知道凌风有没有找到凌云。"

摆好祭品,杨雪站直了身体,安抚道:"凌风会找到凌云的。"他们又哪会知道凌云已经惨死,更不会知道神秘者已经知道了他们的下落。

风不停地吹着,黑云把整个天空覆盖了,金武抬头望了望天空,说道:"马上要下雨了,我们回去吧!"

于是,杨雪拿起了地上的饭盒,两人并步往回走着。

小木屋门前,神秘者把门扣上。他们好像在掩盖着什么。"听说金武的功力恢复了,我们如果硬抢的话,可能讨不到好处。"

"那要怎么办?"中间的一名神秘者忧心道。

另一个一向诡计多端的神秘者嘿嘿地笑了笑,然后招了招手,道:"我们不妨和他玩一场死亡游戏。"

其余不解的两名神秘者将头靠了过来,另一名神秘者在他们的耳旁细细地说着,那两人听着连连点头。

当那名神秘者说完之后,另外两名神秘者大笑道:"好,好,就这么办!这次我看金武还能往哪里逃!"

随后,三名神秘者"呼"的一下消失不见了,他们隐藏了起来,等待金武的出现。由此看来,金武是在劫难逃了。

山路上，金武带着杨雪正往家赶，呼啸的风声，震耳的雷鸣声，这一切好像都是一种不祥的征兆。

金武搀扶着杨雪向前走着，他们得在雨还没有落下来之前赶回家，等待着他们的将是难以预测的凶险。神秘者口中的"死亡游戏"是怎样的？他们会用什么样的手段逼迫金武交出《灵空剑谱》？

风不断地刮着，小木屋已是十分凌乱，被吹倒的物体散了一地。此时，金武和杨雪祭坟归来。他们看着房屋如此凌乱，大风刮个不停，也没有怀疑有什么人闯入了。杨雪埋怨了起来："这天也是的，出去的时候好好的，才没一会儿工夫，又是刮风又是打雷，令人好生烦躁。"

金武笑了笑，说道："都到家了，管它刮风还是打雷，走，我们回屋吧！"两人相互依靠着，走进了房间。

当晚，小木屋点燃着几盏灯，房间里的杨雪正缝补着衣物。金武从床头上取过一件衣服，将其披在了身上，口中说道："雪儿，我去练剑了，天也不早了，你早点休息。"

虽然金武达到了剑圣级别，自打功力散尽再度恢复后，他的功力已不如从前，为了把自身的功力提升到以前的那个层面，他隔三岔五地练剑，一练就是一个晚上，就连杨雪也不知道他练剑的地方在哪儿，他的行踪极其神秘。

"我说金武，你都一把年纪了，还练剑啊！是不是想着有一天重出剑都啊？"

对于杨雪的这番讪笑，金武只笑了笑，道："我走了。"一转身，金武走出了房间。

就在他离开不久之后，三名神秘者出现了，他们鬼鬼祟祟地躲在小窗口，商量着："金武已经走了，我们可以动手了。"

烛光跳动，房间里的杨雪似乎觉察到什么，她抬起头，喝道："谁？"

三名神秘者紧接着跳窗而出，坦荡地站在那儿，还说笑道："金夫人好听觉啊，整整十八年了，我们找了你们十八年，可算是让我们找着了。"

望着那三名神秘者，杨雪一眼看出他们的目的："是你们？你们就是杀害凌大哥的凶手？"

神秘者回道："没错，就是我们，凌啸天当年设局骗了我们，你万万没想到今天我们会找到这儿来吧？"

确认了眼前三名神秘者就是当年杀死凌氏夫妇的凶手，杨雪心中怒气顿生，一把剑从她的心中召唤了出来。十八年来，她第一次动用元力，势单力薄的她握起剑，怒喊道："我要为他们报仇。"

三名神秘者用蔑视的眼光看着杨雪，他们倒是没有召唤剑。剑是一个人身份的代表，若迫出了剑，那就等于暴露了自己的身份。他们的做法和当年诱杀凌啸天一模一样，可见他们隐藏得十分严密。

眼见着杨雪持剑向他们攻来，三名神秘者运行体内的元力，三道力会聚于掌心。应手一出，三道力同时地飞向杨雪。多年未曾动用元力的杨雪，动作显得有些迟缓。她翻身一起，身体凌于半空。三道力从她的身后飞过，她算是避过了这一招。

紧接着，杨雪使出所有的功力，一招凌空斩，由空中向神秘者袭去。神秘者伸出手掌，周身形成了一道屏障，在屏障的保护之下，杨雪使的那招剑气才没有了威力。

破除了杨雪的剑气，三名神秘者从体中迫出了三元，这三元就是五元中的水元、火元、木元。虽然不能使剑，可这三元也有着超强的攻击力。可以说，体中之元好比剑的灵魂，即使在没有剑的情况下，体中之元也发挥着不可替代的威力。

见此，杨雪也只得逼迫出体中的元，杨雪还只是剑仙，身体里面只有金元、火元这两道元。

体中之元迫了出来，她单手一击，两元飞了出去。与此同时，三名神秘者将三元驱出体内，用力一击，三元迎击出去。

他们迫出的元呈圆形，五道元交织在一起，杨雪挥剑控制着元，神秘者则用元力操控着元。那三道元乃是神秘者体中最强大的元，再加上杨雪的级别本就没有他们高，孤身一人应对，她又怎么会是神秘者的对手？

五元急速地转动着，杨雪的元明显抵不过压制，渐渐地败下阵来。"轰隆"一声，她迫出的两道元毁灭了。

元的破灭相当于身体受到了损害，"扑哧"受了内伤的杨雪，一口鲜血吐出。负伤之后的她，元力也减弱了，手上的剑渐渐地化为透明，最后确是消失不见了。

"你是打不过我们的，还是束手就擒吧！"神秘者说道。

杨雪坚持地站着，凶手就在前面，她却没有能力取他们的性命。懊恼之际，她拼尽最后一点力量，手紧握成拳头状，欲要进攻。

还没等她发起攻击，一名神秘者神速地移动到她的面前，当即一掌打在了杨雪的身上。承受不住的杨雪倒在了地上，昏迷了过去。

其余两名神秘者走了过来，他们看着地上的杨雪，得意万分，一人畅快道："有了她，金武还不得乖乖地交出《灵空剑谱》？"

"这场死亡游戏才刚刚开始，我看金武是要《灵空剑谱》，还是要他妻子的性命。"一神秘者眼神中闪射出邪恶的目光，他们口中所谓的死亡游戏就是拿杨雪要挟金武，这等卑鄙的行径恐怕也只有他们能做得出来了。

山林深处，暗黑的山洞里有一烛光跳动，烛光跳动处，剑影飞扬。这就是金武平时练剑的地方，他在此练剑又是因何？难道他在偷偷地练《灵空剑谱》？这不可能，金武是个坦荡之人，岂会做出小人之事。

剑之飞舞，厚厚的土墙留下了几道剑痕，细细端详，墙壁上好像有字，那像是用剑刻上去的。由于太黑，内容看不明确。

他将剑收起，然后站立在墙壁前，动情地看着墙壁上刻画的字，好像在欣赏自己的作品。他轻捻胡须，自是一番得意，随之叹道："好了，我想要做的都已经做好了，这样我也对得起凌大哥了。"是什么样的一件事让他发出这样的感慨？如此看来，他时常来此倒不是练剑，倒像在做一件特别的事。

第三十八章 剑道初成

第三十九章　死亡之战

天一亮，练习了一晚上的金武回到了小木屋，当他打开门的那一刹那，整个人愣了一下。房间里保持着原有的格局，唯一不同的是杨雪不在其中。

"雪儿，雪儿……"见房间里空无一人，金武以为杨雪出去了，于是他大声喊道。

空荡荡的房间只有金武的声音回荡，连喊了几声，没有任何动静。金武喃喃道："雪儿这么早去哪儿了？"

他在房间里走动着，正在他犯嘀咕之际，一张压在桌子上的纸条引起了他的注意。至此，他开始不安了起来。他快步走到桌子边，伸手拿起了纸条，纸条上写着：金武，你想救你的妻子吗？那就来祁连山山脚吧！记住，带上《灵空剑谱》，我们在那儿等你，你可要快点来，过时不候！

愤怒的金武将纸一卷，丢在了地上，嘴上谩骂道："卑鄙，竟用这样的手段夺取剑谱。"扭身一走，金武按照神秘者说的地方，往祁连山脚下去了。

祁连山脚下，放眼过去，平坦开阔的草地，几棵大树挺立着，杨雪被绑在树上，不能动弹。三名神秘者站在杨雪的面前，此时杨雪已醒，她望着神秘者，晃动着身体，叫嚣道："你们想干什么？把我放了。"

"别费劲儿了，你是挣脱不开的，还是等你的丈夫来救你吧！"一神秘者说道。

被绑的杨雪也能猜得出神秘者的动机，她停止了挣扎，自信道："你们想利用我威胁金武交出《灵空剑谱》？我劝你们还是死心了吧！金武是不会把剑谱给你们的。"

神秘者冷笑了一声："是吗？那我倒看看他是怎样选择的！"

稍时，金武出现在他们的面前，神秘者看见了他，说道："你来得挺快的嘛！看来你是在乎你的妻子的。"

"少废话，你们想干什么？"

中间的一名神秘者，走动了一下，故作温和道："只要你交出《灵空剑谱》，什么话都好说。"

"金武，不要，《灵空剑谱》是凌大哥的，如果你让它落到了别人的手里，你对得起死去的凌大哥吗？"杨雪极力喊道。

第三名神秘者张开手掌，一掌打晕了杨雪。随后他对金武说道："如果你不交出《灵空剑谱》，我就杀了你的妻子，你是要剑谱还是要你妻子，你自己看着办吧！"

如今杨雪在他们的手中，金武还有得选择吗？他咬了咬牙，痛下决心道："我把剑谱给你们，你们先放了雪儿。"

"别以为我不知道你在想什么！我们放了她，你还不得把剑谱给毁了？少废话，赶紧交出剑谱，我们可没那么多的耐心和你耗。"神秘者逼迫道。

神秘者见金武没有交出《灵空剑谱》的动向，他掌心凝聚了元力，恶狠狠地望着金武。形势已容不了金武多想了，他高举左手，喊道："慢，我把《灵空剑谱》给你们。"

被迫的金武从身上拿出了《灵空剑谱》，神秘者看着，眼睛直冒绿光。等了这么长的时间，他们终于要得到灵空剑谱了，这让他们兴奋不已。

拿着剑谱，金武想起了凌啸天去世的那个晚上。凌啸天去世前，曾偷偷地和金武说着："金武，《灵空剑谱》所记载的都是四大族派的剑式剑招，以及一些功法的修炼之法，要想依靠剑谱练成剑神，根本是不可能的。剑谱就在我的书房，它关乎剑都的存亡，你要，你要，你要好好保管……"

这便是凌啸天的遗言，也许《灵空剑谱》真的没有记载修炼成神的方法，要不然掌管剑谱数十载的凌啸天以及保管剑谱数十年的金武怎么可能还只是剑神？

"咻"的一声，金武把剑谱丢了过去，并言道："即使你们有了剑谱，你们也修炼不成剑神的。"

"这就不用你操心了，剑谱在我们手上，练不练得成只有我们自己知道。"神秘者接过剑谱，说道。

"剑谱已经给了你们，你们快把雪儿给放了。"

神秘者慢慢地解开杨雪身上的绳索，诡异地笑着。昏迷中的杨雪渐渐地醒了过来，当她看见神秘者手上的剑谱，她全明白了。金武的做法让她很失望，她埋怨道："金武，你怎么可以这样做？"

如果可以，金武也不想那样做，《灵空剑谱》是凌啸天唯一的遗物，他本打算等凌风回来交给他的，可没想到发生了这样的事情。

"你可以走了。"神秘者说道。得到剑谱的神秘者异常高兴，正当他们高兴之时，脱险后的杨雪身体一转，右手一伸，意图抢回剑谱。

她的举动是被神秘者发现了，本着要杀了杨雪的初衷，三名神秘者使出了最强大的元力，先是有三道元力从他们的掌心飞出，继而三道元力化成了一道元力，那一道合成的元力打在了杨雪的身上。受此一击的杨雪身体飞了出去，整个人重重地落在了地上。

金武快步跑了上去，将其扶起，奈何，重伤的杨雪口吐鲜血，气息奄奄："金武，一定要，一定要拿回，拿回《灵空剑谱》。"杨雪的手一垂，双眼一闭，离开了世界。

金武血脉贲张，浑身元力散布，灵虚剑浮现在空中。悲伤的他放下了杨雪，

一手拿过灵虚剑，面对着神秘者，眼睛里迸发出凶狠的目光。原想把剑谱给他们以救回杨雪，如今杨雪一死，仇恨充满了他整个大脑。

看着金武的变化，神秘者有些害怕了，毕竟金武是一名剑圣，倘若再不出剑，以三人的功力只能勉强应对，要将其杀之，只有三人合力出剑才行。

三人相望了一眼，顿时，三把剑从他们的身体里面召唤了出来。当金武看见他们的剑时，惊呼道："是你们？原来真正的凶手竟是我们最熟悉的人。"

剑是剑士的象征，当金武知道真正的凶手后，他难以相信，眼睛里尽是不解，他怎么会想到神秘者会是自己熟悉的人？

"你没想到吧？不过可惜了，即使你知道杀害凌啸天的是我们，那又怎么样？金武，今天是你的死期，接招吧！"神秘者说道。

深知处境危险的金武，把所有的元力会聚到剑上，剑端之上衍生出一团团的气息，他的剑散发出浅蓝色的光，这种光代表着剑气。他的剑气有三：金元、水元、火元。神秘者见此，纷纷效仿，手中之剑也散发着不同的光芒，然则象征剑气的只有三种不同的光芒，即蓝、红、绿。剑体颜色的不同取决于体内元的不同，但处于剑圣级别的他们，身体内只能够享有三道元，整个剑都也只有凌啸天拥有四元，要想炼齐五元，怕是达不到剑神这级别难以炼成。

金武当空一剑，瞬间，手上握着的灵虚剑幻化成数万把，这一招名为"万剑归宗"，数万把剑凌于半空，金武随即一挥动，数万把剑涌向三名神秘者。

见此剑招的神秘者，相互对望了一眼，共同使出一招"封剑式"，封剑式使出之后，他们手上的剑会蹿出一道似剑非剑的透明物体，俗称为剑气。这道剑气乃是集三名神秘者体内的元所成，具有镇压作用。

三道剑气飞了出去，由小及大地把数万把剑包围了起来，单是这样哪能抵挡住万把剑的攻击？地上的神秘者不断地输入元力于剑端之上，加上元的转化，使之变得越为强大。

空气仿佛定格了一般，封剑式把数万把剑给定住了。所谓的封剑式就是克制于"万剑归宗"的剑招，当然，要使出封剑式可不那么容易，须得元力深厚，炼成二元。可以说剑士的招式都是可以相互克制的，谁能强于一方，关键在于谁的身体内的元力深、气道足。

被架空的万剑归宗失去了杀伤力，金武转动着灵虚剑，开始变换下一个招数。他一手将剑凌于半空，数万把剑回归本体，随即从空中拿过剑，箭步一走，直冲向神秘者。

神秘者目视着金武冲来，已做好了充分的准备。这一战势必惊天动地，四名剑圣级别的剑士相斗，把各自的招式发挥到了极致。

剑之所向，好比披荆斩棘，地上的落叶随之散开，这样大的阵势，也只有剑圣才能做到。

"百步穿杨！"金武大喝一声，剑一挥动，灵虚剑变得十分的庞大，与其说成是剑变庞大了，还不如说金武发出的剑气十分强悍。这招百步穿杨，结合了真气、元气、灵气、怒气，再加上真元的力量，可谓是夺命招。快速向前奔去，神秘者与之交碰。四剑相交，元力合击，超强的阵容就连周围的树木都被震动了。

灵虚剑击在他们的剑上，彼此牵制着。神秘者使出的招式也很精练，三人合力完全可以化解金武的百步穿杨。合击之下，金武发出的阵势被磨合得差不多了。灵虚剑压在三剑之上，神秘者竟卑鄙地施用元力。三人把自身的元力全部融合在一起，再一释放，飞蹿出去。

注意到他们这一举动的金武赶紧撤回了剑，准备以力抗力，可事已晚矣，飞出的元力已经强势到不可抵挡了。即使时间容得上反应，以他一个人的元力能消除三道合力吗？

元力打在金武的身上，金武在元力的压迫下，身体往后倒去。见势，紧逼的神秘者更是快速出击，三剑齐发，他们的剑脱离了双手，直刺向金武。

抵抗的金武还没有减弱元力的威力，便要应对剑气的攻击。一边是力，一边是气，自是应接不暇。金武受到元力压迫后，整个人的攻击力降低了一成，就连防御力也受到了严峻的挑战。

他催动意念，手中的剑飞了出去。

"嘶！"三剑朝向，灵虚剑被摧毁了，原是泛着浅蓝色之光的灵虚剑，光芒逐渐地消散，最终化为乌有了。

作为一名剑士，剑被摧毁，是非常可悲的。凡剑者，本是因剑而生，因剑而死，如今灵虚剑被摧毁，金武还拿什么和神秘者斗？

没有了灵虚剑，金武只得动用体中之元以及元气了。没有剑体，虚有其气，功力自是减弱了不少。

"回剑！"神秘者收回了剑，他们右手张开，搭在剑上。剑再次充满了力，而这种力又不同于元力，它乃是贯于心、气、神于一体使出的。

"散功式！"神秘者喝道。正如他们所喊的那般，散功式是散尽剑士体内元力的，这和散功掌有神似的地方，不同的是，散功掌乃是掌心所发，而散功式是剑之所发。招式不同，造成的杀伤力也是不同的。

神速的神秘者，瞬间幻变至金武的身边。三剑于不同的方向刺向金武的身体部位。要不是掩盖了死穴，那三剑足可以置金武于死地。虽是没有对金武造成致命的一击，可神秘者使出的散功式已经对他造成了伤害。

"嗤"的一声，金武的化体已经被他们破解了。化体是剑士隐藏死穴的一种手法。

转动身体，神秘者再次以剑攻击金武的要害之处，习武多年的金武没有了化体的保护，体中的功力也被消除了。没有了功力，体中的元力也无法运用。现在的他根本就没有能力对抗三名神秘者，等待他的将是死亡。

勉强地躲闪，却还是没有避过神秘者的一脚。飞出的身体重重地落在了地上，嘴角不断地渗出鲜血。元力尘封，功力化解，化体被破，金武没有还击能力。躺在地上的他只有眼巴巴地看着三名神秘者向他靠近。

第三十九章　死亡之战

小木屋外，凌风和金紫衣已经回来了，他们推门一进，空荡的房间让金紫衣感到一阵不安。凌风发现了地上的纸团，他将其拾了起来。读罢，方知发生的一切。

激动的金紫衣赶紧往祁连山下跑去，凌风紧随其后，两人的脸上尽是急切的表情。

山脚下，凶残的神秘者瞪着金武，金武愤恨地看着他们。他很后悔，后悔把《灵空剑谱》给了他们。死，对于金武来说并不可怕。《灵空剑谱》一出，势必会引起剑都剑士的抢夺。

神秘者快速地跑到金武的身边，三把剑同时地插在金武的身上。以一人之力与三名剑圣级的神秘者相斗，自是不敌。受剑后的金武眼前一片模糊，鲜血不断地从他的身体里面流出来。他痛苦地看着天空，为日后的剑谱引起的风云而忧心。残暴的神秘者不仅仅刺杀了金武，还摧残了金武的身体。他们三人合力在金武的身上击了一掌。即便是再强悍的剑圣，在功力散尽、化体被毁的情况下，也难以活命。

"金武，这就是你的下场，你就看着我们怎么炼成剑神，成为剑都至尊吧！"神秘者鄙夷地看着金武，脸上尽是得意。金武看着他们轻狂地走了，慢慢地合上了双眼。

不一会儿，凌风和金紫衣赶到了这儿。当他们看见惨烈的一幕时，整个人瞬间失控了。金紫衣跑到杨雪的身边，哭喊道："娘，娘，娘……"

略怔了一会儿，凌风迈着沉重的脚步，哀伤地向金武走近。他俯下身，无比悲伤地呼喊着："爹，爹，你醒醒，你醒醒。"

也许是有未竟之事，金武慢慢地睁开了双眼，在望见凌风的那一刻，他欣慰地笑了："风儿，我对不起你，对不起你爹，没能保管好剑谱，让剑谱落在了别人的手上。"

"爹，你先别说话，我帮你疗伤。"

"没用的，我是将死之人，你，你一定，一定要抢回剑谱。"金武嘱咐道。

落寞的凌风问道："爹，是谁杀了你们？我要为你们报仇。"

除了希望凌风抢回剑谱之外，金武的另一个遗愿便是将杀害凌风父母的凶手告知他。虚弱的金武说道："杀害你父母的，是，是……"

"咳咳！"重伤的金武连咳嗽了几声，仅有一丝气息的他再也无力气说话了。但他为了说出真相，强忍着痛楚，继续说道："是，是，是……"挣扎了几下，金武永远地闭上了眼睛，最后他还是没能把谁是杀害凌风父母的凶手说出来。

"啊！"痛苦的凌风仰天大喊着，那是对压抑心情的一种释放。经历了这么多，看着身边的人一个个地死去，凌风的仇恨越积越深。

听到凌风叫声的金紫衣连忙跑了过来，她心碎地抚摸着金武的身体。

"凌风哥……"悲伤的金紫衣喊了一声。凌风抱着她的肩头，他能感受到金紫衣在痛哭。

金紫衣悲恸地看着静躺在地上的金武，一滴滴晶莹的泪水在眼眶里打转，最后夺眶而出，这惨烈的一幕让凌风的心无法平静，他默默地在心中发誓：一定要找出凶手，为他们报仇！

山林深处，又竖起了一座新的坟墓。漫天飞舞的冥纸飘洒而下，墓前，凌风和金紫衣注视着墓碑，那份难以掩盖的悲伤袒露在脸上。

"呼呼！"随着风声一起，在他们的周围好像有件东西在攒动。

警觉的凌风说道："出来吧！"

片刻，几十名剑士从草丛间走了出来，他们都是洛辰阳的门徒。一路查寻，才找到了凌风的下落。

"凌风，你偷盗水晶石，我奉族长之命，铲除你这个剑都的败类。"

在凌风极为悲伤的时候，他们还来寻衅，这就是自寻死路吧！那几十名剑士的功力也不低，若是交战，凌风怕是难以应付。

一股怒气从凌风的身上暴发了出来，"赤天剑！"凌风大喊了一声，体中之剑逐渐显现了出来。虽说没有元力来运行赤天剑，但体内存在的人之气，至少还能发挥一些作用。

拿过赤天剑，凌风猛然地冲了过去。几十名剑士把他包围了起来，一旁观看的金紫衣脸上布满不安。如今她就剩下凌风这唯一一个亲人，要是凌风出了什么事，那她真的是举目无亲了。

被包围的凌风双手握剑，洞察着剑士的动作，一剑士出剑，其余之人也纷纷出剑。数十把剑压在凌风的剑上。凌风运行体内的元力，一股气团哗的一声散开，几十把剑在他释放元力之后，纷纷掉落在地上。

剑士马上捡起了地上的剑，再次地向凌风发起了第二次进攻。凌风冷眼扫视着他们，眼睛里尽是血丝，手一紧握，凌风使出了灵虚剑法。作为剑尊的他，再使出这一招，威力自当胜过当日。

"嘭！"地上闪射出一道光，愤怒的凌风用灵虚剑法斩杀着那些剑士。

可能是心情太过压抑了，也可能是太过于伤悲了，凌风的招式极其狠毒，凡靠近凌风者，不是手脚筋尽断，就是被一招毙命。

几番争斗下来，数十名剑士不是倒在地上站不起来，就是丧命于剑都。

鲜血染红了赤天剑，赤天剑隐隐地散发出淡淡的红光，只是那道光非常的微弱，常人看不出来。

将剑一收，赤天剑隐入体内，凌风面无表情地看着那些幸存的剑士，冷漠地回转过头。"紫衣，这儿不安全，我们走吧！"他向金紫衣走近，淡淡地说。

小木屋是回不去了，这次洛辰阳派出的剑士没能杀了凌风，他必定还会派人追杀。

两个悲伤的身影渐渐地消失了，他们的背影是那么的哀伤，在他们的身上还会发生什么？

第三十九章　死亡之战

第四十章　一念幻变

灵空山庄，那些派出去杀害凌风的剑士回来了。正堂上，他们一个个低垂着头，就好像犯了大错一样。

"你们别自责了，同是相同等级，又有数人联手，凌风还能把你们打得惨败而归，看来凌风的功力增进了不少啊！"感慨中的洛辰阳有一些不安，凭凌风的造诣，他用不了多久就会修炼至剑圣。那时，四大族派的权力将会受到严厉的挑战。唯一的办法便是将其扼杀，让这种可能化为零。

堂下倒是有剑士不服气："族长，我不相信凌风有那么厉害，只要族长给我机会，我一定会杀了他。"

洛辰阳摆了摆手，一般的剑士不会是凌风的对手。一直以来，他有一个疑惑，他疑惑的是凌风短期内炼至剑尊，若无高人指点是绝不可能的。即使有高人指点，他提升得也快得超常。为了解开这个疑惑，洛辰阳有着自己的想法。

"行了，这件事就到这儿吧！你们都退下吧！"洛辰阳说道。

在洛辰阳的说导下，几名剑士退了出去。正堂上的洛辰阳不断地踱着步子，脸上也是一副忧心忡忡的模样。"教授凌风功法的人会是谁呢？以凌风的功力是不可能打败萧天郎的，难道是，难道是他？"一边想着的洛辰阳张大着口，激动地说道。

"不可能，不可能，不会是郭超的，他退隐剑都这么多年，怎么会是他呢？"洛辰阳自我安慰道。他明白，要是郭超重出剑都，四大族派岂有容身之地？

焦躁的他不停地走着，苍然的脸色看上去是那么焦虑。同为剑圣，他为何会惧怕郭超？

夜色渐黑，凌风和金紫衣在山林中逗留着，小木屋已经被发现了，现在他们无处可去，只能在山林间走动。

"啊！"一声惨烈的尖叫声发出，凌风回过头去，一直跟在他身后的金紫衣不见了。不知道发生了什么事的凌风扫视着山林，口中喊道："紫衣，紫衣……"

"凌风哥，我在下面。"一道清脆的声音从地下传出。

凌风扫视了一眼，他发现了身后的山洞。这间山洞倒像是有人刻意挖的，洞口的大小刚好和人体差不多大。山洞藏匿得甚是隐蔽，要不是金紫衣一不小心踩在洞口上，恐怕这个小洞不会被人发现。

"紫衣，我这就下来，你别怕。"

"轰"的一声，凌风跳下了山洞。山洞漆黑一片，什么都看不见。

"凌风哥，你在哪儿？"洞中的金紫衣挥动着双手，试着确定凌风的位置。凌风一手拉过金紫衣。

"噌"的一声，山洞中莫名地生出了一道光，照这种情景看来，这间山洞就是金武练剑的地方。

墙壁上有一道气快速地延伸，壁上除了一些字以外，还有图案。墙上刻画的那些图案全是剑式剑招，其招式分为破、裂、收。

"破"是化解对方招式的，它主要有：万剑归宗、定心式、散功式。

"裂"是攻击技能，攻击力越强的剑士懂得使用哪一种招式应对，其剑招有：千刀斩、禁气式、凝元式。

最后是"收"，金武曾经使过的百步穿杨就是收，还有就是神秘者使出的封剑式。这些都是剑式剑招，它们相辅相成、紧密联系。单是一道剑招就可以化为千万种形式，金武之所以会死在神秘者的手上，除了对方以多击少以外，最主要的还是神秘者找到了金武的死穴所在。

看着那些绝学，凌风热血膨胀，他有一种修炼的冲动，可残酷的事实告诉他还不具备修炼的能力。旁有一石，上面写着：剑者，有等级之分，要想练成剑招，体内须得有剑气（剑气即是五元和四气），否则走火入魔。幸运的是，墙上还刻画了一些炼气、炼元力以及提炼剑之气的方法。

作为灵虚族派族长的金武，把此等绝学刻画于此。想来他知道自己的劫数，所以在山洞里留下了绝学。

墙壁上所刻画的都是《灵空剑谱》上记载的，那些招式只适用于剑尊到剑圣这等剑士修炼，所以，纵然是神秘者得到了《灵空剑谱》，也是白忙活一场。至于修炼成神的要诀，剑谱上只字未提，想来创造剑谱的人刻意隐藏了起来！关于炼剑成神剑都上一直流传着，而如何成神，却无一人知晓。

那些图案和字是金武留下来的，他所有的希望也都在此。刻画那些招式，为的是希望凌风早日练成剑圣。

逐渐地，墙壁上的光暗淡了下来，墙壁上的图案以及字全然不见了。所谓的绝学顷刻间荡然无存。凭着凌风的聪颖，他已经把那些剑招刻在脑海里了。

一旁的金紫衣看得两眼直直的，她偷偷地把剑招记了下来，心中早已埋下了打算。虽然不能练剑招，但还可以炼元力、人之气。初为剑尊的凌风，如果能够强化人之气、元力，也不失为一件好事。

只见凌风双腿盘坐，开始修炼。有着打算的金紫衣也学着凌风的动作，两人在山洞里修炼了起来。在他们心中都有着仇恨，为了报仇，他们向着最高等级迈进。有了这套绝学以及如何修炼成剑圣的方法后，凌风澎湃的心在体内激荡着。

接下来的时间，凌风和金紫衣在山洞里修炼着元力和人之气。谁也不知道

他们的下落。

两个月后,这天洛辰阳邀请了莫寒及秦川来到了灵空山庄。这两个月内,他不断地查找,最终他知道了教授凌风的的确是郭超,这次他把秦川和莫寒请来灵空山庄,想必有什么诡计吧!

正堂处,秦川和莫寒分坐两边,洛辰阳坐在上方,煞有介事地道:"莫族长,秦族长,我已查知凌风功法突飞猛进的根本原因是他拜了郭超为师。"

听到这句话,秦川首先感到不安了起来:"郭老前辈不是退隐剑都了吗?他怎么会收徒呢?"

"是呀,万一他重出剑都,剑都哪还有我们的位置?所以把你们请来,就是要商量如何应对这件事。"

三人默不作声,郭超乃剑都的长老,要想以斗剑的方式,根本就讨不到好处。于是,他们各自想着对策。

山洞内,阳光射进洞口,把本来暗黑的山洞照射得通明。凌风和金紫衣纹丝不动地打坐炼气。稍时,凌风站了起来,他走到金紫衣的面前,对她说道:"紫衣,我去找点吃的,马上回来。"

金紫衣睁开了眼,点头道:"凌风哥,小心。"

略一点头,凌风走出了山洞,找寻野果去了。

在凌风走后,金紫衣心中萌生了强行练习绝学的念头。她会生出这样的念头,和她父母的死有关。这段时间以来,她努力地修炼着,虽说体内还没有炼出剑,但自身级别已经突破到剑客。她的体内具备了元力和人之气,有了这两道气,她就能够驾驭剑,奈何目前她体中无剑。尽管如此,她那报仇的心却丝毫未减。

"爹,娘,等我练好了绝学,就可以为你们报仇了。"顺着这个想法,金紫衣站了起来,她向四周扫视了一遍,拾起了地上的一根木棍。没有剑,她就以木棍代替。

脑海里浮现着当日墙壁上刻着的剑招,她开始练了起来,那根木棍在她的手上就相当于剑,因为可以把元力注入其间,只不过威力并不强大,木棍毕竟和剑是有着差异的。再观金紫衣练招式的动作,衣裙翩飞,好似缥缈。所出力道也是刚劲有力,她眼睛目视前方,充满了杀气。

这样地练上了半个小时,金紫衣的身体发生了变化,只见她仰天大喊:"我练成了,我练成了。"

原来,若是体内没有剑元而强行修炼,就会像金紫衣这般。修炼万剑归宗、定心式、散功式的时候,体内的元力会和修炼之时产生的剑气发生冲突,而剑元就是抵制这些的。

金紫衣双眼血红,一脸凶煞的表情,盘成发髻的头发也披散着,整个人在瞬间变了模样。"哈哈哈……"走火入魔的她发出一声可怕的笑,离开了山洞。

在金紫衣出去之后,凌风回来了,他手上拿着山果。"紫衣,紫衣……"他呼喊了几声,在确定金紫衣不在山洞后,他万分担忧,他唯一想到的就是金紫衣寻找仇人去了。他们连仇人的容貌都未曾看见,金紫衣又刚成为剑客,想到这里,忧心的他跑出了山洞,寻找金紫衣的踪迹去了。

　　黑暗的密室总是透着几分神秘。这天晚上,三名神秘者又聚在了一起,《灵空剑谱》就摆放在他们的面前。两个月了,整整两个月了,得到剑谱的他们也没练成剑神,这中间似乎有些离奇。

　　"你们说这剑谱是不是没有记载成神之法?"一神秘者问道。

　　凡得到剑谱的人,无一人练成剑神。神秘者的猜测也是有一定的依据的,可在数百年前,确确实实有剑士练成了剑神,关于剑谱破损一说更是扑朔迷离,谁也无法解释其中的缘由。"不会的,肯定有的,只是我们还没有找到窍门。"一坚信的神秘者一口咬定道。

　　早在几百年前,那个时候还没有剑灵仙都这个大陆。当时的剑士只是以习剑为主,随着不少剑士对剑术的热衷,加上当时十分混乱,也正是在这种情况之下,出现了一名对剑术造诣很深的剑士,他写下了《灵空剑谱》,《灵空剑谱》记载了从剑客修炼至剑圣的方法,等级代表着剑士的成就。为此不少的剑士拜他为师,随着练剑之人不断增加,由此有了剑灵仙都这个大陆,《灵空剑谱》问世之后,引发了一系列的弊端,不少的剑士练成剑圣后,有着一统剑都的痴念,剑都从而风云四起,到处弥漫着杀气,所到之处都是尸横遍野。

　　此后,剑谱上留下了剑客至剑神的修炼方法,至于剑圣修炼之法到底是被他毁灭了,还是被他给隐藏了,不得而知。损坏的《灵空剑谱》就此流落剑都,流落的剑谱最终落到了一名功法高超的剑士手上,他即是凌啸天的师父。

　　后有四名剑神驰骋剑都,这四名剑神就是首创四大族派的四大族长。凌啸天的师父就是其中一位,他们以剑灵仙都的"灵"为其要素,将其山庄命名为灵天、灵剑、灵虚,而凌啸天的师父用剑谱之名取名为灵空山庄。四大族长沿袭了练剑,虽说练剑的方法是一样的,可要说哪个族派的剑术高,那就说不清楚。因为他们都有自己超强的剑招,这些剑招就是:灵空剑法、灵虚剑法、灵天剑法、灵剑剑法。

　　回想起这些,神秘者恼怒道:"没有修炼剑圣的方法,这本剑谱对我们来说是毫无作用的,这么多年都是为得到剑谱,最后却是一无所获。"

　　"不能这样想,当年练成剑神的人一定留有修炼剑圣的方法,不然他留下这本剑谱干吗?我们仔细参悟参悟,一定可以找到当中的窍门所在。"一神秘者自我安慰道。

　　另一神秘者叹惋道:"也只有这样了。"他们心中还在期许从剑谱中找到修炼成剑圣的方法。若是他们炼成剑圣,剑都恐怕又会上演一遍百年前的惨剧。

　　喧闹的街市,过往着来去匆匆的路人。从山洞出来的金紫衣来到了街市,百姓们一见金紫衣的样貌,害怕得匆匆跑开了。如今的金紫衣双眼血红,头发凌乱,脸上更是一种可怕的表情。

金紫衣远眺着，好像在找寻什么东西似的。她走火入魔之前口中一直念叨着要为父母报仇，难道她这是在茫茫人海中找寻仇人？她随手抓住一个剑士，说道："你是仇人。"之后她便用尖利的指甲在那人的脖子上划下了一道很深的指痕。就那么地一划，那人瞬间暴毙而亡。

　　街市上的人四散逃跑，使得原本喧闹的街市立刻变得寂寂无声。失去人性的金紫衣不仅仅在这条街上残害了平民百姓，但凡人群集中的地方，她都去过。更有人给她冠以"天煞女"的名号。一般的剑士及平民听到这个名号必定闻风丧胆，纷纷逃窜。

　　就在那些人逃走之后，有五名剑士出现在金紫衣的身后，他们指着金紫衣，喝道："她就是天煞女。"

　　闻声的金紫衣回过头，狰狞地看着他们："我要报仇。"

　　"报仇？你杀害了我的师兄，我要为我师兄报仇！"几名剑士相互地看了一眼，随即发起了攻击。这些剑士都达到了中级剑士的水平，自然能够召唤剑，五把不同的剑从他们的体内迫了出来。他们拿过剑，直逼金紫衣而来。

　　没有剑的金紫衣，催动元力吸起了地上的长剑，"噌！"剑一拔出，凶猛的金紫衣迎击而去。

　　当五把剑压在金紫衣的剑上，金紫衣轻轻一弹，压在她剑上的剑弹了出去。这一防御便能看得出金紫衣体内的元力有多雄厚。五名剑士将剑尖合在一起，把身上的元力凝集在一起，随后挥了一剑。元力打在了金紫衣的身上，却对她没有造成一点伤害。金紫衣转动着身体，以轻盈的姿态在地上划了一剑。

　　一层层的气道涌向五名剑士，五名剑士同时出掌，想抵挡住那道气团，结合了元力和人之气的剑招以飞快的速度击在五名剑士的身上，所幸他们有化体保护，不至于被那道气所杀，但身体也有损伤。

　　凶残的金紫衣高举长剑，身体上更是层层气道蹿动。那把本来平淡无奇的剑瞬间变得格外夺目，闪耀的白光刺向五名剑士，使得五名剑士微闭双眼。

　　在他们受到光线干扰之时，金紫衣迅速移动至他们的身边，之后，她又使出了一招"万剑归宗"，数把剑穿剑士身体而过。虽说金紫衣走火入魔了，可一些剑招还是会使用的。只能说现在的她神志不清，不能驾驭剑。

　　穿体而过的剑回归了本剑，受此致命一击的剑士，纷纷倒在了地上。

　　一路找寻的凌风在街道上走着，忽见得抱头鼠窜的百姓四散逃跑。他拉住一人，问道："发生什么事了？"

　　"天煞女来了，赶紧逃命吧！"说罢，那人惊恐地跑开了。

　　关于天煞女一事，凌风一路上倒有耳闻，也大致地知道天煞女的容貌。只是他不敢相信，不敢相信人们口中的天煞女会是和他一起长大的金紫衣。

　　"紫衣，会是你吗？"凌风眼睛直直地望着前方，随即迈开脚步向前方跑去。

　　那些剑士被杀之后，金紫衣凶狠地看着被杀死的剑士，似乎很享受这种感觉。

很快，凌风来到了这儿，他看见前方的天煞女，顿时惊呆了，让他没有想到的是，才没几天工夫，金紫衣就成了这般模样。同样，他也知道金紫衣强练了石壁上记载的剑招，才有了这等变化。

"紫衣，是我，我是你的凌风哥。"凌风说明着自己的身份。

目视着凌风的金紫衣好像不认识凌风，现在的她已经走火入魔了，不记得从前之事。"杀，杀，杀。"她口中念叨着，右手张开。

看到这一幕的凌风很是伤心，但是，他心中又有了想法。他将剑召唤了出来，口中说道："紫衣，你不会有事的，师父一定可以治好你的。"

走火入魔后的金紫衣，一手散发元力，一手出动着剑。好在凌风的身手不错，当元力向他击来之时，他轻松地避开了，剑之所向，凌风提剑阻挡，一把是从身体里炼成的剑，另一把则是普普通通的长剑。

"咔嚓！"两把剑一交碰，金紫衣手上的剑断裂了，能毁掉金紫衣的剑，可见凌风的元力到了一定的境界。

剑被损坏之后，金紫衣的绝招也就使不出来了。在没有剑的情况下，金紫衣启动了元力，手掌充满了力量。她右手如钢铁般坚硬，随手一抓，金紫衣抓住了凌风手中的剑。拼命往后抽剑的凌风，却是一点办法都没有。

此时，金紫衣的左手抬了起来，急速地打向凌风。无奈，凌风松开了手，退到了一边。"赤天剑！"在他疾呼之下，赤天剑先是隐化，最后又浮现在凌风的手上。

紧握着赤天剑，凌风使出了乱剑法，只见剑从他的身边飞蹿出去。金紫衣仿佛能看破凌风的招式，这套乱剑法一时没有降伏住她。相斗之下，凌风事先留有后手的，他怕伤害到金紫衣，出剑的速度和力道远不如从前。

纵然如此，金紫衣还是敌不过凌风的，凌风将乱剑法转变成了灵虚剑法，把乱剑法的乱化成虚无的招式，金紫衣只看到剑的挥动，却是没有看见剑招的变化。在剑将要刺进金紫衣的身体之前，凌风急忙收回了剑，身体也是往后倒退了几步。就是他这一收剑，让金紫衣有了可乘之机。她快速地击出一掌，掌力直朝凌风而去。

第四十一章　玄冰门主

　　将剑收回的凌风发现了金紫衣这一举动，他用力一蹬，身体凌于半空，这才避开了金紫衣的这一掌。凌风暗想：我不能伤害紫衣，也不能和她这样打斗下去，得想一个办法控制住她。

　　仔细一想，凌风冲天而下，锋利的剑笔直地下落，而他自己则撤身回到了地面。金紫衣双手张开，用元力定住了那把剑。就在这个时候，凌风趁机从金紫衣的背后点住了她的穴道，令其不能动弹。然后他收回了剑。站在金紫衣的面前，凌风有一种说不出的痛苦。定住的金紫衣恶狠狠地看着凌风，似是不甘心。

　　"紫衣，是我不好，没能照顾好你，我会找师父治好你的。"说着，凌风五指并拢，一掌劈在金紫衣的肩上。受此重力的金紫衣昏倒了过去，凌风扶着她，往小竹屋的方向走去了。

　　灵虚山庄内堂，苏宁及萧逸被捆绑着，从他们的这般处境来看，定是犯下了重大的过错。一群弟子分站两排，像这样的局面在灵虚山庄从未有过。苏慕站在前方，一脸恼怒道："苏宁，萧逸，你们好大的胆子，想要谋杀我，说，是谁指使你们的？"

　　苏宁、萧逸一脸傲慢地望着苏慕，对于谋害一事却只字不提。"你们不说是吧！纵使你不说，我也知道是秦川那些人指使你们的，近年来我与其他三族少有往来，秦川想把四族的力量集合起来，所以蛊惑你们，想暗害我，继而掌控四族。"

　　"既然你都知道了，那还有什么好说的？没错，我是想做族长，只可惜没能成功。"苏宁表示遗憾地说道。

　　事情已明了，苏慕也不再说什么，他运力朝两人击了一掌，说道："你们的功力已经被摧毁了，即日起你们不再是灵虚山庄的弟子。来人，把他们逐出山庄。"三四名弟子走上前，架着苏宁和萧逸出了内堂。苏慕哀伤地背过身，他不是因为失去了两名徒弟而伤心，而是为如今败坏了的剑都而愁烦。

　　另外，灵天城正堂处，其弟子向秦川汇报道："族长，苏宁和萧逸被苏慕逐出灵虚山庄了。"

"我知道了，你下去吧！"秦川挥了挥手道。

秦川听弟子汇报苏宁和萧逸的计划失败后，扼腕叹息道："我精心布置的一颗棋子就这样没有了，真是可恨！苏慕，你这个远离三族的人，迟早有一天我会让你把族长之位交出来的！和我斗，你是没有好下场的。"

小竹舍外，凌风扶着金紫衣来到了这儿，正在整理药草的郭若兰望见凌风时，眼睛里放射出惊喜的光芒，当她注意到金紫衣的时候，心中又有些不解，毕竟她医术还不够精深，看不出金紫衣是走火入魔了。

欣喜的她走到竹栏边，打开了竹栏，询问道："凌大哥，紫衣怎么了？"

"她练功走火入魔了。"

这时，郭超从竹舍里面出来了，他看见金紫衣的瞬间，便什么都明白了。凌风扶着金紫衣来到了郭超的面前，言道："师父，紫衣练功走火入魔了，希望师父能够治好她。"

郭超二话不说，一手抓住金紫衣的手臂，然后将她盘坐在地上，开始为她治疗。金紫衣中的不是毒，任何药对她都没有用处。要想把她治好，只有把她体内紊乱的气息平定，以及化掉她强行修炼的剑招。做到这一点并不容易，一要有雄厚的元力；二要有懂得化解窜动的气；三要有掌握好气息流动的位置。一旦有错，救治者不仅会损耗元力，还会有生命危险。

郭超左手五指按在金紫衣的头上，右上中指和食指不断在金紫衣的后背上点触着。反复几下，郭超跨步至金紫衣的前方，他盘膝而坐，先是拉起金紫衣的左手，在她的左手上注入了元力，后是用同样的方法在金紫衣的体内注入了元力。这两道元力是用来化解金紫衣身体内胡乱窜动之气的。

做好了这些，郭超起身，缓和一下刚才因运功而产生疲劳。焦躁的凌风在他起身后，急急地问道："师父，紫衣她……"

"我暂时封了她的穴道，她会昏迷上一段时间，等到她体内的气清除之后，她就会醒过来。"

有了郭超的这句话，凌风宽心了不少，但他脸上又伴有焦虑："一段时间，会是多长时间？"

"可能需要七天吧！她体内的气太多、太复杂，一次性清除不了。"郭超回道。

听此，凌风的脸色灰暗了，七天，这意味着他要在这儿七天。看着他转变的脸色，郭超能够领会凌风的忧虑。"徒儿，你身上已经具备了深厚的元力和人之气，我想你也知道修炼剑之气的方法了，你可以把紫衣姑娘留下来，专心修炼剑之气。"

"那就麻烦师父和若兰姑娘照料紫衣了。"凌风谦恭地说道。

刚来不久又要离去，这让郭若兰有点不开心了，她快步走到凌风的面前，说道："我说凌大哥，你就这样走了，未免有点不妥吧！"

"若兰，说什么呢？凌风有重要的事要做。"郭超袒护道。

第四十一章 玄冰门主

把金紫衣留在这儿,凌风也不忍心,可有一件特别重要的事等着他去做,如果错过了机会,他就很难再次突破了。凌风为难道:"我也不想就这样走了,可眼下有一件非常急迫的事等我去做,我不得不离开。"

"好吧,既然你这么忙我就不耽误你的时间了,你放心,我会照顾好紫衣的。"郭若兰说道。

不苟言笑的凌风怀抱双拳,客气道:"那就有劳了。"

见凌风还处在痛苦中,郭超言道:"凌风,人不应该一辈子活在仇恨中,剑灵仙都的未来在你的身上。你要先放下你的仇恨,早日修炼成剑圣。"看来,郭超把整治剑灵仙都的希望寄托在凌风的身上了。

凌风淡淡地笑了笑,回过身,走出了竹舍。

在凌风走后,好奇的郭若兰向郭超问道:"爷爷,凌大哥有什么急事去办啊?"

作为修炼成剑圣的郭超,自是最清楚不过的了,再过几天就是一年一度的剑会了。剑会和族会不同,族会见证的是四大族派剑士修炼剑术的程度的,也是剑士获得称呼的垫脚石。当年秦朗进入了新生榜,若是再修炼一段时间,他就可以有资格和同等级的剑士争排名了。好的剑士会被选中授予最高剑法,成为一级剑士。

剑会则不同,它会聚了天下所有的剑士,剑会的意义在于最终超强的五名剑士会得到玄冰。千万别以为玄冰是一块普普通通的冰块,《灵空剑谱》上有记载,若想修炼水元,须得玄冰。玄冰乃至寒之物,将其提炼,吸收其中的能量,转换成元。不管何人使出的"万剑归宗",都和水元有着极大的联系,可以说,无水元,便练不成"万剑归宗",由此可见,玄冰对于修炼水元的剑士来说有着多么重要的作用。

"三天后就是剑会了,凌风只有通过成为剑会的胜利者,才能拿到玄冰,才能修炼水元,才能练成'万剑归宗'。"郭超讲道。

清楚了凌风下山的原因,郭若兰不禁感慨道:"要成为高级剑士,很不容易啊!"复杂的等级,繁多的剑式剑招,炼元力、人气、剑气,人与剑的联系,剑与招式的关联,以及元力与人、剑的特殊转换,都说明着练剑成神的艰难,更何况成神之法还未得知。

听着郭若兰这一声感慨,郭超笑了笑:"你以为炼剑那么简单啊!好了,别想太多了,把紫衣姑娘扶进屋去吧!"

郭若兰轻步走至金紫衣的身边,将她扶了起来,然后随着郭超进了竹屋。

一场盛大的剑会将要举行,离开竹屋的凌风一路向南走着。主持这场剑会的乃是剑灵仙都颇有声望的玄冰门的三代门主——穆峰,玄冰门乃是当年最强大的剑圣(即创始人)创立的,他把炼取玄冰之法教给了门徒,从而使得剑尊到剑师等级的提升有着严格的限制。

三天后，玄冰门摆下了擂台，一名白发苍苍的老者站在最中间，他就是玄冰门的门主——穆峰，他一脸和蔼，微笑地看着台下。台下站满了剑士，这些剑士的等级都达到了剑尊级别，要想在这么多人中脱颖而出，恐怕很难。可为了得到玄冰，这些剑士还是来了，毕竟玄冰关乎着他们能否成为剑神。

最后方站着的便是凌风，他冷眼旁观着，心中却早已想好了如何才能胜出。

"各位能人贤士，欢迎来到玄冰门，今天是一年一度的剑会，鉴于参加剑会的人数太多，今年的剑会采取角逐制，分为五轮角逐，每一轮胜出的剑士将会获得玄冰，现在我宣布，剑会开始。"

"咚！"一阵锣鼓声响起，剑会开始了。首先上台的是一名身体硕大的剑士，他跃身而起，身体落在台上，发出了强烈的震动声。"各位剑士，在下不才，欲得到玄冰，还望各位剑士多多赐教。"

此话一说，一名剑士喊着："让我来会会你。"

两名剑士站在台上，先是急召出体内的剑，再是发起了进攻，他们的剑术并不低。身体肥硕的剑士移动性不强，但反应性极为强烈，对方几次出剑都被他给破了。这般激战之下，元力之间的冲突，剑招之间的摩擦，个个发挥到了精致，他们用尽了全力，为的是得到玄冰。

几轮角逐之后，擂台后方站有四名剑士，他们都是前四轮的胜出者。擂台上两名剑士相斗着，台下站着的凌风全神贯注于前方，就剩最后一轮了，他要赢得这一轮的比赛，而且只许胜不许败。台下剩下的剑士多是最厉害的，那些惨败的剑士带着遗憾早已离开了。

对战的剑士战得异常激烈，空中一道剑招划出，左边的剑士快速移动步伐，避开了那道剑招，同时他又瞬间移动至对方的身边，腾脚一踢，那名剑士被他打下了擂台。

战胜的那名剑士对着台下说道："还有谁上台？"

"忽"的一声，凌风跃上了台，口中喊道："我来。"上台的同时，他已经召唤出了赤天剑。

对方略迟疑了一下，随即起身攻向凌风。凌风的嘴角露出了一丝笑容，紧握赤天剑的手向下一甩，准备迎接对方的招式。急急而来的剑士当空一劈，强大的气息朝凌风飞去。凌风脚一蹬地，将身一起，以超快的速度穿过了那道气息。台下观看的人不禁露出了惊奇的目光，一般的剑士对于破解人之气这一招往往都是用元力化解。凌风则不同，他一没用元力，二没有闪躲，而是直接穿了过去。这是任何一名剑士都做不到的，要穿过对方使出的人之气，那速度得有多快啊！

回想凌风穿过那道气息的画面，那速度快得让人根本看不清他。就好比从一个点到了另一个点上，间隔的时间非常短。凌风会想到用这样的方法来接对方那一招，完全是因为乱剑法，乱剑法注重的是快、乱、准。凌风只运用了其中的快，他的快远超于以前的快，这种快让人确定不了他的位置。

穿气息而过的凌风出现在对方的身后,趁对方心神还在游离之际,凌风出剑相向,他的剑招不仅配合了乱剑法的快,还融合了灵虚剑法的招式。能使出这一招,足可见在山洞的那两个月内,凌风的功法增进了不少。不然,他的剑招岂会到了如此不可捉摸的地步?

对方的功法也不低,好像他意识到了凌风的举动,眉心微微颤动,等待着凌风的攻击。

只见凌风一个极速而去,刚才还能看得到他的身影,转而什么都看不见了。没有人知道凌风在哪个方位,也没有人看清凌风使的招式。对方提起左手,在周身凝起了一道屏障。他虽然看不见凌风的位置,可他多少能有屏障阻隔凌风。这道屏障对他而言不单单有着这样的作用,还有着更深层次的作用。

无形中的凌风倒是破了他的屏障,可屏障一破,凌风也就暴露了自己的身份。此时,对方猛出一脚,无形中的凌风没来得及反应,快速的一脚踢在了他的身上。那一脚的脚力不轻,硬生生地把凌风踢出很远。凌风差点败下台去,好在他用手抓住了擂台上的木柱,身体随之旋转,平安地落在了擂台上。

险些失败的凌风不敢轻敌了,刚才的那一招失去了作用。他马上转换了招式,只见他高举赤天剑,体内一道道气通过他的身体传输到了他的剑上。那可不是元力,也不是人之气,而是九阳之气,历经多时的修炼,凌风已经把九阳之气和灵脉只能在夜间使用的局限打破了。

九阳之气和灵脉注入赤天剑后,赤天剑变得更加强化了,他的剑虽还没有属于他剑体的颜色,但阳光所照,淡淡的白光闪动,格外夺目。

站定的剑士惊住了,因为他不知道凌风体内有九阳之气和灵脉,所以他既震惊又恐慌。观战的穆峰倒是看得出来,他捋了捋胡须,笑道:"自古英雄出少年,没想到他的身上会有九阳之气,真是难能可贵,难能可贵啊!"

凌风轻轻地将左手也握住了剑,当下一挥,一道强劲的剑风奔腾而去,紧接着凌风快速跑去,一剑直冲向对方。对方先是怔了一下,然后迎击着。这时的他已经不是凌风的对手了,他迫出的元力根本就抵挡不住凌风的剑风,再加上凌风的强势攻击,他可谓是招招难以抵挡,剑之所出,皆赋有九阳之气,他岂有招架的能力?

"噌!"凌风的剑压在他剑上的声音散出,最后,凌风一个快速出剑,对方没能抵制得住,赤天剑架在了那人的脖子上。

对方收了剑,低沉地说道:"在下甘拜下风!"

那一战之后,一些自命不凡的剑士上台挑战凌风,但每每都被凌风打下台去,凌风已经连胜了几场比赛,台下的剑士见识到了凌风的剑术,没人敢上台挑战了。

五名胜出者站在了擂台中间,穆峰向台下的剑士宣布道:"经过激烈的角逐,台上的五名剑士就是此次剑会的胜出者,他们将会获得玄冰……"一番说辞之后,剑会就结束了,剩余的剑士带着失落离开了这儿。

剑会结束后，五名剑士被带进了玄冰门的正堂，堂上，穆峰威严地站在那儿，稍一运内力，五块玄冰从他的体内迫了出来。这五块玄冰非常特别，取之千年寒冰，费百日而成。通体透亮，无色，形如磐石，坚不可摧。周身还弥散着寒气，实属难得之物。

提手轻轻移动，五块玄冰移动到了五名剑士的面前，停止不动。穆峰言道："这就是玄冰，修炼水元的必需物，你们都是好的剑士，希望你们以后能为剑都献出自己的一腔热血。"

五人接过了玄冰，低身致谢道："多谢门主！"

在他们离去之际，穆峰嘱咐道："剑都险恶，你们一路上多加小心。"他的这一句嘱咐好像暗示了什么。

星光闪耀，从玄冰门出来，已经是月上高空了。凌风平步走着，得到了玄冰，接下来就是提炼水元了。提炼水元不会像炼元力那般简单，这一点凌风早在山洞就熟知了。尽管知道了炼元的方法，但没有炼好，玄冰损坏，要想再炼元只有等到明年了。

凌风低着头，漫步走着，在想着接下来该怎么提炼水元。茫茫夜色中，孤身行走于山林，月光下他的背影如同夜的孤寂。

山林之后，丛林间发出一连串的声音，那不是狼嚎声，也不是飞禽振翅高飞声。细细倾听，"沙沙"声纷乱而又十分有力地踩在地上，可以肯定那是脚步声。听！一声，两声，三声……接二连三的脚步声传出，恐有六七人之多。他们的脚步那么的乱，那么的急躁。

在月光的照射下，可以清楚地看清他们的脸庞，他们正是白天参加剑会的剑士，他们跟着凌风又是因为什么？穆峰的那句"一路上多加小心"在这儿好像得到了诠释。

不止在山后，离凌风不远之处，也同样有着这样的一幕，他们都是有目的的，诚然，那目的便是抢夺凌风身上的玄冰。

只能说这两面只是这次抢夺玄冰的一部分人。东面、西面、南面、北面，就连树顶之上都藏着剑士。这样大的阵势好比十面埋伏，而目的就是抢夺玄冰。玄冰是炼元的唯一途径，没有玄冰，难成水元，故而才有这样的一幕。像此等情景历年都会有，获得玄冰的剑士还得面对其余剑士的抢夺，能幸存下来的，才是修成水元的人。

向前走动的凌风仿佛觉察到了，突然，他停住了脚步，旋转着扫视了四周，顿时明白了自己的处境。在这么多人的围攻下，他能取胜吗？他自己心里也没有底。

埋伏着的剑士见凌风停住了脚步，他们悄悄地靠近，只为那一击。凌风镇定地看着前方，防备着后方，被围住的他，心加速跳动着，手紧握着，盛大的场景让他有点恐慌。

第四十一章 玄冰门主

第四十二章　级别突破

　　那些剑士全都召唤出了剑，凌风也召唤出了剑。忽而，那些剑士加快了脚步，直接冲了过来。凌风瞬间强化了自己，体内的九阳之气直注到剑上。横空一扫，几道强大的剑风散出，剑风所向，迎击而去。转而，那几道剑风分不同的方向飞窜出去。

　　周围的剑士握起剑劈向袭来的剑风，在此种情况下，纵使凌风再怎么厉害，也不可能战胜他们这么多人，一个人的力量毕竟是有限的。剑风的力量削弱了许多，靠近凌风最近的五六名剑士先发起了进攻。

　　五六把剑刺将过来，凌风这次使用了灵天剑法，灵天剑法具有超强的杀伤力，再加上九阳之气，对付那五六名剑士，凌风还是有能力的。五六把剑挥来之时，凌风先是将身一低，然后身体凌空，单手提剑，朝四周出剑。六七把剑交碰在一起，元力冲突，树上的叶子四散飘落。凌风把灵天剑法发挥到了最强，以力打力的招式将它使了出来，当他们的剑架在他剑上的时候，凌风身体先是一缩，然后奋力一顶。那些剑士被他震倒在地。趁此时，凌风快速步至他们的身边，以最快的速度终结了他们的性命。

　　形势如此危急之下，凌风也只有将那些剑士杀死，不然自己将会很麻烦。"你们一起上吧！"凌风迫于压力，大喊了一声，他双眼猩红地看着紧紧逼来的剑士。

　　各方的剑士蜂拥而来，他们团团地将凌风围住了。这些剑士加起来足足有几十号人，当中有人威胁道："只要你把玄冰交出来，我们可以放你走。"

　　好不容易得到的玄冰，凌风又怎么会甘心拱手相让，他定会全力突击。"想要玄冰，除非你们把我杀了。"凌风镇定道。

　　几十名剑士虎视眈眈地看着凌风，剑稍一动，这些剑士便发起了攻击。如此强压之下，凌风握剑的手更加紧捏着。

　　仅是他们身上迫出的元力，凌风就很难招架，这一战，很是凶险。飞舞的身体，挥动的剑，几十把剑同时刺来，凌风跃地一起，踩剑而上。

　　"嘶"的一声，疏于防范的凌风到底是受了一剑，他的手臂被刺一剑，鲜血横流。如果再战下去的话，凌风必定会被杀死。

　　受伤的凌风身体由空中飘了下来，地下的剑士纷纷出掌，汇聚几十人的掌力不同一般。"咚"的一声，那一掌打在凌风的身上，难以承受的凌风身体飞出了好远，最终重重地落在了地上，嘴角渗出了血迹。

凌风受了重伤，再也没有还击的能力了，几十名剑士一步步地向他靠近，凌风恐慌地看着他们。一剑士挥动手上的剑，向凌风砍来，凌风绝望地闭上了双眼。

"嗒"的一声，不知从哪儿飞出了一道力打在了那把剑上，剑士手上的剑脱落了，凌风脱离了险境。

闻声那几十名剑士回头看向后方，在他们身后出现了几十人，最前方的是穆峰。"你们这些剑士，以多欺少，真是有失剑士的风范，不配做一名剑士。"

想来穆峰对于剑都抢夺玄冰之事已经司空见惯了，才会在凌风遇到危险时出手相救。那些剑士见到穆峰后不敢妄动了，他们窃窃私语了一番，便匆匆离去了。

负伤的凌风从地上站了起来，他迈步走近，言谢道："多谢门主救命之恩。"

穆峰说道："客气了，这些剑士没有真本事，只想着抢夺，你是个可造之材，我又怎么会忍心看着你被他们残害呢？"

令凌风没有想到的是，穆峰竟如此豪迈。凌风笑了笑："门主过奖了，我只是一名剑尊。"

"你体内有九阳之气，要知道千百年来少有人有九阳之气，我相信你将来会成为剑都的一号人物的。"穆峰拍了拍凌风的肩膀，说道。的确，九阳之气须得靠机遇，可这个机遇落在了凌风的身上，这是上天赋予他的一种力量。

穆峰的那些话让凌风不好意思了，凌风谦虚道："门主抬举了。"

"你会的，我还有事要做，就先回去了。"

恭敬的凌风微低着头："门主慢走。"

在他们走后，凌风感到胸口一阵的生疼，大概是重伤所致。凌风赶紧盘坐着，修复着自己的伤。他手掌张开，将其按在胸口上，运其力，化其体内的伤。

半晌，凌风身上的伤治疗得差不多了。他张开双眼，凝望着天上的月亮，似有所想。从怀中拿出玄冰，皎洁的月光折射在玄冰上，使之增色不少。凌风双眼微闭，回想起山洞中留下的炼水元的方法，他手往上一举，玄冰凌于半空。按照炼元的方法，凌风开始提炼起来。

只有水元炼取了，凌风才能练习万剑归宗。为什么只有炼取了水元才能练习万剑归宗？在此之前，金武每次使用万剑归宗时，成千上万把剑都是以透明状呈现的，而且幻化的剑都冒着寒气，看上去杀伤力极其微小，其实不然，幻化而成的剑乃是玄冰，坚硬无比。

借着月光，凌风修炼起来，随着他不断地修炼，玄冰上的寒气逐渐地侵入了他的体内，这就说明他已经掌握了修炼水元的办法，相信用不了多久，他就可以炼成水元了。他的身体不断地接收着玄冰之气的侵入。

不多时，凌风的身上升起层层寒气，整个人看上去那么的僵硬。那是身体寒气侵入后作出的反应。手不停地转动，他在分解修炼的步骤，若是其中一个

第四十二章 级别突破

步骤弄错了的话，玄冰会在瞬间消失，所以他很认真，也很慎重。

柔和的晨阳照耀着，清晨，竹屋里面的金紫衣睁开了惺忪的眼睛。她看着周围的一切，一时之间觉得那么地陌生，又觉得有点熟悉。此时，郭若兰端着一碗药汤走了进来，她见金紫衣醒了，甜甜地说道："紫衣，你醒了？"

金紫衣看见郭若兰后，才明白了自己身在竹屋。还没有缓过神来的金紫衣问道："我怎么会在这儿？"

靠近金紫衣的床头，郭若兰说道："你忘了，你偷偷地练习了剑招，走火入魔了。"

经她这么一提醒，金紫衣的脑海中瞬间闪过自己走火入魔的那几天的情形，她没有想到自己会变成那样，这一切都和她父母的死有关。稍把整件事情弄清楚了的金紫衣，似有所失道："凌风哥呢？凌风哥去哪儿了？"

"来，你先把这碗药给喝了，然后我告诉你他去哪儿了。"说着，郭若兰把药碗递到了金紫衣的面前，点头一笑。金紫衣接过了药，小嘴一抿，优雅地喝将了起来。看着她把那碗药喝完了，郭若兰从她的手上拿过碗放在房间中央的竹桌上，口中说道："凌大哥去参加剑会了，这个时候剑会也应该结束了，不知道他有没有得到玄冰。"

剑会？金紫衣有点迷茫，忽然她回忆起在山洞里看见的那些字，于是豁然开朗了。"凌风哥去参加剑会了？不行，剑都那么凶险，我要去找他。"金紫衣猛地下床穿鞋。

郭若兰见她要走，忙走过来阻止道："紫衣，你哥要我好好照顾你，就是不让你去找他，万一你出了什么事，我怎么和凌大哥交代呀？"

穿鞋的金紫衣随和地说："你放心吧！我现在好歹也是个剑客，不会有事的。"

说完，金紫衣便往房外走，在她出了竹屋的那一刹那，一道身影出现在她的面前，郭超说道："紫衣姑娘，你身体才好，这是急着去哪儿啊？"

"前辈，我要去找我哥，他一个人在剑都，我不放心。"

"你哥临走时把你交给了我，在他没回来之前你是不可以离开这儿的。"郭超言道。

一心要去找凌风的金紫衣哪顾得了这么多？当下一个侧步一走便要离去。身后的郭超轻轻地运力一弹指，往前走的金紫衣便被定住了。

这时，郭若兰从竹舍里走了出来，郭超对其说道："若兰，把紫衣姑娘扶进房间，好好看住她，别再让她走了。"

"是，爷爷。"乖巧的郭若兰扶着金紫衣，步履缓慢地往房间走去。定住了的金紫衣一脸焦急，好像在说"我要去找凌风哥，放开我，放开我"。

树林里，彻夜炼元的凌风还没有炼成水元，可见炼元的过程是多么漫长。玄冰悬浮于半空，寒气还在不断地往他的体内运送。凌风掌心朝外，用力地吸收玄冰，渐渐地，玄冰向他的体内移动，等到玄冰完全进入了他的体内，凌风也就成功地炼成了水元了。体内存在的这块玄冰便是日后使用的能量。

睁开双眼，从地上站起，凌风双腿感到一阵麻木，修炼了整整一个晚上，自然会产生麻痹感。轻轻地呼出了一口气，凌风满怀高兴。"水元已经炼成了，接下来就可以练习万剑归宗了。"

"噌"体内的剑唤了出来，凌风一手拿过赤天剑，口中念道："催化力，心神共一，气道合，水元生，万剑出，意念动，归一体。"

这是万剑归宗的练习之法，也就是口诀。虽是短短的二十一字，可要想真正领悟当中的含义，又怎会这么简单？

眉心蹙起，凌风咀嚼着口诀。"催化力就是把体内的力催动出来，赋予剑上。"如此一想的凌风把体中的九阳之气催动了出来，进而附于剑上。然后他又把心和神集中，使其达到气道合。

往下，他又将体中的玄冰迫了出来。这个时候的玄冰已不再是单纯的玄冰了，它有着更好听的名字，即是水元。做到了这一步，现在只要把一剑化为万剑，就完成了一半的修炼了。

凌风松开眉头，手臂一震，先是几把剑幻化了出来，幻化而成的剑完全符合该有的形态。随着剑的不断分化，那几把幻化出来的剑转变成了万把。看到这儿，凌风欣慰地笑了，从这点可以看出，他的禀赋很高。

剑已经分化出来了，凌风的身体扭动着，耍起了剑招，他一动，那万剑跟着移动。万剑是练好了，他得再练习一些剑招。于是，他想起山洞里关于万剑归宗剑招的图案，他按照上面的图案，练了起来。

他刚练成万剑归宗，剑法还比较生疏。所幸的是他精于习剑，随着他的反复练习，生疏会渐变为熟练。

把那些图案完整地演练了一遍，凌风停止了手上的动作，最后一点就是要把万剑归一体了。"意念动，归一体。"分析了这句话，凌风想到了意志战，他惯用其法，用意念控制了剑。

"沙"的一声，万把剑在瞬间回归到主剑上。整个万剑归宗就是这样的，万剑的气势甚是大。凌风收起了剑，豪言大笑道："我练成万剑归宗了！我练成万剑归宗了！"为了练成这一剑招，凌风耗费了多少心思啊！从参加剑会，到得到玄冰，再到提炼水元，最后练成万剑归宗。

"哈嘿！"这天，灵空山庄的众弟子在龙虎台上练习着剑法。站在他们中间的洛辰阳举起了手。众弟子停止了动作，齐刷刷地看着洛辰阳。"凌风偷盗水晶石已有多时，最近他又得到了玄冰，像他这种劣等剑士本就不该出现在剑都。今天，我要带上庄上几名弟子，为剑都消灭此等败类，有谁愿随我同去？"

"族长，我去，族长，我去。"五六名剑士举起手中的剑，高喊道。

洛辰阳点了点头："好，就你们五个人了。梁再兴，我走之后，山庄就交给你了。"

第四十二章 级别突破

梁再兴是灵空山庄的大弟子，有时洛辰阳不在山庄的时候，山庄的大小事物都会交给他打理，这次也是一样。弟子中，梁再兴走了出来，他一身白衣，看上去是那么沉稳，只是跟错了人。

将头微微一倾，梁再兴回应道："是，族长。"

"好了，你们随我出庄吧！"洛辰阳说道。

树林里的凌风已经离开了，忙于修炼的他，滴水未进。这时的他身在酒楼，酒楼里，一张小桌，桌上几道鲜美的菜肴，一杯小酒散发着香气。安坐于椅子上的凌风，轻轻地端起桌上的酒，细细地品尝着。虽然是练好了万剑归宗，凌风还想着突破剑师。要突破剑师那就要练成定心式了。他知道定心式的练习之法，可没见过定心式，练习起来还是有难度的，毕竟是一绝技，若是单靠领悟就能练成，那凌风就真的成了练剑天才了。

喝酒的凌风头脑里还在想着如何才能见得到定心式，剑都上的人会定心式的不多，也就身为剑圣的剑士才会，可若是因此事折返回去，便觉得有点麻烦。凌风来酒楼饮食是其一，找到会定心式的剑士是其二。只见他的眼神在酒楼里到处飘来飘去，那是在寻觅。

竹屋里被定住的金紫衣，身体有了知觉，她的手指开始活动。郭超用在她身上的只是定心式的其中一招。这一招旨在定住金紫衣的身体，定心式还可以定住剑、定住心。稍强一点的定心式会对人的身体造成一定的伤害。但定心式也有限定的时间，一段时间后，定心式会自动消失，金紫衣的手指能够活动，就说明她身上的定心式已经失去作用了。

守在床边的郭若兰感受到金紫衣的身体能够活动了，她知道如果金紫衣要离开，她是拦不住的。"紫衣，凌大哥把你留下来是不希望你发生什么事，你应该懂凌大哥的。"

金紫衣也想留在这儿，可她担忧的心安定不下来，要是凌风出了什么事，她就真的孤苦无依了。从床上起来，金紫衣说道："我放心不下，我必须要找到凌风哥，他不在我身边，我会害怕的。若兰姐姐，你不要拦我，我要去找凌风哥。"

"你不可以去，你不可以去。"郭若兰挡在了她的面前，不让她离开。执意要去找凌风的金紫衣出手点住了郭若兰的穴道，然后走出了房间。

"紫衣，紫衣。"被点住穴道的郭若兰大声地喊道，可金紫衣早已经走了。

在酒楼待了一段时间的凌风准备离开酒楼，他满怀失望，若见识不到定心式，他就难以突破。临走之前，凌风朝四周看了看，最终遗憾地走了。

出了山庄，洛辰阳和他的那些弟子沿着凌风去过的地方走着。若是在不知道凌风在哪里的情况下去找他，会有一定的难度。洛辰阳虽知凌风去过玄冰门，可过去几天了，凌风也不可能在玄冰门啊！

"族长，我们什么时候能找到凌风啊？"手下的弟子问道。

哪知诡计多端的洛辰阳，笑道："找凌风这么简单的事，用不着我们去，我们这次出来主要是借他人之手杀掉凌风，倘若他们杀不了凌风，我们再动手。"

这句话听来令人费解，他的那些弟子不解地看着洛辰阳，问道："借别人的手？借谁的手啊？"

"借剑都剑士的手，至于怎么借，等一下你们就知道了。"洛辰阳卖弄道。

前方不远之处就是一家客栈，他们几个人向前走着，打算住客栈了。已是黄昏，他们不住客栈，就没地方落脚了。同时，洛辰阳也在谋划着他的阴谋。

金紫衣离开竹屋没多大会儿，郭超回来了，他进得竹屋，见郭若兰直直地站在那儿，床上已没有金紫衣的身影。郭超一下子看出了个大概，他轻弹手指，解开了郭若兰的穴道。郭若兰见是郭超，自责地说："爷爷，我没看住紫衣，她找她哥哥去了。"

"唉，这可能是命吧！剑都险恶，多历练历练也是好的，只希望她能自求多福。"郭超叹道。

一直在竹屋没步入剑都的郭若兰也想到剑都走走，看看剑都是什么样的。"爷爷，剑都是什么样的？我也想去剑都。"

听她这一提议，郭超的脸立马拉了下来。"剑都就是剑的天下，他们为了练剑互相争斗，为了权力不断厮杀，你还是不要去了。竹屋多好，宁静而祥和，没有斗争，没有杀戮，是一块净土。"

尽管剑都险恶，但充满好奇心的郭若兰还是想出去走走，这么多年待在这方圆之地，她肯定是闷坏了。可郭超的这一句话让她的心冷却了，自小她都非常听话，郭超不同意的事，她是不会做的，去不了剑都，只能遗憾。失落的她咂了咂嘴，"哦"了一声，可见她的内心是多么的失落。

第四十三章　风云四起

走进客栈，高朋满座的尽是剑士，他们围桌而论，讨论的多是不义之事。洛辰阳和他手下的那些弟子进了客栈。私底下，洛辰阳小声地对他们说道："待会儿我说什么？你们得配合我，这样我的计划才能行得通。"其弟子微微地点了点头。

他们走到靠近那些剑士的地方，然后坐了下来，并要了一壶酒，几样小菜。之后，便谈论开了。洛辰阳说道："听说近来凌风功力大增，也不知道是什么原因。"

"难道他得到了《灵空剑谱》？不然以他修炼的速度怎么可能这么快就达到了剑尊级别？"弟子附和道。

一旁吃喝的那些剑士，一听到《灵空剑谱》，耳朵直竖了起来，他们细细地听着。"很有可能，他爹曾是灵空山庄的族长，虽然他死了，可剑谱却一直没有下落，依我看他得到《灵空剑谱》的可能性很大。"

洛辰阳流露着自然的表情，说道："不管他有没有《灵空剑谱》，这次我出来就是要找到他，并且从他的身上抢到《灵空剑谱》，由此看来，我成剑神指日可待。"

偷听的剑士再也忍不住了，他们当中有人高喊一声："老板，结账。"

看到他们着急地离开找寻凌风去了，洛辰阳的心里美滋滋的。其弟子适才明白了洛辰阳刚才所说的计划，他有意放出凌风得到《灵空剑谱》的假消息，让天下剑士对付凌风。假人之手，成就自己的目标，这一招好是阴险。

"还是族长足智多谋，如此一来，我们就可以不费吹灰之力除掉凌风。"有弟子恭维道。

假消息是放出去了，可那些剑士能不能杀得了凌风，洛辰阳的心里还没有底，他清楚凌风的修为，要不然他也不会亲自下山来。拿起酒杯，洛辰阳欣欣然道："我们就坐山观虎斗吧！"小饮一口，洛辰阳思绪飘动。

消息一经传开，剑都上追寻凌风的剑士越来越多了。街道上，小桥边，但凡大街小巷都有剑士在寻找凌风，凌风的处境再一次陷入了危险之中。自打他步入剑都以来，每天都过着刀口上的日子。不是遭人追杀，就是遭人陷害，他的人生几乎每天都在争斗。

这日，一直待在灵天城的秦玉儿实在是太闷了，她在庭院里走动着。时下，莫寒悄悄地从庭院经过，秦玉儿向其打招呼道："莫叔叔。"

莫寒回头朝秦玉儿笑了笑，便匆忙地离开了。觉得纳闷的秦玉儿自语道："莫叔叔好诡异啊！"带着这份好奇，秦玉儿偷偷地跟了上去，他们去的方向是秦川的书房。

书房内，莫寒和秦川秘密地说着。"我已查出了郭超隐退的地方，这次来找你就是商量一下怎么逼迫郭超废除功力。"莫寒说道。

向来主意挺多的秦川，稍稍地想了一下，言道："他不是有一个孙女吗？我们可以从她的身上下手，只要抓住了他的孙女，再威胁郭超废除功力。"

"好，就这么办，那我们今天晚上就动手吧！"莫寒说道。

他的提议马上遭到了秦川的拒绝，秦川举起手来，一脸很有城府的模样："不，他的孙女肯定和他在一起的，如果我们贸然去的话很容易打草惊蛇。"

秦川的顾虑固然有道理，然莫寒说出那样的话也是有理由的，奸诈的他诡异地笑着："这点你可以放心，我已经打探清楚了，他的孙女每天都会上山采药，而且我在她必经的山路上埋伏了人，只要她一上山，我们的人就可以把她抓住，到时……嘿嘿。"

门外的秦玉儿把他们的谈话听得一清二楚，不禁失色起来，她轻轻地挪动脚步，一个转身离开了，她准备把这个消息告知郭超。

一条小道上，凌风正往前走着，忽觉身后有人跟着他，回头一看，顿时惊住了。在他的身后大约三十多名剑士，而且每个剑士都气势汹汹地看着凌风。看着他们那一双双奇怪的眼神，凌风倒吸了一口冷气。

"各位侠士，你们这是……"凌风费解地问道。

最前方的一剑士说道："听说你手上有《灵空剑谱》，我劝你最好是拿出来，不然的话你是不可能活着离开这儿的。"

凌风不知道是谁散布了他身上有《灵空剑谱》这样假消息的，这么多的剑士若动起手来，凌风真的是对付不来。于是，他说道："我没有《灵空剑谱》。"

"没有剑谱？谁信你啊！你修炼不过几个月，何以从一名低等剑士达到剑尊？"

为了证明自己，也为了保全性命，凌风当即脱下了身上的衣服，说道："我真的没有剑谱，你们一定是受到别人的蛊惑了，你们不信的话可以在我身上搜找。"

一剑士走上前去，先是捡起地上的衣服搜了一下，然后又在他的身上搜找了一下，最后失望地走了回去，对着那些剑士说道："他的身上没有剑谱。"

顿时，所有的剑士觉得被骗了，从洛辰阳身上听来消息的那名剑士更是愤怒："可恨，那家伙竟然骗我，我不会放过他的。"

没有找到剑谱，那些剑士陆陆续续地走了。凛冽的寒风吹在凌风的身上，感觉寒冷的凌风弯身拾起地上的衣服穿了起来。他不明白何人要陷害他，这是他心中的一个谜，所幸自己的性命保住了。

第四十三章　风云四起

　　在往小竹屋去的方向，秦玉儿快速地奔跑着，她得在短时间内把听来的消息告知郭超和郭若兰，若是晚了一步，就什么都没用了。"若兰，你千万不要上山，千万不要。"默默地，秦玉儿在心中默念着，时间对于她来说太紧迫了，紧迫得分秒必争。

　　竹屋里，郭若兰背上了药筐，准备去采药。"爷爷，我上山采药去了。"出了竹屋，郭若兰对郭超说道。

　　此时的郭超正晒着药草，他手不离药草，眼神没有移动，只言道："去吧！路上小心。"常年住在这里的郭超，没有人知道他住在这儿，更没有病人可医治。所采来的药草多半被他用来泡酒喝，其余的就炼制成了丹药。

　　在郭若兰离开没多久，秦玉儿来到了这儿，她匆匆地跑到郭超的身边，气喘吁吁地说："前辈，有人，有人要害你们。"

　　弄不懂状况的郭超放下了手中的药草，说道："你说什么？"

　　"若兰，若兰在家吗？"顾不得解释的秦玉儿只问道。

　　"她刚去采药了，你有什么事吗？"

　　一听郭若兰上山采药去了，秦玉儿刚平定的心立马不安了起来："糟糕，她去哪座山头采药了？"

　　抬手一指，郭超应道："一路往西，你就可以找到她了。"

　　知道了郭若兰去往的方向，秦玉儿拔开腿就跑了出去。望着秦玉儿离去的身影，郭超纳闷了。

　　回念一想秦玉儿刚才说的那句话，郭超忧心了："不行，我得去看看。"

　　山的那一头，就在郭若兰经常采药经过的那条山路上，几名剑士在那里等候着，他们隐藏在深林中，只为郭若兰的出现，只要她一出现，必定会被他们抓住。

　　剑都的另一端，凌风漫无目的地走着，在这个剑都要找到剑圣级的剑士，该有多难啊！除了四大族长外，可现在他身处的位置离四大山庄相隔甚远，他要想突破，恐怕只有返回，没有其他的办法，除非与洛辰阳交锋。但与洛辰阳交锋那无疑是死路一条。就算凌风不会，洛辰阳还是会找到他的。

　　离凌风不远之外，洛辰阳带着他的弟子正走着。"那些剑士没有杀掉凌风，看来只有我亲自动手了。"洛辰阳脸上带着遗憾。

　　"族长，凌风就在前面。"弟子指着前方说道。

　　费尽心血找寻凌风的洛辰阳，如今找到了他，还不得杀了凌风？"好啊！总算是让我逮着了，凌风，今天就是你的死期。"阴险的洛辰阳，邪恶地笑了笑。那些弟子加快了脚步，打算把凌风拦截下来。

　　山脚下，郭若兰背着药筐，轻快地走着，再走几步，她就要进入剑士埋伏的范围之内了。"来了，来了。"在深林埋伏的剑士看见了走过来的郭若兰，兴奋地说道。

也正是在这个时候，赶来的秦玉儿挡住了郭若兰前进的脚步，然后向其解释着。

"师兄，要不要动手？"一剑士说道。

为首的那名剑士，淡定道："等一等。"

郭若兰听了秦玉儿的话后，改变了上山采药的念头，两人转身欲要回去。"她们要走了，动手。"见她们要走，带头的剑士发话道。

刹那间，数名剑士从深林中蹿了出来，郭若兰好不容易出现，他们又怎会放过呢？

意识到有危险的秦玉儿，马上拉起郭若兰的手逃跑，那些剑士紧紧地在他们的身后追着。他们一边追一边喊着："站住，别跑。"

一路逃跑，一路追逐。眼见着他们要追上秦玉儿和郭若兰，体力消耗得差不多的秦玉儿和郭若兰再也跑不动了，她们的脚步慢了下来。追上来的剑士，得意道："跑，跑，跑，我看你们往哪儿跑？"

为了让郭若兰逃走，秦玉儿说道："若兰，你快走，我拦住他们。"

"不行，我不能把你丢下。"固执的郭若兰不肯离去。

使劲地推了郭若兰一把，秦玉儿大喊道："你快走，如果你被他们抓住了，可就完了。"

在秦玉儿的喝声下，郭若兰往后退去。几名剑士见她逃走，迅速追了上来，秦玉儿动用了元力，拖延了他们的脚步，为郭若兰逃脱争取时间。正是在这个艰难的时候，郭超赶了过来，他看见数名剑士围着秦玉儿，快步走了过去。

几名剑士见郭超来了，眼睛里充满了恐惧，以他们的水平哪敢和郭超交锋！慢慢地，他们往后退步，然后便撒开脚逃走了。

走到秦玉儿的身边，郭超言道："秦姑娘，你没事吧？"

好在郭超及时出现，要不然秦玉儿的处境不可想象。"我没事，谢谢前辈关怀。"

"你能告诉我这到底是怎么一回事吗？"郭超问道。

相问之下，秦玉儿把事情的始末告诉了郭超。郭超听后，很是生气："剑都被他们弄成这样了，他们还想着稳固自己的地位，依我看，用不了多久，这四大族派会消亡的。"

亲眼看见自己父亲的恶行，秦玉儿对父亲的印象有了很大的改变，也极其厌恶父亲的行径。"前辈说的是，我也没想到我爹会做出这样的事来。现在你们都没事了，那我就回去了。"秦玉儿作别道。

身后的郭若兰说道："玉儿姐姐，我送送你。"

自此，郭超的心乱了，他说道："不行，我得想个办法才行，不解决这件事，他们以后还会来的。"

第四十三章　风云四起

向前走的凌风，被洛辰阳门下的弟子给拦住了去路。一看他们的穿着，凌风便觉得苗头不对，他回头一看，当他看见洛辰阳的那一瞬间，整个人惊住了，他知道这次是逃不了的，很有可能丧命于此，更让他想不到的是洛辰阳会追他追到这种地步。这时的他内心很恐慌，真要打起来，自己哪会是洛辰阳的对手？

假装淡定的凌风回转过身，从容道："洛族长，你找我有什么事吗？"

他的那份淡定，让洛辰阳由衷地佩服，一心想要除去凌风的洛辰阳可不会和凌风有过多的客套话。邪恶的他，先是不怀好意地笑着，然后便凝聚了元力。凌风见状，赶紧从体内召唤出赤天剑。明知不敌，但他也要做殊死搏斗。

急出一剑，凌风以飞快的速度攻去。洛辰阳原地不动，他轻轻地抬起手，体内之元一出，用力一出掌，口中念道："定心式！"

未曾见过定心式的凌风，今见得其招式，内心大喜。一招定心式使出，刚才攻势还很强烈的凌风，瞬间攻击力下降了。他手上的剑本是向洛辰阳刺去的，在洛辰阳使出定心式后，他的剑委实给定住了，不能动了。无奈，凌风脱了手上的剑，准备以体内的九阳之气加以进犯。

这个时候，洛辰阳再度使出了定心式，这次使用的定心式较先前的有所不同。洛辰阳张开的手一握紧，悬于半空的元加速地旋转着，还不断地散发出耀眼的光芒，那道光照射在凌风的身上，被照射的凌风片刻便不能动弹了，想必他是被定住了。

定住了的凌风只有任其宰割的命了。此时，洛辰阳从体内迫出了剑，他一步一步地向凌风靠近，脸上充满了得意的笑容。

"凌风，你不要怪我，谁叫你偷盗了水晶石，我堂堂山庄的族长，让你盗走了水晶石，你让我的面子往哪儿搁？除了把你杀掉之外，我也没有别的办法。"

倔强的凌风憎恶地看着洛辰阳，说道："少废话，我落在你的手上，就没想着活命。"

洛辰阳先是在凌风的面前走动了一下，继而举起手中的剑，准备杀掉凌风。"就是他，就是他。"就在这个时候，一道声音从洛辰阳的身后传了过来。洛辰阳回头一看，三十多名剑士纷至沓来。这些剑士都是被洛辰阳骗说凌风身上有剑谱的，他们这是来报复了。

看着这些涌来的剑士，洛辰阳慌了，以他剑圣级的身份倒不是怕他们，他顾虑的是若把他们杀了，传出去有损他的名声。"走，走，走……"随之，洛辰阳和他的弟子离开了，那些剑士拼命地在他们的身后追着，这儿只剩下了凌风。

一路找寻凌风的金紫衣，顺着凌风行走的轨迹走着，在她的前方一大群人走来，他们的口中感叹道："前面的那个家伙真惨，要不是我们及时赶到，恐怕他就要被剑圣给杀了。"

心里不安的金紫衣，向前迈了一步，问道："请问你们说的那个人长什么样？"

"他呀，大概二十几岁，长得眉清目秀的。"

还没等剑士把话说完，金紫衣就跑开了，她真切地感受到剑士口中所说的那个人就是凌风，所以她才这般急躁地往前方跑去了。

这天，灵虚山庄的弟子拿着一封信跑进了大堂，他拿着信半跪在地上，说道："族长，您的信。"

上堂的莫寒随手拿起了弟子手上的信，将其拆开，审阅了起来，信上是这样写着的：莫族长，我郭超只想有个平静的生活，什么一统剑都，什么成为剑都的至尊，这些都和我没有关系，如果我想独尊的话，我早就重出剑都了，不必隐退山林这么多年，所以，你们不用费尽心思地逼迫我散除功力，我是不会对你们产生威胁的。

"族长，我们没有拦截到郭超的女儿，请族长处罚。"

看罢信，莫寒舒心了，至于抓没抓到郭若兰，对他也没多大意义了。莫寒淡然一笑："没事，你们出去吧！"

不只是莫寒收到了郭超的信，同样，秦川也收到了郭超的信，他看完信后，害怕的心也松弛了下来。同时，他又为另一件事上心着。拿着信，秦川站在秦玉儿的门前，他扬起手，敲打着门。

"咚咚"几声，屋内的秦玉儿应声而开。

"爹！"轻轻地喊了一声，秦玉儿一脸惊恐地看着秦川，她知道秦川的来意，所以心底早已做好了准备。

走进房间，秦川问道："玉儿，你是不是给郭超他们通风报信了？"

秦玉儿低头不语，随即又向秦川质问道："爹，你为什么要那样做？族长的地位对你那么重要吗？"

"我是灵天城的族长，我的位置要是被人取代了，你叫我如何在剑都生存？"

秦玉儿怔怔地看着秦川，脸上尽是一副生疏的表情："爹，你变了，变得连我都不认识了。"

立马，秦川的脸色黯淡了下来，他怒道："你懂什么？我告诉你，以后我的事你都不要过问，也不要管。"

秦玉儿被他的这句话彻底给伤了，她眼光中闪射着丝丝泪光："爹，你怎么可以这样？"

"我就是这样的一个人，你给我听好了，记住了。"说罢，秦川转身走开了。

望着父亲离开的背影，秦玉儿有种欲哭无泪的感觉，自小觉得父亲的形象在自己心中是那么的伟大，刚才他的那一番话，彻底凉了秦玉儿的心。她不知道秦川有多少事情瞒着她，如今的秦川让秦玉儿感到好陌生，好陌生。

第四十四章 天山之行

　　身受定心式的凌风已经能够活动了，他被定住的时间没金紫衣那么久。被定住的时间长短与自身的功力是相对的，凌风身上有九阳之气，被定住的时间自然要少一点。在他能够活动之时，金紫衣赶到了这儿，她第一眼看到凌风后，便激动地抱住了他，那是在不安、害怕之后所引发的一种情绪。凌风抚摸着她的后背，安慰道："我没事，我没事。"

　　片刻后，金紫衣松开了凌风，看着眼前活蹦乱跳的金紫衣，凌风满心欢喜："紫衣，你的病好了？"

　　微微地点了点头，金紫衣答道："以后可不许把我丢下。"

　　"你是我妹妹，我怎么会丢下你呢？"

　　回念一想，洛辰阳在自己身上使用的定心式让他修炼定心式有章可循了，"紫衣，你散开一点点，我要练成定心式。"乖巧的金紫衣向后迈了几步。

　　修炼定心式和其他的招式不同，定心式不是一道剑招，乃是利用元力使出的。知道了这一点的凌风，开始催动体内的九阳之气，加以修炼。

　　白茫茫的冰山，散发着层层寒气，此为天山，皑皑白雪覆盖，白雪散发出点点光芒，那么的洁白，那么的明亮。

　　"咯吱咯吱"清脆的声音从雪地上传来，有几名剑士行走着，他们好像是去一个地方，那会是怎样的一个地方？

　　"快走，快走，马上就到天山了。"一名急躁的剑士说道。

　　经过多时的修炼，凌风已经学会了定心式，只不过现在还不是那么成熟，毕竟是刚练成，功法自然稍弱一点。收势，凌风舒了一口气："我总算是学会定心式了。"

　　金紫衣走来，称赞道："哥，你真厉害，这么快就练成了定心式。"

　　凌风微微一笑，说道："定心式练好了，接下来就要去天山了。"

　　"天山？去天山干什么？"不解的金紫衣忙问道。

　　头脑里闪现出在山洞里的一幕，凌风说道："你忘了，要提炼火元，必须要得到火莲，而火莲就在天山，你说我要不要去天山？"

　　经凌风这么一点醒，金紫衣明白过来，她说道："对，对，对，那我们走吧！"

　　于是，凌风和金紫衣朝着天山的方向迈进了。

一边走着的凌风，一边想着怎样才能拿到火莲，火莲在天山门主的手上，其门下弟子个个功力超强，一般的剑士根本不是他们的对手，更别说打败他们，见到门主，拿到火莲了。

　　天山门位于天山中间，乃寒冰砌成。厚实的冰门前站立着几名弟子，他们身穿白衣，与周围的雪形成一色。

　　"门主，天山下有剑士上山，请门主示下。"

　　冰门内，天山门主站在那儿，他也是一身白衣，苍白的头发如他衣服般白。常年待在这天山内，何其孤寂，只听他声音徐徐而出："你带上几名弟子，把他们打下山去。"

　　"是，门主。"弟子将身一退，出了冰门。

　　那些剑士向前行进着，在他们的不远之处就是天山门了，他们看见天山门的那一瞬间，眼睛里迸发出欣喜的目光。可是，他们还没有兴奋多久，四五名天山门士从冰门里走了出来。仅是这四五名剑士就让他们心生畏惧，可以看得出天山门士的功力有多强大！

　　"你们是来闯天山门的？"中间的一名天山剑士说道。

　　前来夺取火莲的剑士，含蓄道："不，不，不，我们是来向天山门主借天山火莲的。"

　　"不管你们是来干什么的，要想进天山门，先过了我们这一关再说。"

　　说话间，四五名天山剑士从体内迫出了剑，他们的剑异常特别，剑口极其薄，整把剑也呈现出透明状，握在手里十分轻巧。既然阵势都拉开了，那些剑士也没有懈怠，他们纷纷迫出了剑，准备迎击。

　　向天山行进的凌风、金紫衣，已经来到了天山脚下，陡峭的雪山，寒气逼人。偶尔一阵风吹过，寒冷刺骨。即便在这样恶劣的情况下，也打消不了凌风上天山的念头。山脚下，凌风拉着金紫衣的手，正极力地向前行进着。寒风呼啸，雪花纷飞，风不停地吹着，雪花不停地飞舞着，这给他们上山增加了不少的阻力。

　　"再坚持一下，就上来了。"凌风不断地鼓励自己，两人奋力地攀登着。

　　几分钟后，他们爬上了天山，呈现在他们眼前的是一片白茫茫的雪山。脚下是陡峭的雪崖，要走下雪崖，才算是真正地进入了天山。

　　望着长长的雪崖，金紫衣有点害怕。凌风拉过她的手，冲她笑了笑："准备好了吗？"

　　轻轻地点了点头，金紫衣回道："准备好了。"

　　拉着金紫衣的手，凌风向前一步，谨慎地往雪崖下面走去。

　　忽然一阵大风吹来，差点把两人吹了下去，凌风嘱咐道："紫衣，抓紧我的手。"大风过后，雪壁上的雪被卷了起来，慢慢地形成了一个小雪球，小雪球顺着雪壁滚动，越来越大，越来越大，然而不幸的是，雪球滚动的方向正是冲着凌风和金紫衣而来。

第四十四章　天山之行

随着雪球滚动的速度越来越快,压向他们的距离也越来越近了。感觉到有响动的凌风,回头看了一眼。这一看把凌风给吓坏了,他眼睛大张,还没等他躲避,雪球就把他们两人给覆盖了。

"砰"的一声,雪球落在了地面,撞击而碎,而凌风他们却被压在了雪下面,生死不明。

冰门之外,几名剑士和天山剑士战在了一起,天山剑士出剑干脆有力,所使的招式柔韧中带有刚强,虚幻的剑招令对方难以接招。相斗之下,上天山夺取火莲的剑士渐渐不敌。天山剑士的招式多变,表面上他们只有五人,但他们每出一招都好像是商量好了的。他们不是以自身的能力抗击剑士,而是以一种阵法抵御他们。

不多时,他们每人的手上都留下了一道剑伤,天山剑士还是留有后手的,若他们出手再狠一点,这些剑士早就被他们杀了。受了一点小伤,并没有打消这些剑士的意念,这次他们把所有的力量集合在一起,准备发起一场攻势。天山剑士以极快的速度,再次重创那些剑士。

受了掌力的剑士最终放弃了,他们收起了剑,低下了头,怏怏不乐道:"我们输了。"

天山剑士弯腰一点头,说道:"慢走,不送。"

被压在雪下面的凌风和金紫衣,还没有出来。猛烈的太阳照在雪上面,银光闪闪。要靠阳光融化掉那些雪,估计得需要很长的一段时间。就在这个时候,一道光从雪地里面穿了出来,那光好像是吸收雪。积雪的面积越来越小,越来越小,渐渐地,凌风和金紫衣的身体袒露了出来,而那些雪全部进入了凌风的身体。

凌风的身体还散发着光,那是水元的力量,水是水元的生命,刚才的那些雪也正是被水元给吸收了。慢慢地,凌风醒了过来,当他看见旁边的金紫衣的时候,他忙扶起金紫衣,急切地喊道:"紫衣,紫衣……"

在他的呼喊之下,金紫衣睁开了双眼,水汪汪地看着凌风,唤道:"凌风哥……"

他们稍微地平定了一下心情,所幸两人都没出什么事。"我们走吧!"凌风说道。

前面还会有什么事发生,金紫衣不知道,她也不敢想象,这样地担惊受怕让她打起了退堂鼓。"凌风哥,我们回去吧!"忧心的金紫衣拉着凌风的衣袖说道。

"都已经来到天山了,怎么可以就这样回去?走吧!"身负血海深仇的凌风往前走着,他做这些都是为了有朝一日杀掉仇人,为死去的亲人报仇。

无奈,金紫衣只得跟着凌风向前行进了,她不是害怕自己,她是怕凌风会出什么事,所以才会说出这样的话来,往前走的凌风明白这一点,他在心里想着:紫衣,我知道你担心我,可我这条命早就不属于我了。为了复仇,我要不断地强大自己。

　　惨败而归的那些剑士碰见了凌风和金紫衣，他们用怀疑的眼神看着凌风。异样的眼神让凌风好不舒服，他想这些人肯定是在想自己通行不了。其实，凌风的心里也没有底。同时，他又是那么的坚强，不管多难多险，他都要试一试。

　　那群剑士带着他们的质疑离去了，凌风和金紫衣向前走着。

　　来到天山门，四五名剑士看着凌风，金紫衣则站在一边，看这阵势又会有一场打斗。

　　"你也是来闯天山门的?"天山剑士问道。

　　五名剑士威严地站在凌风的面前，要想打败他们，凌风感觉很有压力。"我是来拜访天山门主的，麻烦几位进去通报一声。"

　　"要想进天山门，除非把我们打败了。"

　　深知这一点的凌风立马迫出了剑："那就恕我无礼了。"

　　天山剑士也迅速迫出了剑，他们有规律地摆出了阵形，凌风一眼看透，他们的阵形首尾呼应，要破此阵，必须找到首尾，不然一旦被他们缠住，出不了阵，只会消耗体力，最后落败。

　　剑一高举，凌风狂奔而去，在他奔跑的同时，几十把剑从他的剑上分化出来，可以看出他想用万剑归宗来破此阵。几十把剑在凌风的控制下自行地攻击着天山剑士，天山剑士的功力高强，但要化解万剑归宗还是有一定的难度的。万剑归宗终是一道威慑力颇强的剑招。

　　分化的剑分散了天山剑士的力量，这就有利于凌风单方面的攻击了。赤天剑一握，长剑一挥，凌风先是发起强烈的攻势，然后在其基础之上使出了定心式，定心式不是那么成熟，但多少起了一些作用。四五名剑士手上的剑被定住了，也就是在这个时候，凌风对他们一猛击。

　　机灵的剑士松开了剑，赤手空拳地与凌风对战，没有了剑，就算功力如何的强大，威力也减弱了几层。凌风把所有剑招悉数使了出来，那些剑士渐渐地难以招架，他们开始躲闪。蹬地一起，凌风起身一脚，重重地蹬在他们的身上，有的剑士受了凌风一脚而倒地不起，有的剑士被凌风击中了一掌，身上残留九阳之气，而不得动用功力。

　　为了通行，凌风使出了浑身解数，最后把五名剑士打败了。五名剑士受了轻轻的小伤，他们收起了被定住的剑后，低头道："你可以通行了，请随我来。"

　　把剑一收，凌风和金紫衣跟着他们进了冰门。

　　门主见到凌风的第一眼时，他的表情和玄冰门主的一般无二。他问道："你叫什么名字?"

　　"晚辈凌风，拜见门主。"

　　"好，好，好极了! 来人，把他们带下去休息，明日带你们去拿火莲。"门主说道。

　　一名剑士走了进来，他们礼貌道："两位剑士，请随我来。"

第四十四章　天山之行

　　疑惑的凌风带着金紫衣随着那名剑士出去了，奔波了这么长时间，凌风是该好好休息一下了。从门主的话中可以知道，火莲目前不在他的手中，待到明日，凌风就可以得到火莲了。

　　第二日，凌风和金紫衣被带到了冰门，门主一脸和气地说道："走吧！我带你们去拿火莲。"

　　"多谢门主！"内心澎湃的凌风忙致谢道。

　　"先别忙着谢我，能不能拿到火莲就看你的表现了。"

　　门主的话让凌风不解，不是进得冰门就可以得到火莲吗？看来凌风的想法是错的，倘若纯粹地打败了天山剑士就能得到火莲，那真是太轻巧了。见凌风迟疑着，门主拍了拍他的肩膀："跟我走吧！"在他的引导下，两人迷茫地跟着门主走了。

　　偌大的冰门，宽大的空间。门主领着凌风和金紫衣来到了一扇冰门前，门主说道："火莲就在里面，你自己进去拿吧！"

　　感到丝丝不安的金紫衣，眼巴巴地看着凌风，劝道："凌风哥，不要去，里面很危险。"

　　凌风笑了笑，内心想着无论前方多么凶险都要进去，都来到了冰门，不能就这样放弃了。"紫衣，你在外面等我一会儿，我很快就出来。"

　　望着凌风往前走去，金紫衣只有在心底默默地祝愿着。走到冰门前，"咔吱"一声，那道冰门自行地隐化了，凌风迈出了一脚，走了进去。外面的人是看不见里面的，金紫衣只得静静地守望着。

　　走进冰门，凌风先是感到一阵冷，继而又是一阵热，冷热交替让他很不适应。一进冰门，凌风感觉这里是另一个天地，这里四周红彤彤的，而且没有冰，没有雪，空间好像被无限放大了一般。迷乱的凌风不断地转动着身体，用困惑的眼神审视着周围。置身此地，总有一种随时会发生什么的感觉。门主也未曾说明火莲在哪里，冰门里有什么，怎样才能拿到火莲？

　　"嘭"的一声，一名剑士突然出现在凌风的面前，他一身红衣，满脸通红，周身白气腾腾。此剑士极为特别，除了不一样的装束外，表情也是十分僵硬。

　　"我是火莲的守护者，想要得到火莲，必须将我打败。"

　　眼前的这名剑士功力可不一般，从他身上散出的气息便能感觉得出来。忐忑的凌风在思量着，他的剑隐隐地出现在手上。大不了空手而归，他心中已做好了最坏的打算。

　　"请指教！"弯腰一低头，凌风含蓄道。

　　守护者并没有使剑，他双拳紧握，无穷的力量汇聚于双拳之间。手握赤天剑，凌风威猛地冲来，守护者一手抓住了剑，凌风的攻击力对守护者来说并不强大，但却是凌风能够使出的最强悍的。

　　赤天剑被他紧紧地抓住，凌风再怎么使劲也抽不回来，在这种情形之下，凌风只得将剑隐化。那把被守护者抓住的剑，渐渐地变得透明，最后消失不见。

表面上看去那把剑不见了，其实那把剑还在凌风的手上，凌风将手一缩，手上的剑慢慢地呈现了出来。拿着赤天剑，凌风再次击向守护者。

　　这次，守护者还来不及做出反应，赤天剑就刺在他的手上。然而他的手就像是铜墙铁壁，任凭凌风再怎么使力，也对守护者造成不了任何的伤害。收起剑，凌风大喊道："万剑归宗！"

　　他想用万剑归宗战败守护者，上万把剑冲向守护者，纹丝不动的守护者意念一出，飞舞的剑停留在空中。

　　万剑归宗对守护者没有作用，凌风就变换了另一种招式，他使出了灵虚剑法，精练的灵虚剑法经他使出，守护者不停地应对。长剑落地，一道超强的剑气猛地冲向守护者。守护者出了一掌，击碎了那道剑气。

　　趁势，守护者加快了动作，他出手不仅快，拳法也相当凶猛。拳头落在凌风的剑上，抵挡的凌风因压制不住那股力，整个人往后退了几步。守护者可是愈战愈勇，一拳拳地打向凌风，凌风只得以剑抵挡，可守护者的力道刚猛，出拳的速度飞快。

　　充满力量的拳头压在凌风的剑上，另一拳偏过剑锋，朝凌风的脑袋挥去。疏于防备的凌风受了他一拳，整个头偏向了一边。还没等他缓过神来，守护者又是一拳打在了他的身上。再这般下去，凌风必定会死在守护者的手上。

　　"扑嗤"不断受到打压的凌风，最后受了内伤，倒在了地上。残忍的守护者快步至凌风的身边，将他提了起来。

　　在他准备杀死凌风的时候，"嘶"的一声，凌风的剑刺进了守护者的体内，那一剑是在他没有防备的时候刺进去的，自然化体起不了多大的作用。

　　受伤的守护者松开了凌风，他脸色惨白地望着凌风。趁其受伤，凌风挥动了手上的剑。威猛的阵势再度拉开，九阳之气不断地从凌风的体内流入剑体，他健步如飞，随着身体向前倾去，赤天剑直刺向守护者。中了一剑的守护者，元力减弱了一半，他出手抓住凌风的剑，可锋利的剑割伤了他的手，殷红的血液顺着剑端滴落在地上。

　　握剑的手用力往前，守护者最终还是承受不了凌风的压制，赤天剑再次刺进了他的身体里。"嘭"的一声，守护者消失了，正如他来的时候那般地无声无息。

　　这儿又只剩下凌风一个人，他四处望了望，生怕又会有剑士凭空出现。守护者消失的同时，火莲出现了，火莲浑身红色，还散发出淡淡的光。

第四十四章　天山之行

第四十五章 升为剑宗

望着眼前的火莲，凌风的眼前一亮，"这就是火莲。"他惊叹道，右手缓缓地向前伸着，当手触及火莲时，凌风分明地感受到心底的快意。为了得到火莲，凌风经历了很多，还险些被守护者杀死，所幸最后还是拿到了火莲。

拿着火莲，凌风欢快道："我终于得到火莲了，我可以提炼火元了。"火莲是提炼火元的必备之物，有了火莲，离提炼火元更近了一步。

门外，等候多时的金紫衣不停地走着，她的心情是如此的浮躁。口中碎碎念道："凌风哥，凌风哥，你千万不要出什么事。"

"姑娘，你不用担心，你哥会没事的。"门主安慰道。

"咔吱"一声，门开了，凌风从里面走了出来。看见凌风的那一刻，金紫衣的心平定了下来。

门主看见凌风从里面出来了，很是欣慰，在凌风进去时，他就断定凌风会拿到火莲的。他有这样的断想，也源于他看好凌风。走近他们，凌风说道："多谢门主把火莲赐给了我。"

"你客气了，你是凭自己的能力得到火莲的，我什么忙也没帮。"门主说道。

安定的金紫衣笑呵呵地看着凌风，说道："凌风哥，火莲已经拿到了，我们是不是该回去了？"

这句话，让凌风回过神来，有了火莲，就要提炼了。火莲属阳性，凌风体内的九阳之气又是阳性的，要将其提炼，必须要调和，只知修炼之法，不知调和的凌风，提炼起来是有难度的。所以，他得回去找郭超帮助自己提炼火元。

"门主，这几天多谢您照顾，我们要回去了。"

"好好修炼，剑都等着你重整，我看好你。"门主勉励道，凡是和凌风接触的高级剑士都寄予厚望于凌风，这个纷乱的剑都等着凌风平定，凌风身上肩负的不仅是仇怨了，还有剑灵仙都的未来。

微微一笑的凌风，回言道："那我们就告辞了。"

"慢走，不送！"

目送着他们离开，门主的眼里好像看见了什么，竟自欢快地笑了。

灵空山庄，回来的洛辰阳正郁闷地生着气，这次没能杀了凌风，他的心情好不到哪儿去。几名弟子站在堂下，一名弟子说道："族长，要不要我派庄上的弟子追杀凌风？"

悲愤的洛辰阳鄙夷地看着堂下的弟子，笑道："就凭你们的功力，能杀得了凌风吗？"

那些弟子被说得羞愧地低下了头，凌风现在的修为在整个剑都很难找到能够杀他的人，除了比他等级高的人，而那些比他等级高的人也犯不着与他为敌啊！再说，即使是杀掉了凌风，传出去的名声也不好听啊。

"族长，我们杀不了凌风，我们可以找杀手啊！俗话说有钱能使鬼推磨啊！"

洛辰阳挥了挥手："算了吧！我好歹是灵空山庄的族长，要是让人查出我雇佣杀手杀人，你让我这个族长怎么当下去？"考虑到多方面的因素，洛辰阳放弃了追杀凌风的念头。

大堂外，一弟子急匆匆地走了进来，他半跪在地上，向洛辰阳汇报道："族长，灵虚山庄的莫族长来了。"

"你们都下去吧！"洛辰阳说道。

莫寒走进大堂，见洛辰阳一脸垂头丧气的模样，便知他没能杀掉凌风。"莫族长，你来了。"洛辰阳起身，假装和气地向莫寒走来。

"洛族长还在为凌风的事上心啊？要我说我们用不着提防那小子，他没有《灵空剑谱》，再怎么修炼也成不了剑神，成不了剑神对我们也就构成不了威胁。"莫寒言道。

至于凌风的事，洛辰阳暂时放下了，转念一想，他似乎想到了什么："莫族长来我山庄不会只是因为凌风的事吧！"

阴险的莫寒笑了笑："我来是要告诉你一个好消息的。"

一听是好消息，洛辰阳十分积极，他忙问道："哦，是什么事啊？"

"前段时间我和秦族长想出办法废除郭超的功力，虽然最后没有成功，但我们已经明确了郭超的想法，我想他是不会重出剑都的。"

不大相信的洛辰阳，看着莫寒，问道："何以见得？"

莫寒从身上掏出了那封信，将其递给了洛辰阳："这是他写的信，你看看。"

拆开信，洛辰阳大致地看了一遍，然后说道："他说的能信吗？"

"我们可以稳住他，以我们三人在剑都的威望，还怕区区一个郭超不成？"

忧虑的洛辰阳在莫寒的说道下，那份担忧也渐渐地消失了。"希望能像你说的那样吧！以我们三个人的力量，就算郭超重出剑都，也推翻不了我们的统治。"

虽说对他们统治的威胁排除了，然而还有一件事压在莫寒的心里。他脸上满布着失落感，遗憾道："灵虚山庄向来与我们三人背道而驰，秦族长在灵虚山庄安排了人毒杀苏慕，可惜计划失败了，若是计划成功，四大族派就同为一心了。"

说到这儿，洛辰阳也感到有丝丝的遗憾，他说道："是啊！四大族派同为一心，我们的统治才是最牢靠的，今天你既然来了，就陪我喝上几杯吧！"苦闷的洛辰阳拉着莫寒出了大堂。

　　小竹屋处，没有了秦川他们的打扰，又恢复了以往的平静。竹屋外，郭超呆呆地站在那儿。退隐多年的他，开始在幻想着剑都什么时候会成为光明美好的所在，而他把这个愿望寄托在凌风的身上，不然他也不会倾尽全力地帮助凌风修炼。

　　"剑灵仙都，这个以剑为主的剑都，什么时候才会成为一块净土啊?!"郭超感慨道，想来自己年事已高，却是无能为力，郭超遗憾得直摇。

　　"师父，师父……"还没走进竹屋，凌风便急切地喊道。

　　沉思中的郭超回头看见了凌风，眼睛里迸发出欣喜的目光，他认真地审视着凌风，看着凌风如今的进步，他感到高兴，离他的期望也就越来越近了。欣然的郭超，朝屋内喊道："若兰，若兰，你快出来。"

　　郭若兰从竹屋里跑了出来，她看到凌风的那一刹那，整个人愣了一下，继而兴奋地向他们走近，说道："凌大哥，紫衣，你们回来了?"

　　"师父，若兰，你们这段时间过得还好吗?"凌风问候道。

　　"还好，还好，都进屋吧！外面挺冷的。"感到丝丝寒意的郭若兰说道。

　　凌风侧过身，对金紫衣说道："紫衣，你和若兰先进去。"

　　"好吧！"金紫衣懒懒地回道，随即和郭若兰回屋了。

　　这儿只剩下了凌风和郭超，郭超说道："凌风，看着你现在修炼至剑师，为师很替你高兴，相信用不了多久，你会炼成剑圣的。"

　　剑圣？何止是剑圣！凌风要把自己修炼成最强大的剑士，那样才能报得大仇。可叹的是，时至今日，凌风也没有找出仇人，但他又是那么的坚定，他坚信自己能够找出仇人，目前最重要的便是提升自己的能力，为以后报仇打好基础。

　　"师父，我已经拿到了火莲，可要提炼出火元，必须要调和身体，我希望您能帮我。"

　　此话一出，郭超不假思索道："这有什么，跟我来吧！"

　　两人往山林里走去，一进树林，凌风把身上的火莲拿了出来，散发着光芒的火莲把整个山林染成了红色。郭超接过火莲，说道："提炼火元的要诀就是要懂得中和体内的元力，元力属阳性，加上你体内的九阳之气也是阳性，火莲又具备阳性，要将其提炼，不容易啊！"

　　正是这个原因，凌风才苦恼，如果没修炼好的话，身体会做出强烈的反应，甚至有可能危及生命。"师父，那要怎么做才能提炼出火元?"凌风问道。

　　"要提取火元，倒不是没有办法，首先你先将你体内的九阳之气封存起来，然后你再用水元将你的身体由阳性转变为阴性，这样就降低了因修炼时阳性过多，对身体产生的伤害。"

　　凌风按照郭超说的，挥手一动，先强行把体内的九阳之气给封存了，然后又从体内迫出水元，水元绕着身体转动了一圈，回到了体内。刚才还血气方刚的凌风，瞬间变得软弱了，连说话的声音都那般的轻柔："师父，我按照你说的做了。"

"好，接下来我就把火莲植入你的身体里面。"说着，郭超催动了元力，轻轻地把火莲移动至凌风的面前，只见得火莲慢慢地向他的身体里面融入。凌风双眼紧闭，火莲融入的过程是非常痛苦的，从凌风痛苦的表情可以看得出来。

眼见着火莲逐渐地融入凌风的身体内，郭超把体中的元力运行至最大，稍一推动，火莲进入了凌风的身体。就在火莲进入凌风身体里面后，凌风的身体发生了异变，他的脸上红成了一片，整个人看上去就好像被什么东西给缠住了。他眉头紧锁，血脉贲张。

"好热，好热。"承受不住的凌风大声喊道，体中的火莲散发的阳性，使得凌风有了这样的反应。不止是火莲，凌风还感觉到有一种力量在他的体内跳动着，那种力量倒腾着，让他很痛苦。

终于，凌风忍受不了痛苦，他倒在了地上，身体在地上翻滚着。看着凌风这样，郭超喊道："糟了，凌风体内的阴性被阳性冲淡了，阳性过多的话……"

赶紧地，郭超跑到凌风的身边，开始试着控制住凌风，尝试着把阳性从他的体内驱散。尝试了几下，效果不大明显，凌风依然在地上滚动着。

再这么下去，凌风必定会因体内阳性过多，丧了性命。"凌风，凌风，你赶快把你体中的水元迫出来压制火莲的阳性。"

驱动水元是要修炼者自己运行的，旁人是帮助不了的。在郭超的说动下，痛苦中的凌风试着驱动水元，身体的痛苦让他根本使不出力。几次想迫出元力的他，却是几次都失败了。看着凌风这样，郭超很着急，自己又帮不了他，万一凌风真有什么事，他会后悔的。提炼火元是有一定的凶险的，不同的剑士修炼的方法也就不一样，墙壁上写的炼元之法只是对于体中有元力的剑士有用，而凌风体中的是九阳之气，这就行不通了。郭超原以为暂时把他体中的九阳之气给封存了就不会有事的，不曾想最后还是出事了。

火莲散发的阳性不停地折磨着凌风，怪异的是，凌风的身体渐渐地有寒气生出，按说没有使用水元是不会这样的。透过凌风的身体，可以看见有两颗微小的晶体在转动着，一颗是水元，另一颗浑体红色，难道那就是火元？刚才的凌风还被火莲折磨得死去活来，这会儿怎么可能炼成火元？

担忧的郭超，紧皱的眉头舒展了，他欣喜地说道："太好了，你已经炼成火元了。"

停止滚动的凌风，坐起了身："火元？这是怎么回事？刚才我的身体好像被火莲吞噬了，整个人就好像被火烤着一样。"

"你在天山有没有碰到什么奇怪的事？"郭超问道。

回念一想，要说有什么奇怪的事，凌风只想起了在天山时，他和金紫衣被压在了雪球下，最后也不知道怎么地身体上覆盖的雪不见了。想到这儿，他把这件事告诉了郭超。他不知道提炼火元会和那件事有什么联系。

听完凌风的话，郭超脸上流露出豁然开朗的表情，明白了缘由，他也就见

第四十五章　升为剑宗

怪不怪了。"我说呢？原来是这么一回事。"

不甚明了的凌风，好奇地问道："师父，这到底是怎么一回事啊？"

"你的身体里面有了寒气，刚才植入你体内的火莲，把你体内的寒气引诱了出来，阴阳互补，你才安然无恙，最终炼成了火元。"郭超解释道。

恍然大悟的凌风，说道："这么说，我体内的水元含有寒气，寒气在火莲的压制下被逼迫了出来，在水元的作用下，它分散了火莲的阳性，从而炼成了火元。"

能够产生这样的效果是两者有互补的特性，也就是说火莲在水元的压制下，把原有的阳性压缩成了火元。对于凌风的疑问，郭超点了点头，说道："不错，是水元帮助你炼成了火元，你很幸运，要不是水元吸收了天山的冰雪，这样的事情是不会发生的，看来上天在帮你。"

凌风也没有想到会有这样的事情发生，只能说自己过于幸运。他的一生这般艰辛，能够幸运一次，也算是对他坎坷命运的一种回馈。从地上站起，接着凌风想修炼的便是剑招了。单靠自己这般修炼，已经成为剑师的他，接下来就想着突破成为剑宗了。

"师父，你会千刀斩吗？"凌风问道。

猜得出凌风心思的郭超，笑了笑道："你这小子，想向剑宗级别提升。"当然，千刀斩是象征剑宗级别的，只有练成了千刀斩，才能称得上是剑宗。

"呼"的一声，郭超手上出现了一把剑，他的剑呈红色，整把剑大气，锋利无比。拿起剑，郭超说道："看好了。"

手轻轻地在剑上滑过，瞬间他手上的剑变得庞大了，一边演示着千刀斩，郭超一边解说道："千刀斩在万剑归宗的基础上加以延伸，使其变换成了另一种剑招，虽是延伸而成的，可它的每一招每一式都和万剑归宗截然不同，可以说它建立在万剑归宗的剑招上，却与万剑归宗脱离了联系。"

拿起长剑，郭超用力地向前挥了一剑，锋芒的剑锋往前飞去，那一道剑锋变换成了上千把剑，每把剑若隐若现，这就是千刀斩，以似有似无的形态呈现。"第一式，千剑出！"郭超分化了千刀斩的动作，好便于凌风记住千刀斩的一招一式。

观望的凌风聚精会神地看着郭超演示着千刀斩，深深地将其记在了心中。将整套剑法演示了一遍，郭超回到了凌风的身边，对其说道："凌风，你都记住了吗？"

千刀斩分五招十式，暗暗地将这五招十式记在心中的凌风点头道："我已经记住了。"

"那好，你好好练，我就先回去了。"说罢，郭超转身将要离去。

"师父，您慢走！"凌风礼貌地回了一句。

郭超微微地一笑，转过了身，离开了这儿。

树林里的凌风，头脑里又回想起了在山洞中看见的那些字，现在是他最关键的时刻了,他不能出现任何差错,能不能成为剑宗,就要看他能不能练成千刀斩了。

"凌风,你可以的。"鼓励了一下自己,凌风召出了赤天剑,循着修炼之法,练习了起来。

竹屋里,金紫衣和郭若兰坐在床头,她们好像在谈着什么。金紫衣阴沉着脸,心情好像不是很好。"若兰姐姐,你知道吗,凌风哥承受的事情实在太多太多了,有时候我在想,剑都的剑士为什么那么贪心,他们为了剑谱不断地残害同道,甚至到了失去人性的地步。"

"唉!"郭若兰叹了口气,"他们为了成神,不择手段,可成神了又能怎么样?难道只是为了证明自己是最强的吗?"

父母的死一直令金紫衣很痛苦,她终日处于哀伤之中,没有半点笑容,原本欢乐的她,在父母死后,变得多愁善感,惶惶不可终日,生怕凌风也会离她而去。

"不行,我要找出真正的凶手,我要为我父母报仇。"执着的金紫衣从床头上站了起来。

金紫衣的这种心情,郭若兰能够理解,可即便她找到了凶手又能怎么办?她又不是凶手的对手,到时只会白白地送了性命。郭若兰劝道:"紫衣,不要冲动,即便你找到了凶手又能怎么样?你杀得了他们吗?"

"我不管,我只想知道凶手是谁。"延续了十八年的谜令金紫衣魂牵梦萦,就算是杀不了凶手,至少知道凶手是谁也好。可叹秦朗和金武是知道真正凶手的人,然他们却没有活下来。故金紫衣想找出真正的凶手。

"你有没有想过,如果你出了什么事,凌大哥得有多伤心啊!"知道无法拦住金紫衣的郭若兰,只得用凌风留下金紫衣了。

无奈的金紫衣跺了跺脚,最后还是留了下来,她不想让凌风担心自己,更不想给凌风添麻烦。

夕阳西下,剑都的某个地方,几十名剑士穿行于街面上,他们行色匆匆,最后在一家酒楼聚集。"听说金武被杀了,《灵空剑谱》落到了三名神秘者的手上。"一剑士说道。

"也不知道这三名神秘者会是谁?今天把大家召集起来,就是要发动搜查的,以我们剑都所有的剑士还怕找不出那三名神秘者吗?"

旁边的剑士附和道:"是啊,是啊,我们可不能眼睁睁地看着他们独吞剑谱,练成剑神。"

一经说开,这里所有的剑士全都散开了,他们去找那三名神秘者了。这事有了剑都剑士的参与,相信那三名神秘者恐怕不久就无所遁形了。

第四十六章　现出真凶

　　近至黄昏，树林里的凌风还在练习着千刀斩，经过长时间的练习，加上他的觉悟能力高，凌风能够使出千刀斩了。再看他手上的剑，比以前更加强化了。每突破一个等级，剑士的剑都会得到提升，这和剑士的等级是相对应的。往往剑士对战，看到对方剑的强化度，就能判断那名剑士修炼到了何种地步，稍强一点的剑士，单从剑士的身形就能判断剑士的级别。一招千刀斩，震得周围的树叶纷纷落地，还没有完全练成千刀斩的凌风念着剑法口诀："噬其心，攻其力寒气生，阳气盛……"

　　当他念出这句口诀后，他顿了顿，握剑的手松懈了，他的头脑里再度回想起秦朗临死之前的场景。继而，他发出疑问："难道哥指的山非山，水非水，天非天，可是，那又会是什么呢？"如此一想的凌风，好像能从秦朗的那三个动作里看出些什么，可是又不那么明确。秦朗临死之前是想把凶手告诉凌风的，奈何他没有气力，只有用动作示意。想起这些，凌风费尽心思地想要解开秦朗的那三个动作之谜，只要解开了这个谜，凶手也就找出来了。

　　深夜时分，繁星满天，秦玉儿站在庭院观赏着月亮。此时，秦川归来，他一脸苍然地从这儿经过。"爹，这么晚了，你去哪儿了？"见父亲深夜而归，秦玉儿关怀地问了一声。

　　"咚"由于走得匆忙，从秦川的身上掉下了一本书，慌张失色的秦川忙弯身将其拾起，一边还假装镇定地说："没，没去哪儿？"

　　好奇的秦玉儿看着秦川那么慌张，觉得有点不可思议，她走了过来，问道："爹，你看起来脸色很不好，有事吗？"

　　"不该问的你就别问，怎么那么多问题，没事回屋歇着吧，别在这儿瞎晃荡！"厌烦的秦川劈头盖脸地数落着秦玉儿，随后迈开脚走了。

　　望着秦川离去的背影，秦玉儿好生迷惑，最近一段时间秦川很是怪异，往往傍晚时分离开山庄，直至深夜才归，脾气也暴躁了很多。"爹这是怎么了？怪怪的。"

　　树林深处，晚风习习，偶尔有几声狼嚎声传出。借着微弱的月光，凌风来到了秦朗的墓前，悲凉的墓碑透着几分寒气。站在墓前，凌风说道："哥，你是不是想告诉我杀害爹和娘的凶手是谁？我实在是想不出真正的凶手。"

沉睡在墓穴里的秦朗哪能听得见凌风的心声？寂静的树林里只有凌风独自哀伤。现在的他虽说杀不了凶手，但至少还有得一搏，通过不断的努力，他已经达到了剑宗级别，离剑圣级别相差不过两级，这两级的距离会在凌风的努力下越来越缩短的。愣愣地望着坟墓，凌风满腹忧伤。

"哥，我已经有能力报仇了，只要找出凶手，我会为你们报仇的，一定会的。"怀着莫大的仇怨，凌风咬牙切齿道。

风不断地吹在凌风的身上，散乱的头发随风飘扬着，坟前的他默数着自己的悲伤，他就是在这样纷乱的剑都生存下来的，活着是为了报仇，是为了拿回灵空山庄，也是为了还剑都一个平静。

回到房间的秦玉儿，想起在庭院中父亲慌张的脸色，她的思想全部锁定在那一本书上。秦川的举动让她起了怀疑，联想起凌风父母的死，秦玉儿猜想道："该不会凌大哥父母的死因和爹有关系吧？不会的，不会的。"不知怎么的，秦玉儿会生出这样一个怪想法。当年凌啸天是服下了千筋散而死的，而逼迫他服下千筋散的是三名神秘者，这三名神秘者到底是谁，谁也不知道。密室又隐藏在灵天城外，若说秦川和他们有勾结，断然不会把密室设立在自己的山庄的，那样很容易引起别人的注意。

"那本书会是什么书？爹为什么会那么地在乎？"一连串问题萦绕在秦玉儿的心头，让她好生烦躁。

"不行，我得把这件事搞清楚。"打开房门，秦玉儿快步朝秦川的房间走去。

房间里的秦川，从身上拿出了那本书，将其压在床下，然后安然地睡觉了。

来到房门口，秦玉儿顿住了，她在害怕，害怕自己所想的是真的，如果真是那样，她该怎么面对凌风？悄悄地，秦玉儿在门上划出了一道口子，然后将头贴在门上，待确定秦川睡着了以后，欲要潜入之时，秦玉儿的脚步停住了，她不敢相信自己所想的。"不会的，不会的，爹不是那样的人，爹怎么会和那三名神秘者有联系呢？我想多了，我肯定是想多了。"

轻轻地转过了身，秦玉儿最终还是放弃了。她撇了撇嘴，为自己的胡思乱想笑了笑，像是在安慰自己，如果真的像自己想的那样，那么她又该怎么去面对呢？她没有进一步地追查下去，是不想也不敢接受自己的想法是正确的。

"想什么呢？这不会是真的。"摇晃着头，秦玉儿迈开脚步走开了，她是在自欺欺人，还是不敢面对现实，还是在安慰自己，也许只有她自己一个人知道。

床上的秦川并没有睡着，他睁开了眼睛，说道："玉儿，有些事不是一两句话能说得清楚的，我知道你已经怀疑了，你怀疑我勾结了那三名神秘者，我想你以后会明白的。"秦川的话中有话，他有没有勾结神秘者？他知不知道神秘者是谁？如果秦玉儿接着追查下去的话，也许这个谜会被解开。能不能找出真正的凶手，那就要看秦玉儿自己的意愿了。

第四十六章　现出真凶

　　这天，凌风站在小竹屋前，他的脸上尽是忧伤。过去这么长时间了，他要找出凶手，报十八年来的仇恨。竹屋前，郭超、金紫衣、郭若兰守望着。"凌风哥，我想和你一起去。"金紫衣用乞求的眼神看着凌风，说道。

　　发生了这么多事，凌风怎么可能会答应让金紫衣随同自己步入剑都。"紫衣，我不能带你去，你还是留在这儿吧！"

　　"凌风，你真的要去找凶手，以你现在的功力还杀不了他们。"郭超质疑地问了一声。

　　好不容易有了一些线索，凌风怎么会轻易地错过？即使功力不及他们，若是能找出凶手，报仇也就有望了。"我必须要把他们找出来，师父、若兰，紫衣就麻烦你们照顾了。"

　　"去吧！紫衣姑娘就交给我和若兰，她在这儿会很安全的。"郭超说道。

　　没有了后顾之忧，凌风也就安心地去追踪凶手了。"那我下山去了，你们多保重。"

　　忧心的金紫衣见凌风要走，她说道："凌风哥，一路小心。"

　　回头一转，凌风冲金紫衣笑了笑，然后离开了小竹屋。金紫衣目送着他离开，心中默默地祝愿着。

　　又是一个夜晚，待在房间的秦川打开了房门，四处观望了一下，确定周围没有人之后，他很淡定地从房间里走了出来，然后大模大样地往前走着。在他离开房间之后，秦玉儿出现了，她望着秦川离去的背影，说道："爹，最近一段时间你真的很奇怪，不管你有没有勾结神秘者，我都要一探究竟，我不能看着你越陷越深。"

　　跟着秦川的脚步，秦玉儿紧紧地跟踪着，她不知道接下来自己会看见什么。但她想阻止秦川的行为，那毕竟是自己的父亲，她怎么忍心看着父亲与神秘者蛇鼠一窝？

　　出了灵天城，秦川四处张望了一下，很小心地走着，紧跟在他身后的秦玉儿尾随着，她对秦川的功力十分了解，要跟住秦川不被发现对她来说很容易做到。

　　来到了灵天城外，秦川在城外没人的地方按动了几下墙壁上的石块。"咔当"一声，地上出现了一个洞口，秦川跳了下去。这个场景和秦朗当时跟踪蒙面人是一样的，可以断定，秦川要么是三名神秘者其中的一人，要么就是跟三名神秘者有关系，这一切就等着秦玉儿去破解了。身后的秦玉儿目睹着秦川进了洞口，她可以肯定自己的猜想是对的，于是，她来到了那个洞口处，按照秦川的做法，她打开了洞口，并且跳了下去。

　　密室里，三名神秘者聚在了一起，再看他们的面目，可以清楚地看见这三名神秘者就是秦川、莫寒、洛辰阳。隐藏了十八年的谜终于解开了，三名神秘者是他们三人并不奇怪。秦朗在临死之前的那三指，指的山即是秦川；指的水不是水，水之寒也，剑都上达到剑圣的、剑士名字中又含有"寒"字的只有莫寒；天非天，那便是太阳，也就是洛辰阳。三人能联手杀了金武也就只有他们能够做到。

这个隐藏许久的谜在瞬间解开，而真正的凶手就是他们，可惜这些凌风还不知道。中间的秦川从身上拿出了剑谱，将其放在了桌子上，说道："剑谱我拿回去看过了，并没有残缺，你们也仔细研究过了，也没有问题，你们说修炼成剑神的方法会在哪儿？"

旁边的洛辰阳，一脸的纠结，研究了这么长时间，还是一点头绪也没有，这让他很是烦躁，他拿起桌上的剑谱，愤然道："我们都已经达到了剑圣，放眼整个剑都没有几个剑士是我们的对手，我看还是把剑谱给毁了吧！"

秦川一手抢过了剑谱，骂道："你疯了？我们好不容易得到了剑谱，就这样给毁了，岂不是可惜了。"

"秦族长说的对，为了得到《灵空剑谱》，我们逼不得已杀掉了凌啸天夫妇，还杀死了秦朗，金武夫妇也因此送了命，就这样把剑谱给毁了，我们所做的就都失去了意义。"莫寒说道。

悄悄潜进密室的秦玉儿，把他们的谈话听得是一清二楚，她不禁哑然失色，她没有想到自己的父亲竟然是三名神秘者的一员，更没有想到这三名神秘者就是自己熟悉的三大族派的族长。

躲在墙壁后面的秦玉儿掩着脸，眼睛里尽带惊恐。要不是自己偷偷地跟着秦川来到了这儿，她也不会发现这埋藏了十八年的秘密，也不会知道秦朗是这样遭到残杀的。

"莫族长，秦族长，刚才我太激动了，我只是不甘心辛辛苦苦得来的剑谱，到头来还是修炼不了。"洛辰阳说道，修炼不了剑神，他们每个人都非常地浮躁，可为了一统剑都的痴心妄想，他们还是冷静了下来。反观洛辰阳，他是怎么和秦川他们沆瀣一气的？这也是一个谜，神秘者的身份虽被识破了，可中间的关联不是一两句话能解释得了的。

"好了，如今剑谱在我们的手上，修成剑神是迟早的事，我们也不要太急功近利了，不然会得不偿失的。"秦川说道。

在他的说导下，另外两人点着头，道："是，是，是，我们不能太急躁了。"

尽量地压制着情绪，秦玉儿小心地往密室外走去，知道了这个秘密的她，此刻的情绪波动很大，倾然间，秦川父亲的形象一下子在秦玉儿的心中荡然无存了。

"没别的事我就先回去了，近来我女儿好像对我有所怀疑，这事要是让她知道了，会变得很麻烦的。"秦川说道。

收起《灵空剑谱》，秦川和他们离开了密室，秦川不知道秦玉儿已经知道了整件事的来龙去脉。一个是自己的父亲，一个是自己喜欢的人，秦玉儿会怎么做呢？

回到灵天城，已是深夜，经过庭院，秦川来到了秦玉儿的房间，站在房门

第四十六章　现出真凶

口,他使劲地敲着门,口中还喊道:"玉儿,玉儿……"然而秦玉儿没有在房间,许久不见房间里有声音的秦川感到奇怪,他推开了门,走了进去。

望着这空荡荡的房间,秦川嘀咕道:"这么晚了,玉儿会去哪儿呢?"同时,他的内心也有一点点的不安,毕竟杀害凌风父母的真凶是自己,这事如果让秦玉儿知道了,他又该怎么办呢?

灵天城外,秦玉儿拖着伤心的身体游荡着,口中说着:"不会的,不可能,我爹不会是真凶的。"不相信秦川会是真凶的秦玉儿努力地欺骗着自己,可真相就摆在她面前,让她不得不相信。

"爹,你为什么要那样做?成为剑神就真的有那么重要吗?"这次,秦玉儿绝望了,秦川的做法彻底打击了她的心,获知真相的她接下来不知道怎么办。回去又不想面对秦川,不回去又能去哪儿呢?百般纠结之下,秦玉儿依在树旁,哭了起来。

天亮了,大堂上的秦川慌乱了,秦玉儿一晚上都没有回来,他心中猜想着秦玉儿肯定是知道了一切。堂下有几名弟子走了进来,他们口中说道:"族长!"

"玉儿不见了,你们赶快出城找找,务必要把她带回山庄。"秦川吩咐道。

还没等到那些弟子着手去找寻,秦玉儿猛然从堂外走了进来,她气势汹汹地走到秦川的面前,质问道:"爹,你为什么要那样做?"

听秦玉儿的口气,秦川便知秦玉儿所指之事,他挥了挥手:"你们都下去吧!"为了顾及自己的颜面,秦川把那些弟子驱逐了出去。

堂上只有秦川和秦玉儿两人,秦川无所顾忌道:"玉儿,你听爹说,凌啸天手握《灵空剑谱》,即使我们不抢夺,也有人会抢夺的。"

"这就是你的借口,为了成为所谓的剑神,理所当然地残害凌叔叔,就连秦郎你们都不放过。"秦玉儿以一种不屑的目光瞪着秦川。

"玉儿,不是你想的那样的,秦朗发现了秘密,如果我们的事情传了出去,那爹就无法在剑都立足了!你要明白爹的苦衷。"

绝望的秦玉儿不想听秦川的解释,她别过头去:"我不要听,我要把这件事告诉凌大哥,我要把你做过的错事全部揭露出来。"

闻言,秦川一把抓住了秦玉儿,用乞求的口气说道:"玉儿,不要,你那么做会毁了爹的声誉的,事情都已经发生了,你就当作什么都不知道,什么也没看见。"

用力一晃,秦玉儿晃开了秦川的手:"你别想阻止我,我不能让你一错再错。"晃开了秦川的手臂,秦玉儿径自地往大堂外走去。

秦川的掌心生出了一道力,他暗自想着:玉儿,别怪爹,爹也是没有办法,我不能让你把这件事透露出去。

"呼"猛然出了一掌,那一掌打在秦玉儿的身上,秦玉儿的身体一软,倒在了地上,她万没想到自己的父亲为了阻止她,竟然会向她出掌。"来人!来人!"秦川大声疾呼道。

两三名弟子匆匆地从堂外跑了进来："族长。"

"你们把她带下去严密看守，不能让她离开山庄。"秦川吩咐道。

几名弟子回道："是，族长。"他们扶起地上的秦玉儿，走了出去。为了阻止秦玉儿，秦川也只有把秦玉儿禁锢起来，否则东窗事发，就什么都完了。

"玉儿，爹不能让你把这件事传出去，如果这件事传了出去，剑都剑士会向我们讨要剑谱的，到那个时候，我们就麻烦了，你要理解爹的做法。"对着玉儿的背影，秦川说道。

从小竹屋出来，凌风沿路走着，兜兜转转，所行的方向好像是灵虚山庄。关于十八年前的那件事，苏慕也知道一点儿。所以凌风想从苏慕的身上找到一点儿线索，哪怕是一点儿线索，对他找出真凶也是有帮助的。

"山非山，水非水，天非天，哥所指的会是谁呢？"凌风不止一次地想过这个问题，奈何还是没有一点儿头绪，故此他才想去灵虚山庄，找苏慕解开这个谜。

秦玉儿被关在了房间里，数小时后，她醒了过来，醒后的第一件事就是念叨着要把自己知道的事情告知凌风。她一起身，连忙走到了门前。双手拉门，门被牢牢地锁住了。

"放我出去，放我出去。"秦玉儿大喊道。

门外守护的弟子说道："师姐，你别喊了，族长吩咐了，不能放你出去。"

房间里的秦玉儿哭丧着脸，她不曾想到自己的父亲会这样对她，不曾想到真凶就是自己的父亲，这一切都出乎她的意料。她知道如果凌风知道了这件事，一定会找她的父亲报仇的，她也想过不把这件事告诉凌风，那样做的话她的心里又不安，凌风承受了太多太多，她想帮助凌风从仇恨中解脱出来。思来想去，秦玉儿还是想挣脱这个囚笼，要把真正的凶手告知凌风。

将身退至床前，秦玉儿抬头看了看屋顶，望着屋顶上的天窗，秦玉儿脸上泛起笑容，自顾言道："爹，你不要怪我，我不能让你错下去，十八年的惨案也该到了结束的时候了，如果要有人承担这一切后果的话，我会毫不犹豫地站出来的。"默默地说着这些，秦玉儿有了自己的打算。

第四十六章 现出真凶

第四十七章　复仇之路

灵虚山庄，苏慕闻知凌风来了，他欣然地在大堂接见了凌风。凌风来到了大堂，很长一段时间没有来灵虚山庄，灵虚山庄发生了很大的变化。从他一进山庄后，发现昔日与他有着隔阂的苏宁不见了，没有了钩心斗角的灵虚山庄才是一片净土。

走进大堂，凌风礼貌地称呼道："族长！"

再见凌风，喜见凌风的功力大为长进，苏慕满心欢喜，他一味地称赞道："好，真好，看到你有了如今的修为，我真替你高兴。"

"承蒙族长的厚爱，我凌风才有今天的成就。族长，山庄是不是发生过什么？"感到有些不对劲的凌风问道。

说到这儿，苏慕点了点头，言道："前一段时间，苏宁欲加害于我，篡夺族长之权，好在我早有防范，才幸免于难，而主使他的正是灵天城的秦川。"

在凌风看来，秦川就是一个奸诈的人，现在又听到他的名号，不禁让他心生恨意。"秦川？他主使苏宁又是为何？"

"他们想合并四大族派的力量，你也知道我师父是被他们陷害的，这几年来我和他们也是少有往来，他们想除掉我，把四大族派的权力集合起来。"

听到这儿，凌风不由得愤愤不平了起来，他愤怒道："这个秦川，枉他是一族之长，竟然会做出这等可恶的事来。"

对于秦川这个人，苏慕不想说什么，他只想管理好灵虚山庄，这也是金武离开山庄时对他的嘱咐。"对了，你来山庄肯定是有重要的事情，说吧！有什么事我能帮上忙的，我尽力帮你。"

话说到了这个点上，凌风也就敞开心扉了，他拉下脸，哀伤地道："我义父也就是你师父，前不久被人害死了，这事你知道吗？"

"什么？族长被人害死了？是谁害死了族长？"从凌风口中得知金武被人杀死的消息的苏慕，激动了起来。他痛苦无比，脸上露出愤怒的表情。

"我怀疑他们就是杀害我父母的凶手，我哥在死之前摇手指着天、水、山，也许他是想告诉我凶手的名字中含有这三个字，今日我上山庄来，就是想从族长的身上找到一丝线索，不知道族长知不知道十八年前灵空山庄发生的那一场变故。"

十八年前发生的事，苏慕也知晓几分，金武也是因为十八年前的一场动乱才隐居山林的。现在无故遭人杀害，苏慕的心中也有着仇怨。要不是金武，苏慕不可能有今天，所以，苏慕有着为金武报仇的心。"何止是知晓，我深深地记在心里，当年四大族派驰骋剑都，莫寒与秦川走得很近，我的师父和你的父亲是挚友，莫寒和秦川想从你父亲的手中夺得《灵空剑谱》，为了得到剑谱，他们还秘密训练林震东，为的是打败你父亲，夺得剑谱。"

"山非山，水非水，天非天，这到底指的是哪三个人？"困惑的凌风想不出幕后黑手，表情有点急躁。

仔细地想了想凌风说的话，加以推测，苏慕似乎想到了什么。"山非山，非山即川，水非水，非水即寒，天非天，非天即阳。凌风，你想一想，你哥暗指的山不是山，那么就只有川这个解释了，山川，山川，川包含于山；水非水，水，寒也；天非天，不是天，不是云，天之运行，阳也。"

"难道，难道我哥暗指的那三个人是秦川、莫寒、洛辰阳？"顺着苏慕的解说，凌风把那句话的含义剖析了出来。

"对，肯定是他们，他们一心想要得到剑谱，一定是他们。"苏慕断定道。

这只是一种推想，为了验证这个推想是对的，凌风决定一查到底。他说道："多谢族长点醒，我想我知道接下来该怎么做了，族长，告辞。"匆匆地转过身，凌风出了大堂。

望着凌风匆匆离去的背影，苏慕说道："十八年了，整整十八年了，你们终于露出了马脚，秦川、莫寒、洛辰阳，你们联手杀害了我的师父，这笔账我会和你们算清楚的。"

夜空升起了一轮皓月，黑沉沉的夜异常寂静，房间里修长的红绫缠绕，关在房间里的秦玉儿抬头望着天窗，她起身走到红绫前，用力一扯，便翻身跃起，踩着红绫飞出了房间。

轻盈的身体落在了屋顶上，抬头望向秦川的书房，书房里灯火通明，这时的秦川肯定在书房里研究灵空剑谱。

"爹，我走了，这场恩怨就由我来结束吧！"说着，秦玉儿沿着屋顶飞奔而走。

"吱呀"一声，秦川打开了房门，他从里面走了出来，虽然秦玉儿被关了起来，以他对秦玉儿的了解，他害怕秦玉儿会逃出山庄，一旦她离开了山庄，对秦川来说是一个大麻烦。

走到房门口，秦川问道："玉儿在房间里吗？"

"族长，师姐刚醒来的时候情绪有点激动，后来也就安定了。"

房间里是那么的安静，这要是在以前，秦玉儿一定会大闹的。这次秦玉儿这般安静，秦川感觉有点怪怪的，他说道："把门打开。"

一名弟子遵从秦川的命令，打开了房门，在房门被打开的一瞬间，秦川真切地看见房间里面空无一人。此时，看守的弟子惊恐地跪在了地上，口中说道：

第四十七章 复仇之路

"弟子看护不力,请族长处罚。"

"都起来吧!看来这场纷争是免不了的。"

"弟子这就把师姐找回来。"

秦玉儿逃走了,秦川摇头晃脑地离开了,他知道,凌风很快就会来山庄报仇的,他在意的不是凌风复仇,而是自己的名声。隐藏了十八年,最后还是躲不过真相大白后的劫难。剑都剑士知道他的手中有《灵空剑谱》,定然会纷纷前来抢夺,接下来又会生起一场动乱。

一大清早,树林里满是雾气,小竹屋完全被茫茫的白雾给浸没了。循着熟悉的小道,秦玉儿找到了小竹屋。"咚咚咚"竹屋外的秦玉儿使劲地敲着门,刚睡醒的郭若兰穿好衣服,打开了门,见是秦玉儿,忙问道:"玉儿,你有事吗?"

顾不得说明原因,秦玉儿说道:"凌大哥在吗?我有话要和凌大哥说。"

"凌大哥不在,前几日下山寻找真凶去了,我们也不知道他去哪儿了?"

得知凌风不在小竹屋,秦玉儿忙转身跑开了,动作那么地急。望着她离去的背影,郭若兰疑惑了:"这么早玉儿找凌大哥做什么?"

听得外面有动静的金紫衣,从房间里走了出来,见郭若兰表情迷雾重重的,即问道:"若兰姐姐,刚才谁来了?"

"是玉儿,她找凌大哥好像有特别重要的事,也不知道她有什么要紧的事。"无法猜想的郭若兰晃着头。

在客栈住了一晚,天一亮,凌风便启程赶往灵天城去了。这次,他要验证自己的猜想。此去灵天城定然危险重重,如果他知道了真正的凶手,秦川会让他活着离开灵天城吗?走出客栈,凌风行走在喧嚷的人群中,表情淡漠,目光黯淡,现在的他看上去是那么的可怕。

灵空山庄,洛辰阳站在庭院里,手中的剑被迫了出来。拿着剑,洛辰阳感慨道:"十八年了,十八年了,这十八年来发生了很多事情,为了当上灵空山庄的族长,为了得到剑谱,我做了很多,可为什么还是练不成剑神?"

手指触摸着剑,洛辰阳回想起了十八年以来的事情。十八年前,洛辰阳为了当上族长,不惜与秦川和莫寒联手。有一天晚上他偷盗剑谱,凌啸天感觉盗剑谱的人很熟悉,其实,那就是他。他以为凌啸天知道了他的身份,就和秦川和莫寒商量杀掉凌啸天。密室里密谋,灵空之变都是他计划的。

至于金武功力散尽,被迫离开灵虚山庄之事,这和秦川有着莫大的联系。得到假剑谱后的秦川,想要毁灭灵虚山庄,于是安排洛辰阳陷害金武,这才有了洛辰阳去灵虚山庄搜查剑谱一事。金武早就明白这一点,他故意让他们搜出假剑谱,借此契机离开山庄,隐居山林。

"金武、凌啸天,你们一死,剑灵仙都就是我们的了。凌风,你永远也想不到真正的凶手会是我们,你也别怪我,我只想当上族长,练成剑圣,纵然没有我,你父亲也会惨死在其他剑士的手中。"把这一切想得理所当然的洛辰阳会心地笑了笑。

秦朗的死也和他们有着关联，秦朗不是萧天郎派人杀的，记得秦川曾派弟子找寻秦玉儿，名为找寻秦玉儿，实则是找秦朗，试想那时候秦玉儿和凌风在一起，而秦朗又和凌风是一道的。等于说找到了秦玉儿就找到了秦朗。还有，他们明明知道神秘者盗走了剑谱，他们不但没有寻找神秘者的下落，反而找寻金武，这一切都能看得出他们才是神秘者，然而他们把整件事都掩盖了，以至于谁也找不到真正的凶手。

城门外，秦玉儿站在城门口，她知道凌风一定会进城的，所以在半路上拦截凌风，也许她能猜到凌风知道些线索，只不过她想亲口把这整件事情告诉凌风，好让凌风能够宽恕她的父亲，即使秦川犯的错再大，但他毕竟还是自己的父亲。

稍时，凌风出现在城门口，秦玉儿看见凌风后，马上跑了过去。

"凌大哥！"见到凌风，秦玉儿欢快地说道。

在城门口碰见秦玉儿，凌风不觉得是巧合，他狐疑地望着她，问道："你看起来好像有事？"

拉着凌风的衣袖，秦玉儿小声说道："你跟我来一下，我有话要和你说。"

困惑的凌风跟着秦玉儿的脚步来到了一处僻静的地方，他费解地盯着秦玉儿："你有什么话要和我说，还这么神秘？"

纠结的秦玉儿，顿了顿，说道："其实，其实……"要说出自己的父亲是凌风的仇人，秦玉儿还是需要勇气的。

"你到底想说什么啊？"有点不耐烦的凌风，催促道。

深深地吸了一口气，秦玉儿鼓起了勇气，吞吞吐吐道："其实，其实杀害你父母的真正凶手是，是……"

"是谁杀了我的父母？玉儿，请你告诉我，你肯定知道的。"刚才还平静的凌风，听完秦玉儿说的那句话后，激动地抓住了她的双肩，眼睛里充满了期待。

秦玉儿双眼一闭，脚狠狠地蹬了一下地，说道："是我爹和灵剑山庄的莫寒还有灵空山庄的洛辰阳联手谋害了你的父母。"

瞬间，凌风的脚站不住了，心中仇怨升起，他的手脱离了秦玉儿的肩膀，所有的猜想都是正确的。眼前的秦玉儿就是仇人之女，想起自己和秦玉儿一路走来，心中对她是喜欢的。想到自己会喜欢上仇人的女儿，凌风觉得有点荒唐。

"哈哈哈……"痛苦的他放声大笑了起来。

"我知道你现在很痛苦，凌大哥，我希望你不要找我爹报仇，如果你想报仇的话就找我吧！就让我代替我爹偿还血债吧！"

扭过身，凌风一手掐住了秦玉儿的脖子，"你以为我不敢杀你吗？好，我就先杀了你。"愤怒的凌风瞪着秦玉儿，说道。

渐渐地，秦玉儿的脸涨红了，无法呼吸的她等待着死亡，这就是她结束这场仇怨的办法——用自己的生命偿还血债。

第四十七章　复仇之路

杀害自己父母的是秦川，凌风想要复仇的也是秦川。慢慢地，凌风掐住秦玉儿的手松开了，他理智地低垂着头："你走吧！这件事和你没有关系，我不会杀你的。"

"那你能原谅我爹吗？"纵然秦川做了许多错事，但身为他的女儿，秦玉儿也不想失去秦川，毕竟秦川是自己的父亲。

背负着血海深仇的凌风，让他放下仇恨，那是不可能的事。他抬起头，恼怒道："不可能，你爹手上有那么多的人命，他必须要为此付出代价，我是不会放过他的。"

听着凌风的这句话，秦玉儿能够感受凌风的心情，可她不想凌风受到伤害，她知道凌风现在的功力还不是父亲的对手，若是凌风找父亲报仇，无疑是送死。

"凌大哥，我是担心你，你不是我爹的对手的，至少现在还不是。"

被仇恨冲昏了大脑的凌风，激动地道："你什么都不要说了，赶紧回去吧！"

怅然若失的秦玉儿，悲伤道："那好吧！我先走了，你好好照顾自己。"

转过身的秦玉儿，并没有回去，对她来说，灵天城已经不再是她的家了，她十分厌恶自己的父亲，她找到凌风，除了把真相告诉凌风之外，还希望凌风不要去找父亲报仇，想尽自己的力量阻止凌风复仇。

在她转过身后，凌风迈开脚进了城。回首相望的秦玉儿，看着凌风离去的背影，心中默默地祈祷着：凌大哥，你千万不要有事，爹，您千万不要伤害凌风。眼睁睁地看着两个自己爱的人刀剑相对，秦玉儿的心里痛苦万分。

轻轻地转过头去，秦玉儿发现身后站着四五人，她整个人惊呆了，她知道那些人是抓她回去的。"我不能回去，我不能回去……"秦玉儿在心中这样地想着。

"师姐，和我们回去吧！别让我们为难。"中间的一名弟子说道。

"我是不会和你们回去的，我还有事要办！你们给我让开！"秦玉儿强硬地说道。

几名弟子相互对望了一眼，中间的那名弟子说道："师姐，得罪了。"

他们纷纷召出了剑，一心想要逃脱的秦玉儿也召出了剑。五名弟子冲了上来，秦玉儿一手握剑，身体加速地扭动着，剑与剑相互碰撞着，时不时地发出清脆的剑声，几道剑气在他们的对战中迸发出来。坚持要将秦玉儿带回灵天城的弟子们使出了一道剑法。他们五人站姿各不相同，这套剑法是由相互配合使出的，也就是说他们是由秦川重点训练出来的，功力较之于山庄上其他弟子都要高强。

从小在灵天城长大的秦玉儿，对于这套剑法的破解之法了如指掌。"你们想用天剑法困住我，看我的。"

天剑法是秦川独创的一套剑法，它结合了灵天剑法、灵虚剑法、灵空剑法、灵剑剑法最具有杀伤力的一招。这几名弟子是秦川秘密训练的，除了秦川和秦玉儿外，灵天城的其余弟子是不知晓的。秦川训练这五名弟子的目的在于将来吞并其余族派。其余族派一旦被吞并，整个剑都都是他的了。

秦玉儿手紧紧地握住剑，一道剑气从空中划过，她疾速地往前跑着，孤身一人进入了五人的范围，五名弟子攻击着秦玉儿身体的不同部位，秦玉儿以敏捷的身手避开了他们一次次的攻击。虽然天剑法很独到，但在秦玉儿看来是有招可破的。

找到天剑法的破绽之处，她挥动着手中的剑，依次破解了五名弟子的不同招式，秦玉儿稳稳地站在他们的面前，而他们则全部倒在了地上。"你们回去告诉我爹，我是不会回去的。"说完这句话，秦玉儿转身走了，从她使出的剑法可以看出她已经达到了剑尊等级，能够召唤出剑，炼化成剑，这对于她来说很容易，这和她父亲是灵天山庄的族长有着很大的关系。

眼望着秦玉儿离开，地上的弟子们无可奈何，天剑法固然厉害，然他们的元力不够，无法使出天剑法的最高境界。

灵剑山庄，正堂的莫寒悠闲地喝着茶，一名弟子从门外跑了进来，向其汇报道："禀告族长，灵虚山庄的苏族长前来拜访。"

闻见苏慕来了，莫寒放下了茶杯，一脸的疑惑，道："苏慕怎么会来呢？你去把他请进来吧！"

这么多年来，苏慕和其余三族的关系十分紧张，他没有亲临过任何一族，几乎没有和任何一族有过来往。仅从这一点，莫寒为他的到来感到奇怪是在情理之中的。

"好的，族长，我这就去请他。"

另外，凌风来到了灵天山庄，山庄的弟子看见凌风一脸的凶煞，很是害怕。守在山庄外的弟子，手握着长剑，畏畏缩缩的，不敢靠近。

"族长，凌风来闯山庄了。"一名弟子跑进大堂，向秦川汇报道。

获知这一消息的秦川，大笑了起来："他还真不怕死，敢闯灵天山庄，我倒看看他的功力到了何种地步。"说罢，秦川走出了大堂，往外走的秦川心里清楚凌风闯灵天山庄的原因，他知道凌风知道了所有的事情，为了封住这件事，秦川想到的最好的办法就是杀了凌风。

训练台处，一心想着要报仇的凌风停住了脚步，他说道："把你们的族长叫出来，我要杀了他。"

"凌风，我劝你最好不要妄动，你不是我们族长的对手的。"一名弟子道。那些弟子知道凌风的身手，他们不敢轻易动手，只将凌风团团围住了，等待秦川的到来。

第四十七章 复仇之路

第四十八章　致命一击

慢慢地，秦川从大堂走了出来，他来到了凌风的面前，看着凌风一脸的凶煞，那份料想已经确认了。"凌风，你来灵天山庄干什么？"

"我要杀了你。"凌风怒道。

摆了摆手，秦川向旁边的弟子们说道："这里没你们的事了，你们下去吧！"

"可是，族长……"一些弟子迟疑着，茫然问道。

不想让自己行的不义之事扩散的秦川，吼道："我让你们回去就回去，哪来那么多的废话！走，给我赶紧走！"

默默地，那些弟子收起了手中的剑，转过身，离开了这儿。训练台上只剩下凌风和秦川，刚才秦川的行为，凌风一眼就能看破，他大笑道："没想到堂堂的灵天山庄的族长也怕所行之事公之于众啊！"

"凌风，我知道你知道了所有的事情，没错，你父母是我们杀的，你哥也是我们杀的，包括金武也是我们杀的，你来山庄的目的无非是复仇，以你现在的身手不是我的对手，我奉劝你一句，你还是回去吧！我不想让天下剑士笑话我恃强凌弱。"秦川口气张狂道。

身负血海深仇的凌风来到了山庄，又岂会轻易离去？他的拳头紧紧地攥在了一块儿，怒气充斥着他整个大脑："就算是拼了我这条命，我也要杀了你，今天我定取你性命以告慰我父母的在天之灵。"深知自己不是秦川对手的凌风，依然强势地说道，他心中的剑逐渐地呈现在手上，眼睛里充满着杀气。

本想放凌风一马的秦川，见他这么执拗，已下了杀心，除此之外，他还有着更大的私心，那就是杀掉凌风，杜绝此事外露。手握灵天剑，秦川说道："既然你想找死，那我只有成全你了。"

双方敌视着对方，手中之剑慢慢地扭转着，决心要杀掉秦川的凌风，试着找到攻击的部位。

走进灵剑山庄的大堂，苏慕一脸阴沉地望着莫寒，气势十分汹涌，步至莫寒的身边，苏慕问道："说，你是不是联合秦川还有洛辰阳杀害了金族长？"

刚才见苏慕来山庄还一脸欢喜的莫寒，脸色"哗"的一下变了："原来你登门造访，为的是这件事啊！"

"没错，你说，金族长的死和你有没有关系？"苏慕反复问道。

对于苏慕提出的问题，莫寒毫不掩饰地说："对，金武是我和秦川还有洛辰阳联手杀害的，和凌啸天走得最近的人最终的结果都是很凄惨的。"

悲愤的心情凝聚于全身，苏慕紧紧地握住双手，一个猛冲，快步一拳打将出去，身手敏捷的莫寒将身一移动，那只充满力量的拳头打在了案桌上。"嘭"的一声，那张桌子在苏慕的重拳下，留下了一个很大的口。

"你想为金武报仇？好，我陪你玩玩。"莫寒镇定道。苏慕成剑圣的时间没有莫寒早，莫寒自然不会畏惧于他。他迫出了剑，在苏慕的拳头还陷在桌子里面的时候，迅速出剑刺向苏慕。

苏慕的身上发出淡淡的光芒，那是元力的力量，使出元力的苏慕用化体抵挡住了莫寒的攻击。莫寒刺出的那一剑在离苏慕毫厘之际，却是刺不下去。苏慕的手抽了出来，心中的剑顿时出现在他的手中，握紧剑，苏慕将周身的化体释放了出来，强大的化体四散飞窜，莫寒手中的剑也被压迫了出来，他立即收回剑，身体猛然向一旁闪躲。

训练台处，凌风将身跃起，一剑挥将出去。秦川稳步站在那儿，剑一上指，凌风的剑气就被秦川给压住了。压住剑气的同时，秦川还击出了一掌。反应很快的凌风，轻松地避过了这一掌。这一掌虽是避了过去，可秦川步步紧逼，在凌风躲避之时，他使出剑招，根本不给凌风反击的机会。

面对急急而来的剑招，凌风苦于接招，他运用了所学的招式化解秦川的剑招。一连化解了秦川几招，秦川不敢松懈了。他说道："好小子，这才没多长时间，你的功力就提升到了这种地步，十分难得。"

"我不加强修炼，怎能报得了仇，来吧！就让我看看你这个剑圣的能耐吧！"还是剑宗级别的凌风，妄想杀掉秦川，也许他这次来灵天城是一种冲动。

高举赤天剑，凌风使出了千刀斩，击地一声响，在一道庞大的剑挥向秦川的时候，秦川以凝元式化解了凌风的这一剑招，化解此剑招后，秦川更是给了凌风一剑，灵天剑透过赤天剑，直刺向凌风。凌风用化体抵挡，随着化体在剑招的压迫下，渐渐地有所损耗，再这样下去，灵天剑会直接刺进凌风的身体内。将身一移动，凌风避开了那一剑，而化体在受到损耗后，覆盖在凌风身上的剑气使得他元气大伤，受了内伤。

趁其负伤之际，秦川残忍地向其再次击出了一掌，这一次，受伤的凌风没能躲避开，这一掌重重地击在了他的身上。

"噗"的一声，遭此一击的凌风口吐鲜血，整个人倒在了地上，没有了反击的能力。

"让我来结束你的生命吧！"决心要杀死凌风的秦川，将剑高举了起来。地上的凌风张大着双眼，直直地看着那即将刺进自己胸膛的剑，眼神中充满了悲愤，他还没有报仇，他还没有拿回灵空山庄，再次地，他渴望着生还的希望。当秦川向自己移动过来，凌风闭上了双眼，这一次他绝望了。

秦川握起手中之剑，一个猛冲，灵天剑向凌风刺去。"噌"的一声，灵天剑刺进了胸膛，而秦川错愕，那把剑毫无偏差地刺进了秦玉儿的身体里，是秦玉儿用自己的生命挽救了凌风的性命。她知道凌风不是父亲的对手，在摆脱那些弟子的纠缠之后，她进城了。甚至于凌风和秦川的对战她都看得一清二楚，在秦川一剑刺来的同时，她迅速地跑了出来，为凌风挡了那一剑。

"玉儿，玉儿……"痛苦的秦川眼望着秦玉儿，握剑的手在颤抖着，心在抽痛着。

受剑后的秦玉儿说道："爹，你不要杀凌大哥，不要杀凌大哥。"

紧张的凌风抱着秦玉儿，痛苦地说道："玉儿，你怎么这么傻，为什么帮我挡剑？"

看着凌风，秦玉儿微微地笑了笑："我不傻，只要你没事，我比什么都高兴。凌大哥，放下仇恨，不要报仇了好不好？"

凌风在犹豫，在挣扎，十几年的恩怨哪能就此一笔勾销？他没有回应。"我知道要你放下仇恨很难，我只求你不要杀我爹好吗？我就只有他一个亲人。凌大哥，你能答应我这个将死的人的请求吗？"

"玉儿，你不会死的，你不会死的。"听着秦玉儿说着这样的话，凌风的内心在震动。

"答应我好不好？"气色渐渐地变得煞白，身上的血还在不停地流着，秦玉儿虚弱地说道。

轻轻地点了点头，凌风最终还是答应了下来，他的眼眶中浸着泪水，心隐隐地作痛。"我答应你，我答应你。"

秦玉儿费力地抬起右手，抚摸着凌风的脸庞，微笑着说："能看到心爱的人为我流泪，能死在心爱的人的怀里，我已经心满意足了。凌大哥，你好好保重，我会一直守护你的。"

慢慢地，秦玉儿合上了双眼，那只玉手也垂了下来。凌风呼喊着："玉儿，玉儿，你不要死，你不要死。"

站在离凌风一丈之远的秦川，脸色极为黯淡，他的手指轻轻地动了动，那把插在秦玉儿身上的剑悄然隐匿了，他脸上挂着悲伤，缓步走去，从凌风的手上接过秦玉儿，秦川哀伤道："玉儿，我们走，爹带你回家。"

目送着秦玉儿被她的父亲抱着回去了，凌风的心情极度地不平静，这种感觉如同刀割一般，痛不欲生。亲眼看着心爱的人在自己的面前死去，他的心里得有多大的承受力。"玉儿，我对不起你，是我害了你。"内疚的凌风跪在了地上，号啕大哭着，任由着泪水汹涌，心情早已沉入了深渊。这种感觉抽痛着他的心扉，虽然秦玉儿是仇人的女儿，但他没有恨过她，毕竟这一切不是她的过错。

灵剑山庄内，苏慕和莫寒还在殊死相斗，在莫寒避开他那一剑之后，苏慕愤然使出了灵虚剑法，莫寒以灵剑剑法相斗，两道名震剑都的剑法交碰，其场面十分的壮观。散发出的剑气，将周围的物件震碎了。

莫寒使出的灵剑剑法有着他的独到之处，剑法一出，如水般地缠绕着苏慕。灵虚剑法的刚强，倒是拆分了灵剑剑法的好几层剑法。双方越战越猛，竟动用了掌法。以寒冰掌成名的莫寒，击出了寒冰掌，强烈的寒气席卷而来，将苏慕的剑冻结了。机智的苏慕运用体内的火元将冻结在剑上的寒冰融化掉了。与此同时，他使出了乱剑法，乱剑法是金武的成名绝技，深得金武倾囊相授的苏慕，乱剑法到了炉火纯青的地步。

虚无缥缈的人影，绕着莫寒的身体游动，一招招剑式在莫寒的身边以无形的方式出现。应对的莫寒，虽然看不见苏慕的身影，但从莫寒出剑的速度和化解的程度来看，莫寒倒是能接得住苏慕使出的乱剑法。贵为一方族长的莫寒，也见识过乱剑法，对其也有研究。可以说，四大族派能够恒立于剑都，是因为四位族长都清楚对方的招式，也能够化解对方的剑式剑招。彼此间分不出胜负，所以才能立足剑都，若是一方的实力稍弱，定然会被其余族派吞并。

精于应对的莫寒，手掌间凝聚着元力，苏慕的动作很快，至于莫寒的举动他是知道的。当莫寒出掌后，苏慕将身一现，右手紧紧地贴合在莫寒的手掌上。

两人比斗着元力，一层层元力从他们的身上散发出来，顺着他们的手臂，分别集合在双掌之间。两道元力不断地输入，不断地交集在一起。"嘭"的一声，随着两股元力不断地汇聚，终于爆发了出来。威猛的元力把两人震伤了，莫寒和苏慕分别向两边退了几步。

负伤的苏慕用手护着胸口，没有了拼杀的气力，再斗下去，无非是两败俱伤，他要的结果是将莫寒杀了，为金武报仇，而绝不是玉石俱焚，因为在杀死莫寒之后，他还要找秦川和洛辰阳，杀死他们三人，才算是真正地为金武报了仇。

"今天我杀不了你，他日我定当取你性命，以祭奠我师父的在天之灵。"苏慕怒视着莫寒，凶狠地说道。

负伤的莫寒说道："随时恭候，今天我杀不了你，我很遗憾，但我告诉你，你活不了多久的。"

莫寒的话透露着什么，但苏慕全然不惧怕，反倒嘲笑道："你无非又想三人联手将我杀了，看来你们这些剑都风云人物也就这些能耐，真是有辱族长的盛名。"

苏慕讽刺地看了一眼莫寒，目光中尽是不屑，然后拖着受伤的身体离开了灵剑山庄。

高高的山顶，冥纸纷飞，秦玉儿被葬在这座山上，在她坟墓旁边的则是她母亲的坟墓。悲凉的墓碑竖立着，上面刻着：秦玉儿之墓。

墓前两根白烛跳动着，秦川站在墓前，静静地默哀着。随同而来的弟子们身穿白衣，头戴白纱，脸色苍然。他们僵硬地站立着，一派哀伤之景，墓两旁的弟子挥洒着冥纸。

第四十八章 致命一击

"玉儿,是爹害了你,爹对不起你,爹答应你,不会杀凌风。"内疚的秦川对着秦玉儿的坟墓说道。秦玉儿是被自己失手所杀的,这给秦川的心里添加了莫大的痛楚。

视线移向秦玉儿母亲的坟墓,秦川悲伤道:"夫人,是我不好,我没有照顾好玉儿,害得她惨死在我的手上,我有罪,我亲手杀了玉儿,还有什么脸面活着?"

旁边的弟子走过来安慰道:"族长,节哀顺变,师姐是为了救凌风才被您失手杀了,真正杀了师姐的人是凌风。"

秦川点了点头,说道:"没错,要不是因为凌风,玉儿也不会死。"

经那名弟子那样一说导,秦川把秦玉儿的死因归咎到了凌风的身上。"凌风,是你害死了玉儿,我答应了玉儿不杀你,可我也不会让你好好地活在剑都。"愤怒的秦川,恶狠狠地说道。那份自责在顷刻间消失了,所谓的内疚也荡然无存了,换上的是一副仇恨的表情。

负伤的凌风最终还是回到了小竹屋,一步一顿的他慢慢地向前走着,脸上尽是悲伤,秦玉儿的死对他造成了一定的心理负担。他认为秦玉儿的死是自己造成的,想到自己没能杀掉秦川,还害得秦玉儿为此丢了性命,凌风不禁大笑了起来。那笑容是那么的牵强。"凌风,你就是一个笨蛋,就以你现在的功力,还想杀掉名震剑都的秦川,你做什么晴天白梦,还把玉儿给害死了,你这是在做什么?"歉疚的凌风在嘲笑自己,在为自己的一时冲动后悔。

"啊!"非常痛苦的凌风大声喊道,压抑在心中的所有不快一下子爆发了出来。秦玉儿在临死之前曾对凌风说过,要他放下仇恨,这一点,凌风是做不到的。"玉儿,我放不下仇恨,等我强化了功力,我还会找你的父亲报仇的,请原谅我这么做,你爹身上欠的人命太多了,必须要为此付出代价。"

小竹屋里的金紫衣、郭若兰以及郭超在听到凌风的一声大叫后,都纷纷跑出了竹屋。金紫衣望见凌风后,脸上有欣喜有困惑。她快步走到凌风的身边,问道:"凌风哥,你怎么了?"

"我,我,我害死了玉儿。"掩盖不住痛苦的凌风,哀伤道。

随同走来的郭超,审视了一眼凌风,说道:"你已经找到仇人了?"

轻轻地点了点头,凌风应道:"找到了仇人又能如何,以我现在的功力,我也杀不了他们,我没用,我很没用。"

"凌大哥,你不要这样,君子报仇十年不晚,再说十多年已经过去了,你现在找到了仇人,还怕报不了仇吗?"郭若兰劝慰道。

平复了一下心情,凌风向郭超问道:"师父,有什么办法可以帮助我强化功力吗?"

凌风急着想要报仇的心情,郭超是能理解的,他不想让凌风因为报仇之事而置生死不顾。"凌风,有些事是要慢慢来的,你现在修炼成了剑宗已经很难得了，不要固执于速成，那样对你的身体是有坏处的。"

"我只想快速提升我的功力，师父，您就告诉我吧！"

为难的郭超拒绝道："没有什么强化之法，修炼是循序渐进的，如果真的有什么强化之法，谁还一级一级地修炼？"

"咚"的一声，凌风跪在了地上，他恳求道："师父，我求你告诉我，此仇不报，我一天都不会安心。"凌风之所以会这样做，完全是因为自己的身手不是秦川的对手，连秦川都打不过，更不可能打败莫寒和洛辰阳。

面对凌风突然的这一跪，郭超有点无所适从，他连忙弯身扶着凌风："你这是干什么？快起来，快起来。"

"您不告诉我强化之法，我是不会起来的。"执拗的凌风不肯起来。

在这样的情况下，郭超只好妥协了："好，好，我答应你就是了，快起来，快起来。"

将凌风扶起，郭超对身旁的金紫衣和郭若兰说道："你们先回屋吧！我有话要和凌风单独谈谈。"

待她们俩走进屋后，郭超说道："凌风，你要明白，强化功力是要付出代价的，第一你要把你所学的剑式剑招、元力、剑元、剑气，包括你的丹田全部毁掉。"

猛然一听，凌风怔住了，若是把全部修炼的技能都毁掉，那还怎么强化功力？"把它们全部给毁了，那我就功力尽失，何来强化功力之说？"

"不过你很幸运，体内还有九阳之气，所有的功力能够被废除，而九阳之气是废除不了的。强化功力的过程存在一定的风险，一旦强化失败，功力会尽失，你可要想好了。"郭超说道，这就是郭超不愿意说出强化之法的原因，他也没多大把握能帮助凌风顺利地强化功力。

意识到强化功力的危险性，凌风犹豫了，假若强化失败，功力尽失，以后要想报仇就不可能了。

"这件事你还是想清楚了再找我吧！"转过身，郭超离开了，只剩下凌风在强化功力的选择当口犹豫徘徊。

第四十八章　致命一击

第四十九章　功力尽失

将秦玉儿安葬好之后，秦川组织了山庄上下的弟子。训练台上，所有的弟子整齐划一地站在那儿。台上的秦川义愤填膺地对那些弟子说道："众弟子们，凌风害死了我的女儿，你们的师姐，这笔账要不要找他算？"

怒气高涨的弟子，高举着手中的剑，大喊道："找凌风报仇，找凌风报仇……"

"好，不愧是我秦川门下的弟子，我们现在就去找凌风报仇，大家跟我来。"走下训练台，秦川怒气冲天地向前走着，身后的弟子跟在他的身后，随他前去小竹屋找凌风报仇。

树林里，纠结的凌风站立在秦朗的坟前，口中念叨着："哥，我现在很迷茫，若不强化功力，我根本就报不了仇，你告诉我接下来我该怎么办？"

微风吹拂，青丝飘动，凌风在此处沉思。多少个日日夜夜想着要找到仇人，现在仇人已经找到了，奈何没有本领报得了大仇，这在凌风的心里是一个结。静静地注视着坟墓，凌风没有了主意，没有了方向，这时的他迫切需要一个答案。

受伤的苏慕回到了灵虚山庄，书房内，他正在调息，体内的团团元力在他的调息下一道道被迫了出来。他能在受伤后返回山庄调息，源于他封住了功力，不然的话，元力窜动，早就要了他的命。

身体恢复后，苏慕忧心了起来，他在害怕，倘若莫寒真的联合秦川和洛辰阳，纵然是剑圣的他，也很难应对，金武就是一个很好的例子。"不行，我得早做打算，不能任他们宰割，我还要为师父报仇，我不能死。"盘坐在地上的苏慕说道，眉心连成一片，好像在思索应对之策。

时值傍晚时分，晚霞把整个天空染成了红色，金色的霞光照射在凌风的身上，凌风在秦朗的坟前待了好几个小时，一直没有离去。夕阳渐渐地没入山头，树木在霞光的照耀下变得格外的迷人。

天色一线，好一处苍凉晚景。"沙沙……"那是踩在草地上的脚步声，声音由远及近，那些人由远及近地走过来。

坟前的凌风，耳朵在震动，他已感受到不好的兆头。来人便是秦川和他手下的弟子，他们坦荡地走了过来，脸上浮现着杀气，手中之剑在晚霞的照耀下更是重重的刀光剑影。

"凌风，你是跑不掉的。"秦川走近了凌风，对着他的背影说道。

仅从这传出的声音，凌风便能知道来的人是秦川，他缓缓地转过了身，目视着秦川。要想逃走是不可能的，灵天城的弟子把这儿全部给围住了，他没有了退路，也就无所惧怕地看着秦川。"没想到秦族长这么快就来找我了。"

"你就不怕我杀了你吗？"凌风的那份镇定让秦川有点恼怒。

淡然的凌风，微笑着。压抑不住火气的秦川，一掌打在了凌风的身上，凌风没有躲避，反而承受了那一掌。

"你为什么不躲避？"凌风越从容，秦川越是不安。

"我是不会还手的，玉儿是我害死的，一命还一命，我最大的遗憾就是没能报仇。"

"好，既然你想死，那我就毁掉你的丹田，你想报仇，我就废除你的所有功力，看你以后还怎么报仇。"秦川是不会亲手杀死凌风的，因为他答应了秦玉儿的遗愿。作为父亲，就算再怎么歹毒，最起码还是会遵从女儿的遗愿的。

站立在那儿的凌风，心里有些窃喜，毁丹田、废功力是他难以下的决定。若是秦川毁了他的丹田，废了他的功力，无形之中对他是一种帮助。所以，他在窃喜，是秦川帮他下了决定。

飞奔而来的秦川使出了浑元体，一拳过去，秦川打在凌风的左肩上，浑元体透过凌风的身体渗入体中，凌风体中的元力在浑元体的压制下顷刻间被毁灭了。之后，秦川运行剑元，三大剑元从他的体中隐现出来，三大剑元汇聚，光芒四射，随着剑元不断地在凌风的身边转动，凌风体内的剑元受到了攻击，没有还手的凌风任由着那三道剑元吞噬自己体中的剑元，嘴角鲜血渗出，衣衫在剑元的强力挤压下，发出了"嘶嘶"的破裂声。

掌心遍布元力，秦川以散功掌击在凌风的胸口。"吱呀"仿佛筋骨断裂声发出，秦川击打的部位乃是丹田，丹田是沉淀元力、炼体、剑元的地方。丹田被毁，也就意味着这最重要的三重功法被毁灭了。

团在凌风身上的剑气不见了，没有了元力、炼体、剑元的凌风相当于一个废人。因为没有了那三重功法，凌风不但召唤不了赤天剑，更别说剑气的存在了。

没有了元力的凌风，身体一软，整个人瘫软在地上，在秦川的破坏下，凌风什么功力都没有了，现在的他和普通的人差不多了。

"你不是要报仇吗？我倒看你还怎么报仇！凌风，今天我不杀你，我让你带着你的仇恨生活在这个剑都，让你一辈子处在仇恨中，想报仇，等下辈子吧！"恶狠狠的秦川说完这句话后，带着弟子回去了。树林里，凌风望着他们离去的背影，脸上浮现着笑容，丹田被毁，功力尽除，也许这也是他想要的结果。

月亮高高地挂在夜空，废除功力后的凌风回到了小竹屋。竹屋里的郭超一见到凌风，便知他身上的丹田被毁灭了。不过，郭超疑惑的是凌风是怎么毁

第四十九章　功力尽失

掉丹田的。一般来说，只有剑圣级的剑士才能毁灭别人的丹田，或毁灭自己的丹田以达到提升的目的。

"凌风，你身上的丹田……"困惑的郭超走近凌风问道。

丹田被毁，脸色苍然的凌风回答道："我身上的丹田是被秦川给毁灭的，这样也好，我就可以强化功力了。"丹田被毁，凌风不但不感到难过，竟然还挺快乐。看来即使是秦川没有毁灭他的丹田，他也会选择强化功力这一条路。只不过秦川为他做了这个选择。

闻言，郭超愤然不平，小竹屋是他隐居的地方，秦川私自带人闯入他的地方，说明不把他放在眼里，作为剑圣的他心底里自然有些愤怒。"现在你的丹田被毁，功力尽失，也只有强化功力这条路了，我先告诉你，强化功力不像修炼，朝夕就能完成，没有个三五日是强化不了的，你可做好了准备？"

现在对凌风来说，除了功力的提高之外，他什么也不会想了。对于一个功力尽失的剑士，功力强化之后会达到什么样的境界，这一点除了郭超知晓之外，怕是谁也不会知道。秦川以为废除了凌风的功力，就除去了后患，其实不然。他虽知道强化功力这一说，历年来，有哪个剑士会冒着功力尽失的危险强化功力？那是一件十分危险的事情。

不假思索地，凌风便回应道："我都准备好了，请师父为我强化功力。"

稍加思索，脸上挂着几丝迟疑的郭超说道："好，现在我就为你强化功力，你且坐在地上。"

屈身一坐，凌风盘腿坐在了地上，郭超围着凌风走了一圈，然后坐在了凌风的背后，他先是推出了右手，满是元力的右手贴在凌风的背上，开始为凌风将元力注入体内。虽说凌风的功力尽失，可他身上的那道九阳之气是毁灭不了的。九阳之气起着很大的作用为强化功力提供了可能。当年金武功力尽失，后得赤仙草恢复功力，那是源于他本身是剑圣，再加上他懂得造元力之法，所以他的元力才有可能衍生。

造元力之法须得由一名剑圣将元力注入被造者的体内，再加以炼造，方生出元力。郭超体内的元力不断地输送进凌风的体内，从郭超的行为来看，他是要把体中的元力全部注入凌风的身体。元力是最基础的，也是最重要的，炼不出元力，就别想强化功力。所以，在炼造元力这一点上，郭超是十分认真的，容不得有任何差错。

皓月当空，月光下的秦川拿着《灵空剑谱》出现在庭院里，抬头望着夜空，向往着剑神之路的他幻想着成神之后的情景。十八年来，为了一本《灵空剑谱》，牺牲的人太多了。纵使剑谱在手，他们还是没能成神，这是创始人和他们开的一个玩笑，还是他们根本领悟不到成神之法？

"灵空剑谱，我什么时候才能够借助你成神呢？"秦川感慨道。想到自己成圣之后有莫寒、洛辰阳、苏慕等人的压制，秦川有点忧心，他害怕成神后莫寒他们会成为他的绊脚石，毕竟在这个剑都只有他们几人能够对他造成压迫感。

认识到这一点的秦川，开始有了一个大胆的想法。"不行，我要成为剑都至尊，我不能让他们成为我的牵制力，我要把他们给杀了。"

莫寒他们乃是剑都的剑圣，剑士中的强悍人物，凭秦川一个人的力量是无法消灭他们的。然而，秦川的心中早就有了想法。他奸笑道："也许我只有这个办法才能把你们给杀了，好吧！为了成就我一统剑都的愿望，我只有这样做了。"

结合其余族派的力量，将他们全部铲除，这才是秦川的真面目。他利用莫寒他们，在目的达到之后，将他们杀掉，足见其心计之深。

细细地想了想，秦川在想着应该先向谁下手。"苏慕与我们不合，洛辰阳和莫寒也想着要把权力集中在一起，我何不借助他们的力量，先除掉苏慕，然后再做下一步的打算？"这样地想着，秦川大笑了起来。

另外，灵剑山庄的莫寒待在书房，此时的他有着心思。回想起苏慕在离开山庄之前说的那句话，莫寒有点愤愤不平，因为他原来是想着联合秦川和洛辰阳的力量消灭苏慕的，这一点被苏慕看穿了，他当然不高兴。"苏慕，就算我不联合秦川和洛辰阳，我也能杀了你，你等着吧！等我练成剑神后，你会死在我的手上的。"

他可以看出，说这话的莫寒是想通过练习《灵空剑谱》上的成神之法，修成剑神，可这似乎有点不大可能。秦川拥有《灵空剑谱》，他会把剑谱给莫寒吗？

灵空山庄的洛辰阳，站在训练台上，在这儿，他想起了以前，想起了在灵空山庄的点点滴滴。在他还是灵空山庄的大弟子的时候，凌啸天很看好他，对他也是赞赏有加。怎奈，洛辰阳有着成为灵空山庄族长的野心，加上秦川的引诱，才使他走错了路，成为了谋杀凌啸天的一员。

"凌族长，人是有私心的，不杀了你，我就无法当上灵空山庄的族长。现在有了剑谱，离成神之路不远，等我成神之后，我会好好整顿剑都的。"

说到《灵空剑谱》，说到人的贪念，洛辰阳的心紧在了一起。"秦川保管剑谱，万一他成神了，岂能容得了我们？"想到这儿，洛辰阳的脸上满是惊恐之色。

次日，三大族长在密室里面相见。站在最中间的秦川说道："莫族长，洛族长，你我三人都想把剑都的权力集中起来，然灵空山庄的苏慕处处与我们作对，上次我处心积虑地谋害他的计划被他发现了，我觉得，我们三人应该联手除掉他，那样灵空山庄就为我们所有了。"

如果没有苏慕的那句话，莫寒也许会这样做，现在他有着自己的想法，定然不会认同秦川的做法。"我反对，只要我们练成了剑神，灵空山庄还不是唾手可得？秦族长，你把《灵空剑谱》交出来吧！既然你参悟不了，那就给我们参悟吧！这也是我们当初说好的。"

一开始，秦川掌管《灵空剑谱》是有条件的，就是剑谱由三人轮流掌管，掌管周期为半个月。现在半个月过去了，要想秦川交出《灵空剑谱》，他会应承吗？支吾的他，一派为难的表情，说道："今天我出来得匆忙，忘了带上《灵空剑谱》，改天，改天我将剑谱送到你们的山庄。"

　　质疑的洛辰阳直勾勾地看着秦川，笑道："你就别在这儿倚老卖老了，谁不知道你秦川想成为剑神，我看《灵空剑谱》你是不会拿出来的。"

　　"洛族长怎么能说这样的话？剑谱是我们三人联手抢夺的，我私吞剑谱，这很不仗义，你们说我秦川像是那样的人吗？"秦川迎合道，其心底早就想着等除掉了苏慕，再把他们一个个除掉。

　　"啪"莫寒用力拍了一下桌子，"少跟我说没用的，你秦川是什么样的人，我看得清清楚楚，你不就想练成剑神，成为剑都至尊吗？而我们是你的绊脚石，所以你想先除掉苏慕，再对我们下手，对吗，秦族长？"莫寒严厉地盯着秦川，他能看破这一点，是从秦川不愿拿出剑谱看出来的。

　　被看穿的秦川有点无所适从，他慌乱道："你们怎么可以这样说我，我和你们是一路的。莫族长，你说这话要有依据。"

　　"和我们一道？打一开始你就在利用我们。依据？还跟我谈依据。那好，只要你交出剑谱，我就相信你和我们是一道的。"莫寒言辞凿凿道。

　　为难的秦川，强调道："我不是说过出来得匆忙，剑谱忘拿了吗？"

　　觉得可笑的洛辰阳脸上露着一丝笑容："你明知道你掌管剑谱的时间到了，今天是该交出来的时候，这个时候你却说忘了，有点说不过去。莫族长，要我说，先下手为强，别等到以后他吞并了我们。"洛辰阳一边说着，一边看向莫寒。

　　其实，他们三人都想着得到剑谱，都想成为剑都至尊。洛辰阳为了保住自己的地位，才说动莫寒联手攻打秦川。想要练成剑神的莫寒，在洛辰阳的说动下，起了杀念。他轻轻地点了点头，继而向秦川说道："秦族长，你这是自取灭亡，就别怪我们联手对付你了。"

　　莫寒和洛辰阳现出了剑，这场对战，对秦川来说是相当艰难的，弄不好还会因此丧了性命。决心以命相搏的秦川先是用浑元体挡住了他们的逼迫，随后便召唤出了灵天剑，灵天剑在他的转动下，充满了元力。他奋身一起，以超强的气势压向莫寒和洛辰阳。

　　莫寒和洛辰阳结合了两人的力量，意念一动，便破除了秦川的那一剑。手指微动，两把剑悬于半空。眼见着他们要使出封剑式的秦川，脸上一副惊恐。随即，他将身一隐，整个人消失不见了。显然，那不是定心式，定心式只是将意念转换到另一个空间，身体还是处在现实之中的。而秦川整个人消失不见了，这倒像是一种逃脱之法。

　　"想逃？洛族长，我们追！"意识到秦川想要逃走的莫寒，说道。

　　两人收起了剑，直奔出了密室，顺着秦川逃跑的方向追击而去。

竹屋之外，漆黑的夜异常寂静，寒星点缀着夜空。金紫衣坐在竹梯上，双手托着下颚，脸色苍然，似是在担心。已经四天了，凌风还在强化功力，金紫衣也不敢偷看他们。她怕在她的干扰之下，郭超会受到影响，致使凌风强化功力失败。

"郭前辈，你一定要成功，不能失败。"她知道，如果失败了，对凌风将是一个很大的打击。

不知什么时候，郭若兰出现在金紫衣的背后，她拍了拍金紫衣的肩膀，含笑而语："紫衣，你在担心凌风吗？"

金紫衣将头扭了过来，一脸委屈地看着郭若兰，诉说着心中的苦闷："凌风哥是我唯一的亲人，我不想看到他难过。"

在郭若兰的心里，何曾不有着同样的感受？自凌风来到小竹屋，她了解到凌风的身世后不免对他起了同情之心。"放心吧！凌风不会有事的，我爷爷这么喜欢他，肯定会帮着他强化成功的。"

有了郭若兰的这句话，金紫衣担忧的心平定了许多，她微笑着说道："若兰姐姐，我相信你说的话，凌风哥会没事的。"

看到金紫衣开朗了起来，郭若兰欣慰地笑了笑："傻丫头，看你每天杞人忧天的，开心点嘛。"

金紫衣也想每一天都开开心心的，然而父母的死在她的心中一直是一个结，是一段抹杀不了的痛苦记忆。

强颜欢笑的她，点头道："我会的。"

明月高悬，竹屋里的郭超还在为凌风强化功力。他身上的四道剑元被迫了出来，从他的动作来看，是要将那四道剑元注入凌风的体内，剑元对于剑士来说是非常重要的，没有了剑元，一些招式也就使不出来了。

第四十九章 功力尽失

第五十章　生死决战

从密室里逃出来的秦川，脚步慢了下来，阴谋被识破了，纵然逃得了一时也逃不了一辈子，即使这次逃脱了，莫寒和洛辰阳也会带着弟子来山庄捣乱。此事一经传开，一旦剑都的剑士知道了剑谱的下落，他们定然会涌向灵天城，到那个时候，别说成不了神，就连《灵空剑谱》也保不了。深知这一点的秦川，停住了脚步，他在焦虑，他在惶恐。

"我要稳住他们，这事一旦传了出去，谁也得不到好处。不行，我得好好想想怎样才能稳住他们。"焦躁的秦川一边走动一边念叨着。

猛然间，秦川头脑里生出了一个想法，他双手一合，无奈道："好吧！看来只有这样了。"

很快，莫寒和洛辰阳追了上来。"秦川，你不是要逃吗？怎么不逃了？就不怕我们把你杀了吗？"

镇定的秦川面对着他们，谈笑道："你们这是说哪儿的话，你们要剑谱，我可以给你们，用不着针锋相对，都是十多年的好朋友了，刀剑相对有点说不过去。"

"哟，你什么时候变得这么大方，这还是我认识的秦川吗？"质疑的莫寒直盯着秦川，对秦川说的这些话，他可不会轻易相信。

秦川从身上拿出剑谱，说道："对，我是想成为剑都至尊，可那只是我一时的痴念，有你们在，我成不了至尊，再说，成神之法我都不知道，成不了神，何谈至尊？"

用力一甩，秦川把《灵空剑谱》丢给了他们。洛辰阳接过剑谱，问道："你刚才不是想独吞剑谱吗，怎么现在舍得拿出来了？"

"剑谱在我们的手上还好一点，万一天下剑士知道了剑谱的存在，还不得掀起一场纷争？到那个时候我们的处境可就危险了，现在剑谱在我们三人中任何一个人手中，只要不泄露出去，我们就不会遭遇天下剑士的压迫。"秦川把自己的初衷说了出来，他愿意把剑谱交出去，也是不想受到天下剑士的围攻。

细细地想了想，认为秦川的看法在理的莫寒收起了剑。"还是秦族长真知灼见，目光长远，那我们还是按照之前说好的，剑谱由我们轮流保管，谁也不得将剑谱的消息泄露出去。"

洛辰阳把剑谱交给了莫寒，说道："我们应该上下一心才是，如今剑都多少剑士对族长的位置虎视眈眈，我们再不团结，山庄会毁在我们的手上的。"

"你说得对，我不该有私心。"

提到私心，洛辰阳也有私心，但他把他的私心控制了，如若他像秦川那样的话，肯定也会受到封杀的。所以，在没有成神之前，他可以有成为至尊的想法，但要想独吞剑谱，除掉其余的剑圣，是行不通的。

第五天，郭超已经为凌风强化功力四天了，今天是最后一天，也是最关键的一天。竹屋里，郭超的额头上不断地有汗水渗出。那四道剑元倒是被他注入了凌风的身体内，现在凌风不仅拥有了元力、剑元、剑气，还拥有没有学会的剑招，像禁气式、封剑式、散功式，这些只有上层剑士才能修炼的剑招，凌风已经具备了使用的能力。强化功力听上去是强化，实则不是，强化是把所有的功力转换到被强化的人身上。转换功力后的那个人功力全无，等同常人。郭超明白这一点，所以在给凌风强化功力的时候，他有过犹豫，但最终还是决定把所有的功力传给凌风。然而凌风是不知道这一点的，要不然他也不会要求郭超为自己强化功力。

郭超把所有的功力全部传输给了凌风，凌风的身体不停地接收着，好在他的身体里面还有九阳之气，不然他也承受不了这么大的功力。

一掌击在凌风的身上，郭超的身体一软，长时间的传输，没有功力的他，自身变得脆弱了很多。"终于完成了强化，凌风，你现在可以睁开双眼了。"

感觉全身飘飘然的凌风，慢慢地睁开了眼睛，站了起来，他注意到郭超的异样，忙问道："师父，您……"

"我没事，长时间传输功力，有点累罢了。"郭超平和道。

稍加休息，郭超郑重地说道："凌风，你记住，现在你已经是剑圣了，剑圣是什么？剑圣是剑都的强者。我把功力全部传给了你，希望你发挥它的价值。"

"咚"的一声，凌风跪在了地上，向郭超磕着头，郭超连忙将他扶了起来，凌风的这一举动，着实吓着郭超了，郭超问道："你这是干什么？"

"师父，您不惜功力全失，为我强化功力，徒儿无以为报，只有行此大礼，感谢师父的恩德。"

功力恢复，还从剑宗提升到了剑圣，这是凌风怎么也想不到的，这么大的超越，让他有点蒙。成为了剑圣，他才有能力报仇。"师父，我不会辜负你的期望，会重整剑都的。"

曾几何时，郭超也想过直接把功力传给凌风，那个时候凌风一心只为报仇，况且自己在强化功力这一点上也没有很大的把握。

轻轻地拍了拍凌风的肩膀，郭超微笑道："好，有你这句话，什么都值得了，你再好好调息一下，你的功力是我传输给你的，要很好地运用，还得有个适应的过程。接下来要做的就交给你了。"将手从凌风的肩膀上收回，郭超走出了房间。

望着郭超离去的背影，凌风默默地在心中说道：师父，我会好好运用你传

给我的功力的。

得到功力后的凌风,身上的感觉与以前大不相同,那是一个非常大的超越,凌风的身上有这样的反应是很好的证明。

寒风凛冽,万物沉浸在冬天的暖阳里。树林深处,凌风手握赤天剑,演练着不大熟练的招式。将剑悬浮于半空,加于凝气,赤天剑停留在半空不动。这一招名为封剑式,封剑式是将对方的剑冻结,对方没有了剑,其伤害程度也就降低了不少。封剑式是有时间限制的,一般的剑士剑被冻结后,没有一两分钟,剑是动不了的。而剑圣仅在几秒钟后,便能再次使用剑。封剑时间的长短和剑士的级别有着很大的关联,剑士的级别越高,封剑的时间越短,当然若两个旗鼓相当的剑士使用封剑式的话,时间会缩短很多。

起身一跃,凌风拿过了半空中的剑,紧接着游动着赤天剑,猛出一掌,此掌名为散功式,是在招式的配合下使用出来的,也可以独成一体,散功式的作用是散去对方的功力,当年金武就是中了散功式,功力才被封住了。另外,散功掌只是散功式的一种,散功式是由剑招、掌力、怒气形成的一道功法,具有一定的伤害力。

遥望不远之处,一双水汪汪的眼睛一直注视着他。娇嫩的脸蛋,秀丽的发丝,一身洁白的纱衣,金紫衣动情地看着凌风练习着剑法,她知道凌风很快就会去报仇的,心中有担忧,也有期待。她凝神望着凌风使出的招式,不禁有点吃惊,现在的凌风和以前的凌风大不相同,不仅身上的元力深厚,使出的剑法也是一绝。得到绝学的凌风,加以修炼,真正成为了剑圣。

一个凌空转身,凌风发现了树后面的金紫衣,他收起了剑,快步走到金紫衣的身边,说道:"紫衣,你怎么来了?"

"我来看看你,你的剑招练得怎么样了?"金紫衣问道。

突飞猛进的凌风有点小兴奋,他脸上带有一丝微笑,畅言道:"我现在是剑圣了,等我熟练了这些剑招,我就可以报仇了。"

秦川他们的手上不仅有凌风的仇,还有金紫衣的仇。能将他们杀了,报得大仇,金紫衣的心里自然会十分高兴的。然而他们的功力金紫衣是清楚的,她嘱咐道:"凌风哥,你一定要小心,千万不要有事。"

将右手搭在金紫衣的肩上,凌风很严肃地说道:"你放心,我不会有事的,我会为你父母报仇的。"

说到她的父母,金紫衣的心情汹涌了,泪光晶莹,表情痛苦。凌风安慰道:"傻妹妹,不要难过,你还有我呢,我会一直陪在你的身边的。"

凌风的这句话让金紫衣的心情更加不平静,她身子在抽动着,泪水在流淌着。"凌风哥,你一定要小心,我不能没有你。"

按着金紫衣的小肩头,凌风说道:"我答应你,一定完好无损地回来。"

树林里,金紫衣紧紧地依偎在凌风的怀里,凌风看向远方,眼神中闪烁着神奇的光芒。

这日，秦川像往常一样在训练台上训练着弟子。突然一名弟子从台下跑了过来，他手上拿着一封信，表情严肃，身体微倾，双手托着信。在阳光的折射下，分明看得清信上面写着：生死书。

"族长，您的信。"弟子温和道。

从他的手上拿过那封信，看着信上黑笔写着的三个字，秦川心中先是一震。在他看来，剑都的剑士是不会向他发出生死书的。带着疑惑，秦川拆开了信，信上是这样写的：秦川，你我有不共戴天之仇，明日灵天城外，碧水江决一生死，凌风笔。

读罢信，秦川更加不解了，想来凌风的功力被自己废除了，没有功力的他发出生死书，这无疑是送死，秦川心想道。就是这样的一封信，让秦川心慌了，他不知道凌风想干什么，明天是否去赴生死战让他难以做出选择。

"族长，怎么了？"训练中的一弟子走上前来问道。

将信收了起来，秦川平静道："没事，没事，你们接着练，我还有事要做。"转身，怀揣着不安的心，秦川走下了训练台，他不是惧怕凌风，再说他还以为凌风功力全无。他是怕凌风耍阴谋诡计，毕竟郭超是他的师父。

月已高照，凌风站在一片荒凉的平地上，抬起头看着夜空中的皓皓明月。想起父母和金武的死，他内心感到一阵痛，再加上眼睁睁看着自己的哥哥以及秦玉儿死在自己的面前，他的那种伤心，那种绝望，是难于言说的。

"明天，明天就是把一切讨回的时候了，秦川、莫寒、洛辰阳，你们要为你们所做的付出代价。"凌风咬牙道。

身后，郭超迈着脚步走来，失去功力的他，发出的脚步声惊扰了凌风，凌风转过身，说道："师父，这么晚了，您还没睡呀？"

"睡不着，出来走走，看你心事重重的样子，在想什么呢？"

凌风顿了顿，说道："我向秦川发出了生死书，我要为我父母报仇，为所有惨死的人报仇，还剑都平静。"

凌风被仇恨折磨了这么长时间，是时候解脱了，郭超淡淡道："凌风，你记住，你的职责是重整剑都，这是我的愿望，也是你父亲的愿望。"

"我知道，我爹将我和我哥取名为凌风、凌云，就是想让我们'风云'剑都。"这是凌风从金武口中获知的，'风云'剑都指的不是成为剑都的统治者，是整顿剑都，让剑都成为一块净土，这是凌啸天将他们兄弟俩命名为凌风、凌云的目的。

轻轻地点了点头，郭超说道："剑都的未来就交给你了，时间也不早了，早点休息吧！"说罢，郭超折身回去了。

凌风心中暗暗地想着：我会完成我爹的遗愿的！

灵天城外，柳色青青，小桥倒映，碧波荡漾。桥面上少有人迹，江面是如此的平静。水波不兴，万物沉浸在寂静中。江边不远处，秦川站在平地上，等

第五十章 生死决战

待着凌风的到来。此处将成为生死战的战场。

秦川目视着前方,他在静静地等候着。这个时候的他,心情不大平静,因为他不知道接下来会发生什么。

微风吹动,凌风轻步走来。在看到凌风的那一刹那,秦川震惊了。他看出了凌风身上所具备的元力,看到他瞬间突破至剑圣,莫说是他,任何人看见都会哑然失色,为之震惊。

"真想不到,郭超把所有的功力传给了你,早知道这样,那天我应该杀了你。"

"怎么,你害怕了?"凌风说道。

秦川听着凌风的这句话,忍不住笑了。"笑话,我会怕你?就算你成剑圣了,也未必是我的对手。"

离秦川一丈之远,凌风召唤出了赤天剑。他凶煞道:"好,那我就让你看看我的厉害,看招。"

猛出一剑,步法急促,凌风使出了灵虚剑法。一眼看穿凌风使用的剑法的秦川,嘴唇咧了咧,右手灵天剑在手。以他的功力破解灵虚剑法不难,因为在这之前他研究过其余族派的剑法,并从中找到了突破点。

飞奔而来的凌风,心想道:你不会知道我使用的剑招的。

瞬间,凌风变换了招式。想着破灵虚剑法的秦川,怎么也想不到凌风会这么快转换招式。招式变换之后,凌风以万剑归宗攻击秦川。还没反应过来的秦川,提剑格挡着,成千上万把剑把他包围了。机灵的秦川立马动用了定心式,灵天剑所指之处,衍生而成的剑被定住了。

衍生出的剑在秦川的剑法下确是化解了,很快,秦川将剑一转,无数道剑气从他的剑中蹿了出来,凝成一团,朝着凌风飞去。

眼望着那道气团朝自己飞来,凌风将元力汇聚于剑上,一招千刀斩,被放大的赤天剑剑影飞了出去。

"嘭"的一声,随着一声巨响,千刀斩与那道气团冲撞,两道气在相互碰撞下,完全毁灭了。

气道消失后,秦川将手中的剑朝凌风丢去,然后运行元力,使出了浑元体。凌风也甩出了赤天剑。剑与剑之间相互缠绕着。凌风击出一掌,由元力和九阳之气汇聚的气,以飞快的速度飞了出去。浑元体在这么大的压力之下,明显抵挡不住了。秦川撤去了浑元体,元力和九阳之气打在了他的身上。

他后退了几步,稍加以站定,又从身体里迫出了剑元。三道剑元以不同的颜色呈现在他的面前,这三元分别是金元、水元、火元。三元闪动着光芒,异常刺眼。看着秦川迫出的那三道剑元,凌风笑了。

"你成剑圣十多年了,体中还只具备三元,我都为你感到可惜,看我的!"

凌风双手交叉合并,然后慢慢拉开。四元从他的体中涌现了出来。他具备的四元乃是金元、木元、水元、火元。五元尚缺一元,土元是成为剑神最关键的一物，就连剑谱上也未曾载有修炼土元的办法。

双手在游动，"呼"的一声，四元飞了出去。秦川的剑元与凌风的剑元相比根本不是一个级别，若是动用剑元的话，弄不好秦川的剑元会被凌风的剑元给吞噬。

意识到这一点的秦川，立马收起了剑元，当凌风的剑元向他飞来之时，他先是用化体阻挡了一下，然后隐身不见了。

将剑元回归体内，凌风合上了双眼，他在意会秦川的位置。秦川悄然隐身，是想偷袭凌风。微微的风吹声，凌风猛然睁开双眼，朝着后方打出了一拳。那一拳正好打在了秦川的胸口，受拳后的秦川现身了。

他不甘心地望着凌风，功力上输给了凌风，剑元上输给了凌风，他认为自己拥有了至高功法，今日一战，他才知道强中自有强中手。曾经高傲的他，认识到了自己是如此的不堪一击。

两把剑还在激烈地斗着，秦川右手一吸，灵天剑回到了他的手上。不服输的他再次向凌风发起了攻击，将剑一收，秦川腹部一收，整个人在瞬间得到了力量。这一招叫作凝元式，凝元式是将体内的气、元力、剑元全部凝聚在一起，凝元后的剑士，自身的功力将提高一倍，然而使出凝元式后，元力会受到损伤，要花费三天的时间修复。

在这个时候使出凝元式，可以看出秦川这是在以命相搏。不远处的凌风并没有凝元，他知道凝元之后所带来的副作用，所以能不使用凝元式就尽量不使用。

充满力量的拳头猛然向凌风击来，凌风张开手掌，那一拳顺势打来，凌风试着接住，怎奈，功力提升一倍的秦川，那一拳相当的有威力。承受不住的凌风，脚往后挪动。秦川奋力一起，加强了手臂上的力量，终于，凌风撑不住了，他收起手掌，硬生生地挨了那一拳，整个人倒在了地上，掌心黑成了一片。

逆袭的秦川毫不懈怠，直接飞身一起，一脚压了过去。机灵的凌风身体一滚动，才避免了那一脚。处于劣势的凌风顾不了那么多了。他从地上爬起，一个狂奔，空中的剑被他召了回来。再动用凝元式，以飞快的速度将剑插在了秦川的胸口。

具有化体的秦川，受此一剑，虽说没有丧命，但他的化体却被凌风给破了。没有了化体，就没有了护体的力量。

第五十章　生死决战

第五十一章　局面混乱

　　化体被破，秦川出手相当地小心，一旦被凌风找到要害之处，那就没有活命的机会了。凌风握着剑，与秦川交战在一起。所有的功力、剑式都被破解得差不多了。无奈，秦川使出了灵天剑法应对凌风的攻击。

　　一个擦肩而过，凌风趁机从秦川的背后击了一掌。"嘣"一声筋骨断裂的声音发出。秦川身体上的一块筋骨断了，那是元力的命门所在。命门被击中，意味着秦川体内的元力消失了。同时，凌风再次地从身体里迫出了剑元。四道剑元将秦川团团地围住了，纵然秦川不迫出剑元，那四道剑元也会将他体内的剑元吞噬。

　　"啊！"秦川怒喝一声，怒气发出，持剑斩向四道剑元。剑元就像一个幽灵，不管秦川怎么刺杀，它都能躲避。在剑元的作用下，秦川的身体渐渐地浮了起来。一个箭步，凌风跑了过去，一掌打在了他的身上。秦川身体里的剑元在凌风的重力之下被迫了出来，整个人也倒在了地上。

　　很快，他的剑元被四道剑元给吞噬了。眼见着剑元的光芒变淡，慢慢地变小，秦川痛苦地喊道："不要，不要……"

　　收起剑元，凌风站在秦川的面前，说道："秦川，你所有的功力都被我破了。"

　　傲气的秦川怒视着凌风，愤然中带着可笑，道："这真是一个笑话，我竟然败在你的手上，杀了我吧！为你的父母报仇。"作为一个有着几十年修为的秦川，败在了年纪轻轻的凌风的手上，这对他来说是一种耻辱。

　　紧握着手中的剑，凌风把剑横在秦川的脖子上，手指在捏动，他很想一剑杀了秦川为父母报仇，回想起秦玉儿在临死之前对自己说的那番话，凌风的心软了，轻轻地，他将横在秦川脖子上的那把剑收了回来。

　　"我答应过玉儿，不会杀你，这是我的承诺，你现在功力尽失，与其让你死了，还不如让你痛苦地活着，这也是我为我父母报仇的一种方式。"

　　"别把自己说得那么伟大，你不杀了我，迟早有一天你会后悔的。"秦川说道。

　　想起《灵空剑谱》还在秦川的身上，凌风威逼道："把剑谱拿出来。"

　　"剑谱不在我身上，你也休想从我的口中知道剑谱的下落。"

　　凌风也不指望从他的口中打探出剑谱的下落，他说道："不用你说，我也猜得出剑谱在莫寒和洛辰阳的身上。"背过身去，凌风迈步走了，不知道为什么，凌风打败秦川后，并没有杀了他。也许，此刻的他，心中的仇恨正慢慢地退去。

凝元后的凌风，身体受到了损伤，他沉重地走着。沉积了十八年的仇恨，废除了秦川的功力，凌风心底的仇恨才有所纾解，但是还不够，莫寒和洛辰阳还逍遥法外，对于他们，凌风又会采取什么样的方式复仇呢？

地上的秦川，看着凌风渐渐地远去，脸上是又恨又气。想想纵横剑都几十余年，现在这副模样，他的心情定然好不到哪儿去。"凌风，你不杀了我，我会让你后悔的。"朝着凌风的背影，秦川满是心机地说道。

这天晚上，莫寒把自己关在了书房里，房中的他借助着烛光正研究着《灵空剑谱》。拿着剑谱反复翻看着，始终找不出当中玄机的莫寒，气恼道："什么破剑谱，为什么书上只记载了从剑客到剑圣的修炼之法，剑神的修炼之法到底在哪里？"烦躁的莫寒不停地翻着剑谱，脸上十分的急躁。

"咚咚咚"门外响起了敲门声，生怕被人看见的莫寒慌乱地把剑谱收了起来，并说道："进来。"

弟子在得到莫寒的允许下，推开门走了进来，他微微地弯着身体，说道："族长，灵天城的秦族长来了。"

"这么晚了，他来干什么？把他领进大堂吧！"困惑的莫寒回道。

大堂处，秦川站在那儿等着莫寒，失去功力的他来找莫寒又是为了什么？莫不是让莫寒帮助他恢复功力？

走进大堂的莫寒，在看见秦川的第一眼时，整个人的身体先是震了一下，疑惑的他问道："秦族长，你这是？你难道被……"

觉得没面子的秦川低下了头，艰涩道："说来惭愧，我的功力被凌风废除了。"

"什么？凌风？这怎么可能，他还是个剑宗，怎么可能废除得了你的功力？"

"我们都小看他了，他被我毁掉丹田后，在郭超的帮助之下，强化了功力，现在他已经是剑圣了。"说到这儿，秦川后悔不已，他后悔自己当时没有将凌风杀掉，才种下了后患。

知道凌风现在的级别，莫寒有些害怕，若是哪一天凌风闯入山庄，自己肯定会落得和秦川一样的下场。惊恐的他，一脸灰色。

看着莫寒这副表情，秦川感触不少，想到自己就这样地废了，他的心很痛。但是，他来灵剑山庄是有目的的，绝不是单纯地将凌风成圣的事告知莫寒。

"我知道你现在很恐慌，要想逃过这一劫，只有你和洛辰阳联手将凌风给杀了，不然，你们会落得和我一样的下场。"

将自己的想法说出之后，秦川迈着步子走了。

大堂里的莫寒幡然醒悟，就像秦川说的，他唯一活命的机会，就是和洛辰阳联合起来。只是他还在忧心，此后的剑都会落在凌风的手上。在这个时候，他还想着自己的地位，足见他对权位多么地贪恋。

第五十一章　局面混乱

"凌风,为了我在剑都的地位,我是不会让你活在剑都的,就算你成圣了,我还是有办法杀了你的。"目光凝视着前方,心里想着把凌风杀死,他的内心得有多邪恶。

几天后,灵剑山庄的训练台上,山庄的弟子和往常一样练习着剑招。不同的是,教授他们剑招的不是莫寒,而是灵剑山庄的大弟子,按说这样的情况少有发生,除非是莫寒外出了,或者是他的身体不舒服。

灵剑山庄外,凌风威严地出现在庄外,守护的弟子向前问道:"你是什么人?来这儿干什么?"

"我是来报仇的,你们赶紧给我让开。"气势汹汹的凌风,面无表情道。

其弟子见凌风是来捣乱的,忙抽出了剑,一剑砍向凌风。丝毫未动的凌风,硬生生地把他手上的剑给震断了。惊恐的弟子连忙跑进山庄去,凌风则大摇大摆地走了进去,当中有几名弟子用剑指向他,胆怯的他们且走且退,不敢妄动。

训练台上的大弟子得知消息后,走下训练台,来到了山庄门口。凌风见来的不是莫寒,便扬言道:"把你们的族长叫出来,不然我血洗灵剑山庄。"

"凌剑士,莫族长不在山庄,你若不信的话,可以进山庄搜找。你们几个,把剑收起来。"大弟子对于凌风的威名早就如雷贯耳,他自知自己的功力不及凌风,所以坦诚相对。

弟子收起了剑,获知莫寒不在山庄,凌风有些纳闷,稍加以猜想,他也猜了个大概。于是,他放言道:"以为这样就能躲避我的追杀?我看你能躲得了多久。"

转过身,凌风怅然而去,没找到莫寒,他心里有一丝的难过,但他是不会就这样放过莫寒的。

灵空山庄的庭院里,莫寒和洛辰阳练起了剑法。这几日莫寒委实是来到了这儿,洛辰阳在他的说动下,表示愿意联合除掉凌风。两人将灵剑剑法和灵空剑法结合了起来,意图把剑法达到最高境界,以图杀了凌风。连日来,为了找到凌风,洛辰阳派了不少弟子打探凌风的下落,但毫无结果。那时的凌风因动用凝元式,身体受到了损伤,找了一个人不熟知的地方调息去了。

在他们练习之时,一名弟子闯了进来,他向洛辰阳汇报道:"族长,我已查明凌风今日在灵剑山庄出现过,现在福来客栈落脚。"

洛辰阳挥了挥手,示意其弟子退下,收起了剑,他说道:"总算是找到他的下落了,莫族长,我们可以动手了。"

"他竟然去了灵剑山庄?看来是在找我,这个祸患一定要除掉,不然我们都没有安生日子。洛族长,我们这就去找他。"在他的带动之下,两人朝着福来客栈去了。

福来客栈,凌风的桌上摆着一杯清酒,两三道小菜。客栈里不少剑士在此歇足,他们相互谈论,谈论着近年来剑都的风风雨雨。

拿起桌上的酒杯,凌风浅浅地喝了一口,然后感叹道:"哎,现在的剑都,人人为争夺《灵空剑谱》而疲于奔命，纵然如此，他们竟连剑谱的下落都不知道，真是可悲，真是可悲啊！"

周围的剑士听凌风这么一说，几名剑士心动了，他们拿起桌上的剑，慢慢地走到了凌风的身边，打探道："照你这么说，你知道剑谱的下落了？"

"《灵空剑谱》就在莫寒和洛辰阳的身上。"凌风说道。

难以置信的剑士，茫然地看着凌风，问道："你这么说有什么依据？"诚然，就算知道剑谱在他们的身上，那些剑士也不会贸然地找莫寒和洛辰阳索要剑谱，毕竟他们不是处以族派族长地位的莫寒他们的对手。若是出师无名，少不了遭到莫寒他们的封杀。

深知他们顾虑的凌风，讲开道："你们都知道灵空山庄前任族长凌啸天吧？"

那几名剑士点了点头，凌风接着说道："十八年前的事相信你们也知道，秦川、莫寒、洛辰阳为夺得《灵空剑谱》，残忍地将凌族长杀害了，而剑谱被灵虚山庄的金武藏匿了起来。前不久，他们得知金武的下落，将其杀之，夺得了剑谱。所以说，现在剑谱就在他们的身上。"

"你是谁？你怎么知道这些？我们凭什么相信你？"质疑的剑士问道。

凌风有意将自己的身份隐瞒，是不想牵涉进来，他怕在自己夺回剑谱后，天下的剑士会针对于他。"我说的只有这些，信不信由你们。"凌风起身，一迈腿，走开了。

那些剑士眼睁睁地看着凌风离去，他们也不敢阻止凌风的去路，因为他们能看出凌风的级别，若是动起手来，断然不是凌风的对手。朝外走的凌风，暗自地笑了笑，他坚信那些剑士会为了剑谱找寻莫寒和洛辰阳的，这也是凌风把剑谱下落说出来的目的，他想通过剑士之手找到莫寒和洛辰阳，进而报得大仇，拿回剑谱。

很快，关于剑谱的下落一事传开了，不少的剑都剑士从四面八方而来，他们所行的方向不外乎灵剑山庄、灵空山庄以及灵空山庄。

下山后的莫寒和洛辰阳，行走在一片寂寂的山林，步伐十分地急促，心里急切地想要杀了凌风。

"等等！"谨慎的洛辰阳，竖起了手掌，两人站在原地不动。

就在不远之处，几十名剑士匆匆地走来，他们一边走着，一边说道："真没想到三大族派的族长竟是如此人面兽心的人！为了剑谱，不择手段！"

"是啊！这次我们一定要逼他们把《灵空剑谱》交出来。"这些剑士表面上看去有着仁义之心，其实他们还不是为了私吞剑谱，成为剑神？

几十名剑士满怀着激昂的心，向着灵剑山庄走去了。此外，其余的剑士分不同的方向向其余的山庄行进。一场纷争展开，天下剑士为图剑谱涌向三大族派。

望着那些剑士走过，听着他们的谈论，洛辰阳的心乱了。"糟了，剑谱的下落泄露了出去，他们肯定是去山庄找我们索要剑谱去了。"

忧心的莫寒,眉头紧紧地锁着:"那我们怎么办?还要不要去找凌风?"

眼看着成百上千名剑士步入山庄,山庄能不能保得住还是个未知之数,洛辰阳哪还有心思找凌风?他说道:"我们得尽快赶回山庄,这件事一定是凌风泄露出去的,他一定是怕我们联合取他性命,所以才设计令我们陷入两难之地。"

凌风这一招非常巧妙,如此一来,不但破坏了莫寒和洛辰阳的诡计,还使他们陷入天下剑士的纷争之中。就算他们从这次的纷争中摆脱出来,凌风还是会上门找他们的。

把局面看得很透彻的莫寒,恐慌道:"凌风这小子,还真聪明,如果我们回去的话,根本就应付不了那么多的剑士。"

稍加思索,洛辰阳的眉头舒展开了,嘴角微微上扬,好像有了想法似的:"有了,那些剑士不知道剑谱究竟在谁的身上,我们可以把剑谱的下落推脱到彼此的身上,这样我们就可以化险为夷了。"

想好了应对之策,两人折身各自返回了自己的山庄。

从不同方向涌现的剑士,首先将灵天城包围了。灵天城外,灵天城的弟子事先得到了消息,他们关闭了城门,上百名弟子站在城墙上把守着,做好了随时迎战的准备。城外的剑士高呼着:"秦川,出来,出来……"

经受风吹雨打的土墙斑驳陆离,众多剑士凝聚在这儿,每个人都异常激动。闻知此事的秦川出现在城墙之上,他一出现,众多剑士大声喊道:"把剑谱交出来,把剑谱交出来。"

秦川举起了右手,那些剑士才安静了下来。"我不知道你们是听谁说我手上有《灵空剑谱》,我想告诉你们的是,我根本就没有《灵空剑谱》,你们看不出我功力全失了吗?一个功力尽失的人,就算是有《灵空剑谱》,也修炼不了剑谱上的成神之法。"

所有剑士看了秦川一眼,有没有功力,是一眼可以看出来的,待确定秦川没有了功力,他们议论开了,讨论的无非是谁废掉了秦川的功力。之后,这些剑士慢慢地散开了,朝着下一个山庄走去。

城墙上的秦川舒了一口气,为了解围,他暴露了功力被废一事,这对他来说是一件凶险的事,指不定哪个剑士为夺族长之位向他下杀手。秦川早就做好了这个准备,功力被废了,他的族长之位是坐不长久的。

"灵天山庄的众弟子们,我的功力被废,没有能力担当你们的族长,你们谁想做灵天山庄的族长,只要站出来,我就把族长之位传给他。"

"哗"的一声,所有的弟子跪在了地上,口中喊道:"弟子誓死追随族长,不敢有当族长之念。"

听着他们的誓词,秦川欣慰地笑了,在他功力散尽之后,灵天城的弟子还这么拥护他,他心里多少得到了一点安慰。

灵剑山庄,众多剑士将整个山庄围了起来。训练台处,聚集的剑士有上百名之多。灵剑山庄的所有弟子拔剑相对，几十名弟子在上百名剑士的威逼下，身体不断地往后退。有人喊道："把莫寒叫出来，把莫寒叫出来……"

返回山庄的莫寒由山庄外走了进来，面向众多剑士，他平静地迈着每一步。众多剑士反身望着他，目光中充满了惊悚。按说这么多的剑士应该不用惧怕莫寒，可莫寒毕竟是剑都的剑圣，心中对他多少有点敬畏。

缓步走上训练台，他庄重地对着台下的剑士说道："各位剑都人士，今日你们齐聚灵剑山庄，我本来是很高兴的，可你们是为剑谱而来，这我就不高兴了，我莫寒没有什么《灵空剑谱》，你们今日大闹我的山庄，我堂堂的灵剑山庄的尊严完全被你们践踏了。"

"莫族长，少把事情推得一干二净，今天你不把剑谱交出来，灵剑山庄是不会安宁的。"剑都的剑士又不是傻子，他们怎会听莫寒的一面之词？

那剑士的一句话，让本来还从容镇定的莫寒心慌了，万一真的发生了斗争，他真不知道怎么处理。灵剑山庄的弟子不过一百多名，不单人数上远没有纷至沓来的剑士多，就连功力也及不上。

略平复了一下紧张的心，莫寒说道："你们听我说，我真的没有《灵空剑谱》，倘若真有剑谱，定然会躲起来偷偷地修炼，哪还会在这儿和你们说明？"

台下的剑士，有的按捺不住激动的心，有人大声呼道："莫族长不交出剑谱，我们只有动手了。"

有些中级的剑士从体中召唤出了剑，他们涌动着，开始残害灵剑山庄的剑士。莫寒一见局势混乱了，变得有点慌乱。几名弟子在这样的情况下惨遭剑士的杀害，看着眼前混乱的局面，莫寒不知道如何平息，他在头脑里想着如何能解除危机。

"住手，住手，你们都给我住手。"扯起嗓门，莫寒大声地喊道。

所有的剑士在他的大声咆哮下停止了厮杀，他们的脸上布满着疑惑的表情，莫寒的那一声大叫，震荡着他们的心。

"你们的目的不就是为了得到剑谱吗？那好，我告诉你们，剑谱在洛族长的身上，你们想要剑谱，去灵空山庄，别在这儿做徒劳功。"撒谎的莫寒，连脸色都不曾改变，说的就像是真的一样。那些剑士在他的说动下，渐渐地散开了，莫寒这才躲避了这次的纷争。同时，洛辰阳采用了同样的办法，制止了这场纷争。

第五十一章　局面混乱

第五十二章　报仇雪恨

　　局势稍微有所好转，隔天，洛辰阳来到了灵剑山庄，两人在书房内闲言细语着。所为之事不过就是剑谱。他们现在看上去摆脱了纷争，然而危险依然还存在，一旦剑士看穿了他们的诡计，还是会大举进犯的，到那个时候，是怎么也无法脱身的。趁着剑士们还没有觉醒，他们得商量一个有效的办法，不然会再次陷入两难之地。

　　"莫族长，昨天算是挺了过去，万一剑士再次进犯，我们就只有穷途末路了。"洛辰阳忧心道。

　　这个问题也是莫寒担心的，可以说剑士再次进犯对他的威胁是最大的，因为剑谱在他的手上，若是没有隐藏好，剑谱很有可能被他们夺了去。"是啊！我们得想个应对之策。"

　　提到计策，两人沉默了，怎样才能消除困境，是一件非常困难的事。冥思苦想着，莫寒好像想到了一个办法，只见他粲然一笑，说道："有了，我们可以这样做。"

　　困顿的洛辰阳紧盯着他："你想到什么了？"

　　将头凑近洛辰阳的耳旁，莫寒细语着："我们可以这样……"

　　"不错，不错，没有比这个办法更好的了。"洛辰阳称赞道。

　　黄昏时分，到处尽是苍凉的景色，寒冬时节，呼啸的寒风吹刮着光秃秃的枝干，不时地发出刺耳的声音。落叶铺满了整个大地，给大地裹上了厚厚的金装。遥望天边，五彩斑斓的霞光散发着耀眼的光芒，不同形状的云层缓缓飘移着。此时的天空，凝结着寒冷的气息。

　　落叶满地，寒风瑟瑟，几丝寒意几分愁。

　　枯枝，残叶，夕阳渐西下。

　　环顾东望，好一处苍凉晚景，离伤尽哀怨。一念执着，伴随日尽西头去。满怀守望，何时才得明月心。

　　山头之处，凌风目视着前方，他的心情就像夕阳西下一样的悲凉。曾经的执着，在大仇得报后才能放下。

　　"莫寒、洛辰阳，我们之间的仇怨是时候了结了。爹，我会把《灵空剑谱》夺回来的。"望着天边渐渐沉下去的夕阳，凌风发出了感慨。尽管还不知道剑谱在谁的手上，然而凌风已经想好了办法，只要逼他们现身剑都，他就有机会夺回剑谱。

直到最后一抹残阳消失在天边，凌风迈起脚，走下了山。

夜色渐渐地降临，灵剑山庄的剑阁处，几名弟子严密地看守着。剑阁除了一些武学书籍之外，并没有其他贵重的东西。然而有的人误以为这里收藏着绝学，偷偷地潜进了灵剑山庄。

屋顶之上，一名身穿黑衣的剑士弓着身子俯视着剑阁下面的动静。看守剑阁的剑士一动不动地站立着，不敢有所马虎。

明月高高地悬挂在夜空，蒙面人从身上掏出了五枚火药，顺势往剑阁下面一扔，剑阁升起了一层层的白云。那些看守剑阁的弟子，全部被白烟笼罩了。此时，蒙面人从屋顶上飞跃下来，趁着白烟滚滚潜进了剑阁。

"来人！来人！有人闯剑阁了。"其中有剑士大喊道。

在那弟子的呼喊之下，几十名弟子从不同的地方赶到了剑阁，他们把剑阁给团团围住了，不留一丝缝隙。

闯进剑阁的蒙面人，在书架上四处翻找着。"嗒"的一声，一本书掉落在地上。蒙面人弯身将其拾起，当他看见那本书的书名后，两眼放光，内心的喜悦掩盖不住。他眉飞色舞道："找到了，这就是《灵空剑谱》，它现在是我的了。"

这个蒙面人是奔着《灵空剑谱》而来的，莫寒怎么会把剑谱放在剑阁？剑谱对他来说是那么的重要，他随身携带才是。拿起剑谱，蒙面人跑到了门边，他看见了门外的那些弟子。整个剑阁里三层外三层，层层包围，在这样的情况下，要想突出重围，就要看蒙面人的能耐了。

剑阁外，地面上满是灵剑山庄的弟子，不止地面，就连屋顶上都有人把守。他们凝神注意着里面的动静，生怕蒙面人逃走了。

"吱呀"，剑阁上的门被蒙面人用元力捣毁了，他从容地从里面走了出来。

"你们给我让开，我不想杀人。"被困的蒙面人，不但不恐慌，反而还这般平静，看来他是有备而来的，若不是拥有强大的功力，他也不敢夜闯灵剑山庄。

一名弟子号令着："所有人听着，给我捉住他。"

一声号令之后，几十名弟子冲了上来。处变不惊的蒙面人冷笑了一下，继而运动元力，庞大的元力朝那些涌上来的弟子飞去。单从蒙面人这一招来看，他该是剑圣，在整个剑都，成为剑圣的也就那么几个人，这名剑圣突然出现在灵剑山庄，又抢走了《灵空剑谱》，他的身份尚不明确。

元力打在了那些人的身上，"嘀嗒"他们手上的剑掉落在地上，很多人倒在了地上。不想与之纠缠的蒙面人以飞快的速度奔跑着，虽然有不少的弟子抵挡着他的去路，但他还是轻易地避开了，把那些弟子打伤在地，蒙面人"咻"的一声，跃上屋顶，向远处逃窜着。

守在屋顶上的弟子追逐着，却不料被蒙面人一掌打落下屋顶，最后蒙面人得意地逃走了。

在得知这件事后，莫寒匆忙地来到了剑阁，他凝重地看着受伤的弟子，心

里慌作了一团，嘴上说道："糟了，剑谱被盗了。"

所有的弟子跪在地上，说道："弟子守护不力，致使剑谱丢失，请族长惩罚。"

灰心丧气的莫寒，叹息道："你们起来吧！所有的祸端都是因《灵空剑谱》而起的，这下好了，剑谱被盗，灵剑山庄就不必遭到剑都剑士的威逼了。"背过身，莫寒一脸失落地走了。

剑谱被盗之后，莫寒回到了房间，从他的脸色来看，倒好像一点都不担心。剑谱是他成为剑神的关键。现在剑谱被盗，他却还这么地从容，难道他又像当年的凌啸天一样，在剑阁里放了一本假的剑谱？

忽而，一道人影直接从他的房间外面走了进来，出奇的是，那人竟是洛辰阳。"莫族长如此气定神闲，看来剑谱被盗是件好事呀。"

回过头来，莫寒由衷地称赞道："还是你的办法好，这样一来，天下剑士理所当然地认为剑谱在蒙面人的手上。"

刚才所发生的一切，是一个局，是莫寒和洛辰阳为了摆脱天下剑士纠缠布下的一个局。那日他们秘密商量的就是这出计策。由洛辰阳假扮蒙面人，闯入剑阁，盗取剑谱，莫寒则散布剑谱被盗的消息。两人一唱一和，演的可谓是天衣无缝。

洛辰阳从身上拿出《灵空剑谱》，交还给了莫寒。"剑谱还给你，你可要好好研究，破解成神之法就交给你了。"

憨憨一笑，莫寒说道："这鬼剑谱，引起了多少的纷争，我真想毁了它。"

"咻"的一声，当两人还沉浸在摆脱剑士困扰之中时，一枚飞镖由窗外飞了进来。身手敏捷的洛辰阳一手抓住了飞镖。飞镖上插着一张纸，洛辰阳将其取下，审读着：洛辰阳、莫寒，你们想联手杀了我，我给你们一个机会，明晚望月亭一战。凌风呈上。

窗外的凌风，在发出飞镖之后悄然走了。他本可以直接闯进房间，为父母报仇。他没有那么做，事先通知他们，也是想让他们在惊恐中度过一夜。

"凌风公然向我们发出了挑战，难道他有把握战胜我们吗？"莫寒质疑道。

拿着那一纸战书，洛辰阳感到担忧。凌风敢于会战他们，说明他具备了胆魄和能力。"别担心，他竟然挑战我们，我们也想杀掉他，既然如此，我们何不借此契机除掉他？"洛辰阳内心充满了想法，他想杀掉凌风，不仅仅会依靠自己和莫寒的能力，可能还会借助外来的力量。

理解洛辰阳这番话的莫寒，笑道："对啊！我们可以那样做，凌风公然向我们发起挑战，那简直是找死。"

烈日高照，一座小亭安静地伫立在空旷的平地上。望月亭由八根木柱鼎立，每根木柱被涂成了棕色，格外的美观。至于屋顶，圆形的穹顶加上美观的棕色琉璃瓦形成一体。屋顶的四角有四条波浪一样的长条，上面雕饰着各式各样的花纹。

亭子里面，一张圆形的石桌，周围有四五张方形的石凳。尽管阳光十分灿烂，冬日的小亭，还是泛着层层寒气。小亭中间，凌风直直地站在那儿，等待着莫寒和洛辰阳。这一天，他等得实在是太久了，为了报仇，他失去了很多，他努力了很久，今天，只要他能击败莫寒和洛辰阳，他就能为父母报仇，为身边死去的亲人报仇。

远处，莫寒和洛辰阳从容镇定地走来，他们望着亭中的凌风，眼神中充满了杀意。同样，凌风是他们猎杀的目标，只要将凌风杀掉，他们才有可能独霸剑都。

距离越来越近，莫寒和洛辰阳来到了望月亭。"怎么，你来得这么早，是不是想急着杀了我们啊？"莫寒说道。

严肃的凌风脸色苍然一片，对于莫寒不痛不痒的言词，凌风倒是丝毫没有放在心上。"你们还是把《灵空剑谱》交出来吧！今天你们是逃不了的。"

"你好大的口气，虽说郭超把全部的功力传授给了你，但我和洛族长也不是浪得虚名的，要想杀了我们，绝不是那么轻易的。"莫寒说道。

突然，凌风的眉毛皱了起来，他好像是发觉了什么。一阵阵的脚步声由远及近地传来。凌风这才明白了过来，他嘲笑道："你们还真是让我失望，为了杀我，竟不知羞耻地派出弟子。"

"只要能杀了你，一切的办法都是好办法。"洛辰阳说道。

稍一会儿，四五十名弟子将望月亭给围住了。"族长，灵剑山庄的弟子已将望月亭围住，请族长下令。"

莫寒举起右手，下令道："好，动手。"

立马，几十名弟子冲进了望月亭，莫寒和洛辰阳将身退了出来。亭中的凌风现出了赤天剑。

"御剑式！"

他高喊一声，手中的剑脱离了右手。御剑式是凌啸天最常用的招式，它可以主动攻击敌人，利于持剑者腾手击战更多的敌人。御剑式分为很多种，有御剑飞行，有御剑追踪，等等。

自动攻击的赤天剑在凌风的控制下，会以多种剑招击杀敌人？其中有万剑归宗、千刀斩、百步穿杨。

在赤天剑发出攻击的同时，凌风还动用了禁气式、定心式。剑招剑式相互出击，那些弟子根本都招架不了。有的受伤倒地，有的被刺杀身亡。

站在亭外的莫寒和洛辰阳，看着弟子一个个地倒地不起，由衷地折服。"真没想到，他的功力如此之深，连御剑式都能够驾驭。"洛辰阳感慨道。

强化的功力，只能具备剑招剑式的基本要领，可要想完全把传输的功力转化成自己的，那就要付出努力。御剑式是一套相当难以驾驭的剑法，要习得此剑法，除了忍受练功时带来的疼痛，还得费神研究其中的剑法口诀。显然，凌

风已经成功了，不然他也很难将御剑式发挥得如此完美，洛辰阳也不会被他折服。

激烈的斗争还在继续，那些弟子的攻击力明显降低了很多，一些弟子拿着剑不敢向前，前进一步便意味着死亡。

所有的弟子被凌风击得溃不成军，散作一团，大多数的弟子被凌风封住了元力。"这里没你们的事，你们都回去吧！"莫寒说道。

陆陆续续地，灵剑山庄的弟子离开了。接下来便是莫寒和洛辰阳与凌风对战了，莫寒怕弟子看见他们惨败，所以把弟子们支开了。

凌风仇视着莫寒和洛辰阳，空中的剑已被他召了回来。"你们的计划破灭了，怎么样，出乎你们的意料吧？"

几十名弟子都不能杀掉凌风，这确实是出乎了他们的意外。万不得已，他们召出了剑，准备亲手杀掉凌风。

一剑在手，洛辰阳威严道："让我们取了你的性命。"

他们两人相视了一眼，转而飞奔而去，两把剑紧密地靠着。攻势拉开，凌风先是将身一低，两把剑划过他的身体。凌风身上泛起层层白光，那是化体，若不是有化体，在那一剑刺来之后，必定会因元力扩散而使身体受到伤害。冲过去的莫寒及洛辰阳，平稳地站立着，他们三人呈背对之势。

转过身，凌风以若隐若现的形态向他们进发，这一招看上去是一道新招式。

"乱剑飞舞！"莫寒惊叹道。

乱剑飞舞源于乱剑法，乃乱剑法的至高剑法。就是金武在有生之年也没有参悟透此剑法，莫寒能看透凌风使的是乱剑飞舞，即说明他充分了解了所有剑法。

狂奔而来的凌风嘴角微微一笑，他在不同的时间现身，让莫寒他们无法知晓凌风下一次出现的时间。

慌乱的莫寒和洛辰阳紧盯着凌风，凌风瞬间消失后，又以极快的速度出现在莫寒他们的身后，剑的冷光，无声息地出击。凭借着有几十年功力的他们，虽不能破了凌风这一招，但还是能感受得到凌风的存在的。

在凌风刺出那一剑之后，莫寒他们身体猛地跃起，腾入上空。很快，凌风又消失了，他们还来不及进行反击，凌风就消失得无影无踪，这让他们有些恼火。

身体飘然落地，他们背对着背，紧紧地贴在了一起，也只有这样，他们才能消除凌风突然的攻击。若隐若现的凌风，时而出剑击打着莫寒，时而出剑击打着落辰阳。不管怎么样，乱剑飞舞这套剑法对他们已经没有用了。精明的他们在密切的配合下，化解了凌风使出的剑招。

反复几次，凌风见这一招没有作用，他马上又变换了另一种剑招。只见他的双脚不停在地上蹬着，双手紧握着剑，呈十字形地挥舞着。

无数道剑影飞了出去，紧靠着的莫寒、洛辰阳，连忙分开了身体。一道道剑气飞来，机敏的他们扬起手中的剑，一剑将其击毁。

无数道剑气在他们的击打下化为了云烟，不甘一直处于化招的他们，将剑隐化，从体内迫出了剑元。莫寒体内的剑元有金元、火元、木元；洛辰阳体内有火元、木元、水元。两人体中的剑元加起来就是六道剑元了，同时，凌风也迫出了体中的剑元，虽说他的剑元有四道，然而四道剑元要克服六道剑元是有一定的困难的。

双手环绕，赤天剑在两掌之间转动，运功将剑打出。赤天剑化成了四把，穿行于四道剑元，四道剑元立马分化成了八道。

"化元之术！"又是一阵惊呼，所谓的化元之术就是把一道剑元化成两道，被化出来的剑元的威力远不及一道完整的剑元。这也是迫于在剑元及不上对手才出的下策，化元之术须得元力雄厚的剑士才能炼造得出。就连莫寒和洛辰阳这样一等一的剑士，也未曾炼造出来，足见凌风体内的元力是多么的雄厚。

正当莫寒他们吃惊时，凌风意念一动，八道剑元飞了出去。莫寒他们反应过来，就算是剑元之数没有凌风多，他们也敢于一搏，手指一动，六道剑元在他们的催动下，飞了出去。

剑元在相互缠绕，凌风也没停歇，他快步一起，掌心凝聚着元力，身体以极快的速度移动着。莫寒他们纷纷出手击碎了凌风那一掌，此招比的是斗气，谁之气薄弱，谁就有可能落得惨败。

十四道剑元缠绕，在强力的压迫之下，六道剑元飞回了莫寒及洛辰阳的身体里，这就表示着他们的剑元受到了伤害。剑元受损，直接会影响到整个人的身体。且见他们两人的身体一震，气血供应不足，手掌上的元力得不到及时补充，自然气道上已经输了几分。

看破这一点的凌风，冷笑了一声，然后又是一阵强势的攻击。莫寒他们抵挡不住，最终收回了手掌，在他们收起手掌的同时，凌风将身体内所有的元力激发了出来，并打在了他们的身上。

受此一击的他们，加上自身受内伤，双重打压，使得他们的身体猛然后退。若不是他们有化体护身，恐怕此刻已经倒地不起了。

空中的剑元回位了，一个快跑，疾如风的凌风凭空现出了剑，将剑架在了莫寒的脖子上，又在他的身上搜找着什么，无果，逼问道："剑谱在哪里？"

"你不知道吗？昨晚蒙面人盗走了剑谱，你要找剑谱，可以去找蒙面人啊！"

"别以为我不知道那是你们设的局，我知道剑谱就在你的手上，你若不交出剑谱，休怪我剑不留情。"凌风一压剑，威胁着莫寒。

傲慢的莫寒说道："你杀了我吧！我杀了你的父母，杀了金武，还杀了你的哥哥，这个时候你该为他们报仇才是，还啰唆什么？"

凌风多想一剑杀了他，但他不能，剑谱还在他的手上，不把剑谱拿回来，他是不会杀了他们的。收起剑，凌风隐身不见，空中却发出这么一道声音。"我暂时不杀你们，等我拿到剑谱，就是你们的死期。"

第五十三章　重归山庄

惨败而归的莫寒和洛辰阳回到了灵剑山庄,灵剑山庄正堂里,莫寒和洛辰阳分别坐在一边。莫寒为自己没有携带《灵空剑谱》而未被杀沾沾自喜,之后却为下一步打算想计策,洛辰阳为凌风他日再次寻仇而忧心不已。就算是两人联手也打不过凌风,这让他们有点恼火。

"啪"的一声,莫寒拍打着身前的桌子,愤慨道:"真是可气,以我们数十年的功力,竟然败在了一个乳臭未干的臭小子的手上。"

他的话说到了洛辰阳的痛处,就这样败在了凌风的手上,身为一族之长的他多少有点不甘心。他表情凝重,目光黯然道:"都已经过去,现在我们该考虑如何躲过这一劫。"

夺回剑谱是凌风的目标,凌风也说过剑谱夺回之时,就是他们的死期。这句话并不是吓唬他们的,他们的身上有着凌风的血海深仇,凌风会说这样的话也在情理之中。

经此一说,两人低下了头,他们在害怕,在担心,在思考。思考怎么样才能远离凌风的视线,不被其所杀。

猛地,莫寒将头抬了起来,身上的忧虑全然不见,像是想到了办法。他开口道:"我们就算有剑谱也会遭到剑士以及凌风的干扰,何不偷偷藏起来修炼,等到练成剑神,再重出剑都?到时,剑都就是我们的天下了。"

他的想法立马得到洛辰阳的赞同,他竖起大拇指,称赞道:"高,我怎么没想到呢?找一个没有人的地方隐匿起来,这样一来,不用活在恐惧之中,还能专心修炼。"

"那好,你回去好好收拾收拾,今晚我们就舍下山庄,隐退剑都。"

洛辰阳奋然一起,说道:"我先回山庄收拾一下,今晚子时,我们风林见。"

一转眼,凌风离开小竹屋半个多月了,这半个月中,金紫衣每日盼望着凌风归来。身在这片竹林,她没有任何凌风的消息,每日担忧着凌风的安危。

竹屋之下,金紫衣呆呆站在竹门外,双眼遥望着那条归路,眼神中既是期待,又是惶恐。

"嗒嗒"郭若兰从竹屋里面走了出来,轻盈的脚步踩在竹板上发出清脆的声音。

走近金紫衣，郭若兰右手搭在金紫衣的肩上，说道："紫衣，又在想你的凌风哥了？"

金紫衣轻轻地将头别了过来，一脸担忧地看着郭若兰，沉重道："你说凌风哥怎么还没回来，是不是出什么事了？"

"你呀你，就别瞎想了，凌大哥有我爷爷传授的功力，在剑都少有对手，你就别瞎想了。今天天气格外晴朗，应该开心才对，我要去采草药了，你要不要和我一起去？"

金紫衣颔首点头以作回应，郭若兰从旁拿过药筐，两人走出了小竹屋。

繁星点点，寒风凛冽地吹着，月光洒在树林里。莫寒和洛辰阳按照事先的约定来到了风林，树林里，他们轻声细语着。"都准备好了吗？"莫寒问道。

洛辰阳拍了拍肩上背着的行囊，回道："我都准备好了，你呢？《灵空剑谱》带上了没有？"

剑谱一现，在月光的映照下显得分外耀眼。"剑谱我带上了，我们走吧！"

两人嘀咕了几句，然后齐步向前走着。他们这一走，谁也不会知道他们的下落，剑谱也会因此在剑都消失。

"呼"猛烈的风使得树梢发出鬼哭狼嚎般的声音，向前走的洛辰阳忽然停住了脚步，他四处看了一眼，说道："等等，有动静！"

半响，树林里没有任何声响，轻浮的莫寒见他这般紧张，笑道："哪有动静？我看你太紧张了，放心吧！不会有人知道这件事的。"

细细观察，周围没有一点动静，在莫寒的说动下，洛辰阳的神经松弛了下来，说道："看来是我太紧张了，我们走吧！"

两人还没走出几步，空中飘出了一道声音："莫族长、洛族长，这是要去哪儿啊？"

一道身影由树上飘了下来，凌风站在他们的面前，挡住了他们的去路。

"你怎么知道我们的行踪？"莫寒问道。

回念一想，早在莫寒和洛辰阳在商量着如何逃避的时候，凌风就藏在屋顶上，把他们的谈话听得是一清二楚。因此，才有了现在的守株待兔。

知道实情的洛辰阳，漫骂道："卑鄙，真是卑鄙，我怎么就没防备呢？"为此，洛辰阳后悔不已。

"论卑鄙，我比不上你们，把剑谱拿出来吧！你们是逃不了的。"

既然被发现了，他们又怎么会心甘情愿地交出剑谱？双剑一出，准备顽抗到底。凌风冷笑了一声："看来我不把你们的功力废掉，你们是不会交出剑谱的。"

树林里，激烈的打斗声传出，三人对战。为了废除他们的功力，这次凌风下了狠招。要把剑圣级的剑士功力废除可不是一件简单的事，比拼的剑式剑招层出不穷，高深莫测的元力、九阳之气一次次地打在了莫寒和洛辰阳的身上。

第五十三章 重归山庄

　　剑气与剑气之间的相互碰撞，至高境界的灵空剑法、灵剑剑法使了出来。要废除他们的功力，必须要毁掉他们的化体。为了做到这一点，凌风费了很大的力气，好在自己的功力比他们强大。

　　他们不断抵御、攻击，在磅礴的气势之下，凌风也受到了一丝丝伤害，所幸这些伤害只是表面上的，没有伤及要害之处。以一人之力抗战两名剑圣，压力是有的。

　　就是在这样不断碰撞、不断攻击之下，三人斗得是如火如荼，这是一场激烈的斗争，失败者将会面临功力尽失甚至死亡的险境。

　　"嘭嘭"那是化体被毁的声音，三人分立在两边。凌风迫出的剑元最终回到了身体里。然而莫寒和洛辰阳的剑元已经被毁灭了，剑元毁灭，宣告着化体被破。化体被破，也就是功力尽废。为了做到这一点，凌风动用了全部的力量。

　　一边的莫寒和洛辰阳嘴角上流着鲜血，体中的元力不停地往外跑，就好像是被释放出的幽灵一般，顷刻间一散而光。元力会跑出来，意味着他们的丹田被破了。丹田是储存元力的，丹田已破，元力得不到存储，自然而然地会离开他们的身体。没有剑元，没有元力，他们手中的剑"嘭"的一声断裂了，一袭白光散出，所炼出的剑也被毁灭了。

　　再看凌风，他平稳地站在那儿，身上有多处剑伤，但都不能置他于死地。他的脸上因外来元力覆于身，呈现着异常的脸色。这一战下来，凌风虽受伤，与之相比，莫寒他们败得一塌糊涂。

　　一掌过去，掌风打在莫寒的身上，莫寒身上的剑谱被激了出来。凌风紧握右手，用力一吸，剑谱朝他身边飞来。尽管功力尽失，莫寒还是飞奔着喊道："剑谱，剑谱，把剑谱还我。"

　　接过剑谱，凌风朝他们走去，刚才还追逐剑谱的莫寒，脚步停了下来。他害怕地倒退着，没有功力的他们，等待的会是死亡吗？凌风走到了他们的身边，说道："你们的手上有那么多的血债，我多想杀了你们，为他们报仇，现在你们的功力被我废了，也难有作为。你们落得现在这样的下场，我也算是报仇了。我凌风不是一个只活在仇恨中的人，也没有你们那样心肠歹毒，你们走吧！"

　　"你还真'善良'！你不杀我们，是想让我们活在痛苦之中，我不会让你如愿以偿的。"说罢，洛辰阳朝着一棵树撞去。

　　右手一挥，凌风动用元力制止了他。"我不会让你们就这样死的，我要让你们活在自责、后悔、悲伤当中，你们犯下的错不是用一条命就能抵消的。"

　　邪恶的莫寒，说道："你不杀了我们，迟早有一天你会后悔的。"这时的他多想一死，只有死了，他才不会痛苦。作为一个剑士，没有了功力，是相当痛苦的。剑都是剑士的天下，现在的他们明显与剑都格格不入，十多年妄想着成为剑都至尊的他们，那个梦在功力散尽之后不复存在了。

　　最终，凌风还是没有将他们杀死，把他们杀了，不正是成全了他们吗？凌风要他们活在悔过当中，让他们在岁月中偿还血债。

"你们再不走，万一我后悔了，你们都走不了了！"凌风说道。

莫寒与洛辰阳一道转过了身，消失在凌风的面前。待他们离去后，凌风拿起《灵空剑谱》，他一页页地翻阅着。里面记载的剑式剑招他都学过，剑谱对他来说根本就没有价值可言。

把整本剑谱翻遍，凌风说道："这剑谱根本就没有记载剑神的修炼之法，他们为了所谓的成神梦，残害了多少无辜！"

收起剑谱，凌风抬起头望向夜空，他的眼睛里好像在看着什么里"爹，娘，哥哥，我没有把他们杀了，是想让他们在忏悔中度过。我坚信人性本善，当他们认识到自己的错误后，他们一定会懊悔的。"

从他的言语中，可以看出他不是一个为了复仇而性情大变的人。他没有杀了他们，他除了有着一颗仁慈之心之外，还期盼着他们能够觉醒。这一切都是因剑谱而起，现在他们没有功力，定然会有所感想的，一旦觉悟到自己的过错，必然会后悔、会自责，这些都是凌风想要的结果，此举，比杀了他们还要英明。

结束了十八年的恩怨，凌风收起了剑谱，复仇之后的他，内心得到了平静。他感慨道："回去了，是该回去的时候了。"

天亮了，洛辰阳回到了灵空山庄。坐在大堂的他，闭上了双眼，感受着昔日接受弟子朝夕跪拜之礼。张开双眼，一切在他脑海中消失，一朝成神的美梦随之破碎。想起十八年来，为了成神所做的一切，他不禁感慨道："这十八年来，为了当上族长，我竟然联合秦川、莫寒，杀害了我的师父。"

洛辰阳是名孤儿，要不是凌啸天收养，他早就喂野狼了。可恨的是，不思报恩的他，伙同莫寒、秦川残忍地杀害了有着再造之恩的凌啸天。

不知怎么地，洛辰阳想起了这些，难道功力尽失，让他找回了迷失的本性？"师父，我对不起你，是我鬼迷心窍，才害了你。"要论及真正杀害凌啸天的人，应该是莫寒，当年逼迫凌啸天服下千筋散的是他。洛辰阳所做的不过是盗取剑谱，配合秦川、莫寒引出凌啸天，这一切都是他的私心所致。

山庄外，凌风一步一步走着。这次他是带着收回山庄的心来的，时刻想着回到山庄的他，这一天终于到来了。

"族长，凌风闯进山庄了，要不要派弟子把他给抓住？"一弟子跑进大堂，对洛辰阳说道。

挥动着手臂，洛辰阳道："一切都已经结束了，你下去吧！"

"是，族长！"

那名弟子走出去后，洛辰阳站起了身，他环顾着大堂，眼神中尽是不舍。没有功力的他，没有能力统治灵空山庄，更没有脸面留在灵空山庄。

"结束了，都结束了，是时候离开了。"带着一丝的遗憾与不舍，洛辰阳转过了身，走出了大堂。

凌风走进灵空山庄，放眼过去，观察着里面的一景一物，一花一草。他想父母就是在这样的山庄里度过了一生。忽然，凌风的双眼锁定在龙虎台上。这让他不禁联想起父母当年遭人暗算，惨死龙虎台的一幕。合上双眼，凌风好像能真切地感受到当时发生的一切。感受着这些，凌风的心里一阵悲凉，他在恨，恨那些为了成神而杀害自己父母的人，他在悲哀，为那些最终落得功力尽失，也没能成神的人悲哀。

　　"凌风！"背后突然传来了一声叫。

　　被惊扰的凌风缓缓地睁开了眼睛，微步侧身，方见是洛辰阳，于是凌风说道："你还没有走啊？是想让你手下的这些弟子杀了我吗？"

　　认识到自己过错的洛辰阳，惭愧地略低垂着头："你跟我来吧！"

　　说罢，洛辰阳走上了龙虎台，感到莫名其妙的凌风也走上了龙虎台，他才不惧洛辰阳耍什么花招。站在龙虎台上，台下几百名灵空山庄的弟子站立着。当中有凌啸天手下的弟子，也有加入灵空山庄不久的弟子。

　　台上，凌风感到一阵莫名的紧张，大概是面对着那么多的弟子，他心中有压力吧！此时此刻，他试着让自己平静下来，他不知道接下来会发生什么，也不知道洛辰阳会做什么。一夜而已，他能感受到洛辰阳转变了很多。

　　众多的弟子齐刷刷地看着洛辰阳，他们也许在猜测，也许在疑问。当然，洛辰阳功力尽失只要是一名初级剑士都能看出来的。就算洛辰阳不离开山庄，日后也会遭到他人的逼迫，让出权位。

　　洛辰阳举起了右手，喧嚷的弟子停止了议论声。他说道："灵空山庄的众弟子们，我宣布，即日起灵空山庄族长之位由凌风继承。"

　　这个宣布一说开，台下的弟子议论开来，有人说："他不是族长一心要除掉的人吗？族长怎么会让他继承？"还有人说："他这年龄，能做好族长吗？"

　　"大家都静一静。"洛辰阳喊道。

　　待所有人平静了下来，洛辰阳说道："他是前任族长之子，当年我承蒙各位抬爱当上了族长，今天族长的后世在此，族长之位理应还给他，今后他就是你们的族长了，你们要听从凌族长的号召。"

　　"哗"的一声，所有的弟子半跪在地上，口上喊道："弟子参见新任族长。"

　　当年洛辰阳能够当上族长，除了耍一些手段外，在所有的弟子中还是有声望的，不然他们也不会推选洛辰阳为灵空族长，这些和他的伪装脱离不了关系。

　　站在台上的凌风突然被惊住了，承受着那么多人的跪拜，是他从来没想过的事，自然心里有些忐忑不安。

　　轻轻地拍了拍凌风的肩膀，洛辰阳说道："这里就交给你了，我先走了。"一移步，洛辰阳走下了龙虎台，一步一步地走远了。

　　灵天城内，训练台处，秦川站在那儿环顾着。莫寒、洛辰阳功力被凌风废除的事情到底还是被他知道了。在自己功力废除没几天，他们的功力也相继被废除了，这让他不免生起感叹："多少年了，我们统领剑都多少年了，最后被一个年轻后生推翻了统治地位。"

想到这些，秦川大笑了起来，他在嘲笑自己，嘲笑十几年来所做的一切付诸东流。叹了口气，秦川怅然若失道："看来该是退出的时候了，一个毫无功力的人，凭什么资格游行于剑都？"纵使灵天城的弟子极力拥护他，然而自己什么都没有，拿什么捍卫灵天城的安危？对于他来说，留在灵天城只会让他很歉疚，让他遗憾。

一名弟子急匆匆地跑上了训练台，自莫寒和洛辰阳的功力被废除以后，秦川就派人打探灵空山庄以及灵剑山庄的动静。

弟子向他汇报道："族长，灵空山庄的洛族长已经把族位传给了凌风，灵剑山庄的莫族长尚没什么动静。"

"我知道了，你去把庄上所有的弟子都聚集起来吧！我有事要向大家宣布。"听到洛辰阳把族位传给了凌风的那一刹那，秦川先是感到一惊，而后又觉得在常理之中。灵空山庄是洛辰阳阴谋所得，现在把山庄还给凌啸天的后人，也算是物归原主了。

少时，所有的弟子聚集在训练台下，众弟子疑惑地看着秦川。台中间的秦川先是顿了顿，继而说道："灵天城的弟子们，今天我把你们聚集起来，是有一件很重要的事要宣布。"

台下的弟子越发地困惑，他们猜不出秦川将要宣布的是什么。一个个的眼神凝聚在秦川的身上。"即日起我将不是你们的族长了，至于族长之位，当由德高望重的人继承，你们想推选谁为族长，我不涉及。"

这个消息一宣布，台下的弟子骚动了，有弟子呼道："族长，你不能退位，我们灵天城所有的弟子只听从你的号召。"

"是啊！是啊！"不少的弟子随声附和道。

"我秦川何德何能让你们这等器重，我也想留下来，怎奈我功力尽失，无法统治灵天城，我意已决，大家都散了吧！"说罢，秦川走下了训练台。

弟子高喊道："族长不要走，族长不要走。"

任凭他们再怎么呼喊，秦川始终没有回头，因为他怕一回头，舍不得山庄，舍不得一手栽培的弟子，从而控制不了自己的情绪。

就这样一步一步地，秦川远去了，训练台下的弟子们眼望着秦川离去，心中有不舍，灵天城没有了秦川，谁还能统领山庄？没有族长，他们就成了一盘散沙。所有的人必当沦为散兵游勇之辈。

第五十三章　重归山庄

第五十四章　摧毁剑谱

众多的弟子在训练台上练习着，指导他们的倒不是山庄的族长。离训练台不远之处，苏慕紧紧地看着他们练习。这里是灵虚山庄，一向不参与争夺剑谱而存在的一个族派。也许只有在这里才能看到人性的纯净，山庄上的弟子们相处得十分和谐。一直以来，苏慕遵从着金武的意念，把灵虚山庄打造成一个宁静、祥和的族派。

训练台上，其弟子浑身透着一股正气，所习之法不急不躁，望着台上操练的弟子，苏慕满意地点了点头："要是剑都的剑士都能和睦相处，不与争斗，那该有多好啊！"他感叹道。

一名弟子由苏慕的背后缓缓地走来，待至苏慕身边，弟子恭敬地微弓着身体，道："族长，按照您的吩咐，弟子已打探清楚这段时间所发生的一切。"对于各大族派发生的大小事情，苏慕都会派弟子去打探，作为山庄族长，时刻都要防备着。剑都各大门派都有吞并四大族派的念头，源于四大族派有秦川、莫寒、洛辰阳、苏慕统领，他们才不敢妄动，纵然如此，这些都是要防备的。

"说说有什么重大的事情发生。"

"灵空山庄近来发生巨变，洛族长把族位传给了凌风凌族长，灵天山庄秦族长现已不知行踪。"弟子回道。

得知此事后，苏慕皱起了眉头，秦川离开了山庄，又没有选出继承族位之人，若是有门派侵扰，灵天城很有可能覆灭。

慌乱的他，着急道："不行，这样下去可不行，灵天城是会被毁掉的。"焦急的他，匆忙地走开了。

灵剑山庄，所有的弟子站在大堂，他们四处张望着，讨论着，指指点点的，好像在选什么。

"身为一族之长，肩负着保护山庄的使命，使之不受他人的侵扰。级别必须达到剑仙，我没有保护山庄的能力，决心退位，在你们当中将有人继承我的族位，你们可得好好考虑，好好推选。"坐在堂上的莫寒说道。

"族长，我推选刘师兄继承族位，刘师兄才智双全，是不二人选。"

最中间站立的名为刘子阳，是灵剑山庄中颇有声望的一名弟子。论在灵剑山庄的时间远没有庄中的大弟子长。其为人忠诚，待人友善。在剑术方面造诣也高，级别为剑仙，如果他继承灵剑山庄族长之位的话，灵剑山庄定会变得和谐。

"刘师兄，刘师兄……"众多弟子高呼着。

随着呼声越来越高，莫寒最终宣布道："既然大家都一致推选刘子阳为灵剑族长，我宣布，即日起，刘子阳就是灵剑山庄的族长，庄中大小事务由他处理。"

宣布了这个决定后，所有的弟子离开了大堂。莫寒望着堂内所有的摆设，脸上一副难舍之情。处理了这件事后，意味着他将离开山庄。此时，他的心情和洛辰阳还有秦川一样的沉重。统管了数十年的山庄，就这样地走了，他的心情必然是沉重的。

"走了，没什么好眷恋的，这一切都是空的。"转过身，莫寒走出了大堂，离开了他统治数十年的山庄。

剑都的某个门派，十几号人聚集在一起。站在他们最上方的便是该门派的门主，他满脸胡渣，斗大的眼睛放射出可怕的眼神。级别不过剑仙，凭着身家阔绰，成立了这么一个门派，他成立这个门派不为别的，就是想吃掉一些弱小的门派，在剑都占得一席之地，也有着独霸剑都的念头。

秦川弃灵天城而走，现在的灵天城群龙无首，这对他来说是一个很好的机会。若是能吞并灵天城，那他的势力就壮大了不少。

围绕他身边的这十几号人，个个功力不凡，级别在剑尊与剑宗之间。每人都统管着几十号人，论人数不低于灵天城。唯一不足便是他们的功力远没有灵天城弟子的高。出于这个原因，这些年他们也不敢妄动。现在不同，秦川走了，灵天城的力量削弱了不少。靠着这些人，要巧取豪夺，还是有可能的。

"各位，灵天城如今是翘首以盼，等了十多年，终于等来了这个机会，能不能在剑都站稳脚跟，就看这一次了。都给我听好了，带上你们的人手，即刻出发拿下灵天城。"门主下令道。

门主会有抢夺灵天城的想法是因为灵天城现在很混乱，没有族长，就无人统治，一旦面对外敌，他们谁也不会听从别人的号令。

"族长，灵虚族长前来拜访。"灵空山庄内堂，一弟子向凌风汇报道。

刚成为族长的凌风，还不大适应，竟自吞吐道："快，快，快请。"

苏慕匆忙地走进内堂，焦急的他顾不得寒暄，直接说道："凌风，不好了，秦川离开了灵天城，现在灵天城群龙无首，很快就会有剑都上的门派攻上灵天城，灵天城落在别的门派的手上就不好了。"

四大族派是相互鼎立的，缺了哪个族派，修炼的环节就断了一节，少了一节就无法修炼，因为灵天城掌管的紫晶石是修炼的要诀，所以灵天城不能落入别人之手。

"我们得伸出援助之手，不能让灵天城落在别人的手上。"

这也是苏慕来找凌风的原因，单凭他一个人的力量是挽救不了灵天城的。

"我们现在就得去灵天城，我怕晚去一步，灵天城不保。"苏慕说道。

忧心的凌风迈开脚步，同苏慕奔赴灵天城去了。

灵天城内，山庄上的弟子围在了一起，他们已经获知了某门派来侵扰山庄之事。人群中，一名弟子说道："敌人很快就要进城了，我们得想个办法拦住他们，这样，你们听我的。"这名弟子乃灵天城剑术最高的一位，为人谦和，要不是在这样的情况下，他也不会主动出头。

他的话马上引来了另一些人的反对："你又不是族长，我们凭什么听你的？"

反对他的这些人，觊觎着族长之位，对于他的主张，他们当然不会认同。"是啊！你又不是族长，我们干嘛要听你的？"

"他们很快就要进城了，我们应该上下一心，把他们赶出去才是，至于族长之位，我们容后再选。"他说道。

"别以为我不知道，你想利用这一次机会，好好表现自己，为争得族位提高人气，我才不会听你的。"

正在这个时候，守城的几名弟子跑了过来，他们恐慌道："不好了，他们闯进山庄了。"

少时，几百号人大模大样地走了过来，门主冷笑着，道："你们还在讨论族位之事吧？真是不好意思，我打扰你们了。我来呢，是帮你们选出族长的。"

"收起你的虚情假意，你这个奸诈小人，趁火打劫，算什么英雄。"其中有弟子谩骂道。

门主右手紧握成拳头状，向外一击，那名弟子受了他一拳，倒在了地上，身体震动了几下，便死了。灵天城的弟子见状，心中燃起了怒火，有人说道："你敢杀害灵天城的人，上。"

在那名弟子的呼声下，所有的弟子涌向前方。门主挥了挥手，手下的门徒全部冲了上去，与灵天城的弟子战在了一块儿。

残暴的门主出手杀害着灵天城的弟子，功力低微的弟子哪会是他的对手？他一出击，至少七八人倒地不起。几名灵天城的高级剑士见状，纷纷与他对战，这才制止了更多弟子的伤亡。

无情的杀戮弥漫着整个山庄，刀光剑影，两方之士都有伤亡，相比还是灵天城的伤亡较多，再这样下去的话，灵天城必将会消亡。

双方殊死相斗，一道道人影倒在了地上，一声声呻吟传入了空中，连空气中都充斥着杀气。到处血迹斑斑，到处人影垂吊，衰败的景象不言而喻。如此混战之下，灵天城的弟子逐一地倒在了地上。

"住手！"正当双方激战的时候，一道猛烈的声音从他们的身后传了过来。那一声十分雄厚，很有震慑力。

所有的人停止了争斗，凌风和苏慕走了过来。门主用异样的眼神看着他们，心里念叨着：倒霉，他们怎么来了？他们一来，我的计划就破灭了。门主清楚自己的实力，以他的功力再加上所有门徒也不会是凌风和苏慕的对手。

眼看着凌风他们走了过来，门主佯装着笑容道："哟，凌族长和苏族长都来了，看来这里挺热闹的。"

凌风并没有理会门主的话，他走上训练台，对着周边所有的人说道："灵天城是四大族派的其中之一，虽然秦族长离开了灵天城，但我不允许灵天城就此消亡在剑都，今天我和苏族长赶来灵天城，一是阻止别人对灵天山庄有所企图，二是帮助灵天城选出族长。"一边说着，一边斜斜地看着门主。

被凌风冷光刺中的门主，自觉无趣，他垂头丧气道："我们走！"

一些门徒不甘心就这样回去，竟白痴地问道："门主，我们就这样回去了？"

"废话，我们不是他们的对手，在这里难道还要遭受他们的剑招吗？"门主带着手下的门徒灰溜溜地回去了。灵天城在凌风和苏慕及时赶到下，避免了毁灭，不然他们这些人都会被残害。

"哗"的一声响，所有的弟子跪在了地上，口中呼道："我等愿拥护凌族长为灵天山庄的族长。"

被眼前一幕惊吓住的凌风，摆动着双手，道："都起来，都起来，你们的心情我能理解，我身任灵空山庄族长之位，又不精通灵天剑法。"

渐而，所有的弟子站了起来，站在凌风身旁的苏慕，开口道："我和凌族长将裁定你们其中一人作为灵天城的族长，现在就你们功力的强弱，进行一场武斗，胜出者就有可能继承族位。"

为了选出灵天城的族长，凌风和苏慕商讨过，凌风提出以武斗的方式选出几名胜任者，再考察胜出者的品性及其他方面，最后做出决定，对于这个方法，苏慕很是赞同。

训练台上，竞选族长的弟子们走上训练台，接受挑战。凌风和苏慕站在一旁，观看着武斗，以作选定。

剑都之上，几十名剑士聚集在一起，客栈酒桌满座，人人脸上挂着得意的表情。"现在剑谱落在凌风的手上，我们不能让他成神，到那个时候我们的日子就难过了。"有一剑士说道。

这些剑士又是奔着剑谱来的，莫寒、秦川他们被凌风废掉了功力后，一定会采取报复，没有功力的他们，要想报仇，只有依靠剑都的剑士才有可能。能调动天下剑士的唯一办法就是把剑谱的下落告知他们，剑谱下落一经传播，为了抢夺剑谱的剑士必定会齐聚灵空山庄，届时，凌风就不好对付了。

"对，我们绝不能让这件事情发生，等到所有中级的剑士聚在一起，我们就出发去灵空山庄，以我们这么多的人，相信他不能把我们怎么样。"其余剑士附和道，他们这是要逼迫凌风拿出《灵空剑谱》，面对这么多剑士的威逼，凌风会做出什么样的反应？

银白色的光芒洒在地上，星光点点的夜空十分寂静，此时的灵空山庄没有一丁点的声响。灯火通明的书房内，倒有一道人影走动，瘦小的身影，手上捧着一本书，不停地走来走去，手指不断地翻阅着书。"哗哗"声倒是打破了寂静的夜。

书房内，凌风眉头微微地皱着，手上捧着的正是《灵空剑谱》，他想从剑谱中找到最后一级的修炼之法。但似乎是徒劳的。他收起盯着剑谱的眼睛，脚步停了下来，身体挺直，脸上满带失望之色。

"剑神的修炼之法到底在哪里？"困顿的凌风自问道。

他并不是想修炼成剑神，统领整个剑都。只不过白天发生的事让他想起了自己的目标，为了重整剑都，他在不断地摸索着。他认为要重整剑都，必须揭开剑谱的秘密。

回望几十年来，剑都剑士为了剑谱流下了鲜血，葬送了性命。凌风心中一阵叹息。在想着如何重整剑都的同时，他也在想着如何毁灭剑士的邪念。

"也许只有这样做才能破灭他们的希望，才能让剑都恢复平静，反正剑谱上又没有什么成神之法。"凌风说道。

的确，《灵空剑谱》尚缺最后一级修炼之法，是残缺了，还是当中另有玄机，谁也说不清楚。拿着剑谱，书房中的凌风，目光深远，他想着父亲以前就在这间书房里研究剑法。脑海里，父亲的形象是模糊的，自出生以来，父母就被人残害，念及这些，凌风闭上了双眼，一滴滴晶莹透亮的泪珠由眼角流了出来，顺着脸庞掉落在地上。

"爹，娘，我想你们了，你们在那儿还好吗？"情绪受到触动，以至于凌风发出的声音都那么的哀伤、凄凉。

柔和的阳光透过纱窗照进书房，案桌上的蜡烛燃尽了，只留下一块疤似的固体物，牢牢地粘在了烛台上。在书房里待了一晚上的凌风，伏在案桌上睡着了。

"咚咚咚"猛烈的敲门声发出激烈的响声，被惊醒的凌风，睁开了蒙胧的睡眼，精神萎靡地朝外面说道："进来。"

弟子推门而进，急匆匆地跑到凌风的身边，紧张道："族长，不好了，剑都各个门派的剑士闯进了山庄。"

一听，凌风赫然起身，刚才的倦怠感全然消失。

"他们这是要干什么？马上召集山庄所有的弟子，随我去看看。"困惑的凌风快步走出了房间。

各地纷纷而来的剑士全部聚在了龙虎台下，灵空山庄的弟子分站两地，手上拿着剑朝向他们，一副防备的样子。凌风出现在龙虎台上，他一现身，立马引来了剑士们的呼声："交出剑谱，交出剑谱……"

从他们的口中，凌风明白了这些剑士的来意，想当初自己为了逼出莫寒和洛辰阳，曾使用过这一招，想到现在轮到自己陷入了这种境况，不由得，凌风自嘲地笑了笑。

"你们就这么想要剑谱？"凌风反问了一声。

情绪高涨的剑士，威逼道："少废话，今天不交出剑谱，我们剑都就没有灵空山庄的存在。"

听着那剑士的话，凌风觉得甚是可笑。慢慢地，他从身上拿出了剑谱，泰然自若道："你们都想要剑谱，可剑谱只有一本，你们说我该把剑谱给谁呢？"

当凌风拿出剑谱后，所有的剑士望着自己身旁的人，欲要杀之。岂料，凌风将剑谱向上一抛，随即掌心朝向一击。

"咚"的一声，剑谱在凌风的重击之下化成了碎片，奇怪的是，化成碎片的剑谱竟散发出金色的光芒，这些光芒全部照射在凌风的身上，使凌风看上去金光闪闪。

碎片慢慢地飘落了下来，所有的剑士伸出手接着飘落而下的碎片。凌风看着他们的举动，笑了起来："真没想到，你们迷恋剑谱到了这种地步。"

剑谱被毁，成神的念想在瞬间破灭，这就是凌风破灭他们希望的办法，灵空剑谱对凌风而言已没有价值，只要能让剑都平静，对他来说，毁了剑谱未尝不是一件好事。那些剑士回过头怒视着凌风，眼睛里充满了杀气。

"杀啊！"随着一名剑士大喊一声，所有的剑士握起手中的剑，冲上龙虎台，做好防备的灵空弟子，准备迎战。

"嘭"的一声，附在凌风身上的金光散开了，所有的金光飞向那些剑士。耀眼的金光刺得那些剑士连眼睛都睁不开，手中的剑莫名地折断了。

一阵如猛浪般的金光冲击着他们，他们在金光的冲击之下，纷纷倒在了地上。台上的凌风愕然了，这些金光是自行散开，好像是在保护凌风。不解的凌风望着地上的剑士，说道："好了，剑谱已经被毁灭了，你们也别再打剑谱的主意了。"

倒在地上的剑士爬将了起来，剑谱被毁，他们的心中有莫大的失落感。一些剑士愤然道："凌族长，你还真是痛快，眼睛眨都不眨一下就这样把剑谱给毁了，你会后悔的，你一定会后悔的。"

"你错了，我不但不会后悔，反而很高兴，从此以后，你们再也不用为了剑谱而自相残杀，不用为了剑谱，围攻灵空山庄。将剑谱毁了有这么多的好处，我为什么要后悔？"凌风坦然言道。

没了剑谱，再待在这儿也无多大的意义，陆续地，所有的剑士离开了。看着他们离去的背影，凌风欣然地笑了。对他来说，从此以后灵空山庄恢复了平静，再也不用受剑士的压迫。如今剑谱被毁，想要成神，便再也没机会了，而凌风却是无怨无悔，一丝失落都没有。

第五十四章 摧毁剑谱

第五十五章　幻界求生

　　走下龙虎台，所有的剑士都消失在凌风的眼前，一名弟子见凌风脸色茫然，猜测着凌风为剑谱之事而烦忧。于是，关心地问了一句："族长，你没事吧？"

　　摆动着手臂，凌风平静道："我没事，都散了吧！"

　　回到房间后不久，一名弟子找到了他。这名弟子和灵空山庄其他的任何一名弟子都不同。从他的年龄、他的功力来看，可以看出他在灵空山庄很多年了，修长的胡须，发间伴有几根青丝。他叫庞龙，凌啸天统管灵空山庄时，他就是山庄弟子的其中一员，为人谦和，做事沉稳，深得凌啸天的心。

　　在灵空山庄这么多年，见证了洛辰阳所做的一切。有时他极力反对洛辰阳的做法，奈何自己居于人下，洛辰阳怎么会听从他？

　　"族长，你怎么可以把剑谱给毁了？"一进房间，庞龙就责备道。

　　对于庞龙的身份，凌风是一清二楚，他张开手臂，礼貌道："庞世叔，您先请坐。"压低了心中的怨气，庞龙坐在左侧的一张朱红椅子上，凌风对他说道："世叔，是这样的，剑都的剑士大多垂涎剑谱，纵使剑谱在我手上也不得练，与其如此，还不如将其毁了，落得个清静。"

　　庞龙理解凌风的做法，只是凌风那样做让他感到有些可惜。落寞的他低着头，沉浸在叹息中。

　　"庞世叔，我有一个请求，不知道您能应承否？"一副心事重重的凌风，直望着庞龙。

　　把头抬了起来，庞龙茫然地看着凌风，应道："只要是族长吩咐的事，我一定办到。"

　　先是顿了顿，凌风畅言道："我还小，对于处理山庄事务还很稚嫩，所以我有一个不情之请，希望庞世叔能够接替我的族位，统管山庄。"

　　他的一席话，使庞龙惊慌不已，他挥动着双手，道："使不得，使不得，这要传出去，外人还不得说我心术不正？如此一来，我就晚节不保了，如果族长不在山庄，我可以帮助族长处理一些事务，至于接替之事，万万使不得。"

　　"好吧！以后我不在山庄的时候，就劳烦您了，还有，没有外人的时候叫我凌风就好。"看来，凌风还是没有习惯族长之称。

　　刚才被惊吓住的庞龙，起身道："那没别的事，我就先出去了。"带着一丝惴惴不安，庞龙走出了房间，刚才凌风的那句话差点把他吓坏了，以至于步伐都那么快。

晚上，在房间内走动的凌风，有着他的心思："仇也报了，山庄也拿了回来，紫衣一定还在担心我的安危，明天得回去一趟，把紫衣接进山庄。"一切在凌风看来已经处理得差不多了，仇已报，是时候把这个消息告知金紫衣了。

带着这样的想法，凌风宽下了长衣，准备入睡。

"凌风，凌风……"突然不知道从哪儿飘出了一道声音，房间里除了凌风外也没有其他人。

怀着一丝不安，警惕的凌风张望着四周："谁，给我出来，别在这儿装神弄鬼。"

"你想见到我吗？把眼睛闭上，让心情平定下来，这样你就可以见到我了。"

不相信的凌风，说道："少跟我玩什么花招，赶紧给我出来。"

"你害怕了，唉，太让我失望了，亏我把所有的希望寄托在你的身上。"

放下那份警惕，凌风无畏道："我怕什么？我倒看看你是何方神圣。"

按照那道声音的说法，凌风闭上了双眼，并且让自己浮躁的心平静了下来。"咚"的一声，凌风化成了一道风，不见了。

一片苍茫的空间，里面什么都没有，空无一人的空间，凌风忽然隐现了出来。带着一种好奇心，凌风四处观望着这个陌生的空间，疑惑道："这里是哪里？我怎么会在这儿？"

一道光影从空间里划过，一名老者出现在凌风的面前，老者须白的胡须飘动着，祥和地看着凌风，说道："恭喜你踏上了成神之路，这里是第二空间，接下来你将会面临很多的困难，要想成神，你必须要突破这些困难。"

老者的话，让凌风费解不已，他皱着眉头，问道："什么是第二空间？你是谁？我为什么能够看见你？"

一连串的问题问得老者笑声连连，皱纹纵横交错地刻画在脸上。他憨然笑道："我是《灵空剑谱》的创始人，是你们的先祖，当年我创下《灵空剑谱》，引起了不少的纷争，为了避免剑士成神后互相残杀，我用我的灵魂把剑谱上最后一重的修炼之法给封闭了。"

至此，凌风醒悟了过来，老者用灵魂封住了剑谱，他知道得到剑谱的剑士会舍不得毁掉剑谱，正是抓住了剑士的这样一个心理，成神之法一直没有破解。

"你现在见到的是我的灵魂，剑谱被毁时，我的灵魂进入了你的身体内，所谓的第二空间就是你的身体，在你成神之前我会存在你的身体里，等到你成神之后，我的灵魂就会消失了。"

也就是说，创始人的灵魂相当于一个引导，引导凌风步上成神之路。至于成神之法，老者肯定是知晓的，他现在没有告诉凌风，是想考验凌风吧！

在老者的说道之下，凌风全部明白了。原来成神之法是有的，可要想成神还得接受磨难，虚幻的空间里，会生出些什么事情，凌风不敢想象，他也想象不出后面会发生什么。

第五十五章 幻界求生

"敢问前辈如何称呼?"凌风探问道。

老者捋了捋胡须,应道:"唤我周前辈就好,来吧!让我送你去另一个地方吧!送你去一个奇幻的地方。"茫然的凌风傻傻地看着周前辈,他在想周前辈会带他去哪儿呢?

扬手一挥,凌风的身子轻轻颤动,一道白光罩在他的身上,不消片刻,他便消失了。凌风消失的同时,周前辈也消失不见了,他的灵魂和凌风是同体的,即是说,凌风去了哪儿,周前辈也跟着去了哪儿。

进入成神之路后的凌风,完全与剑灵仙都隔离了,这会儿,一名弟子跑到了凌风的房门口,像是有事情要向凌风汇报。

"咚咚咚"门外的弟子使劲地敲着门,半晌,其弟子久不见凌风回应,然而事关紧急,弟子冒着胆子推开了门。

进门一看,里面空空如也,这时,弟子疑惑了起来,他是从其他弟子口中获知凌风在房间内的。此时不见,大大增加了他的困惑:"奇怪,族长去哪儿了?他一直都在房间里的,怎么不见了?"

很快,凌风无故消失的消息传遍了整个山庄,几十名弟子围在房间外,窃窃私语着。庞龙在获知此事后,来到了这儿。头脑里回想起凌风所说的那句话,庞龙似乎明白了过来。他站在人群中,对弟子们说道:"大家不要慌乱,族长有事外出了,他临走前交代我打理好山庄上的事务,若是有什么大事发生,可向我通报,我会处理的。"

在庞龙的说导下,所有弟子浮动的心渐渐地平稳了下来,族长是他们的核心,若是族长不告而别,他们等于失去了领头。有了庞龙这句话,他们的心也就安定了下来,陆续地,他们散开了。

想想刚才的局面,庞龙都有些后怕,如果让他们知道凌风是不告而别的,他们一定会忧心,进而引发混乱。

回头望了望空荡荡的房间,庞龙自问道:"族长去哪儿了?也不和庄上弟子打个招呼。"摇头叹息着,庞龙迈着步子走开了。

另一个空间里,凌风置身于此地,此处的天空黑压压一片,到处充满了压抑的气氛。这里除了暗黑的天空外,什么都没有。

感到惊异的凌风,联想到周前辈说的一句话,问道:"周前辈,这是哪里?我来这儿干什么?"

"这里是幻界,在这里你将会看到很多邪恶的一面,将会遇到凶险,这是通往成神之路的第一道磨难,能不能成功走出这个幻界,就看你的能力了。"身体里发出这样一道声音。

幻界,这个对凌风来说十分陌生的环境,他臆测不到往下会发生什么。"幻界,什么是幻界?"

在他迷茫之际,忽地一下出现了一个画面。一伙人追着一名剑士,他们口中喊道:"站住,别跑!"这些人追逐那名剑士,不像是为了报复什么,倒像是为了抢夺某件东西。

　　愣愣地看着这个画面，凌风想起了剑都，剑都的所有剑士为了私利，大动干戈。转而，又有一幅画面出现。那是一名剑士，通过卑鄙的手段，成为了一个门派的门主，从此作威作福。欲为至尊，残害同道，频繁地发起纷争，其人灭绝人性，其手段惨绝人寰。所到之处，哀鸿遍野。

　　看着这一幕幕的画面，凌风心中一阵隐痛，这不是他想看到的。以前把父亲重整剑都的遗愿作为一种使命感的他，现在完全地映入在他的身上。

　　"剑都如此黑暗，我要把剑都变成光明的盛世。"这种意念在凌风的心里越来越深，他全身紧绷着，激动的他攥紧了拳头。

　　"别痴心妄想了，你是做不到的。"不知道从哪儿飘出了这么一个声音，那道声音听起来让人好不舒服，隐隐地透着几分邪恶。

　　四处张望了一眼，凌风喊道："你是谁？"

　　灰蒙蒙的空间里，一道黑影渐渐地隐现了出来，这道黑影穿着一身黑衣，他的身上满是邪恶之气，连手指都泛着层层黑气。他的身体轻飘飘的，宛如幽灵。凌风目视着他，心里不由得一阵慌乱，他看不出眼前的人的功力的强大，也看不出他的等级。凌风不知道他的底细，一旦交战起来，要毁灭他是有一定的难度的。

　　黑衣人狡诈地笑道："来吧，加入我们，你将享受所有人的千拥万戴，放弃所谓的正义，要知道，剑都是黑暗的，你要把它变成光明的，你这是要和上天过不去吗？"

　　仔细地揣摩着黑衣人说的话，凌风刹那间明白了过来，他冷笑道："收起你的贪念吧！你想打败我的意志，让我也成为像你们一样的人，来完成你的美梦，我想你不会成功的，现在我就告诉你，我凌风为剑而生，为剑都的光明而活。"

　　恼怒的黑衣人，手指间滑出一把剑，切齿道："你如此冥顽不灵，让我来结束你的生命。"

　　意念一动，赤天剑在手，一个狂奔，翻身一跃，至那人身后，凌风猛出一剑。诡变的黑衣人隐身不见，避开了，唇齿一动，化作尘烟，消失不见。

　　此为两人由斗剑转为意志战。意念空间里，黑衣人飘在空中，凌风立于地，仰视着。元力生，出击。黑衣人双手交叉，使之身上布有一道气团，此为屏障。

　　飞出的元力打在黑衣人幻生而成的气团上，一反弹，朝着凌风飞来。凌风跃身而起，避之。反观黑衣人，趁凌风躲避之时，以飞快的速度朝凌风击来。机敏的凌风，意识到了黑衣人的动态，马上调整好身体，随之出手接住了黑衣人击出的手掌。强大的元力不断地涌现出来，拥有九阳之气的凌风才不会和他比拼元力。

　　九阳之气从身体里传输到手掌上，纵使如此，黑衣人竟然还能抵挡得住，他的元力可见一斑。感觉有压力的凌风，脑中想着如何才能制服这个可恶得像幽灵一般的人。

　　九阳之气与元力相互挤压着，掌心之间迸发出雄厚的力量。双方不分伯仲，凌风在心中细想：连我的九阳之气都能抵挡得住，若是我再加以元力，我看你如何招架！想出对策的凌风，马上运用了体内的元力，两道气道糅合在一起，猛烈地冲击着。受此重压的黑衣人力不从心，抵挡不住的他最终收起元力，将身体往后撤。

　　见势，凌风急速转动身体。快速转动下，他把体内四道剑元化成了一道剑元，凝聚了所有力量的剑元，呈圆形，看似无物仿若有物的晶体，散发出五颜六色的光芒，刺得黑衣人不敢睁眼。手往上一举，元力一发，剑元以超快的速度飞向黑衣人。还没等到黑衣人反应，那道剑元便打入了他的身体，剑元的力量折磨着黑衣人，黑衣人的脸色大变，面目狰狞。

　　"砰"的一声，黑衣人的身体轰然爆裂，最后化成一阵黑气，消失了。

　　黑衣人一死，凌风的身体离开了意志界。离开意志界的他，身处的位置又不是原来的那般。

　　眼前一片光明，天高气爽，青草悠悠，碧空万里，展现在凌风面前的是一个宁静祥和的世界。不远之处，一座都城屹立，城门口来来往往的平民，每个人的脸上都挂着灿烂的笑容。刚才还黑气冲天，现在宁静祥和，凌风一时间适应不过来。

　　困惑的他向都城走近，年代久远的城墙，斑驳陆离。走近都城，他抬头仰视着，上面刻着：迷影城。

　　觉得这里怪怪的凌风，无法解释自己所看到的。"天下所有的人能这样地活着，那该多好，没有杀戮，没有争夺，没有仇恨。"凌风感叹道。

　　忽然，一人从凌风的身后走来，警觉的凌风反过头。裙风摆摆，倩影飘飘，迷人的笑容展露无遗。"凌大哥！"温柔的秦玉儿喊道。

　　秦玉儿的出现，让凌风更加迷惑了，他问道："玉儿，你怎么会出现在这儿？"

　　"我死之后，就到了这儿，这里的人全是生前内心善良，没有烦恼的。就像你看到的那样，这里就是美好的世界，没有杀戮，人人的内心都是纯净的。走，我带你进城去。"秦玉儿拉起凌风的手，欲要进入迷影城。

　　哪知凌风松开了秦玉儿的手，说道："不行，我不能和你走，我还有重要的事情要办。"

　　秦玉儿一双水汪汪的眼睛，望着凌风，委屈道："凌风，你知道吗？为了你，我什么都可以做，帮你盗得紫晶石，为了救你，连命都可以不要，而你现在对我说不能和我走，你知道我有多伤心吗？难道你从来都没有喜欢过我？"面带悲伤的秦玉儿转过了身，背对着凌风。

　　歉疚的凌风，解释道："玉儿，不是那样的，你死之后，我很难过，你对我的情意我都知道，我也喜欢你，可是，可是……"

　　回过身，秦玉儿哀求道："我知道，你想重整剑都，你想生存在那种没有争斗，没有仇恨的地方，可这里不正是你想要的那个地方吗？在这里有我陪着你，我们可以双宿双飞，别走了，好不好？留下来，让我们在一起好不好？"

这一刻，凌风的心动摇了，在这里，他能找到自己的欢乐，所爱之人就在这里，如果就这样离开，凌风会后悔的。

见凌风有所迟疑，将脚一踮起，秦玉儿吻向了凌风。显得青涩的凌风，被秦玉儿的这一举动惊住了，他的脑海一片空白。

片刻后，拥作一团的他们分开了，秦玉儿伸出她那双玉手，温和道："凌风，和我走好吗？"

沉浸在欢乐中的凌风，木讷地站在那儿。秦玉儿拉过他的手，他也没做抵触，整个人由着秦玉儿牵动。

在秦玉儿的牵引下，凌风离迷影城越来越近，再走几步，他就要进入迷影城了。一旦进入迷影城，等于凌风与剑都隔绝了，他就再也没有机会回到现实中去了。秦玉儿的引诱，就是为了让凌风放下他的执着，若是真的进了迷影城，相当于凌风就此在剑都上消失了。

在即将步入迷影城的时候，凌风的眼睛停留在"迷影城"这三个字上，刹那间惊醒，凌风晃开了秦玉儿的手，他说道："不，不，我不能和你走，这不是真的，不是真的。"

"别犹豫了，前面就是属于我们两人的世界，难道你不想和我白头偕老吗？"

醒悟后的凌风，强调道："这里的一切都是假的，也包括你，玉儿已经死了，纵然她还活着，我也不能就这样和她双宿双飞，我要重整剑都，不能因为私心舍下山庄。"

秦玉儿问道："你真的要再一次离开我吗？"

清醒的凌风，极力喊道："这是幻象，这是幻象，这里的一切都是幻变出来的，我不会相信你的，你走吧！"

"砰"的一声，秦玉儿的身体破碎了，整个身体如花瓣般地四处飘着，随着微风一吹，慢慢地消失在凌风的视线当中。凌风望着碎化了的秦玉儿，眼睛里闪烁着晶莹的泪光，右手向前伸着，声音颤抖地说道："玉儿，一路走好。"

他心中有不舍，有难过，若不是为了剑都，他很有可能会和幻变而成的秦玉儿远走高飞，心系剑都的他，最终放弃了秦玉儿，为平定剑都而留了下来。秦玉儿一消失，整个都城也不见了，这里还是明亮可见，还是碧空万里，不同的是，独留凌风一个人在此默数着自己的伤悲。

第五十五章　幻界求生

第五十六章　灭不死身

沉浸在悲伤之中的凌风，呆呆地愣在这儿，再见到秦玉儿，打破了他本就平静的心。忽而，一道身影从他的身体里面飘了出来。周前辈立在他的面前，见凌风一脸的忧伤，问道："凌风，你是不是后悔没有和她走？"

凌风摇了摇头，答道："不是，只是有点难过，我知道我要做什么。纵使刚才所发生的一切是真的，我还是会这样选择的。"

周前辈欣慰地点了点头，凌风的回答让他很满意。"幸好你选择的是留下来，刚才所出现的全是幻象，是迷惑你的，一旦你跟她走了，就等于你在剑都消失了。"消失的真正含义是死亡，秦玉儿的出现是引诱凌风，凌风若是上当了，后果可想而知。

被点醒的凌风先是一惊，再则庆幸自己没有选错。一路走来，与邪恶对战，伪善中做出抉择。连续突破了两关，凌风想不出接下来又会面临什么样的磨难，于是，他问道："周前辈，接下来我会面临什么样的难关，怎样才能破解？"

"天机不可泄露，天机不可泄露，我只能告诉你，接下来你所面临的难关将会越来越凶险，越来越难以攻破，一不小心，很有可能送命，你后悔了吗？如果你后悔了，我可以把你送回剑都。"

自进入这个幻界里，凌风就没有想过退却，这是他成神的唯一机会，他才不会错过。坚定的他，答道："即使前面再怎么凶险，既然选择了这条路，我就不会后退。"

"好，我果然没有看错你，能不能走出这个幻界，就看你的了。"

"轰"的一声，周前辈化作一道气，飞进了凌风的身体内。

周前辈走后，凌风挪动了脚步，向前走着，他不知道方向，也不知道目标，只这样胡乱地走着。

突然，凌风停止了行进，他感觉脚底下在转动，当他抬头看向天边，一阵头晕目眩感袭击他的全身，天在转动，地在转动，周围的一切都在转动。转动使得凌风感到眩晕，为了克制这样的状况，凌风闭上了双眼，任由周围的一切转动。

天空在发生变化，朵朵白云以飞快的速度消失，换之的是一层层黑云，地上突然出现了很多人，他们全都被定格了，不能动弹，每个人的眼中都有丑恶的目光，每个人的心中都有各自的想法。

街道、客栈、商贩、行人，这里看起来和真正的剑都没什么区别，只不过他们都是虚幻的，不存在的物象。在凌风的前方，一名年轻男子拿着粗大的木棍正追着一名盗贼，他心中想着：敢偷我的银子，等我抓住了你，非得要了你的小命不可。

逃跑的窃贼回头看着追赶的男子，心念道：还想捉住我，我草上飞的名头不是虚的。这名窃贼以偷盗而出名，是个惯偷，人们对此行为深恶痛绝。

小酒肆里，一名衣着体面的商贾坐在里面，他右手拿着酒杯，眼睛里满是贼贼的目光。邪恶的心灵在想着：上次我把五百两银子借给了王充，到现在都还没有还，听说他的妻子长得不错，他要是实在还不了，嘿嘿……

街道上，一名剑士行走在人群中，他的身体定在了那儿，心想：我不能让大师兄当上掌门，掌门的位置是我的，为了当上掌门，我必须想办法把大师兄给杀了。

把这一切听得清清楚楚的凌风，一副惨淡的脸色，他想不到人的心灵是这样地邪恶，为了一己私利而残害无辜。"我要引导你们走上正道，不能让私心吞噬了你们的人性。"

渐渐地，所有的人都能够走动了，那名年轻男子还在追着逃跑的窃贼。凌风从人群中穿行而过，出现在窃贼的身边，他将身一挡，窃贼却是跑不动了。追来的年轻男子，举起木棍朝窃贼劈来，凌风一手抓住了木棍。

他说道："人谁无过，把他交给我，我会劝他向善的。"

"他是个惯偷，何以为善？今天让我逮住了他，我非得让他尝尝被毒打的滋味。"男子欲抽回木棍对窃贼击打，却是抽不回来，凌风使劲地抓住了他的木棍。

无奈，男子松开了手，说道："算了，只要他把偷盗我银两的那一份还给我，我就不追究了。"

被抓的窃贼见逃脱不了，乖乖地把偷盗来的银两还给了男子，男子冷眼看了凌风一眼，然后走开了。

窃贼被凌风用元力镇住了，凌风收起了手，严肃地对窃贼说道："你有没有想过，一旦被抓，你很有可能被人殴打，甚至被杀死？偷窃是一件可耻的事情，难道你的人生就只为偷盗而活吗？"

窃贼说道："我什么都做不了，不偷窃，我连活着都是一个问题。"

"人性之善，率性之真，不要小看自己，只要你想做，没有做不了的。"凌风劝导着。在他的劝导之下，窃贼的心灵渐渐地得到了净化。

劝导窃贼后，凌风找到了那名剑士，他上前拍着剑士，说道："这位剑士，我知道你想成为掌门，可你不能为了当掌门，而杀害你的大师兄。"

岂料，凌风和声和气说出这句话后，立马遭来剑士的反感。"你胡说什么？"

剑士的情绪波动在凌风的预想当中，纵使如此，他还是好言相劝道："你这样做是不对的，你想想，你师父把掌门之位传给你的师兄，是有他的想法的。"

浮躁的剑士终是忍受不了凌风，他迈出了脚步，不想理会凌风。固执的凌风一手抓住了他的后肩，说道："放弃你的邪念吧！不要让你的冲动蒙住了你的心智。"

剑士将手一晃，意图摆脱凌风的牵制，可是凌风掌心间的元力牢牢地贴在剑士的身上，剑士根本就动不了，更别说摆脱凌风的牵制了。不得已，剑士拔出了手中的剑，反身一刺，灵敏的凌风，左手抓住了他的剑。剑被牢牢地抓住，剑士想将剑抽回去，却是办不到。

"你连我都打不过，还想着做掌门？你有没有想过，就算你当上了掌门，万一有人来侵犯，你有能力抵挡得住吗？如若不然，你师父创下的门派岂不是白白地落在了别人的手上？"

这样一说，剑士放下了执着，他自卑道："为什么？我习武这么多年，为的只是能够当上掌门，可现在我连这个资格都没有。"

见其如此，凌风松开了手，道："你不应该如此痛苦，习武是为了平定纷争，舍身就义，为何要停留在争权夺利上？何不以己之长，做一些有意义的事呢？"

剑士在凌风的说动下，最终放弃了他的痴想，凌风成功地劝导了他。之后，他又走进了酒肆，说服了商贾的邪念，他以自己的能力劝人向善。

万恶之都上空的黑云渐渐地退去，人们的邪念在凌风的劝导下发生了改变。看着周围的改变，凌风感到欣慰，他想让剑都也像这里一样，没有邪念，没有纷争，有的只是人性之美，但他知道以自己一个人的能力是无法做到的。

"剑都要是变成这样，那该有多好啊！"凌风感慨道。

就在他沉浸在美好的幻想当中时，这里的一切全都消失了，他眼前一黑，什么都看不见了。什么都看不见的凌风有些恐慌，他说道："这是哪儿？这是哪儿？发生什么事了？"

"凌风，你现在在一座塔中，在这座塔中，你将面临更大的挑战，这将是你走出幻界的重要通道，能不能成功，就看你的了。"身体里的周前辈说道。

处在黑暗中的凌风，有点惶恐，他不清楚在这座塔里会出现些什么，也不明白周前辈口中更大的挑战是什么。

这座塔一共分为三层，塔身同样泛着层层黑气，塔内没有任何光线，塔外却是一道美丽的风景。有高耸的山头，有青悠悠的小草，草丛间还生长着鲜艳的野花。泛着黑气的塔与这道风景格格不入，它有着令人胆寒的名字——死亡塔。

困在死亡塔里的凌风，耳朵稍微地动了动，塔里面好像有什么东西在飞蹿。不想囚困在黑暗中的凌风，灵机一动，马上来了主意。黑暗中的他运行体中的火元。瞬间，黑暗的死亡塔一下子被火元照得通亮。

密密麻麻的一群小飞物在凌风的面前飞来飞去，这些小飞物一身黑色，其有两翼，一张口，尖锐的牙齿在火元的照射下，闪烁着阵阵寒光，几百只毒蝙蝠眼发红光，开始朝凌风飞来。待看清那些到处飞蹿的小飞物是蝙蝠之后，凌风催动火元，火元生出的火，把这些蝙蝠全都烧成了灰。

一只只蝙蝠掉落在地上，凌风收起了火元。还没等他反应过来，整个人消失了。塔有三层，凌风突然消失，是去了第二层。

凌风刚现身于第二层，六名身穿青衫的剑士站在凌风的面前，他们怒视着凌风，拔出剑，猛然向凌风发起了攻击。凌风马上接招，虚幻的身影从他们的身边划过，赤天剑不知道什么时候被他召唤了出来。独自面对那几名剑士攻击的凌风，谨慎了起来。

要对付这六名剑士，对凌风来说还是有一定的难度的，因为这六名剑士的功力个个在剑仙之间。

稍作镇定，凌风持剑攻向他们，剑与剑之间的摩擦，元力与元力之间的冲击。六名剑士同时出手，六道元力从他们的掌中飞了出来。把九阳之气及元力同时使出来的凌风，最终还是没能抵挡住那六道元力，元力打在了他的身上，他后退了几步。不甘的凌风再次发起了攻势，知道六名剑士元力的凌风，再也不会傻到去接那六道元力。当他们使出元力的时候，凌风起身跃去，避开了元力。在跃起之后，他又猛地朝六人挥了一剑。这一挥绝不是单纯的剑气出击。他挥的这一剑结合了万剑归宗，就是说这一剑过后，便是上千道剑影出现，剑影一道一道地飞向六名剑士。六人只得出手应付凌风的万剑归宗。

精明的凌风在使出万剑归宗之后，又使出了御剑式，剑在他的运行之下，招式变得灵活多变。

对付这六名剑士，费了凌风不少的功力，若不是他懂得变换招式，变得将剑式结合，凌风早已毙命于他们的剑下。

拳头紧捏，九阳之气和元力传输到了剑上，分化而成的剑影得到了元力的补充，变得更加强化。剑影变大，威力变强，六名剑士要再想抵御由千刀斩和万剑归宗合成的剑招，显然有些力不从心了。即使他们动用了身上所有的元力，也是无法抵挡，他们的手在颤抖，运出的元力在凌风的打压之下越来越弱。

混战多时，凌风最终结果了六名剑士的性命，这一战着实不易，凌风好像用尽了全力，单是突破第二层就这么难！

"第二层这么难破，不知道第三层能不能突破。"在凌风发出了感想之后，他的身体在下降，身体的重心在下降的同时，变得摇摆不定。

头顶上的塔四处分散着，这座塔有倾倒的倾向，可凌风感觉这座塔在分离。

"到底怎么一回事，不是有三层吗？难道第三层不存在？"在身体下降的同时，凌风带着一些怪想。

死亡塔在分离之下，完全消失不见了，凌风稳稳地站在草地上。观察着周围的风景，这如梦如幻的幻界，竟有如此美丽的景色。凌风观赏着一景一物，陶醉其中。仿若忘了自身置身于幻界，忘了自己接下来面临的困难。

轻风飘过，阵阵花香在风的吹动下四处飘散着，凌风猛力一吸，奇异的花

第五十六章 灭不死身

香蹿入他的鼻中，凌风微微地闭上双眼，甚是享受这样的感觉。

忽然，一名身穿银色铁甲的剑士出现了，此人全身铁甲，银白色的头盔在阳光的照耀下，闪烁着刺眼的白光。铁甲人以一种不屑的目光看着凌风，口中蹦出话来："既然来了，就别想离开这儿。"

睁开眼的凌风，望着面前的铁甲人，恍然大悟，这是第三层难关，只要打败眼前的铁甲人，他就可以走出幻界了。然而令凌风纠结的是，铁甲人铁手铁脚，不好对付。

"我要离开这儿，就凭你还想拦住我？真是可笑之极。"凌风装作轻浮地说道。

恼怒的铁甲人现出了武器，他的武器不是剑，是一把看似长刀却又不是长刀，看似长斧又不是长斧的武器。刀口异常地大，刀柄又是十分地短小。操起刀斧，铁甲人怒言："好轻狂的小子，今天我就灭了你。"

刀斧压来，凌风举起赤天剑抵挡，刀斧一落，刀斧与剑咬合在一起，铁甲人一收，一砍，强大的力量压在剑上，剑与刀斧相碰，显得相形见绌。尝到刀斧厉害的凌风，不敢再与铁甲人硬碰，他收起剑，准备绕至铁甲人的后方。熟知凌风招式的铁甲人，趁凌风还没有隐身，直接踢出一脚。剑一隐，凌风双手环抱，迎接着那一脚。铁脚压在他的手上，凌风感到一阵疼痛。

铁甲人的身体凌于半空，双脚夹着凌风，当下一旋动双腿，凌风身体失去了平衡，倒在了地上。趁势，铁甲人将刀斧一现，向地上的凌风砍来，凌风的身子一滚动，避开了那一刀。刀斧砍在地上，地面上留下了一道长长的刀口。若不是凌风躲避及时，若被他的刀斧砍中，身体还不得分成两半？

撤回刀斧，猛地一挥，刀斧脱离了铁甲人的手，朝凌风飞来。凌风手指凝气，点在刀斧上，身上的九阳之气好歹能抵挡得住刀斧的压制。身体在空中旋转，人与刀斧在不断纠缠。狡诈的铁甲人疾速至凌风的身边，一掌打了出去，忙于应付刀斧的凌风没有注意到铁甲人的举动，等到发现了，那一掌严实地打在了凌风的身上。

凌风后退几步，身心受挫，血液经口中流了出来。凌风扬起衣袖将血迹拭去。斗志被那一掌激了起来，赤天剑凭空出现，催生元力，凌风跃身抓起赤天剑，身体如猛虎般地冲向铁甲人。

剑影划过，纵使赤天剑刺中了铁甲人，有铁甲护身的铁甲人，却未伤分毫。"噌噌噌"剑由铁甲人的身上划过，发出了闪亮的火光。

铁甲人由着凌风在自己的身上划了几剑，手一伸，便抓住了赤天剑。后方的刀斧朝凌风飞来，不得已，凌风松开了手，将身退到了一边，心想道：不行，我得破了他的铁甲衣才行。

有铁甲护身的铁甲人，冷冷地看着凌风，道："你还是认输吧，你战胜不了我的。"铁甲乃坚硬之物，凌风要毁掉他身上的铁甲，得要有一个比铁甲还要坚硬的物体，否则是无稽之谈。

猛然一想，凌风似有所悟，那把被铁甲人抓住的赤天剑悄然不见了，当它再出现的时候，已经化成了四道晶石，这四道晶石就是组剑所需的四大晶石。晶石坚不可摧，若用晶石来毁掉铁甲人，似是有可能的。

把剑化成了四大晶石的凌风，震言道："铁甲人，受死吧！"

双手张开，凝气一挥，四大晶石瞬间飞向了铁甲人，铁甲人见是四大晶石，慌忙逃窜，追击的凌风灵身一动，挡住了铁甲人。布满九阳之气的手掌打在铁甲衣上，四大晶石从铁甲人的身上穿了过去。

"啐"的一声响，铁甲人身上的铁甲破碎了，整套铁甲在刹那间消失了。就在铁甲衣被毁掉的同时，铁甲人也出了一掌，没有铁甲护身的铁甲人还在做反抗。受此一掌，凌风筋脉受损。与之相比，凌风的那一掌还是轻的，若不是铁甲人遭遇到晶石的攻击，他出的那一掌很有可能要了凌风的命。

身体重心降低的凌风，忍住了身上的疼痛，将四大晶石合并，组成赤天剑，他蹬地一起，取过悬在空中的赤天剑，一个狂奔，赤天剑刺在了铁甲人的身上，再加上元力的猛力出击，铁甲人再无反抗的能力了。凭着最后一击的凌风，抽回了剑，整个人倒在了地上，铁甲人对他的伤害也挺重的，要不是凭着一个信念，凌风也没有信心击败铁甲人。

"轰"的一下，铁甲人倒在了地上，那把刀斧掉在了地上，慢慢地化为乌有。地上的铁甲人从头到脚渐渐地融化了。融化后的铁甲人化成了一道元，此为土元，土元自行植入了凌风的身体里面。

将铁甲人击败后，虚弱的凌风再也站不起来了，虽没有遭到致命一击，可那两掌委实不轻，令他没有了精气。就这样虚弱地躺在了地上，有那么一刻，凌风多想就此归于平静，不再陷入其中，但他知道他的使命还没有完成，他不能归于平静，他所做的是为正气而战，为剑都的平静而战。

闯过了所有的难关，凌风兴奋地笑了，他知道他很快就可以离开这儿，离开这个充满凶险的地方了。手上的剑悄然消失，回到了他的身体里面。

第五十六章　灭不死身

第五十七章　成神口诀

在凌风进入幻界的这几天里，剑都上发生了不少的事。剑谱虽然被毁了，然一些不相信的剑士聚在一起讨论着这件事。客栈里，四五名剑士坐在一起，他们对成神的愿望太过于强烈了。

"你们说，灵空山庄的凌族长是不是真的毁掉了剑谱？"一名剑士说道。

靠近身边坐着的一剑士低头假思，冷不丁地冒出了一句话："从他这几天不见踪影来看，他定是藏起来修炼去了。"

一剑士满脸的疑惑，说道："他都把剑谱给毁了，拿什么修炼？"

"你傻呀，他一定是知道我们会上山庄逼迫他交出剑谱，为了避免不必要的麻烦，他只有把剑谱给毁了，从目前的情况来看，他一定是记住了口诀，再把剑谱毁了。"左边的剑士望着其余之人，断定道。

其余的人听着他提出的设想，连连点头赞同："你说得对，一定是这样的，没想到他这么狡猾，故意把剑谱给毁了，然后再藏起来修炼，遗憾的是这一招被我们识破了。"

"对，我们不能让他成神，我们这就召集所有的剑士，涌入灵空山庄，逼迫凌族长现身剑都。"一人说道。

岂料，他的想法立马引来了一人的反对，那人瞪着他，骂道："你笨啊！让所有的剑士知道了这个秘密，他们也会向凌族长索要口诀，这样一来，就算我们有了口诀，练成了剑神，也没有意义。"

经此点醒，那名剑士方知自己的想法是多么的愚蠢，他憨憨道："对，对，对，不能那样做，口诀越少人知道越好，可是，我们这些人怎么把他逼出来呢？他不出来，我们又怎么能得到口诀呢？"

一剑士暗暗地笑了笑，好像有了主意一般，他开怀道："这还不简单，听说他有一个妹妹，只要我们把他的妹妹抓住了，还怕他不现身吗？"

这个主意一说出来，立马引来其他人的响应："这个行得通，只要找到他的妹妹，口诀就很容易得到了。"

好在金紫衣在深山密林剑士不知道的竹屋里，若是她现身剑都，这些人必定很轻松地找到她，将其缚之，诱使凌风说出他们所认为的口诀。

幻界里的凌风，整个人呈打坐姿势，从他的动作上，可以看出他这是在调息心脉。全身元力散出，脸色渐渐红润。那一大战，让他的元力受到了很大的损耗，不调息的话，元力外泄，功力势必会降低。

手不停地挥动着，幻界开始在转变，地上的青草逐步退去，天上飘浮的白云以飞快的速度游离。

调息完毕，当凌风睁开了双眼后，他发觉周围的一切都变了。屈身一起，凌风站了起来。环望着周围，他碎碎念道："这里又是哪里？我不是离开了幻界了吗，怎么还在这个陌生的地方？"在凌风的念想里，他以为离开幻界就是回到剑都。现在看来，倒不是那么一回事。

片刻，周前辈的灵魂又从凌风的身体里飘了出来，首先，他很欣慰地笑了笑，然后说道："恭喜你通过了考验，你现在处在你的身体里面。"

处在身体里面，这在凌风听来是多么的虚无缥缈，自己的身体是自己的，何来处在身体里面一说？困顿的凌风，问道："那我可不可以回到剑都去？"

"当然可以，但是，你不想成神吗？"周前辈反问了一声。

说到成神，是凌风梦寐以求的，也只有成了神，他才能完成自己的使命。"周前辈说这话是……"

周前辈说道："进入幻界所面临的一切都是我生前设置的，为了防止心灵不纯的剑士无意中毁掉了剑谱而获知成神口诀，我才布下了一道道难关，每道难关会因不同之人而变换，而这些难关也是根据进入幻界的剑士自动生成的，没人能破得了，只有剑士本身。"

适才，凌风明白了过来，幻界中之所以会出现秦玉儿，是因为心中所想，秦玉儿才现身幻界。闯过了幻界，也就是说凌风克服了心障。这点说明只有无欲无求的剑士，心灵纯净的剑士才能修成神。

"我明白了，周前辈在修神之法上设下了限制，只有心灵洁净的剑士方有资格修神。"

"没错，只有这样，剑都上的剑士就不会因为修成神而争夺利益，致使剑都变成混乱的局面。凌风，我现在把通往幻界之门的要诀传授给你，以后你若是培养剑士成神，必须像你一样，通过道道难关方才行。"说罢，周前辈凝气将一道奇特的力量打在了凌风的身上，凌风的身体并没感到异样，只是感到一种神奇的感觉。注入他身体里面的是一道什么样的力量，凌风不知。注入此力量后，怎样才能开启幻界之门，凌风不知。

见凌风甚是迷茫，周前辈解释道："你身上注入的是开启幻界之门的力量，现我再将开启幻界之门的口诀告诉你。"

背过身，周前辈随手一挥，空中出现了一行字：幻生之门，成圣之路。入界得道，始为天启。

凌风念着那道口诀，暗记于心。简单的两句口诀倒不是修神的口诀，周前辈返过身来，问道："记住了没有？"

点了点头，凌风答道："记住了，可是……"

深知凌风心中疑惑的周前辈,一笑,道:"你想说的是成神的要诀吧?"

这个对凌风来说是很重要的,成不了神,他的使命如何完成?

怔怔地看着周前辈,心中有期待,曾想过无数次成神口诀的凌风,这次真能得到口诀,对凌风来说是极其高兴的一件事。

"心相生,意相合。仁者剑,剑道痴。心中有剑,剑中有心。成涅槃,化生死。修神者,通天路,合为并,御剑成神。"周前辈一字一顿地将成神口诀说了出来,凌风深深地记在心中。

有了成神口诀,要羽化成神,还得看凌风的造化。"周前辈,剑招一共有十一式,那幻影式和长生诀,又如何修炼?"

周前辈捻了捻胡须,应答道:"幻影式和长生诀是最后两道剑法,幻影式的修成是没有口诀的,你要想修成幻影式,就看你的悟性了,古往今来,无人修成幻影式,是因为体中缺少了土元,死亡塔一战,你得到了土元,故此,在修炼幻影式上,你不会受到牵绊。"

疑惑解开,凌风"咚"的一声跪在了地上,声呼道:"多谢前辈将口诀告知于我,修成剑神后,我定完成前辈的愿望。"

弯腰将凌风扶起,周前辈言道:"剑都的未来就交给你了,回去吧!回到剑都去吧!"周前辈回到了凌风的身体里面,在凌风没有成神之前,周前辈的灵魂也就不会消失,灵魂的存在就是帮助凌风修神。

身体一震,虚幻的物象里没有了凌风的身影,他的身体出现在房间里,形态和进入成神之路以前一般无二。

回到了现实当中,凌风吐了一口气,这一趟成神之路走得是太艰辛了,若不是意志足够坚强,他很有可能回不来。

"终于回来了,终于有了脚踏实地的感觉。"凌风感慨道,在幻界里,常常恐惧于下一刻不知道会发生什么,现在好了,凌风看起来如释重负。

走出房间,享受着阳光的沐浴,看云淡风轻,凌风深深地吐了一口气。他漫步于庭院中,观赏着院中的花花草草,这几天来的疲惫散去了。

院落里,途经庭院的庞龙发现了凌风,惊然一觉,眼睛里放射出喜悦的光芒。他快步向前,激动道:"族长,你回来了?"

"庞师叔,我不在山庄的这几天,山庄一切可好?"凌风问道。

庞龙再次见到凌风,有说不尽的话,他说道:"你消失的这几天,弟子们的心很浮躁,不过在我的说服之下,大家都定心了下来。族长,这几天你都去哪儿了?能不能和我说说?"好奇的庞龙眼直直地看着凌风,他知道在凌风的身上一定发生了很奇特的事情,所以才这般相问。

觉得没必要隐瞒的凌风,道:"这几天我去了幻界,在那里我……"就这样,凌风把这几日经历的一切,都告诉给了庞龙。

小竹屋前,郭若兰站在竹门前遥望着,她身前的郭超以送别的眼神看着前方。"爷爷，紫衣找凌风去了，也不知道凌风现在怎么样了？"

"傻孩子，凌风不会有事的，他可是我的徒弟，我教出的徒弟，怎么会有事呢？"郭超自信满满地道。

郭若兰甜甜地一笑，吹捧道："那是！我爷爷教出的徒弟剑术那是一绝，怎么会出事呢？"

感到有讥讽意味的郭超，敲了一下郭若兰的额头，道："你这鬼丫头，嘲笑你爷爷了，紫衣都走了，我们回屋吧！"

带着丝丝不舍，郭若兰随郭超回到了竹屋。

一路行走的金紫衣，手上提着一把剑，步伐轻盈地穿行在小树林里，婀娜多姿的形态，一袭白衣罗纱，长着一张秀丽可人的脸，一双水汪汪的眼睛那么地透彻明亮。

"凌风哥，我来找你了。"在小竹屋等候凌风归来的金紫衣，久久盼不来凌风，最终决定离开竹屋，独自寻找凌风。她的这一出行，必定会遭遇到凶险。因为有那么一些人，在等着金紫衣的出现。

走出了小树林，前方客舍林立，醇正的酒香扑鼻而来。行走的金紫衣停住了脚步，"这酒好香，走了这么长时间，终于找到一个落脚的地方了。"欣然的金紫衣，正要迈开脚步向客舍走去。她的耳朵微微一动，好像察觉到什么。

在她的身后，有五六名剑士悄然走来，他们就是那些想利用金紫衣，威胁凌风说出口诀的那几名剑士。连日来，他们不停地打探金紫衣的下落，不停地寻找，巧合之下，竟与金紫衣不期而遇。

感受到不好的气氛，金紫衣回转过身体，面对六名剑士，金紫衣有些不安道："你们是什么人？想要干什么？"

"想干什么？我们想把你给抓了。"一剑士朝身旁的人使了使眼色，六人同步向前走着。

"嘶"的一声，金紫衣猛然抽出了剑，朝前一指，说道："你们别过来，你们别过来。"

金紫衣的剑术还很低，在他们看来，不用出手，就能将金紫衣擒获。"别做无谓的挣扎了，跟我们走吧！我们只想用你来交换一样东西，不会伤害你的。"

眼看着他们步步紧逼，金紫衣右手紧握着剑，将元力附于剑上，再一出击。六名剑士手一抬，挥出六道元力，向前冲的金紫衣遭受了六道元力，身体飞了出去，整个人倒在了地上，受伤的金紫衣从地上站了起来，再次出击。

对于金紫衣的执着，六名剑士冷笑了一声，随即出手夺去了金紫衣的剑，还击了金紫衣一掌，受掌后的金紫衣，气血受损，昏迷了过去。

六名剑士走到了金紫衣的身边，他们架起了金紫衣，就这样，他们擒获了金紫衣，将地上的她架起，消失在这片草地里。接下来他们就会用金紫衣逼迫凌风说出成神口诀。

第五十七章 成神口诀

这日,凌风盘坐在书房内,他开始参悟那句口诀,想悟出口诀的真正含义。他双眼紧闭,手放于两膝之间。"咚咚咚"敲门声惊扰了凌风,凌风睁开了双眼,站立了起来,道:"进来!"

"吱呀"弟子推开了门,急匆匆地走到了凌风的身边,身体微倾,恭敬道:"族长,有人要见您。"

"把他带到大堂去,我等下就过去。"不明来者何人,不明其因的凌风按照一贯的做法,吩咐弟子把人带去大堂。

怎料,其弟子站在原地,唯唯诺诺道:"他们抓住了一个人,说族长知道后一定会亲自去见他们的。"

觉得有问题的凌风,在想着,剑都除了金紫衣会令他牵挂外,便无他人。想到这点,凌风迈开脚,找他们去了。

山庄外,一片小树林处,金紫衣被绑在一棵树上,醒来的她,吵吵嚷嚷道:"把我放开,把我放开,你们这些无耻小人。"

这些剑士实在是忍受不了金紫衣尖锐的吵嚷声,一名剑士走上前去,道:"别叫了,你逃不了的。"

"救命,救命!"金紫衣大声喊道。

无奈,剑士一掌打在了她的肩上,金紫衣再次昏了过去,小树林这才平静了下来。

赶来的凌风,发现金紫衣被绑在了树干上,六名剑士见凌风来了,变得严谨了起来,他们有人用剑横在金紫衣的脖子上,试图用这样的办法逼迫凌风说出口诀。

金紫衣落在了他们的手中,凌风也不敢妄动,只问道:"你们别冲动,说吧!你们怎样才肯放了我的妹妹。"

"凌族长,一切都好说,只要你把口诀说出来,我们不会伤你妹妹分毫。"

瞬间,凌风蒙了,口诀只有他一个人知道,并无外露,剑都的剑士又怎么会知道自己有成神口诀?且不追踪起因,凌风在想着怎样才能救下金紫衣。

"赶紧把口诀说出来吧!我们可没有那么多的耐心在这里跟你僵持。"一剑士威逼道。

想来纵使他们有了口诀也成不了神,一心要救下金紫衣的凌风,道:"好,我把口诀给你们,你们先放了我妹妹。"

精明的剑士可不会上当:"你将口诀说出来,我们才会放了你的妹妹。"

万般无奈,凌风只得将口诀告诉他们。"心相生,意相合。仁者剑,剑道痴。心中有剑,剑中有心。成涅槃,化生死。修神者,通天路,合为并,御剑成神。这就是成神的口诀,我已经一字不差地把它告诉了你们,你们现在可以放了我妹妹了吧?"

得到口诀的剑士,心生防备,竟说道:"如果这句口诀是假的,后果你是知道的,我们走。"

生怕凌风对他们不利的剑士，小心地从树后走了。凌风走到金紫衣的身边，用元力化掉了金紫衣身上的绳子。双手扶着她，把她带回了灵空山庄。

　　灵空山庄，金紫衣被安置在凌风的房间里，昏迷了一段时间的金紫衣醒了过来。当她发现凌风坐在床前时，整个眼珠都要蹦出来一般，腾地起身，兴奋地喊道："凌风哥，凌风哥……"

　　金紫衣醒来了，凌风的脸上挂着灿烂的笑容，道："你醒了？"

　　感到不对劲的金紫衣，忙问道："我怎么会在这儿？这里又是哪里？"

　　"这里是灵空山庄，我把你从坏人的手里救了出来。"

　　老感觉不对劲的金紫衣，不停地问道："不对，他们绑架了我，你是怎么从他们的手里把我救出来的？"

　　瞒不下去的凌风，只得将事情的全过程告知了金紫衣。金紫衣知悉后，自责地低下了头："凌风哥，是我不好，我不该不听你的话，下山来找你，我不找你，就不会被人绑架，我不被绑架，口诀也不会泄露出去，都是我的错。"歉疚的金紫衣，低下了头。

　　"傻妹妹，事情都过去了，我就只有你这么一个妹妹，断然不会让你有事，口诀泄露就泄露了吧！就算他们有了口诀，也成不了神的。"凌风安慰道。

　　听着凌风的安慰，金紫衣仍旧很自责，她知道口诀一泄露，必定会引起争斗。想到自己是这场争斗的发起者，金紫衣更加自责了。

　　房门外，一名弟子走进来，对凌风说道："族长，房间已经收拾好了。"

　　处在自责中的金紫衣，身体一震，听着弟子对他的称呼，金紫衣困惑得紧。

　　待弟子出了房间，金紫衣问道："族长？凌风哥，你当族长了？这是怎么一回事？"

　　平静的凌风，淡言道："这件事说来话长，容我以后和你细说，以后你就住在山庄，走，我带你去看看你住的房间。"

　　想到以后就要住在山庄，金紫衣心里甚是欢喜，如此一来，她就不用过着四处漂泊的生活了。欣喜的金紫衣挽着凌风的手，娇气地说："还是凌风哥对我好。"

　　凌风粲然一笑："你是我妹妹，我当然得对你好了。"欢笑的同时，凌风又在担忧，他明白，又一场纷争将要展开，口诀泄露了出去，会以燎原之势传播开来，到时，剑都剑士又会像抢夺剑谱一样争夺口诀。这是凌风所不愿看到的，他也是在没有办法的情况下才将口诀说了出来，目前最要紧的便是想出办法控制这种局面。唯一能控制这种局面的办法便是把那几名剑士给杀了，然而凌风是不会这样做的。他想这样做的话，早在那几名剑士逃走的时候就可以把他们给杀了。

　　拉着金紫衣，凌风带着简单而又复杂的心情出了房间。

第五十八章　化解禁术

将金紫衣安顿好了之后，凌风去了大堂，大堂内众多弟子分立两边。最前方的庞龙一脸疑惑地看着凌风，心中猜测有大事发生。口诀泄露，剑都不平，后来之事凌风不敢设想，将弟子召集起来，就是讨论如何防止这场纷争。

"灵空山庄的弟子们，成神口诀已经泄露了，剑都很快又会生出动乱，我把大家叫来，是希望大家提出好的办法，来平复这场纷争。"上堂的凌风，忧心地说道。

堂下的弟子开始议论了起来，口诀一出，谁也料想不到会发生什么，更何况想办法平复这场纷争。每个人的脸上挂着无措的表情。

有人提出杀害得到口诀之人，有人提出出动山庄所有的弟子把他们给抓起来，也有人提出向剑都宣布那句口诀是假的。听着他们所说的办法，凌风摇了摇头。将得到口诀的剑士杀掉是不可能的，真要这样做的话，凌风早已解决了那六名剑士。把他们抓起来也是不明智的，剑都那么多剑士，仅凭灵空山庄几百号人哪能足够？第三种办法更是行不通，口诀是在被逼的情况下说出来的，说口诀是假的，剑士也不会相信，就算是假的，他们也会尝试着去修炼。

讨论多时，也没有得到好的方法，漠然的凌风挥手道："都散了吧！看来只有走一步看一步了。"

众弟子渐渐地离开了大堂，独有庞龙不肯离去。待所有的弟子离开了大堂，凌风由上堂走了下来，问道："庞世叔你有什么想说的吗？"

凌风将关于幻界之事说给了庞龙听，庞龙定会觉得凌风会怀疑自己将口诀之事泄露了出去，于是，解释道："族长，口诀之事我没有对任何人说，请族长相信我。"

见其甚是紧张，凌风安抚道："世叔，你的为人我最清楚，我相信你，只是现在最要紧的是想办法控制事情的恶化，不知世叔有没有好的方法？"

庞龙摇了摇头，这么大的事，要想出解决办法，还真是难上加难。

六名剑士得到口诀之后，在一家客栈大肆庆祝着，他们大碗喝酒，大口吃肉，沉浸在喜悦之中。

客栈外，几十名剑士冲了进来，他们把这儿给包围了起来，其中一人对正在饮食的六名剑士说道："把口诀说出来。"

面对如此的压力，六名剑士慌了神，他们弄不明白，口诀之事怎么会泄露了出去。这就是剑都的诡异，凡是关于修炼之事，都会以飞快的速度传播。

"你们说什么？什么口诀？我不知道你们在说什么。"一名剑士装作毫不知情地应答道。

将这里围住的那几十名剑士，当中就有人暴动了起来，他跃过身去，一剑横在了那名剑士的脖子上："说不说？不说我就要了你的命。"

被震慑住的剑士虚与委蛇道："我把口诀告诉你们就是了，心相生……"

得到口诀后的那几十名剑士各自对视了一眼："你已经没有利用的价值了。"心狠手辣的剑士将那名被压制的剑士残忍地杀害了。

顿时，其余五名剑士反抗了起来，他们纷纷唤出了剑。十几名剑士仗着气势，与五名剑士厮打在一起。

酒器倒在地上破裂的声音，剑士被杀发出的惨叫声，桌子被剑砍断的声音，客栈宾客逃跑的脚步声，各种声音混合在一起，十分的混乱。

少时，客栈恢复了平静，五六名剑士的尸体横放在地上，地面一片凌乱，整个客栈只剩下十几名凶狠的剑士。他们有人说道："口诀已经得到了，我们走！"他们带着得意离开了这儿。

口诀传开之后，剑都像客栈里发生的那样的悲剧不胜枚举，剑士为得到口诀相互厮杀，为防止他人修成剑圣而兵戈相见。每个剑士都有着自己的私心，他们为了私利，失去了人性，所有的祸端都是因口诀而起。

灵空山庄，庭院之处，尚未知事态变得极其严重的凌风，在庭院中想着如何化解这次危机。

一名弟子由凌风的身后急匆匆地跑了过来，他汇报道："族长，剑都现在一片狼藉，各个剑士都在为夺口诀刀剑相对，已经有一部分人因口诀惨死了。"

预想过剑都会大乱的凌风，情绪十分的沉稳，他悔恨道："唉，一切祸端因我而起，我是一个十恶不赦之人。"

"族长，现在该怎么办？"弟子反问道。

认真地想了想，凌风说道："你带上庄上所有的弟子，在剑都散布只有善行的人才有资格修神，一切恶行将会为此付出代价。"

凌风会有这样的想法，是源于自己是第一个得到口诀的剑士，他说出去的话，那些剑士多少会信服，也只有这样可以暂时稳定剑都。

弟子一抱拳，领命道："是，族长。"

弟子走后，凌风抬头看着上空，天空灰蒙蒙的，这样的景象和现在的剑都极为相似，他叹息道："什么时候，我才能恢复剑都的平静？这场纷争又该怎么去平息？"

想着这些，凌风低头转身，准备离去，在他迈脚之际。金紫衣出现在他的面前，她一脸的自责，这种自责不仅仅是因为自己遭人绑架致使凌风说出口诀。可能对于剑都的事，她也有所知晓了吧！

"凌风哥，都是我不好，是我害了你，要不是我，剑都的剑士也不会因口诀而斗得你死我活。"

"这不是你的错，你也不要难过，会没事的。"凌风安慰道，他这不仅是在安慰金紫衣，也是在安慰自己。发生了这样的事，早在他的预料之中，内心里，他走不出自己的那一关。

灵空山庄的弟子按照凌风说的，将具有善行方有资格修神的消息散布了出去，剑都恶意厮杀的行为得到了控制。剑士得到口诀后，纷纷修炼了起来。在一门派中，该门主将自己关在了练功房内，他盘坐着，双眼紧闭，两手在胸前挥动，体中的元力散发，口中念道："心相生，意相合。仁者剑，剑道痴……"当他将口诀念完之后，双眼打开，眼珠煞红，看着令人恐惧。

门主性情大变，完全不能自控，他口中喊道："我要成剑神，我要成剑神。"猛地从地上站起，他打开了门，脚步晃动着走了出来。

走出房间，一门徒见其，问道："门主，你怎么了？"

门主看了一眼门徒，迈开脚，疯疯癫癫地走开了。

不仅仅是他，所有试图利用口诀修神的剑士，在念完口诀之后，都疯疯癫癫的。从他们的行为来看，倒不像是走火入魔，好像是受到了某种禁制，致使头脑不清醒，他们完完全全被什么东西给控制了，他们的意识形态固有，然而却不能调控自己的行为。有的剑士试着克制自己，越克制身体越不受控制。有着这样行为的大有人在，可以说剑都的剑士凡是念出了成神口诀，都丧失了人性。

关于剑都发生了这么大的事情，凌风早已知晓，书房内，他焦躁地走着，本想平息了杀戮，不曾想事态愈为恶化。"怎么办？怎么办？怎样才能让他们回到原来？"

烦躁的他不停地走动着，在思索着计策。一昂首，刚才困顿的凌风似看到了一丝曙光。"周前辈，周前辈……"他一声声地呼唤着。

一阵白光升起，凌风又像上次一样不见了，他去的地方是他的身体。周前辈的灵魂存在于他的身体，凌风只有进入自己的身体，才能见到周前辈。

在凌风的身体里，周前辈立于凌风的面前，剑都所发生的一切，周前辈都知晓。所以，不用凌风开口，周前辈就说道："凌风，你是不是想问我有何办法帮助他们回到以前啊？"

"周前辈，是我害了他们，要不是我为了救我的妹妹，剑都也不会成现在这样。"自责的凌风，低着头。

"会出现这样的事，也说明他们野心太大，这不能怪你，你想化掉他们的野心，是有办法可行的。"

凌风一听，连忙抬起了头，道："请前辈赐教。"

周前辈顿了一下，道："成神口诀是有禁术的，倘若是心术不正之人念此口诀，便会紊乱人的心，使其癫狂，而化解他们身上禁术的唯一方法就是要练成幻影式，只要练成了幻影式，运行的元力才能化掉他们的禁术。当然，禁术化掉之后，若是此人心术不正，尝试修神的话，又会落入禁术之中。"

觉悟的凌风明白了，修神的口诀只有心怀正义的剑士才能念诵，也只有这样的剑士才有资格进入幻界，走上成神之路。

"我会练成幻影式的，我知道该怎么办了。"顿悟的凌风，心情一下子开朗了。

灵魂钻进凌风的身体，凌风现身于书房。

当晚，夜空满载星斗，月色光辉，山庄寂静。偶尔一阵风起，片片落叶悄然而下。灯火通明的灵空山庄，沉浸在夜色中。

龙虎台上，月光洒落，偶尔一道人影走来，凌风走上龙虎台，这个曾经父亲训练弟子的地方。站在龙虎台上，凌风抬头望着夜空，那是对父母的思念，来到这儿，凌风的心情沉重了起来。每每想起父母的惨死，他的内心都会隐隐作痛，他在回想，他在哀伤。

收起伤悲，凌风目视着前方，深邃的目光湮没在夜色中。"我一定会练成幻影式的，我一定可以练成的。"他一遍遍地强调着。

赤天剑由他心中缓缓地隐现了出来，伸手拿过在面前悬浮的赤天剑，凌风念道："幻影式，这套剑法贵在幻。幻，虚幻也，幻即是虚无缥缈，难以捉摸。幻影，虚无缥缈的身影，贯于剑上，剑之虚也，身体与剑做到虚实相生。"

不觉然地，凌风念出这般难以理解的语句来，他的这些话，是对幻影式的分析。要练成幻影式，一无口诀，二无剑招，三无人指导，这确实是一套难以修炼的剑法。

"幻影式应该就是这样的，如梦似幻的剑法，真正地要练成，看来要费些时日。"感叹了一句，凌风手握赤天剑，双脚一迈，顺着自己的想法，开始修炼幻影式。

他把乱剑法的瞬变融合进剑法中，他认为所谓的幻影，就是幻生幻灭、影踪飘忽的步伐。且见他的身体时而出现，时而隐现，完全应合了虚幻相生那句话。这只是身体上的幻变，如果剑也能幻变，那他修炼幻影式就成功了一半。他知道，幻影式除了剑与身体做到幻变外，还要做到分合，这种分合不是人与剑的分离，是什么样的分合这在凌风的心里是有底的。

夜已深，光洁的月光照射在凌风的身上，修剑的凌风按照自己的参悟挥着剑。所使出的招式若隐若现，剑的虚无缥缈，身体的灵动，落脚点由这一点换至那一点，任凭是谁也判断不出他下一秒出现的方位。他能把乱剑法的步法运用到幻影式上，足见他有超强的领悟能力。幻影式注重的是幻，乱剑法的步法以出其不意著称，把其步法融入其中，不乏是一个大胆的想法。

步法已然领会，剑法尚待开创，以凌风的造诣，幻影式不久之日定会修成。

剑都的剑士落入禁术之中的人数越来越多了，他们全部聚在了城门口，没有思想的他们四处游动着，他们只是身体受到了限制，若是每个人步上了走火

入魔那一步,整个剑都又会陷入一场杀戮之中。城门口的剑士如幽灵般地走动着,他们没有目标,就这样走动着。

这天早晨,凌风刚离开房间,便被赶来的金紫衣挡住了去路,金紫衣说道:"凌风哥,这么早去哪儿呢?"

连日来,凌风为化禁术,不停地修炼着,甚至早晚都练习幻影式,凌风止住了脚步,问道:"你有什么事吗?"

娇弱的金紫衣,似有责怪之意:"我来山庄这么多天了,你都没有好好陪我,这个山庄只有我孤零零的一个人,好是无趣。"

向来以剑都之事为重的凌风,现在知道冷落了金紫衣,然而为了平复剑都,凌风须得放下一些事情。知金紫衣怪责了起来,凌风解释道:"这几天我比较忙,等我忙完了就陪你好好玩玩,你若觉无趣的话,我派庄上的弟子带你参观参观山庄。"

金紫衣一脸的委屈,道:"算了,饶过你了,我知道你是日理万机的人儿,就不打扰你了。"扭过身,金紫衣失落地走了。

望着她离去,凌风摇晃着头,"这紫衣,玩性挺大的。"

后山,裸露的大地一片凄凉,树叶飘零的枝干光秃秃的,偶尔一两片树叶从枝头上飘落下来,倒是给这死寂沉沉的树林,带来了一些生机。

树林深处,凌风习着剑,这段时间,他不分早晚,都在练习幻影式。在他的努力之下,幻影式逐见雏形。观他之演练,身体除了能够做到若隐若现之外,手上的剑也能做到虚实相生。不仅仅如此,凌风每迈动步法,便会有一道人影由他的身体里面分化出来,这道人影如他一般,只是分化出来的人影看上去很是缥缈,没有真实感。毕竟是分化出来的,形体上与凌风自是有些不同。

分化出的人影所使出的剑招与凌风不同,每一个人影都是一个个体,所使出的剑招也是独立存在的。

这就是幻影式,影的虚幻,剑体的飘忽,加之招式的多变。若是与之对战,对方根本判断不出真正的凌风,而这些分化而成的人影又会主动出击。只是他们不会言语,脸上无任何表情。他们是影,不是人,人的一切本能他们都不具备,只具备攻击能力。幻化而成的人影,所出的招式,都是幻影式。

意念一动,幻化的人影逐一地回归到了凌风的身上,这一招看上去和万剑归宗有着相似之处,不同的是幻影式是由人的思想指挥的。

收起剑,凌风长长地吁了一口气:"我终于练成幻影式了,剑士身上的禁术可以化解了。"凌风叹道,为了修成幻影式,他足足花了三天三夜之久,他知道,晚一天,剑都又会多出许多因犯禁而失控的剑士。

天黑以后,在城门口沉睡的大量丧失心智的剑士,醒了过来,他们又到处走动着,其场面十分的吓人,如果他们被人控制了的话,其结果是很难想象的。这些剑士不会言语,只知道一味地行走,若是他们越聚越多的话,纵使他们不会杀人,对剑都也是一个威胁。

远处，凌风朝着他们走了过来，这些剑士一见到凌风，双眼放射着可怖的目光。在他们的面前立住脚，凌风说道："各位，我是帮你们化掉身上的禁术的。"

失控的剑士仿佛听不见凌风所说的话，从他们的眼神中可以看得出来，凌风是他们猎杀的对象。

走动的剑士忽然现出了剑，几十名剑士此等的举动，让凌风愕然了。他原以为失控了的剑士是没有意识、没有灵魂，不会发起纷争的。现今看来，倒不是那么一回事。

我不能出手伤害他们，凌风想着。然而那些剑士渐渐地向自己靠近，若不出手应对的话，恐遭他们杀手。灵机一动的凌风，马上唤出了赤天剑。

剑指长空，仰天一叫："幻影式！"

十来个幻生的人影，手上没有持有赤天剑，这些人影双手凝有元力。凌风以虚幻的身影将元力打入了失控的剑士身上，待至所有的剑士受了元力后，凌风将人影回归一体。

少时，失控剑士手上的剑隐然不见，他们似乎回到了现状。有剑士说道："我们身上的禁术被化解了。"

破解禁术的要诀就在此，习成幻影式的凌风，体内的元力不仅有攻击性，还有化解禁术的能力。禁术被化解的剑士心灵好像得到了洗涤，"哗"的一声，所有的剑士跪在了地上，他们呼道："多谢凌族长为我们化去了禁术。"

剑士的此等做法，让凌风无所适从，他说道："都起来，都起来，修神的口诀须是心灵纯正，五元聚齐，有着一颗侠肝义胆之心的剑士方可念得，我帮助你们化掉身上的禁术，并不是为了证明我的强大，我只希望大家行善积德，不要因私利而荼毒同道，剑都应该是一个平静的剑都，绝非到处充满杀戮，人心不稳的邪恶之都。"

所有的剑士在听完凌风的一番话后，惭愧地低下了头，他们终于明白就算有了口诀也难以修成神的原因。

在凌风的说动之下，每一名剑士身体里存在的善念都被唤醒。凌风能够说动他们，除了他以自己的经历感触他们之外，更多的是因为他习成了幻影式，剑士的心灵得到了洗涤。

"我们愿听从凌族长的号召，让剑都不再有杀戮，不再有纷争。"众剑士大声呼唤道。

看到他们有所转变，凌风欣慰地笑了笑，如果剑都所有的剑士都能像他们一样，那剑都便恢复了平静，凌风想要的那种没有杀戮、没有纠葛的繁华剑都将会出现。听着他们内心的呼唤，凌风的心暖暖的。

多时的努力没有白费，激动的凌风再次说道："让我们一起建立一个美好的剑都，我相信这一天会来临的。"

"好，好，好……"热情高涨的剑士挥动着手臂，他们已然觉悟，不再会因

第五十八章　化解禁术

提升级别而陷入杀戮之中。

　　离开了城门口，凌风又去了别的地方，凡是有剑士陷入禁术之中，他都会帮助他们化解禁术，并且开导他们的心灵，让他们的心灵变得纯净，这也是他重整剑都的第一步。只有剑士的心灵得到了净化，剑都才能变得平静，变成一块喜乐的净土。

　　多日后，一大群剑士涌入了灵空山庄，获知消息的凌风匆匆地来到了山庄外。凌风一出现，那些剑士全都跪在了地上，皆喊道："我愿拜入灵空山庄，望凌族长收我为徒。"

　　这些剑士全是来拜凌风为师的，望着那些剑士，凌风纠结得很，若是把他们全部收下，灵空山庄也容纳不下。思来想去，凌风说道："各位，灵空山庄只是一座小小的山庄，容纳不了你们，各位请回吧！"

　　"请凌族长收我为徒！"固执的剑士说道。

　　若不想出一个办法，他们是不会离开的，认真地想了想，似有了应对之策，凌风眉心一舒，道："各位剑士的练武之心我能理解，但要进入灵空山庄是有要求的。"

　　只要能进入灵空山庄，什么要求他们也会应下："不知凌族长说的是什么要求？"

　　"我的要求就是，凡想进入灵空山庄的剑士，级别必须达到中级，而且就算是达到了中级，还得通过一场比试，这场比试比的不仅是功力，还要看比试者所做的善行，以其德行为进入山庄的先决条件。并且，最终留在灵空山庄的只有十个名额。"凌风会立下这样的一个规定，是考虑到拜入灵空山庄的剑士太多，也是为了防止剑士因击杀竞争对手引起纷争。

　　这场比试凌风命其为群英会，往昔一年只举办一次的是族会，凌风将其更名为群英会，模糊了等级差异。众剑士纷纷离开了山庄，他们开始为下一次群英会最终的胜出获取资格。

　　在所有的剑士离开之后，觉得欠妥的凌风向身边的庞龙问道："庞世叔，我这样做对吗？"

　　"族长立下的这个规定甚好，这样他们就不会因为争着入灵空山庄相互厮杀了。"庞龙认同道。此来，大大地修复了像族会那样存在的隐患。

　　头脑中有着异想的凌风，说道："庞世叔，马上派人把其余三派的族长请进山庄，我有要事与他们商量。"

　　"好，我现在就去。"庞龙领命道。

　　灵虚山庄，书房里的苏慕正审读着书籍，一阵敲门声打破了书房的沉寂。一名弟子在获得允许的情况下，走进了书房。

　　"族长，灵空山庄的族长派人来请您过府一叙。"弟子说道。

　　苏慕站了起来，说道："凌风一定是恢复了剑都，他总算没辜负我的期望。"近来剑都所发生的一切，苏慕尽然皆知。

其余族派的族长受邀来到了灵空山庄，四名族长相对地坐着，苏慕身旁坐着的是灵剑山庄的族长刘子阳。其人一身正气，莫寒离开了灵剑山庄之后，灵剑山庄被他打理得井井有条。虽然他不是灵剑山庄的关门弟子，但他在灵剑山庄树立的威望不小。

坐在凌风身旁的是灵天山庄的族长，为人处事低调，长着一张和气的脸，面容俊秀，而立之年的他，在上次武斗中胜出，灵天城的弟子一致认同他作为灵天城的族长，凌风和苏慕也赞同了他们的意见。其人名为杨徵，是灵天城功力最高的一名剑士，他行事谨慎，不做作，不争名利。这也是凌风、苏慕赞同他继承灵天城族长之位的原因。

四大族长齐聚灵空山庄，凌风开口说道："各大族长，今天把你们邀请到山庄，是有一件重要的事同大家商议的。"

"不知凌族长把我们聚集起来商议的是什么事？"好奇的杨徵问道。

凌风答道："现在的剑都差不多都平静了，要想真正地让剑都成为一块净土，还需要各位的配合，四大晶石掌握在我们的手里，剑士要想练成剑，必须要集齐四大晶石，我们不妨提高获取晶石的难度，以剑士的修行及品性作为他们获得晶石的条件。"

这个观点一说出来，马上得到了苏慕的赞同："对，这才是让剑士秉持一颗善心的根本。"

杨徵认真地想了想，然后点了点头，道："你这个办法好，历年来，剑都的剑士为夺四大晶石到处都充满了杀机。"

就在大家一致认同的时候，刘子阳紧皱着眉，看出端倪的凌风，问道："刘族长有什么想法吗？"

"我在想，如果剑士获得了晶石后，怎样才能逃避其余剑士的抢夺。"

提到这个问题，凌风想起自己曾经获取了晶石而遭剑士抢夺的场景。刘子阳的忧虑让大家担忧了起来。

"我们可以帮助得到晶石的剑士将晶石植入他的身体，这样一来就化解了他的危机。"

几番商讨之下，大家认同了凌风的观点，对于因练剑引出的纷争，他们都提出了重整的方法，这些方法实行起来，剑都这才算是真正地平静了。

第五十九章　邪念丛生

此后，刘子阳等人回到了山庄，他们按照可行的方法开始整顿山庄，要想整顿剑都，须得从山庄着手。灵天城的弟子们全部聚在了训练台下，台上的杨徵面对着山庄的弟子，说道："灵天城的弟子们，为了让剑都不再有杀戮，我同其余山庄的族长商讨了，经一致认同，对山庄进行整顿。"

台下的弟子皆以不解的目光看着杨徵，过去的灵天城在秦川的统管下，追名逐利，每名剑士心中都怀揣着成为剑士中的强悍人物的念想。凌风他们提出整顿的意见，是想让四大族派每个族派的剑士都正确认识练剑的目的。

"剑士练剑为的是什么？是为了独霸剑都，是为了谋取私利，是为了争强好胜吗？"一句句针砭时弊的话经杨徵的口中说了出来。众弟子默默地不敢作声，在他们当中会有一些剑士是怀着这样的想法来灵天城的。

"四大族派的族长对此会立下族规，作为灵天山庄族长的我亦是如此，现在我宣布一下本庄的族规。灵天山庄的族规有三：凡利用剑术行不义之事者，轻者逐出山庄，重者废除功力；凡偷盗本庄上乘功法，传授他人本庄剑法者，将其丹田毁灭，一生不得练剑；凡同外人建立帮派，残害无辜者，将为此付出血的代价。"

宣布了这三条族规，灵天城的弟子皆瞠目结舌，若触犯了任何一条族规，必将受到严厉的处罚，所以他们的表情蒙上了灰色的阴影。"这三条族规，规范着你们的行为，我希望大家都不要触犯这三条族规，你们能做到吗？"

"能，能，能……"众弟子高呼着。

除了灵天城之外，灵虚山庄、灵剑山庄以及灵空山庄都立下了族规，设立族规的目的就是震慑各个山庄的弟子，只有这样，山庄中的弟子才不会胡作非为。此外，各山庄对于招收的弟子有着严格的要求，入庄的弟子必须经过挑选，必须拥有一颗纯正的心灵。

看着众弟子高涨的情绪，杨徵舒心地笑了笑，山庄的内部平定已然实现，剑都会在这样的一个规定下走向平定。他们练剑有了限制，若是心术不正者，是练不了剑的。

杨徵说道："好，有你们在，灵天城将会是一个美好的山庄。"

漆黑的夜晚，明亮的星星一闪一闪地挂在夜空，柔和的月光洒在大地上。

灵空山庄后，到处是虫鸣蛙叫声，杂乱而似有节奏的声音好像给这平静的夜配上了优美的乐曲。小草丛间，萤火虫在此漫天飞舞，轻微的振翅声，闪动着绿色的光芒。

山的最顶端，夜色中只看得清模糊的身影，他站在山顶上，俯视着整个山庄，随即目光又飘向远方。

"剑都已经恢复了平静，我的任务也完成了。"熟悉的声音经他的口中飘了出来，站在山顶上的正是凌风，剑都恢复了平静，他也了却了父亲的心愿，只是这一切，凌啸天看不到了。

凌风低下了头，一阵的叹息，他在想着如果以前的剑都能像现在这样，父母也就不会惨死。

"你的任务还没有完成。"周前辈的声音由凌风的身体里传了出来。

收起自己的悲伤，凌风问道："接下来我还要做什么？"

"你忘了，你还要修成剑神，剑神是每一位剑士想要突破的最高境界，你已经有了修神口诀，往下就要运用口诀成神了。"

这一刻，凌风犹豫了，剑都已经平静了，成神对他来说已无多大的意义。犹豫的他，淡淡地说道："以前我以为只有修成了剑神才能让剑都恢复平静，现在剑都已经平静了，修神已经失去了意义。"

周前辈劝道："剑都是平静了，可你有没有想过，成神是每个剑士的最终目标。而你是他们通往成神之路的唯一开拓者，你没有成神，就算他们通过了幻界的考验，也终难成剑神，凌风，你明白吗？"

听着周前辈的话，凌风似有觉悟："我明白了，我若是成神了，便可以维护剑都的平静，为了剑都的平静，我会修成神的。"

默默地，周前辈没有了声音，凌风成神之日，将是他消亡之时。如果周前辈想留在剑都的话，他大可不用说服凌风修神，但是为了剑都着想，他放下了自己的个人念想。

往后退了几步，凌风口中念道："心相生，意相合。仁者剑，剑道痴。"他念出这两句口诀后，又运行了体中的元力，双手在转动，赤天剑也出现在他的手上。有了口诀，要成神，就要看凌风对口诀的参悟力了。

拿起赤天剑，贯穿着"仁者剑，剑道痴"的口诀，凌风将所有的剑式剑招演练了一边。他所会的招式有破、裂、收、定、禁、封、散、凝、幻，这些招式即是当日郭超告知他的。这里的"破"为万剑归宗，"裂"为千刀斩，"收"为百步穿杨。因其特性冠名为"破"、"裂"、"收"，与后面的招式形成一道由小及大的气势，这等气势与其等级相对应。

凌风认为，口诀中的"仁者剑，剑道痴"的含义就是将这九道剑法融会贯通，这样便会达到剑道痴的意境。对于"心相生，意相合"，他则认为是心神相一，只有做到心神相一，才能将九道剑法完美地展示出来。这只是他的一种推断，至于他的推断是否正确，就要看他最后能不能修成神了。

天已渐明，在此练剑整整一晚的凌风身体竖直地坐在地上，偶尔一股黑气从凌风的身上冒了出来，飘入空中，这股黑气似是一条细小的线条，在空中飞跃着，越飞越高，越飞越高，最后消失不见了。

　　瞬间，凌风的身上又走出了一个人，这个人不是周前辈，其身材容貌与凌风一般无二。难道是凌风在修炼中使用了幻影式，那道人影才会从他的身体里面走出来？不尽然，幻影式幻化成的人影，给人一种虚幻的感觉。而眼前的人影真真实实地存在着，这道人影与真正的凌风不同，他表情凶煞，看似没有感情。

　　张开眼的凌风，看见身前的人影后，不禁哑然一惊，他问道："你是谁？"

　　"你就是我，我就是你，我是你的另一种存在。"人影说道。

　　感到奇怪的凌风无法解释眼前发生的一幕，他联想道：难道他是我在修炼的时候幻化成的？于是，凌风想到了口诀。"心相生，意相合"这句口诀凌风一直参悟不透，人影的出现让他瞬间明白了，原来"心相生，意相合"指的是会出现和自己一模一样的人，出现的这个人又是怎样的一个人？

　　"别想了，我是你身上的邪念，我的出现是将你吞灭，然后以你的另一种载体出现在剑都，统治剑士。"邪念说道。

　　醒悟了的凌风明白了，这个邪念是要毁灭自己的，若是自己被毁灭了，那之前所做的就付诸东流了。当下，凌风唤出了剑，震言道："我不能让你存在于剑都，我要消灭你。"

　　邪念也唤出了剑，持剑的动作简直和凌风一模一样。两人交战在一起，凌风出什么招，邪念也出什么招式，两人所出的招式同为一体，自然找不出破解对方的方法。

　　如此地斗了上百招，凌风始终杀不了邪念，最后两人分站两地，邪念说道："你是杀不了我的，还是等我把你的山庄弄得人心不稳，再将你吞灭，你就等着受死吧！"说罢，邪念如一阵风般地不见了。

　　望着邪念悄然消失，凌风自言自语道："我怎么会有邪念？我怎样才能毁掉邪念？"

　　此时，周前辈由凌风的身体传出了话："邪念是你在修炼过程中衍生出来的，每个人都有邪念，你也一样，要想成神，必须清除体内的邪念。"

　　"邪念熟知我的剑法剑招，怎样才能毁灭它。"凌风问道。

　　"这就看能不能在三天内修成神了，只要你成神了，才有可能毁灭它，记住，你只有三天的时间，三天之内你若修不了神，他将会把你吞噬，到那时剑都会存在一个邪恶的你。"嘱告了一声的周前辈，便再也没有了声音，他能告知凌风的只有这些。

　　出现了这样的局面，凌风想到了"成涅槃，化生死"这句口诀，这句口诀隐含的意义便是将邪念毁灭。想到邪念要将山庄弄得人心不稳，凌风惊然觉悟，他急忙地回山庄了。

"吱呀"一声，天亮以后，金紫衣打开了房门，走出房间，来都庭院，她享受着清新的空气。庭院中的她，锻炼着身体。

凌风出现在庭院中，欲要穿过庭院时，"凌风哥！"金紫衣隔着一段距离叫住了他。

停住了脚步，凌风走到了金紫衣的身边，平淡地答道："紫衣！"

觉得凌风怪怪的金紫衣，上下观察了凌风一眼，道："凌风哥，你这是去干吗了？一副心事重重的样子。"

出现在金紫衣面前的不是凌风，而是那道邪念，邪念来灵空山庄，是想借庞龙之手，挑起灵空山庄的内部纷争。邪念清楚，凌风若是回来了，要想挑起山庄内部的纷争就没有机会了。于是，他借故道："紫衣，我还有事，回头再和你说好吗？"

"这么早有什么事啊？平时你这个时候都会练剑的，怎么今天不练剑了？也行，你不练剑的话，那就教教我剑法，我爹过去是灵虚山庄的族长，作为他的女儿，我连灵虚剑法都没学会，凌风哥，你教教我好吗？"

再纠缠下去的话，凌风就回来了，邪念慌乱了，他一出剑，口中说道："你看好了，这就是灵虚剑法。"

邪念一出剑，直指金紫衣而来，看似是要摆脱这个纠缠，好在金紫衣机灵，躲过了他那一剑。至此，她觉得眼前的凌风有些古怪了，手上一无武器，自身功力又不高，这让她怎么应对？

剑舞飞扬，邪念持剑刺向金紫衣，金紫衣只得拼命地逃避，邪念几次挥剑斩杀，好在她的身手还算是灵活，几次有惊无险地躲避了过去。

想速战速决的邪念，隔空一掌，这一掌要是打在金紫衣的身上，金紫衣必定会承受不了，因此丧命。掌力飞来，金紫衣无措地看着，掌力将周围全都覆盖了，根本就没有逃避的空间。愣愣地，金紫衣看着那一掌朝自己飞了过来，绝望的她闭上了眼睛。

"咚"的一声，空中一声响，凌风及时赶到了，他出掌接下了邪念朝金紫衣打出的那一掌，两道元力相碰，功力全都被抵消了。

闻声的金紫衣睁开了双眼，当她发现自己的面前有两个凌风，瞬间惊住了。化解了金紫衣的危机，凌风现出了赤天剑，追击了上去。然而邪念并未与他对战的意念，悄悄然地消失了。

逼退了邪念，凌风回到了金紫衣的身边，关心道："紫衣，你没事吧？"

愕然的金紫衣惊醒过来，问道："凌风哥，不，谁才是我的凌风哥？这到底发生了什么事？"

"我是你真正的凌风哥，刚才你见到的那个人是我身体里面幻化出来的邪念。"凌风解释道。

纵然清楚了那人的来历，金紫衣也是十分困惑，她呆呆地问道："邪念？他怎么出现的？现在有两个凌风哥，我怎么分辨得出来？"

第五十九章 邪念丛生

为了彻底让她相信自己，凌风将事情的全过程一五一十地告知了金紫衣，知道了事情的经过，金紫衣才相信眼前的是真正的凌风。

在获取了金紫衣的信任之后，凌风说道："现在有两个我，邪念一定会以我的身份号召山庄的弟子，你赶紧将此事告诉庞世叔，接下来的几天里，凡是见到我的人，都不要相信我说的话，不要执行我所下的命令。"

"好，现在我就去告诉庞世叔。"一个转身，金紫衣匆匆地离开了庭院。

独留庭院的凌风，叹道："我得抓紧时间修成神，若是邪念占有了我的身体，剑都将万劫不复。"

第六十章　剑指天下（结局篇）

灵空山庄，庞龙知道了邪念一事，纵然如此，邪念还是出现了。在他的房门口，幻化而成的凌风突然出现，"咚咚咚"地紧敲着房门。

房间里的庞龙打开了房门，见是凌风，故作毫不知情地看了凌风一眼，说道："族长，你找我有什么事吗？"

"庞世叔，马上集合山庄上的所有弟子，我有要事要和他们说。"邪念很平淡地说道。

若不是庞龙知道眼前的凌风是假的，肯定会被他所骗。"族长，我冒昧地问一下，你召集山庄上的弟子所为何事？"

邪念一派正经地说道："我在练剑的时候，身上的邪念被释放了出来，他现在就在山庄里面，我把弟子们召集起来，是要他们找出邪念的。因为邪念和我一模一样，我已经在我的身上做下了标记。"

说罢，假凌风挽起了袖口，在他的手臂上有一个图案，手臂刻画的是一把剑。"你们找到邪念之后，一定要把他给杀了。"

庞龙的脸一沉，说道："你就是邪念，我要灭了你。"唤出了剑，庞龙一剑刺了过去。剑之所指，就好像刺在了空气之中，邪念的身体似有似无，他只有占有了凌风的身体，才算是一个真正的人，现在的他等同于人的灵魂。

那一剑对他没造成任何伤害，邪念现出了剑，他的剑同凌风手中的剑一样，同为赤天剑，凌风经历的一切他都知晓，等于说邪念是凌风的再造物，两人只有一人能存在于剑都。

邪念挥了一剑，元力散发，功力稍弱一点的庞龙接过了那一剑，然而剑气覆盖在了他的身上。承受着深厚的剑气，庞龙似是抵挡不住了，他的脚步在移动，身体有所动摇。

右手撑在案桌上，假凌风恶狠狠地看着他，说道："既然你都知道，看来我只有把你给抓了，才能挑起山庄的纷争。"

他挑起山庄纷争的原因很简单，就是扰乱凌风修炼，三天过后，如果凌风修不了神，他就可以毁灭凌风，存于剑都了。

眼见邪念要擒获自己，庞龙心念一动：我不能被他抓住，不能影响族长修炼。

微步一动，邪念以飞快的速度迈了过去，庞龙身体一动，片刻消失不见了。

好在庞龙精通一点幻变，如果落在了邪念的手中，凌风真的就要遇到麻烦了。

庞龙逃脱了，邪念愤怒地朝着身旁的桌椅击了一掌："可气，竟然让他逃了。"

山后，郁郁葱葱的树林坚拔地挺立着，幽深的森林，寂静无常，偶尔传出几声"嗷嗷"的狼叫声。

深夜时分，茂林深处，借助月光，可以看见林中有一人，其人即是凌风，他手握着赤天剑，参悟着成神口诀，已经两天了，这两天来，对于口诀的参悟，凌风也有了一定的体会。

"心中有剑，剑中有心。人是有灵魂的，难道剑中有心，莫非真的是要把灵魂注入剑中？"凌风推断道。赤天剑存在于心中，将其注入灵魂，即是说让剑中拥有灵魂，俗称为剑魂。

顺着自己的想法，凌风先是将剑凌于半空，随后身体一震，整个人凭空消失。悬浮在半空中的赤天剑开始在震动，原本是水平放置的剑，突然垂直向下。透过剑身，可以清楚地看见凌风就在剑体里，这就是凌风所认为的"心中有剑，剑中有心"。他的这一做法明显是将人与剑合并，人体和剑体合为一体，亦可称之为合体。

为了能够合体，凌风是经过了一番努力的，两天前，他苦想着这句口诀，并试图做到这一点，为此，他把九阳之气还有元力合并在一起，他会这样做，也因于口诀中有"合为并"这句，他能想到的合并只有身上的两道力量，后来他才明白，所谓的合并就是将人与剑合体。

心中存在忧虑的他一直没有合体，眼见三天期限将至，凌风才试着合体，他没想到自己的这个想法是正确的。

赤天剑忽然之间从中间分裂开来，剑分为九把，分化开的赤天剑围成了一个圆形，慢慢地，所有分化成的赤天剑都转动了起来，越来越快，越来越快。极速地转动之下，剑体中的凌风突然出现在由赤天剑围成的圆形中间。手指一点，那分化成的赤天剑任由凌风指挥。附有灵魂的剑，四处穿行，这一招表面上看似万剑归宗。不尽其然，它有着万剑归宗的形体，却有幻影式的支架。其实，这些注入灵魂的赤天剑集合了所有的剑式，这就是为什么凌风开始要将所有的剑式融会贯通的根本所在，只有做到了这一点，凌风才能让每一把剑都使出不同的招式。

剑一飞出，凌风的身体会化成幻影，这道幻影不再是手持着赤天剑的，他的身体会直接进入剑中，合体后，主动出剑，能做到主动出击，乃因凌风动用了御剑之法。

九把剑都被合了体，圆形中的凌风一挥手，九把剑演示着不同的招式，幻剑幻影，任谁也破解不了。

"收！"凌风一语，所有的剑回到了主体上，那些幻变成的人影也纷纷地回到了凌风的身体里。

高举赤天剑，凌风朝下挥了一剑，一道耀眼的光亮由夜空中划过，这道光亮所到之处，具有一定的杀伤力，若是遭此一击，必定是粉身碎骨。凌风能使出这样强大的招式，说明他对长生诀已经参悟得差不多了。

刚才的那一击，光亮将周围的树木化为了乌有。至此，凌风感到不可思议。他拿起剑端详，原本是银白色的赤天剑，发出了绿光。金武的剑散发的是浅蓝色的光，凌啸天的光色为红色，一般剑体的光色分为三种，即是蓝光、红光、绿光。若是剑体为银白色，则说明剑士只是一名初级剑神。剑体是什么样的光色，与剑士的修为有关。

天边露出淡白色的光芒，火红的太阳从山头升起，艳丽的阳光照射在整片森林里，树儿醒了，"嘤嘤"的鸟叫声传遍山林，几只小鸟从天边飞过，寻找食物去了。柔和的白云飘浮在天边，在阳光的照耀下，更加的绚丽多彩。

鸟儿在飞，云层在移动，森林一下子明亮了起来。深林处，凌风依然手握着赤天剑，将近一夜的练习，他已经能够熟练地运用长生诀，能够使用并不意味着他已经成神了，从他目前的状况可以看出。

剑一收，凌风叹道："已经天亮了，我还是没能成神，若是与邪念对战，消灭邪念将是一种挑战。"凌风明白，真正地要修成神，必须要做到"成涅槃，化生死"，要做到这一点必须要毁灭邪念，从而涅槃成神。

树林间，一道人影突然出现，邪念现身于凌风的面前，他说道："终于找到你了，将你杀了，我就能在剑都生存了。"这三天来，邪念想方设法挑起山庄的内部纷争，可惜没有得逞，因为山庄的弟子被告知了他的阴谋。另外，他不断地寻找凌风的踪迹，意图将其杀之。只不过凌风躲避了起来，若是在修炼期间受到了干扰，他很有可能功力尽失。

"你想杀了我，恐怕你没那个能力了，你来得正好，今天就是我毁灭你的时候了。"凌风说道，如果是三天前，凌风也许不会说出这样的大话，现今不同，他已经练成了长生诀，多多少少能与邪念斗上百个回合，甚至毁灭邪念。

立时，邪念一剑在手，身体分出了几十个身外身，此为幻影式。还未等到邪念出剑，凌风侧身一动，整个人疾速飞去，赤天剑在他飞奔的同时，出现在他的手上。

飘逸的步法，隐现的身影，威猛的剑穿行于幻变生出的邪念身体。赤天剑刺在邪念的身上就犹如刺在空气之中。这也是邪念的特性，邪念本身就是不存在的一种幻象，尽管凌风功力再猛，挥动的剑法多么强悍，刺在邪念的身上，毫无气势。

虚幻的邪念立马将凌风围住了，几十把剑纷纷刺来。灵气一动，凌风的整个身体进入了剑体内，赤天剑化为九把，形成了一道剑阵。

极速转动之下，九把赤天剑又化成了无数把剑，伴随着淡淡绿光，从邪念的身上穿过。受剑后的邪念，依然笔直地站在原地上。

一招万剑归宗克制不了邪念，凌风分别使出了御剑式、禁气式、散功式、

第六十章　剑指天下（结局篇）

强烈的冲击之下，幻变而成的邪念合体。对此凌风做出了反应，他迫出了心中的剑元。

圆形中的凌风将九把剑合在了一起，所有的幻影也集中在了一起，鄙夷地看了邪念一眼，嘲笑道："想和我拼剑元，你这是不自量力。"

论及剑元，凌风五元齐全，虽说邪念也有五元，但他毕竟没有练成长生诀，长生诀是将身体里所存在的元力、九阳之气、剑元提升，以及将剑法杂糅的一个过程，这些都是凌风在练习"仁者剑，剑道痴"时悟出来的。

五道剑元从他们的身体里飘了出来，邪念猛力一出击，五道剑元飞出。淡定的凌风先是将五道剑元合并成了一道剑元，这完全符合了"合为并"的口诀，可见，凌风把身上凡是能合并的剑法、功力，全都合并了。

剑元合在了一起，果断地出击，合并了的剑元功力强大，合体剑元在吸收着邪念的剑元，这样下去，邪念的剑元一定会被凌风的剑元吞噬。意识到危险的邪念，赶紧将剑元收了回来。

高低已分，不想和邪念纠缠下去的凌风，正想法毁灭邪念。一个念头从他的脑海闪过。凌风再次启用了长生诀，进入剑体的他，不再以剑阵困住邪念。拥有灵魂的赤天剑，逐渐庞大，剑端伴有鲜亮的绿光。

被放大了的赤天剑逐步逼向邪念，邪念有所恐慌，他的身体在摆动，脚步在移动，蹬地一起，欲要逃去，时间已容不得他逃脱。就在他惊慌的时候，赤天剑穿他的身体而过。凌风握着赤天剑，膝盖半跪在地上，右手高举着。

邪念的身体遭此一击，功力受到了损坏，那一剑还要不了他的命，如果再对抗下去的话，邪念终会败下阵来。明白这一点的邪念，立即将身隐去。

"想逃？"背后的凌风一剑挥出，无形的绿光将这片森林覆盖，隐身的邪念被逼了出来。绿光击在了他的身上，无法抵制这一招的邪念，狰狞着面孔，表情极度的痛苦。就在这个时候，凌风反转过身，被贯有九阳之气以及元力的赤天剑再次刺进了邪念的身体里。痛苦的邪念猛地将身上所有的元力爆发了出来，元力一出，向周围蔓延开来。凌风及时地抽回了剑，但还是慢了一步，散发出来的元力击中了凌风，凌风后退了几步，团在身体上的元力折磨着他，提掌压制着身上的元力。

与之相比，邪念受到的伤害更大，为了将邪念毁灭，凌风强忍元力给他带来的痛苦，他高举着剑，手上的九阳之气和元力传输进剑中。

"长生诀！"

怒喊一声，赤天剑上的绿光一波波地跳动，拥有了一切力量的赤天剑，变得更加的强化。

跃身一起，凌风整个身体凌于半空，随着他用力一挥，一道道绿光朝邪念飞去。不仅如此，凌风的身体悄然不见，等到所有的绿光袭击了邪念之后，凌风一现身，整个人穿邪念身体而过。

就这样凌风还没有停止攻击，他迫出剑元，将剑元打入邪念的身体里面，幻影使出不同的招式，剑剑刺中邪念。

受到如此强大的攻击，邪念已面目全非，他的身上不断地冒出黑气，邪恶的邪念在被毁灭之前说道："你是毁灭不了我的。"他的身体逐步地隐化，先是头部化成了黑气，进而是整个身体，化成黑气的邪念在风的吹动下，散去了。

毁灭了邪念，凌风松了一口气，然而邪念附在他身上的元力还在折磨着他，痛苦的他屈着身体，元力一旦进入了身体，很少有剑士活下来，凌风也是如此。他倒在了地上，忍受着元力对他的摧残，在地上翻滚了几下，凌风便停止了呼吸。

突然，"轰"的一声，凌风体中的赤天剑从他的身体里飘了出来，赤天剑浮在半空，发出的绿光照射在凌风的身上。

又是一道身影从凌风的身体里飘了出来，周前辈对着地上的凌风喊道："凌风，醒醒吧！邪念已经毁灭了，你已经成神了。"

一道白光覆盖在凌风的身上，渐渐地，凌风睁开了双眼，他疑惑地看着眼前的周前辈，问道："前辈，我，我……"

"你没有死，成涅槃，化生死，生死已化，涅槃而生，现在的你已是剑神了，你成神之时，便是我消失之时。凌风，好好维护剑都的平静吧！剑都就交给你了。"

慢慢地，周前辈的身体渐渐地蚀化，"前辈，前辈……"凌风动情地喊道。

看着周前辈消失在自己的面前，凌风一脸的忧伤，但这是必然的，灵魂在剑都是生存不了的，邪念的下场足以说明。

"赤天剑！"随声一唤，赤天剑回到了他的手上，握着赤天剑，凌风深感重任在身，成神的他要维护剑都的安定，要统管好剑都。

多日后，凌风和金紫衣一起祭坟，三座坟墓并立在一起，这三座坟墓分别安葬着凌啸天、萧湘、金武、杨雪、凌云。站在坟墓前，凌风哀伤地说道："爹，娘，哥，我已经为你们报仇了，现在剑都已经恢复了平静，你们可以安息了。"

"爹，娘，你们不用担心我，我会坚强地活下去的，凌风很照顾我，有他在我的身边，我会很幸福、很快乐的。"

说完，金紫衣侧过头看着凌风，凌风抱着她的肩，笑了笑，两人有着浓厚的兄妹之情，粲然一笑的金紫衣依偎在凌风的怀里。

"哈，嘿！"龙虎台上，众弟子在习武，庞龙在他们的身边走动着，指导着他们的动作。

剑都，所有的剑士遵从练剑之道，自此，剑都没有了邪念，没有了为了目的不择手段失去人性的剑士。有的只是一心向善，练剑只为修持正气的剑士。

后山，山顶处，凌风站在最高处俯瞰着整座山庄，看着如今的剑都一派繁荣、平和的景象，凌风欣然地笑了。

"心相生，意相合。

仁者剑，剑道痴。
心中有剑，剑中有心。
成涅槃，化生死。
修神者，通天路，合为并，御剑成神。"

望着太平的剑都，凌风念着这句口诀。他的身上充满了正气，一身正气平剑都，万念邪恶归凡尘。剑都在凌风的维护下，必将成为一块净土，亘立于天地！

（本书完）